L'aveu impossible

Défi sur le Pacifique

Quitte… ou double ?

MAUREEN CHILD

L'aveu impossible

Traduction française de
PEGGY SASTRE

PASSIONS

HARLEQUIN

Collection : PASSIONS

Titre original :
DOUBLE THE TROUBLE

Ce roman a déjà été publié en 2015.

HARPERCOLLINS FRANCE
83-85, boulevard Vincent-Auriol, 75646 PARIS CEDEX 13
Service Lectrices — Tél. : 01 45 82 47 47

www.harlequin.fr

ISBN 978-2-2804-3748-6 — ISSN 1950-2761

- 1 -

Le poing qui venait de s'écraser sur le coin de son visage avait pris Colton King totalement par surprise. D'autant qu'il n'avait pas l'habitude de se faire cogner par le premier venu. Les quelques rares fois où, dans son existence, il avait été obligé d'en venir aux mains, c'était toujours lui qui avait eu le dessus sur son adversaire, et en moins de temps qu'il en avait fallu pour le dire.

Il secoua la tête pour reprendre ses esprits et, in extremis, réussit à bloquer un second coup.

— Tiens, tu ne l'auras pas volé ! hurla le fou furieux qui avait fait irruption dans son bureau quelques secondes auparavant.

— Mais qu'est-ce que c'est que cette histoire ? bredouilla Colton, estomaqué.

Il prit un court instant pour essayer de comprendre. Quelle raison expliquait le geste de cet énergumène ? Il n'en trouva aucune. Le type qui venait de le frapper était un parfait inconnu, et Colton ne voyait pas qui aurait pu lui en vouloir. Absolument personne.

Du côté sentimental, toutes ses histoires s'étaient terminées en parfaite amitié avec les demoiselles concernées, et il ne s'était pas disputé depuis des semaines avec Connor, son frère jumeau, qui n'avait pourtant pas son pareil pour lui chercher des poux dans la tête.

Alors qui ? Un client mécontent ? Certes, en tant que codirecteur de King Aventures Extrêmes, une agence de voyages spécialisée en prestations luxueuses et inhabituelles, Colton avait déjà eu à subir son lot de doléances. En général, il s'agissait d'un businessman shooté à l'adrénaline et frustré d'être tombé sur une piste noire fermée pour cause d'avalanche ou sur une mer exceptionnellement d'huile alors que la brochure promettait un spot de surf exceptionnel. Mais de là à en venir aux mains…

— Mais qui êtes-vous ? demanda Colton.

A cet instant, c'était la seule question à poser.

— J'appelle la sécurité ! cria Linda, sa secrétaire.

Colton lui jeta un rapide coup d'œil. Elle semblait sidérée par ce qui venait de se passer.

— Merci, ajouta-t-il, et prévenez aussi Connor, tant que vous y êtes.

— C'est comme si c'était fait, fit-elle en s'éloignant.

— Faire venir la sécurité ne changera rien, dit froidement l'inconnu. Ça ne changera pas le fait que tu n'es qu'un sale petit égoïste.

— Euh, oui, d'accord, se contenta de répondre Colton, les dents serrées.

Là encore, ce n'était pas la première fois qu'il se l'entendait dire, mais jamais avec une telle violence… Une telle haine dans la voix. Qu'est-ce que cet homme pouvait bien avoir à lui reprocher ? Un peu de mise en contexte aurait vraiment été la bienvenue.

— Bon, vous pourriez me dire ce qui se passe à la fin ? Et je peux savoir qui vous permet de me tutoyer ?

— Oui, on aimerait bien le savoir, ponctua Connor tandis qu'il entrait, crispé, dans la pièce.

Colton poussa un léger soupir de soulagement. Heureusement que son frère n'avait pas traîné. L'homme en face de lui était loin de lui faire peur, mais c'était plutôt sa propre réaction qu'il redoutait : il était à bout de nerfs et à deux doigts de riposter. Mais une telle réaction ne serait pas du meilleur effet sur ses employés et ses clients et ça ne l'aiderait pas à y voir plus clair.

— Et si vous me disiez votre nom ? insista Colton en s'efforçant de garder son calme.

— Je m'appelle Robert Oaks.

Oaks… A l'évocation de ce nom, Colton se sentit submergé par des souvenirs qu'il avait eu énormément de mal à oublier. Une boule douloureuse se forma au niveau de son estomac. Son pouls s'accéléra. Il se raidit et dévisagea l'inconnu. Le vert de ses yeux… leur forme en amande… oui, il y avait comme… un air de famille.

Des yeux comme les siens, Colton n'en avait pas vu depuis presque deux ans. Il se trouvait alors dans le Nevada pour le salon national des professionnels du tourisme, une semaine qui promettait d'être parfaitement banale et ennuyeuse et qui, en définitive, s'était révélée extraordinaire.

Un souvenir en particulier s'imposa à son esprit, et il aurait tout donné pour pouvoir l'effacer à tout jamais de sa mémoire. Il se revit au lendemain de son mariage avec Penny Oaks, dans une chapelle de Las Vegas. Le matin même où il lui avait annoncé son désir de divorcer, non sans l'avoir remerciée pour la folle semaine qu'ils venaient de passer ensemble, avant de refermer sur lui la porte de la chambre d'hôtel qu'ils n'avaient pratiquement pas quittée depuis leur rencontre.

Non, il ne fallait pas qu'il pense à Penny. Mais comment faire autrement, maintenant que l'homme qui était très probablement son frère se tenait devant lui ?

Robert Oaks croisa les bras sur sa poitrine.

— A voir ta tête, j'en déduis que mon nom te dit quelque chose. Mon coup de poing ne t'a donc pas rendu amnésique, c'est déjà une bonne nouvelle.

— Amnésique ? répéta Colton, sentant l'exaspération monter de nouveau en lui.

— Tu sais bien, répondit Oaks.

Hors de question que ce type s'en tire par ce genre de pirouette, sans expliquer les raisons de sa venue et, *surtout*, de son geste. Après tout, ce qui avait pu se passer entre Penny et lui ne concernait personne d'autre, à commencer par son frère. Absolument rien dans leur histoire ne justifiait une telle agression.

— Tu peux arrêter ton numéro cinq minutes et me dire ce que tu fais là ? reprit Colton, au comble de l'impatience.

Ce petit jeu avait assez duré ; il n'avait pas de temps à perdre avec ce Robert Oaks. D'autant que son emploi du temps était chargé : sur le tarmac de son aéroport privé, un jet de l'entreprise l'attendait pour l'emmener en Sicile. Il devait expérimenter un nouveau parcours de randonnée extrême pour, peut-être, le faire entrer dans son catalogue.

— Si je suis là, souffla Robert, c'est parce que tu dois enfin prendre tes responsabilités. Et comme ça fait très longtemps que j'attends de te le dire, le coup de poing, c'était juste une manière de me défouler.

Colton leva les yeux au ciel. Il ne comprenait pas un traître mot de ce qu'Oaks était en train de lui raconter.

— Quelles responsabilités ? demanda-t-il.

— Tes responsabilités vis-à-vis de ma sœur, précisa Robert Oaks. Elle est à l'hôpital.

Colton sentit sa gorge se serrer, et de bien tristes souvenirs remontèrent du fond de sa mémoire. Il se revit dans un autre hôpital, à faire les cent pas dans des couloirs glauques, les bruits du lino crissant sous les sabots orthopédiques du personnel soignant, les visages émaciés des patients dans leurs chambres entrouvertes, l'odeur d'antiseptique qui imprégnait tout.

Se passant la main dans les cheveux, il fixa Robert Oaks, attendant que ce dernier lui en dise davantage.

— Elle a été opérée de l'appendicite hier, ajouta Robert, comme s'il avait lu dans ses pensées.

Heureusement, il ne s'agissait pas d'une opération très grave, mais la nouvelle ne suffit pas à le tranquilliser.

— Et elle va bien ? demanda Colton.

— Oh ! oui, elle se porte comme un charme, répondit Robert Oaks avec un petit rictus ironique. Mais, tu vois, elle se demande comment elle va payer la facture de l'hôpital et si elle va réussir à s'occuper de ses jumeaux pendant sa convalescence. Enfin, de *tes* jumeaux, devrais-je dire…

A ces mots, Colton eut l'impression de prendre un nouveau

coup de poing, comme si le sol se dérobait sous ses pieds et que la pièce se vidait subitement de son oxygène.

Il secoua la tête, et il lui fallut quelques secondes pour reprendre sa respiration. Qu'est-ce que le frère de Penny était en train de lui dire ? Que devait-il répondre ? Faire ? Penser ?

Des deux mains, il se frotta énergiquement le visage, en attendant que l'air ambiant retrouve le chemin de ses poumons.

— Quoi ? Des jumeaux ? parvint-il à articuler. Penny a eu un bébé ?

— Deux, corrigea Robert, avant de jeter un rapide coup d'œil à Connor. A ce que je vois, la gémellité doit être un trait de votre famille.

— Et elle ne lui a rien dit ? demanda Connor, médusé.

Colton n'en croyait pas ses oreilles. Mais bientôt, la sidération laissa place à la colère. Il serra les poings, une douleur sourde dans sa poitrine. Ainsi, Penny était tombée enceinte de lui, sans rien lui dire ? Elle avait poursuivi sa grossesse, donné naissance à deux enfants, et elle ne lui avait *rien* dit ?

— Où sont-ils ? demanda-t-il d'un ton impérieux.

Oaks avait intérêt à lui répondre. S'il s'avisait de tourner encore autour du pot, Colton ne répondrait plus de rien…

A la lueur d'inquiétude qui passa dans le regard de Robert Oaks, Colton comprit que son visiteur n'avait plus l'intention de jouer au chat et à la souris avec lui. A la bonne heure…

— Ils sont chez nous, répondit Robert d'une voix beaucoup plus conciliante. Avec ma fiancée, nous nous en sommes occupés depuis le début.

Ils. Colton avait du mal à se faire à la nouvelle, et d'autant plus au pluriel. Il était donc père, de jumeaux, dont il ne connaissait pas l'existence quelques secondes plus tôt. Les pensées tourbillonnaient dans son esprit. Comment était-ce possible ? Il avait pourtant toujours utilisé des préservatifs… Manifestement, c'était bien la preuve qu'aucune méthode n'était infaillible…

Puis une idée effarante lui traversa l'esprit : et si toute cette histoire n'était que mensonge ? Penny pouvait tout à fait avoir menti à son frère. Les bébés n'étaient peut-être pas de lui.

— Il s'agit d'une fille et d'un garçon, si cela t'intéresse, annonça Robert Oaks, brisant le silence pesant qui s'était installé entre eux.

Colton leva la tête vers lui. Un garçon et une fille. Deux petits bébés, ses enfants. Dans un état de confusion extrême, il avait toutes les peines du monde à formuler la moindre pensée cohérente. A vrai dire, il ne savait même pas ce qu'il était *censé* penser et ressentir. La seule chose dont il était désormais certain, c'était que Penny, la mère de ses enfants, allait devoir lui donner quelques explications, et le plus tôt serait le mieux.

— Evidemment que cela m'intéresse ! lança Colton. D'ailleurs, dis-moi dans quel hôpital se trouve Penny.

Sans la moindre hésitation, Robert Oaks lui donna toutes les informations nécessaires, y compris son numéro de portable et son adresse. Puis la sécurité de l'immeuble arriva, et Colton s'excusa pour le dérangement : c'était un malentendu, Robert Oaks n'était pas dangereux, et il n'avait aucune intention de porter plainte contre lui.

Son coup de poing n'était que le geste d'un homme exaspéré et prêt à tout pour défendre sa famille. Ce n'était pas un crime, Colton aurait fait la même chose dans les mêmes circonstances.

Néanmoins, quand Robert Oaks sortit de la pièce, Colton passa ses nerfs sur son sac de voyage. D'un coup de pied, il le projeta à l'autre bout de la pièce.

— Je suppose qu'on annule le déplacement en Sicile ? demanda Connor.

La Sicile ! Colton avait complètement oublié.

— Oui, c'est annulé, grommela Colton.

— Alors comme ça, monsieur est papa ? railla Connor, les poings sur les hanches.

— C'est bien ce qu'on dirait.

Une réponse calme et posée, qui tranchait avec le chaos de son esprit, où se bousculaient les pensées, les souvenirs, les émotions. Un chaos bien trop dense pour isoler le moindre élément de certitude, à part qu'il était père, de deux bébés, et qu'il venait de l'apprendre quelques minutes auparavant. Une nouvelle qui avait tout d'un cataclysme.

Il secoua la tête… Non, ce n'était pas possible. Aucun enfant ne méritait de l'avoir comme père, il le savait mieux que quiconque.

— Et tu comptais me le dire quand ? ajouta alors Connor.

Colton dévisagea alors son frère. Etait-il sérieusement en train de penser qu'il lui avait menti ?

— C'est une plaisanterie ? Je viens moi-même de l'apprendre !

— Je ne parle pas des jumeaux, précisa Connor. Je parle de leur mère.

— C'est qu'il n'y avait rien à en dire.

Beau mensonge. En fait, il y avait énormément à en dire, mais il n'avait jamais eu envie d'en parler. Pour la première fois de sa vie, il avait caché quelque chose à son frère jumeau. Pourquoi ? Il était bien incapable de se l'expliquer.

Pour se donner un supplément de contenance, il se passa la main dans les cheveux.

— C'était il y a deux ans, expliqua-t-il après un raclement de gorge gêné, lors du salon du tourisme sportif à Las Vegas.

— C'est là que tu l'as rencontrée ? demanda Connor, dubitatif.

— On en parlera plus tard, tu veux ?

Il prit son sac de voyage qui avait atterri près de la porte du bureau.

— Dommage, répliqua Connor. Je viens juste d'apprendre que je suis tonton, et j'aimerais bien en savoir un peu plus sur la maman. Je ne crois pas que je te demande la lune…

Colton le savait : son frère n'allait pas lâcher prise tant qu'il n'aurait pas obtenu ce qu'il voulait. Après tout, si la situation était inversée, lui aussi aurait demandé des comptes à son jumeau.

— Je t'assure, il n'y a pas grand-chose à dire, grommela-t-il, la mâchoire crispée. Je l'ai rencontrée lors des premières tables rondes organisées pendant le salon, on a passé la semaine ensemble, et puis…

— Et puis quoi ? coupa Connor.

— Et puis, nous nous sommes mariés, termina Colton dans un souffle.

Si Colton n'avait pas été dans un état de nerfs extrême, l'expression qui apparut subitement sur le visage de Connor aurait pu déclencher chez lui un fou rire. Jamais il n'avait vu son frère dans un tel état.

— Quoi ? balbutia Connor en se figeant. Tu t'es marié ? Et tu n'as même pas pris la peine de me le dire ? C'est une blague ?

— Non, mais…, hésita Colton. Ça n'a même pas duré une minute !

Rétrospectivement, Colton était bien en peine de trouver le moindre semblant de logique à son geste. Comment avait-il pu s'abandonner à une passion si dévastatrice pour Penny, au point de l'épouser à la va-vite ? En fait, s'il n'avait rien dit à Connor, c'est qu'il avait été incapable de se l'expliquer lui-même.

Il tourna la tête vers la large baie vitrée de son bureau, donnant sur l'océan. Pendant quelques secondes, il laissa son esprit dériver, contemplant la crête des vagues, les reflets du soleil sur l'eau, les surfeurs et les baigneurs. Il avait même l'impression d'entendre leurs cris, leurs rires…

Autour de lui, la vie continuait. Tout semblait parfaitement normal, paisible et joyeux. Contrairement à sa vie, qui venait de connaître un séisme dévastateur. Désormais, plus rien ne serait comme avant.

— Colt, insista Connor, le tirant de ses pensées. Ça fait presque deux ans, et tu ne m'as rien dit ?

Colton se retourna et fixa Connor.

— Je n'ai jamais su comment te le dire, fit-il en se tordant les mains. Je ne sais toujours pas comment cela a pu arriver.

J'ai repris mon avion, j'ai divorcé, et je me suis dit que tout était terminé. Je n'ai pas vu de raison de t'en parler.

— Mais quand même ! protesta Connor. Je n'arrive pas à croire que tu t'es marié !

— Moi non plus, tu sais. J'en reste le premier étonné.

— Ce n'est pas une excuse.

Son frère avait raison. Que Colton réussisse ou non à le croire, la réalité l'avait rattrapé. Il était père de deux enfants. Par un calcul rapide, il comprit que ses bébés devaient avoir dans les huit mois. Huit longs mois où il avait été absent de leur existence. Huit mois où cette existence lui avait été sciemment cachée, dérobée…

Peu à peu, il sentit la colère le gagner et une boule de rage se nouer dans sa gorge, rendant sa respiration difficile.

Il n'avait plus eu de nouvelles de Penny depuis presque deux ans maintenant. Deux ans qu'elle était sortie de sa vie, même s'il pensait à elle souvent, bien plus souvent qu'il n'osait d'ailleurs se l'avouer à lui-même. Mais en cet instant, son désir de la revoir n'était pas motivé par la nostalgie. Ni même par le désir intense qu'elle avait pu lui inspirer et qui avait été difficile à oublier. Non, ce n'était qu'une colère froide, dure et implacable. Une rage sourde qu'il n'avait encore jamais ressentie auparavant.

Penny lui avait menti. Elle lui avait sciemment caché l'existence de ses enfants. Elle n'allait pas s'en tirer comme ça. Ce n'était pas le genre d'entourloupe qu'un King tolérait.

— Que comptes-tu faire, maintenant ? demanda Connor, circonspect.

Colton se détourna de la vue sur l'océan et fit face à Connor. Il serra les poings.

— Maintenant, je vais aller voir mon ex-femme. Puis je récupérerai mes enfants.

Dès qu'elle bougeait, Penny avait l'impression qu'on lui transperçait le ventre. Tordue de douleur, elle roula lentement sur le côté afin de prendre appui sur la tablette de son lit d'hôpital et, très lentement, réussit enfin à se mettre debout.

Elle n'avait vraiment pas l'habitude de ne rien faire. Elle avait une entreprise à gérer et deux bébés à élever. Elle vivait le quotidien à un rythme frénétique. Si elle restait couchée dans cet hôpital, elle allait devenir folle. En outre, elle ne pouvait pas se le permettre.

A chaque minute qui passait, Penny voyait les factures s'accumuler. Et elle pensait à ses bébés qui n'étaient pas avec elle. Bien sûr, elle avait une confiance aveugle en son jeune frère et sa fiancée, Maria, mais ses jumeaux lui manquaient tellement qu'elle avait l'impression qu'on lui avait arraché un bout de son cœur en même temps que son appendice…

Non, cette hospitalisation avait bien trop duré, et il était temps maintenant qu'elle rentre chez elle.

— Aïe ! s'exclama-t-elle en essayant d'attraper ses vêtements posés dans le fauteuil près de la fenêtre.

— Si j'étais toi, je ne bougerais pas.

Elle sentit son pouls s'accélérer. Elle aurait reconnu cette voix entre mille. Cette voix qui peuplait ses rêves, toutes les nuits.

Elle leva alors la tête et le vit dans l'encoignure de la porte. *Lui*. Colton King. Le père de ses enfants. Le centre de tous ses fantasmes, son ex-époux et, accessoirement, l'homme qu'elle avait le moins envie de croiser sur cette planète.

— Surprise ? demanda-t-il en s'avançant vers elle.

— C'est le moins qu'on puisse dire, concéda-t-elle.

En réalité, il n'y avait pas de mot assez fort pour qualifier sa stupéfaction.

— Eh bien, ajouta-t-il, ça te donne une idée de l'état dans lequel je me trouve.

Elle serra les poings. Robert, ce fou, qu'avait-il encore fait ? Elle l'aurait bien étranglé ! Bien sûr, elle l'aimait comme la prunelle de ses yeux, d'autant plus qu'elle l'avait pratiquement élevé, mais il allait devoir payer pour avoir contacté Colton et lui avoir appris la vérité. Mais chaque chose en son temps. Pour le moment, l'urgence était de se débarrasser de ce fantôme du passé.

Elle se racla la gorge.

— Que fais-tu là ? demanda-t-elle, s'efforçant de paraître impassible.

Colton continua d'avancer vers elle. Lui aussi semblait se donner beaucoup de mal pour paraître décontracté, mais elle comprit immédiatement qu'il n'en était rien. Le moindre de ses muscles trahissait une tension nerveuse intense.

Il avait les mains dans les poches de son jean, et ses bottes à bout ferré résonnaient d'un bruit sourd sur le linoléum de la chambre d'hôpital. Ses cheveux, d'un noir de jais, avaient un peu poussé depuis la dernière fois qu'ils s'étaient vus et quelques boucles tombaient même près du col de son pull lie-de-vin. Mais ses yeux… Ses yeux n'avaient pas changé : profonds, mystérieux, hypnotiques.

Des yeux qui lui avaient fait perdre la tête deux ans plus tôt. Leur couleur bleu glacier, leurs cils épais et noirs… Des yeux qui la fixaient à présent, la clouant sur place, sans échappatoire.

Il était toujours l'homme le plus sexy qu'elle ait rencontré de toute son existence. Il avait toujours cette aura qui attirait les femmes comme un aimant. En le voyant, elle avait toujours cette envie irrépressible de se jeter dans ses bras *et* de le gifler.

— Robert est venu me voir, dit-il doucement, comme s'il s'agissait d'une information anodine.

Mais elle savait mieux que personne ce qu'une telle phrase sous-entendait. Et elle savait aussi que, même s'ils n'avaient passé qu'une semaine ensemble deux ans auparavant, elle n'avait cessé de penser à tous les moments qu'ils avaient partagés.

Oh ! elle avait essayé de les oublier, tant ces souvenirs étaient douloureux. Puis, en découvrant qu'elle était enceinte, elle avait décidé de les préserver, comme on entretient un autel dédié à un cher disparu. Tous les jours, elle détricotait mentalement la moindre conversation qu'ils avaient eue ensemble. De Colton King, elle connaissait par cœur le son de la voix, les intonations, les soupirs. Et, sur le bout de la langue, elle avait encore le goût de sa peau et de ses lèvres.

Il ne pouvait pas lui mentir : en cet instant, il était en colère, comme il ne l'avait peut-être jamais été.

Encore quelque chose qu'ils avaient en commun. Elle aussi n'avait aucune envie de le voir. Et surtout, elle n'en avait pas *besoin*.

Elle prit une profonde inspiration.

— Robert n'avait pas le droit de venir te voir, dit-elle en se rasseyant sur le bord du lit.

La douleur était trop intense, à tous égards.

— Tu dois avoir raison, répondit Colton, avec une froideur qui la fit frissonner. C'est *toi* qui aurais dû le faire.

Elle sentit sa gorge se serrer, mais il était hors de question que Colton réussisse à la faire culpabiliser. Le choix qu'elle avait fait, elle l'avait analysé à maintes reprises, tourné des milliers de fois dans sa tête, et elle savait qu'il avait été le bon ou, du moins, le seul possible.

Quelle aurait été l'alternative ? Après une seule et unique semaine de passion et un mariage éclair, sitôt prononcé, sitôt dissous ? Sans compter que, sur la question de la garde des enfants, elle n'aurait simplement eu aucune chance. Elle aurait été face à un King, héritier de l'une des familles les plus riches de Californie, elle, Penny Oaks, qui avait à peine de quoi faire un seul repas par jour…

Non, cacher la vérité à Colton avait été la bonne décision, et elle ne la regrettait pas une seconde. D'autant qu'elle n'avait eu qu'une chose en tête : l'intérêt de ses enfants. On ne sépare pas des bébés de leur mère, un point c'est tout.

Elle leva lentement les yeux vers lui.

— Oui, je comprends ce que tu peux ressentir, mais…

— Tu ne comprends rien du tout, coupa Colton, la voix aussi tranchante qu'un couteau acéré. Je viens à peine de découvrir que je suis père, que j'ai deux bébés que je n'ai jamais eu l'occasion de voir. Penny, je ne sais même pas comment ils s'appellent ! Tu te rends compte ?

Soudain, elle eut l'impression qu'un étau enserrait sa tête. Elle sentit une sourde angoisse monter en elle. Et s'il avait raison ? Et si elle s'était trompée ? Non, il ne fallait pas qu'elle se laisse intimider par Colton King. Malgré son assurance, malgré son arrogance, malgré ses millions.

— Le nom, Penny, insista-t-il, glacial. J'ai le droit de savoir.

Elle en aurait presque eu la nausée. Etait-elle sur le point d'abandonner ses bébés à un homme qui n'en avait jamais voulu ? Que pouvait-elle faire d'autre ?

— Très bien, concéda-t-elle, les dents serrées. Ton fils s'appelle Reid et ta fille Riley.

Il poussa un profond soupir.

— Reid et Riley comment ? ajouta-t-il.

Elle resta silencieuse un instant, sachant pertinemment où il voulait en venir.

— Oaks, répondit-elle. Riley et Reid Oaks.

Il grimaça.

— Ça, ma belle, ça va vite changer, commenta-t-il.

Elle sentit la panique la gagner. Faisant fi de la douleur, elle se releva.

— Parce que tu crois que tu peux débarquer comme ça et changer le nom de mes enfants ? Eh bien non, tu ne peux pas revenir dans ma vie sur un coup de tête et décider ce qu'il y a de mieux pour eux. Je ne te laisserai pas faire.

— Et pourquoi pas ? Toi, tu as bien pris une décision pour moi il y a deux ans, non ?

Elle en eut le souffle coupé.

— Est-ce qu'au moins tu as pris la peine de préciser que j'étais leur père sur le registre de l'état-civil ?

— Mais bien sûr ! s'écria-t-elle.

Pour qui la prenait-il ? Ses enfants avaient le droit de savoir qui était leur père, et elle avait bien l'intention de leur raconter l'histoire de leur conception… le jour venu.

— Bon, c'est déjà un bon point, grommela-t-il. Je vais consulter mes avocats pour que le changement de nom soit effectif le plus rapidement possible.

Elle n'en croyait pas ses oreilles. Colton était vraiment de ceux qui pensaient que tout leur était dû et qui ne renonçaient jamais tant qu'ils ne l'avaient pas obtenu. Elle voulut s'approcher de lui pour lui dire ses quatre vérités, mais une douleur insupportable lui lacéra le ventre. Haletante, elle se laissa tomber sur le lit.

— Que se passe-t-il ? demanda Colton, affolé. Tu as besoin d'une infirmière ?

— Ça va, ça va, soupira-t-elle, les doigts crispés autour du rebord du drap.

Non, elle n'avait pas besoin d'une infirmière. Elle avait besoin d'une piqûre de morphine. De solitude pour pouvoir pleurer toutes les larmes de son corps. Et d'un grand verre de vin rouge.

— J'ai besoin que tu t'en ailles, ajouta-t-elle en détournant la tête. Va-t'en, s'il te plaît.

— Non, je reste.

— Robert…, murmura-t-elle, tu vas me le payer.

Il eut un petit rire nerveux.

— Ton frère n'y est pour rien, ce n'est pas un crime de m'avoir dit la vérité.

Elle se retourna vers lui et le fixa. Cela ne faisait aucun doute : il était encore le Colton King qui l'avait fait chavirer deux ans plus tôt. Malgré l'exaspération et la peur qu'il suscitait en elle, il était toujours l'homme le plus séduisant de la Terre.

Comment était-ce possible ? Pourquoi n'était-il pas devenu obèse en deux ans ? Pourquoi n'avait-il pas perdu ses cheveux ? Quelque chose, quoi ! Elle était clouée dans un lit d'hôpital, tordue de douleur et affamée. N'y avait-il donc aucune justice dans ce bas monde ?

— Tu sors quand ? demanda-t-il, brisant l'embarrassant silence qui s'était installé entre eux.

— Demain.

Il était grand temps. Ses enfants lui manquaient affreusement, et elle s'en voulait d'avoir demandé à Robert et Maria de s'en occuper. Ils étaient très occupés, avec leur mariage à préparer. Mais son frère ne perdait rien pour attendre. Elle comptait bien avoir une discussion avec lui dès qu'elle aurait mis le pied hors de cette prison aseptisée.

Mais au fond, elle comprenait la raison qui avait poussé Robert à aller trouver Colton. Il considérait qu'il s'agissait de la bonne chose à faire. Même si cela impliquait de trahir les secrets de sa sœur et de les révéler au seul homme qui n'aurait jamais dû les connaître.

— Entendu, ajouta Colton. On finira cette conversation quand tu seras rentrée.

— Ça m'étonnerait, Colton. Je n'ai plus rien à te dire.

— C'est ce qu'on va voir, fit-il sèchement.

— Non, Colton, je ne te dois rien.

C'était faux, elle le savait. Mais que pouvait-elle dire d'autre ? Accepter de se soumettre au bon désir de Colton ? Abdiquer sans se battre ?

Elle ne s'attendait pas à ce qu'on la comprenne. Mais qui savait réellement pourquoi elle avait caché l'existence de ses enfants à leur père ? Même à Robert, elle n'avait pas tout dit. Elle avait ses raisons, et rien ne lui ferait regretter sa décision. Pas même les yeux bleus de Colton, ceux-là mêmes qui hantaient encore ses rêves les plus érotiques.

— Tu te trompes, ajouta Colton en se radoucissant. Mais on verra cela plus tard…

— Oui, plus tard, l'heure des visites est terminée, déclara alors une infirmière en entrant dans la pièce. Je vais devoir vous demander de sortir.

Penny continua de fixer Colton. Pendant une seconde, elle crut qu'il allait répliquer, argumenter, refuser de partir, mais, à son grand étonnement, il s'éloigna calmement.

— Très bien, je reviendrai te chercher demain.

Elle sentit une boule d'angoisse dans sa poitrine.

— Non, ce n'est pas la peine, bredouilla-t-elle, Robert a tout organisé.

L'infirmière commença à s'affairer autour d'elle, tout en jetant des regards furtifs vers Colton. A l'évidence, elle non plus n'était pas insensible à son charme ravageur.

— Nous n'aurons pas besoin de Robert, ajouta Colton en passant la porte. Je viendrai te chercher demain matin.

— Demain matin, je ne pense pas, commenta l'infirmière. Elle ne sortira pas avant le début d'après-midi.

— Je serai là demain, répéta Colton, comme s'il n'avait pas accordé la moindre attention aux précisions de l'infirmière.

Puis, enfin, il partit.

— Eh bien, souffla l'infirmière tandis que le bruit des bottes de Colton s'évanouissait, on en a de la chance ! C'est votre mari ?

Penny soupira.

— Oh non.

Elle aurait été bien incapable de dire ce que Colton représentait pour elle. Un ami ? Un ennemi ? Le père de ses enfants ? Son passé revenu semer le chaos dans son présent ?

— C'est mon ex, se contenta-t-elle de répondre.

— Vraiment ? s'étonna l'infirmière. Je n'arrive pas à croire que vous ayez laissé filer un homme pareil…

Penny prit une profonde inspiration et ferma les yeux, pour signifier à la soignante que cette conversation était terminée.

Mais dans son esprit, le flot de ses pensées était loin de s'apaiser. Impossible de chasser l'image de Colton. Son visage, ses yeux. Ses yeux si bleus. Si froids. Si durs. Et porteurs d'une telle colère qu'elle frissonna à l'idée de le revoir le lendemain.

- 2 -

Colton n'alla pas voir ses enfants. C'était encore trop tôt, il était encore trop en colère contre Penny. Il lui en voulait trop de ses mensonges. Hors de question d'entrer dans la vie de ses jumeaux ainsi.

Il préféra aller surfer. Il avait un besoin urgent de se vider l'esprit et d'apaiser la fureur qui faisait rage en lui. Mais les vaguelettes de la plage de Laguna n'allaient pas suffire. Il avait besoin de vagues fortes, violentes, un peu dangereuses. Suffisamment, en tout cas, pour que l'adrénaline chasse l'aigreur qui commençait à le ronger.

A Newport Beach, le spot baptisé « Wedge » se trouvait au bout de la péninsule de Balboa. Les vagues y dépassaient souvent les neuf mètres et, à cause d'aménagements de la baie de Newport effectués dans les années 1930, elles étaient en outre parfaitement imprévisibles. C'était là que les vagues étaient les plus hautes, les rouleaux les plus spectaculaires.

L'endroit n'était pas fait pour les débutants et, en cette fraîche journée d'automne, il n'y avait qu'une toute petite poignée de surfeurs dans l'eau. Les conditions semblaient idéales.

Mais après avoir chevauché deux ou trois vagues, Colton se rendit à l'évidence : il n'arrivait pas à chasser Penny de ses pensées. Elle l'obsédait, elle et ses jumeaux qui, quelque part, pleuraient, riaient, dormaient. Sans lui, sans même avoir conscience de son existence.

Son cerveau était saturé d'images et de pensées qui le perturbaient. Surfer dans ces conditions relevait donc de l'inconscience. Certes, en règle générale, le danger ajoutait au plaisir, mais s'obstiner à surfer dans ces eaux tempétueuses en étant incapable de se concentrer relevait du suicide. Et il n'était pas d'un tempérament suicidaire.

Au bout d'une petite heure, Colton laissa donc un dernier rouleau l'échouer sur la plage. Puis, sa planche sous le bras, les oreilles encore bourdonnantes de la frénésie de l'océan, il alla s'asseoir dans le sable, le regard perdu sur les crêtes des vagues.

Il soupira. Quelle journée ! Lui qui pensait ne plus jamais revoir Penny Oaks, il la savait désormais mère de deux enfants dont il était le père. Deux enfants dont elle lui avait tout simplement caché l'existence pendant de longs mois.

Mais parmi ces sentiments de colère, de rancœur et de sidération, l'image de Penny dans son lit d'hôpital suscita une autre émotion en lui. Il se rappela l'attirance qu'il avait éprouvée pour elle dès leur rencontre.

Avec ses jeans et ses T-shirts sans prétention, son absence de maquillage, elle n'était pourtant pas le genre de femme qui l'attirait habituellement. En général, il jetait son dévolu sur des top-modèles ou des actrices, et ce qu'il désirait partager avec elles se limitait à son lit.

Mais Penny, c'était autre chose, et il l'avait su dès qu'il lui avait adressé pour la première fois la parole deux ans auparavant. Dès qu'il avait posé les yeux sur elle, il n'avait pu penser qu'à une seule chose : ses longues jambes nouées autour de lui. Sa bouche pressée contre la sienne. La tiédeur de son souffle caressant sa peau et le faisant frissonner de plaisir.

Cette femme lui avait fait l'effet d'une tornade, et il avait encore bien du mal à s'en remettre. Quand il l'avait revue dans sa chambre d'hôpital, ses cheveux roux foncé en bataille et ses yeux verts paniqués, il aurait tout donné pour lui faire l'amour sur-le-champ. Il s'était littéralement enfui de l'hôpital, submergé de désir.

Après Las Vegas, il avait pourtant tenté d'enfouir ce souvenir et d'oublier Penny dans les bras d'une dizaine de femmes. En vain. Et voilà qu'elle était maintenant revenue *dans sa vie*, avec deux enfants, dont il était hors de question qu'il soit séparé plus longtemps. Même si, il devait bien se l'avouer, il n'avait jamais imaginé devenir un jour père.

Il secoua la tête, chassant ses pensées. Le soleil commençait à se coucher à l'horizon, et les surfeurs désertaient la plage. Dans le ciel, le blanc des nuages prenait des nuances de rose et d'orange.

— Quel idiot tu fais !

Il n'eut pas à se retourner pour savoir qui venait de parler. Même les yeux bandés, il aurait été capable de reconnaître la voix de Connor entre mille.

— Merci d'être venu me tenir compagnie, mais j'aimerais être seul, grommela Colton, sans cesser de regarder devant lui.

— Pas question, fit Connor, en prenant place à son côté.

Colton connaissait son frère mieux que personne, et il savait pertinemment qu'il ne s'en irait. Il allait rester là, dans la même position que lui, en silence.

En règle générale, cela suffisait, car il n'avait pas besoin de parler pour se faire comprendre de Connor. Mais le problème, aujourd'hui, était qu'il ne se comprenait pas lui-même. Oui, il ressentait du désir pour Penny. Il éprouvait aussi de la colère et de la rancœur. Mais il y avait quelque chose d'autre, qu'il était bien incapable de définir.

Les pensées se succédaient dans son esprit, sans qu'il puisse en dompter aucune. Comme si elles se fracassaient les unes après les autres contre le mur de son crâne. Un peu comme les vagues se fracassaient sur le Wedge et, comme le Wedge, son esprit était un endroit dangereux en ce moment.

— Tu ne vas pas surfer au Wedge seul et sans me prévenir, lança alors Connor d'un ton dur. Tu le sais parfaitement.

Oui, il le savait. Même les drogués à l'adrénaline de son espèce savaient qu'il y avait certaines lignes à ne pas franchir. Mais aujourd'hui, il se sentait perdu, et il n'était pas encore prêt à l'avouer à Connor.

— Je n'étais pas seul, rétorqua Colton. Regarde, il y avait quand même un peu de monde.

Connor pouffa.

— Trois pauvres surfeurs, tu appelles ça du monde ? Et si tu étais tombé sur un tourbillon ?

— Je sais, je sais, maugréa Colton. Mais de toute façon, je ne suis pas resté longtemps dans l'eau, je n'avais pas la tête à ça.

— N'empêche. La prochaine fois, laisse-moi un mot si tu vas surfer tout seul au Wedge.

Colton tourna la tête vers son frère.

— Un mot ? répéta-t-il en écarquillant les yeux. Tu veux quoi aussi, que j'attende que tu me signes une permission de sortie ?

— Oui, ironisa Connor, si tu as des envies suicidaires, laisse-moi au moins une lettre dans laquelle tu marqueras « mon frère avait raison, j'aurais dû l'écouter ».

Connor ponctua sa réponse d'un éclat de rire, et Colton rit à son tour. L'humour de son frère était vraiment une arme imparable et traduisait une immense tendresse qui lui alla droit au cœur. Connor n'était pas son jumeau pour rien : il lisait en lui comme dans un livre ouvert et n'avait pas son pareil pour le lui faire comprendre.

De même, Colton n'avait pas besoin de lui demander comment il avait su où le trouver. Ces dix dernières années, il était allé d'aventure en aventure et n'avait jamais pu tenir en place. Hors de question de moisir derrière la fenêtre d'un bureau, même si c'était celui de King Aventures Extrêmes avec son incroyable vue panoramique sur le Pacifique.

Oui, même derrière cette baie vitrée, il se sentait vite enfermé, à l'étroit, raison pour laquelle, au sein de King Aventures Extrêmes, c'était lui qui s'occupait des « aventures », tandis que Connor se chargeait du reste, notamment de l'administratif.

L'idée de passer toute sa journée derrière un bureau le faisait frémir. Et, sur ce point, il était au diapason avec ses clients : toujours à la recherche d'une poussée d'adrénaline. Parachute dans le désert, surf sur des mers démontées, escalade au bout du monde ou deltaplane au-dessus de la forêt vierge… Toutes les prestations de leur catalogue, il les avait personnellement testées, et il n'était pas près de s'arrêter.

Malgré tout ce qu'il avait appris aujourd'hui.

— Au fait, tu es allé voir tes jumeaux ? demanda Connor en reprenant son souffle.

— Non, répondit-il simplement, bien incapable d'ignorer le soudain coup au cœur qu'il venait de ressentir.

— Pourquoi ?

— Parce que je suis encore passablement énervé contre leur mère.

— Je suppose qu'elle n'a pas dû sauter de joie en te voyant, s'amusa Connor.

— Parce que tu crois que j'en ai quelque chose à faire ?

— Toi, peut-être pas, mais je suis certain que c'est important pour les gamins.

Colton ressentit une nouvelle poussée de colère.

— Qu'est-ce que j'en sais ? tempêta-t-il. Je n'avais pas du tout l'intention d'être père.

Connor leva les yeux.

— Tu exagères, ajouta-t-il, le nôtre nous a quand même donné un bon exemple.

— Oui, c'est vrai, soupira Colton.

Ses parents avaient été les meilleurs du monde, jusqu'à… Un profond sentiment de culpabilité l'envahit alors, qu'il s'efforça de chasser. Comme il l'avait toujours fait. Du reste, le passé n'avait aucune raison de resurgir aujourd'hui, pas ce passé-là, du moins. Il ne devait que penser au présent, et surtout à l'avenir.

— Mais ça ne veut pas dire que je saurai comment m'y prendre, continua-t-il.

— Ça ne veut pas non plus dire que tu seras un mauvais père.

Encore une énième preuve que Connor avait réponse à tout et savait mieux que personne trouver les mots pour l'apaiser.

Colton se pencha alors vers Connor et passa une main dans ses cheveux pour les ébouriffer.

— Allez, je suis sûr que tout ira bien, ajouta Connor avec un petit sourire en coin. A moins, bien sûr, si tu penses qu'ils ne sont pas de toi…

A vrai dire, l'idée lui avait traversé l'esprit, lorsque Robert Oaks, après lui avait décoché son poing dans la figure, lui avait expliqué les raisons de sa visite et de son geste. Mais il s'était rapidement ravisé.

— Non, je ne le pense pas. Penny n'est pas une menteuse, même si elle m'a caché la vérité. Si elle avait voulu faire passer ses jumeaux pour les miens afin de m'extorquer de l'argent, elle l'aurait fait dès le départ. Elle n'aurait pas attendu dix-huit mois.

— Ça me paraît logique, approuva Connor. Mais faire un test de paternité est probablement une bonne idée, ne serait-ce que sur un plan légal.

Oui, en temps voulu, il s'y résoudrait probablement, il n'était pas stupide. Mais test ou pas, il savait pertinemment, dans son cœur et dans son corps, que les jumeaux étaient bien de lui. A l'hôpital, Penny avait eu l'air bien trop paniquée de le revoir. Elle n'avait pas le regard d'une arnaqueuse contente de voir son piège se refermer.

Du reste, elle avait parfaitement raison d'être paniquée, parce que sa petite vie était sur le point de changer. Plus jamais elle ne serait la même. Car il avait bien l'intention de faire partie de la vie de ses enfants et de s'occuper d'eux le mieux possible.

Penny consulta une nouvelle fois sa montre. Colton avait-il finalement oublié de venir la chercher ? L'idée la fit sourire. Colton King avait peut-être l'air d'un aventurier, il était aussi un brillant homme d'affaires attentif au moindre détail et déterminé comme personne. Impossible qu'il ait oublié.

Alors pourquoi ne s'était-il pas présenté ce matin à l'hôpital, comme il l'avait promis la veille ? Après une longue nuit d'insomnie à réfléchir à ce qu'elle allait bien pouvoir lui dire en le revoyant, elle pesta intérieurement : elle avait perdu le sommeil pour rien, Colton ne s'était même pas donné la peine de se déplacer pour elle.

Toute la journée, elle l'avait pourtant attendu, le ventre noué par le stress et la douleur due à l'opération. Mais Colton n'avait pas montré le bout de son nez. Elle était exaspérée : pourquoi se laissait-elle troubler ainsi ? Elle ferait mieux de le chasser de son esprit une bonne fois pour toutes.

Mais oublier Colton King était impossible, même après deux longues années. En réalité, il n'avait fallu qu'une seule semaine passée ses côtés pour qu'il remplisse ses rêves pendant des mois et nourrisse ses fantasmes. Même pendant sa grossesse, quand elle était enceinte de jumeaux dont elle ne lui avait rien dit, il revenait toutes les nuits dans ses rêves. Toutes les nuits, elle se repassait le film de leur rencontre et de leur folle semaine à Las Vegas. Et tous les matins, elle se réveillait et retrouvait la dure réalité d'un lit vide et froid.

Oui, c'était à ce souvenir qu'il fallait qu'elle s'attache en priorité : après tout, c'était Colton qui, le premier, l'avait abandonnée et laissée sans nouvelles. Mais même le cœur brisé, Penny avait encore le corps en feu. Ce désir fou qu'il suscitait en elle se calmerait-il un jour ?

D'autant qu'elle avait d'autres chats à fouetter : l'hôpital ne semblait pas disposé à la laisser sortir aujourd'hui, et elle ne pouvait absolument pas se permettre d'y passer un jour de plus. Tout d'abord, elle n'en avait pas les moyens — cet établissement était capable de facturer cent dollars une simple aspirine — et, ensuite, ne pas être avec ses enfants la torturait. Il fallait qu'elle rentre chez elle, dans sa vieille maison, et qu'elle ferme la porte à double tour…

Mais croyait-elle pouvoir échapper à Colton ? Se cacher ? Impossible. Pas maintenant qu'il savait pour les jumeaux.

Elle sentit son cœur se serrer et, de nouveau, fut horripilée de constater dans quel état Colton pouvait la mettre. Quand apprendrait-elle la leçon ? Pensait-elle vraiment qu'il allait revenir dans sa vie ? Et pour quoi faire ? Pour la jeter encore une fois comme un vieux Kleenex ?

De rage, elle serra les dents et lança un regard vers le couloir de l'hôpital. Toujours vide, toujours pas de Colton à l'horizon.

En revanche, son médecin apparut sur le seuil de la chambre pour lui faire enfin signer la décharge qui allait lui permettre de quitter cet endroit hors de prix. A la bonne heure… Mais il fallait encore qu'elle attende l'infirmière chargée de la faire sortir de l'hôpital dans le fauteuil roulant réglementaire. Une infirmière qui n'avait pas l'air pressée d'arriver. A chaque minute qui passait, Penny sentait son ventre se serrer encore un peu plus à l'idée de voir Colton.

Mais pourquoi n'était-il pas venu ? Etait-il passé chez elle pour voir ses enfants ? A moins qu'il ait changé d'avis ? Aurait-elle cette chance ?

Non, impossible. Pour les King de Californie, la famille était une notion des plus sacrées.

Pendant leur semaine ensemble, combien de fois Colton lui avait-il parlé de ses frères, de ses cousins, de leurs femmes, de leurs enfants ? Il s'illuminait dès qu'il parlait de week-end en famille, de mariages, de baptêmes. Et le lien qu'il avait avec les siens semblait si fort, indestructible, qu'elle en avait éprouvé de l'envie.

Elle ignorait tout des grandes familles. Dans sa vie, elle n'avait que son jeune frère, et, pendant des années, ils avaient tout été l'un pour l'autre. Penny et Robert contre le reste du monde.

Avant de rencontrer Colton, elle n'avait d'ailleurs eu que très peu de vie sociale. Certes, elle sortait un peu, avait déjà eu des hommes dans sa vie, mais les deux qu'elle avait fréquentés avant lui ne lui avaient pas laissé de souvenir impérissable, notamment sur le plan physique. Elle en était même venue à se demander si toutes les femmes des magazines avec leurs orgasmes à vous faire tourner la tête ne mentaient tout simplement pas…

Mais avec Colton, elle avait compris que non. Avec lui,

elle avait ressenti des choses qu'elle n'avait jamais éprouvées auparavant. Avec lui, elle avait eu l'impression d'être la plus belle femme du monde, la plus désirable. Il lui avait vraiment fait tourner la tête, elle avait vu des étoiles et elle avait déposé son cœur à ses pieds. Qu'il s'était empressé de piétiner.

Quelle idiote... Elle avait tout simplement confondu amour et plaisir. Et aujourd'hui, que lui restait-il ? Un mariage qui n'avait même pas duré vingt-quatre heures avant d'être dissous.

Elle soupira et tourna la tête vers la vitre de sa chambre. Elle regarda le bleu du ciel qui perçait à travers les branches d'un vieil orme. Une légère brise faisait trembler les feuilles qui commençaient à changer de couleur. Que n'aurait-elle donné pour être dehors, à sentir la brise d'automne sur son visage. Qui sait, ce vent l'aurait peut-être aidée à chasser ses sombres pensées de son esprit ?

Rien n'y faisait : elle n'arrêtait pas de penser à Colton. A la semaine qu'ils avaient passée ensemble, sans jamais quitter leur chambre d'hôtel, agrippés l'un à l'autre. A la bulle de passion qu'ils s'étaient créée. A leur dernière nuit qui s'était terminée par un mariage dans une chapelle du Strip. Et à leur dernière matinée où, en un instant, Penny était passée de jeune mariée à jeune divorcée.

Ce matin-là, elle avait ouvert les yeux et trouvé Colton assis au bord du lit. Il était déjà habillé, sa valise à ses pieds, et l'expression de son visage était sinistre. Jamais elle ne pourrait oublier son regard qui lui avait tout simplement brisé le cœur en mille morceaux.

— Je ne suis pas fait pour le mariage, avait-il soupiré.

Puis il s'était passé la main dans les cheveux d'un air exaspéré, avant de poursuivre :

— La nuit dernière était une regrettable erreur. Je ne veux pas de femme, je ne veux pas d'enfants. Je ne veux pas d'une petite maison en banlieue avec sa clôture de bois et le labrador qui court après la balle. Rien que d'y penser, j'ai la nausée. Cette semaine avec toi a été merveilleuse sur le plan sexuel, mais c'est tout ce que nous avons partagé, je suis désolé.

La gorge nouée, elle avait essayé de parler, mais il l'avait achevée d'un :

— Mes avocats s'occuperont de t'envoyer les papiers du divorce. C'est ce qu'il y a de mieux à faire. Pour moi, pour toi, pour nous. Au revoir, Penny.

Puis il s'était levé et, sans se retourner, était parti.

Comme si la semaine qu'ils venaient de partager n'avait jamais existé. Comme s'ils n'avaient pas passé tout le temps à explorer le moindre centimètre carré de leur peau. Comme s'il pouvait tirer un trait sur elle. Comme si tout n'avait absolument rien signifié pour lui.

Dès lors, comment pouvait-elle encore ressentir le moindre sentiment positif à son égard ?

Elle soupira. Tout cela n'augurait vraiment rien de bon…

— Vous êtes prête ? demanda une infirmière en entrant dans la chambre, poussant un fauteuil roulant.

Elle soupira, en proie à des sentiments ambivalents. Elle allait enfin sortir de l'hôpital et retrouver ses bébés, mais elle allait aussi retourner chez elle, où Colton devait sans aucun doute l'attendre. Cette maison où elle n'avait nulle part pour se cacher, nulle part où s'enfuir…

Le souvenir de la dernière matinée à Las Vegas lui revint alors à l'esprit. Pourquoi s'enfuir ? Pourquoi se cacher ? Elle n'avait absolument rien à se reprocher. Elle n'avait voulu que protéger ses enfants de l'horrible abandon dont elle avait été victime, voilà tout. Elle ne voulait pas leur faire vivre ce qu'elle avait vécu, voir leur père s'éloigner et les quitter à tout jamais, sans même un dernier regard.

— Oui, répondit-elle en redressant la tête. Je suis prête, allons-y.

Et elle s'installa dans le fauteuil roulant, et l'infirmière la poussa dans le couloir. Puis elles prirent l'ascenseur. Quand elles furent arrivées au rez-de-chaussée, l'infirmière la conduisit vers l'entrée et ses larges portes vitrées automatiques. Sans s'arrêter au bureau pour les formalités administratives.

Penny tourna la tête vers l'infirmière.

— Excusez-moi, je n'ai pas réglé mon séjour et je…

— Ne vous en faites pas, répondit l'infirmière. Tout est en ordre.

Penny n'en crut pas ses oreilles.

— Pardon ? Je ne comprends pas…

L'infirmière lui décocha un large sourire. La surprise de sa patiente semblait l'amuser.

— Votre mari s'est occupé de tout quand il est passé ce matin. Il n'a pas voulu monter pour que vous puissiez vous reposer. Madame a pioché le bon numéro !

Penny sentit son estomac se nouer. Son mari… Le bon numéro… Colton était donc bien venu le matin, avait réglé la facture de l'hôpital et, par la même occasion, s'était mis tout le personnel dans la poche. C'était insupportable !

Mais, au fond, cela n'avait rien de bien surprenant. Colton avait un don pour se faire apprécier des gens. Mais il n'avait sans doute pas envisagé une seule seconde qu'elle ne veuille pas de son aide.

Elle se cala dans le fauteuil roulant et pesta intérieurement. Discuter avec l'infirmière ou avec l'administration de l'hôpital ne mènerait à rien, d'autant qu'ils avaient sans doute sauté de joie de voir la facture payée comptant, et non par petite mensualité comme elle le leur avait proposé… Et d'ailleurs, pourquoi auraient-ils hésité, ce n'était pas comme s'ils contractaient une dette envers lui. Mais pour elle, ce paiement signifiait un nouveau lien avec lui dont elle se serait bien passée.

Pourquoi s'était-il mis en tête de payer sa facture ? Elle ne lui avait rien demandé ! Elle n'avait jamais joué la demoiselle en détresse attendant son prince charmant et son énorme chéquier ! Désormais, elle allait devoir trouver un moyen de le rembourser au plus vite si elle voulait regagner un semblant d'amour-propre.

En sortant de l'hôpital, elle sentit l'air frais lui caresser le visage. Un air iodé et salé qui lui remonta le moral.

Mais son bien-être fut de courte durée : Colton était là, posté près de son énorme 4x4 noir. Il avait l'air plus détendu que la veille, les bras croisés sur la poitrine, vêtu simplement d'un jean sombre et d'un T-shirt bordeaux. Ses yeux couleur glacier étaient cachés par des lunettes de soleil, et la brise de fin d'après-midi faisait ondoyer ses épais cheveux noirs.

Derrière elle, Penny entendit l'infirmière soupirer. Un soupir d'appréciation, et elle ne put lui en vouloir. Le spectacle avait, vraiment, quelque chose de tout à fait appréciable.

De fait, il suffisait presque de regarder cet homme pour le désirer. Et elle savait mieux que personne combien les fantasmes n'avaient rien à envier à la réalité. La réalité était même encore plus savoureuse que les fantasmes les plus fous qu'il était capable de susciter.

Instinctivement, pourtant, Penny eut envie de demander à l'infirmière de la ramener à l'intérieur. Oui, sa véritable envie à elle, c'était de s'enfuir et de se cacher. Et elle en avait tellement honte…

Mais il ne fallait pas qu'elle donne prise à sa peur. Elle devait prendre son courage à deux mains, afficher sur son visage un sourire factice et effectuer la meilleure performance d'actrice de toute sa vie.

— Et voilà, elle est prête à rentrer, déclara l'infirmière à Colton qui approchait.

— Je vous remercie, fit-il.

Puis il passa une main sous le bras de Penny et l'aida à se lever. Une aide bienvenue, car elle se sentait faible sur ses jambes.

— Tout va bien ? demanda-t-il de sa voix chaude et rocailleuse.

Elle ferma les yeux, retenant sa respiration. Il ne fallait pas qu'elle sente son parfum, cela risquait tout bonnement de l'achever.

— Oui, tout va bien, bredouilla-t-elle. Merci d'être venu me chercher.

Il la gratifia d'un petit sourire en coin, comme s'il savait parfaitement qu'elle ne croyait pas un mot de ce qu'elle venait de dire. Elle serra les dents. Cet homme était vraiment exaspérant, et sa capacité à lire en elle comme dans un livre n'arrangeait rien.

Une fois assise dans la voiture, elle se chercha une contenance en triturant la ceinture de sécurité. Puis elle se força à sourire une ou deux fois en direction de Colton, impassible, et s'enfonça dans son siège en cuir, aussi profond que confortable.

Le carrosse de Colton n'avait rien à voir avec sa vieille berline quatre portes. Oh ! et puis quoi ? Sa voiture à elle n'était peut-être pas aussi spacieuse — et n'avait pas non plus de mini-téléviseur sur le tableau de bord passager —, mais elle était parfaite pour la mener d'un endroit à un autre. Et c'était tout ce qui importait. Elle espérait d'ailleurs qu'elle lui dure encore un certain temps…

Après de longues minutes de silence, tiraillée entre agacement et émerveillement, elle osa enfin ouvrir la bouche.

— Pourquoi es-tu venu ? demanda-t-elle, sans quitter la route des yeux.

— Pour te ramener chez toi, répondit-il d'un ton laconique.

— Ce n'était pas la peine, Robert devait le faire.

— Je me suis arrangé avec lui.

Son agacement reprit le dessus.

— Et tu vas continuer longtemps à te mêler de ma vie ? fit-elle, à deux doigts d'exploser.

— Aussi longtemps qu'il le faudra.

Décidément, cet homme n'avait pas son pareil pour lui mettre les nerfs en pelote. Et cette manie qu'il avait de rester impassible, sans même la gratifier d'un regard…

Très bien, s'il en était ainsi, elle allait suivre son exemple. Elle ne dirait plus un mot de tout le trajet et jouerait les indifférentes. En soupirant, elle croisa les bras sur sa poitrine et reposa la tête contre la vitre. A l'extérieur, un paysage familier se déroulait sous ses yeux, tandis que la voiture avançait sur la Pacific Coast Highway. Les immeubles et les voitures à gauche, l'océan à droite. Les reflets du soleil sur l'eau la firent ciller, lui donnant une bonne excuse pour les fermer. Elle devait essayer de penser à autre chose. Echapper au sentiment d'impuissance qu'elle sentait grossir en elle et qui, si elle n'y prenait pas garde, était tout à fait capable de la faire pleurer.

— Tu es bien silencieuse, dit alors Colton, rompant son mutisme. Ça ne te ressemble pas.

— Peut-être que les gens changent, maugréa-t-elle.

— Non, les gens ne changent pas, répondit-il, d'un ton froid comme la pierre. Les gens sont ce qu'ils sont, ce sont les situations qui évoluent.

A quoi jouait-il ? Se croyait-il réellement en position de lui faire la leçon, lui qui l'avait abandonnée comme un vieux chiffon deux ans auparavant ?

— Tu aurais dû me le dire, ajouta-t-il.

Estomaquée, elle le regarda. Il avait les yeux vissés sur la route et la mâchoire serrée. Ce qui ne l'empêchait pas d'être toujours incroyablement séduisant.

— Tu ne voulais pas savoir, soupira-t-elle.

— Parce que tu m'as laissé le choix, peut-être ?

Elle eut un rire nerveux.

— Tu es très drôle, ironisa-t-elle. Je crois qu'on n'a pas le même souvenir de nos derniers moments passés ensemble.

Il tourna rapidement la tête vers elle.

— Que veux-tu dire ?

Comment avait-il pu oublier ? Ou bien feignait-il le trou de mémoire ? Car de son côté, elle se souvenait de ce dernier matin comme s'il était survenu la veille. Elle connaissait par cœur le moindre de ses mots, elle entendait encore le son de ses pas feutrés se dirigeant vers la porte, pour ne jamais revenir. Et elle le savait mieux que personne : son choix, il l'avait fait bien avant leur rencontre.

La voiture arriva alors à un feu rouge. Colton mit le moteur au point mort et se tourna vers elle.

— Je veux tout savoir, dit-il d'une voix tranchante. Absolument tout ce qui s'est passé depuis deux ans.

— Dix-huit mois, rectifia-t-elle.

— Tu m'excuseras, j'ai arrondi.

Le feu passa au vert, et Colton redémarra. Et fixa de nouveau son regard sur la route.

— Déjà, poursuivit-il, j'aimerais que tu me dises pourquoi tu m'as caché l'existence de mes enfants. Comment tu as pu croire que c'était ce qu'il fallait faire ?

— Personne ne se cache, répondit-elle.

— Tu sais très bien ce que je veux dire.

Oh oui, elle le savait ! Parfaitement, même. Car c'était exactement ce qu'elle avait fait : elle avait sciemment caché l'existence de ses bébés à leur père.

— J'avais mes raisons, soupira-t-elle.

— Eh bien, j'attends que tu me les donnes.

Que pouvait-elle répondre à cela ? Elle se sentait de plus en plus oppressée, acculée. Dehors, c'était une journée typique de début d'automne en Californie du Sud qui touchait à sa fin. Le soleil brillait, le ciel était bleu, la température devait avoisiner les 20°C. Mais dans l'habitacle du 4x4, l'ambiance était glaciale. Une nuit de plein hiver au pôle Nord. Et Penny savait mieux que quiconque que, pour Colton, c'était le signe d'une colère bouillonnante.

Elle en avait été le témoin privilégié lors du salon de Las Vegas. C'était au troisième jour, et elle était sur son stand à essayer de trouver de nouveaux clients pour son entreprise de photographie sportive. Un homme, passablement éméché, s'était approché et lui avait demandé avec insistance un baiser qu'elle n'avait pas eu la moindre intention de lui donner. Le ton était alors monté, les visiteurs s'étaient massés autour d'eux, faisant fuir les clients potentiels.

Puis les choses avaient dégénéré quand l'ivrogne avait attrapé Penny par le bras. Elle avait hurlé, et Colton était apparu, une lueur glaciale dans le regard. Il avait attrapé l'importun par le col et l'avait traîné vers la sortie. Quand il était revenu pour s'assurer que tout allait bien, la colère avait disparu de ses yeux, et Penny s'était sentie… infiniment flattée. Quand un homme de la trempe de Colton se montrait aussi protecteur, difficile de rester indifférente…

Il était venu la sauver et l'avait traitée comme si elle avait été faite de porcelaine, elle qui était pourtant une femme indépendante. Et c'est en femme indépendante qu'elle en avait adoré le moindre instant.

Leur histoire s'était ensuite déroulée sur fond de tendresse, de passion et d'exaltation mêlées. Pas étonnant qu'elle soit tombée si vite amoureuse de lui. Quelle femme au monde aurait été capable de résister à Colton King ? Avec lui, elle avait passé la semaine la plus magique de toute son existence. En quelques jours, elle avait déposé son cœur à ses pieds, elle s'était enivrée de ses baisers, de ses caresses, elle avait connu des orgasmes spectaculaires.

Un mythe qui s'était terminé par un mariage express dans une chapelle de Las Vegas. Cette nuit-là, elle avait cru n'être qu'au début de son histoire avec Colton ; la fin était tout bonnement impensable. Le lendemain, quand il avait refermé derrière lui la porte de leur chambre d'hôtel, quand il l'avait laissée seule dans le même lit où ils venaient de faire l'amour jusqu'à l'aube, il lui avait arraché un morceau de son âme.

Et aujourd'hui, elle devait faire face à une dure et froide réalité : le retour de Colton King dans sa vie, cet homme qui avait manifesté pour elle une passion dévorante au lit, sans ressentir le moindre sentiment amoureux dans son cœur. Elle devait s'en souvenir, coûte que coûte. Elle ne devait pas retomber dans le panneau. Cette fois-ci, elle allait devoir affronter Colton King d'égale à égal.

— En fait, tu ne comptais jamais me le dire, n'est-ce pas ? fit Colton, la tirant de ses pensées.

— Non, répondit-elle d'un ton laconique.

Quel besoin avait-elle de s'appesantir sur le *pourquoi* ? Ce « non », c'était tout ce qu'un homme aussi égoïste que Colton méritait de savoir.

— Au moins, me voilà fixé, soupira-t-il.

— Ce qui ne change rien.

Elle se tourna vers lui et contempla son profil altier.

Elle sentit une douce chaleur l'envahir. Qu'importe la douleur de ses points de suture. Qu'importe que Colton ait disparu de sa vie dix-huit mois auparavant en lui promettant un divorce aussi rapide que l'avait été leur mariage.

Il fallait qu'elle se ressaisisse ! Si Colton était là, auprès d'elle, c'était uniquement pour récupérer ses jumeaux. Ces jumeaux *à elle*. Et elle n'allait pas se laisser faire. En soupirant, elle reposa la tête contre la vitre, espérant que la fraîcheur du verre apaise le début de migraine qui commençait à battre à ses tempes.

— Cela change tout, et tu le sais, ajouta Colton.

Son ton de voix était aussi crispé que sa main autour du levier de vitesse.

— Tu aurais *dû* me le dire, insista-t-il. Tu n'avais pas le droit de m'enlever mes enfants.

— Pas le droit ? s'étonna-t-elle. En ce qui concerne mes enfants, j'ai absolument tous les droits.

— Non, pas quand je suis leur père.

— Père ou pas, j'ai le droit de vouloir les protéger contre quiconque pourrait leur faire du mal.

— Et tu crois que c'est mon cas ? Tu me prends pour qui ?

— Je ne parle pas de souffrance physique, poursuivit-elle. Mais dois-je te rappeler comment tu m'as humiliée ? Comment tu m'as abandonnée en me disant que la semaine que nous avions passée ensemble n'était qu'une distraction ? Qu'elle ne signifiait rien pour toi ? Et l'idée de faire des enfants qui te donnait la nausée, ça ne te dit rien, peut-être ?

— Oui, je me souviens de tout. Mais je ne savais pas que tu étais enceinte à ce moment-là.

— Moi non plus, répondit-elle, haletante.

— Ne joue pas sur les mots, Penny. Tu l'as su peu après, et tu ne m'as rien dit. Délibérément.

— Parce que ça ne te concernait pas.

Il eut alors un éclat de rire nerveux.

— C'est la meilleure ! s'exclama-t-il. J'ai deux enfants, et cela ne me concerne pas…

— *J'ai* deux enfants, coupa alors Penny. Toi, tu n'as rien.

— Si c'est ce que tu penses, ma jolie, tu vas au-devant de belles surprises.

Elle s'aperçut alors que la voiture venait d'entrer dans le lotissement où se trouvait sa maison.

— Parce que tu sais où j'habite ? fit-elle, estomaquée.

— J'en sais bien plus que tu ne le crois. Avec les bons outils, en parlant aux bonnes personnes, on en apprend beaucoup. Par exemple, je sais que ton studio photo ne roule pas sur l'or, même en ayant abandonné la photographie sportive pour les faire-parts de naissance. Je sais aussi que tu n'as pas de mutuelle santé. Et je sais aussi que tu habites dans la maison de ta grand-mère.

Elle n'en croyait pas ses oreilles.

— Je sais que ton frère s'est fiancé à Maria Estrada, continua-t-il, et qu'il poursuit son internat de médecine à l'hôpital d'Huntington Beach. Je sais que tes cartes de crédit sont toutes dans le rouge, et que ta voiture a près de quinze ans. J'ai oublié quelque chose ?

Non, il n'avait rien oublié. Il venait de faire le parfait résumé de sa vie, comme un entomologiste détaille les organes d'un insecte qu'il vient de piquer sur sa planche. Mais savait-il vraiment tout ? Elle sentit son estomac se nouer. S'il avait réussi à collecter toutes ces informations, jusqu'où avait-il pu encore creuser ?

— Tu n'as aucun droit de fouiner dans ma vie, s'offusqua-t-elle. Nous n'avons passé qu'une semaine ensemble, et cela remonte à deux ans, je te rappelle.

— Et je te rappelle que nous avons aussi fait deux bébés, dit-il, d'un ton étrangement plus doux.

Il gara la voiture devant la maison et coupa le moteur. Puis il se tourna vers elle, ôta ses lunettes de soleil et la fixa du regard, ses yeux comme deux billes de glace.

— Et ces deux enfants me donnent tous les droits du

monde, ajouta-t-il. Je n'irai nulle part, Penny, il va falloir que tu t'y fasses.

Le souffle court, elle tourna la tête vers sa maison. La chère maison de son enfance avec son lierre grimpant, ses petites fenêtres reflétant les derniers rayons du soleil. Ses chrysanthèmes jaunes et rouge sang en pleine floraison au beau milieu de la petite pelouse, près de l'entrée. Autant de signes qui, pour elle, avaient toujours signifié la paix et la sécurité. Tout cela allait-il changer ?

A cet instant, elle aurait voulu hurler sa colère. Sa frustration de devoir dépendre d'un homme que sa tête n'était pas loin de haïr et que son cœur — et son corps — réclamaient ardemment. Un mystère d'homme, capable des effusions les plus sensuelles et qui, du jour au lendemain, pouvait manifester la froideur d'un robot. Sans la moindre émotion, sans le moindre remords. Détaché, impassible, glacial.

— Colton, que veux-tu exactement ? murmura-t-elle, les yeux baissés.

— Je veux ce qui m'appartient, répondit-il avant d'ouvrir sa portière.

Que voulait-il dire ? Manifestement, il ne parlait pas d'elle. Il parlait des bébés, des jumeaux. *Ses* bébés, innocents et fragiles, qu'elle se sentait prête à défendre jusqu'au bout du monde, jusqu'au bout de l'enfer. Elle le suivit des yeux tandis qu'il contournait la voiture. Elle étouffa un sanglot. *Sois forte*, se répéta-t-elle, *sois forte. Ne craque pas, pas maintenant.*

Puis, quand Colton s'approcha et ouvrit la portière pour l'aider à descendre, elle le dévisagea.

— Non, tu ne les auras pas, dit-elle le plus fermement et le plus distinctement possible. Je ne te laisserai pas faire.

— Penny, réfléchis bien, tu ne pourras pas m'arrêter, répondit-il d'une voix blanche.

- 3 -

Depuis vingt-quatre heures, Colton n'avait cessé de réfléchir, et il avait pris sa décision. Si ces enfants étaient bien les siens, alors il ne supporterait pas d'en être séparé une minute de plus. Et même s'il avait déjà entamé les démarches pour effectuer un test de paternité, il savait au fond de lui qu'une telle vérification était inutile.

Quand il avait rencontré Penny, elle n'avait eu avant lui que deux petits amis, avec qui elle avait rompu depuis déjà un bon bout de temps. Et il savait, sans l'ombre d'un doute, qu'elle lui avait dit la vérité. Penny était tout simplement incapable de mentir, elle était l'honnêteté faite femme. Et c'était d'ailleurs l'une des raisons pour lesquelles elle avait frappé si fort à la porte de son cœur.

Avant Penny, il n'avait jamais été intéressé par une femme qui parlait d'amour et envisageait un avenir avec lui. L'avenir ne l'intéressait pas, le présent était tout ce qui comptait pour lui. Raison pour laquelle il n'était sorti qu'avec des femmes qui ne désiraient rien d'autre qu'une relation des plus temporaires. Du bon temps au lit, quelques heures de rigolade et des adieux faciles.

Et rien, absolument rien, n'était ni n'avait été *facile* avec Penny Oaks.

A voir la fureur dans ses yeux, il sut qu'elle n'abdiquerait pas de sitôt, qu'elle n'allait pas capituler sans combattre. Dans n'importe quelle autre situation, il l'aurait admirée pour sa ténacité, sa détermination. Mais en cet instant, il était furieux. Pendant deux longues années, elle lui avait caché l'existence de ses enfants. Certes, en quittant la chambre d'hôtel de Las Vegas, deux ans auparavant, il était hors de question qu'ils restent mariés. D'ailleurs, compte tenu de son mode de vie, il n'avait jamais envisagé le mariage. Mais aujourd'hui, tout avait changé. Aujourd'hui, il était père.

Et les choses n'avaient d'ailleurs pas fini de changer.

— Tu te fiches des enfants, déclara Penny, avec une dureté qu'il ne lui connaissait pas encore. Tout ce qui t'intéresse, c'est de me faire souffrir.

La faire souffrir ? Bien au contraire ! En cet instant, tout ce dont il avait envie, c'était la prendre dans ses bras et l'embrasser à perdre haleine. Il voulait la presser contre lui, sentir ses courbes affolantes, toucher sa peau. Tout ce qu'il avait été incapable d'oublier en deux ans.

Malgré la colère et la frustration qu'il éprouvait en repensant au fait qu'elle lui avait sciemment caché la vérité, il avait encore envie d'elle. Follement, terriblement. Et, dans cette situation inédite pour eux deux, c'était bien la seule certitude.

— Non, je n'ai nulle envie de te faire souffrir, répliqua-t-il dans un souffle.

Bel euphémisme…

— Mais j'ai besoin de réponses, poursuivit-il en se penchant vers elle. Et inutile de résister, car je trouverai toujours un moyen de gagner.

— De gagner ? répéta Penny, les yeux écarquillés. Ce n'est pas un jeu, Colton, on parle d'enfants.

— *Mes* enfants, rectifia-t-il.

Des mots qui lui firent comme une petite décharge électrique au cœur. La veille encore, il n'aurait jamais pensé les prononcer un jour. Mais c'était avant que son univers vole en éclats. Avant que Robert Oaks fasse irruption dans son bureau, le frappe au visage et lui apprenne la nouvelle qui bouleversait sa vie.

Aujourd'hui, deux bébés avaient besoin d'un père. Par malchance, ils étaient tombés sur lui dans la grande loterie génétique. Lui, Colton King, incapable de leur offrir la moindre stabilité. Incapable d'être un modèle. Incapable d'arriver à la cheville de son propre père, ce roc qui avait été auprès de lui durant toute son enfance et son adolescence. Mais pour ses enfants, Colton était prêt à tenter l'impossible, il se l'était juré.

— Qu'est-ce que tu fabriques ? demanda Penny, sans le quitter du regard.

— Ce qu'il faut.

Son cœur battait de plus en plus fort. Comment résister au désarroi qu'il lisait sur le visage de Penny ? Comment la rassurer ? Le pouvait-il seulement ?

Il ne devait pas oublier qu'elle lui avait caché l'existence de ses enfants. A bien y réfléchir, était-elle réellement honnête ? Etait-elle si différente de toutes ces femmes qui avaient frappé à la porte d'un King pour lui faire endosser une paternité qui n'était pas la sienne ?

Bien sûr que oui ! Tout d'abord, elle n'avait jamais cherché à le contacter. Elle ne lui avait pas demandé d'argent et ne s'était pas non plus tournée vers un magazine à scandales pour vendre son histoire à bon prix. En réalité, elle avait tout fait pour l'éviter. Il était prêt à parier qu'en deux ans, il n'avait pas compté dans les décisions qu'elle avait prises.

Encore une chose qui allait devoir changer… Penny n'avait peut-être pas envie de faire appel à la fortune des King. L'idée de voir Colton revenir dans sa vie lui faisait peut-être horreur. Mais hors de question de la laisser faire : bientôt, elle allait comprendre ce que signifiait avoir un King comme père de ses enfants.

— Il faut qu'on parle, lança-t-il, les yeux rivés à ceux de Penny. Dis-moi simplement si tu veux le faire tout de suite, avec ton frère qui nous surveille derrière la fenêtre, ou plus tard.

Elle tourna la tête vers la maison et soupira profondément. Colton avait aperçu Robert dès qu'il s'était garé. Le frère de Penny avait le même air fermé et teigneux que la veille dans son bureau. Au moins, aujourd'hui, Colton comprenait pourquoi…

— Ou alors on rentre, tu choisis, poursuivit-il.

Une seconde passa, puis deux.

— Bon, très bien, marmonna Penny en enlevant sa ceinture de sécurité et en tentant de s'extirper de la voiture avec une grimace de douleur. Mais cette discussion est loin d'être finie.

— Pour une fois, je suis d'accord avec toi, ironisa-t-il.

Puis, sans hésiter plus longtemps, il se baissa et passa les bras sous les cuisses de Penny pour la soulever. Il était peiné de la voir autant souffrir et de se rendre compte aussi qu'elle aurait préféré avaler des clous plutôt que de lui demander de l'aide. Son visage était si pâle que ses taches de rousseur ressemblaient à des flocons d'or sur de la neige.

— Colton, je suis assez grande pour marcher, protesta-t-elle. Lâche-moi.

Hors de question. Il avait besoin de la sentir tout contre lui. La tenir dans ses bras lui semblait si… juste, tout semblait à sa place. Cette pensée le troubla encore davantage. Le désir sexuel, il savait le gérer. Mais ce qu'il ressentait pour Penny allait tellement au-delà…

— Je t'assure, insista-t-elle, je peux y arriver toute seule.

— Je n'en doute pas, répondit-il avec un grand sourire. Et tu vas mettre vingt minutes avant d'atteindre l'entrée. Je veux simplement nous faire gagner du temps.

Elle le fusilla du regard, mais il n'y prêta pas attention. Son esprit était obnubilé par la sensation du corps de Penny près du sien et les sentiments que ce contact éveillait en lui. Des sentiments qu'il s'était efforcé d'enfouir en lui. Mais tout était remonté à la surface… Un feu qui n'était pas loin de le consumer.

— Reste tranquille, veux-tu ?

Il emprunta le petit chemin gravillonné menant à l'entrée, et Robert leur ouvrit la porte.

Dès qu'il franchit le seuil de la maison de Penny, il songea que cette maison ressemblait à une maison de poupée. Tout était si petit ! Il se demandait comment il allait éviter de se cogner partout. Déjà, il dut baisser la tête pour éviter la grosse poutre qui séparait le vestibule du salon, une pièce spacieuse comme un timbre-poste. Il avait l'impression d'être Gulliver. De fait, dans cette maison, deux petits nains n'allaient pas tarder à l'arrimer à leurs cordes enfantines et l'embarquer pour un voyage extraordinaire…

— Tout va bien, Penny ? demanda doucement Robert, tandis que Colton la déposait sur le canapé.

— Elle va très bien, répondit-il. Je te rassure, je n'ai quasiment jamais fait de mal à une femme.

Robert serra les dents. Il ne semblait pas trop goûter l'ironie.

— Tu te crois drôle ? demanda-t-il avec un regard assassin.

— Non, pas vraiment, reconnut Colton. La situation n'a rien de drôle.

— Tout va bien, coupa Penny en se tournant vers Colton, comme pour lui signifier qu'il n'avait pas besoin de parler à sa place. Comment vont les petits ?

De la tête, Robert désigna le couloir et l'escalier montant à l'étage :

— Ils sont endormis, répondit-il. Nous avons fait une longue promenade cet après-midi, et je crois que l'air frais les a assommés. Maria est avec eux.

— Parfait, commenta Penny, avec un large sourire. Merci infiniment de les avoir gardés. Il me tarde tellement de les voir !

— Et à moi donc, lança Colton.

Il vit les yeux de Penny s'illuminer, et il fut bien incapable de dire ce qui lui faisait le plus plaisir : cette lueur de joie, ou tous les efforts qu'elle semblait faire pour la dissimuler.

— Si cela n'avait tenu qu'à moi, lui dit alors Robert, je serais venu te voir dès le début pour t'informer de l'existence des jumeaux.

— Ç'aurait été préférable.

Robert eut un petit rire.

— Tu ne connais pas ma sœur. Elle est têtue comme une mule. Quand elle a pris une décision, impossible de la faire changer d'avis. Mais crois bien que ce n'est pas de gaieté de cœur que je suis venu te trouver. Simplement, j'en avais assez de la voir se battre pour joindre les deux bouts.

— Oh ! je comprends parfaitement, soupira Colton. Et je me souviens tout à fait combien Penny peut être têtue.

D'ailleurs, il se souvenait d'absolument tout la concernant. Son rire qui lui faisait chavirer le cœur, la chaleur de sa peau contre son corps. Le goût de sa bouche, l'odeur de ses cheveux. Et toutes les promesses qu'il avait pu lire dans la profondeur de ses beaux yeux verts.

La vérité, c'est qu'il en avait été effrayé. Jamais il n'avait éprouvé cela pour une femme. Jamais une femme ne lui avait donné envie de la demander en mariage et de l'épouser à peine son *oui* prononcé. Non, aucune femme n'avait autant marqué sa vie et sa mémoire que Penny Oaks.

Il avait bien tenté de la chasser de son esprit. Il était parti à l'autre bout du monde, il s'était lancé à corps perdu dans les aventures sportives, avait multiplié les circuits de trek où le manque d'oxygène vous faisait tourner la tête, les pistes de ski tellement dangereuses qu'aucune fédération ne voulait les homologuer, les sauts en parachute, les vols en deltaplane… Mais rien n'y avait fait. A chaque coin de rue, il pensait la voir et entendre son rire doux et terriblement féminin. Toutes les nuits, elle peuplait ses rêves. Des rêves tellement réels que, tous les matins en se levant, il aurait juré pendant quelques secondes qu'elle était encore près de lui.

Voilà ce que Penny lui avait fait. Une seule semaine à l'aimer, et toute son existence avait été chamboulée. Qu'aurait-il pu faire d'autre que la quitter ?

— Si tu comprends, reprit Robert en le tirant de ses pensées, alors tu sais qu'essayer de discuter avec elle est totalement vain.

— Je n'ai pas l'intention de discuter. Je compte simplement lui dire que les choses vont changer.

Robert éclata de rire.

— Eh bien, j'attends de voir ça avec impatience !

— Si tu veux, on parie.

— Vous avez bientôt fini de faire comme si je n'étais

pas là ? protesta Penny. Ce petit combat de coqs est très agaçant !

— Qu'est-ce que je te disais ? railla Robert. Bonne chance pour ton projet, moi j'ai fait ce que j'avais à faire.

Il se frotta les mains et quitta la pièce en riant.

De la chance ? Colton n'en avait pas besoin. En revanche, une bonne douche froide… Et quelques minutes au calme pour régler deux ou trois détails avec la mère de ses enfants.

Malheureusement, à la voir grimacer pour essayer de se lever du canapé, le moment était peut-être mal choisi.

— Je peux savoir ce que tu comptes faire ? lui demanda-t-il.

— Comme tu le vois, je me lève.

Il lui posa la main sur l'épaule.

— Non, tu restes où tu es, dit-il.

Elle soupira et leva les yeux au ciel.

— Parce que tu crois que tu peux m'empêcher de faire ce que je veux ? Tu n'es pas chez toi ici.

— Ce n'est pas la question. Pour le moment, tu dois te reposer.

Il plongea alors les yeux dans les siens. Penny était peut-être têtue comme une mule, mais elle avait trouvé encore plus têtu qu'elle. Dans la famille King, tout le monde voulait toujours avoir le dernier mot.

Les sourcils froncés, elle soutint son regard quelques secondes, avant de baisser les yeux en maugréant. Puis elle s'enfonça de nouveau sur le canapé et prit un coussin aux motifs floraux pour le caler dans le bas de son dos.

Il venait de remporter une première bataille.

Une jeune femme entra dans le salon, suivie par Robert. Elle était de taille moyenne, avec de magnifiques cheveux. En passant devant lui pour venir s'asseoir près de Penny, elle décocha à Colton un regard noir.

— Les jumeaux se portent à merveille, dit-elle avant de prendre la main de Penny et de la serrer avec affection. Ils dorment à poings fermés, et comme nous sommes rentrés tard cet après-midi, j'ai préféré les faire manger. Avec un peu de chance, ils passeront une bonne nuit et te laisseront te reposer.

Penny se pencha vers elle et posa quelques instants la tête sur son épaule.

— Merci, Maria, dit-elle. Vraiment, merci pour tout.

— Oui, merci, surenchérit Colton.

La jeune femme leva alors les yeux vers lui. Ils étaient toujours aussi froids et durs.

— De rien, fit-elle d'une voix blanche sans le quitter du regard. Il faut dire que Penny n'a *personne d'autre*.

— Maria, je t'en prie, intervint Robert, appuyé contre la porte, les bras croisés.

Colton leva la main. Il n'avait nulle envie d'argumenter. Manifestement, Penny avait dans son entourage deux personnes sur qui elle pouvait compter et qui n'hésitaient pas à prendre sa défense. Mais Robert et Maria allaient devoir comprendre qu'il avait bien l'intention désormais d'assumer ses responsabilités.

— C'est vrai, mais désormais elle a quelqu'un d'autre sur qui compter, avança Colton.

— C'est ce qu'on verra, murmura Maria. Penny, si tu as besoin de quoi que ce soit dans la soirée, tu me passes un coup de fil et j'arrive immédiatement.

Penny eut un petit rire.

— C'est juré, dit-elle à son amie.

— Bien.

Maria déposa un baiser sur la joue de Penny et se leva.

— On va vous laisser, poursuivit-elle. Je suis sûre que vous avez quantité de choses à vous dire.

— Non, protesta Penny. Il est encore tôt, vous pouvez rester !

— Laisse-les faire, intervint Colton.

Elle le fusilla du regard.

— Bien, dit Robert en prenant Maria par la main. Penny, si tu as besoin de quoi que ce soit, tu appelles. On est à côté.

Quand ils furent partis, Colton réprima un soupir. Enfin seuls. Il s'éclaircit la gorge. Il ne savait pas par où commencer. Les questions se bousculaient dans sa tête. Il y avait tant de choses qu'il ignorait. Tant de choses qu'il fallait qu'il sache. A commencer par les circonstances de la grossesse. En effet, à quoi bon acheter et utiliser des préservatifs s'ils ne servaient à rien ?

Les pensées s'entrechoquaient dans son esprit. Que dire ? Que faire ? En regardant Penny, cette femme qu'il avait épousée et dont il avait divorcé en à peine une semaine de temps, il se sentit touché par sa vulnérabilité et sa fragilité. Dire qu'il s'apprêtait à se lancer dans une âpre discussion avec elle, alors qu'elle venait tout juste de sortir de l'hôpital… Où avait-il la tête ?

L'hôpital. Des années après, ce lieu lui rappelait encore une expérience si vivace et douloureuse qu'il n'avait pu en franchir les portes pour aller chercher Penny, malgré sa promesse. Il était alors resté à l'extérieur, au bord de la crise de panique, le souffle court, tandis que des souvenirs bien sombres se bousculaient dans sa mémoire. Des ombres, des fantômes, d'une noirceur abyssale.

Il poussa un profond soupir et se surprit à trembler. Il devait se ressaisir. Se concentrer sur le présent et oublier la rage que tous ces souvenirs suscitaient en lui. Il le devait, car ni lui ni personne ne pouvait revenir sur la tragédie qui avait endeuillé son passé.

— Tout va bien ? demanda Penny, l'air soucieux.

— Comment ? balbutia-t-il, comme un surfeur tente de reprendre son souffle après avoir été emporté par le fond de trop longues secondes. Oui, oui, tout va bien.

Il se força à sourire. Penny ne sembla pas convaincue.

— Tu as faim ? demanda-t-il pour changer de sujet.

— Oui, assez, répondit-elle. Mais je peux nous préparer quelque chose en deux minutes.

— Non, laisse, je m'en occupe.

Elle éclata de rire.

— Qu'est-ce qui se passe ?

— Je doute simplement de tes capacités à nous préparer de quoi manger.

— Tu sais, je ne suis pas complètement handicapé dans une cuisine.

Il ne comprenait absolument pas sa réaction. Certes, sa femme de ménage lui préparait ses repas et, compte tenu du peu de temps qu'il passait chez lui, il n'avait jamais pris la peine d'embaucher un vrai cuisinier. Néanmoins, il savait encore préparer un sandwich…

— Ce n'est pas ce que tu m'avais dit.

— Ah bon ? Et qu'est-ce que je t'avais dit ?

— Cette semaine-là, expliqua-t-elle en levant les yeux vers les vieilles poutres du plafond, tu m'avais raconté comment vous aviez failli mettre le feu à la maison de ta tante en préparant du pain perdu avec ton frère jumeau.

Il fronça les sourcils. Il n'avait pas le moindre souvenir de lui avoir raconté cette anecdote. Une preuve de plus de l'état inhabituel dans lequel il se trouvait à Las Vegas lorsqu'il l'avait rencontrée. Il n'avait pas pour habitude de se confier aux femmes qui ne faisaient que passer dans sa vie. En fait, il n'avait pour habitude de se confier à *personne*. Il fuyait l'intimité comme la peste : baisser sa garde et mettre son âme à nu était bien trop dangereux pour lui.

— Certes, je ne passe pas ma vie en cuisine, admit-il en souriant. Mais j'ai quand même fait des progrès depuis mon adolescence. Je ne me débrouille pas trop mal avec le poulet rôti et les pâtes. Mais je suis aussi expert dans l'art de téléphoner à des restaurants pour me faire livrer.

De nouveau, elle rit, puis lui fit un clin d'œil. Un coup directement porté à la porte de son cœur.

— Je sais qu'il faut qu'on parle, soupira-t-elle, mais je suis trop épuisée ce soir. Je propose que tu rentres chez toi, et on se rappelle d'ici un ou deux jours, d'accord ?

Certainement pas ! Il était là, et il n'avait pas la moindre intention de partir.

— Rentrer ? Tu plaisantes ! Et qui va s'occuper des bébés pendant que tu…

— Moi, coupa-t-elle avec fermeté. Je me suis toujours débrouillée jusqu'à présent, et je me débrouillerai.

— Tu t'es peut-être débrouillée jusqu'à maintenant, mais c'est terminé. Et je ne te laisse pas le choix.

— Tu n'as aucun droit sur moi, déclara-t-elle d'un ton glacial.

Si seulement elle arrêtait de jouer les fortes têtes, pensa-t-il, en réprimant son envie de hurler. Respirant profondément, il vint s'asseoir près d'elle.

— Ecoute, Penny, dit-il le plus calmement possible. Je suis aussi énervé que toi, et crois-moi, il n'en faudrait pas beaucoup pour que je te laisse toute seule ce…

— Très bien, alors va-t'en.

— Hors de question, répliqua-t-il en plongeant les yeux dans les siens. Tu as beau détester cette idée, tu sais pertinemment que tu as besoin de moi. Tu te rappelles que j'ai dû te porter jusqu'à ce canapé ?

— Je pouvais tout à fait marcher toute seule, protesta-t-elle.

— Arrête un peu, tu veux ! Qu'est-ce qui te dérange le plus ? Que tu aies besoin d'aide ? Ou que tu aies besoin de *moi* ?

— Colton, je t'assure que tu te trompes. J'ai peut-être besoin d'aide, je veux bien l'admettre, mais je n'ai absolument pas besoin de toi.

— Eh bien tant pis, souffla-t-il. Parce que tant que les choses ne seront pas réglées, je ne partirai pas.

— Et tes aventures alors ? Tu n'as pas une montagne à escalader ? Un immeuble à descendre en rappel ? Un désert à explorer ?

Pendant un très court instant, le souvenir de l'Etna et de son voyage en Sicile lui revint à l'esprit. Il secoua la tête pour le chasser.

— J'aurai tout le temps après. Pour le moment, tu es la seule aventure que je prévois dans un avenir proche.

Elle leva les yeux au ciel.

— Bon, tu m'excuseras, mais j'ai autre chose à faire que d'écouter tes balivernes.

Puis elle se leva lentement, en grimaçant de douleur.

— Où vas-tu ? demanda-t-il, en se levant à son tour.

Il lui proposa son bras pour qu'elle s'y appuie.

— Voir mes jumeaux, répondit-elle en le repoussant. Et mettre une tenue un peu plus confortable que ce jean qui me cisaille le ventre et appuie sur mes points de suture.

— Très bien, allons-y.

A vrai dire, l'idée de voir Penny quitter son jean n'était vraiment pas pour lui déplaire. Le mieux serait encore qu'elle l'enlève tout simplement, sans rien passer d'autre. Il se réprimanda intérieurement. Il ferait mieux d'éviter ce genre de pensées.

— Au risque de me répéter, je peux le faire toute seule.

— Bien sûr, Wonder Woman, soupira-t-il. J'ai compris, tu n'as besoin de personne. Mais on va jouer à un jeu : tu vas faire semblant que je suis l'homme de la maison, d'accord ?

Elle eut un petit rire moqueur.

— Je ne pensais pas que tu avais besoin d'être rassuré sur ta virilité.

Il rit à son tour.

— Je vais le prendre comme un compliment.

— Tu n'as pas besoin non plus de compliments, railla-t-elle en quittant le salon.

Elle se dirigea vers l'escalier menant à l'étage.

Il sourit. L'atmosphère commençait enfin à se détendre un peu entre eux. Mais il avait le plus grand mal à ne pas laisser ses pensées suivre un cours plus sensuel… Elle le troublait comme au premier jour. Comme si ces dix-huit mois n'avaient rien effacé entre eux. En outre, il ne pouvait s'empêcher d'admirer son courage. Dans la même situation, tout le monde, ou presque, se serait allongé en espérant apaiser la douleur avec des antalgiques. Mais elle restait digne, calme, forte.

En réalité, elle était même plus forte que lui. Quand il s'était cassé la jambe lors d'un rallye dans le désert marocain, il avait hurlé de douleur pendant des heures, jusqu'à l'arrivée de l'hélicoptère des secours. Quant à sa convalescence, il ne l'avait pas passée au lit à regarder la télévision ou à lire des magazines. Non, même avec des broches dans la jambe et la jambe dans le plâtre, son besoin d'adrénaline avait été le plus fort. La vie était trop courte.

Bien trop courte. Ces mots résonnèrent dans sa tête, tirant de nouveau les ombres de son passé de leur sommeil fragile. Il serra les dents. Elles devaient rester à leur place. Dans son passé, dans sa mémoire, enfouies au plus profond. Jamais il ne se résoudrait à les regarder en face.

Seul comptait le présent. Même si, bien sûr, c'était aussi son passé qui l'avait conduit aujourd'hui dans la maison de Penny.

Un grincement le tira de ses pensées. Il aperçut alors Penny qui actionnait tout doucement une poignée, avant d'entrer, sur la pointe des pieds, dans une pièce. Il n'eut aucun mal à deviner de quelle pièce il s'agissait : la chambre de ses enfants. Un flot d'émotions le submergea.

Elle lui lança un regard perplexe. Elle s'attendait sans doute à ce qu'il la suive, qu'il l'accompagne dans la chambre et vienne se pencher avec elle sur leur berceau. Mais il resta à l'attendre dans le couloir. En effet, il préférait rencontrer ses enfants dans les meilleures conditions possibles, à savoir : seul.

En outre, il était très angoissé à la perspective de cette rencontre. Il n'avait même jamais été aussi nerveux de sa vie, lui qui avait défié des volcans, dompté des vagues folles et confié sa vie à des parachutes qui mettaient bien trop longtemps avant de s'ouvrir. En cet instant, la porte entrouverte de la chambre de ses enfants lui faisait l'effet d'un gouffre profond et insurmontable. D'un danger inouï.

Son cœur battait à tout rompre. La bouche sèche, il sentait sa gorge se nouer. Il reconnaissait ces signaux, qu'il ressentait quand il était sur le point de se jeter dans le vide, de piquer son piolet au sommet d'un éperon rocheux ou de surfer un rouleau de dix mètres de haut : l'adrénaline. Un signal d'alarme qui indique à votre corps que vous êtes sur le point de tout risquer. Que votre vie arrive à un moment où elle devra changer — ou se terminer.

— Colton ?

Penny referma la porte de la chambre des jumeaux et le fixa. De ses beaux yeux verts qu'il n'avait jamais réussi à oublier.

— Quoi ? demanda-t-il.

— Rien, mais je pensais que tu aurais envie de voir les jumeaux.

— J'en ai envie, assura-t-il. Mais je crois que je ne suis pas encore prêt. Plus tard…

— Comme tu veux.

Lentement, elle passa devant lui et continua d'avancer dans le couloir. Vers une autre porte fermée. Probablement celle de sa chambre.

Avant de l'ouvrir, elle se tourna vers lui et soupira.

— Tu avais raison tout à l'heure, dit-elle en baissant les yeux. Je vais avoir besoin de toi pour me changer. J'ai trop mal pour le faire toute seule.

Dans d'autres circonstances — deux ans auparavant, par exemple —, déshabiller Penny aurait été la priorité absolue de Colton, l'unique même. Mais aujourd'hui, les choses avaient changé. D'ailleurs, qu'étaient-ils l'un pour l'autre ? Des amis ? Non. Des ennemis ? Peut-être… Des ex avec enfants.

Il regarda Penny et vit une ombre de tristesse passer dans ses yeux. Comme s'il lui en coûtait d'admettre qu'elle avait besoin d'aide, qu'elle avait besoin de lui.

— D'accord, dit-il à mi-voix.

Les images les plus sensuelles se bousculaient dans sa tête. Comment allait-il faire pour déshabiller Penny sans rien… tenter ? Il sentait tout son corps se consumer de désir pour elle.

Pour se calmer, il balaya du regard la chambre. Elle était meublée d'un grand lit disposé contre le mur du fond, de deux petites tables de nuit, d'une commode qui semblait aussi faire office de coiffeuse. Sur les murs, d'innombrables photos : des photos de Penny, belle comme jamais, à la plage, au parc, dans la forêt, accompagnée de deux petites créatures adorables.

De nouveau, il sentit les battements de son cœur s'accélérer. Ses enfants étaient magnifiques. Oui, *ses* enfants. Les siens. A les voir sur les photos, il était impossible d'avoir encore le moindre doute. Les enfants avaient les cheveux noirs caractéristiques des King, leurs yeux bleu électrique. Il avait l'impression de voir en photo une version miniature de lui. Il se laissa gagner par l'émotion.

— Ils te ressemblent tellement, dit doucement Penny.

Faisant un pas vers la commode, il prit un cadre.

— Cette photo, elle date de quand ? demanda-t-il.

— De deux semaines, environ. C'était au parc, ce qui explique pourquoi Reid a du sable plein la figure. Il met tout ce qu'il trouve à la bouche.

Il sourit, le cœur comme illuminé de soleil. Dans le regard de son fils, il reconnut une petite lueur espiègle. Oh ! ce gamin n'allait pas être de tout repos en grandissant, il pouvait d'ores et déjà le voir. Et dans les yeux de sa sœur, il reconnut la douceur du regard de Penny.

C'étaient *ses* enfants ! Il avait l'impression de les rencontrer. Mais il n'était pas seul avec eux : Penny ne le quittait plus des yeux.

Il eut soudain l'impression que son cœur devenait de plus en plus lourd et qu'un flot de rage se mettait à couler dans ses veines. Tout ce temps perdu… Toutes ces heures, ces jours, ces mois qu'il n'avait pas passés auprès d'eux. Par la faute de Penny.

— Penny, jamais je ne te pardonnerai de m'avoir caché l'existence de mes enfants. Personne ne ment impunément à un King.

- 4 -

Penny le fixa du regard.

— Mentir ? Tu plaisantes ? rétorqua-t-elle. Je te rappelle que c'est *toi* qui es parti. Tu as tourné le dos tout seul à tes enfants et à ce que tu aurais pu partager avec eux. C'est trop commode de me faire porter le chapeau.

Il secoua la tête pour tenter vainement de mettre de l'ordre dans ses pensées.

— Je me suis seulement borné à mettre fin à un mariage qui, de toute façon, était une erreur.

De nouveau, le passé revenait frapper à la porte du présent. Mais Colton n'avait vraiment aucune envie de lui ouvrir.

— Je ne suis pas restée assez longtemps dans ta vie pour être qualifiée d'erreur, ironisa Penny.

Elle avait raison. Colton s'était peut-être demandé un million de fois pourquoi il l'avait demandée en mariage. Pourquoi il avait accepté de le faire si vite. Mais il n'avait jamais trouvé la réponse. Pourtant, dans cette chapelle caricaturale de Las Vegas, il n'avait eu qu'une seule et unique certitude : il voulait rester auprès de Penny pour toujours.

Une éternité qui n'allait finalement pas dépasser une demi-journée.

Le matin était venu, et le brouillard de passion dans lequel il s'était perdu s'était finalement levé. Et il avait compris. Il avait pris conscience que le « pour toujours » n'existait pas et n'existerait jamais pour lui. Ce mariage ne faisait tout simplement pas partie de la règle du jeu de son existence. Malgré la passion de ces quelques jours avec Penny.

Il avait donc pensé, et le pensait toujours, que partir

était la meilleure option. La solution la plus simple et la plus équilibrée. Et la plus satisfaisante pour tout le monde. Mais il serait bien évidemment revenu vers Penny s'il avait été mis au courant de sa grossesse…

— Et, selon toi, comment les choses auraient-elles évolué ? demanda-t-il, en s'efforçant de ne pas céder devant les beaux yeux verts de Penny. On aurait emménagé, toi et moi, dans un petit pavillon de banlieue ? On aurait joué au papa et à la maman ?

— Non, fit-elle avec un petit rire nerveux. Mais…

— Mais quoi ? coupa-t-il. Tu penses qu'il aurait mieux valu qu'on reste mariés ? Mais pour combien de temps, Penny ? Dis-le-moi ! Six mois ? Un an ? Repousser l'inévitable, c'est ce que tu aurais voulu ? Les choses auraient-elles été plus faciles pour toi, moins douloureuses ?

— Je ne sais pas, murmura-t-elle.

Elle se passa nerveusement la main dans les cheveux.

— Tout ce que je sais, continua-t-elle d'une voix blanche, c'est que nous sommes sortis ensemble, nous nous sommes mariés et nous avons divorcé en à peine une semaine, et que là, tu reviens en osant me dire que je t'ai menti. C'est tout simplement insupportable.

— Penny, on en revient toujours à la même chose : tu aurais dû me dire que tu étais enceinte. Dès le début.

Elle soupira profondément.

— Et nous y revoilà ! Un partout, mais rien n'est réglé. On tourne en rond.

Il recula de quelques pas, sans pouvoir toutefois aller bien loin : la chambre était minuscule. Chez lui, même son dressing était plus spacieux.

Il sentit un sentiment d'oppression le gagner. Il était enfermé, prisonnier de ce petit espace et de cette situation. Comme si des chaînes invisibles l'empêchaient de bouger, de respirer. Mais il savait aussi qu'il ne pouvait pas s'enfuir, pas cette fois. Aujourd'hui, il avait des enfants — qu'il les ait ou non désirés —, et il voulait faire partie de leur vie. Il avait déjà perdu tant de temps !

Il balaya la pièce des yeux, avant de les reposer sur Penny.

— Tu ne peux pas m'exclure de la vie de mes jumeaux. Plus maintenant.

— Tu vas les perturber, et je n'y tiens absolument pas.

— Les perturber ? Comment ? demanda-t-il en haussant le ton. Ce sont des bébés ! Ils n'ont pas conscience de ce qui se passe !

— Je te prie de faire moins de bruit. Tu vas les réveiller. Et tu ne sais pas de quoi tu parles. Ils savent pertinemment quand les gens qui les entourent sont heureux ou non, ils le sentent. Et je ne veux pas que tu les stresses par ta colère ou ton ressentiment, ce dont ils auront parfaitement conscience si tu cries.

— Très bien, chuchota Colton.

Il s'en voulait d'avoir haussé le ton. Ce n'était pas dans ses habitudes. Mais il était tellement troublé…

— Pour eux, tu es un étranger, ajouta-t-elle.

Il serra les dents et les poings, s'évertuant à garder son calme.

— Tu as débarqué dans leur vie comme ça, poursuivit-elle, et pour combien de temps ? Dans combien de temps vas-tu leur dire : « Désolé les chéris, mais je ne suis pas fait pour être père, mes avocats vous contacteront pour la pension alimentaire. » Tu peux me le dire ?

— Très drôle, Penny. Mais tu ne peux pas plaquer sur eux ce qui s'est passé entre nous. Je ne vais pas me comporter ainsi avec mes enfants. Je te l'assure.

— Vraiment ? demanda-t-elle avec un petit sourire ironique qui lui glaça le cœur. Tu as bien fui ta femme, pourquoi pas tes enfants ?

— Parce que les choses sont différentes, et tu le sais très bien.

— Non, je ne le sais pas, et c'est bien le problème.

Il tourna la tête vers la fenêtre. Les dernières lueurs du jour illuminaient les murs de rose et de pourpre. Sur le sol, le vieux parquet de chêne semblait constellé de minuscules pépites d'or. Toute la maison se préparait à la nuit. Sur la table de nuit, les lumières du Babyphone passèrent du vert au rouge et, au milieu des interférences, il entendit un bébé tousser.

Il en eut la respiration coupée.

— Que se passe-t-il ? Il s'étouffe ?

Elle eut un petit rire.

— Non, rassure-toi. C'est Riley, ça lui arrive souvent. Elle tête sa sucette avec tellement d'ardeur qu'elle avale parfois un peu trop de salive et tousse.

— Et c'est normal ?

Comment pouvait-il le savoir ? Ce n'était pas comme s'il avait passé sa vie auprès de bébés. Même pendant les réunions de famille, il ne se précipitait pas vraiment au-devant des enfants…

— Oui, Colton, c'est tout à fait normal, soupira-t-elle.

Sa voix trahissait sa fatigue. Et ses traits tirés n'arrangeaient rien, sans même parler de la pâleur de son visage. Le moment était venu de faire une trêve. Ils n'arriveraient plus à rien ce soir.

— Je t'aide à te changer, et on reparle demain, d'accord ? fit-il alors en s'approchant de Penny.

— Comme j'ai hâte, ironisa-t-elle avec une petite grimace. Mais c'est vrai que je n'y arriverai pas toute seule.

— De quoi as-tu besoin ?

— De ma nuisette, elle est dans le placard, dans le tiroir du haut.

Nuisette. Un mot comme une provocation. Et elle serait nue en dessous. Comment pouvait-il ressentir autant de colère pour une femme et, en même temps, avoir autant envie d'elle ?

Les poings serrés et les muscles tendus, il se dirigea vers le placard, ouvrit la porte et…

En découvrant la nuisette, tous ses fantasmes disparurent comme un flocon de neige au soleil. Ce n'était pas une nuisette, ce n'était même pas une chemise de nuit, c'était un tue-l'amour. Une sorte de gigantesque T-shirt rouge vif, imprimé de grosses fleurs jaune moutarde, agrémenté de rubans fuchsia aux manches. Un malheur autant pour les yeux que pour les sens.

— Euh, tu veux parler de ce truc ? fit-il en lui tendant ce qui était peut-être le vêtement le plus laid qu'il avait vu de toute sa vie.

Elle fronça les sourcils.

— Oui, et alors ?

— Alors, je ne sais pas, plaisanta-t-il. C'est radioactif ?

— Très drôle, fit-elle en lui arrachant le vêtement des mains. Elle est très confortable, et je l'ai achetée parce qu'elle était en solde, si tu veux tout savoir.

— Oh ! le magasin aurait même dû te donner de l'argent pour te remercier de l'en débarrasser.

— Tu peux garder tes sarcasmes.

— Mais si tu veux, poursuivit-il en éclatant de rire, je peux t'aider à la brûler. Ou du moins, une partie.

— Tu peux juste…

Manifestement, elle n'avait pas envie de rire. Elle semblait seulement exaspérée et éreintée.

— Laisse tomber, dit-elle. Je vais me débrouiller toute seule.

— Je plaisante. Je vais t'aider à te changer. Simplement, je vais fermer les yeux pour protéger mes rétines.

Il était au bord du fou rire.

— Alors, aide-moi vraiment ! cria-t-elle, horripilée.

— Oui, chef, dit-il en se mordant les lèvres. Mais je peux faire les deux tu sais ; j'ai beau être un homme, je suis le roi du multitâches.

— Qu'est-ce que tu peux être exaspérant !

Il le savait mieux que personne. Mais il devait impérativement faire diversion. Ses nerfs étaient à vif, tant il s'efforçait de maîtriser le désir que Penny lui inspirait. Aucune autre femme ne lui avait jamais inspiré pareil désir.

En regardant Penny, il sut qu'elle partageait son trouble. Elle tremblait, non parce qu'elle avait froid ou qu'elle était furieuse, mais parce qu'elle avait conscience de la proximité de leur corps, et du désir que cette proximité faisait naître en eux…

— Ecoute, Colton, dit-elle dans un souffle. En fait, j'ai changé d'avis. Je t'assure que je peux me débrouiller seule. Bonne nuit, laisse-moi maintenant.

— Non, tu ne peux pas, fit-il en avançant tout près.

Il posa les mains sur ses épaules.

— Tout va bien. Ce n'est pas la première fois que je t'aide à te déshabiller, tu as déjà oublié ?

En tout cas, lui, ne l'avait pas oublié. Et tout son corps se chargeait de le lui rappeler.

— Et nous sommes deux adultes, parfaitement capables de nous contrôler, continua-t-il.

Une phrase qu'il prononçait autant pour elle que pour lui.

— Je t'assure que je n'ai pas l'intention de me jeter sur une femme qui vient tout juste de sortir de l'hôpital.

Elle le gratifia d'un petit sourire peiné.

— De toute façon, tu devais en avoir assez de moi, vu comment tu es parti…

Elle n'aurait pas pu se tromper plus lourdement. S'il était parti, c'était justement parce qu'il ne voyait pas quand il allait pouvoir se lasser d'elle et de son corps. C'était un sentiment qu'il n'avait jamais ressenti, qu'il ne se pensait pas capable de ressentir et qu'il s'interdisait de ressentir. En réalité, dès qu'il avait refermé derrière lui la porte de la chambre d'hôtel, il avait voulu la rouvrir et se jeter dans les bras de Penny pour ne plus jamais en sortir. Un plus jamais qu'il ne pouvait s'autoriser dans sa vie. Penny l'obsédait tout simplement *trop*, elle lui faisait ressentir *trop* de choses. Il ne pouvait pas le supporter.

Pour dissimuler ses pensées, il choisit de continuer sur la voie de l'ironie.

— Et avec ce répulsif à hommes sur le dos, je peux te jurer qu'il ne t'arrivera rien.

Il attrapa le bord de son T-shirt, et elle leva les bras pour qu'il le lui retire. Ses cheveux roux se dénouèrent, comme une vague tombant doucement sur ses épaules. Il devait impérativement se concentrer sur ses cheveux, ne rien regarder d'autre. Bien sûr, il avait terriblement envie d'y passer la main, tout comme il avait envie d'effleurer la généreuse poitrine de Penny qu'il imaginait dans un soutien-gorge de dentelle noire.

Il tourna la tête, attendit qu'elle le dégrafe et couvre ses seins de ses bras. La manœuvre était bien vaine. Ce qu'il avait deviné du coin de l'œil avait suffi à lui donner une érection intense. Il prit une profonde inspiration, s'évertuant au calme.

Sans attendre, il prit l'horrible chemise de nuit qu'elle avait déposée sur le lit et la lui passa.

Puis Penny retira ses tennis et, sous la chemise de nuit, commença à défaire la fermeture Eclair de son jean. Avec une grimace de douleur, elle commença à se pencher pour l'enlever.

— Allonge-toi et laisse-moi faire, ça sera plus simple, dit-il.

Elle s'exécuta avec un soupir, sans le quitter du regard. Tandis qu'il faisait glisser le pantalon sur ses longues jambes satinées, il s'efforça de ne pas se rappeler ces mêmes jambes nouées autour de sa taille. Ne pas se rappeler les autres soupirs. Le plaisir intense qu'elle lui avait donné et qu'ils avaient partagé, encore et encore…

En vain. Les images, les sons et les sensations des jours et des nuits passés au lit avec Penny s'entrechoquèrent dans son esprit.

Après lui avoir retiré son jean, il fit un effort surhumain pour se relever et reculer.

— Voilà, c'est fait, dit-il, la gorge nouée.

— Parfait, murmura-t-elle, avant de se glisser au plus vite sous les draps, comme pour s'y cacher. Merci beaucoup, je vais m'allonger quelques minutes, et ensuite je redescendrai pour manger, d'accord ?

— Ça me paraît une excellente idée, dit-il avec un sourire.

En effet, mieux valait s'éloigner d'elle et la laisser seule. La colère qu'il continuait d'éprouver envers elle ne semblait avoir aucun effet sur le désir qu'elle lui inspirait. Comment cette femme s'y prenait-elle pour avoir cet effet-là sur lui ? Quant à son cœur… ah, son cœur ! Derrière le grand mur de pierre qu'il avait érigé autour depuis plus de dix ans déjà, il était à l'abri.

— Tu bois toujours cet affreux thé vert que tu adorais ? demanda-t-il.

Elle sourit.

— Oui, il y en a tout un pot dans l'armoire de la cuisine.

— Parfait, ajouta-t-il. Je t'en monte une tasse.

Il quitta précipitamment la chambre. Quelle torture que de la voir dans un lit et ne pas pouvoir l'y rejoindre ! Pourtant, il devait se faire à l'idée que son aventure avec Penny était terminée. Il était là pour les jumeaux, et rien ni personne d'autre.

Dans le couloir, il arriva bientôt au niveau de la chambre des jumeaux. Il posa la main sur la poignée. Son cœur fit un bond dans sa poitrine et sa respiration s'accéléra.

Cette sensation, il l'avait ressentie pour la première fois en faisant du parapente dans les Alpes. Un mélange d'excitation, d'angoisse et de pure panique. Quand il avait atterri, il aurait pu embrasser le sol de joie. Jamais il ne s'était senti si… vivant. En cet instant, il devait aussi faire un grand saut. Ensuite, plus rien ne serait comme avant.

Très lentement, il ouvrit la porte et pénétra dans la chambre à pas feutrés. Avant de voir les jumeaux, il les entendit : le doux murmure de leur respiration, calme et cadencée, le bruit de succion des tétines.

Leurs deux berceaux blancs étaient installés côte à côte. Dans un coin de la petite pièce, il y avait un rocking-chair. Un pan de mur était occupé par une bibliothèque remplie de livres et de peluches, à côté de laquelle se trouvait une petite commode qui devait sans doute contenir des vêtements. Dans des cadres colorés, des girafes, des éléphants, un arc-en-ciel… tout pour amuser des enfants. L'ambiance de la pièce était chaleureuse, comme une représentation du bonheur.

Toujours sur la pointe des pieds, il se pencha sur les berceaux. Le plancher craqua, mais les jumeaux ne se réveillèrent pas. Ils étaient tous les deux profondément endormis, plongés dans leurs rêves. Il ne put s'empêcher de sourire.

Les cheveux noirs de Reid étaient coupés plus court que ceux de sa sœur. Il portait un petit pyjama vert d'eau et dormait sur le dos, les bras et les jambes écartés. On aurait dit un ange déployant ses ailes. Les deux bébés étaient si petits, si beaux, si… fragiles. En un instant, ils prirent possession de son cœur.

Oh non, il n'avait pas besoin de test de paternité. Il savait instinctivement qu'ils étaient ses enfants. Il le sentait au plus profond de lui. Avec les femmes, il protégeait son cœur, mais ces deux petits êtres en avaient escaladé la muraille en une fraction de seconde, prenant possession de la citadelle de son âme. A chacun de leurs soupirs, le lien invisible qui le reliait à eux devenait plus fort, plus solide. En cet instant, il sut qu'il ferait n'importe quoi pour ses enfants, et que rien ne changerait jamais cet état de fait.

Restait à régler les choses avec leur mère…

Quand Penny ouvrit les yeux, il lui fallut quelques secondes pour comprendre où elle se trouvait. Mais en reconnaissant l'environnement familier de sa chambre, elle poussa un soupir de soulagement. Elle était chez elle. A en juger par les gargouillements dans son ventre, elle avait dû faire l'impasse sur le dîner la veille au soir. Les rayons passant sous les rideaux de sa fenêtre lui indiquèrent que la matinée était déjà bien avancée.

Les jumeaux ! Elle ne les avait pas entendus de la nuit et n'était allée les voir que quelques minutes la veille. Elle avait dormi si profondément… c'était peut-être sa première vraie bonne nuit de sommeil en huit mois.

Sans plus attendre, elle se hissa hors du lit, mais dès qu'elle mit un pied au sol, la douleur lui vrilla le ventre. Elle devrait y aller doucement aujourd'hui… Avec précaution, elle descendit du lit, puis sortit de sa chambre et se dirigea vers celle des bébés.

Vide ! Les berceaux étaient vides ! Elle porta la main à son cœur qui venait de faire un bond dans sa poitrine. Sa respiration s'accéléra, elle avait la gorge nouée. La crise de panique n'était pas loin. Points de suture ou pas, elle se précipita vers le rez-de-chaussée.

Enfin, dans un cliquetis d'assiettes et de couverts venant de la cuisine, elle entendit ses bébés babiller. Elle perçut aussi la voix de Colton. Une voix chaude, aux intonations bienveillantes. Immédiatement, elle sentit un flot de tendresse se substituer à la panique qui, quelques instants plus tôt, venait d'envahir son esprit encore embrumé par le sommeil.

Elle se dirigea vers la cuisine sans faire de bruit. Elle s'arrêta sur le seuil. Les jumeaux étaient bien installés dans leur chaise haute et battaient des mains. En face d'eux, Colton leur souriait. Jamais elle ne l'avait encore vu avec une telle expression de bonheur sur le visage. Un bonheur intensément tendre, authentique. Un bonheur de père.

Comme elle avait rêvé de ce moment ! Colton, les jumeaux et elle. Une famille. Dans la maison de son enfance. Celle où elle avait décidé d'élever ses enfants. Pendant quelques secondes encore, elle allait faire semblant d'y croire. Croire que les dix-huit derniers mois s'étaient déroulés autrement. Croire que la place de Colton était ici, dans cette maison, avec ses enfants. Avec *elle*.

— Tu viens t'asseoir avec nous, ou tu comptes rester debout toute la journée ? lui demanda alors Colton, la tirant de ses pensées.

Elle sursauta. Se sentant coupable, elle s'empressa de chasser ses fantasmes de famille unie et heureuse. A quoi bon se torturer ? Colton ne voulait pas d'elle. Il voulait simplement récupérer ses enfants, ses jumeaux. Et elle allait se battre pour l'en empêcher.

— Je croyais que tu ne m'avais pas entendue arriver.

Il eut un petit rire.

— Même dans mon dos, je peux sentir ton regard plein de reproches.

Elle sentit le sang lui monter aux joues et s'avança, s'efforçant de ne rien laisser paraître du trouble qu'elle éprouvait.

Ses jumeaux l'accueillirent avec de petits cris de joie qui lui réchauffèrent le cœur. Elle se pencha vers eux pour les embrasser, l'un après l'autre, humant leur douce odeur vanillée de bébé. Puis elle prit une chaise et s'assit à côté d'eux. Continuant ce qu'il était en train de faire, Colton plongea une cuillère dans un petit pot de purée de pêche et la porta à la bouche d'un des jumeaux, avant de recommencer avec le second. Ils étaient si mignons, on aurait dit des bébés oiseaux ouvrant le bec !

— Et tu les as même habillés, remarqua Penny, admirative.

Reid et Riley portaient des T-shirts et des body tout à fait propres. Leurs minuscules petits pieds étaient réchauffés de chaussettes. Colton n'avait commis aucun impair…

— Ça a l'air de te surprendre.

— Oui, un peu.

En réalité, elle n'était pas surprise, elle était ébahie. Elle aurait mis sa main au feu qu'il n'aurait pas su s'y prendre. Mais non, il s'était débrouillé comme un chef. Il les avait changés, nourris, comme s'il avait fait ça toute sa vie.

— Tu sais, la famille King s'est beaucoup agrandie ces derniers temps, dit-il en posant la petite cuillère sur le plateau d'une des chaises hautes. Aujourd'hui, à chaque réunion de famille, il faut changer un bébé, lui donner à manger, voire les deux en même temps. Alors, oui, c'est vrai que je ne passe pas ma vie avec des bébés, mais j'ai quand même pu un peu m'exercer. Les couches, les vêtements et la bouillie, je pense que je maîtrise.

Elle se souvenait qu'il lui avait en effet parlé des nombreuses naissances dans sa famille. Mais jamais elle n'aurait pensé qu'il aurait approché ces bébés d'aussi… près. Ne lui avait-il pas répété qu'il n'était pas *fait* pour la famille ? Il s'était toujours présenté en homme préférant risquer sa vie que d'avoir à la vivre…

— Après, continua-t-il, une note triste dans la voix, c'est vrai que je ne l'avais pas encore fait avec mes enfants.

Il lui lança un regard noir. La conversation promettait d'être encore houleuse aujourd'hui…

— Colton, bredouilla-t-elle.

Et puis non, elle n'avait pas envie de se disputer avec lui. Il était encore trop tôt, elle était encore trop fatiguée, elle avait encore trop mal. Plus tard…

— Bon, je crois qu'ils ont fini, dit-il.

Puis il se leva et attrapa une lingette pour essuyer les visages et les mains des bébés.

— Tu veux me parler d'eux ? demanda-t-il en venant se rasseoir. A moins que ce soit encore un secret ?

Agacée, elle se pencha vers Riley pour la prendre dans ses bras. La petite commençait à peser son poids, et l'effort lui tira une grimace de douleur.

— Que veux-tu savoir ? demanda-t-elle en déposant un baiser sur le front de Riley.

— Tout, Penny, murmura-t-il. Je veux tout savoir. Et sache que j'ai moi-même découvert certaines choses pendant ce début de matinée passé en leur compagnie.

— Ah oui, et lesquelles ?

— Pour commencer, Reid sera probablement gaucher, et il a déjà une belle petite poigne.

Il le prit dans ses bras et l'installa sur sa cuisse, bien calé contre lui. Reid poussa un petit cri de satisfaction.

— Et je crois que Riley aura un sacré caractère, poursuivit-il. C'est une grande aventurière. Elle veut se faufiler partout, tout explorer, une vraie casse-cou. Elle aime les câlins, mais moins que son frère. Elle donne vite l'impression d'avoir envie qu'on la laisse tranquille pour qu'elle découvre le monde.

Penny eut un petit rire. Colton décrivait tellement bien le caractère des jumeaux ! Reid était vraiment un petit contemplatif et Riley une baroudeuse en herbe…

— Tu as tout à fait raison, confirma-t-elle. J'ai toujours pensé que Riley était celle des deux qui te ressemblait le plus.

Il fronça les sourcils.

— Oh, tu sais, corrigea-t-il, quand on était petits, c'était Connor le plus intrépide. Moi, je cherchais surtout à rester dans les jupes de ma mère, jamais trop loin de la boîte de biscuits.

Elle sourit… L'image d'un bébé Colton grassouillet qui ne quittait pas sa mère lui mit du baume au cœur.

— Mais alors, demanda-t-elle, comment les choses se sont-elles inversées ? C'est toi qui coures le monde, et Connor qui gère l'administratif.

Elle vit une ombre passer dans le regard de Colton. Il baissa même les yeux.

— Les choses changent.

Avait-elle touché un point sensible ? Elle n'en avait pas la moindre idée. King Aventures Extrêmes était une affaire florissante, et tout le monde dans la région savait qui faisait quoi. Qui, dans le binôme, était la tête brûlée, et qui était le cerveau. Pendant la semaine qu'ils avaient passée ensemble, il n'avait pas cessé de lui raconter ses aventures aux quatre coins du monde.

Elle en avait été terrifiée. Comment un homme normalement constitué pouvait-il avoir envie de passer *des vacances* à être hélitreuillé au flanc d'une montagne, avant de la dévaler à skis ? Faire du trekking sur un volcan en activité, où la température était si élevée que la combinaison de protection était obligatoire ? Faire du parapente au-dessus des plus hauts sommets des Alpes ? Partir à la poursuite de tornades ? Autant d'expériences qu'il avait faites, à la recherche non seulement d'aventure et d'inattendu, mais aussi, et surtout peut-être, du frisson du risque.

Et même si le voir partir lui avait déchiré le cœur, elle avait bien vite reconnu que jamais elle n'aurait pu vivre ce genre de vie. Leur histoire était forcément condamnée. Comment allait-elle réussir à aimer toute sa vie un homme qui, plus que tout au monde, aimait mettre sa vie en danger ? Qui aurait tout donné pour une décharge d'adrénaline ? Et aujourd'hui, comment pouvait-elle accepter que ses enfants s'attachent à un père susceptible de disparaître à tout moment de leur existence ?

— Oui, tu as raison, ajouta-t-elle avec un soupir. Certaines choses changent.

Elle se leva et passa dans le salon. Il la suivit, Reid dans les bras.

Ses pas étaient lourds sur le parquet, comme s'ils voulaient imiter le rythme de son cœur. Il battait si fort dans sa poitrine. Avoir Colton chez elle, dans sa maison, auprès de ses enfants était si… troublant. Elle devait trouver un moyen de le faire partir.

Dans le séjour, elle déposa Riley dans son parc et ouvrit un coffre de jouets, que la petite fille s'empressa de prendre et de jeter dans la pièce, le visage radieux. Penny ressentit un petit pincement de fierté.

Elle prit place sur le canapé et regarda Colton installer Reid près de sa sœur. Puis il resta debout, près de la fenêtre, l'air songeur. Un air qui semblait dire : « Il faut qu'on parle. » Elle connaissait cet air entre mille.

Heureusement, elle s'y était préparée. En outre, lui dire ce qu'elle avait sur le cœur lui ferait beaucoup de bien. Ensuite, les jumeaux et elle pourraient reprendre le cours de leur vie.

— Tu aurais dû me le dire.

Les mots de Colton brisèrent le silence comme des pierres jetées dans un puits profond.

Elle prit une profonde inspiration. Oui, elle était prête, prête à se battre.

— Tu es en colère, à ce que je vois, commenta-t-elle.

Il se retourna vers elle et la fixa.

— Oui, confirma-t-il, et je crois même que tu es en deçà de la vérité.

— Je ne te comprends pas, Colton. Tout était clair quand tu es parti de Las Vegas. Tu m'as dit que tu ne voulais pas de famille, que tu ne voulais pas te marier et que tu ne voulais pas d'enfants.

— Oui, c'est ce que j'ai dit, répondit-il, la mâchoire

crispée. Mais je parlais d'enfants hypothétiques. Si j'avais su que tu étais enceinte, les choses auraient été différentes. Est-ce que je t'ai dit que si tu tombais enceinte, je préférais ne pas le savoir ? Est-ce que j'ai dit ça ?

— Pour moi, c'était tout comme, soupira-t-elle, le cœur serré. J'étais persuadée que tu n'aurais pas voulu le savoir.

— Et depuis quand tu es télépathe ? demanda-t-il, d'un ton glacial.

— Nul besoin d'être télépathe, Colton. Tu me l'as dit, le plus simplement et le plus directement du monde. Tu me l'as dit en m'abandonnant.

Hors de question qu'elle endosse la responsabilité de ce qui s'était passé entre eux.

— C'est *toi* qui es parti, insista-t-elle. Je ne te dois rien.

— Mais tu as mis *mes* enfants au monde ! répliqua-t-il, en s'efforçant de ne pas hausser la voix.

Elle se crispa, ce qui n'échappa pas à Colton.

— Bon, recommençons depuis le début, reprit-il d'un ton plus calme. Pourquoi ne pas m'avoir averti que tu étais enceinte ?

— Je te l'ai déjà dit.

Mais elle ne lui avait pas *tout* dit. Elle ne lui avait pas parlé de sa peur. De la peur de la famille King et de son énorme fortune. De la peur de perdre la garde de ses enfants en un claquement de doigts, tout simplement parce qu'elle n'aurait pas les moyens d'engager d'aussi bons avocats que Colton.

— Tu te rends compte du temps que j'ai perdu ? Comment veux-tu que je te pardonne ?

Il était son adversaire, et que tant qu'un pont ne serait pas construit entre eux, il n'y aurait pas de solution, pas de paix.

— Et maintenant que tu sais, Colton, que veux-tu faire ? Que *vas*-tu faire ?

Il se passa la main dans les cheveux. Un geste d'impatience qu'elle connaissait par cœur.

— Je l'ignore, Penny, je n'en ai pas la moindre idée, répondit-il. Tout ce que je sais, c'est que je veux connaître mes enfants.

Encore une chose qu'elle comprenait parfaitement, et qui lui réchauffait le cœur.

— Je ne veux pas être un étranger dans la vie de mes enfants, poursuivit-il. Je ne veux pas être exclu de leur existence.

Elle fut secouée d'un petit frisson. Qu'elle le veuille ou non, il allait entrer dans la vie de ses enfants. Elle devait impérativement trouver un moyen pour qu'ils ne s'attachent pas trop à lui. Parce qu'il avait beau dire et répéter qu'il voulait faire partie de leur monde, combien de temps pouvait-il attendre avant de retourner dans un autre monde, celui des aventures et du risque ?

Elle se contenta de répondre :

— Et tes sauts en parachute ? Ton ski hors-pistes ?

Il fronça les sourcils.

— De quoi parles-tu ?

— De toi, Colton, je parle de toi. Je ne te vois pas rester dans cette maison et vivre la vie d'un père normal. Ce n'est pas dans ta nature. Je ne te donne même pas un mois avant que tu aies de nouveau envie de poursuivre des taureaux sauvages ou je ne sais quoi d'autre de plus fou encore.

— De plus fou ?

— Oui, de plus fou. Tu passes ta vie à la risquer et tu le fais parce que tu adores ça. Le mois dernier, je t'ai encore vu en photo dans un magazine sur un volcan en éruption.

— Oui, c'était au Japon, j'expérimentais un nouveau site pour notre catalogue, et alors ?

— Et alors, Colton, tu plaisantes ? Comment vas-tu passer de cette vie à la mienne et à celle des petits ? Une vie bien paisible, bien tranquille dans un de ces pavillons de banlieue que tu as en horreur. Ce n'est tout simplement pas toi, ce n'est pas ton monde. Pourquoi veux-tu absolument te battre pour obtenir quelque chose que tu n'as jamais voulu ?

Il n'avait pas quitté les jumeaux des yeux. Reid s'était couché sur le dos et remuait les bras, tandis que Riley rampait comme une furie derrière une voiture en plastique, comme si le parc était déjà trop petit pour elle. La scène le fit rire, et Penny éclata de rire à son tour.

Puis le calme revint entre eux. Un calme lourd de sous-entendus.

— Parce que je suis un King, dit-il enfin après de longues secondes de silence. Et parce que pour un King, la famille est ce qu'il y a de plus important au monde.

- 5 -

Penny serra rageusement les poings autour de sa chemise de nuit. Sentir le tissu sous ses doigts, cette sensation si tangible, si matérielle lui rappela subitement qui elle était et ce qu'elle faisait là. Elle était chez elle, et Colton était un intrus. Il était sur *son* territoire, et il valait mieux qu'il se plie à ses règles du jeu à *elle* — et non l'inverse.

Combien de temps ce jeu allait-il d'ailleurs durer ? Elle n'en avait pas la moindre idée.

Pour ne rien arranger, elle avait beau s'efforcer de rester loin de lui, elle avait toutes les peines du monde à résister à l'attirance qu'elle éprouvait pour lui. Et savoir que Colton n'était pas revenu pour elle, mais pour lui reprendre ses bébés la torturait encore davantage.

La souffrance, physique et psychologique, était insupportable. Dans ces moments-là, elle le détestait !

Dire qu'avant de le revoir à l'hôpital, elle avait quasiment réussi à l'oublier. Certes, elle pensait encore souvent à lui, rêvait de lui, fantasmait sur lui, mais elle était parvenue à lui faire une place, le ranger dans une petite niche confortable dans sa mémoire. En un mot, elle avait commencé à cicatriser, à tourner la page et à faire avec son absence…

Il fallait donc qu'il parte le plus vite possible, pendant qu'il en était encore temps, avant que tout ne recommence… et tant que les jumeaux étaient trop petits pour comprendre et se créer un souvenir de lui. Trop petits pour que leur père leur manque après son départ inévitable.

Il n'y avait pas d'autre solution : leur discussion tournait en rond. Il lui reprochait de lui avoir menti, d'avoir gardé le secret de sa grossesse et de la naissance de ses enfants, et elle, elle lui reprochait de l'avoir quittée… Impossible de s'en sortir. Il était urgent d'agir.

— Colton, je comprends ce que tu essaies de faire, dit-elle d'un ton qu'elle voulut le plus détaché possible.

— Ah oui ?

— Oui, mais tu n'y es pas obligé. Ce n'est pas parce que Reid et Riley sont de ta famille que tu dois forcément rester auprès d'eux.

Il hocha lentement la tête sans cesser de la fixer. Un regard dur et déterminé, mais aussi intensément profond. Suffisant pour faire grimper de quelques degrés la température ambiante.

— Et où devrais-je être ? demanda-t-il en s'approchant.

Elle soupira, s'efforçant d'ignorer la panique et le trouble qui la gagnaient.

— Je ne sais pas, moi, Bali ? L'Australie ? Au sommet d'une montagne, au fond de l'océan ?

Il eut un petit rire nerveux.

— Tu te trompes, c'est ici que je dois être, et nulle part ailleurs.

— Mais c'est bien ça le problème, Colton. Tu crois faire ce que tu *dois*, et tu ne fais pas ce que tu *veux*. Et dès que ce sentiment de responsabilité et de culpabilité s'évanouira, tu prendras la poudre d'escampette. C'est ce que tu fais, c'est ce que tu es. Tu ne peux pas lutter.

Dans l'air, l'électricité était palpable. Riley choisit justement ce moment pour escalader la barrière de son parc et venir se coller aux jambes de Colton. De ses poings minuscules, elle agrippa le bas du jean de son père. Colton baissa la tête vers elle, un large sourire aux lèvres. Comme s'il était le plus heureux des hommes à voir sa fille grandir sous ses yeux.

Puis il se baissa pour la prendre dans ses bras et déposer un baiser sur son front, en caressant sa joue, sa petite joue rose et duveteuse. Penny eut l'impression que son cœur était sur le point d'éclater. Elle avait l'impression d'assister à une scène de bonheur familial — un bonheur simple, normal, total. En somme, tout ce qu'elle *aurait pu avoir si…*

— Je suis là, Penny, dit alors Colton. Que cela te plaise ou non, je n'ai pas l'intention de partir. Il va falloir que tu t'y fasses.

Et s'il disait vrai ? Etait-il capable de changer ? Non, c'était impossible, il fallait qu'elle se sorte au plus vite cette idée de la tête. Qu'elle ne se laisse pas influencer par la tendresse et la prévenance avec lesquelles il s'occupait des jumeaux. Colton King l'avait bernée une fois, il ne la bernerait pas deux. Jamais elle ne pourrait survivre à un second abandon.

La première fois, elle y avait d'ailleurs difficilement survécu. Quand il avait refermé la porte de la chambre d'hôtel de Las Vegas, elle avait eu l'impression que ce lourd morceau de chêne venait de s'écraser sur elle. Sur son cœur, sur sa tête, sur sa vie. Le départ de Colton l'avait démolie, dévastée, la laissant totalement perdue.

Découvrir sa grossesse avait été la seule chose qui l'avait aidée à tenir après la signature des papiers du divorce. Savoir qu'elle allait devenir mère — d'un enfant, puis de deux — l'avait remise sur pied. Elle avait recouvré un équilibre. Elle avait pu se détacher de son amour perdu et se concentrer sur deux nouveaux amours, deux petits anges qui allaient vite devenir le centre et l'unique priorité de son existence.

Aujourd'hui, elle ne permettrait pas à Colton de la faire souffrir une nouvelle fois, elle s'en faisait la promesse. Hors de question que Colton, allergique à l'honnêteté et aux sentiments vrais, brise un jour le cœur de ses enfants.

— Je suis là et j'y reste, répéta-t-il. Qui plus est, tu viens de sortir de l'hôpital, tu as donc besoin d'aide. Que tu l'admettes ou non.

Elle enrageait, mais la douleur qui la lançait dans son ventre rendait toute véritable discussion impossible. En soupirant, elle dut s'y résigner : elle allait devoir laisser Colton remporter la manche. Mais hors de question de lui laisser la victoire. Quand elle serait de nouveau sur pied, elle reprendrait sa vie et celle des jumeaux en main comme elle l'avait toujours fait : sans Colton.

Une idée germa alors dans son esprit : oui, il fallait vraiment qu'elle le laisse gagner, car ainsi, il comprendrait vraiment ce que signifiait élever deux bébés. Au quotidien, jour après jour. En mesurant l'investissement qu'une telle responsabilité impliquait, il s'en irait au plus vite.

Pour le moment, il éprouvait de la colère et du regret de n'avoir pas été présent auprès de ses enfants dès leur naissance. Il ressassait le temps perdu. Mais bientôt, ses penchants naturels reprendraient le dessus, et il fuirait plus vite que le vent. Telle était la bonne stratégie : qu'il reste, qu'il s'occupe des jumeaux plusieurs jours d'affilée, et la nature ferait le reste.

Elle ressentit un petit pincement au cœur à l'idée de voir Colton repartir, mais elle savait que c'était la meilleure solution. En outre, son départ n'aurait rien du terrible coup de théâtre de Las Vegas, car elle s'y serait préparée.

— D'accord, finit-elle par concéder, avec un petit sourire.

— D'accord quoi ? demanda-t-il, circonspect.

— D'accord, tu as raison. J'ai besoin d'aide, et tu es le père des jumeaux. Tu peux donc rester.

Il écarquilla les yeux.

— Tu es sérieuse ?

— Oui. Tu m'as convaincue. Comme si tu n'étais pas conscient de ton pouvoir de persuasion…

— C'est bien ce qui me fait peur, grommela-t-il.

Au même instant, Reid réussit à escalader la petite barrière du parc. Dès qu'il fut arrivé aux pieds de Colton, il tira le bas de son jean en babillant. Colton se baissa et prit le bébé dans son bras libre. Comme ils avaient l'air heureux tous les trois…

Pendant de longues minutes, elle observa la scène : Colton, ses jumeaux dans les bras, semblait l'homme le plus comblé de la terre. Quelques minutes, rien de plus, à faire semblant que le rêve était réalité. Elle l'avait bien mérité.

Elle le savait mieux que personne : l'égoïsme et l'inconséquence de Colton reprendraient vite le dessus. Il repartirait. Elle retrouverait alors le cours tranquille et normal de sa vie : ses enfants, son travail, en essayant de prétendre qu'elle n'avait pas un trou béant à la place du cœur.

Elle fixa son reflet dans le miroir de la salle de bains. Elle venait de passer une affreuse nuit d'insomnie. Elle n'avait cessé de se retourner dans son lit en pensant à Colton. Ce matin, ses cernes et ses traits tirés en étaient un cruel rappel.

Ses cheveux étaient en bataille, elle était pâle, et elle avait grand besoin de prendre une douche. Mais pourrait-elle le faire seule ?

Hors de question de demander l'aide de Colton. Qu'il l'assiste pour qu'elle se change, passe encore, mais elle ne supporterait pas qu'il se trouve avec elle dans une salle de bains chaude et humide et fasse courir ses mains sur son corps pour la savonner. Elle serait incapable de se maîtriser.

En soupirant, elle baissa les yeux vers sa chemise de nuit. Certes, ce vêtement n'était pas le plus sexy de sa garde-robe. Mais qu'importe ? Il était à *elle*, comme elle était chez *elle* et que ses enfants étaient les *siens*. Et si ce bout de tissu était bel et bien un répulsif à hommes, elle pourrait peut-être se le coudre sur le corps. Ainsi, elle serait tranquille jusqu'à la fin de sa vie.

Elle secoua la tête. Depuis quand était-elle devenue cette femme triste et résignée qu'elle voyait dans la glace ? D'un geste morne, elle se brossa les cheveux, se lava le visage et s'habilla. Un T-shirt à manches longues vert et un vieux jean bien confortable feraient parfaitement l'affaire aujourd'hui. Quitte à gérer la présence de Colton un jour de plus, autant le faire dans une tenue confortable.

En quittant sa chambre, elle s'aperçut que la douleur dans son ventre s'était un peu atténuée, que ses pas étaient plus assurés. A la bonne heure, encore un jour ou deux, et tout serait rentré dans l'ordre. Et ce cauchemar serait derrière elle une fois pour toutes…

En entrant dans la cuisine, elle eut un coup au cœur.

Colton était là, attablé, son ordinateur portable ouvert et, près de lui, une pile de factures impayées.

Ses factures.

— Je peux savoir ce que tu fais ? lança-t-elle, estomaquée.

Quel culot ! Il avait donc trouvé un nouveau moyen de l'humilier. Avait-il le moindre respect de la vie privée ? D'ailleurs, ce mot signifiait-il quelque chose pour lui ?

Manifestement, non. Avec un naturel désarmant, il se contenta de lui lancer un rapide regard.

— Ça se voit non ? Je paie tes factures.

Et il se replongea dans sa tâche.

Elle serra les poings, et, s'efforçant de garder son sang-froid, s'avança vers lui.

— Tu n'as pas le droit, dit-elle, la mâchoire crispée.

— Bien sûr que si. Tu as besoin d'argent, et ça tombe bien, j'en ai plein.

Une autre de ces petites piques dont il avait le secret. Une manière de lui rappeler à quel point leurs vies étaient différentes. Il était un King, et il avait plus d'argent qu'il n'était possible d'en rêver — *qu'elle* ne pourrait en rêver. Alors autant l'agiter devant son visage, lui montrer qu'elle n'aurait jamais les moyens de lutter contre lui. Elle enrageait.

Il avait l'air si calme, si sûr de lui. Comme si la situation était la plus banale du monde.

— Colton, arrête, je me fiche de ton argent.

Un beau mensonge. En réalité, elle se rongeait les sangs en imaginant avec quelle facilité il allait réussir à lui ôter la garde de ses enfants. Il n'avait qu'à claquer des doigts et à payer grassement ses avocats hors de prix.

— Je paie mes factures, ajouta-t-elle, avec *mon* argent.

Il arqua un sourcil.

— A ce que je vois, pas vraiment, ironisa-t-il. Du moins, tu ne les paies plus depuis un certain temps.

— Les choses ont été un peu tendues au travail, concéda-t-elle, mais ça va bientôt s'arranger.

Elle croisa les bras sur sa poitrine.

— Arrête, Colton, je t'en prie.

— Non, se contenta-t-il de répondre en la fixant.

Ses yeux étaient toujours aussi durs et glacials. Mais la lumière du matin, qui filtrait à travers les fenêtres de la cuisine, en se reflétant dans ses pupilles leur conférait un éclat un peu plus chaud — comme pouvait sans doute l'être la banquise au pôle Nord en été, au soleil de minuit.

— Je n'ai vraiment pas l'impression que les choses sont sur le point de s'arranger, poursuivit-il. Ta situation financière est catastrophique, et c'est un euphémisme.

Pouvait-elle être plus humiliée encore ? Elle n'ignorait rien de sa situation financière : d'ailleurs, c'était ce qui l'empêchait de dormir depuis des mois. Et maintenant, que Colton soit au courant était tout bonnement insupportable.

— Je démarre mon entreprise, dit-elle, bien déterminée à ne pas se laisser démonter. Ces choses prennent du temps. Mais ça ne m'étonne pas que tu l'ignores, ce n'est pas comme si les King avaient eu un jour à travailler pour vivre.

Immédiatement, elle regretta sa pique, qui ne reflétait pas la vérité. Mais elle ne pouvait rester impassible face à lui et supporter docilement son arrogance.

— Oui, c'est vrai que les King ont de l'argent, répliqua-t-il froidement. Mais tout le monde travaille dans notre famille, et on travaille dur pour faire marcher nos entreprises.

— Excuse-moi, je sais, mes mots ont dépassé ma pensée, concéda-t-elle en baissant les yeux. Mais faire les choses seul, tu ne sais pas ce que cela implique.

— Oui, je te l'accorde. Raison pour laquelle tu aurais dû me contacter plus tôt, j'aurais pu t'aider.

— Colton, tu ne comprendras donc jamais ? Je ne *veux* pas de ton aide !

Elle n'était pas fière d'elle. A quoi jouait-elle ? On aurait dit une enfant gâtée. Elle se détestait. Et elle le détestait encore plus, lui qui lui imposait pareilles humiliations.

Elle s'avança vers la table pour récupérer ses factures.

Mais il fut plus rapide et, avec ce flegme qui la mettait hors d'elle, les passa toutes en revue :

— Electricité, gaz, téléphone, internet, prêts à la consommation, tu es en retard sur tout !

— C'est faux, protesta-t-elle, j'ai mis en place des échéanciers, et j'honore mes mensualités.

— Mais pas complètement, souligna-t-il.

— Tu ne peux pas comprendre. Je fais ce que je peux pour avoir le moins de retard possible. Je paie quand je peux, mais je paie toujours.

— Bon, de toute façon, c'est réglé, tu ne dois plus rien à personne.

Elle eut l'impression que le sol se dérobait sous ses pieds.

— Sauf à *toi*, bien évidemment.

— Non, tu ne me dois rien, rectifia-t-il d'une voix étonnamment douce. C'est moi qui te devais quelque chose.

— Je ne comprends pas. Que veux-tu dire ?

— Je parle de tout le temps où je n'ai pas été auprès de toi. De ta grossesse, de la naissance des jumeaux. Du fait que je n'ai pas vu leurs premiers sourires, les premières fois où ils sont partis découvrir le monde à quatre pattes. Voilà ce que je te dois. Même si c'est ta faute, Penny, et que je ne suis pas près de l'oublier, je t'assure.

— Moi non plus, dit-elle dans un souffle, l'esprit brouillé par un flot d'émotions contradictoires.

Elle était toujours persuadée d'avoir fait le bon choix, mais la manière dont il avait réagi l'avait vraiment surprise. Jamais elle n'aurait imaginé qu'il se donne la peine de venir la chercher à l'hôpital, qu'il s'installe chez elle, dans une maison aux allures de logis de lilliputiens comparée aux demeures dans lesquelles il avait l'habitude de vivre.

— Mais ça ne veut pas dire pour autant que tu aies le droit de fouiner dans mes affaires, ajouta-t-elle. C'est ma vie, et elle ne te concerne pas.

— Pas quand *mes* enfants sont concernés, corrigea-t-il. Si j'ai regardé dans tes factures, c'est parce que ton frère m'a dit que tu n'avais même pas de mutuelle santé, alors je me suis fait du souci pour les jumeaux. Mais pour le coup, j'ai vu que toutes ces dépenses avaient été honorées.

— Bien évidemment ! lança Penny. Tu me prends pour qui ? Jamais je ne jouerais avec la santé de mes enfants.

— Mais avec la tienne, si ?

— Je ne risque rien, je ne tombe jamais malade.

Il éclata de rire et désigna le bas du T-shirt qui recouvrait sa cicatrice toute récente.

Elle leva les yeux au ciel.

— Ce n'est pas une maladie ! Une appendicite, ça peut arriver à tout le monde.

— Ce qui prouve bien l'utilité d'une mutuelle. Pour pallier l'imprévu.

Comme pouvait-il rester aussi calme ? Elle avait envie de hurler, de le secouer tellement il l'exaspérait par son sang-froid à toute épreuve.

— Je peux me débrouiller toute seule, Colton, c'est ce que je fais depuis…

Mais elle préféra ne pas terminer sa phrase. De nouveau, ses mots risquaient de dépasser sa pensée, et elle n'avait pas la moindre intention de parler de son passé. Ce n'était pas la question, ni le moment.

— Et tu n'avais pas le droit non plus de payer ma facture d'hôpital, poursuivit-elle.

— Il fallait bien que quelqu'un s'en occupe…

— Mais pas *toi* !

Elle bouillait. Deux jours à peine qu'il était revenu dans sa vie, et, déjà, elle ne le supportait plus.

— Tant que j'y suis, poursuivit-il, impassible, j'ai vu que tu étais pleinement propriétaire de cette maison et qu'il n'y avait plus de traites à payer, ce qui est une bonne nouvelle, mais quand je suis allé dans le jardin ce matin avec les jumeaux, j'ai remarqué qu'un pan de ton toit était vraiment en mauvais état.

Comme si elle n'était pas au courant ! Elle s'était promis de s'en occuper avant l'hiver et, à ce qu'elle sache, elle était encore dans les temps.

— Oui, c'est sur la liste de mes choses à faire…

— Eh bien, tu peux le rayer, coupa-t-il. Je m'en suis occupé. Un couvreur vient vendredi.

Elle eut un petit rire nerveux.

— C'est impossible, Colton, tu ne peux pas me payer une nouvelle toiture, tu sais le prix que cela coûte ?

— Je le sais parfaitement, et c'est tout à fait dans mes moyens, d'autant plus que je passe par mon cousin, Rafe. Il sera là vendredi avec son équipe, et je lui ai dit de s'occuper aussi d'éventuelles termites, on sait qu'elles raffolent des vieilles bâtisses.

Elle sentait son cœur battre à mille à l'heure. Etait-elle en train de rêver ? Etait-ce sa nuit d'insomnie qui lui jouait des tours ? Que n'aurait-elle pas donné pour aller se recoucher et se réveiller quand il serait parti pour de bon. Cette cohabitation s'annonçait difficile pour ses nerfs.

Elle soupira et tira une chaise. Elle se sentait faible sur ses jambes.

— Non, c'est impossible, répéta-t-elle. Tu ne peux pas faire irruption dans ma vie et tout réarranger à ta convenance.

— Ce ne sont que quelques factures, Penny. J'ai l'argent, ce n'est pas un sacrifice. Alors, où est le problème ?

Elle se releva.

— Le problème, c'est que c'est ma vie, mes factures. Je suis chez moi, je m'occupe de moi, je m'occupe de ma famille. C'est tout.

— Oui, mais les jumeaux sont aussi ma famille.

Il les avait confortablement installés à quelques mètres de lui, chacun dans leur transat, sans doute pour garder un œil sur eux en s'occupant d'une comptabilité qui ne le regardait absolument pas.

Le moment qu'elle redoutait tant était arrivé. Que s'apprêtait-il à lui dire ? Quel bouleversement allait-il encore produire dans sa vie ? Il allait demander la garde exclusive de ses enfants. A moins qu'il s'en soit déjà chargé… Il avait sans doute appelé le meilleur avocat de son réseau.

Elle sentit les larmes lui monter aux yeux.

Elle devait se reprendre. Jamais elle n'abandonnerait

sans combattre. Pas maintenant. Il ne lui retirerait pas ses enfants. Jamais elle ne le laisserait faire.

— Et ensuite, que comptes-tu faire ? demanda-t-elle d'un ton qu'elle espérait le plus rationnel possible.

— Penny, je t'assure que ce que je veux, c'est avant tout m'occuper de mes enfants. Faire en sorte qu'ils ne manquent de rien.

— Mais c'est déjà le cas, Colton. Ils ne manquent de rien, je m'occupe d'eux, et ils sont heureux. Tu l'as bien vu…

Il se leva de sa chaise et lui tendit la main.

— D'ailleurs, avant que j'oublie, dit-il avec un sourire mystérieux, ce matin, je me suis aussi occupé d'une dernière chose.

Une dernière chose… Ses enfants… Il allait les lui prendre… Elle eut un mouvement de recul. Elle sentait son cœur battre à tout rompre dans sa poitrine, et elle avait du mal à respirer.

— Quoi, Colton, qu'est-ce que… qu'est-ce que tu as fait ? bredouilla-t-elle.

— J'ai fait en sorte que toi non plus, tu ne manques de rien, alors j'ai viré un demi-million de dollars sur ton compte en banque.

- 6 -

Penny eut l'impression que le sol se dérobait sous ses pieds. Sa tête se mit à tourner. Sa vision se fit de plus en plus floue, les murs, les meubles, tout semblait flotter autour d'elle. Des petits points noirs et blancs commençaient à danser frénétiquement devant ses yeux. Son cœur battait à mille à l'heure.

— Un demi quoi ? répéta-t-elle, à bout de souffle, en s'efforçant de ne pas chanceler.

— Respire, Penny, dit Colton, en s'approchant.

Il lui prit le bras.

Oui, respirer, c'était une bonne idée, si seulement ses poumons se remettaient à fonctionner normalement. A cet instant, elle avait plutôt l'impression que sa cage thoracique se rétrécissait, ne laissant passer qu'un infime filet d'air.

C'était impossible. Pourquoi avait-il fait une chose pareille ? Comment pouvait-il se montrer aussi envahissant ? Insistant ? Généreux, aussi, oui, mais terriblement exaspérant à vouloir tout résoudre par l'argent. Un demi-million de dollars, c'était de la pure folie.

Elle ouvrit la bouche, mais aucun son n'en sortit. Elle devait… oh non, elle allait s'évanouir.

— Penny ! s'écria Colton en tirant une chaise pour l'empêcher de tomber.

Elle s'assit, et Colton la poussa doucement en avant pour qu'elle baisse la tête et la garde un moment entre ses genoux. Avec des gestes d'une infinie douceur, il lui caressa le dos, puis la tête, et repoussa une mèche de cheveux derrière son oreille.

— Il faut que tu respires, insista-t-il en s'agenouillant pour se mettre à sa hauteur, ou tu vas t'évanouir !

La voix de Colton lui semblait lointaine, étouffée, comme s'il lui parlait derrière une vitre. En revanche, la caresse de ses doigts sur ses cheveux et ses épaules avait une volupté exquise, incroyablement proche, présente, palpable. Comme s'il déclenchait en elle des sensations inédites, électriques et troublantes. Un délicieux frisson la parcourut. Décidément, non seulement cet homme bouleversait son esprit, mais il avait cette désagréable habitude d'affoler son corps.

Le babillement des jumeaux lui parvint dans un brouillard ouaté. Heureusement, ses enfants étaient encore trop petits pour comprendre les tourments que leur père était capable de faire subir à leur mère.

Lentement, elle s'évertua à reprendre son souffle. Inspirer, expirer, inspirer, expirer. Depuis quand la chose était devenue si difficile ? Son cœur bondissait dans sa poitrine au rythme d'un cheval au galop.

Sa tête était lourde et cotonneuse, elle la secoua et fit un effort qui lui parut démesuré pour se redresser contre le dossier de la chaise.

— C'est bon, je vais bien, soupira-t-elle, laisse-moi me relever.

Il se releva et la prit par la taille pour l'aider à se mettre debout. Quand elle le regarda, elle lut dans ses yeux un soupçon d'inquiétude, même si un léger sourire continuait de flotter sur ses lèvres. Il devait jubiler.

— Ravi de savoir que je peux encore faire s'évanouir une femme, ironisa-t-il.

— Parce que tu te crois drôle ?

Il haussa les épaules, et son regard se fit plus perçant.

— Non, je ne plaisante pas quand je dis vouloir que mes enfants ne manquent de rien.

— Même si cela implique d'acheter leur mère ? Un demi-million de dollars ? Tu as perdu la tête ?

— Au contraire ! s'exclama Colton. Les choses sont

parfaitement claires et rationnelles. Tu as besoin d'argent, j'en ai, je t'en donne.

— Mais je n'en veux pas.

— Que tu en veuilles ou non ne change rien. Le virement est passé.

Il se dirigea vers la table où se trouvait son ordinateur portable et le ferma d'un coup sec.

— C'est fait, voilà, ajouta-t-il. Tu n'as plus à vivre au jour le jour.

— Je n'ai pas besoin de ta charité.

Encore un nouveau mensonge. Elle en avait terriblement besoin. Ce qu'elle ne voulait pas, c'était admettre, une nouvelle fois, combien leurs vies étaient diamétralement opposées. Combien jamais ils ne seraient sur un pied d'égalité. Et qu'il lui offre un demi-million de dollars en un claquement de doigts le lui rappelait cruellement.

— Ce n'est pas de la charité, c'est simplement la meilleure chose à faire.

— C'est ce que tu crois, dit-elle sèchement.

— Ce que je fais de mon argent me regarde.

Elle leva les yeux au ciel.

— Encore du Colton King tout craché, commenta-t-elle.

— Ce qui signifie ?

— Que tu as été le seul à décider que notre mariage était une erreur, par exemple.

Oh ! comme ces mots étaient douloureux à prononcer. Son cœur était aussi lourd qu'un rocher. La douleur qu'elle avait ressentie ce dernier matin à Las Vegas lui revint, comme si la scène se déroulait de nouveau devant ses yeux. Le regard glacial de Colton, le ton froid et monocorde de sa voix. Ses pas décidés vers la porte qu'il avait franchie sans jamais se retourner.

— A Las Vegas aussi, si je me souviens bien, seul ton avis a compté.

Il soupira, et une ombre passa sur son visage.

— Le passé est le passé, fit-il d'une voix blanche. Aujourd'hui, les choses sont différentes. Plus tôt tu le comprendras, mieux ce sera. Pour tout le monde. Pour nous, pour eux.

Il s'approcha des transats et berça les bébés, qui se mirent à rire en remuant leurs jambes et leurs bras potelés. Elle ne put réprimer un sourire.

— Il n'y a pas de *nous*, rectifia-t-elle. Tu ne peux pas débarquer dans ma vie et croire que tout t'est permis. Je ne suis rien pour toi, et certainement pas un devoir.

Il se retourna vers elle.

— Je ne parle pas de toi, Penny, je parle de mes enfants. Eux sont de ma responsabilité. C'est à moi de m'assurer qu'ils ne manquent de rien, et sache que je compte bien m'y employer.

— Je te répète qu'ils ne manquent de rien. Et surtout pas d'amour.

Il tendit le bras vers la table et tapota la pile de factures.

— A ce que je sache, ce n'est pas l'amour qui fait les courses ou paie l'électricité.

Elle sentit ses joues s'embraser, de colère et de honte mêlées. Oui, l'argent était un gros problème. Et elle enrageait à l'idée que Colton puisse tout régler en deux ou trois clics de souris. Et, plus que tout, elle détestait le sentiment de soulagement qu'elle commençait à ressentir.

— Je n'ai pas besoin qu'un prince charmant vienne me sauver dans son 4x4 blanc, railla-t-elle.

— Arrête, Penny, ça suffit maintenant ! Je te vois, tu sais. Tu peux à peine tenir debout ! Dès que tu fais un pas, tu grimaces de douleur, et tu as deux bébés de huit mois dont tu dois t'occuper. A quoi joues-tu ? Pourquoi refuses-tu obstinément mon aide ?

Pourquoi ? Parce que sa simple présence près d'elle lui faisait bien plus mal que tous les coups de scalpel du monde. Parce que être avec lui était trop difficile, trop ambigu, trop imprévisible. Parce qu'il pouvait être là aujourd'hui, jurer qu'il resterait, et repartir le lendemain sur un coup de tête. Combien de temps resterait-il dans cette maison, où le seul risque qu'il courait était d'attraper la varicelle ?

— Parce que tu n'as pas ta place ici, répondit-elle dans un souffle. Je sais que je ne peux pas compter sur toi, j'en ai fait l'amère expérience, tu te rappelles ?

Il secoua la tête.

— Je ne sais pas dans quelle langue je dois te le dire, reprit-il. Aujourd'hui, les choses sont différentes. Ces bébés, mes bébés changent tout.

— Mais pour combien de temps ?

— Que veux-tu dire ?

— Ce que je veux dire, Colton, c'est que notre mariage n'avait même pas vingt-quatre heures quand tu as décidé d'y mettre fin. Tu es parti sans te retourner. Jamais je ne courrai le risque que cela se reproduise avec mes enfants.

— Et qui te dit que cela va se reproduire ?

— Moi. J'en suis intimement persuadée. Tu es incapable de changer, Colton. Tu vis, tu respires pour le risque et l'aventure. Et jamais je n'accepterai que mes enfants vivent ainsi. Et plus que tout, jamais je ne te laisserai leur briser le cœur en les abandonnant comme tu m'as abandonnée.

— Alors, où est-elle ?

Connor fit irruption dans le salon avec l'air de celui qui s'attendait à trouver Penny réfugiée derrière un buffet pour cause de dispute homérique. En réalité, si la matinée avait débuté sur les chapeaux de roues, l'après-midi, déjà bien entamé, s'était déroulé sur un mode beaucoup plus calme. Et depuis quelques dizaines de minutes, la maison était même des plus silencieuses.

— Elle est montée faire une sieste, répondit Colton, étendu sur le canapé.

Avec ses coussins moelleux, ce canapé était peut-être une vieillerie, mais il était sans doute le plus confortable qu'il lui ait été donné d'essayer. A moins que cette impression soit due à sa fatigue extrême…

— Et les jumeaux aussi, ajouta-t-il.

Connor s'approcha de lui.

— Eh bien, réveille-les ! Je veux dire bonjour à mon neveu et à ma nièce.

Colton écarquilla les yeux.

— Tu es cinglé ? C'est la première fois que je peux souffler depuis ce matin. Alors je te prierai d'attendre qu'ils se réveillent, ou alors tu t'en charges, mais à tes risques et périls.

— Bien, bien, fit Connor en allant s'asseoir dans le fauteuil le plus proche. Je vois que monsieur joue les femmes au foyer épuisées.

Colton soupira.

— Je t'assure que plus jamais je ne me moquerai des femmes au foyer. Pour tout te dire, j'ignore comment elles réussissent à supporter pareil rythme. Je suis là depuis à peine deux jours et je suis sur les rotules — laver, cuisiner, s'occuper de deux bébés, recommencer, c'est inhumain. En fait, je crois que les femmes sont bien plus fortes que les hommes.

Il fixa le plafond au-dessus de sa tête. Comment Penny avait-elle réussi à s'en sortir, toute seule, pendant les dix-huit derniers mois ? Il l'ignorait. Certes, Robert l'avait aidée, mais étudiant en médecine, il ne devait avoir ni l'énergie ni le temps libre.

Il sentit sa poitrine se serrer. Il avait été terriblement dur avec Penny. Oui, elle lui avait caché sa grossesse et l'existence de ses enfants, mais elle avait fait le maximum pour eux. Seule, comme une tigresse.

Elle avait peut-être quelques factures en retard, mais la maison était propre, les bébés étaient heureux et bien nourris, et elle avait encore trouvé le courage de diriger son entreprise. En fait, il l'admirait autant qu'il lui en voulait pour ses mensonges et son entêtement irrationnel à refuser son aide.

— Et cette maison, c'est le repaire des elfes du Père Noël ? ironisa Connor. Je n'ai jamais rien vu d'aussi minuscule. Je crois que je vais faire une crise de claustrophobie.

— Ne m'en parle pas. Ce matin, j'ai failli m'assommer.

Je dormais sur le canapé, j'ai entendu les bébés pleurer, je me suis précipité vers leur chambre... et mon front a malheureusement rencontré une poutre.

Connor éclata de rire.

— Tu plaisantes ? Tu dors sur le canapé ?

— Je me passerai de tes commentaires.

— Si jamais cela se sait, tu peux dire adieu à ta réputation de séducteur.

— Si jamais cela se sait, répéta Colton, je saurai qui a vendu la mèche, et je peux t'assurer que tu me le paieras.

Connor fit le geste de se fermer la bouche au moyen d'une fermeture Eclair imaginaire et de jeter la clé derrière lui.

— Motus et bouche cousue, rien ne sortira des murs de cette maison de nains, je t'en fais la promesse. Et sinon, comment va la vie avec Blanche-Neige ?

— Voyons voir, par où commencer ? fit Colton avec un soupir. Rien que ce matin, Riley a fait tomber mon portefeuille dans les toilettes, Reid a décidé que la terre des pots de fleurs était une nourriture plus délicieuse que sa purée, et les deux ont passé le déjeuner à s'envoyer du yaourt aux myrtilles à la figure.

Un petit sourire se dessina sur le visage de Connor.

— La normale quoi, au pays des fous.

— C'est de la folie, tu as raison. Je ne sais même pas comment Penny a pu survivre toute seule à ces tornades. Sans compter qu'elle continue toujours de travailler. Mais où trouve-t-elle le temps d'aller photographier les enfants des autres, quand les jumeaux demandent une attention de tous les instants ?

— Alors là, tu m'épates. Je ne te pensais pas capable d'employer ce genre de formules, c'est arrivé quand ?

— Quand j'ai compris que grimper l'Everest n'était *rien* comparé au fait de donner le bain aux jumeaux. A midi, après la bataille de yaourt, je les ai mis dans leur baignoire et, au bout de dix minutes, j'avais des allures de naufragé.

— Et tu adores ça, commenta Connor. Ça se voit comme le nez au milieu de la figure.

Colton se sentit alors submergé par un flot de tendresse. Son frère avait raison. Malgré l'énergie que lui demandaient ses enfants, le coup de foudre avait été immédiat. Il les aimait plus que tout au monde ; leurs petites mimiques, toutes leurs petites habitudes le faisaient fondre. Riley, par exemple, refusait de dormir si elle n'avait pas eu son câlin. Reid, en revanche, remuait sur son matelas jusqu'à ce qu'il trouve la position la plus confortable. Et le petit bruit régulier de leur respiration pendant leur sommeil… Aux oreilles de Colton, c'était désormais une musique enchanteresse.

Ses enfants étaient devenus réels. De véritables personnes avec un tempérament déjà bien affirmé. Riley vouait un culte à son ours en peluche, tandis que Reid ne jurait que par son crocodile vert. Riley se régalait d'une bouillie de céréales le matin, quand Reid réclamait des bananes écrasées. Maintenant qu'ils étaient rentrés dans sa vie, hors de question qu'ils en sortent un jour.

Connor se racla alors la gorge, tirant Colton de ses pensées.

— Mais quand même, fit Connor, circonspect. Je vois que tu vis dans une maison de poupée, que tu t'occupes de petites personnes et que tu dors sur un canapé étriqué. Tu peux me dire pourquoi ?

— Tu sais pourquoi, répondit Colton, regrettant un instant d'avoir accepté la visite de son frère.

— Oui, je sais, soupira Connor. Et avec Penny, comment vont les affaires ?

— La situation est exaspérante, admit-il. Nous restons tous les deux campés sur nos positions. Elle est persuadée qu'elle a fait le bon choix, et moi, qu'elle a fait le mauvais.

— Mais a-t-il réellement été aussi mauvais que tu le penses ?

— Que veux-tu dire ? s'étonna Colton.

— Tu n'as jamais caché combien la vie de famille ne t'attirait pas. Je me trompe ?

Colton se releva brusquement du canapé.

— Je peux savoir dans quel camp tu es ?

— Le tien, bien sûr, assura Connor en levant les deux

mains. Mais tu dois admettre qu'elle avait des raisons d'agir comme elle l'a fait.

Colton aurait voulu argumenter, mais en deux jours, il avait eu son lot de disputes, de tensions et de colères rentrées. Il avait besoin de sérénité pour penser, le plus objectivement et le plus logiquement possible. Et, en effet, le point de vue de Penny lui paraissait de moins en moins absurde.

— Oui, tu as raison, admit-il.

— Et maintenant, quelle est la prochaine étape ?

— Aucune idée. Mais le fait est que tu es bien placé pour savoir que ces enfants ne doivent pas dépendre de moi. Je ne suis pas quelqu'un de fiable.

Connor leva alors les yeux au ciel, avant de soupirer, agacé.

— Tu veux bien arrêter avec cette histoire ? Ça fait dix ans que je te le répète : ce n'était pas ta faute ! Dans la famille, tout le monde te l'a dit…

— Oui, je sais, fit Colton, les yeux rivés au sol. Tout le monde me l'a dit et répété. Mais ça ne change rien. J'aurais dû être là pour eux, et je ne l'ai pas été. Si seulement…

Il sentit sa poitrine se serrer et son esprit s'obscurcir, comme si un essaim de guêpes fondait sur sa mémoire. Une mémoire épaisse, douloureuse. L'espace d'une seconde, le souvenir fut si vif qu'il eut l'impression de ressentir le froid du vent, le mordant de la neige. L'impression d'entendre les cris qui, toutes les nuits, allaient ensuite le hanter. S'il n'avait pas été véritablement présent ce jour sinistre, dans ses cauchemars, il n'avait cessé de revivre encore et toujours cette scène atroce.

— Colton, arrête, insista Connor. Tu n'es pas responsable de ce qui est arrivé, tu dois passer à autre chose.

Colton eut un petit rire nerveux. *Passer à autre chose.* Oublier, se pardonner. Oui, toute sa famille le lui avait répété des milliers de fois, et il aurait aimé en être capable. Dix ans s'étaient écoulés depuis le jour le plus noir de son existence, mais ses souvenirs et sa culpabilité étaient toujours aussi tranchants que l'acier. Comment pouvait-il oublier ? Et comment pouvait-il tolérer que deux enfants sans défense soient dépendants de lui ?

— Toi, passe à autre chose si ça t'amuse, maugréa-t-il. Moi, j'en suis incapable.

Il fixa son frère. Il avait l'impression de se regarder lui-même. Mais qu'importent sa ressemblance et son lien avec son jumeau, il avait un fardeau bien à lui à porter. Un fardeau avec lequel il devait vivre, jour après jour, sans le moindre répit. Et personne d'autre que lui ne pouvait comprendre combien les « et si seulement » l'obsédaient sans relâche, à lui faire même tutoyer la folie.

Connor haussa les épaules.

— Bon, et sinon, la Sicile ? Comment fait-on ? On envoie quelqu'un d'autre tester le circuit sur l'Etna ?

L'idée lui avait déjà traversé l'esprit. Il connaissait deux ou trois guides de montagne expérimentés et capables de relever le défi. D'ailleurs, quand il était trop occupé ailleurs, il avait déjà fait appel à des remplaçants. Le problème n'était pas là. Non, en réalité, le problème était qu'il ne se sentait pas encore prêt à renoncer à cette partie de sa vie.

— Non, je vais le faire, répondit-il en hochant la tête. Mais j'ai besoin encore d'une semaine ou deux, le temps que Penny se rétablisse complètement.

— Pas de souci, c'est toi qui vois. Et les jumeaux ? Je ne peux vraiment pas aller les voir ? Si je promets de ne pas faire de bruit ?

— Tu as intérêt, dit Colton avec un petit sourire en coin. Car si jamais tu les réveilles, tu ne quittes pas cette maison tant qu'ils ne se sont pas rendormis. Et tant pis pour ta claustrophobie.

Le reste de l'après-midi passa en un éclair, dans une avalanche de couches, de biberons et de petits pots. A s'occuper de bébés plus énergiques que deux chiens fous, Colton n'eut pas vraiment le temps de réfléchir, même si une idée commençait à lui trotter dans la tête : sa vie n'était décidément plus la même.

Comment son existence avait-elle pu être chamboulée aussi vite ? En bataillant pour mettre leurs pyjamas aux jumeaux — tâche des plus ardues comme Reid refusait de rester sur le dos et que Riley avait eu la bonne idée d'arracher sa couche —, Colton eut l'impression d'être entré dans une routine. Une semaine auparavant, le simple fait de *penser* à ce mot et à tout ce qu'il sous-entendait l'aurait fait hurler et s'enfuir à l'autre bout du monde. Mais là, il ne pouvait pas penser à un autre endroit de la planète où il aurait voulu être.

Néanmoins, il le savait mieux que personne : ces choses n'étaient pas faites pour durer. Naturellement, les bébés l'avaient conquis. Ce qu'il ressentait quand il les regardait, les écoutait, quand il leur souriait et que les petits lui rendaient son sourire, le plongeait dans une joie indescriptible. Jamais il n'avait ressenti une émotion aussi forte en présence de ses cousins et de ses neveux, qu'il aimait pourtant tendrement.

Deux petits êtres — qui ne parlaient même pas encore — avaient fait irruption dans sa vie et l'avaient mise sens dessus dessous. Mais que pouvait-il faire pour les protéger réellement, à part mettre Penny à l'abri du besoin, puis prendre ses distances ?

— Alors, tout se passe bien ?

La voix qui venait du couloir ne le fit pas sursauter. Malgré les tourments de son esprit, Colton avait senti depuis de longues minutes la présence de Penny derrière lui.

Le cœur lourd, il se tourna vers elle.

— Je ne sais vraiment pas comment tu as fait pour t'en sortir toute seule, dit-il avec un soupir.

Penny eut l'air surprise par le compliment. Un flot de culpabilité monta alors en lui. Tout occupé par sa colère et sa rancœur, jamais il n'avait pris le temps de la remercier pour le travail de titan qu'elle avait accompli auprès des bébés. Il l'admirait. Lui n'aurait pas été capable de s'occuper des enfants, des tâches ménagères et de son entreprise sans une horde d'employés à son service.

— Eh bien, merci, fit-elle avec un air gêné, en tirant nerveusement sur la ceinture de son kimono bleu roi. Ça n'a pas toujours été facile, tu sais.

— Je m'en doute, fit-il en tournant les yeux vers Riley, émerveillé.

Elle était dans sa position de sommeil préférée, ses petites fesses emmaillotées dans la couche pointées vers le ciel, les bras écartés des deux côtés du matelas, comme si elle cherchait à attraper tout l'espace dans ses rêves. Dans son berceau, Reid était couché sur le dos et suçait son pouce avec frénésie.

Des jumeaux. Un garçon et une fille. Si semblables, mais aussi si différents. En à peine quelques heures, chacun avait gravé son empreinte dans le cœur de Colton. Lui, un homme qui avait l'habitude de courir le monde à la recherche de sensations fortes, avait encore du mal à admettre que deux bébés potelés avaient suffi à lui procurer les sensations les plus extraordinaires de toute son existence.

Perdu dans ses pensées, il sortit de la pièce en éteignant. Une veilleuse projetant une myriade d'étoiles au plafond prit alors le relais, et le son d'une berceuse se fit entendre, à peine perceptible. A tâtons, il referma doucement la porte. Comblé.

Dans le couloir, Penny lui faisait face. La maison était plongée dans une quiétude rassurante. Le soir tombait, le monde lui paraissait calme et paisible, comme si les tensions et les désaccords qui les avaient occupés la journée avaient été mis entre parenthèses. Il se perdit un instant dans ses beaux yeux verts. Puis il comprit en voyant un léger entrebâillement de son kimono qu'elle était complètement nue en dessous.

Son cœur bondit dans sa poitrine, et tout son corps se raidit. Un souvenir lui revint à la mémoire. Penny, nue… ses courbes qu'il avait passé des heures à explorer. Sa peau satinée. Ses seins généreux, sa respiration haletante, ses gémissements de plaisir, leurs étreintes pendant une semaine, quasiment nuit et jour.

— Je ne voulais pas te déranger, bredouilla Penny, j'allais prendre une douche.

— Tu es sûre ? Tu as le droit avec tes points de suture ?

Voilà, c'était encore la meilleure façon de chasser ses idées sensuelles : se rappeler que la femme sur laquelle il avait envie de se jeter venait tout juste de quitter un lit d'hôpital.

Néanmoins, si elle avait besoin de lui pour faire sa toilette, pas sûr qu'il réussisse à se maîtriser longtemps. Une pensée lui traversa alors l'esprit : il n'avait peut-être pas à se maîtriser. Il lui suffisait peut-être d'aider Penny à prendre sa douche et à laisser les choses suivre leur cours…

— Tout va bien, insista-t-elle. Les fils ont déjà commencé à se résorber, et les médecins m'avaient dit que je pouvais prendre une douche dès ma sortie de l'hôpital, avec un peu de précautions. Mais j'ai préféré me débarbouiller, j'étais trop épuisée de toute façon. Mais là, je n'en peux plus, j'ai besoin d'une vraie douche chaude avant d'aller dormir.

Douche. Chaude. Penny. Trois mots, trois idées, qui allaient trop bien ensemble et le rendaient fou de désir.

— Tu es certaine que tu n'as pas besoin d'aide ?

— Oui, certaine, répondit-elle en secouant la tête.

Ses longs cheveux de feu balayaient ses épaules.

— Je ne sais pas si c'est très prudent, Penny, laisse-moi t'aider.

Elle eut un petit rire nerveux.

— Non, Colton, je peux me débrouiller toute seule. Qui plus est, cela me gêne.

— Je t'ai déjà vue toute nue, je te signale. Tout ira bien, nous sommes deux adultes.

— C'est bien ce qui me chagrine, soupira-t-elle.

Il eut un sourire coquin.

— Parce que tu as peur de ta réaction ? railla-t-il. Tu crois que tu ne pourras pas t'empêcher d'arracher mes vêtements et de te pendre à mon cou ? Je t'assure, Penny, je saurai rester stoïque quoi qu'il arrive.

— Hmm, à ta place, je ne ferais pas de promesse que je ne pourrais pas tenir.

Son sang ne fit qu'un tour. Incapable de la lâcher du regard, il se dit que cette femme allait tout simplement le tuer. La moindre allusion de sa part, et tout son corps se tendait de désir, un désir brûlant, irrépressible. Mais il devait se maîtriser, ou tout du moins faire semblant.

— Sérieusement, ajouta-t-il, je m'en voudrais s'il t'arrive quelque chose, si tu glisses ou si tu arraches tes points de suture. C'est plus prudent que je t'aide, ce n'est rien, je t'assure.

— Bon, d'accord, concéda Penny avec un sourire énigmatique. De toute façon, je n'ai plus envie de me disputer, et j'ai vraiment besoin d'une douche. Allons-y.

Envie, besoin, encore des mots qui prenaient un tout autre sens dans son esprit échauffé.

Mais, dans la salle de bains, il fut surpris de voir Penny prendre une grande serviette pour occulter la vitre de la cabine de douche.

— Qu'est-ce que tu fais ? demanda-t-il.

— Ce qu'il faut. M'aider à prendre une douche ne veut pas dire en profiter pour te rincer l'œil. Ce qu'on va faire, c'est que tu vas rester là, juste derrière, et je te dis si j'ai besoin de toi. Mais tu me promets de garder les yeux fermés si jamais cela se produit.

Il eut un petit rire. Rester les yeux fermés devant Penny nue, humide et ruisselante de mousse, telle Vénus sortant des eaux. Bien sûr. Son sang qui pulsait dans ses veines lui disait le contraire.

Elle entra dans la cabine de douche et ouvrit le robinet. En quelques secondes, une brume épaisse emplit la pièce carrelée. Il n'y tenait plus. Il avait chaud, si chaud qu'il ôta sa chemise et la fit tomber sur le sol dans un froissement sec.

— Qu'est-ce que tu fais ? demanda-t-elle, en haussant légèrement la voix pour couvrir le bruit de l'eau.

— Rien, rien, maugréa Colton, que le désir torturait. Et toi, tout se passe bien ?

— A merveille, répondit Penny, ça fait tellement de bien...

Sans réfléchir plus longtemps, il ôta d'un geste le reste de ses vêtements et la rejoignit dans la cabine de douche.

— Mais qu'est-ce que tu fais ? protesta-t-elle, ses yeux verts grands ouverts sous l'effet du désir.

— Ce qu'il faut, répondit-il dans un souffle.

- 7 -

Il pressa ses lèvres sur celles de Penny.

Une eau délicieusement chaude ruisselait sur leurs deux corps qui se plaquèrent l'un à l'autre, comme attirés par une force magnétique. Ivre de passion, il approfondit son baiser et savoura un instant la saveur et la texture divines des lèvres de Penny. Un instant qui lui parut une éternité. Une éternité riche de souvenirs qu'il n'avait jamais pu oublier.

Avec Penny nue dans ses bras, tout semblait reprendre sa place, comme s'ils ne s'étaient jamais quittés, comme s'il n'avait jamais pris cette décision stupide de mettre fin à leur mariage.

Il laissa libre cours au désir qu'il avait tenté en vain de maîtriser depuis que Penny avait resurgi dans sa vie.

— Oh, Penny, Penny, murmura-t-il en reprenant sa respiration.

Elle noua les bras autour de son cou. Un geste comme une évidence, la nécessité de se toucher, de se redécouvrir. Leur langue, leur souffle se mêlaient dans une harmonie parfaite.

De nouveau, il comprit combien seule Penny était capable de déclencher en lui ce flot de passion. Penny, elle seule, personne d'autre, jamais. Tout son corps vibrait, tout son être réclamait le corps de Penny, la peau de Penny, le sel de sa bouche, le velouté de ses courbes.

Il glissa une main dans les cheveux mouillés de Penny, lui penchant la tête pour approfondir leur étreinte. Ses doigts glissèrent sur sa nuque, dans son dos, dans le creux de ses reins, avant de remonter sur son ventre, sur ses seins. Sous sa paume, il sentit son cœur battre la chamade, la même cadence que le sien.

— C'est tellement bon, chuchota-t-il à son oreille.

— Oui, répondit-elle, le souffle court.

Il reprit ses lèvres, en réprimant un sourire. Comme il était heureux qu'elle le désire elle aussi. Elle gémissait et s'arquait sous ses caresses. Elle avait beau ne pas le vouloir consciemment, son corps, ses gestes, son souffle avaient pris le pas sur sa volonté. En cet instant magique, c'était tout ce qui comptait pour lui.

Les émotions le submergèrent, de plus en plus intenses qu'il n'intensifiait que trop bien. Il ferma les yeux, pour goûter pleinement ce déluge sensuel et vertigineux.

Puis il glissa lentement la main entre les cuisses de Penny. Il sentit qu'elle se crispait.

— Colton… je ne sais pas si…

— Laisse-moi te toucher, murmura-t-il. Moi, je sais comment ton corps réagit quand je le touche.

Elle frissonna et s'ouvrit lentement à lui. Il introduisit alors un doigt, puis deux, dans la moiteur accueillante de son sexe.

Dans un cri, elle se serra encore plus contre lui, agrippant ses biceps. Il sentit le souffle chaud de sa respiration saccadée contre sa peau. Ses gémissements s'accélérèrent.

Il était comme ivre, tant elle le rendait fou de désir. Il avait la fièvre, son sang n'était plus qu'un magma bouillant. A chaque nouvelle caresse, à chaque nouvelle contraction de son sexe qu'il sentait sous ses doigts experts, il s'embrasait un peu plus de l'intérieur. Enfin, dans une ultime secousse, plus forte que toutes les autres, il sut qu'elle s'abandonnait à la jouissance qu'il voulait lui offrir.

Après avoir repris son souffle, elle le regarda, avec dans les yeux la lueur de trouble qu'avait laissée le plaisir. Puis elle sourit, et il sentit ses doigts s'enrouler autour de son sexe en érection.

— C'est de la triche, grogna-t-il.

— Non, c'est un juste retour des choses.

Dans une caresse affolante, la main chaude et douce de Penny allait et venait sur son sexe gorgé de désir. Dans quelques secondes, ses jambes ne pourraient peut-être plus le porter. Il ne voulait pas s'abandonner au plaisir sans lui faire connaître une nouvelle fois l'extase.

Un lit, voilà ce qui s'imposait. De toute urgence.

Cette femme l'électrisait. Dès leur première rencontre, il avait compris qu'une attirance exceptionnelle les poussait l'un vers l'autre. Une petite étincelle avait suffi, un simple contact, à peine l'effleurement de ses doigts sur sa peau pour le mettre au supplice. Un délicieux supplice. Une excitation hors du commun. De la pure folie.

D'un geste, il ouvrit alors la porte de la cabine de douche et, la prenant dans ses bras, il la porta jusque dans sa chambre.

Le lit y était étroit, mais c'était bien le cadet de ses soucis. Tout ce dont il avait besoin, c'était d'une surface plane pour s'allonger et admirer Penny recouvrir son corps du sien.

Comme elle était belle… Une lueur de désir brillait dans ses yeux. Ses lèvres pulpeuses étaient rougies par leurs baisers. De l'eau mêlée à de la sueur perlait sur son front, sur sa peau délicate et veloutée. Elle était si menue, si délicate, si terriblement sexy. Il voulait la faire sienne.

— Attends, fit-elle dans un souffle.

— Quoi, ton ventre te fait mal ?

— Non, non, rassure-toi, c'est encore un peu sensible, mais tout va bien.

— Alors quoi ?

— Un préservatif, bredouilla-t-elle, tu en as un ?

Il ne put s'empêcher de rire.

— Pas sur moi, mais vu la réussite de la dernière fois…

— Après tout, tu as raison, le coupa-t-elle avec un large sourire suggestif.

Ils roulèrent l'un sur l'autre. Il la saisit par les poignets. Des poignets si fins, si fragiles. Avec sa peau de porcelaine, ses beaux cheveux roux et ses grands yeux verts, elle ressemblait à une œuvre d'art de la Renaissance italienne. Elle était magnifique, et il la désirait plus que tout au monde.

Elle frissonna. C'était une mauvaise idée, et elle le savait. Mais ce qu'elle savait aussi, c'était qu'elle ne pouvait plus résister au désir de sentir Colton en elle. Elle voulait s'ouvrir à lui, qu'il la remplisse de tout son être. Elle voulait ressentir une nouvelle fois ce sentiment de complétude extrême qu'elle n'éprouvait qu'avec lui.

Demain, elle aurait tout le temps de se maudire, mais pour le moment, elle voulait simplement savourer l'instant présent. Un instant incroyable, des sensations extraordinaires, dont elle s'était languie depuis deux ans.

Et peu importait si faire une nouvelle fois l'amour avec Colton était parfaitement stupide. Leur couple n'avait aucun avenir, Colton n'allait pas rester. Mais pour goûter une nouvelle fois l'extase que seul Colton lui procurait, elle aurait tout donné. Oui, elle acceptait de tout oublier pour le sentir en elle.

Comme elle le désirait ! Tout ce temps sans lui dans son lit, dans ses bras, en elle, avait été une torture. Et comme son regard bleu glacier lui avait manqué, des yeux qui lui faisaient croire qu'elle était la plus belle femme du monde.

Colton King était le seul homme qu'elle ait jamais vraiment désiré. Le seul qu'elle avait pu aimer, et qu'elle aimait encore. Oui, encore. Toujours et pour toujours.

Les caresses et les baisers de Colton sur son corps allumaient en elle comme des feux d'artifice, une passion sensuelle prodigieuse et pourtant si familière, évidente, naturelle. Tout simplement vraie.

Leurs peaux brûlantes se reconnaissaient, comme si elles ne s'étaient jamais quittées. Ils étaient à l'unisson, chacun donnait et recevait, dans un ballet insatiable et intense. Leurs corps affamés l'un de l'autre s'épousaient à la perfection.

A chaque coup de reins de Colton, elle sentait le plaisir monter en elle, puissant, irrépressible. D'une intensité inédite. Bientôt, un cataclysme déferla en elle. Quand Colton la rejoignit dans la jouissance, ils s'abandonnèrent tous deux à cet instant magique de pure extase.

Dans un dernier spasme, il s'effondra sur elle, leurs jambes mêlées, comme leur souffle et les battements de leur cœur. Le reste du monde n'avait plus la moindre importance.

Il attendit qu'elle soit profondément endormie pour se glisser lentement hors du lit. La tête tournant encore un peu et le souffle court, il se dirigea à tâtons vers la salle de bains pour prendre son jean et sa chemise. Puis il repassa un court instant dans la chambre, où Penny dormait à poings fermés.

Il prit un moment pour admirer son corps nu et délicatement replié sur le côté. Elle était si belle, si extraordinaire, et si terriblement dangereuse.

Sans un bruit, il remonta le couvre-lit pour éviter qu'elle prenne froid dans son sommeil. Elle eut un petit gémissement satisfait, comme un chat plongé dans ses rêves, et il quitta à regret la pièce. De toute façon, le lit était trop petit pour qu'il y passe la nuit. Même s'il doutait de parvenir à dormir après ce qui venait de se passer entre eux.

La maison était calme et silencieuse, peut-être même un peu trop à son goût. Le monde dans lequel il évoluait était bruyant, frénétique, rempli de foules bigarrées et de villes qui ne dorment jamais. C'était sa vie, celle qu'il s'était choisie et elle lui allait comme un gant. Enfin, jusqu'à présent…

Le cœur serré, en proie aux remords et à l'incertitude, il alla dans la chambre des jumeaux pour s'assurer que tout allait bien. Pour tout dire, il n'avait pas songé à leur volume sonore dès qu'il avait eu le corps de Penny contre le sien, et il n'était pas impossible que les bébés aient été réveillés par ses cris de plaisir.

Mais Riley et Reid dormaient comme deux anges. Sur la pointe des pieds, il sortit de la chambre et descendit au rez-de-chaussée. Il se sentait comme un lion en cage, les nerfs à vif, il devait sortir, prendre l'air, essayer de mettre un peu d'ordre dans son esprit et ses sentiments. Vite.

La porte de la cuisine donnait sur un jardinet grand comme une pochette-surprise. Ce n'était pas l'idéal pour remettre ses pensées en ordre, mais il devrait s'en contenter. Heureusement, la fraîcheur de la nuit réussit à apaiser momentanément ses tourments et à clarifier son esprit.

Ces deux dernières années, il avait tout fait pour se convaincre que la nostalgie lui jouait des tours au point d'exagérer les souvenirs de cette semaine passée avec Penny. Or, ces souvenirs étaient en deçà de la réalité. Faire l'amour avec elle était une expérience extraordinaire ; il n'avait pas de qualificatif suffisant pour décrire l'union sensuelle et spirituelle qu'ils avaient partagée.

Il leva la tête. Le ciel était piqueté d'étoiles. Son regard s'arrêta sur une constellation qui pouvait ressembler à une tétine de biberon. Il prit une profonde inspiration en pensant à ses jumeaux.

Voilà pourquoi il était là. Pour eux, pour Reid et Riley. Il avait beau admirer Penny pour ses efforts, un King ne pouvait pas tolérer plus longtemps de voir la chair de sa chair vivre dans une boîte à chaussures. Maintenant qu'il était là, les choses allaient changer.

Peu à peu, une idée germa dans sa tête. Il ne pouvait se permettre de mettre trop longtemps sa vie et son travail sur pause. Il avait des choses à faire, des endroits à visiter, à commencer par la Sicile et l'Etna.

Ses pensées s'ordonnèrent à toute vitesse. Enfin, il avait la solution. Après tout, rien ne l'empêchait de partir pour la Sicile et d'emmener Penny et les jumeaux avec lui. C'était une excellente idée ! Les jumeaux voyageraient — on n'est jamais trop jeune pour découvrir le monde —, et Penny pourrait relancer sa carrière professionnelle en le photographiant. Des photos qu'elle pourrait ensuite revendre à des agences de communication pour développer son entreprise. Mieux encore : King Aventures Extrêmes les lui achèterait pour illustrer leur catalogue.

Il sourit. Son plan était parfait ! Pourquoi n'y avait-il pas pensé plus tôt ?

— Mais Colton, tu es complètement fou ? s'écria Penny le lendemain matin.

— Pas du tout, c'est l'idéal, répliqua Colton en donnant

une nouvelle cuillerée de purée de fruits à Reid qui s'agitait sur sa chaise haute toute neuve. Comme ça, je peux travailler, toi aussi, et les jumeaux peuvent profiter d'un voyage en jet privé. C'est du gagnant-gagnant.

Penny hocha la tête et avala une gorgée de café. Si seulement la caféine pouvait l'aider à régler les choses avec Colton…

Au matin, elle s'était réveillée seule dans son lit. Et si elle avait été déçue, elle n'avait pas pour autant été surprise. Colton n'était pas le genre à adorer les câlins ou les grasses matinées, autres que crapuleuses, et elle le savait mieux que personne. Ce qui ne l'avait pas empêchée de ressentir un petit pincement au cœur en voyant que, malgré ce qu'ils avaient partagé la veille, il continuait de garder ses distances.

Mais rien n'égalait la folie de ce qu'il venait de lui proposer.

— Tu ne t'attends quand même pas à ce qu'on t'accompagne en Sicile ? reprit-elle, plus déterminée que jamais.

— Et pourquoi pas ? rétorqua-t-il en haussant les épaules.

C'était maintenant au tour de Riley de manger — son yaourt préféré, qu'elle avait bien consciencieusement étalé sur sa tablette, sur son bavoir et dans les cheveux de Colton.

— La semaine prochaine, d'accord ? poursuivit-il, imperturbable. Comme ça, tu seras totalement sur pied.

Comme la vie avait l'air simple pour lui ! Il prenait une décision, et tout le monde devait s'y plier. Concevait-il qu'elle avait des responsabilités ? Des jumeaux de huit mois, par exemple, qu'on n'emmène pas à l'autre bout de la planète simplement parce que leur père adore crapahuter sur un volcan… Sans compter son entreprise, dont elle devait s'occuper, et sa maison qu'elle devait entretenir.

— La maison ne va pas s'envoler pendant ce temps, ironisa Colton. Et les jumeaux seront avec nous, il n'y a pas à s'en faire. Quant à tes affaires, je sais parfaitement qu'elles ne sont pas florissantes. Tu arrives à peine à couvrir tes frais.

Elle sentit une boule se former dans sa poitrine. Comment avait-il osé fouiller dans ses affaires ? Ne comprendrait-il donc jamais ? Des chiffres, voilà à quoi devait se résumer son entreprise aux yeux de Colton, incapable qu'il était de voir tous les rêves, les espoirs et le travail acharné qu'elle avait mis dedans.

— Tu ne manques pas de culot, murmura-t-elle.

Pourquoi s'en étonnait-elle encore ? Bien sûr qu'il avait fourré le nez dans ses affaires… n'était-ce pas ce qu'il avait fait avec *sa vie* ?

La nuit précédente, le fossé qui les séparait s'était comblé. Mais avec le jour, la réalité était réapparue. Leurs modes de vie étaient diamétralement opposés. Et incompatibles. La tristesse et l'agacement se disputaient en elle. Mais elle ne devait rien en laisser paraître. Ne serait-ce que pour ses jumeaux, qui ne devaient pas pâtir de sa relation avec leur père.

— Mes affaires sont mes affaires, et elles ne te regardent absolument pas, dit-elle à voix basse, avec un regard noir à Colton.

— Encore une fois, tu fais fausse route, mais je n'ai plus envie de me battre. Tes affaires ont grand besoin d'être relancées, et des photos du P.-D.G. de King Aventures Extrêmes ne pourront être que bénéfiques.

Elle sentait son sang bouillir dans ses veines. En soupirant, elle se dirigea vers la fenêtre de la cuisine. Un rayon de soleil vint alors flatter la carrure athlétique de Colton, mais elle choisit de ne pas y prêter d'importance. Le moment était à la réflexion, pas à la séduction.

— Colton, je n'ai pas demandé que tu me viennes en aide, et d'ailleurs, je n'en ai pas besoin.

— C'est une question de point de vue.

— Oui, le mien, et c'est le seul qui compte.

Il haussa les épaules.

— Je t'offre du travail, bien payé et…

— Et quoi ? coupa-t-elle.

— Ce voyage aura certainement d'autres avantages.

Le petit sourire en coin qu'il lui décocha ne lui laissa pas le moindre doute sur ses sous-entendus. Immédiatement, elle sentit une douce sensation de chaleur irradier dans son ventre. Une sensation qu'elle ne connaissait que trop bien.

Elle secoua la tête, décidée à ne pas se laisser troubler.

— C'est non. On n'emmène pas des bébés en excursion sur un volcan. C'est hors de question. Et je ne te prendrai pas en photo en train de risquer ta vie, et je ne veux pas non plus que les jumeaux en soient témoins. Tu veux les traumatiser pour le restant de leurs jours ?

Il eut un petit rire nerveux.

— Tu as changé, Penny. Si je me souviens bien, avant, tu aurais tout donné pour le voyage que je t'offre. Tu voulais parcourir le monde avec ton appareil photo. Et aujourd'hui, qu'est-ce que tu me dis ? Que tu veux rester dans ta banlieue à faire des photos de baptêmes et de faire-parts de naissance ? Et tes rêves alors, que sont-ils devenus ?

— Oui, j'ai changé, confirma-t-elle, le cœur serré par une pointe de nostalgie. Je suis devenue mère et j'ai changé. Les choses changent, les rêves changent, les projets changent.

En voyant l'expression sur le visage de Colton, elle sut que ses mots avaient fait mouche. Et elle savait aussi, à la manière dont il regardait Reid et Riley, que lui aussi avait changé. Les jumeaux avaient réussi à le toucher comme jamais elle n'avait pu le faire.

Mais ce dont elle avait aussi parfaitement conscience, c'est que cet intermède de bonheur familial dans une maison de banlieue n'était que cela : un intermède. Colton King n'était pas du genre à rester tranquille bien longtemps. Ni à rester tout court.

Le vendredi matin, comme prévu, Rafe King, des chantiers King, sonna à la porte de Penny. Colton vint lui ouvrir, heureux que son cousin lui permette de s'extraire un moment de l'ambiance glaciale qui s'était réinstallée entre Penny et lui. Mais quoi de plus normal dans une maison à peine plus grande qu'un igloo.

— Du café ? proposa Colton, deux grandes tasses fumantes à la main.

— Avec plaisir, répondit Rafe. Voilà pourquoi tu as toujours été mon cousin préféré.

— Et ta femme, ma cousine par alliance préférée. J'espère que tu as apporté quelques-uns de ses merveilleux gâteaux avec toi.

La femme de Rafe, Katie King, était connue pour être une « maman Gâteau ». C'était d'ailleurs le nom de la franchise de pâtisseries qu'elle avait fondée quelques années auparavant et qu'elle gérait d'une main de maître, tout en élevant sa fille, Becca, et son petit garçon de quelques mois, Braden.

— J'ai des gâteaux, mais ils ne sont pas pour toi, répondit Rafe en riant. Ils sont pour Penny. Selon Katie, il faut bien ça pour se remettre de la compagnie d'un King.

Colton ne put s'empêcher de sourire.

— Madame est toujours aussi terrible, à ce que je vois, s'amusa-t-il. J'espère que toi, tu tiens le coup.

— Oh ! moi, tu sais, c'est différent, je crois qu'elle m'aime bien.

— Et le bébé ?

— Toute la petite famille se porte à merveille. On pense d'ailleurs bientôt organiser le baptême. A ton avis, vous pourrez venir, avec Connor ?

— On ne manquerait ça pour rien au monde, lui assura Colton.

Chez les King, même si les naissances s'étaient beaucoup succédé ces dernières années, elles étaient toujours célébrées selon la tradition familiale : avec un énorme banquet, beaucoup de rires et du bon vin californien. D'ailleurs, il allait devoir songer à organiser une fête pour présenter les jumeaux à la famille. Pas ici, non, il n'y aurait pas la place, mais chez lui, pourquoi pas. Le parc s'y prêtait à merveille, et c'était aussi plus près de l'océan.

Curieux comme au moment d'acheter cette maison, jamais il ne s'était imaginé qu'il y élèverait une famille. Et aujourd'hui, il lui tardait de voir la réaction de Penny et des jumeaux quand il leur ferait faire le tour du propriétaire. Il était certain qu'ils y seraient comme des coqs en pâte.

Décidément, Penny avait raison, les gens et les choses changent…

— Et toi, tes nouveaux jumeaux, demanda Rafe, comment ça se passe ?

— Ils ne sont pas vraiment nouveaux, rectifia Colton, ils ont déjà huit mois.

— C'est vrai, j'oubliais, dit Rafe en avalant une gorgée de café. Connor m'a expliqué, ça n'a pas dû être facile d'apprendre la nouvelle ?

— C'est le moins qu'on puisse dire.

Et les choses n'allaient pas non plus en s'arrangeant…

Des émotions contradictoires lui serrèrent le cœur. D'un côté, il voulait que ses enfants soient heureux et en sécurité. Mais il savait aussi que, pour que cela soit le cas, il allait devoir partir. Il ne pouvait pas les laisser dépendre de lui et risquer de leur faire faux bond au moment où ils auraient le plus besoin de lui. S'il voulait le bonheur de ses enfants, il devait partir, et il le savait. Et l'idée de ne pas être auprès d'eux pour leur premier mot ou leurs premiers pas lui brisait le cœur. Sans parler de l'éventualité de ne plus faire partie de la vie de Penny.

Il n'y avait pas de place pour lui dans cette petite maison. Il ne pouvait pas rester et obliger ses enfants à dépendre de lui. Car il n'était pas fiable : il était de ceux qui abandonnent les autres, qui les fuient. Encore un point sur lequel Penny avait raison.

— Et comment tu gères les choses ?

— Je fais au mieux, répondit laconiquement Colton. Mais je n'ai pas vraiment envie d'en parler.

— Aucun problème, cousin. Venons-en donc au toit. De ce que j'ai vu de ma camionnette en me garant, il est vraiment en piteux état.

En réalité, c'était le cas pour l'ensemble de la maison. Et même si Colton savait que Penny adorait ces lieux de son enfance, il ne pouvait s'empêcher de se demander si leur gratuité n'était pas pour beaucoup dans cet amour. Les pièces étaient bien trop petites, et les jumeaux allaient rapidement s'y sentir à l'étroit. Bientôt, ils n'auraient pas suffisamment de place pour jouer, se développer, vivre leur vie d'enfants… En outre, une seule et unique salle de bains, c'était un peu juste pour toute la famille.

Il soupira. Depuis quand pensait-il à l'avenir ? A l'état d'un toit ? Quelle mouche l'avait piqué ? Il secoua la tête.

— Et vérifie bien pour les termites aussi, d'accord ?

— Pas de souci, je vais chercher mon échelle dans la camionnette et je commence mon inspection. Je te dis si je trouve quoi que ce soit.

— Parfait, commenta Colton. Merci beaucoup d'être venu aussi rapidement, je sais combien tu es surchargé.

— Rien n'est impossible pour la famille, dit Rafe avec un grand sourire. Allez, laisse-moi travailler, et n'oublie pas de donner les gâteaux à Penny.

— C'est comme si c'était fait. Et pour le chantier, tu penses pouvoir commencer quand ?

Rafe éclata de rire.

— Pas de doute, tu es un King tout craché. L'impatience congénitale. Tu sais d'où ça nous vient ?

— Non, répondit Colton avec un léger haussement d'épaules, mais je le prends comme une chance.

— Moi aussi, déclara Rafe. Bon, je dois d'abord procéder à l'inspection, prendre des mesures et commander du matériel, mais si les choses sont vraiment urgentes, je peux revenir avec une équipe dès lundi.

— Parfait ! s'exclama Colton, le plus tôt sera le mieux.

Et plus tôt Colton partirait, mieux cela vaudrait pour Penny et les jumeaux. Et hors de question de le faire avant qu'ils aient un toit digne de ce nom sur la tête. Avec Rafe et son entreprise de construction, les choses étaient entre de bonnes mains.

A vrai dire, Colton était même étonné que Rafe se soit déplacé personnellement pour ces travaux de toiture. L'entreprise qu'il dirigeait avec son frère était tellement florissante que ni l'un ni l'autre n'avaient à gérer les chantiers personnellement — leurs équipes de professionnels aguerris se chargeaient de tout. Encore une preuve que, pour un King, la famille était sacrée.

Colton eut un coup au cœur, assailli par un sentiment de culpabilité. Lui aussi était un King pour qui la famille était la chose la plus importante au monde. Pourtant, il avait pour projet de sortir le plus rapidement possible de la vie de ses enfants et de leur mère.

- 8 -

Dépitée, Penny poussa un profond soupir.

Evidemment qu'il y avait des termites, comment pouvait-il en être autrement dans cette maison aussi vieille que Mathusalem ? Et si elle en croyait les observations de Rafe, c'était une énorme colonie qui avait entrepris de grignoter sa charpente jusqu'au dernier morceau. Une ville de termites, avec ses bars, ses supermarchés et ses restaurants, grouillait juste au-dessus de sa tête et de celles de ses jumeaux depuis des mois, voire des années. Si Colton n'avait pas eu l'idée de faire appel à son cousin, qui sait combien de temps encore la maison serait restée debout ?

Heureusement que Colton avait pris cette initiative et que le chantier n'avait pas tardé… même s'il impliquait énormément de dérangements. Avec l'arrivée de Colton, toute sa vie avait été bouleversée. Mais au fond d'elle, elle était soulagée qu'une bonne partie de ses soucis matériels soient réglés. Alors, qu'est-ce que tout cela faisait d'elle ? Une menteuse ? Une hypocrite ?

Elle avait accusé Colton d'utiliser son argent comme une baguette magique, un moyen facile de faire amende honorable après son attitude à Las Vegas. Elle avait été scandalisée de le voir fouiller dans ses factures, ses affaires, et elle avait failli se trouver mal quand il avait viré une petite fortune sur son compte en banque. Mais la vérité, c'est qu'il l'avait débarrassée d'un poids énorme, qu'elle lui était reconnaissante et qu'elle détestait avoir à l'admettre.

Elle était assaillie par un flot d'émotions contradictoires. Elle se sentait à la fois soulagée, mais ne pouvait pas s'empêcher d'en vouloir à Colton. Rien de tout cela n'était rationnel, elle le savait, mais il en avait toujours été ainsi avec lui. En présence de Colton King, elle avait toutes les peines du monde à garder son sang-froid et ses idées claires…

Qui plus est, elle le connaissait suffisamment pour savoir pourquoi il avait fait tout cela. S'il avait décidé de tout prendre en main, c'était pour avoir la conscience tranquille et pouvoir disparaître le plus vite possible.

Alertée par un babillement, elle jeta un regard à Reid et Riley, qui jouaient dans le petit parc mobile qu'elle leur avait installé dans le jardinet. Reid s'absorbait dans un livre d'images — ou, plutôt, dans le fait de le déchirer minutieusement avec sa bouche. Et Riley, comme à son habitude, semblait chercher le meilleur moyen de s'échapper et d'aller découvrir le monde. Penny la prit dans ses bras, lui fit un gros câlin et l'installa dans son transat, où la petite allait pouvoir gigoter sans risques.

Puis ses pensées reprirent leur cours… et se fixèrent bien vite sur Colton. Elle soupira, en proie à des sentiments d'angoisse, d'amertume et de déception. Deux nuits auparavant, elle avait partagé avec lui une passion indescriptible. La force qui les avait poussés l'un vers l'autre avait été si puissante qu'elle se sentait presque prise de vertige en y repensant.

Mais n'était-ce qu'un fantasme ? Dès le lendemain, en effet, le quotidien avait repris le dessus, et ni Colton ni elle n'avaient mentionné cet intermède torride dans la douche et dans la chambre. Pourtant, ce qu'elle ressentait au fond d'elle était parfaitement réel, authentique. Le feu charnel qui couvait dans les tréfonds de son âme s'était rallumé, et s'accompagnait d'une multitude de rêves plus fous les uns que les autres.

Oui, elle était amoureuse de Colton. Elle le savait mieux que personne : un amour comme celui-là ne pouvait pas disparaître, seulement s'atténuer, se mettre dans un coin et attendre d'être ranimé. Et le retour de Colton dans sa vie avait été un électrochoc. Etre chez elle, avec lui, et le voir s'occuper si tendrement des jumeaux n'avait fait qu'accentuer encore davantage les sentiments démesurés qu'elle lui portait. La recette parfaite d'un désastre annoncé — de cela aussi, elle était pleinement consciente.

Car Colton allait partir. Plus les heures passaient, plus ce dénouement semblait évident. A mesure qu'elle cicatrisait de son opération, à mesure qu'il réglait ses soucis matériels, il s'éloignait. Légèrement, imperceptiblement, mais sûrement.

Une question germa alors dans son esprit. Pourquoi ? Pourquoi Colton était si allergique au bonheur et à l'amour ? C'était pourtant un homme prévenant, intelligent et drôle, mais il semblait déterminé à vivre sa vie seul. Quelque chose dans son passé l'empêchait-il d'envisager un avenir ?

Au même instant, Reid poussa un petit cri en tournant la tête vers elle. Un sourire adorable se dessina sur son visage poupin. Ses yeux bleus brillaient d'amour. Ses cheveux fins et aussi noirs que ceux de son père commençaient à boucler sur le dessus de son front. Une légère brise les soulevait. Elle sentit son cœur se serrer… que n'aurait-elle pas donné pour que Colton puisse admirer ce spectacle !

Mais depuis une bonne heure déjà, Colton avait rejoint l'équipe de Rafe sur le chantier du toit. Chassez le naturel, et il revient au galop… Le goût du risque coulait dans ses veines, et dès que l'occasion se présentait, il était incapable de résister. Même si cela signifiait simplement s'encorder sur un échafaudage et aider son cousin et ses ouvriers à ôter les tuiles d'une toiture vétuste. Trop occupé pour comprendre que la plus belle réserve d'adrénaline du monde se trouvait à quelques mètres de lui, sur le plancher des vaches, dans un jardinet de banlieue baigné du doux soleil d'un été indien. Une réserve infinie de sensations fortes qu'on appelait amour.

— Tout cela ne me dit rien qui vaille.

La voix de Maria la fit légèrement sursauter. Penny était tellement plongée dans ses pensées qu'elle n'avait même pas entendu arriver la fiancée de son frère.

— Ah, bonjour, fit Penny en se levant et en brossant machinalement son jean. Qu'est-ce que tu as dit ?

Maria désigna le chantier.

— Que ça ne me dit rien qui vaille, répéta-t-elle. Ils ont découvert des termites ?

— Oui, deux ou trois milliards, soupira Penny.

Maria secoua la tête d'un air désapprobateur.

— Dans ce cas, qu'est-ce que tu fais encore là avec les petits ? Tu ne devrais pas t'installer plutôt chez Colton ?

— C'est prévu, confirma Penny. On y va en début de soirée.

Et ce n'était pas une décision qu'elle avait prise de gaieté de cœur. Mais elle était obligée de quitter la maison pendant quarante-huit heures, le temps de la fumigation insecticide, et Colton avait insisté pour l'héberger dans sa villa. De toute façon, c'était ça ou un vieux motel crasseux… et pour le bien des enfants, la décision avait été vite prise.

— Et ça a l'air de te réjouir, ironisa Maria, avant de prendre place sur la couverture et d'installer Reid sur ses genoux.

Le bébé cria de joie et se mit à jouer avec le collier en or qu'elle avait autour du cou.

Penny soupira.

— En fait, c'est bizarre, dit-elle. S'installer chez lui, ce n'est vraiment pas la même chose que de l'avoir chez moi.

— Je comprends tout à fait, approuva Maria avec un hochement de tête. C'est une histoire de territoire.

— Totalement. Je ne veux plus rien lui devoir, en fait.

— Je ne te suis plus, s'étonna Maria. Qu'est-ce que tu lui dois ? Tu lui as déjà fait deux enfants, à ce que je sache. C'est plutôt lui qui devrait t'être redevable.

Penny éclata de rire. Non seulement Maria était la fiancée de son frère adoré, mais elle était aussi une excellente amie. Et, en cet instant, elle avait terriblement besoin d'une amie.

— Il a payé mes factures en retard, Maria. Et là, il paie les travaux du toit. Sans compter qu'il m'a offert une somme d'argent astronomique pour que les jumeaux ne manquent de rien.

— Et il a bien fait.

Penny écarquilla les yeux.

— Pardon, mais de quel côté es-tu ?

— Du tien, Penny, mais je ne comprends pas pourquoi tu t'en offusques. C'est le père de tes enfants, il a de l'argent à ne plus savoir qu'en faire, et toi tu comptes chaque centime dès le 5 du mois. De mon point de vue, cette histoire est parfaitement logique. Sois certaine que je t'admire pour ta fierté, mais entre mon amour-propre et l'électricité, personnellement, mon choix est vite fait.

De nouveau, Penny éclata de rire.

— En tout cas, ça a le mérite d'être clair, s'amusa-t-elle.

— Je suis avocate, nous sommes réputés pour être des animaux à sang-froid.

— C'est vrai, c'est un détail que j'ai tendance à oublier. Mais au fait, comment savais-tu que je serais encore là aujourd'hui ?

— C'est Colton qui me l'a dit.

Le sang de Penny ne fit qu'un tour.

— Comment ? Tu l'as vu ?

— Oui, confirma Maria. Ce midi, j'avais rendez-vous à la cafétéria de l'hôpital avec Robert, et je les ai trouvés tous les deux en grande discussion.

— Quoi ? Mais pourquoi ?

Penny était sur le point de s'étrangler. Alors comme ça, Colton était allé voir son frère, sans le lui dire. Que pouvait-il encore manigancer ?

Maria haussa les épaules.

— Je n'en sais rien, fit-elle avant d'embrasser Reid sur le front. Robert m'a simplement dit de venir le rejoindre ici cet après-midi, et qu'il m'expliquerait. Mais tous les deux avaient l'air… très sérieux.

— Super, soupira Penny.

Maintenant, elle devait se faire du souci pour ce que son frère et son… Son quoi, déjà ? Qu'est-ce que Colton était pour elle ? Son ex ? Le père de ses enfants ? Son amant ?

Elle sentit son cœur se serrer. Il n'avait fallu qu'une nuit dans les bras de Colton pour que tous ses rêves d'un avenir avec lui reviennent la hanter. Une somme d'espoirs impossibles, d'erreurs et de déceptions qui voleraient en éclats à la moindre occasion. En l'occurrence, dès que Colton aurait de nouveau disparu de son existence.

Le pire, c'est que le savoir n'empêchait pas les désirs, les espoirs. Et les souffrances propres aux rêves qui ne deviendront jamais réalité.

— Regarde-moi, fit Maria. Tu es encore amoureuse de lui, c'est ça ?

Penny sentit ses joues s'empourprer.

— Oh non, non, bafouilla-t-elle. Qu'est-ce que tu vas imaginer, ça serait complètement stupide de ma part…

Puis, après quelques secondes de silence qui en disait long, elle finit par l'admettre.

— Bon, c'est vrai, tu as raison. Je l'aime encore… Je suis manifestement incapable d'apprendre de mes erreurs.

Maria posa une main sur son épaule.

— Dans ce cas, que comptes-tu faire ? demanda-t-elle.

— Souffrir une nouvelle fois. Je vais le regarder partir, une nouvelle fois, puis sans doute demander à Robert qu'il me concocte un vaccin anti-amour.

Maria eut un petit rire nerveux.

— Ressaisis-toi, Penny, cette histoire est vraiment pitoyable.

— Tu es mal placée pour me faire la leçon, Robert est fou de toi, et il ne te quittera jamais.

— Oui, je sais, mais ce n'est pas ce que je voulais dire. Ce qui est pitoyable, c'est la manière dont tu te résignes. Comme si Colton ne pouvait que partir, comme si c'était son destin.

— Mais ça l'est ! Que veux-tu que je fasse ? Que je le menotte au lit ?

— Ce n'est pas une mauvaise idée, ironisa Maria.

— Peut-être, mais il finira bien par trouver un moyen de se libérer, c'est un malin. Qui plus est, pourquoi devrais-je le convaincre de rester ?

— Par amour.

— Oui, mais c'est un amour à sens unique. Ce n'est pas souhaitable.

— Et si tu te battais pour lui ? suggéra Maria.

— Non, fit Penny en secouant la tête. Quel intérêt ? Si je me bats, je perdrai quand même. Cela n'a aucun sens.

— Et si jamais tu gagnes ?

— C'est impossible, Maria. Colton vit, respire pour le risque. C'est ce qu'il est, ça lui colle à la peau. Il aime l'adrénaline, le danger, les aventures extrêmes. Mon sentiment, c'est qu'il ne sera pas heureux tant qu'il n'aura pas tutoyé la mort, quitte à la trouver. Et je ne veux pas assister à ça, je ne veux pas que mes enfants, ses enfants, assistent à ça. Je ne peux pas leur infliger ça, je ne me le pardonnerai jamais.

Maria soupira.

Sur le toit, les ouvriers étaient en train de déployer une grande bâche verte en riant. Des rythmes latinos s'échappaient de leur radio poussée à plein volume. La gaieté de la scène contrastait avec le vague à l'âme que Penny ressentait.

— Alors, comme ça, tout est fini ? demanda encore Maria. Tu abandonnes ?

— Je n'abandonne rien du tout, protesta Penny, cela fait déjà deux ans que les choses sont finies. En fait, je crois même que notre histoire a été condamnée tout de suite, dès le début.

S'il avait pu, Colton n'aurait pas choisi la cafétéria d'un hôpital pour déjeuner avec Robert. L'endroit était sinistre, même si la direction de l'établissement semblait avoir tout fait pour l'égayer. Des tables et des chaises colorées réchauffaient un lino beige et morne, de grandes baies vitrées laissaient passer le soleil, et les murs couleur vert-de-gris semblaient légèrement moins tristes. Dehors, une petite terrasse en gravier poussiéreux était enjolivée par quelques parterres de fleurs.

Mais à cause de l'emploi du temps surchargé de Robert,

le rendez-vous avait dû se faire là, sur son lieu de travail, au risque de ne pas se faire du tout.

— Merci de m'avoir mis au courant pour les jumeaux, dit Colton, tandis que Robert mordait goulûment dans un sandwich au poulet. Tu as fait ce qu'il fallait.

— Tu avais le droit de savoir, mais le plus important, c'est que Penny devait arrêter de tout gérer toute seule. C'était devenu trop dur pour elle.

— Je le crois aussi, confirma Colton.

Il sentit l'agacement le gagner en se rappelant l'état désastreux dans lequel il avait trouvé la comptabilité de Penny. Elle avait des dettes partout. A part les dépenses concernant les jumeaux, rien n'était honoré à temps, tout était en retard, parfois de plusieurs échéances. Encore un peu, et des huissiers sonneraient à sa porte au petit matin.

Si seulement il avait su plus tôt, songea-t-il.

Machinalement, il avala une bouchée du taco qui refroidissait sur son plateau en plastique. Le goût était tellement synthétique… et le réchauffage obligatoire au micro-ondes avait rendu la galette de maïs molle. Il fronça les sourcils.

— Je ne comprends pas comment tu peux avaler ces cochonneries, dit-il en repoussant le plateau au bout de la table en Formica. Moi, c'est au-dessus de mes forces.

Robert se contenta de hausser les épaules.

— Parce que c'est rapide, pas cher et que je meurs de faim. Affaire classée.

Colton jeta un coup d'œil aux alentours. Tous les clients de la cafétéria faisaient soit partie du personnel hospitalier, soit des malades. Une clientèle captive bien pratique.

— Bon, fit Robert en plongeant sa cuillère dans un bol de soupe de légumes. Tu es venu pour critiquer mon régime alimentaire ? Je te rappelle que je n'ai qu'une demi-heure pour déjeuner. Que voulais-tu me dire de si urgent ?

— Oui, tu as raison, se ravisa Colton avec un hochement de tête. Ce que je voulais te dire, c'est que je suis bien placé pour comprendre l'importance de la famille. Et que je ne t'en veux pas de m'avoir caché l'existence des jumeaux si longtemps. Je sais que Penny peut se montrer extraordinairement têtue…

Robert eut un petit rire.

— C'est clair, confirma-t-il. Et ça n'a vraiment pas été facile pour moi d'aller contre sa volonté et de venir te trouver. Avec Penny, on en a vécu de drôles dans notre enfance et notre adolescence, et elle a toujours été là pour moi. Elle m'a pratiquement élevé, je lui dois tout. Mais j'en avais assez de la voir dans un tel dénuement et une telle solitude. Elle ne le méritait pas.

Il y avait quelque chose d'autre que Robert ne disait pas. Colton le voyait dans ses yeux. Pourquoi devait-il tout à Penny ? Quelles épreuves avaient-ils traversées ?

— Pour le reste, poursuivit-il, il faut que tu voies avec Penny. Si tu veux des réponses, tu devras lui demander en personne. Sur ce point, je ne la trahirai pas. Pour les jumeaux, c'était différent, tu es leur père, et tu avais le droit de savoir.

Colton hocha la tête.

— Je comprends.

Et ce qu'il comprenait de plus en plus, c'était les difficultés que Penny avait dû vivre pendant sa grossesse et les premiers mois de vie des jumeaux. Tout ce qu'elle avait supporté, seule. Tous les soucis, tous les problèmes qu'elle avait dû gérer au quotidien. Il l'admirait tellement…

Il soupira.

— Mais ce n'est pas l'essentiel, Robert. Ce que je voulais te dire, c'est que je ferai toujours partie de la vie des jumeaux, quoi qu'il arrive.

Robert écarquilla les yeux, avec sur le visage une expression surprise et soulagée.

— Ce qui signifie que tu vas rester ?

— Non.

Le mot sortit de sa bouche comme par réflexe.

De toute façon, que pouvait-il dire d'autre ? Et surtout : que pouvait-il faire d'autre ? Il ne devait pas se mentir : le durable et lui n'étaient pas bons amis. Il avait toujours un pied vers l'extérieur, toujours prêt à partir. C'était mieux pour tout le monde, et surtout pour les autres.

— Je ne vais pas rester, poursuivit-il, mais je veux rester présent, même à distance. Et crois bien que ta sœur ne manquera plus jamais de rien sur le plan financier.

— C'est déjà bon à savoir, dit Robert, d'une voix blanche, avant d'avaler une gorgée de café. Et, par rapport au fait qu'elle est toujours amoureuse de toi, que comptes-tu faire ?

Colton sentit son cœur bondir dans sa poitrine. Il n'avait absolument pas l'intention de répondre à cette question. Parce qu'il ne savait pas lui-même ce qu'il devait ou pouvait faire. Et qu'il ne savait pas non plus quoi penser.

Pour autant, l'information n'avait rien d'une surprise. Il fallait être aveugle pour croire que Penny n'était pas amoureuse de lui. Même si elle semblait se donner beaucoup de mal pour le cacher, cela se voyait dans chacun de ses gestes, dans chacun de ses regards. Et c'était d'ailleurs une raison de plus pour qu'il parte le plus vite possible.

Non, il ne pouvait pas permettre que Penny dépende de lui. Et leurs enfants encore moins. Il avait fait faux bond une fois à des personnes qui comptaient énormément pour lui, et c'était une fois de trop. Dix ans après, il s'en voulait encore, et le souvenir du drame le hantait encore toutes les nuits dans ses cauchemars.

Hors de question de prendre ce genre de risque avec Penny et les petits. Et c'était encore un sujet dont il n'avait pas la moindre intention de parler avec Robert.

— Ce ne sont pas tes affaires, se contenta-t-il de répondre.

— C'est bien possible, mais Penny est ma sœur, donc cela me concerne quand même un peu.

Colton hocha la tête en signe d'approbation silencieuse. Il comprenait mieux que quiconque la loyauté familiale. D'ailleurs, qu'importe ce qui s'était passé ou non entre Penny et lui, il serait toujours là pour elle et pour ses enfants. Les trois faisaient partie de sa famille, étaient sa famille. Il allait subvenir à tous leurs besoins, s'assurer qu'ils ne manquent jamais de rien. La vérité, c'est qu'il était prêt à tous les sacrifices pour eux.

Tout, absolument tout, sauf rester auprès d'eux.

La maison de Colton était spectaculaire. Elle était située au bout d'une presqu'île, et toutes ses fenêtres donnaient sur le Pacifique. L'ensemble était incroyablement clair et spacieux, et luxueux sans être ostentatoire. Dix chambres, sept salles de bains, et une cuisine qui aurait fait pleurer d'envie n'importe quel chef étoilé.

Tout, absolument tout, était à couper le souffle. Du parc arboré de plusieurs hectares qui entourait la maison aux pontons et débarcadères offrant une vue paradisiaque sur l'océan. Pour autant, Penny ne put s'empêcher de ressentir… comme une solitude, un vide. Comme si les lieux attendaient désespérément d'être réellement habités, d'accueillir une véritable famille — pas un célibataire endurci toujours entre deux jets.

— Alors, fit Colton, qu'est-ce que tu en penses ?

— C'est splendide, répondit Penny. Depuis quand vis-tu ici ?

— Depuis quelques années, dit-il en s'accoudant au manteau d'une cheminée en marbre blanc. C'est une bonne base pour moi, j'adore être près de la mer.

— Une base, répéta Penny, songeuse. Ce qui veut dire que tu n'es pas là souvent ?

— Pas trop, non, dit-il en se redressant.

— Tu dois être un patron rêvé pour les femmes de ménage, quasiment rien à faire, sauf de temps en temps.

Il la gratifia d'un petit sourire, et elle dut se retenir pour ne pas se jeter à son cou. Dans sa poitrine, son cœur battait à tout rompre.

— En l'occurrence, ajouta-t-il, je sais que ma gouvernante meurt d'impatience de s'occuper de toi et des jumeaux. Elle adore les bébés. Quand je lui ai annoncé la nouvelle, j'ai cru qu'elle allait faire une crise cardiaque. Enfin, tu me connais, Penny, je ne reste pas longtemps en place.

Elle le savait, et de ce point de vue, les choses n'avaient pas changé. Colton n'était qu'à quelques centimètres d'elle, avec sa carrure athlétique, ses cheveux noirs de jais et ses yeux bleu glacier, et il lui aurait suffi de tendre la main pour toucher son visage… et pourtant, elle le voyait dans son regard, il n'avait jamais été aussi loin. Comme perdu dans ses pensées, porté vers un ailleurs où elle n'avait pas sa place. Où elle n'en aurait jamais.

Les yeux rivés sur lui, elle ne put s'empêcher de remarquer la tension extrême de ses mâchoires. Il semblait s'efforcer de paraître naturel et décontracté, mais quelque chose clochait.

Tant mieux, pensa-t-elle, si lui aussi était submergé d'émotions contradictoires, de doutes et de tourments.

— Les jumeaux sont bien installés ?

— Oui, répondit-elle dans un souffle.

La pièce qu'il avait transformée en chambre pour enfants était magnifique. En outre, il s'était attelé à reproduire à l'identique leur chambre. En plus grand, bien sûr, en considérablement plus grand, mais sinon, tout avait été fait pour ne pas faire perdre leurs repères aux petits. Les mêmes berceaux, orientés de la même manière, les mêmes tableaux au mur, les mêmes veilleuses. Tout, au millimètre près.

— D'ailleurs, c'est vraiment incroyable ce que tu as réussi à faire en à peine quelques heures. Je te tire mon chapeau, Reid et Riley vont être comme des coqs en pâte.

— Oh, tu sais, commenta-t-il, avec un peu d'argent, rien n'est impossible.

— Ce n'est pas qu'une question d'argent, Colton, cela se voit comme le nez au milieu de la figure que tu y as mis du cœur, tout ton cœur.

Il fronça légèrement les sourcils. Il avait l'air profondément gêné, comme si sa façade d'homme distant et allergique aux sentiments commençait à se craqueler.

— Tu as pensé à eux, à leur sécurité, à leur bonheur.

— Et cela t'étonne ?

— Non, bien sûr, dit-elle avant de se rapprocher de lui. Mais j'ai l'impression que cela t'a surpris, toi. Tu les aimes, tu aimes tes enfants, et tu veux le meilleur pour eux.

La gêne de Colton s'accrut.

— N'exagère rien, bredouilla-t-il. Evidemment que j'aime les jumeaux, mais cette situation est temporaire, et tu le sais. Bientôt, je repartirai.

Elle sentit une boule se former dans sa poitrine. Une boule d'angoisse, mêlée à un désir brûlant. Oui, elle savait mieux que personne que rien de tout cela n'était fait pour durer, mais elle ne voulait pas y penser. Pas maintenant. Elle n'avait peut-être pas le moindre avenir avec Colton, mais elle avait un présent, et elle était bien décidée à en profiter au maximum. Qu'importe qu'elle le paie plus tard par des regrets et de la souffrance.

Le souvenir de la nuit qu'ils avaient passée ensemble quelques jours plus tôt rejaillit dans son esprit, puis de toutes celles qu'ils avaient partagées deux ans plus tôt. Elle avait envie de lui, besoin de lui, besoin de sentir sa peau contre la sienne. Et elle ne voulait pas perdre davantage de temps.

— Je sais, murmura-t-elle, en posant un doigt sur sa bouche.

Elle allait le perdre, et elle le savait pertinemment. Personne ne pouvait aller contre sa nature. Jamais elle n'allait pouvoir lui offrir la vie de risque et de danger après laquelle il courait éperdument. Mais elle pouvait l'accepter comme il était, pour le moment présent, et oublier tout le reste.

Elle se serra contre lui.

— Penny, protesta-t-il.

— Chut, fit-elle avec gourmandise. Les jumeaux font la sieste.

Elle accentua son étreinte. Elle plaqua sa poitrine contre son torse, sa chaleur contre sa chaleur, les battements de son cœur répondant aux siens.

— Et ta gouvernante est sortie faire des courses, ajouta-t-elle dans un souffle. Nous avons la maison pour nous tout seuls, autant en profiter.

Il passa alors les bras derrière son dos et la pressa fermement contre lui.

— Tu es sérieuse ? Tu sais ce que cela signifie ?

— Parfaitement.

Elle sentit un délicieux frisson la parcourir. Oh oui, elle était sérieuse. Folle, mais sérieuse.

— Je te veux, Colton. Maintenant, tout de suite, cela ne sert plus à rien de le nier. Et tu me veux aussi, je le sais.

Il ne le nia pas. D'ailleurs, comment l'aurait-il pu ? Plaquée contre lui, elle ne pouvait ignorer la manifestation du désir irrépressible qu'il ressentait pour elle.

— Alors profitons de ce que nous avons, tant que cela durera, ajouta-t-elle.

— Je ne peux pas rester, murmura Colton, la voix cassée.

— Et moi, je ne peux pas partir, dit-elle en plongeant les yeux dans les siens. Mais nous sommes tous les deux ici, maintenant.

- 9 -

Depuis des jours, Colton s'efforçait de se maîtriser pour ne pas refaire l'amour avec Penny. Après l'épisode de la douche, il était en proie à un désir incessant et obsédant. Il désirait Penny de tout son être, de toute son âme. Mais refaire l'amour avec elle serait une erreur. Une de plus.

Il n'était pas revenu dans la vie de Penny pour cela. De toute façon, il ne la méritait pas. Il ne pouvait pas lui offrir ce qu'elle désirait. De la stabilité, un mari présent et fiable, une heureuse petite famille dans un petit pavillon de banlieue entouré de sa petite clôture blanche. Comme dans les films. Il en était tout bonnement incapable, et il se détestait de ne pouvoir faire le bonheur de Penny.

Pour autant, l'idée qu'un autre homme pourrait partager toutes les nuits le lit de Penny et élever ses enfants lui donnait la nausée et l'emplissait d'une rage sourde. Mais quelle alternative avait-il ? S'il restait, il allait les décevoir et tromper leur confiance. Partir était encore la meilleure solution. La seule.

— Colton, murmura Penny en passant les mains sous son T-shirt. C'est ce que nous vivons maintenant qui compte.

Il lui sourit et hocha la tête.

— Tu n'es pas une femme qui se contente du maintenant, je le sais très bien. Tu es du genre tout ou rien.

— Peut-être avant, dit-elle en accentuant son étreinte. Mais les gens changent, je te le dis et te le répète.

— Non, ils ne changent pas. Les situations changent, et les gens tentent de s'adapter. Mais au fond d'eux, ils restent les mêmes.

— Et toi, qui es-tu ?

Il ne répondit pas tout de suite, se contentant de prendre son visage dans ses mains. Il adorait sentir sa peau douce et veloutée sous ses doigts. Si seulement les choses pouvaient être différentes…

— Je suis un risque…

— Que je suis prête à prendre, termina-t-elle en se hissant sur la pointe des pieds.

Puis elle l'embrassa.

Pendant une seconde, peut-être même deux, il resta de marbre. Son cerveau le lui ordonnait. C'était le mieux, pour lui, pour elle, pour les jumeaux, pour tout le monde.

Mais la bouche de Penny était terriblement tentante. Sa langue caressa ses lèvres, et son corps prit la direction des opérations. Sa raison et sa volonté abdiquèrent.

Dans un souffle, il sentit les mains de Penny glisser sur sa nuque, ses doigts se perdre dans ses cheveux. Et il joignit les lèvres aux siennes, des lèvres passionnées, avides, brûlantes. Il la désirait autant qu'elle le désirait. Un désir impérieux, urgent, dévastateur.

Elle s'accrocha à ses épaules, et il s'abandonna à la saveur sucrée de sa bouche. Leurs langues se mêlèrent dans un ballet voluptueux et haletant.

Comment pouvait-il refuser sa proposition sensuelle ? Elle était prête à tout lui donner, à tout risquer. Et il était attiré par elle comme un aimant. Un aimant généreux, demandeur, fou d'amour.

Dehors, le soleil commençait à descendre sur l'horizon et l'air prenait ses accents du soir. L'écho des vagues se brisant sur la jetée faisait écho aux battements de leurs cœurs, calés sur une même cadence effrénée. Le monde pouvait bien s'arrêter de tourner, il allait se noyer une dernière fois dans l'océan de passion que seule Penny pouvait lui offrir.

Sans cesser de l'embrasser, il fit courir ses mains sous son chemisier. Il adorait sentir sa peau, ses courbes si féminines. Il avait l'impression de les connaître par cœur, et pourtant, chaque fois, il était émerveillé, ébahi, comme s'il s'avançait en terre inconnue.

Elle gémissait, ronronnait comme une chatte, et se lovait contre lui. Elle posa la main sur le renflement de son jean, un bout de tissu bien inefficace pour camoufler une érection si forte qu'elle en devenait presque douloureuse.

Il glissa les doigts sous son soutien-gorge et écarta les bonnets pour libérer ses seins. Il la sentit retenir son souffle, tout son corps tremblait. Il baissa la tête pour prendre délicatement un téton entre ses lèvres et le titiller avec gourmandise. Elle poussa un petit cri irrésistible. Le goût de sa peau était exquis, il aurait voulu se perdre dans cette sensation.

Il ne pouvait plus attendre. Le temps n'était plus à la séduction subtile. Le moment était au désir pur, simple, urgent.

Reprenant sa bouche, il passa les bras sous sa taille et la souleva pour la porter au plus vite vers la chambre la plus proche. Elle se lova contre lui, le souffle court, et se laissa étendre sur le matelas d'une chambre d'amis.

— Tes vêtements, enlève-les, intima-t-il.

— Oui, répondit-elle, hors d'haleine.

D'un geste, elle se débarrassa de son jean et de son chemisier, déjà presque entièrement dégrafé. Il l'imita avec une vitesse qui l'étonna lui-même. En une fraction de seconde, ils furent tous les deux nus, serrés l'un contre l'autre dans la fraîcheur des draps de coton neufs. Leurs jambes se mêlèrent, leurs mains s'explorèrent, leurs bouches fusionnèrent dans une danse érotique et familière.

La pièce était baignée d'une lumière chaude. Aucun détail de son corps parfait ne lui échappait. Et il sentit son désir s'accentuer encore davantage à l'idée qu'il allait lui faire l'amour. Il se prit à désirer une lumière plus forte, qui aurait souligné davantage encore la beauté de Penny. Il voulait graver à tout jamais dans sa mémoire le souvenir de sa peau, de ses courbes.

— Prends-moi, murmura Penny, de sa voix fébrile et

sensuelle, avant de nouer ses jambes autour de son bassin. N'attends plus. Ne *nous* fait plus attendre.

Alors, avec un grognement qu'il ne put contrôler, il la pénétra doucement et la remplit de toute la vigueur de son désir.

Le temps sembla suspendre son cours. Ce moment, ce « maintenant » qu'elle avait décidé de lui offrir, était une perfection.

Puis il se retira un court instant, avant de la pénétrer d'un nouveau mouvement résolu, encore et encore, jusqu'à s'enfouir au plus profond de sa chaleur.

— Ne t'arrête pas, gémit Penny, surtout ne t'arrête pas. Viens.

Ses gémissements s'accélérèrent et se firent de plus en plus sonores à mesure qu'il allait et venait en elle.

Quand il sentit le corps de Penny palpiter des premiers soubresauts de l'extase, il s'abandonna à une jouissance plus intense que tout ce qu'il avait connu jusque-là. Dans un brouillard enfiévré, il entendit un son rauque monter de la gorge de Penny. Elle s'arc-bouta une dernière fois, puis s'immobilisa, frissonnante, vaincue.

Au fond de lui, il savait parfaitement que leurs étreintes constituaient un danger. Et que ce danger ne faisait que s'accroître plus il passait de temps avec elle. Alors que les brumes du plaisir se dissipaient peu à peu, il sut qu'il devait trouver au plus vite la force de s'éloigner d'elle.

Car il l'aimait. Il aimait comme il n'aurait jamais cru possible d'aimer, comme il ne s'en serait jamais cru capable.

L'amour. Il ne voulait même pas se formuler ce mot, qui lui donnait une telle impression de vulnérabilité… Pire : s'il se laissait aller à aimer Penny, il la mettrait en danger. L'idée lui était intolérable. Non, l'amour n'était pas pour lui, il le savait mieux que personne, tant ce sentiment était à tout jamais associé dans son esprit à la morsure implacable de la culpabilité et de la honte.

Et il ne pouvait pas le lui avouer, car elle allait espérer… ce qu'elle était tout à fait en droit d'espérer d'un homme amoureux. Mais tous ces espoirs, il ne pouvait les lui offrir, il n'en avait pas le droit.

Son cœur se serra, assailli par des angoisses familières. Puis il posa son regard sur la cicatrice au bas du ventre de Penny. Les fils ne se voyaient quasiment plus. Encore quelques jours, et il allait pouvoir partir.

Elle soupira et se pelotonna contre lui, à demi endormie. Peu à peu, il la vit s'abandonner profondément au sommeil. Il remonta le drap sur son corps et commença à réfléchir aux modalités de son départ.

Les jours suivants, Penny reprit ses petites habitudes avec Colton. Ils se partageaient à merveille les soins et l'éducation des jumeaux et, elle devait bien l'avouer, la vie était radicalement plus simple à deux. Le travail était moins dur, et le bonheur plus fort.

Bien sûr, dès que cette pensée jaillissait dans son esprit, elle faisait tout son possible pour la chasser et l'ignorer. Son amour pour Colton était un amour impossible, voué à l'échec. Elle voulait lui faire confiance, mais elle savait aussi, depuis le début, qu'il allait repartir. Alors, il ne lui restait plus qu'à enfouir cet amour au plus profond d'elle-même, et à profiter simplement du présent.

La fumigation terminée, ils reprirent le chemin de sa vieille maison. Comparé au palace de Colton, le contraste était mordant. Penny adorait ce lieu qui était empli de souvenirs joyeux pour elle, et elle s'y sentait parfaitement bien avec les jumeaux — pour l'instant tout du moins. Mais quand ses enfants grandiraient, ils seraient trop à l'étroit. En un sens, cette vieille demeure était à l'image de son histoire avec Colton : parfaite pour le présent, mais sans aucun avenir.

Les choses auraient-elles été différentes si elle avait pu rester chez Colton ? Avec autant d'espace, de ciel, de mer et de verdure ? Auraient-ils pu vivre pleinement leur passion ? Non, le problème ne venait pas des murs, mais de la distance que, jour après jour, Colton ne cessait de creuser. Qu'importe qu'elle puisse s'abandonner toutes les nuits dans ses bras, il s'éloignait irrémédiablement d'elle. Elle le savait, elle le sentait.

Elle en avait le cœur brisé, mais que pouvait-elle faire pour le retenir ? Rien.

L'humeur sombre, elle alla le rejoindre dans le salon. La maison était calme, les jumeaux faisaient leur sieste. Dehors, le ciel était aussi lourd que son cœur, et la pluie n'allait pas tarder à s'abattre sur les terres assoiffées de Californie. La météo avait d'ailleurs incité Colton à allumer un feu dans la petite cheminée en brique.

— Les jumeaux sont couchés ? demanda-t-il sans même se retourner, alors que Penny entrait dans la pièce.

— Oui, quand je les emmène quelque part en voiture, ils sont toujours épuisés après.

La virée du jour n'avait rien eu d'un voyage extraordinaire — juste un aller-retour au supermarché —, mais elle en avait tout de même ressenti l'effet sur les jumeaux. Comme sur elle-même, d'ailleurs. Depuis l'arrivée de Colton, c'était la première fois qu'elle s'était retrouvée aussi longtemps seule avec ses jumeaux. Un bon moyen de reprendre ses habitudes et de se préparer au départ de Colton : quand il serait parti, la vie continuerait comme avant, et le quotidien reprendrait le dessus. L'existence serait simplement un peu plus… vide.

— Tu aurais pu me dire que tu avais besoin de faire des courses, j'y serais allé à ta place, fit-il, une tension dans la voix.

Réprimant un soupir, elle alla s'asseoir dans son vieux canapé.

— Je ne vois pas où est le problème, Colton.

Il se tourna vers elle et la fixa de son regard glacial.

— Le problème ? Je m'absente à peine deux heures pour passer à mon bureau, et je te retrouve à décharger ta voiture de courses et à porter des sacs lourds, et le tout avec les jumeaux dans les bras. Tu ne vois pas où est le problème ?

Elle ne put se retenir de rire.

— Pardon, mais c'est ce que je faisais tout le temps avant ton arrivée. Tu crois que la terre arrête de tourner quand tu n'es pas là ? Pour ton information, j'ai aussi l'habitude de faire des lessives et de tondre la pelouse comme une grande fille. Impressionné ?

— Ne fais pas la maligne, tu sais très bien ce que je veux dire. Avec ton opération, soulever de lourdes charges n'est pas recommandé. Que dirait ton chirurgien s'il l'apprenait ?

Elle leva les yeux au ciel. Ils venaient de passer trois nuits à expérimenter toutes les positions du Kama sutra sans aucun problème, et voilà qu'il avait peur de quelques sacs remplis de courses…

— Il dirait que tu fais du cinéma pour rien, ironisa-t-elle. Mais si cela te rassure, je lui ai téléphoné hier pour lui donner des nouvelles, et il m'a répété que je pouvais reprendre une vie normale.

— Ce n'est pas le problème, dit Colton avec un hochement nerveux de la tête.

Elle sentit son cœur se serrer. Ces gestes, ce regard, cette nervosité… elle les aurait reconnus entre mille. Les mêmes que ceux qu'il avait eus ce terrible matin, à Las Vegas, juste avant de lui annoncer sa volonté de divorcer. Juste avant de claquer la porte sur ses rêves et ses espoirs.

Le moment était-il venu ? Le moment qu'elle savait inévitable, sans être pour autant capable de l'accepter réellement. Comment accepter que Colton quitte sa vie ? Comment accepter de le perdre ? S'y résigner, oui. Le comprendre, aussi. Mais le tolérer, jamais.

— Je n'aime pas que tu fasses des choses toute seule. Je suis là maintenant, tu aurais dû m'attendre.

— T'attendre ? fit-elle avec un petit rire sombre. Mais dis-moi, Colton, combien de temps étais-je censée t'attendre ?

— Que veux-tu dire ? demanda-t-il. Je t'avais prévenue que je devais passer quelques heures au bureau pour régler deux ou trois dossiers urgents, et qu'au plus tard, je serais revenu pour le déjeuner des enfants.

Sa poitrine devenait de plus en plus lourde. Tout près de son cœur, elle sentait comme une boule, une boule de feu et de glace, une boule de tristesse et de rancœur. Une boule terriblement douloureuse où l'espoir se mêlait au fatalisme et au dégoût, à la sensation d'un énorme gâchis. Il fallait qu'elle crève l'abcès.

— Ce que je veux dire, lança-t-elle, c'est que je ne sais jamais si tu vas vraiment revenir. Chaque fois que tu t'en vas, je me demande si ce n'est pas pour de bon.

Elle réprima péniblement un sanglot. Elle devait rester forte, coûte que coûte. Elle aurait tout le temps de pleurer plus tard, dans la solitude de sa chambre et entre ses draps redevenus froids.

— Nous savons tous les deux que tu vas repartir un jour, poursuivit-elle. La seule chose que j'ignore encore, c'est quand.

Il baissa les yeux en soupirant.

— Oui, mais…, bredouilla-t-il. Je ne te parle pas de moi, je parle de toi. Tu en fais trop, Penny. Il faut te ménager.

— Et comment ?

— En demandant de l'aide. Je peux embaucher une nourrice ou une gouvernante. Tu n'as qu'à me demander.

Décidément, il ne manquait pas de culot. L'aide, elle l'avait. Son aide, à lui. Et maintenant, il envisageait de la remplacer par quoi ? Du personnel de maison payé rubis sur l'ongle ?

— C'est ta grande solution à tout, ça. Embaucher, payer, régler tous les problèmes par l'argent.

— Donne-moi un meilleur moyen, dit-il d'une voix blanche.

— Rester.

Oh ! comme elle aurait voulu que ce mot ne soit jamais sorti de sa bouche ! Comme elle aurait voulu prétendre qu'elle ne l'avait jamais prononcé, jamais pensé, jamais désiré.

Une ombre passa dans les yeux de Colton. Il secoua la tête.

— Nous en avons déjà parlé, Penny, je ne peux pas.

— Alors, dis-moi au moins pourquoi.

Elle se releva et s'approcha de lui.

— J'ai besoin que tu m'expliques, que tu me parles. C'est de cela que j'ai besoin, pas de ton argent.

Non, elle ne voulait pas de son argent. Tout ce qu'elle voulait de lui, c'était de l'amour, son amour. Des mots qui restèrent, eux, bien enfouis dans sa gorge et dans son cœur.

— Ou alors, donne-moi ta culpabilité, ajouta-t-elle dans un souffle.

Il écarquilla les yeux.

— Qu'est-ce que la culpabilité vient faire là-dedans ?

— Tu crois que je suis aveugle ? dit-elle en s'avançant encore plus près. Tu t'apprêtes à partir, et tu t'assures d'avoir réglé tous les détails, comme si tu cochais mentalement une liste. De l'aide pour Penny ? — fait. Une nourrice pour les jumeaux ? — fait. De l'argent sur son compte en banque ? — fait. Et après, tu crois pouvoir partir la conscience tranquille ? Mais non, Colton, ça ne va pas se passer comme ça. Tu pars si tu veux, mais je n'ai besoin ni d'aide ni d'argent.

Il éclata de rire.

— C'est faux, tu en as besoin, tu es simplement trop fière pour l'accepter. Comme si dépendre de quelqu'un te rendait malade.

Elle eut l'impression de recevoir une gifle. Elle sentit les larmes lui monter aux yeux, des larmes de rage, bien plus que de tristesse. A chaque seconde, il s'éloignait un peu plus d'elle, et il avait encore le culot de s'étonner de son désir d'indépendance ?

— Et pourquoi en serait-il autrement, Colton ? Pratiquement toute ma vie, je n'ai dépendu de personne. J'ai grandi seule, je me suis occupée de Robert seule, personne n'était là pour m'aider.

Des phrases aussi tranchantes que des lames de rasoir, qui faisaient remonter en elle de bien sombres souvenirs.

— Et tes parents ? demanda-t-il, les sourcils froncés.

Son cœur se serra. L'atmosphère n'avait peut-être jamais été aussi lourde, à l'image des secrets qu'elle gardait enfouis en elle depuis si longtemps. Depuis bien trop longtemps. L'heure était venue de se délester.

— Ma mère est morte il y a plus de dix ans, soupira-t-elle. Et, à sa mort, mon père s'est complètement renfermé sur lui-même. Il allait travailler, rentrait à la maison, mais c'était comme si un fantôme vivait avec nous.

Les souvenirs étaient encore si vivaces dans son esprit, si violents, si cruels. A la mort de sa mère, Penny avait à peine dix-sept ans. Elle s'était sentie effroyablement seule, perdue, et son père avait été incapable de la soutenir dans cette épreuve. Alors, elle avait appris à s'endurcir. D'ailleurs, quel autre choix avait-elle ? Pour Robert, il avait fallu qu'elle résiste, qu'elle devienne son socle, son repère.

— Je ne pouvais pas dépendre de mon père, ajouta-t-elle.

Les mots se déversaient de sa bouche comme un torrent furieux, comme une digue qui vient de lâcher.

— Je ne pouvais pas lui faire confiance. Parfois, il rentrait à la maison, parfois pas. On restait parfois plusieurs jours sans le voir. Alors, j'ai pris les choses et ma vie en main, avec celle de Robert. Et le jour de mon dix-huitième anniversaire, mon père est parti pour de bon. On ne l'a plus jamais revu. Alors, ne me dis pas que je suis trop têtue ou trop indépendante. Ce n'est pas de la fierté, c'est de la survie. Si je ne fais pas facilement confiance aux gens, c'est parce que la vie m'a appris cette leçon.

Elle avait le souffle court, son cœur battait à tout rompre dans sa poitrine. Mais elle ressentait un profond soulagement. Enfin, elle avait partagé son secret.

Après quelques secondes de silence, elle leva la tête vers Colton. Ses yeux brillaient.

— Oh ! je n'ai pas besoin de ta pitié, fit-elle, le menton haut.

— Ce n'est pas de la pitié, murmura-t-il. Je suis triste. Pas pour la femme que tu es aujourd'hui, mais pour l'adolescente que tu étais, quand tu as dû assumer toutes ces responsabilités.

Elle soupira.

— J'ai survécu, tu sais.

— Je le sais, confirma-t-il. Mais tu portes toute cette histoire en toi. Tu me reproches de prendre trop de risques, mais toi, tu n'en prends aucun. Tu préfères ne jamais faire confiance aux gens, pour ne pas être déçue, pour ne pas risquer de souffrir. J'ai raison ?

Oui, il avait raison. Et même un peu trop à son goût.

Les mains croisées sur la poitrine, elle se rassit sur le canapé.

— A toi, je t'ai fait confiance.

Elle vit sa mâchoire se contracter.

— Mais les choses sont différentes, poursuivit-elle. Toi, tu risques ta vie constamment. Moi, je ne veux simplement pas la risquer en faisant confiance à la mauvaise personne, ce n'est pas la même chose.

— A mon avis, ce n'est même pas une affaire de confiance, rétorqua-t-il. Tu refuses toute assistance, toute aide.

— Et pourquoi devrais-je l'accepter, Colton ? Tu vas partir dès que tu en auras l'occasion, et pour une raison qui m'échappe !

— Tu pourrais au moins l'accepter tant que je suis là.

— Non, c'est impossible. Tu l'as bien dit, avec moi, c'est tout ou rien. Alors, dis-moi, Colton, dis-le-moi enfin, est-ce tout ou rien ? Vas-tu rester ? Puis-je te faire confiance et compter sur toi ?

En face de lui, il avait la femme la plus forte du monde, il le savait désormais. Et en sachant enfin ce qu'elle avait subi dans sa jeunesse, il n'en était que plus impressionné. Pas étonnant que Robert pense tout lui devoir. Elle l'avait élevé, elle avait répondu à tous ses besoins, assuré sa sécurité. Sans l'aide de quiconque.

Il fut submergé de sentiments contradictoires. D'un côté, l'indépendance féroce de Penny avait tout pour lui plaire et le rassurer. Il ne voulait pas qu'elle dépende de lui, il n'était pas quelqu'un de fiable. Mais d'un autre, il ne s'était peut-être jamais senti aussi mal. Car son premier désir, le plus impérieux, c'était de la prendre dans ses bras, la serrer fort et ne jamais la laisser partir. Mais cela n'arriverait jamais, c'était impossible.

Prendre ses distances, s'éloigner d'elle et des jumeaux était la seule chose qu'il pouvait faire, et il le savait cruellement.

L'autre problème, c'était qu'elle semblait penser qu'il ne voulait pas rester. Qu'il s'agissait simplement d'une question de volonté, voire de caprice. Et cela le tourmentait. Devait-il lui dire la vérité ? Allait-elle pouvoir le comprendre et enfin accepter son départ comme la meilleure solution ?

— Penny, tu ne comprends pas, murmura-t-il.

— Je comprends tout, au contraire. Je sais que tu es impatient de partir, comme il y a deux ans.

Elle avait une telle tristesse dans le regard, tout en semblant si solide et déterminée, qu'il en eut le souffle coupé.

— Non, tu te trompes, je t'assure.

— Alors prouve-le-moi, et reste.

— C'est impossible, Penny.

Son cœur était lourd dans sa poitrine, assailli par la culpabilité et la honte.

— Mais c'est ridicule ! s'exclama-t-elle en levant les bras. Tu ne me dis rien, tu ne m'expliques rien ! Comme la première fois, tu vas partir sans la moindre explication. Et je devrais l'accepter ? Accepter quoi au juste ?

— Que je pars pour ton bien et celui de nos enfants, répondit-il, la gorge nouée.

Puis il s'avança vers elle et lui prit le bras. Elle se dégagea d'un geste nerveux.

— Tu crois que c'est facile pour moi de partir ? Que c'est ce que je veux ? Mais je n'ai pas le choix, Penny ! Si je reste, un jour ou l'autre, je vais tout gâcher et faire de ta vie un enfer !

Elle ne le quittait pas du regard, et dans ses yeux se lisaient la colère et la stupéfaction.

Alors, après quelques secondes de silence, il se décida à lui dire toute la vérité.

— C'était il y a dix ans, commença-t-il, incapable de la regarder plus longtemps. J'étais en Suisse avec mes parents, on avait prévu de passer les vacances à la montagne, pour skier.

Il s'arrêta un court instant et ferma les yeux. Mais les souvenirs, les images qui s'entrechoquaient dans son esprit étaient si vivaces et si violents, qu'il préféra les rouvrir. Il n'allait pas pouvoir continuer son récit sinon, et Penny avait le droit de connaître enfin la vérité.

— On avait réservé un hélicoptère qui devait nous amener sur un sommet, pour ensuite dévaler tout le versant à skis. L'excursion devait nous prendre la journée. Mais la veille, au bar de l'hôtel, j'ai rencontré une blonde.

Il eut un rire nerveux.

— En fait, je ne me souviens même pas de son nom. Mais le résultat, c'est que mes parents sont partis seuls faire la descente et sont morts dans une avalanche.

Il tourna de nouveau la tête vers elle. Une larme coulait sur son visage, et elle l'essuya rapidement d'un revers de main.

— Ils comptaient sur moi pour que je leur ouvre le chemin, ajouta-t-il. J'étais leur guide, j'étais censé leur montrer l'itinéraire le plus sûr, et je les ai laissés tomber. Ils sont morts à cause de moi.

— Colton, je suis désolée, mais…

— Quoi ? coupa-t-il. Tu vas me dire comme tout le monde que je n'y suis pour rien ? Mais c'est faux. Si j'avais été là, j'aurais trouvé une piste plus sûre, avec un manteau neigeux plus stable.

— Ou alors, dit Penny à voix basse, tu serais mort avec eux.

— Peut-être, admit-il.

C'était une hypothèse qu'il avait déjà envisagée, à de nombreuses reprises. Et ce n'aurait peut-être pas été plus mal.

Elle riva son regard au sien. Il avait plus que jamais besoin de la prendre dans ses bras, mais il se retint. S'il la touchait, il était perdu.

— C'était un accident, Colton, ce n'est pas une raison pour m'abandonner, moi et les enfants.

— Au contraire, c'est la seule raison, la seule chose à

faire. Ce n'est pas pour moi que j'ai peur, mais pour ceux qui dépendent de moi. J'ai laissé tomber mes parents, et ils sont morts. Je n'imposerai jamais cela à mes enfants, ni à toi. Je ne pourrai pas le supporter.

Elle s'éclaircit la gorge.

— Donc si je comprends bien, dit-elle en se passant nerveusement la main dans les cheveux, ce que tu es en train de m'expliquer, c'est que tu as tellement peur de l'échec que tu ne veux même pas essayer ?

— Ce n'est pas aussi simple, Penny.

— C'est pourtant l'impression que cela donne. Tu sais, toute cette semaine, je t'ai observé t'occuper des jumeaux. J'ai vu comment tu te débrouillais à merveille avec eux. Et tu veux savoir pourquoi ? Parce que tu les aimes, Colton.

Il sentit son cœur se serrer.

— Et j'ai essayé de comprendre, poursuivit-elle, de comprendre pourquoi tu voulais quand même t'enfuir. Pourquoi, avec autant de bonheur à ta portée, tu préférais quand même parcourir le monde et mettre ta vie en danger. Mais maintenant, tout s'éclaire.

Elle s'arrêta un instant pour reprendre sa respiration.

— Maintenant, j'ai compris, ajouta-t-elle, la voix tremblante. En fait, tu cours après la mort, comme si c'était un moyen de réparer celle de tes parents, comme si tu étais en sursis. Est-ce que je me trompe ? Tu aurais voulu mourir ce jour-là, c'est ça ?

— Ce n'est pas ce que j'ai dit, contesta-t-il.

— C'est tout comme.

La dureté soudaine du regard de Penny le fit frissonner. Il lui avait avoué son secret dans l'espoir qu'elle comprenne sa décision, mais au lieu de cela, elle le regardait comme s'il était fou.

— Bon, si je résume, fit-elle avec un hochement de tête, tu voudrais que j'accepte ton aide, mais en même temps, tu voudrais que personne ne dépende de toi, c'est cela ?

Formulées ainsi, les choses avaient l'air en effet parfaitement absurdes. Il se frotta nerveusement les mains, agacé et frustré. Penny pouvait-elle avoir raison ?

— Tu déformes mes propos.

— Non, je ne crois pas.

Elle se leva et s'approcha, un index accusateur pointé sur son torse.

— Tout ce que je fais, ajouta-t-elle, c'est te montrer que ton explication n'a aucun sens.

— Elle en a un pour moi, soupira-t-il, les dents serrées. C'est ma faute si mes parents sont morts, si j'avais été là, je…

— Mais tu n'en sais rien ! coupa Penny. Tu ne sauras jamais ce qui se serait passé si tu avais été avec eux. La seule certitude à avoir, c'est que tu n'as pas causé cette avalanche, c'était un accident. Un accident terrible, tragique, mais un simple accident. Tu n'y es pour rien. Tu n'étais même pas là !

— C'est justement tout le problème, Penny. Je n'étais pas là, et je leur avais promis le contraire.

— Et je suis persuadée que ta mère, dans ses derniers instants, a été heureuse que tu ne sois pas là.

Les mots de Penny lui firent l'effet d'une gifle.

— Moi, en tant que mère, c'est ce que je me serais dit, poursuivit-elle avec une soudaine gravité dans la voix. Savoir que mon enfant était en sécurité, cela aurait été une ultime consolation. Et tes parents l'ont aussi pensé, j'en suis sûre.

Il recula. Les pensées se mêlaient dans son esprit, son cœur battait à tout rompre. Il avait vécu si longtemps avec le poids de la culpabilité… une ombre noire toujours prête à lui déchirer l'âme à la moindre occasion.

— Et ce que tu as vécu est horrible, innommable, continua Penny, mais cela ne change rien au fait que tu n'es pas responsable. Ce n'est pas ta faute.

Connor ne lui disait-il pas la même chose depuis des années ? Tout comme ses autres frères, ses cousins ?

— Je n'étais pas là quand ils ont eu besoin de moi, un point c'est tout, soupira-t-il. Et je ne te ferai jamais courir un tel risque, ni à toi ni aux enfants. Jamais je ne vous laisserai dépendre moi, car j'en mourrai s'il vous arrive quelque chose.

Elle soupira et enfonça les mains dans les poches de son jean.

— Et s'il nous arrive quand même quelque chose ? Tu y as pensé ? La vie n'offre aucune garantie, Colton. Tout ce que nous avons, c'est notre vie, notre quotidien, et les gens avec qui nous choisissons de le partager. Tu n'es pas responsable de ce qui est arrivé à tes parents, mais c'est peut-être plus facile pour toi de le croire.

Il écarquilla les yeux.

— Facile ? répéta-t-il en s'étranglant presque.

— Oui, facile, confirma-t-elle, un sanglot dans la voix. La fuite est toujours plus facile. Tout comme il est beaucoup plus facile de préférer les fantômes aux vivants. De croire qu'on peut se punir en s'interdisant d'être heureux, d'être aimé.

— Je ne cherche pas à me punir, je cherche à te protéger et à protéger les enfants. Comment fais-tu pour ne pas le voir ?

— Ce que je vois, Colton, c'est qu'il est temps pour toi de partir, dès ce soir en fait. Je ne veux pas que mes enfants aient à aimer un père qui s'empêche de les aimer pleinement. Alors je t'en prie, va-t'en.

- 10 -

Colton ne protesta pas. Quel intérêt ? En silence, il rassembla ses affaires et quitta la maison en profitant de la sieste des jumeaux. Hors de question d'attendre qu'ils se réveillent. Qu'ils le voient les abandonner était tout simplement trop dur à supporter, radicalement au-dessus de ses forces. Ses jumeaux, ses petits, ses enfants.

Les mots résonnèrent violemment dans son esprit. Il n'avait finalement jamais passé de test de paternité, il n'en avait pas eu besoin. Dès qu'il avait vu les jumeaux, dès le premier instant, il avait su au plus profond de lui qu'ils étaient les siens. Comme il savait qu'il allait devoir partir et s'éloigner de leur vie.

Mais jamais il n'aurait cru que Penny lui demande de partir. Aucune femme avant elle ne l'avait jamais fait. Mais il ne pouvait pas lui en vouloir.

Le problème, c'est qu'elle ne comprenait pas. Et comment l'aurait-elle pu ? Elle n'était pas du genre à faire faux bond à quiconque, jamais.

Les pensées se succédèrent dans son esprit comme les panneaux de signalisation sur le bord de la Pacific Coast Highway. Il ne fit même pas attention à l'océan qui se déployait sur sa droite. Comme il était difficile de se concentrer sur la route avec un cœur battant aussi vite…

Il n'aurait jamais dû essayer de s'expliquer. Là encore, il ne l'avait jamais fait auparavant. Colton King était de ceux qu'on accepte ou qu'on n'accepte pas, mais qui n'ont rien à expliquer, rien à justifier. Il aurait dû simplement partir au plus vite, jamais il n'aurait dû rester si longtemps auprès d'elle.

Mais comment aurait-il pu faire autrement ? Elle était la mère de ses enfants ! Deux êtres humains qui lui devaient leur vie. Qu'allaient-ils devenir, et qu'allait-il être pour eux ? Un père à temps partiel ? Un père pour les vacances ?

C'était encore mieux que rien, songea-t-il en s'engageant sur le chemin privé menant à sa maison.

D'un geste de la main, il salua le gardien dans sa guérite. Sans attendre, l'homme lui ouvrit la barrière de sécurité, et Colton put aller se garer devant l'entrée principale.

Le moteur arrêté, il sentit son cœur se serrer. Il aurait peut-être mieux valu qu'il continue de rouler, qu'il pousse sa voiture dans ses derniers retranchements, qu'il sente les rugissements du moteur, l'adrénaline dans ses veines… Et essayer de penser à autre chose.

Mais il en était incapable. Il se repassait en boucle les paroles de Penny, qui rebondissaient comme une balle de squash sur un mur. « Tutoyer la mort. Oublier de vivre. Préférer les fantômes. Fuir. »

Comme elle avait tort… Jamais il n'avait voulu tutoyer la mort, jamais il n'avait voulu mourir. Chaque moment de sa vie, il entendait le savourer au maximum, et il avait horreur du temps perdu. Hors de question qu'il vieillisse en regrettant les choses. Des remords, peut-être, mais pas de regrets. Il voulait vivre, oui, vivre, pas mourir.

Il soupira. La voix de Penny, la dureté accusatrice de son regard ne le quittaient pas, comme si elles perçaient son âme. Et le ton de sa voix quand elle lui avait dit de partir, il en était certain, resterait ancré dans sa mémoire à tout jamais.

Depuis qu'il l'avait rencontrée, dès le premier instant, il avait su que cette femme n'était pas de celles qu'il allait pouvoir oublier comme toutes les autres. Et il ne l'avait pas pu. Dans un sens, elle était devenue une part de lui-même, et la quitter lui avait fait l'effet d'un coup de poignard au plus profond de son cœur.

Les mains crispées sur le volant, il resta un long moment assis dans sa voiture. Avec un long soupir, il regarda sa maison, qui n'était devenue un foyer que lorsque Penny et les jumeaux avaient franchi le perron. A cet instant, il éprouva une solitude qu'il n'avait encore jamais ressentie auparavant. Désormais, il en prenait cruellement conscience, il allait non seulement être poursuivi par son passé, mais aussi par un avenir avec Penny d'où il serait à jamais absent.

Comme elle lui manquait… Son odeur, le son de son rire, la saveur de sa bouche. Jamais il n'aurait pensé tomber amoureux. Et pourtant, c'est ce qui lui était arrivé. Dès qu'il avait croisé le regard de cette rousse piquante à Las Vegas, il avait su qu'il ne s'en remettrait jamais.

Et maintenant, les choses étaient encore pires.

Il avait des enfants, des jumeaux. Et la liste de tout ce qu'il allait manquer lui noua le ventre. Leurs premiers mots, leurs premiers pas, leurs premiers jours à l'école et leurs premiers chagrins d'amour. Tout, il allait tout manquer. De tout, il serait absent.

Sa douleur était extrême, mais pouvait-il faire demi-tour ? Non, hors de question. Cette décision de s'éloigner était la bonne, la seule à prendre. Qu'importe que, pour le reste de sa vie, il souffre le martyre à être séparé des trois personnes qui comptaient le plus pour lui.

Attrapant son sac de voyage, il descendit de voiture et entra chez lui. La seule chose à faire, c'était de revenir dans le vrai monde, son monde, reprendre ses habitudes. Se remettre en quête d'adrénaline.

La maison était terriblement silencieuse. Un silence de tombe. L'écho des rires de Penny et des enfants allait-il s'évanouir un jour de ces murs ? Dans le cas contraire, il la revendrait.

Il passa quelques coups de téléphone. A son frère, à son aéroport privé, à son avocat. Il jeta quelques affaires propres dans son sac de voyage, sans oublier ses tenues de trek et de ski, puis reprit sa voiture en direction du John Wayne Airport. Un jet privé de King Aventures Extrêmes l'attendait et, dans quelques heures, il serait au-dessus de l'Atlantique, direction la Sicile, l'Etna, pour deux semaines.

Sa vie reprendrait son cours normal, et la semaine passée resterait dans son esprit comme un remords de plus. Rien d'insurmontable.

Si seulement il arrivait à chasser de son esprit le souvenir des yeux de Penny…

Les jumeaux n'arrêtaient pas de pleurer, et Penny savait pertinemment pourquoi. Leur père leur manquait, ils avaient compris qu'il était parti pour de bon. En une dizaine de jours, Colton était devenu une partie de leur vie, et son départ laissait un trou béant dans la maison, dans leur cœur, à tous les trois.

Elle soupira. Elle n'arrivait pas encore à croire que, la veille, elle lui avait dit de partir. Après avoir désiré si fort qu'il reste, son geste, ses paroles avaient été d'une sombre ironie.

Elle était épuisée. Toute la nuit, elle l'avait passée éveillée, à se repasser leur conversation, mot après mot. Et l'image des yeux de Colton, de l'ombre qu'elle y avait aperçue quand il lui avait parlé de la mort de ses parents, lui glaçait encore le sang. Elle avait vu la souffrance et la culpabilité, et son effort surhumain pour tenter de camoufler ses émotions.

Depuis leur rencontre, elle savait qu'il portait un lourd et douloureux secret. Elle n'en connaissait pas les détails, mais elle avait perçu combien tout cela le rongeait. Et maintenant qu'elle savait le fin mot de l'histoire, elle avait envie de lui hurler que sa culpabilité était mal placée et qu'il avait souffert pendant des années pour rien. Il n'avait pas tué ses parents, pourquoi continuait-il à se torturer ? Quand cesserait-il ?

Elle avait bien réussi à surmonter son passé, pourquoi en était-il incapable ? Pourquoi ne pouvait-il pas préférer l'amour et ses enfants, son présent et son avenir, aux peurs et aux fantômes de son passé ?

Riley soupira, le cœur lourd.

— Ce n'est rien, ma chérie, murmura-t-elle. Je sais que ton papa te manque, mais ça passera, je t'assure. Les choses vont s'arranger.

Mensonges. Pourquoi les parents ne pouvaient-ils jamais s'empêcher de mentir à leurs enfants ? Rien n'allait passer, rien n'allait s'arranger. Jamais il ne serait facile de vivre sans Colton. La seule chance qu'avaient les jumeaux, c'était d'être trop jeunes pour garder un souvenir conscient de lui. Et elle savait aussi qu'il ne les abandonnerait pas complètement. Il allait revenir, de temps en temps, les croiser quand il en aurait l'occasion, leur envoyer des cartes d'anniversaire, truffées de gros chèques, les noyer sous de dispendieux cadeaux… Mais toute cette vie n'allait être que l'ombre de celle qu'ils auraient pu avoir.

— Je n'aurais jamais dû lui dire, lança Robert en passant la tête dans l'embrasure de la porte. Je suis vraiment désolé, mais je pensais que c'était la meilleure chose à faire.

— Tu n'as pas à être désolé, répondit Penny, avant d'enfiler un T-shirt propre à Riley. Colton avait le droit de savoir pour les jumeaux, et maintenant il le sait, n'en parlons plus.

— Certes, et le fait qu'il soit parti n'est pas un problème, peut-être ?

— Non, fit froidement Penny. La vie poursuit son cours, comme dit la formule. Et de toute façon, cela n'aurait jamais marché entre nous, nous sommes trop différents. Il prend trop de risques et moi…

— Tu n'en prends aucun ? coupa Robert.

— Arrête, veux-tu, on dirait Colton.

— Cela n'a rien de surprenant, ajouta Robert, impassible. En vérité, cela se voit comme le nez au milieu du visage. Le départ de papa a été un traumatisme pour toi. Tu penses sans doute que j'étais trop petit pour en avoir conscience, mais c'est faux. J'ai tout compris, et j'ai vu comment tu t'es efforcée de recoller les morceaux. Mais on voit encore certaines fissures, Penny.

Elle ne put retenir ses larmes, mais elle les essuya bien vite d'un revers de main.

Oui, ces années avaient été terrifiantes, mais elles lui avaient aussi appris l'essentiel : que la peur n'a pas à être un obstacle. A force de résistance et d'abnégation, elle s'était découvert une passion, la photographie, et elle avait vu Robert obtenir avec les honneurs une bourse couvrant l'intégralité des frais de sa fac de médecine. Sans doute le plus beau jour de sa vie… avant qu'elle rencontre Colton.

Et même si ce rêve était terminé, elle allait en trouver un nouveau, elle en était persuadée. Parce que au beau milieu de toute cette souffrance et de cette amertume, elle n'était pas seule. Elle avait les jumeaux. Elle avait Robert et Maria. Et un jour, peut-être, la douleur causée par l'absence de Colton allait s'atténuer…

— J'ai vu combien le départ de papa t'a fait souffrir, poursuivit Robert. Après, tu t'es complètement refermée sur toi-même, et tu n'as plus laissé personne t'atteindre. A part moi.

Elle leva les yeux vers son frère. Avait-il raison ? Peut-être… sauf qu'elle s'était ouverte à Colton deux ans plus tôt. Elle avait accepté de prendre un risque, de risquer son cœur, et elle avait perdu.

— Et puis, Colton est arrivé, ajouta-t-il, la voix cassée. Et là, Penny, j'ai vu combien il te rendait heureuse. Et comme je savais qu'il tenait aussi à toi, j'ai espéré que…

— Je sais, Robert, coupa-t-elle, espérant ne pas fondre en larmes.

Elle aussi, elle avait espéré. Malgré tout, malgré tous les signes, malgré toutes ses certitudes. Elle avait espéré qu'en sachant que Colton allait l'abandonner une nouvelle fois, son départ serait moins dur. Elle n'aurait pas pu se tromper davantage. Le voir repartir, encore, consciente qu'il ne reviendrait plus jamais, savoir que ses enfants seraient privés de leur père au quotidien, que Colton préférait attendre la mort plutôt que de vivre avec sa famille… tout cela était tellement dur. Bien plus dur encore que la terrible matinée de son premier départ, à Las Vegas.

— Mais tout est fini, maintenant, ajouta-t-elle. Il me faut simplement réapprendre à vivre avec la réalité.

Robert la prit dans ses bras. Comme elle en avait besoin…

— Et s'il revient, que feras-tu ?

— Il ne reviendra pas.

— Il l'a déjà fait une fois. Et ce n'était pas uniquement pour les enfants, je t'assure. Tu n'as pas vu sa réaction quand je lui ai dit que tu étais à l'hôpital. Il tient vraiment à toi, Penny, peut-être qu'il reviendra s'il pense que tu es capable de prendre un risque.

Pouvait-elle le croire ? Essayer de faire encore une fois confiance à Colton ? Non, c'était impossible. Des risques, elle en avait déjà pris. En se mariant avec lui — pour qu'il demande le divorce à peine une journée plus tard. En lui ouvrant sa maison, la vie de ses enfants. Et là encore, il était reparti. Que pouvait-elle risquer de plus ?

— Non, Robert, fit-elle d'une voix qu'elle voulut la plus déterminée possible. Cette fois, c'est bel et bien fini.

Une phrase qu'elle prononça autant pour convaincre Robert que pour se convaincre elle-même. Car plus tôt elle accepterait cette dure réalité, mieux ce serait. Et plus tôt son cœur commencerait à cicatriser.

Même si, au fond d'elle, elle savait pertinemment que s'il revenait encore, elle prendrait une nouvelle fois le risque de lui ouvrir la porte de sa vie, de son cœur et de son âme.

Son cœur était aussi lourd qu'une pierre. Aussi lourd, aussi dur et aussi froid. Les derniers mots qu'avait prononcés Penny résonnaient toujours douloureusement dans ses oreilles, même deux jours plus tard.

Colton avait tellement voulu se persuader qu'elle se trompait. Mais elle avait raison. Depuis dix ans, depuis le drame, il n'avait cessé de vivre sa vie dans un entre-deux. Entre deux portes, entre deux avions, entre deux aventures insensées. Plus de trois semaines au même endroit, et il avait irrémédiablement l'impression d'étouffer.

Elle avait raison sur toute la ligne. Tout cela était parfaitement absurde.

En soupirant, il s'enfonça dans son siège. Le moteur de l'avion faisait un bruit de fond rassurant qui contrastait avec la frénésie de ses pensées.

Après une première escale à New York, la Sicile était enfin en vue. En temps normal, il aurait eu des dizaines de cartes dépliées devant lui, des carnets, des notes, il aurait préparé avec enthousiasme son périple. Mais aujourd'hui, rien, sa tablette était vide, comme sa vie depuis qu'il avait quitté celle de Penny.

Impossible de se concentrer un seul instant sur l'Etna. Tout ce qui l'obnubilait, c'était de savoir comment allaient Penny et les jumeaux. Etait-elle retournée chez le chirurgien ? Riley avait-elle prononcé ses premiers mots ? Reid avait-il transformé le jardinet en tranchées ?

Est-ce qu'il leur manquait ?

Indifférent au spectacle qui se déroulait derrière son hublot, il ne pensait qu'à Penny. A son visage. A sa voix glaçante qui lui disait qu'il ne faisait que chasser la mort, qui lui demandait pourquoi, qui prétendait que sa mère avait préféré qu'il ne soit pas là le jour du drame…

Si tout cela l'avait exaspéré sur le moment, désormais, il ne pouvait que l'admettre : elle avait vu juste, terriblement juste. Aujourd'hui, si par malheur il était pris dans une avalanche, il serait heureux de savoir Penny et les jumeaux en sécurité. Il serait heureux de savoir que leur vie continuerait.

Tu as oublié de vivre.

Là encore, avait-elle raison ? Avait-il cherché la mort pour racheter celle de ses parents ? Il sentit sa poitrine se serrer. C'était tellement stupide, tellement absurde, comment ne l'avait-il pas vu plus tôt ? En passant la plupart de son temps à fuir sa vie, n'avait-il pas réellement cherché la mort ?

D'un bond, il se leva et commença à faire les cent pas

dans la cabine de son jet privé. En règle générale, c'était un endroit où il adorait être seul. Aujourd'hui, sa solitude était tellement pesante qu'elle en était douloureuse.

Peut-être s'était-il trompé depuis le début. Peut-être avait-il gâché dix ans de sa vie à pourchasser le danger en refusant le plus grand danger d'entre tous. Le plus grand risque.

L'amour.

Risquer la mort n'était rien, il en prenait cruellement conscience. Risquer de vivre avec quelqu'un, voilà ce qui demandait un courage extraordinaire. Penny, elle, avait pris ce risque. Et il l'avait refusé…

Non, il n'avait pas besoin de skier sur les flancs d'un volcan pour se prouver qu'il était vivant. Vivre auprès d'une femme aussi forte, aussi indépendante que Penny, là allait être la véritable aventure.

Il fallait qu'il revienne dans la vie de Penny, dans la vie de ses enfants.

Sans plus attendre, il alla toquer à la porte du cockpit.

Le copilote vint lui ouvrir.

— Où sommes-nous exactement ? demanda Colton.

— Nous atterrirons à Catane, en Sicile, dans environ une heure.

— Parfait, fit Colton avec un hochement de la tête.

Pour la première fois depuis dix longues années, il s'était enfin décidé à écouter son cœur. Il savait ce qu'il avait à faire. Il savait ce qu'il voulait faire. Il avait pris sa décision.

— Une fois arrivés, poursuivit-il, faites le plein le plus vite possible, parce qu'on repart en Californie.

Après le plus long vol de sa vie, il déboula dans les bureaux de King Aventures Extrêmes et se dirigea tout droit vers celui de son frère.

— Je te croyais en Sicile, dit Connor, sans même chercher à dissimuler sa surprise.

— Changement de plan. Dis-moi, quand tu m'expliques que la mort de papa et maman n'était pas ma faute, tu le penses vraiment ?

— Bien sûr, répondit Connor. Pourquoi cette question ?

— A cause de Penny. Elle m'a fait réfléchir. Et maintenant, j'ai besoin de savoir si tu le penses vraiment, si tout le monde le pense vraiment dans la famille.

Connor se leva et s'avança vers son frère.

— Colton, tu as beau te croire doté de super-pouvoirs, tu n'as pas causé cette avalanche.

Il ne put réprimer un sourire.

— Oui, mais si j'avais été là, j'aurais pu leur trouver un chemin plus sûr.

Connor éclata de rire.

— Je ne sais pas quels souvenirs tu peux avoir de nos parents, mais je peux t'assurer que papa n'était pas du genre à jouer la sécurité, jamais. C'était juste une tête brûlée, comme toi, mon vieux.

Il n'y avait jamais pensé ! Mais désormais, tout lui semblait limpide. L'épais manteau de culpabilité qu'il portait depuis dix ans commençait enfin à s'alléger.

— Et la seule chose que ta présence aurait changée, bougre d'idiot, c'est que tu serais toi aussi mort dans l'avalanche. Et je crois que tu m'aurais un tantinet manqué.

Colton éclata de rire. L'humour noir de son frère était toujours aussi efficace…

Penny se languissait de Colton, comme jamais elle n'aurait cru se languir de quelqu'un. Il lui manquait tellement qu'elle avait l'impression d'avoir un trou béant à la place du cœur.

Et les jumeaux, non plus, n'arrivaient pas à se faire à son départ. Elle le voyait dans des petits détails. Ils étaient plus nerveux, plus grognons. Parfois, il leur arrivait même de regarder les portes avec l'air d'attendre quelqu'un. Et elle savait qui ils attendaient, car elle connaissait mieux que personne ce sentiment déchirant…

Toutes les nuits, elle avait l'impression que Colton était là, dans son lit. Tous les soirs, l'écho de sa voix racontant une histoire aux petits lui revenait aux oreilles. Une fois, elle avait même cru l'entendre jurer, comme il faisait tout le temps quand il se cognait la tête contre la poutre de l'entrée. Mais non, tout n'était que mirages, la triste marque de l'absence.

En soupirant, elle attrapa son appareil photo et fit défiler les images qu'elle avait prises quelques jours auparavant : Colton qui donnait leur bain aux enfants, trempé des pieds à la tête, Colton et Riley, endormie dans ses bras, Colton jouant aux cubes avec Reid, Colton assis sur le lit qu'ils avaient si brièvement partagé…

Il fallait qu'elle se rende à l'évidence : la souffrance était sa nouvelle meilleure amie, et son petit doigt lui disait qu'elle n'allait pas l'abandonner de sitôt…

Au même instant, la sonnette de l'entrée retentit. Qui cela pouvait-il être ? Aucune importance, toute occasion de s'échapper — même brièvement — de son vague à l'âme était bonne à prendre. Et comme les jumeaux faisaient la sieste, elle ne pouvait pas prendre le risque de les réveiller. Ne laissant pas le temps à son visiteur d'insister, elle se précipita dans l'escalier pour aller ouvrir.

C'était un livreur.

— Penny Oaks ? Signez ici je vous prie, dit-il en lui tendant un boîtier et un stylet.

— Signer pour quoi ? s'étonna Penny, je n'ai rien commandé…

Elle jeta un coup d'œil à la facture. Un magasin de meubles ? Qu'est-ce que c'était que cette histoire ?

— Moi, je m'occupe simplement de la livraison, ma petite dame. Le reste, ce ne sont pas mes affaires.

Elle signa, et vit sortir deux hommes d'un camion garé devant chez elle. A bout de bras, ils portaient un canapé en cuir brun.

— Mais je n'ai pas commandé cela, s'offusqua Penny.

— Quelqu'un l'a fait pour vous. Regardez, j'ai un canapé et deux fauteuils assortis. Maintenant, si vous voulez bien nous laisser travailler, nous avons aussi comme consigne d'emporter vos vieux meubles.

— Colton, murmura-t-elle.

C'était forcément lui qui avait tout commandé avant de partir. Il avait simplement oublié de le lui dire…

Mais avant qu'elle puisse reprendre ses esprits et lire les papiers de la livraison, la sonnette retentit une nouvelle fois.

Encore un livreur… Cette fois, l'homme portait une casquette et son polo arborait l'écusson d'une marque automobile de luxe.

Pour le coup, ce devait forcément être une erreur.

— Penny Oaks ? demanda-t-il.

— Euh, oui, balbutia-t-elle. Et vous, qui êtes-vous ?

— Moi, je ne suis que le messager, fit-il en lui déposant un jeu de clés dans la main. Bonne journée !

Devant l'entrée de la maison, un rutilant 4x4 blanc était garé, entouré d'un énorme nœud rouge.

— Hé, attendez ! Revenez ! hurla Penny, tandis qu'une dépanneuse s'éloignait avec sa vieille guimbarde.

— Je suis revenu, dit alors Colton en s'avançant vers elle. Si tu m'acceptes…

Elle sentit son cœur bondir dans sa poitrine.

— Mais, tu, ne…, bredouilla-t-elle. Tu ne devais pas être sur un volcan ?

Il la gratifia d'un petit sourire qui provoqua une décharge électrique dans tout son corps.

— Non, Penny, c'est ici que je dois être.

— Ici ?

Elle n'arrivait plus à respirer.

— Nulle part ailleurs. Mais est-ce que je peux entrer ? Il faut que je te parle.

— Oui, oui, bien sûr, réussit-elle à articuler.

Une fois à l'intérieur, il la prit par la main et mit un genou à terre.

— Colton, qu'est-ce que tu fais ? s'exclama-t-elle.

— Penny, commença-t-il d'une voix cassée par l'émotion. Tu avais raison. Je cours après la mort parce que j'ai trop peur de vivre.

— Oh ! Colton…

— Rassure-toi, Penny, tout va changer maintenant, c'est

fini. Je veux vivre, je te le promets. Et je veux vivre avec toi et les enfants. Mes enfants. Vous êtes ma vie, vous êtes tout ce dont j'ai besoin.

Son cœur battait tellement fort qu'il n'allait pas tarder à jaillir hors de sa cage thoracique.

— Et ton amour de l'aventurc alors ?

Elle devait savoir.

Il déposa un baiser sur sa main. Un baiser tendre et enivrant.

— Vivre avec toi, les jumeaux, et tous les autres enfants que je vais te faire sera désormais ma seule aventure. Mais ce sera la plus belle.

Elle sentit les larmes lui monter aux yeux.

— Les autres enfants ? répéta-t-elle, sentant son cœur exploser de bonheur.

— Oui, je veux t'en faire d'autres, beaucoup d'autres. Et j'ai peur que cette maison ne coince aux entournures. Si tu es d'accord, je te propose de la laisser à Robert et Maria, et de venir emménager sur la presqu'île. Qu'en dis-tu ?

Ce qu'elle en disait ? Elle acceptait, bien sûr ! C'était un rêve qui devenait réalité. Un rêve qu'elle avait si longtemps pensé impossible… Vivre avec l'homme qu'elle aimait et leurs enfants. Pouvait-elle être plus heureuse ?

— Et qui sait, poursuivit-il avec un large sourire, peut-être qu'on aura de nouveau des jumeaux ?

— Colton, arrête, tu vas trop vite…

— Non, je ne vais pas trop vite. En réalité, j'ai déjà perdu énormément de temps à ressasser le passé, plutôt qu'à penser à l'avenir. Et j'ai aussi parlé à Connor.

— Tu veux dire, avant de me commander un nouveau salon et une nouvelle voiture ?

— Parfaitement, dit-il avec un clin d'œil. Nous allons restructurer notre entreprise. King Aventures Extrêmes va devenir King Aventures pour Toute la Famille. Le concept, c'est de trouver les meilleurs endroits à visiter en famille, que ce soit pour des vacances ou pour explorer le monde. Nous offrirons désormais aux gens un moyen de vivre pleinement leur vie, pas de la risquer. Et nous te nommons directrice de la communication.

— Colton, c'est une idée merveilleuse, dit-elle en laissant couler des larmes de joie.

— C'est toi qui es merveilleuse. Je t'aime, Penny, je t'ai aimée dès le premier jour, mais cela m'a tellement terrifié que j'ai préféré fuir. Pourras-tu un jour me pardonner ?

Il sortit un coffret de velours de sa poche, qui renfermait une magnifique bague en or jaune, sertie d'un diamant princesse étincelant de mille feux.

— Et, poursuivit-il, rien ne me terrifie plus que d'avoir à vivre sans toi. Alors dis-moi oui, je t'en prie. Epouse-moi, ré-épouse-moi, et je te promets que tu auras cette fois-ci la cérémonie que tu mérites. La plus énorme fête que la Californie ait eue depuis des décennies…

— Oui, je le veux ! s'exclama Penny. Mais à une condition.

— Laquelle, mon amour ?

— Je ne veux pas d'une énorme cérémonie. J'aimerais qu'on retourne à Las Vegas, dans notre chapelle, juste toi, moi et les jumeaux.

— C'est comme si c'était fait. Je préviens le pilote de mon jet, et on peut y être dès demain. Sauf si…

— Sauf si quoi ?

— Sauf si ton chirurgien te le déconseille. Tu es allée le voir ?

Elle éclata de rire, un rire mêlé de sanglots d'émotion. Elle vivait un rêve éveillé, son plus beau rêve.

— Oui, hier, et il dit que ma guérison est parfaite.

— C'est toi qui es parfaite, rectifia Colton, avec un sourire gourmand. Bon, et si nous faisions une exception aujourd'hui en allant réveiller les jumeaux au beau milieu de leur sieste ? Tu crois qu'ils ne le prendront pas trop mal ? Ils m'ont tellement manqué !

— Et tu leur as terriblement manqué aussi, fit Penny dans un souffle. Et à moi aussi. S'il te plaît, ne pars plus jamais.

— Plus jamais. Je te le promets, assura-t-il, avant de l'embrasser fougueusement.

RACHEL BAILEY

Défi sur le Pacifique

Traduction française de
PEGGY SASTRE

PASSIONS

HARLEQUIN

Titre original :
COUNTERING HIS CLAIM

Ce roman a déjà été publié en 2015.

- 1 -

Le cœur serré, Della Walsh lança un dernier regard vers les gratte-ciel de Melbourne avant de gagner la passerelle d'embarquement du *Cora Mae*. Comme elle aimait ce majestueux paquebot de croisière ! Le navire était même devenu sa maison depuis plusieurs années. Une maison qu'elle allait, hélas, sans doute devoir bientôt quitter.

A quelques mètres de là, sur le pont, son attention fut attirée par un groupe de personnes. Elle prit un moment pour étudier la scène. A en juger par le sérieux de leurs tenues et de leurs attitudes, il s'agissait d'hommes et de femmes d'affaires. Au centre de ce petit attroupement, elle remarqua un homme un peu plus grand que les autres.

Il lui tournait le dos, mais un étrange magnétisme se dégageait de sa carrure athlétique, mise en valeur par un costume sombre, à l'évidence taillé sur mesure. Sur sa nuque solide, ses cheveux mi-longs, d'un beau blond cendré, accentuaient cette impression d'assurance mêlée d'une pointe d'effronterie. Les mains dans les poches, décontracté, l'homme avait tout simplement l'air d'être chez lui, en terrain connu et conquis.

Ce devait être…

A voir le capitaine Tynan fendre l'attroupement et s'avancer vers l'homme pour l'accueillir d'une poignée de main aussi franche que révérencieuse, plus aucun doute n'était possible. Il s'agissait bien de Luke Marlow, le neveu de Patrick, le défunt propriétaire du *Cora Mae*. Son patron, son ami, dont on allait dévoiler le testament d'ici quelques heures.

Tiraillée par la curiosité, elle suivit le groupe qui se

dirigeait vers le foyer central. Là, elle retrouva plusieurs membres du personnel et de l'administration du bateau qui, comme elle, avaient été conviés pour la lecture des dernières volontés de Patrick.

Une seule question obsédait son esprit, comme sans doute celui de toutes les personnes présentes : qu'allait faire Luke du *Cora Mae* une fois qu'il en serait devenu le nouveau propriétaire ? Le vendre ? Le rénover ? Et, plus essentiel encore, qu'allait-il advenir de son équipage ?

Mais, là où Della était peut-être différente du reste des convives, c'était que Patrick n'avait eu de cesse de lui parler de son neveu au cours des années. Et elle avait l'impression, sans le connaître réellement, d'en savoir davantage sur Luke que sur la plupart de ses amis intimes.

— Venez avec moi, nous allons nous occuper tout de suite de cette vilaine coupure.

La voix du capitaine Tynan la sortit de ses pensées. Elle tourna la tête et le vit qui s'approchait d'elle, accompagné de Luke Marlow. Ce dernier n'avait plus les mains dans les poches et la droite était enroulée d'un mouchoir bleu ensanglanté.

— Docteur Walsh ! s'écria le capitaine. Vous tombez bien, M. Marlow ici présent aurait besoin de quelques points de suture.

Luke haussa les épaules.

— Oh non, ne vous dérangez pas, je vais simplement passer ma main sous l'eau et dénicher un sparadrap.

A ces mots, il tourna la tête et posa sur elle ses grands yeux gris-vert. L'air devint subitement électrique et elle sentit un frisson lui parcourir l'épiderme. Pourquoi était-elle si nerveuse ? Parce que cet homme, malgré sa nonchalance, tenait son avenir entre ses mains ? Ou parce qu'il était beau comme une sculpture grecque, avec son visage en cœur, ses pommettes racées et ses lèvres pleines et sensuelles ?

Elle prit une profonde inspiration. De toute façon, en tant que médecin responsable de l'infirmerie du *Cora Mae*, elle n'avait qu'une chose à savoir : que Luke Marlow soit terriblement séduisant, qu'il devienne bientôt son nouveau patron ou qu'il décide de la licencier, peu importait à ce moment précis, il n'était qu'un patient comme un autre qui avait besoin de soins.

— Laissez-moi en juger, voulez-vous ? répliqua-t-elle en s'adressant à Luke et en s'efforçant de sourire dc la manière la plus neutre possible. Si vous voulez bien me suivre jusqu'à l'infirmerie, je vais m'occuper de votre main.

Le capitaine hocha la tête d'un air satisfait.

— Et, moi, je m'occupe de votre équipe, annonça-t-il. J'enverrai mon commissaire de bord vous chercher à l'infirmerie quand le Dr Walsh aura terminé.

Elle tourna de nouveau les yeux vers Luke Marlow. Il lui souriait. D'un sourire troublant, terriblement troublant.

Sa respiration s'accéléra. Son cœur se mit à battre très vite dans sa poitrine. Non, ce n'était pas possible. Elle s'était fait la promesse de ne plus jamais être séduite par un homme depuis… Qui plus est par cet homme-là. Un homme qui était sur le point de déterminer le cours de son avenir.

Elle s'éclaircit nerveusement la voix.

— Par ici, je vous prie, indiqua-t-elle avant de prendre la direction de l'infirmerie. Suivez-moi.

Quand ils traversèrent le foyer central, avec ses lustres et ses riches tapisseries, toutes les personnes présentes — et elles étaient nombreuses — se tournèrent vers eux. Un murmure s'empara même de la foule. Ce qui ne sembla pas émouvoir le moins du monde Luke Marlow, qui ne se départit pas de son envoûtante nonchalance. A l'évidence, être le centre de l'attention n'avait rien d'inhabituel pour lui.

Dans son dos, elle sentit qu'il pressait le pas. Quand il arriva à ses côtés, à quelques centimètres, elle frissonna. Il était assez près pour pouvoir la toucher s'il le voulait.

— Dites-moi, docteur Walsh, j'aimerais savoir quelque chose, demanda-t-il avec une pointe de malice dans la voix, tandis qu'ils arrivaient devant les ascenseurs menant aux ponts supérieurs.

— Oui, si j'ai la réponse, répondit-elle, espérant ne rien trahir de sa nervosité.

— Il y a toujours autant de monde sur ce bateau ?

La sonnerie de l'ascenseur retentit. Ils montèrent dans la cabine et elle pressa sur le bouton du troisième pont.

— Non, c'est exceptionnel, mais il faut dire que vous n'êtes pas un passager ordinaire.

Il fronça les sourcils, d'un blond un peu plus sombre que la couleur de ses cheveux.

— Et quel genre de passager puis-je bien être ?

Un passager qui me donne des jambes en coton. Mais qu'était-il en train de lui arriver ? Non seulement elle n'avait jamais rien ressenti de pareil pour un passager, mais c'était la première fois qu'un homme suscitait en elle de telles émotions depuis… oui, depuis son mari. Vite, il fallait qu'elle balaye immédiatement cette pensée de son esprit.

— On sait que vous allez hériter du *Cora Mae*, répondit-elle, en faisant tout son possible pour garder son calme. Et les gens sont impatients, certains craignent même pour leur avenir.

— Ah, je vois, soupira-t-il.

Mais que s'imaginait-il ? Que l'équipage n'était pas au courant de son existence ? Ni du fait qu'il était l'unique héritier de Patrick ? En outre, depuis des années, celui-ci n'avait jamais fait mystère de sa volonté de léguer le navire à son neveu.

— Les rumeurs vont vite sur un paquebot, ajouta-t-elle.

Il fronça de nouveau les sourcils.

— Des rumeurs ? insista-t-il. Parce qu'il y en a plus d'une ?

Décidément, sa naïveté était soit surjouée, soit sincèrement déconcertante. Le *Cora Mae* employait trois cent trente personnes, qui y travaillaient et y vivaient à l'année. Son équipage formait une communauté chaleureuse, dévouée et soudée. Le paquebot était bien davantage que leur lieu de travail, c'était leur maison, leur point de repère. Il n'y avait donc rien d'étonnant à ce que, depuis la mort de Patrick, ponts et coursives bruissent d'hypothèses et d'intuitions sur ce qu'il allait advenir de ce majestueux navire.

En outre, Patrick avait souvent parlé de son neveu, de sa richesse, de ses succès avec les luxueux complexes hôteliers qui, aux quatre coins de la planète, portaient son nom. Le monde des affaires témoignait à Luke le plus profond respect. Comme Patrick aimait à le répéter, il était bien moins tête brûlée que son apparence et ses attitudes pouvaient le laisser croire.

Toutes ces histoires, racontées par un oncle gonflé de fierté pour son neveu, résonnaient encore dans l'esprit de Della. Mais rien n'aurait pu la préparer à l'impression que lui faisait, en personne, ce Luke dont elle avait tant entendu parler. Et cette impression était affolante, ravageuse, une véritable tornade d'émotions plus incompréhensibles les unes que les autres.

Quand les portes de l'ascenseur se rouvrirent, elle sortit la première et s'engagea rapidement dans le couloir étroit qui menait à l'infirmerie.

— Plusieurs rumeurs, oui, dut-elle admettre sans pouvoir lever les yeux vers Luke. Mais je suis certaine qu'elles sont fausses pour la plupart.

— Dites un peu pour voir ?

Elle ne put s'empêcher de sourire en imaginant la tête qu'il ferait en apprenant ce qu'on pouvait raconter sur lui. Mais elle se ravisa bien vite, car c'était de cet homme dont dépendait la suite de sa carrière. Cet homme qui, en plus de la désarçonner, lui rappelait que Patrick, son cher patron et ami, était mort depuis maintenant douze jours. Le manque lui serra le cœur.

— Non, je pense que je vais vous épargner cela.

Sans permettre à Luke de rétorquer quoi que ce soit, elle avança rapidement vers sa secrétaire et lui demanda :

— Jody, est-ce que le Dr Bateman est déjà arrivé ?

En entendant son nom, Cal Bateman sortit de la salle de consultations qui, en ce jour particulier, était vide. Della se sentit immédiatement soulagée. Elle allait pouvoir lui confier Luke et reprendre ses esprits.

— Cal, lança-t-elle avec fermeté, M. Marlow aurait besoin que tu examines sa main. Il lui faut peut-être des points de suture, tu peux t'en occuper ?

Se tournant vers Luke, elle fut étonnée par la subite froideur de son regard.

— Non, intervint-il d'une voix étrangement grave.

Son sang ne fit qu'un tour.

— Excusez-moi ?

— Non, répéta-t-il. Je veux que ce soit vous qui m'examiniez.

Stupéfaite, elle le fixa du regard. Que pouvait-il bien se passer dans sa tête ? Que ce soit elle ou Bateman qui l'ausculte, quelle importance ?

— Ne vous en faites pas, monsieur Marlow, je peux vous assurer que le talent chirurgical du Dr Bateman n'est plus à prouver, il ne vous laissera aucune cicatrice. Moi, par contre, il est possible que…

— Je n'ai pas peur des cicatrices, coupa-t-il. C'est vous que je veux, docteur Walsh, vous et personne d'autre.

Sa gorge se serra. Etait-il en train de flirter avec elle ? Depuis son mari, aucun homme n'avait tenté quoi que ce soit de cet ordre, et elle avait tout fait pour qu'il en soit ainsi. La séduction était tout simplement sortie de sa vie. Ouste, envolée, et elle s'en était très bien portée.

Elle soupira. Qu'importe… Elle était une professionnelle. Elle allait s'occuper du neveu de Patrick comme de n'importe quel autre patient, qu'il accélère ou non les battements de son cœur. Et elle allait le faire du mieux possible.

— Bon, très bien, concéda-t-elle. Si vous insistez.

Elle entra dans son cabinet et se dirigea vers l'armoire contenant les fournitures médicales dont elle avait besoin.

— Je vous en prie, monsieur Marlow, dit-elle sans le regarder et en désignant le fauteuil de consultation. Prenez place.

Il s'exécuta.

— S'il vous plaît, corrigea-t-il, appelez-moi Luke.

— Je préfère m'en tenir à monsieur Marlow, si cela ne vous dérange pas, fit-elle avant de passer sa blouse blanche. Dans le meilleur des cas, vous serez mon nouveau patron d'ici quelques heures.

— Oui, cela me dérange. Pour tout vous dire, vu que vous allez me piquer avec une aiguille et me coudre la peau, je me sentirai plus à l'aise sans tous ces excès de politesse.

Elle leva les yeux vers lui et l'examina un instant. Installé dans le fauteuil en Skaï noir, les épaules souples et un petit sourire au coin des lèvres, il n'avait absolument pas l'air nerveux. Cette histoire de peur des piqûres était à l'évidence un prétexte. Mais il était le futur héritier du *Cora Mae* et elle n'avait pas vraiment le choix.

— Alors allons-y pour Luke, se résigna-t-elle avec un hochement de tête.

Il fixa le badge qui était accroché au revers de sa blouse.

— Docteur Adèle Walsh, lut-il à voix haute. Puis-je vous appeler Adèle ?

Son cœur bondit dans sa poitrine. Seul son mari l'appelait ainsi. Subitement, le beau visage de Shane prit possession de son esprit et, avec lui, un flot de tristesse manqua la submerger. Elle cligna des yeux.

— Tout le monde m'appelle Della, rectifia-t-elle. C'est ce que je préfère.

— Va pour Della, c'est très joli, commenta Luke avec gourmandise. Bon, maintenant que nous sommes intimes, racontez-moi les rumeurs qui courent à mon sujet.

Elle ne put réprimer un éclat de rire, puis croisa les bras sur sa poitrine et s'appuya contre l'évier.

— Bien joué, Luke, je n'ai rien vu venir. Mais, dites-moi, vous avez vraiment envie de perdre votre temps avec des rumeurs ?

Il la fixa du regard et une ombre passa dans ses yeux gris-vert.

— Vous avez raison, c'est stupide, concéda-t-il. Mais il y a par contre quelque chose que je dois absolument savoir.

Une boule d'angoisse se forma dans sa poitrine et, sous l'effet de l'appréhension, ses mains se crispèrent. Ce que Luke allait lui demander, elle en avait une petite idée. Il s'agissait d'une question qui, un jour ou l'autre, allait devoir être posée. Elle s'efforça de sourire le plus naturellement du monde.

— Allez-y, demandez-moi, répondit-elle d'une voix blanche.

— On m'a dit qu'un des médecins de ce bateau s'était occupé de mon oncle pendant sa maladie. Une femme, paraît-il.

Ce n'était pas la question à laquelle elle s'attendait, mais ce n'était pas pour autant une question facile.

— Oui, c'est vrai, admit-elle.

— Cette femme, hésita Luke, c'était vous ?

Elle sentit de nouveau la tristesse l'envahir. Fermant un court instant les yeux, les mots comme bloqués dans le fond de sa gorge, elle ne put que hocher la tête.

Une partie d'elle-même n'arrivait toujours pas à croire à la mort de Patrick. Son cher ami, si enthousiaste, si vivant avait disparu de sa vie du jour au lendemain. Une disparition qui en rappelait une autre, encore plus douloureuse et tragique. Celle de son mari, mort deux ans auparavant dans des circonstances odieuses.

— Merci d'avoir fait cela pour lui, fit Luke, soudain solennel.

— De rien, murmura-t-elle en réprimant bien difficilement un sanglot. Il n'y a vraiment pas lieu de me remercier. Je considérais Patrick comme un ami et il méritait de passer ses derniers instants sur le bateau qu'il aimait tant, pas dans une chambre d'hôpital morne et anonyme.

— Une question me taraude, cependant. Personne dans sa famille ne le savait malade. Je l'ai eu plusieurs fois au téléphone, ces derniers mois, et il ne m'en a jamais parlé. C'est quand il n'est pas venu chez ma mère, sa belle-sœur, comme il le faisait tous les deux ou trois mois, que nous avons compris que quelque chose n'allait pas. Mais nous n'aurions jamais pensé que son état était aussi grave.

Il se redressa et croisa les mains.

— Pourquoi n'avons-nous rien su ? ajouta-t-il.

Elle repensa à toutes les conversations qu'elle avait pu avoir avec Patrick, où elle lui avait dit d'avertir sa famille. Il fallait la mettre au courant pour son cancer, qu'elle sache que ses jours étaient comptés. Mais Patrick l'avait toujours refusé. Il ne voulait pas montrer ses fragilités, sa faiblesse. Il refusait de leur infliger un tel spectacle, de leur laisser un tel souvenir. Il voulait qu'on se souvienne de lui comme d'un homme énergique et robuste, et elle avait fini par abdiquer. Même si c'était sans doute une façon pour Patrick de nier sa propre mortalité, il s'agissait de son droit le plus strict.

Avec un soupir, elle desserra les bras.

— Patrick était quelqu'un de très fier, commenta-t-elle. A mon avis, il n'aurait pas supporté que vous le voyiez dans un tel état de dénuement physique et psychique.

— Depuis quand était-il malade ? demanda Luke à voix basse.

— Son cancer a été diagnostiqué il y a un peu plus d'un an, et il a été hospitalisé à deux reprises pour des séances de chimiothérapie. Mais il y a quatre mois, environ, son état s'est subitement détérioré, ce qui ne l'a pas empêché de s'occuper du paquebot comme si de rien n'était quasiment jusqu'à la fin. Trois semaines avant sa mort, il était encore sur le pont, au sens le plus littéral du terme.

Luke fronça les sourcils.

— A-t-il souffert ?

— Je lui administrais de la morphine et d'autres médicaments pour que sa souffrance soit minimale.

Mais elle passa sous silence toutes les fois où elle avait dû batailler pour que Patrick les prenne, parce qu'il ne voulait pas être diminué dans son travail.

— Voyait-il…

Luke passa la main dans ses cheveux avant de continuer sa phrase.

— Pardon de vous le demander, mais voyait-il d'autres médecins que vous ?

Elle comprenait parfaitement sa question. Dans son cas, elle en aurait fait de même et se serait assurée que son oncle ait reçu les meilleurs traitements possibles.

— Il était suivi par l'un des oncologues les plus réputés de Sydney, précisa-t-elle. Nous étions continuellement en contact, je peux vous donner son numéro si vous souhaitez en savoir davantage.

En guise de réponse, Luke secoua la tête. Elle continua.

— Les deux derniers mois, Patrick avait embauché un médecin supplémentaire pour l'infirmerie, afin que je puisse m'occuper de lui à plein temps. Et il avait aussi une infirmière attitrée, de jour comme de nuit. Il n'était jamais seul.

En baissant les yeux, Luke soupira profondément.

— Serez-vous présente lors de la lecture du testament ?

— Oui.

Patrick lui avait fait promettre d'y assister.

— Votre oncle me l'avait formellement demandé, comme à une bonne partie du personnel de bord et de l'équipage.

A l'entendre, Luke sembla soulagé.

— J'espère qu'il vous a laissé un petit quelque chose pour vous remercier de ce que vous avez fait pour lui. Mais, s'il n'a pas eu le temps de modifier ses dernières volontés avant de mourir, vous pouvez compter sur moi, je ne vous oublierai pas.

Elle se rappela alors toutes les histoires que Patrick lui avait racontées concernant la générosité de son neveu. A l'évidence, il n'avait rien exagéré. En plus d'être terriblement séduisant, Luke était aussi un prince parmi les hommes.

— C'est très gentil de votre part, et même plus que cela, fit Della, mais cela ne sera pas nécessaire. Je n'ai fait que mon travail et, je le répète, j'avais un profond respect pour votre oncle. Il était bien plus qu'un simple patron, il comptait aussi parmi mes amis les plus chers.

Il lui sourit. Son cœur n'était pas loin de fondre.

— Trêve de bavardages, ajouta-t-elle. Si vous voulez

être à l'heure à la lecture du testament, il va falloir que je m'occupe de votre coupure.

A ces mots, elle se lava, se désinfecta et se ganta les mains, puis fit rouler une petite table jusqu'au fauteuil avant de s'emparer d'une pochette contenant une compresse stérile.

Les yeux rivés sur ceux du Dr Della Walsh, Luke posa la main, paume vers le haut, sur la petite table d'examen.

La force de caractère de cette femme était des plus troublantes. S'occuper de son oncle, un homme têtu comme une mule, n'avait pas dû être facile. Et pourtant, quand le capitaine l'avait appelé pour lui annoncer en même temps sa maladie et sa mort, il n'avait pas tari d'éloges sur le médecin qui s'était occupé de lui.

Mais ce n'était pas pour des raisons médicales que Luke avait insisté pour que Della s'occupe de ses points de suture. C'était à cause de son aura si particulière. Malgré la simplicité — si ce n'était la sévérité — de ses vêtements et son absence de maquillage, elle était bien plus fascinante que toutes les mondaines qu'il avait l'habitude de croiser au quotidien. Dans son beau regard caramel, il lisait quelque chose d'incroyablement profond. Il y avait de l'intelligence, oui, bien sûr, mais pas seulement. Il y lisait une promesse, aussi exaltante que mystérieuse.

Il baissa les yeux. Penser ce genre de choses du médecin qui avait été au chevet de son oncle jusqu'à son dernier souffle était parfaitement inconvenant. L'heure était au deuil, un deuil qu'il sentait au plus profond de ses tripes, comme si quelqu'un venait de lui donner un coup de poing.

Doucement, Della dénoua le mouchoir dont il avait recouvert sa main et examina sa coupure. A vrai dire, ce n'en était pas vraiment une, plutôt une grosse égratignure à la base du pouce.

— Ce n'est pas bien méchant, commenta-t-elle. Je vais vous nettoyer et vous désinfecter, puis vous administrer une pommade antibiotique avant de vous faire un bandage. Vous aviez raison, vous n'avez pas besoin de points de suture. Mais comment cela vous est-il arrivé ?

— Accident de voiture, répondit-il laconiquement.

Elle fronça les sourcils.

— Un accident ? Vous étiez seul ?

Il ne put s'empêcher de sourire.

— Tout le monde va bien, je vous assure. En vérité, c'est un peu exagéré de parler d'accident. J'étais en train de sortir une bouteille d'eau gazeuse du minibar quand…

— Attendez, coupa Della, interloquée. Vous ne m'avez pas parlé d'un accident de voiture ?

— De limousine, pour être précis. Je déteste perdre mon temps dans les transports et j'en profite toujours pour coincer des réunions quand je voyage. Les limousines sont parfaites pour cela, sauf quand il y a un trafic en accordéon et que votre chauffeur accroche la voiture de devant.

— Vous avez eu de la chance, la blessure aurait pu être plus profonde et toucher des ligaments. Pouvez-vous bouger votre pouce et votre index ?

Il obtempéra sans problème.

— C'est parfait, commenta-t-elle. Il ne me reste plus qu'à vérifier s'il n'y a pas d'éclats de verre et vous serez libre dans quelques minutes.

Il en profita pour admirer les traits de son visage. Elle avait une peau magnifique, aussi lisse et délicate que de la soie, et la noirceur de ses cils renforçait le sérieux si troublant de son regard. En temps normal, il lui aurait proposé d'aller prendre un verre, voire l'aurait tout de suite invitée à dîner. Mais c'était une ligne qu'il ne pouvait pas franchir, vu qu'elle allait bientôt devenir son employée.

De toute façon, elle aurait sans doute refusé. Depuis leur rencontre, quelques dizaines de minutes plus tôt, elle n'avait cessé de lui envoyer des signaux tout à fait évidents. Il n'allait rien se passer entre eux, rien de plus qu'une relation strictement professionnelle et médicale.

Tandis qu'elle lui désinfectait la main, elle arrêta son geste sur la longue cicatrice qui barrait son index.

— Pour ça, par contre, vous avez dû avoir des points de suture.

Il sourit.

— Oui, c'est une blessure de jeunesse. Avec trois amis, nous voulions devenir frères de sang, mais j'ai mal calculé mon geste et je me suis retrouvé avec une profonde entaille dans le doigt. J'ai même failli m'évanouir, vous savez…

Della sourit à son tour.

— Vous l'avez échappé belle, ironisa-t-elle.

— C'était pour la bonne cause, ajouta-t-il, et le sang ne ment pas, car je suis toujours ami avec ces garçons. Ils me sont même plus chers que n'importe qui d'autre sur cette planète.

— Vous avez vraiment beaucoup de chance, répliqua Della, la voix empreinte d'une légère mélancolie. Une dernière chose avant que je vous fasse le pansement : vous avez fait votre rappel contre le tétanos ?

Il réfléchit un moment avant de répondre.

— Il y a un peu plus d'un an, je crois bien.

— Parfait, conclut-elle, mais, si vous sentez des picotements dans les jours qui viennent, ou si la zone devient insensible ou, au contraire, très douloureuse et gonflée, n'hésitez pas à revenir à l'infirmerie, d'accord ?

— Si cela survient avant l'escale de Sydney, oui, mais ensuite je devrai malheureusement aller consulter quelqu'un d'autre.

Il crut lire de l'étonnement sur son visage.

— Parce que vous ne restez pas pour toute la croisière ? Vous savez, le *Cora Mae* dans le Pacifique, c'est quelque chose…

Une pointe de regret lui serra la poitrine. Il en fut le premier surpris.

— Non, je ne suis venu que pour l'ouverture du testament de Patrick et pour que mon équipe fasse une première évaluation du bateau.

De toutes les façons, les projets qu'il avait pour le paquebot ne nécessitaient pas qu'il le voie en mer. Sans compter l'ordre qu'était en train de lui hurler la partie la plus rationnelle et la plus prudente de son cerveau : « Voilà, le pansement est terminé, va-t'en, va-t'en maintenant, cette femme n'est pas pour toi ! » Un ordre auquel son cœur, s'il en jugeait par la rapidité de ses battements, allait avoir un mal de chien à respecter.

- 2 -

Della pressa le pas dans le couloir menant à la salle de conférences où la lecture du testament de Patrick Marlow avait sans doute déjà commencé. Elle détestait être en retard. Dé-tes-tait. Etre en retard, cela voulait dire attirer l'attention, ce qui la mettait mal à l'aise, quelles que soient les circonstances. Et, vu la gravité des circonstances actuelles, son malaise n'allait être que redoublé.

Elle n'avait pas vu le temps passer depuis que Luke avait quitté l'infirmerie. Certes, sur un bateau de croisière, la vie d'un médecin était bien moins agitée qu'aux urgences d'un hôpital, mais elle ne restait pas pour autant les bras croisés. Après Luke, elle avait ainsi soigné un enfant piqué par une guêpe, un autre avec une entorse au poignet, une femme migraineuse et un homme qui avait pris un méchant coup de soleil… et presque oublié l'ouverture du testament.

Le cœur battant, elle jeta un coup d'œil à sa montre et fut rassurée : seules trois petites minutes s'étaient écoulées depuis le début officiel de la réunion. Avec un peu de chance, les gens seraient encore en train de s'installer.

Quand elle poussa la double porte de la salle, elle put enfin respirer. A entendre le brouhaha de l'assistance, la lecture n'avait pas encore commencé. Sans plus attendre, elle alla prendre place sur une chaise du dernier rang et salua la femme assise à ses côtés. Il s'agissait de Jackie, la responsable des équipes d'entretien du *Cora Mae*. Elle aussi avait été une amie proche de Patrick, comme la plupart des membres de l'équipage et du personnel du paquebot.

— Est-ce que j'ai raté quelque chose ? murmura Della.

— Oh non, rien du tout, répondit Jackie. Ils viennent juste de nous demander de regagner nos sièges. Tout cela semble un peu surréaliste, non ? Je n'arrive pas à croire que Patrick ne soit plus là, et que nous ayons tous été réunis pour parler de son argent.

— Je ne te le fais pas dire, confirma Della.

Elle baissa les yeux et réprima un sanglot.

— Même en sachant l'avancée de sa maladie, continua-t-elle, je restais persuadée qu'il allait s'en sortir.

— Et lui aussi, fit Jackie avec un hochement de tête et un sourire où se mêlaient l'admiration et la tristesse. Sur son lit de mort, il parlait encore de ses projets pour l'avenir.

La gorge nouée, Della fut incapable de répondre quoi que ce soit pendant plusieurs secondes.

— Il a pu survivre bien plus longtemps que ne le pronostiquaient les spécialistes grâce à sa détermination et à son optimisme.

— Et grâce à toi aussi, ajouta Jackie en lui prenant la main. Tout le monde sait le temps que tu as passé à son chevet. Dès qu'il en avait l'occasion, Patrick n'avait d'ailleurs de cesse de chanter tes louanges.

Si elle avait été seule, Della aurait fondu en larmes, mais elle réussit à se contenir et à gratifier Jackie d'un léger sourire.

L'avocat et exécuteur testamentaire de Patrick prit alors la parole.

Pendant ce préambule, elle chercha Luke du regard. Il se trouvait au premier rang, assis aux côtés du capitaine, et elle eut bien du mal à le quitter des yeux. Cet homme avait décidément quelque chose de magnétique.

Comme s'il se sentait observé, Luke se retourna lentement et la regarda. Elle en frissonna. Il lui fit un geste amical de la tête, qu'elle imita, puis il reprit sa position initiale.

Nerveusement, elle se replaça une mèche de cheveux derrière l'oreille, et soupira. Il fallait que Luke lui sorte de la tête. Elle était là pour rendre hommage à Patrick, pour rien ni pour personne d'autre.

Après un court préambule, l'avocat passa à la lecture du testament proprement dite. Patrick léguait ses livres à sa belle-sœur, la mère de Luke, qui n'avait pas pu être présente. Ses autres effets personnels, tels des boutons de manchettes et des pinces à cravate, revenaient aux membres de l'équipage.

L'avocat se racla la gorge.

— Venons-en maintenant au *Cora Mae*, dit-il. Voici les dernières volontés du défunt : « Je lègue la moitié du paquebot à mon neveu, Luke Marlow. »

Immédiatement, un lourd silence s'abattit sur l'assistance et dura plusieurs secondes, avant que des murmures ne commencent à se faire entendre. Toute la salle semblait profondément choquée par cette nouvelle, et elle ne faisait pas exception.

C'était inconcevable. Luke n'héritait que d'une seule moitié du bateau ? Les mots de l'avocat n'avaient aucun sens. Elle tourna les yeux vers Luke. Il ne bougeait pas, comme s'il venait d'être frappé par la foudre.

Une seule moitié… Cela voulait donc dire que quelqu'un d'autre héritait de la seconde. Mais qui ? Les battements de son cœur s'accélèrent. D'un coup, son avenir lui semblait encore plus incertain qu'il n'avait pu l'être quelques minutes auparavant.

— L'autre moitié, poursuivit l'avocat, reviendra au Dr Della Walsh.

L'effarement s'empara de la salle et elle manqua de s'évanouir. Non, ce n'était pas possible. Elle avait dû mal entendre, il s'agissait d'une erreur. Dans sa poitrine, son cœur tambourinait tellement fort que chaque battement en devenait douloureux. Seigneur, qu'est-ce que Patrick avait fait ?

Elle se prit le visage dans les mains, incapable de supporter les regards. Elle aurait voulu se boucher aussi les oreilles, afin de s'extraire de la clameur qui avait désormais envahi la pièce. Porté par une vague de chuchotements, son nom résonnait à tous les rangs, sur toutes les chaises, elle en avait le tournis.

Quand elle releva les yeux, elle vit que Luke s'était levé de sa chaise et lui faisait désormais face.

— Docteur Walsh, fit-il la mâchoire serrée, j'aimerais vous dire deux mots en privé.

Il lui tendit la main. Manifestement, il voulait qu'elle la prenne et le suive en dehors de la pièce. Mais ses jambes allaient-elles seulement avoir la force de la porter ?

Elle prit une profonde inspiration, puis se leva. Hésitante, elle fit quelques pas avant de trébucher. Luke lui empoigna fermement le bras pour lui éviter la chute. Cherchait-il aussi à lui éviter une cuisante humiliation ?

A voir la froideur de son regard, ce n'était absolument pas le cas, et la nausée vint se joindre au vertige. Le monde semblait s'écrouler sous ses pieds. Comment allait-elle réussir à le suivre ?

Il le fallait pourtant et, une fois la porte de la salle refermée derrière eux, il lui demanda d'une voix glaciale :

— Y a-t-il quelque part où nous pourrions discuter sans être dérangés ?

Un réflexe heureux lui fit désigner une porte sur la gauche. Il s'agissait d'une autre salle de réunion, conçue pour des assemblées inférieures à dix personnes. La pièce, éclairée par un large hublot, était simplement meublée d'une table rectangulaire et de quelques chaises.

Dès qu'ils en franchirent le seuil, Luke enfouit rageusement les mains dans ses poches.

— Dites-moi, docteur Walsh, lança-t-il avec une voix trahissant une franche exaspération, qu'est-ce que vous avez pu faire à mon oncle pour qu'il vous lègue la moitié de son paquebot ?

Les mots résonnèrent un moment dans son esprit, puis elle comprit… Il sous-entendait qu'elle l'avait charmé ! Qu'elle s'était offerte à Patrick pour en tirer un avantage financier !

En une fraction de seconde, un flot de colère l'envahit et elle vit sa main venir s'abattre sur la joue de Luke.

La gifle brisa le silence d'un claquement sec. Un geste si fort que Luke en vacilla. Aussitôt, elle sentit un mélange de chaleur et de douleur irradier tout son bras, mais le reste de son corps demeura aussi froid que la glace.

Elle se raidit. Elle venait de frapper quelqu'un, de frapper un autre être humain… et de le faire sous le coup de la colère. Cette flambée de violence lui donna un sentiment étrange, comme si elle était subitement devenue étrangère à elle-même. Désemparée, elle regarda sa main, puis le visage de Luke sur lequel une marque rouge commençait à apparaître. Son estomac se noua. Qu'avait-elle fait ?

Luke resta sonné quelques secondes. Pour la première fois de sa vie, une femme venait de le gifler. A bien y réfléchir, il s'agissait même du premier coup qu'il avait reçu de toute son existence. Et cela lui faisait un mal de chien, bien plus mal qu'il aurait pu l'imaginer.

Il regarda Della. Son visage était blême et son corps aussi raide qu'un piquet. Ses yeux étaient vides de toute expression, comme si elle aussi était prise au dépourvu par ce qui venait de se passer.

A l'évidence, elle n'avait pas l'habitude de gifler les gens. Ce geste avait été aussi violent qu'involontaire, il en était persuadé et, peu importait ce qu'il pouvait penser de Della par ailleurs, il devait en retenir la seule leçon possible : seul le sang-froid le plus total lui permettrait de récupérer ce qui lui revenait, à savoir la propriété pleine et entière du *Cora Mae*.

Il serra les poings et se mit à faire les cent pas dans la pièce, en espérant bien vite recouvrer ses esprits. Sur le mur, près du hublot, on voyait la photographie en noir et blanc du paquebot historique, faisant sa première entrée triomphale dans le port de Sydney, plus de cinquante ans auparavant. Ce bateau était celui de son grand-père et son nom celui de sa grand-mère : Cora Mae Marlow. Et voilà qu'aujourd'hui il devait partager son héritage familial avec une étrangère ! La situation était tellement absurde…

Quelle logique avait bien pu pousser Patrick à prendre une telle décision ? Qu'est-ce qui avait bien pu lui passer par la tête ? Toute cette histoire était incompréhensible et il fallait qu'il l'éclaircisse au plus vite.

— Dites-moi, fit-il, les yeux rivés sur la photographie. Ce matin, quand vous vous êtes occupée de ma main, vous saviez que Patrick vous léguait la moitié du bateau ?

A ces mots, il se retourna vers Della. Elle s'était assise, les yeux perdus dans le vide.

— Non, répondit-elle sans se départir de sa posture. Non, je n'en avais aucune idée.

Il l'étudia un moment. Les lèvres pincées, elle serrait nerveusement les doigts sur l'assise de la chaise. Ces doigts qui, quelques heures plus tôt, avaient soigné sa blessure avec une incroyable dextérité mêlée de tendresse et de bienveillance. De tels gestes avaient-ils pu avoir raison de Patrick ? Lorsqu'elle était à son chevet, lors de la phase terminale de sa maladie, Della avait-elle profité de sa faiblesse ? Lui avait-elle subtilement — ou même pas du tout subtilement — fait comprendre qu'elle méritait une récompense financière pour les soins qu'elle lui avait prodigués ?

Il fit quelques pas dans sa direction.

— Quand même, soupira-t-il, ce n'est pas un petit cadeau qu'il vous a fait. Vous ne l'aviez vraiment pas vu venir ? C'est une surprise pour vous ?

Della ferma les yeux et baissa la tête. Quand elle les rouvrit, ce fut pour fixer le plafond.

— Je vous assure que je ne comprends pas. Patrick disait souvent qu'il m'était redevable de m'être occupée de lui sur le *Cora Mae*, car il ne voulait pas finir ses jours à l'hôpital. Vu qu'il considérait le paquebot comme sa maison, il était angoissé à l'idée de le quitter.

Elle resta silencieuse quelques secondes.

— Tout ce qu'il m'a dit sur son lit de mort, c'est qu'il

me laissait un petit quelque chose dans son testament. Ce sont ses mots exacts.

Elle croisa les bras et poussa un profond soupir.

— Je lui avais dit que ce n'était pas nécessaire, poursuivit-elle, que je ne faisais que mon travail.

— Mais vous en avez fait davantage, non ? Je veux dire, sur la fin, vous êtes restée quasiment jour et nuit à son chevet.

— Oui, murmura-t-elle, les yeux humides. Mais j'aimais Patrick, il était mon ami, et j'aurais fait n'importe quoi pour lui. Je comprends ce que vous pouvez penser, mais je vous jure que je n'ai jamais cherché la moindre récompense. Patrick était d'ailleurs bien plus que mon ami, il était mon mentor, je le considérais comme un membre de ma famille.

Les mains dans le dos, il se retourna vers le hublot. Que voulait-elle dire par « sa » famille ? « Son » ami ? Comment Della avait-elle pu être aussi proche de son oncle sans qu'il le sache ? Et, pire, pourquoi Patrick n'avait-il pas fait appel à lui ? Il aurait tout lâché dans l'instant s'il avait su que son oncle était aussi gravement malade et, sans la moindre hésitation, lui aussi aurait passé nuit et jour à son chevet.

Son cœur se serra, noyé sous un flot d'émotions contradictoires. Si seulement il avait su… Comme il regrettait de n'avoir pu lui tenir la main, de n'avoir pu lui parler, de n'avoir pu veiller sur lui dans ses derniers instants.

Et si la rancœur qu'il ressentait envers Della venait finalement de là ? Elle avait été là pour Patrick, et pas lui. Elle avait été présente, autant que lui avait été absent. Elle l'avait aidé, rassuré à des moments d'extrême fragilité, d'extrême vulnérabilité. Par ses compétences médicales, elle lui avait facilité la vie, à un moment où la vie le quittait.

Il se racla la gorge.

— Un ami, oui, mais qui pouvait faire de vous une femme très riche.

Della leva vers lui un regard aussi noir que la nuit.

— Dans ce cas, opposez-vous au testament, je m'en fiche. Appelez vos avocats, plaidez l'abus de faiblesse, faites ce qui vous chante pour prouver que Patrick n'avait pas toute sa tête. Ne vous gênez pas pour moi.

Il y avait une telle colère froide dans les mots et dans le regard de Della, mais aussi une telle dignité, qu'il ne put s'empêcher de ressentir une pointe d'admiration pour elle.

Il ne sut pas quoi répondre. Allait-il oser ternir la réputation de Patrick en arguant, publiquement, que la maladie l'avait rendu sénile ? Avait-il le choix s'il s'agissait de la seule façon de récupérer son héritage ?

Dans un silence lourd et pesant, quelques coups furent frappés à la porte.

Della alla ouvrir. C'était un membre de l'équipage.

— L'exécuteur testamentaire aimerait que M. Marlow revienne afin de terminer sa lecture. Il reste encore un long inventaire d'effets personnels.

Luke hocha la tête et se tourna vers Della.

— Cette conversation est loin d'être terminée.

— Et je suis impatiente de la poursuivre, ironisa-t-elle avant de quitter la pièce d'un pas décidé.

Il la regarda. Le mouvement de ses hanches sous le fin tissu de son pantalon, le rebond de ses boucles brunes sur ses délicates épaules lui donnèrent des idées pour le moins inadaptées à la situation. Comment allait-il pouvoir négocier avec elle si, en plus, il ne pouvait s'empêcher de la désirer ?

Il soupira et passa la main dans ses cheveux. Oui, toute cette histoire allait nécessiter une bonne dose de sang-froid.

Après avoir repris sa place au dernier rang, Della resta immobile pendant le reste de la lecture testamentaire. Mais elle n'accorda qu'une attention relative à la succession des divers effets personnels légués à différents proches et amis de Patrick, et notamment aux membres de l'équipage. Tout son esprit était accaparé par les accusations de Luke. La première — elle aurait été davantage qu'une amie pour son oncle — comme la seconde — elle aurait profité de sa faiblesse — lui faisaient l'effet d'un immonde furoncle souillant la mémoire de Patrick. Comment avait-il osé ? De tels sous-entendus étaient tout simplement odieux et insultants, et leur goût amer lui donnait la nausée.

Les yeux rivés sur Luke, elle remarqua que son corps était comme crispé par une tension nouvelle. Il y avait quelque chose dans la raideur de ses épaules et dans son port de tête qui, tout en étant quasiment imperceptible, prouvait qu'il n'était plus dans le même état d'esprit qu'avant. Avant d'avoir appris qu'il n'était pas le seul héritier du *Cora Mae*.

Elle se surprit à sourire. La nouvelle avait sans doute atterri sur sa nonchalance comme un piano lancé du haut d'un gratte-ciel. Le monsieur avait toujours eu la vie facile — né dans une famille fortunée, avantagé par un pouvoir de séduction évident, marié à un charme et une intelligence manifestes — et il n'avait, à l'évidence, jamais fait l'expérience de la déception.

Et alors ? En quoi était-elle concernée ? S'il avait l'intention de contester le testament en justice, qu'il en soit ainsi. Certes, elle ne s'attendait pas à recevoir un cadeau aussi énorme de la part de Patrick, mais maintenant elle n'allait pas l'abandonner parce qu'un enfant gâté faisait un caprice...

Lorsque l'exécuteur testamentaire referma son dossier et mit un terme à la réunion, elle se précipita vers la porte. Il fallait qu'elle sorte au plus vite, elle n'était vraiment pas d'humeur à supporter les regards et les questions de ses collègues, et encore moins à se confronter une nouvelle fois à Luke.

Le sang battant à ses tempes, elle se hâta de rejoindre sa cabine. Elle avait besoin de reprendre ses esprits et, après une petite sieste, elle se décida à appeler ses parents.

Ils avaient eux aussi été de très proches amis de Patrick, mais la nouvelle les laissa sans voix. Jamais ils n'auraient imaginé que leur fille hérite de la moitié du *Cora Mae*. Mais quoique surpris, ils laissèrent éclater leur joie.

L'heure du déjeuner arriva, mais elle avait l'estomac trop noué pour avaler quoi que ce soit. Elle resta donc tout l'après-midi dans sa cabine, la tête collée contre le hublot et les yeux perdus dans le vide, à ressasser les événements de la matinée.

Au coucher du soleil, elle n'avait pris aucune décision, mais était sûre d'une chose : la partie de cache-cache avait trop duré. Il fallait qu'elle se confronte à l'équipage et aux passagers. Bien sûr, la grande salle du dîner aller fourmiller de racontars à son sujet, mais elle s'en fichait, elle n'était pas coupable de quoi que ce soit.

Bien vite, elle passa une longue robe de satin bleu, sa préférée, où elle se sentait si bien. Avec un dernier soupir, elle ouvrit la porte de sa cabine et se dirigea vers le restaurant du paquebot. Prête à répondre aux questions, prête à supporter les regards, prête à revoir Luke.

Assis à la table du capitaine, Luke participait à la conversation et surveillait discrètement l'arrivée de Della Walsh. Il avait passé tout l'après-midi à tenter de la retrouver, mais en vain. A l'infirmerie, on lui avait déclaré qu'elle n'était pas de garde, tout en refusant de lui communiquer le numéro de sa cabine personnelle. La chanson avait été la même chez tous les membres de l'équipage qu'il avait pu croiser.

Della ne lui avait vraiment pas menti, le personnel du *Cora Mae* formait une équipe soudée et, dans le cas présent, déterminée à protéger son médecin chef. La seule lueur d'espoir lui était venue du capitaine. Il lui avait assuré que Della avait été conviée à sa table pour le dîner et qu'elle n'avait encore jamais refusé une telle invitation. Ce soir, elle serait là. Reste que le dîner avait déjà commencé depuis de longues minutes et que Della Walsh était toujours aux abonnés absents.

Il n'en pouvait plus d'attendre. Il fallait qu'il règle cette histoire de testament avec elle.

Enfin, il la vit et crut que son cœur allait s'arrêter. Le tissu irisé de sa robe attrapait la lumière des chandeliers d'une manière enchanteresse. Sur ses épaules légèrement dénudées, ses cheveux tombaient en une cascade de boucles brunes aux reflets cuivrés. Et ses yeux, rehaussés d'un maquillage subtil, avaient une profondeur troublante. Dire que Della Walsh était belle restait en dessous de la réalité.

Pendant de longues secondes, il ne put s'empêcher de l'admirer. Qu'est-ce que le capitaine était en train de lui dire ? Il n'en avait pas la moindre idée. Puis il se ressaisit.

Dans sa vie, il avait déjà rencontré son lot de femmes séduisantes — quelques-unes avaient été ses amantes, l'une d'elles sa femme. Mais du désastre qu'avait été son mariage il s'était forgé une règle d'or : *ne jamais baisser sa garde face à une femme, ne jamais dépendre de personne.*

Une règle qu'il se faisait un point d'honneur d'appliquer à la lettre. Ses trois amis étaient la seule exception. Ses trois frères de sang qu'il connaissait depuis l'internat — ceux-là mêmes à qui il devait la cicatrice que Della avait remarquée sur sa main. Il les voyait régulièrement, le plus souvent pour décompresser autour de quelques bières et d'une partie de billard. Mais, même avec eux, il y avait des secrets qu'il ne révélait jamais et qui restaient cachés au fond de lui. En sécurité.

— Bonsoir, docteur Walsh, fit-il en tirant la chaise vide à sa droite.

Avant de s'asseoir, Della leva un sourcil circonspect. Manifestement, qu'il l'appelle par son titre et pas par son prénom l'étonnait. Tant pis pour le revirement et le retour aux convenances. Avec l'effet que Della produisait sur lui, il fallait qu'il réinstalle une certaine distance. Son héritage familial était en jeu et, non, il n'était pas prêt à le compromettre pour les beaux yeux d'une femme.

Cette leçon, il l'avait cruellement apprise avec son mariage. Il serra les poings. Le temps n'avait rien fait à l'affaire : dès qu'il repensait à Jillian et à ses machinations, il sentait une rage sourde monter en lui. D'autant plus qu'il l'avait échappé belle ! Quand il avait enfin vu clair dans le jeu de son ex-femme, son père était encore en vie et il n'avait pas encore hérité de l'entreprise familiale. Si son aveuglement avait duré encore un an ou deux, il aurait littéralement tout perdu.

D'un geste bref, Della déplia sa serviette et la posa sur ses genoux.

— Bonsoir, monsieur Marlow, répondit-elle en le regardant à peine.

— J'espère que votre après-midi aura été agréable. Malheureusement, je n'ai pas réussi à vous retrouver pour que nous continuions notre discussion.

Elle leva les yeux et lui sourit. Un sourire à l'évidence forcé.

— Oui, c'est tout à fait fâcheux. Par bonheur, le *Cora Mae* est si riche en distractions que vous n'avez sans doute pas vu le temps passer.

Avant qu'il puisse répondre quoi que ce soit, un membre de l'équipage en costume blanc s'arrêta à la hauteur de Della et lui tapa tendrement sur l'épaule. Luke se crispa, surpris par la pointe de jalousie qu'il était en train de ressentir en voyant un autre homme toucher Della.

— Ma belle, je suis si heureux pour toi. Quand nous avons appris pour le testament de Patrick, je t'assure que tous les marins ont sauté de joie.

Elle prit la main de l'homme et se tourna vers lui.

— Merci, Colin, cela me fait très plaisir de l'apprendre.

— Je suppose que tu vas démissionner de ton poste à l'infirmerie, alors ?

— Je n'ai pris aucune décision pour le moment, dit-elle d'une voix calme. De toute façon, je ne pourrais pas partir du jour au lendemain et laisser tout le travail au Dr Bateman, ce serait injuste.

— Quelle que soit ta décision, sache que tout le bateau te soutient.

Luke ne put réprimer un soupir, qu'il espéra le plus discret possible. Bien sûr que l'équipage et le personnel du *Cora Mae* étaient heureux qu'un des leurs hérite de la moitié du paquebot. Ce navire qui était à la fois leur maison et leur lieu de travail. Une telle réaction était tout à fait compréhensible, même si la situation serait intenable sur le long terme. Le *Cora Mae* appartenait aux Marlow, et à personne d'autre.

Quand Colin prit congé et s'éloigna, Luke posa la main sur l'avant-bras de Della. Elle eut un léger sursaut, puis se tourna vers lui.

— Il faut que nous finissions notre conversation, reprit-il en se penchant vers elle.

Un instant, il se laissa enivrer par les effluves de son parfum. Une fragrance féminine et sensuelle où se mêlaient le jasmin et l'ambre.

Della se mordit la lèvre.

— Oui, je sais bien, fit-elle les yeux baissés.

Un autre homme s'approcha sur ces entrefaites de la table et, avant que Della ait le temps de se retourner, Luke lui serra doucement le bras pour lui faire comprendre qu'il avait besoin de toute son attention.

— Mais nous ne pouvons pas parler ici. Vous qui êtes l'experte de ce bateau, connaissez-vous un endroit où nous ne serons pas dérangés par les yeux et les regards indiscrets ?

Elle resta silencieuse un instant, puis hocha la tête.

— Oui, je connais un endroit.

— Parfait, dit-il en replaçant ses deux mains sur la table. Vous m'y conduirez lorsque nous aurons terminé de dîner.

Si cela n'avait tenu qu'à lui, ils auraient quitté la table sur-le-champ. Mais le but était de rester civilisé et de n'effrayer personne — les passagers, les membres de l'équipage et, surtout, Della.

De la même manière, contester juridiquement le testament de Patrick n'était pas une bonne idée. Il fallait qu'il résolve le problème en direct et en privé avec Della. Bien sûr, s'il n'obtenait pas ce qu'il espérait, la voie des tribunaux serait son plan de secours.

Une fois que les serveurs eurent pris les commandes de la tablée, il se tourna vers Della.

— Et si vous me parliez un peu de vous ?

Avant de répondre, elle porta son verre de vin à ses lèvres. Ses gestes étaient si délicats et si gracieux, sans être pour autant apprêtés, qu'il en fut troublé. Della avait des manières de chat — comme un détachement dans son élégance, mais aussi une force de caractère et une indépendance manifestes, suggérant qu'elle serait capable de bondir et de s'enfuir au moindre désagrément.

Elle reposa son verre.

— Nous ne sommes pas là pour parler de moi, fit-elle d'une voix blanche. Comment trouvez-vous votre cabine ?

— Très confortable.

En vérité, la suite en duplex qui lui avait été réservée était bien plus spacieuse et luxueuse que celles de ses souvenirs.

— Pour tout vous dire, ajouta-t-il, la qualité de ce bateau m'éblouit. Je n'étais pas remonté à bord d'un paquebot depuis vingt-cinq ans et j'ai l'impression que les choses ont radicalement changé depuis.

Della sourit et ses yeux trahirent une pointe de fierté.

— C'est que le *Cora Mae* n'est pas n'importe quel bateau. Il s'agit d'un navire de croisière de luxe et nos passagers ont des attentes extrêmement élevées.

— Ce qui explique la qualité des soins médicaux, commenta-t-il en osant un clin d'œil.

— Oh ! vous savez, fit Della dans un soupir, la plupart du temps, nous ne faisons que de la bobologie. Comme ce matin, par exemple : j'ai été occupée par une piqûre d'insecte et un méchant coup de soleil, rien de bien dramatique.

— En d'autres termes, j'ai été le patient le plus intéressant de votre garde.

Elle eut un petit rire qui l'enchanta.

— Je crois bien que oui, concéda-t-elle avec un léger sourire.

Pendant un court instant, il eut l'impression que le voile s'était envolé des yeux de Della. Comme s'ils brillaient désormais d'une lueur plus franche… une troublante lueur de désir. Quand elle baissa les yeux et secoua la tête, il comprit qu'elle en était consciente.

Il sentit alors ses muscles se tendre. Impossible de le nier, une force chimique particulière les poussait l'un vers l'autre. Quel dommage que, dans moins d'une heure, ils soient obligés de redevenir des adversaires…

- 3 -

Della ouvrit la porte de la bibliothèque et entra la première. Durant la journée, un employé du paquebot était au comptoir d'accueil et quelques passagers erraient entre les rayonnages, mais, à cette heure, les lieux étaient déserts. Elle le savait mieux que personne : ils étaient devenus sa cachette secrète.

Luke examina les étagères d'un air dubitatif.

— Et si quelqu'un a besoin d'un livre ? Ne risquons-nous pas d'être dérangés ? demanda-t-il avec un hochement de tête.

— Les heures d'ouverture sont passées depuis longtemps. Plus personne ne viendra avant demain matin.

Il leva un sourcil circonspect.

— Et c'est normal que le médecin du bateau ait la clé de la bibliothèque ?

Elle ne put s'empêcher de sourire.

— Pas spécialement, non, mais mon père a été le capitaine de ce navire et il m'avait donné la clé, sachant combien j'aimais cet endroit. J'en ai informé le nouveau capitaine quand mon père a pris sa retraite et il n'a vu aucun inconvénient à ce que je la garde.

Les bibliothécaires savaient aussi qu'elle adorait remettre les rayonnages en ordre. Quand elle n'arrivait pas à dormir, le contact des livres la relaxait. Les ranger la calmait, comme si elle créait de l'ordre au milieu du chaos. En outre, il lui arrivait d'acheter des livres lors des escales, qu'elle offrait à la bibliothèque une fois lus. Faire ainsi partie de ce qu'elle considérait comme une institution lui mettait du baume au cœur.

— Bien sûr, bien sûr, commenta Luke, votre père est Dennis Walsh. Patrick m'en avait quelquefois parlé.

Ça n'avait rien de surprenant. Mais, pour autant, elle n'avait pas envie de discuter de ses parents avec Luke Marlow. Sans plus attendre, elle lui désigna deux fauteuils, puis s'installa.

Luke l'imita et croisa les jambes.

— Je crois avoir compris, commença-t-il. Patrick voulait absolument vous faire un cadeau et pas simplement, disons, une bouteille de champagne millésimé. Vu qu'il n'avait pas beaucoup de liquidités ou de biens, ayant investi la majorité de sa fortune dans le *Cora Mae*, il vous a légué la moitié du paquebot. Comme il savait que j'allais racheter vos parts, il avait l'assurance que vous receviez un cadeau de valeur.

Luke semblait sûr de lui et de ses propos. Elle le voyait dans son attitude, la posture de ses épaules, la tension de sa mâchoire. Elle en aurait presque été jalouse. Jamais elle n'avait eu une telle confiance en elle. Par contre, elle était plus que sceptique quant aux intentions supposées de Patrick.

Elle secoua la tête.

— Et pourquoi ne pas penser que Patrick voulait, tout simplement, me léguer la moitié du bateau en tant que telle, et pas pour la somme d'argent qu'elle représente ?

— Le père de Patrick était Arthur Marlow, mon grand-père, rétorqua-t-il sans une seconde d'hésitation. Il a fondé une compagnie nommée Marlow & Fils et le nom du *Cora Mae* vient de ma grand-mère, sa femme.

Elle connaissait cette histoire, Patrick la lui avait racontée maintes fois, et comprenait où Luke voulait en venir.

— Je sais, oui, il y a un portrait de votre grand-mère dans le foyer. Je vous le montrerai plus tard, si vous en avez envie.

— Merci, c'est très généreux de votre part, rétorqua Luke. Mais ce n'est pas tout. Quand Arthur est mort, il a légué sa compagnie à ses deux fils, à parts égales. Mon père a vendu la sienne pour bâtir des complexes hôteliers, entreprise qu'il m'a léguée à sa mort. Quant à Patrick, il est resté dans les bateaux. Au départ, il en avait plusieurs, mais quelques difficultés l'ont poussé à se concentrer sur le *Cora Mae*. Et, quand il a su qu'il n'allait jamais avoir d'enfants, il a formulé le souhait de rassembler la famille grâce à moi.

Elle s'enfonça dans son fauteuil. Certes, le raisonnement de Luke semblait logique, mais elle était bien placée pour savoir que la vie ne rentrait pas toujours dans des cases, ni n'était forcément aussi bien rangée que les étagères de livres qui les entouraient. Elle ne savait pas du tout ce que Patrick avait en tête quand il avait décidé de lui léguer la moitié du paquebot, mais il devait avoir une raison. Une raison qui restait encore à découvrir et à comprendre.

— Donc, si je comprends bien, répondit-elle en choisissant ses mots avec précaution, vu que le *Cora Mae* a toujours été dans votre famille, il doit éternellement y rester ?

Luke écarquilla les yeux.

— Cora Mae était le nom de ma grand-mère ! gronda-t-il. On ne parle pas simplement d'un objet que possédait ma famille, on parle d'un élément qui la constitue !

— Et vous pensez que Patrick n'a jamais eu vraiment l'intention de m'en donner la moitié ?

Il haussa les épaules.

— Non, pas directement, c'est impossible. Laissez-moi vous racheter votre part et vous obtiendrez le pécule que mon oncle vous réservait.

Elle tourna la tête vers le hublot. La lune était déjà haute et se reflétait sur l'océan en une myriade d'éclats argentés. Certes, laisser Luke lui racheter sa part était la solution la plus rapide et la plus simple, mais elle avait l'impression qu'il voulait lui forcer la main. Et ce sentiment était détestable.

— Et que se passerait-il si je ne voulais pas vous vendre ma part ? demanda-t-elle en le regardant droit dans les yeux.

— Alors nous serions dans une situation intenable. Nous aurions tous les deux 50 % du *Cora Mae*, ce qui voudrait dire qu'aucun de nous n'en serait l'actionnaire majoritaire et, pour prendre la moindre décision à son sujet, nous devrions toujours nous concerter et nous mettre parfaitement d'accord sur tout.

Elle comprenait son argument, et comprenait aussi la gageure que représenterait un tel arrangement, mais elle n'arrivait pas à s'enlever une objection de la tête : et si Patrick voulait vraiment qu'elle possède une moitié du bateau ? Après tout, elle avait grandi sur les bateaux qui employaient ses parents et son père avait été le capitaine du *Cora Mae* jusqu'à sa retraite. Quand il lui avait proposé le poste de médecin chef, quelques mois avant la retraite de sa mère, elle avait sauté sur l'occasion et passé toute une année à travailler et vivre aux côtés de ses parents.

Elle avait toujours préféré la vie en mer à celle sur la terre ferme, et le *Cora Mae*, c'était presque chez elle. Son sentiment d'appartenir au paquebot n'avait donc rien de surprenant.

Les pensées se bousculaient dans son esprit. Il était tard et elle n'arrivait plus à réfléchir posément. Elle se leva.

— J'ai besoin de temps, répliqua-t-elle en lissant le tissu de sa robe. Vous vendre ma moitié n'est pas une décision que je peux pendre sur un coup de tête.

Luke se leva à son tour et lui fit face.

— J'ai une autre idée, dit-il dans un souffle. Vous me vendez 10 % de vos parts. Je double leur valeur, ce qui fera une belle somme d'argent.

A ces mots, il tira de sa poche un papier plié en quatre et le lui tendit.

— Regardez, c'est l'estimation du navire, réalisée par un expert voici quelques jours. Prenez 10 % du total et multipliez-le par deux.

Elle déplia la feuille et eut l'impression que ses yeux allaient jaillir de leurs orbites. Cela représentait bien plus d'argent qu'elle n'en gagnerait durant toute sa vie.

— Et cela me permettra une gestion plus sereine du paquebot, poursuivit Luke. Vous aurez toujours un lien avec le *Cora Mae*, de l'argent, tout le monde y gagne, non ?

Elle retint sa respiration. L'idée d'avoir une part de

responsabilité dans l'avenir du *Cora Mae*, une petite fortune et la liberté qu'elle allait lui permettre… Tout cela était littéralement oppressant.

Sa poitrine se noua. Et si Luke avait tort et que cet arrangement contrevenait aux dernières volontés de Patrick ? Son testament n'avait été ouvert que depuis quelques heures et il y avait déjà eu tant de rebondissements.

D'un geste décidé, elle replia la feuille et la rendit à Luke.

— J'insiste, dit-elle, j'ai besoin de temps pour réfléchir.

Mais, au lieu de s'emparer du papier, Luke lui recouvrit la main de la sienne. Sa poigne était ferme et chaude. Elle sentit les battements de son cœur s'accélérer.

— Plus nous attendons, plus nous plongeons le paquebot et son personnel dans l'incertitude, alors que tout le monde a besoin de stabilité.

Dans sa voix, l'insistance avait laissé place à une étrange supplication. A l'évidence, comme le prouvait aussi son regard, il voulait vraiment qu'elle accepte sa proposition.

Résistant à la sensation qui l'électrisait, elle dégagea sa main.

— Je suis désolée, monsieur Marlow, fit-elle avec un hochement de tête. C'est une décision trop importante pour être prise à la hâte. Je vous ferai savoir quand je l'aurai prise.

Il se raidit d'un coup et pivota sur ses talons, avant de prendre la direction de la porte.

— Je n'attendrai pas éternellement, lança-t-il avec un soupir d'agacement, avant de la laisser seule dans la bibliothèque.

Trente-six heures plus tard — trente-six heures durant lesquelles il n'avait eu aucune nouvelle de Della Walsh —, Luke arpentait les allées du jardin botanique de Sydney. Le paquebot avait fait escale au matin et, avant même qu'il puisse la trouver, Della était descendue à terre. Dès qu'il en avait été informé, il l'avait suivie.

Il fourra les mains dans ses poches. Sa patience commençait

à atteindre ses limites. Même sans cette histoire de testament, l'heure tournait et les dossiers s'empilaient chez Marlow Hotels. Impossible d'attendre les bras croisés que Della le sonne. Si elle n'avait pas encore pris sa décision, il allait tout mettre en œuvre pour qu'elle le fasse au plus vite. Mais il devait déjà la retrouver dans la foule des touristes.

Ce qui se produisit au bout de quelques minutes. Elle se mouvait avec grâce et ses cheveux soyeux l'enveloppaient d'un halo de boucles brunes. La vision était des plus enchanteresses. Pendant quelques secondes, il oublia pourquoi il avait besoin de lui parler et se contenta de l'admirer, le cœur battant. Puis il reprit ses esprits — les enjeux étaient trop élevés pour permettre un tel relâchement.

— Belle journée pour une promenade, fit-il en arrivant à sa hauteur.

Avec un léger sursaut, elle se retourna.

— Monsieur Marlow, quelle coïncidence !

Il haussa les épaules.

— Ne croyez pas cela. Le capitaine m'a dit que vous étiez en congé aujourd'hui et que vous en profitiez souvent pour accompagner les excursions proposées aux passagers.

Elle plissa les yeux.

— Eh bien, je vois que la vie privée du personnel est respectée à bord du *Cora Mae*…

— Ne vous inquiétez pas, coupa-t-il, je ne suis pas un passager ordinaire et vous n'êtes pas non plus une employée ordinaire du bateau.

— Certes, mais j'en suis toujours le médecin.

Oui, elle l'était. Mais qu'une jeune femme de sa trempe se cloître sur un bateau était aussi logique que le testament de Patrick. Il la dévisagea un moment, à la recherche d'un indice dans son expression ou dans son regard, mais il n'en trouva aucun. Pourtant, il devait comprendre ; pour éclaircir les véritables intentions de son oncle, il fallait qu'il en sache davantage sur la femme à laquelle il avait décidé de léguer la moitié de son navire.

— Dites-moi, j'ai pensé à quelque chose.

Les yeux de Della se perdirent un instant sur les arbres qu'ils venaient de croiser, puis revinrent sur lui.

— Mon petit doigt me dit que je ne vais pas aimer ce que vous allez me demander, mais dites toujours.

— J'ai pris la liberté de consulter votre C.V. et quelque chose me turlupine : pourquoi perdez-vous votre temps dans l'infirmerie d'un bateau alors que vous êtes un médecin des plus doués ?

Sa bouche se tordit d'une moue nerveuse.

— Je soigne des patients tous les jours, c'est l'essentiel.

— Pour des maux de ventre et des coups de soleil ?

— Oui, la plupart des cas sont bénins. Mais nous sommes aussi formés pour gérer des épidémies et des catastrophes. Et j'ai déjà eu à réanimer des personnes après des malaises cardiaques. Il est impératif que l'équipe médicale d'un bateau de croisière soit d'un niveau irréprochable, même si on n'utilise pas forcément ses compétences tous les jours.

— Je n'en doute pas, mais pourquoi quelqu'un d'aussi jeune que vous, et avec une carrière aussi prometteuse, accepte un travail où 90 % de ses tâches sont réalisables par une infirmière ?

Elle croisa les bras.

— J'adore mon travail, répondit-elle sèchement. Mais c'est pour me poser toutes ces questions que vous m'avez suivie ?

Il la prit un instant par la taille afin de la guider vers un banc, il en avait assez de partager son attention avec des plantes exotiques. A sa grande surprise, elle n'eut aucun mouvement de recul.

— Non, rectifia-t-il, si je suis là, c'est parce que nous devons régler cette histoire de parts du *Cora Mae*. J'ai un travail qui m'attend à Melbourne et j'ai besoin de votre réponse au plus vite. Je ne peux rester plus longtemps à bord.

Elle parut étonnée.

— Si vite ?

— Oui, les nouvelles ont été ébruitées et, si nous hésitons plus longtemps, cela risque d'affecter le cours de mon entreprise en Bourse.

— Je ne savais pas, bredouilla-t-elle.

— J'ai une proposition à vous faire : il est prévu que le paquebot lève l'ancre à minuit. Dînez avec moi dans ma cabine. Nous serons au calme pour discuter. Puis je partirai avant que le *Cora Mae* ne mette le cap sur la Nouvelle Zélande. Qu'en pensez-vous ?

Della fronça les sourcils.

— Oui, je suppose que c'est une bonne idée.

Ils reprirent alors leur promenade.

Profitant du silence qui s'était installé, Luke pensa à Patrick. Pourquoi avait-il décidé de léguer la moitié de son bateau à Della ? Etait-il seulement en pleine possession de ses moyens au moment de rédiger son testament ? Et, plus surprenant encore, pourquoi avait-il jugé nécessaire de cacher la gravité de sa maladie à sa famille, alors qu'elle aurait dû le soutenir durant ces moments difficiles ?

Il se racla la gorge.

— Une dernière chose : quand vous avez su que le cancer de Patrick serait fatal, pourquoi n'avez-vous pas appelé sa famille ?

Il vit une ombre d'incertitude passer dans ses yeux. Puis elle se raidit.

— Je commence à en avoir assez de vos sous-entendus. Et vous alors, pourquoi n'avez-vous pas rendu visite à Patrick plus souvent ?

Sa gorge se noua.

— Je ne vois pas le rapport, siffla-t-il entre ses dents.

Il n'allait tout de même pas se justifier devant une quasi-inconnue.

Elle soupira.

— Je sais que Patrick vous a souvent invité sur le *Cora Mae*. Si vous aviez accepté, surtout la dernière année, vous auriez compris tout seul qu'il était gravement malade.

La culpabilité commençait à lui ronger l'estomac.

— Je ne suis pas un grand fan des croisières, voilà tout.

Maintenant, si vous le voulez bien, j'ai des appels à passer. Je vous dis à ce soir.

A ces mots, il s'éloigna, le cœur noué par les regrets.

L'heure du dîner approchait. Dans sa cabine en duplex, Luke s'était douché, changé, et un délicieux sentiment d'impatience courait dans ses veines. D'un côté il lui tardait de retrouver Della, mais d'un autre il redoutait cette ultime entrevue. Depuis quand avait-il été si nerveux à l'idée de passer une soirée avec une femme ? Impossible de s'en souvenir.

Une situation qui sentait le danger.

Il se raidit. Non, hors de question qu'il se laisse distraire par une femme. L'exploitation du *Cora Mae* et l'honneur de sa famille étaient en jeu.

Il jeta un coup d'œil vers la table impeccablement mise dans la salle à manger. Le concierge du paquebot lui avait proposé les services d'un maître d'hôtel, mais il avait refusé. Les négociations s'annonçaient difficiles et ils avaient besoin d'être au calme. Et, surtout, seuls.

Il s'avança vers le bar et le trouva rempli de liqueurs, de vins, de jus de fruits et autres sodas. Rien n'avait été laissé au hasard. S'il connaissait mal le Dr Della Walsh, il était cependant à peu près sûr d'avoir quelque chose à son goût question boissons.

Il allait déboucher un vin blanc quand il entendit frapper à la porte. La bouteille à la main, il traversa la suite et ouvrit la porte.

Son cœur fit un bond dans sa poitrine et il s'en fallut de peu que la bouteille ne se brise au sol. Della ne portait qu'une simple robe d'été à manches courtes, boutonnée presque jusqu'en haut, mais elle était tout bonnement sublime. Avec de fines sandales à talons, la délicatesse de ses jambes et de l'attache de ses chevilles n'en était que rehaussée. Les reflets de ses cheveux lâchés sur ses épaules miroitaient dans la lumière. Il dut faire preuve d'un énorme sang-froid pour retenir ses mains et les empêcher de courir dans des boucles aussi sensuelles.

Della sourit, mais il lut dans ses yeux comme de l'incertitude. Doutait-elle de la pertinence de leur entrevue ?

— Merci d'être venue, fit-il en l'invitant à entrer.

Elle sembla hésiter, puis passa la porte.

— J'allais me servir un verre de vin, vous en voulez ? demanda-t-il.

— Avec plaisir, répondit-elle les yeux baissés.

Il sentit un poids s'envoler de ses épaules. Della semblait mal à l'aise, oui, mais pas sur la défensive.

— Vous avez faim ?

— Assez, oui, admit-elle. Je n'ai pris qu'un déjeuner rapide.

— Dans ce cas, il ne nous reste plus qu'à nous mettre à table et à commander.

Della s'assit, mais laissa le menu fermé près de son assiette. Bien évidemment, elle vivait sur le *Cora Mae* et devait connaître les propositions du chef par cœur.

— Que me conseillez-vous ? fit-il en prenant place face à elle.

Ses yeux pétillèrent de gourmandise.

— Tout est succulent, difficile de faire un mauvais choix.

Il tapa dans ses mains.

— Alors je vous laisse choisir pour nous deux !

Elle eut un petit rire qui renforça son désir.

— Italien ? demanda-t-elle.

— C'est très tentant.

— Alors je vais devoir utiliser votre téléphone.

— Je vous en prie, dit-il.

Elle composa aussitôt le numéro des cuisines.

— Salut, Angie, c'est Della, est-ce qu'Edouardo est de service, ce soir ?

Avec un grand sourire, elle plongea les yeux dans les siens. Son sang ne fit qu'un tour.

— Parfait, alors demande-lui de me faire monter deux

aubergines parmigiana, pour la suite de M. Marlow. Merci, tu es un amour.

Puis elle raccrocha.

Des aubergines parmigiana ? Luke aurait juré que le plat n'était pas sur le menu.

— Vous avez commandé la spécialité secrète du chef ou je me trompe ?

— Vous ne vous trompez pas. Si vous voulez tout savoir, il s'agit du plat qu'Edouardo se prépare en général pour lui-même. Comme cette recette est délicieuse, et qu'il en a eu assez qu'on vienne picorer dans son assiette, il anticipe désormais sur l'heure de son service afin d'en préparer en plus grande quantité et avoir quelques assiettes de rab pour l'équipage et le personnel.

Il ne put réprimer un éclat de rire.

— Vous plaisantez ? Il cuisine son plat pour trois cent trente personnes ?

Elle haussa les épaules.

— Oh ! non ! De toute façon, la majorité du personnel travaille à l'heure du dîner. Nous ne sommes que quelques-uns à connaître ce secret.

Son visage s'illumina d'un sourire timide.

Il commençait à comprendre. Il était bien possible que ce « gang des aubergines parmigiana » coïncide avec le cercle protecteur qui entourait Della et dont il avait eu un aperçu, lors du dîner de l'avant-veille.

Il but une gorgée de vin.

— L'équipe soudée dont vous m'avez vanté les mérites, je me souviens bien.

— Oui, tous ceux qui vivent à l'année sur le *Cora Mae*.

Une question lui brûlait les lèvres, qu'il se décida à poser.

— C'est étrange, ce goût pour la vie en mer. Vous n'avez jamais eu envie de vous ancrer quelque part ? De vous marier par exemple ?

Une ombre passa dans ses yeux.

— Non, je ne me marierai jamais, répondit-elle d'une

voix blanche. Le *Cora Mae* me suffit. C'est un bateau tellement sublime, un bout de paradis flottant.

Elle resta silencieuse un instant.

— C'est mon refuge, ajouta-t-elle.

Piqué par la curiosité, il leva un sourcil. Un « refuge » ? Etait-ce bien le mot que Della venait de prononcer ? Pourquoi une femme comme elle, aussi intelligente, séduisante et distinguée, une femme qui avait tout pour avoir le monde à ses pieds, avait-elle besoin d'un refuge ? De quoi voulait-elle se cacher ? De qui ?

Il se racla la gorge et posa son verre, qui tinta contre le rebord de son assiette.

— Je connais votre attachement à ce bateau, ma chère Della, mais venons-en aux faits : que dois-je faire pour que vous acceptiez de m'en vendre une partie ?

- 4 -

Della parcourut rapidement la cabine du regard. La suite de Luke était une sorte de condensé de tout ce qu'elle adorait dans le *Cora Mae* — ses tons bruns et dorés, les riches boiseries, les murs incurvés qui lui donnaient l'impression d'être dans un cocon protecteur. Que fallait-il pour qu'elle vende sa part du paquebot de Patrick ?

— Ce n'est pas si simple, expliqua-t-elle, en allant se rasseoir. Si je savais que Patrick voulait me léguer la moitié de son bateau, naturellement, j'aurais tout fait pour l'en dissuader. Mais je n'ai pas pu avoir cette conversation avec lui et j'ignore quelles ont été ses raisons. Mais je peux vous assurer que Patrick a été lucide jusqu'au bout. Donc, comment pourrais-je accepter de renoncer à ce cadeau, alors que je ne sais même pas pourquoi il me l'a fait ?

Elle sentait que Luke se crispait. A l'évidence, la conversation ne prenait pas la direction qu'il espérait.

— Et alors quoi ? Qu'est-ce que vous attendez ? De trouver une lettre secrète ? Un indice quelconque qui pourrait vous éclairer sur ses intentions ?

— Peut-être, je ne sais pas, hésita-t-elle.

Depuis l'ouverture du testament, elle avait en effet espéré découvrir une lettre de Patrick, qui expliquerait sa décision. Et puis elle s'était ravisée... Pourquoi Patrick aurait-il caché une lettre ? S'il avait eu des explications à donner, il l'aurait fait dans son testament. Le mystère restait entier.

— Nous finirons bien par le comprendre, ajouta-t-elle.

Luke poussa un soupir agacé.

— Le plus probable, c'est que nous ne le comprenions jamais et que nous soyons obligés de faire avec.

Elle croisa les jambes et lissa le pan de sa jupe.

— Je suis désolée, Luke, mais je ne vais pas pouvoir vous donner ma réponse tout de suite, j'ai besoin de temps.

Il fronça les sourcils.

— Parce que vous envisagez sérieusement d'être copropriétaire de ce navire ?

Elle se mordit la lèvre.

— Je travaille et je vis sur ce bateau depuis plus de deux ans et, à l'époque, mon père était le capitaine de ce bateau. Donc oui, je crois avoir développé un certain sentiment d'appartenance pour ce navire. Qui plus est, je suis devenue amie avec Patrick, qui était lui-même très proche de mes parents. Nous passions des heures à parler du *Cora Mae*, notamment des modifications et des améliorations que j'estimais bonnes.

Luke écarquilla les yeux.

— Mais vous êtes médecin, Della ! Vous pensez être capable de gérer un bateau sur le long terme ?

— Je suis médecin, c'est vrai, concéda-t-elle, mais j'ai aussi une certaine expérience en matière de navires de croisière, j'y ai passé une bonne partie de mon enfance. Et je dois aussi admettre que je meurs d'envie de jouer un rôle actif dans l'avenir du *Cora Mae*.

Luke se mit à tapoter du doigt sur la table.

— Et votre carrière médicale, alors ? Vous êtes prête à l'abandonner ?

Elle prit une profonde inspiration.

— Je ne sais pas. Je m'étais toujours dit que je suivrais les pas de ma mère en devenant médecin de bord, mais le testament de Patrick change tout. Je peux aussi très bien suivre les pas de mon père et m'impliquer directement dans la vie de ce paquebot.

Luke semblait décontenancé par ce qu'il venait d'entendre. Comme s'il cherchait à gagner du temps, il avança lentement la main vers son verre de vin et le porta à ses lèvres. Elle en profita pour ajouter :

— Voilà, je crois avoir expliqué mes intentions. Et vous alors, quels seraient vos projets pour ce bateau ?

Il resta immobile, mais, dans ses yeux, une lueur nouvelle fit son apparition. Comme si, en une fraction de seconde, il était redevenu un P.-D.G. rigoureux et exigeant, et sur le point de dévoiler un programme pensé au détail près.

— Je dois encore vous préciser deux ou trois choses, fit-il après avoir reposé son verre. Je prévois d'ancrer le *Cora Mae* près de la Grande Barrière de corail et d'en faire mon premier complexe hôtelier flottant.

Elle manqua de s'étouffer.

— Quoi ? s'écria-t-elle.

— Oui, c'est une très bonne idée, vous ne trouvez pas ? En éliminant le carburant, les coûts de fonctionnement seront réduits et, grâce à une implantation fixe, les clients pourront jouir d'une proximité inédite avec l'une des sept merveilles naturelles du monde. Ils auront un accès quotidien aux récifs, qu'ils pourront explorer en plongée, par exemple.

Elle frissonna. L'idée de voir le *Cora Mae* quitter les mers lui était insupportable. Pire encore, cette idée la dévastait. Elle se raidit.

— Je trouve cette idée absurde, pour tout vous dire. Pourquoi n'achetez-vous pas ou ne faites-vous pas construire un hôtel sur l'une des îles environnantes ? Le tourisme est déjà un secteur très prospère dans la région…

— Parce que les véritables opportunités immobilières sont rares, coupa-t-il. La plupart des îles sont déjà la possession d'entreprises touristiques, voire de particuliers qui n'ont pas la moindre intention de vendre. Ancrer le paquebot me permettra de créer mon propre terrain dans l'un des endroits les plus sublimes du monde.

— Et l'impact écologique ? Vous y avez pensé ?

Il leva les yeux au ciel et agita la main. Bien évidemment qu'il y avait pensé. Un homme comme lui ne laissait jamais rien au hasard.

— Tout à fait, confirma-t-il. Nous savons quelles technologies mettre à profit pour une gestion des ressources et des déchets optimale. L'impact écologique sera quasi nul.

— Peut-être, murmura-t-elle en se tordant les doigts sous la table, mais reste que vous attacherez pour toujours le *Cora Mae* à un endroit, vous allez lui voler sa liberté.

Luke éclata de rire.

— Nous parlons affaires, Della, je ne peux pas laisser des sentiments prévaloir sur des questions financières.

— Donc, si vous enchaînez le *Cora Mae*, c'est simplement pour en tirer davantage d'argent. Vous êtes un…

Sa phrase fut interrompue par trois coups frappés à la porte. Heureusement, car ce qu'elle s'apprêtait à dire n'était ni poli ni rationnel.

Luke alla ouvrir la porte de la cabine. Un steward entra, poussant le chariot du dîner. C'était Max, le responsable des premières classes. Elle lui sourit afin de recouvrer son calme.

— Bonsoir, Max, fit-elle quand le steward avança vers la table.

Celui-ci lui répondit par un clin d'œil. Il lui avait proposé de boire un verre à plusieurs reprises, et elle avait toujours refusé. Manifestement, il n'avait pas perdu espoir…

Le regard de Luke se durcit.

— Merci, vous pouvez disposer, ordonna-t-il avant d'attraper un bord du chariot.

Puis il baissa les yeux vers elle. Un frisson la parcourut. Cela n'avait rien de désagréable, la sensation était même si voluptueuse qu'elle en perdit un instant le souffle. Les battements de son cœur s'accélèrent. Que lui arrivait-il ? Et quelle était la lueur qu'elle distinguait dans le regard de Luke ? Elle n'en avait pas la moindre idée, mais cette lueur la faisait se sentir femme avec une intensité qu'elle n'avait pas connue depuis très longtemps. Elle en aurait presque eu le vertige. Ses lèvres s'étirèrent dans un sourire incontrôlable.

Elle secoua la tête, puis un flot de pensées se précipita dans son esprit : à quoi jouait-elle ? S'attacher à un homme — et qui plus est Luke Marlow, avec qui elle était embarquée dans d'âpres négociations — était quelque chose qu'elle ne pouvait pas se permettre.

Elle porta la main à sa gorge. Quelques centimètres plus bas, sous sa robe, sa poitrine portait les stigmates du drame qui avait coûté la vie à son mari et avait bien failli lui ôter la sienne. Des cicatrices, tragiques et éternels souvenirs des coups de couteau qu'un criminel lui avait portés un soir, dans les rues de Melbourne. Des cicatrices qui, jamais, ne lui permettraient de séduire un homme, et surtout pas Luke. En matière de femmes, celui-ci devait être habitué à la perfection.

Elle n'avait pas la moindre intention de montrer son corps à quiconque et, pourtant, il semblait mû soudain par un désir autonome. Celui d'être touché, caressé, de frémir sous les doigts d'un homme, sous les doigts de Luke.

Elle se crispa. Depuis deux ans, elle avait vécu une vie de nonne et cela lui convenait parfaitement. Elle n'avait pas d'autre possibilité. Et, même si, cas des plus improbables, un homme s'avisait de la désirer malgré ses cicatrices, jamais, au grand jamais, elle ne pouvait prendre le risque d'aimer et de perdre de nouveau un amour.

Elle s'éclaircit la voix.

— Vous savez, c'est le travail de Max que d'amener les plats et de les servir.

— Je m'en doute, fit Luke, mais je préfère que nous restions seuls ce soir.

— Pour que nous puissions nous disputer en privé ?

— Nous disputer, non, répondit-il avec un rire bref, mais discuter, oui. Il est possible que l'atmosphère s'échauffe, mais cela restera un débat, pas une dispute. D'ailleurs, je vous propose une trêve, le temps du dîner, qu'en pensez-vous ?

La gorge nouée, elle lui répondit par un hochement de tête. Quelque chose avait changé entre eux depuis que Max avait fait sa brève incursion dans la cabine. Et elle ne savait absolument pas comment restaurer la situation antérieure. Mais le voulait-elle ?

Luke tendit le bras et souleva les cloches des assiettes, puis les apporta à table.

— Cela sent divinement bon, constata-t-il en s'asseyant.

L'eau à la bouche, elle regarda les belles tranches d'aubergine gratinées que contenait son assiette. Ce plat était devenu l'un de ses préférés. Sans plus attendre, elle en porta une bouchée à ses lèvres et prit un moment pour en savourer le parfum et la texture.

— Parlez-moi de votre enfance, Della. Combien de temps avez-vous passé en mer ?

— La mer est devenue mon quotidien depuis que j'ai trois ans, fit-elle en replaçant une mèche de cheveux derrière son oreille. Mon père a commencé sa carrière en tant que moussaillon, puis il a rencontré ma mère qui était médecin de bord. J'ai été élevée sur les océans et je me sens bien davantage chez moi sur un bateau que sur la terre ferme.

Il leva un sourcil circonspect.

— Et l'école alors ? Vos études ?

— J'ai été éduquée par mes parents et des précepteurs jusqu'au lycée. Ensuite, je me suis installée à Melbourne pour faire mes études de médecine.

— Vous m'avez dit être arrivée sur le *Cora Mae* voici deux ans, pourtant votre père en a été le capitaine pendant six ans. Vous êtes restée sur le continent après votre diplôme ?

Elle hésita avant de répondre. Parler de cette période de sa vie la rendait nerveuse et fébrile, et les larmes n'étaient jamais très loin. Elle prit une profonde inspiration. Le temps était peut-être venu de se libérer de l'emprise que ces souvenirs avaient sur elle.

— Pendant mes études, j'ai rencontré quelqu'un. Nous nous sommes mariés et nous avons vécu à Melbourne.

Les mots sortirent de sa bouche en saccade, des mots si froids et inadéquats pour décrire l'amour et la vie qu'elle avait partagés avec Shane.

— Et que s'est-il passé ?

— Il est mort.

A sa grande surprise, sa voix ne se brisa pas, mais elle

eut peur de ne pas être capable de rester forte bien longtemps, si le silence s'installait ou si Luke lui présentait ses condoléances.

— Ensuite, mon père m'a proposé de venir travailler sur le *Cora Mae*. Je ne saurais vous dire ce qui s'est passé : dès que j'ai mis le pied à bord, je me suis sentie chez moi et je n'ai plus jamais eu envie de repartir en ville.

Elle n'aimait pas la pitié qu'elle voyait dans les yeux de Luke. Il fallait qu'elle change de sujet au plus vite.

— Mais assez parlé de moi, je vais plomber l'ambiance, dit-elle en esquissant un sourire. Et vous alors, combien d'hôtels possédez-vous ?

Il resta songeur quelques secondes.

— Aujourd'hui, j'en ai vingt-trois, entre l'Australie et la Nouvelle-Zélande.

Elle ne put s'empêcher de ressentir de l'admiration. Oui, elle aussi avait des responsabilités, mais elle soignait toujours un patient à la fois. L'ampleur et la complexité des décisions que Luke devait prendre chaque jour la laissaient quasiment sans voix. Néanmoins, elle ajouta :

— Et cela vous plaît ?

Il la dévisagea un moment, comme s'il n'avait pas compris sa question. Puis il haussa les épaules et but une gorgée de vin avant de répondre :

— C'est mon travail.

Elle ne put s'empêcher d'insister :

— Mais votre travail, dans le secteur hôtelier, il vous plaît ?

Il fit la moue et joua quelques secondes avec son verre.

— D'un certain point de vue, oui, d'un autre, je manque certainement de temps pour plein de choses.

— Et vous n'avez jamais pensé à changer de métier ?

— Jamais non. Vous savez, j'ai hérité cette entreprise de mon père et j'ai littéralement grandi dans ses hôtels. Et j'ai toujours travaillé dans ce secteur. Dès le collège, j'aidais aux cuisines ou au ménage. Une fois à l'université, j'ai fait plusieurs stages de direction et de management.

En réalité, je ne sais pas dans quel autre secteur je serais capable de travailler.

— Et votre scolarité ? Est-ce que vos parents s'en sont aussi chargés ?

Elle n'avait aucun mal à imaginer le père de Luke l'initier aux secrets des affaires pendant les dîners familiaux et lui expliquer les décisions qu'il avait dû prendre au cours de la journée. Elle trouvait même cela extrêmement touchant.

Mais Luke n'avait pas du tout l'air de s'attendrir. Au contraire, il semblait se raidir devant son assiette qui refroidissait.

— Non, pas du tout, fit-il d'une voix blanche. Pendant mon enfance et mon adolescence, je n'ai quasiment jamais vu mes parents plus de deux ou trois fois par an. J'ai fait toute ma scolarité dans un internat et, sauf quand j'étais avec Patrick, je passais mes vacances dans les hôtels où mes parents avaient peu de temps à me consacrer.

Elle retint sa respiration. Sous ses airs nonchalants et sa confiance apparemment sans faille, Luke semblait aussi cacher quelques cicatrices. Patrick ne lui avait pourtant jamais dit que son neveu avait été au pensionnat. Détail qui lui semblait désormais fort révélateur.

— Cela a dû être très dur, vous avez dû vous sentir seul.

Il secoua la main devant son visage.

— N'en parlons plus et revenons à nos affaires, vous voulez bien ?

Luke avait raison, elle se montrait bien trop curieuse, indiscrète même. Elle s'en voulut d'avoir orienté la conversation dans une direction personnelle. Il fallait qu'elle la remette sur des rails professionnels, la seule question qui importait de toute façon entre elle et Luke.

— Vous envisagez sérieusement de transformer le *Cora Mae* en hôtel flottant ? demanda-t-elle avant de porter son verre à ses lèvres et de savourer une petite gorgée de vin.

— Tout à fait sérieusement, confirma-t-il. C'est un projet que j'ai déjà eu par le passé, le plan est donc bien avancé.

A l'heure où nous parlons, mon équipe travaille d'arrache-pied aux derniers détails.

Subitement, une idée germa dans son esprit. Et si la raison du testament de Patrick était là ? Et s'il connaissait les intentions de son neveu et qu'il l'avait faite cohéritière pour, justement, l'empêcher de les mener à bien ?

Elle s'accouda à la table et mit une main sous son menton.

— Aviez-vous déjà discuté de ce projet avec Patrick ?

Il leva les yeux au ciel.

— Rapidement, oui.

— Et alors ?

Luke haussa les épaules.

— L'idée d'ancrer un paquebot pour en faire un hôtel flottant ne lui paraissait pas absurde.

— Mais concernant le *Cora Mae* ? Lui avez-vous parlé de vos projets de transformation ?

— Pas précisément, non, c'était inutile à l'époque. Patrick était en pleine forme et personne, pas même lui, ne savait qu'un cancer allait le tuer.

Avant de poursuivre, elle se tamponna les lèvres à l'aide de sa serviette, puis la plia et la posa à côté de son assiette.

— Je crois que j'ai la solution de l'énigme, dit-elle. Il ne fait aucun doute que Patrick voulait que le *Cora Mae* continue à sillonner les mers. S'il m'a désignée comme cohéritière du bateau, c'est qu'il comptait sur moi pour défendre ce qu'il aimait le plus dans son bateau : sa liberté.

Luke passa une main dans ses cheveux et se racla la gorge.

— Excusez-moi, mais, si j'aurais adoré que Patrick se joigne à nous ce soir, je crois que cela sera malheureusement impossible. On ne pourra pas s'entendre si vous cherchez sans cesse à décrypter ses intentions. Nous devons nous concentrer sur le présent et rien d'autre.

Se concentrer uniquement sur le présent ? Tout semblait si simple pour Luke. Si carré, si commode. Mais elle ne l'entendait pas de cette oreille.

— En tant que copropriétaire du *Cora Mae*, je ferai tout ce qui est en mon pouvoir pour qu'il continue de naviguer.

Il sourit. Un désagréable sourire plein de morgue et de suffisance.

— Ma chère Della, vous n'avez pas les moyens de me racheter ma part. Donc nous avons deux choix : soit nous nous mettons d'accord, ce qui semble désormais improbable, soit vous me vendez une partie de vos parts, voire la totalité.

Elle sentit une boule se former dans sa poitrine, mais il ne fallait pas qu'elle se laisse démonter.

— Pourquoi faudrait-il changer quoi que ce soit ? Le bateau est rentable. Vous pouvez très bien nommer un gérant, vous pouvez très bien me nomme moi ! Ainsi, je continuerai le travail de Patrick et le *Cora Mae* ne sera pas condamné à rouiller sur place.

— Vous oubliez un détail : le paquebot fera davantage de profits si on le laisse rouiller sur place, comme vous dites.

Elle secoua la tête.

— Ce bateau est unique, Luke, il représente bien plus qu'une batterie de chiffres comptables. Restez à bord quelque temps et vous comprendrez.

— Le profit est fondamental, dit-il en articulant ses mots. C'est ainsi que fonctionne le monde des affaires.

— Non, juste votre monde et votre travail.

— Et c'est un domaine où j'excelle. Il s'agit même bien davantage que d'un travail, c'est ma vie.

Ses yeux avaient pris un éclat singulier. Il n'avait vraiment pas l'air de plaisanter.

Elle porta son verre à ses lèvres et avala une nouvelle gorgée de vin. Il fallait qu'elle rassemble ses pensées. Comment allait-elle s'y prendre pour le faire changer d'avis ? En était-elle seulement capable ?

— C'est votre vie ? répéta-t-elle.

Il hocha la tête et baissa un instant les yeux.

— Oui, ma vie, insista-t-il. Mon travail est la seule chose sur laquelle je puisse compter. Le seul élément de stabilité de mon existence, le seul élément de constance. Les humains sont versatiles, ils vont où leurs intérêts les mènent et cela peut changer du jour au lendemain. En cas de véritable crise, on ne peut compter sur personne.

Il se mordit l'intérieur des joues et une ride d'inquiétude se forma sur son front.

— Je suis tellement désolée, je ne savais pas que votre travail signifiait autant pour vous, je vous ai mal jugé.

Il eut un petit rire nerveux.

— Je crois que nous sommes deux dans ce cas. Le mieux serait d'admettre que nous ne sommes pas d'accord et que ni vous ni moi n'allons changer d'avis, du moins pas ce soir.

Elle resta silencieuse quelques instants. Il devait forcément y avoir un autre moyen, une autre solution, elle en était persuadée. Elle choisit donc de tenter une autre approche du problème.

— Et sinon, comment trouvez-vous le bateau ?

Il tendit le bras vers la bouteille de vin et remplit une nouvelle fois leurs verres.

— La vie à bord m'a l'air très agréable, c'est indéniable.

— Elle l'est, confirma-t-elle. Une fois à bord, vous oubliez tout simplement que le monde et le temps existent.

Il plissa légèrement les yeux.

— Et le continent, la ville ne vous manquent jamais ?

— Jamais, mais je voulais surtout parler de la vie à bord pour les passagers. Il y a tout sur le *Cora Mae*. Nous avons des coiffeurs, des instituts de beauté, des salons de massage. Nos chefs comptent parmi les plus réputés du monde. Et je ne parle pas des loisirs que nous offrons : mur d'escalade, courts de tennis, patinoire… Et tenez, sur le pont numéro douze, nous avons même une belle pelouse, si jamais la sensation de l'herbe vous manque ou que vous ayez simplement envie d'un pique-nique.

Il leva un sourcil circonspect.

— Mais cela ne remplace pas la vie en ville.

— Si on calcule par personne, je suis sûre que nous proposons davantage de services qu'une ville moyenne. Qui plus est, tous les deux ou trois jours, nous faisons escale quelque part et, très souvent, dans des lieux féeriques.

Elle venait d'ailleurs de résumer l'essence du *Cora Mae* : voguer de port en port, ne s'arrêter que provisoirement, être toujours sur le départ.

Portée par son enthousiasme, elle n'avait même pas remarqué que Luke avait fini son assiette. Le cliquetis des couverts qu'il croisait sur la porcelaine lui fit reprendre conscience de la réalité.

— Tout cela semble très plaisant, je vous l'accorde, mais je ne vais pas asseoir ma décision sur le seul fait qu'une croisière est un moment distrayant.

Elle se frotta les tempes. Son amour pour le *Cora Mae* lui avait fait prendre une mauvaise direction. Luke n'en avait sans doute rien à faire des loisirs et des restaurants disponibles sur le paquebot. Oui, une croisière était loin d'être uniquement distrayante, il fallait qu'elle réussisse à le lui prouver. Et, pour cela, il ne lui restait plus qu'une option.

— Luke, reprit-elle en se levant, j'ai une faveur à vous demander.

Il recula sa chaise et se leva à son tour.

— Oui, dites-moi ?

— Un mois, restez un mois à bord du *Cora Mae* et prenez ensuite votre décision. Après, nous reparlerons de vos projets pour le bateau et de la revente de mes parts, je vous le promets.

Il sembla décontenancé par sa proposition. Un mois représentait une longue période pour un homme d'affaires de sa trempe, même avec toutes les ressources que le paquebot offrait aux professionnels.

— Je vous donne trois semaines, concéda-t-il. Et, pendant ce temps, vous devez me promettre que vous réfléchirez sérieusement à la revente de vos parts, que je choisisse ou non de faire du navire un hôtel flottant, d'accord ?

Elle ne put réprimer un long soupir de soulagement.

— Oui, je vous le promets.

Il lui adressa un grand sourire.

— Alors que le temps de la réflexion commence !

A ces mots, Luke leva la main pour porter un toast. Elle l'imita, et leurs verres s'entrechoquèrent joyeusement.

Della barbotait dans les eaux bleu turquoise d'une petite crique de la baie des Îles, en Nouvelle-Zélande. En temps normal, elle ne profitait pas des escales proposées aux passagers, mais la baie des Îles était un endroit tellement paradisiaque qu'elle s'y échappait dès qu'elle en avait l'occasion. Aujourd'hui, Cal Bateman était de garde, et elle était donc délicieusement libre.

A un détail près : il fallait qu'elle garde les yeux sur sa mission, Luke Marlow.

Ce dernier nageait un peu plus loin, à plusieurs dizaines de mètres de la côte, alternant les grandes brassées de crawl et le papillon. Cet homme ne se relaxait-il jamais ? Même immobile, il avait l'air d'une boule d'énergie prête à bondir.

Il s'arrêta un moment et la regarda. Mouillés, ses cheveux étaient bien plus foncés, ce qui ne faisait qu'accentuer le magnétisme de ses yeux. Comme il était difficile de se détacher de leur emprise… Dans ces lieux magiques, isolés du reste du monde, entre une mer cristalline et une plage de sable blanc, elle aurait presque pu croire qu'ils formaient un couple. Deux personnes qui passaient du temps ensemble parce que chacun trouvait la compagnie de l'autre agréable. Après tout, il ne lui suffisait que de nager quelques minutes pour se retrouver tout près de lui et pouvoir poser les mains sur son torse puissant et nu.

Elle le vit plonger et s'approcher d'elle. Sa gorge se noua… Il n'était désormais qu'à quelques centimètres, à portée de caresse. Elle secoua la tête. Il fallait qu'elle reprenne vite ses esprits et se concentre sur sa satanée mission : convaincre Luke de garder le *Cora Mae* à flot.

— Je vois que vous ne rigolez pas avec la protection solaire, constata-t-il en pointant le haut de plongée à manches longues qu'elle portait par-dessus son maillot de bain.

Elle haussa les épaules.

— C'est que j'ai la peau très claire. Qui plus est, en tant que médecin, je sais combien les risques de cancer de la peau sont élevés en Australie et en Nouvelle-Zélande.

Et, autre avantage d'une telle tenue, ses cicatrices restaient parfaitement à l'abri des regards.

— Oui, parmi les taux les plus élevés du monde, soupira-t-il en s'approchant. J'ai étudié attentivement les brochures proposées aux passagers et je peux vous assurer que j'ai moi-même une protection solaire généreuse, cher docteur Walsh.

— Eh bien, je vous félicite, fit-elle d'un ton qu'elle voulut le plus neutre et le plus professionnel possible.

En réalité, elle avait déjà remarqué que Luke s'était mis de la crème solaire avant d'aller nager. Le voir s'appliquer une huile satinée sur le torse et les épaules ne l'avait d'ailleurs pas laissée indifférente.

— Cet endroit est merveilleux, dit-il en désignant les environs d'un geste de la main. Pour tout vous dire, je suis stupéfait qu'il me soit resté inconnu si longtemps, je pensais pourtant connaître la Nouvelle-Zélande comme ma poche.

— Mais je suppose que vous la connaissez uniquement par vos déplacements professionnels.

Il eut un petit rire. Le frémissement de ses pectoraux la troubla au plus haut point.

— Vous avez raison, en général, les réunions de travail ne se déroulent pas sur des plages de sable fin. Mais dites-moi, pourquoi m'avez-vous emmené ici exactement ?

Elle sourit.

— Avez-vous déjà oublié notre accord, monsieur Marlow ?

Il leva un sourcil.

— L'accord concernait le *Cora Mae*, à moins qu'une clause sur la promotion du tourisme en Nouvelle-Zélande m'ait échappé, je ne vois pas le rapport…

— Il y en a pourtant un, coupa-t-elle. L'un des intérêts de la croisière, c'est que vous pouvez passer des jours dans le luxe d'un navire, puis vous réveiller un matin et avoir ce genre de paysage paradisiaque à vos pieds. Ce n'est pas quelque chose que peut offrir un hôtel flottant.

— L'argument se tient. Et le panier que vous m'avez fait porter jusqu'ici, que contient-il ?

— Le pique-nique que le navire offre à tous ses passagers lors d'une escale. Il plaît énormément.

Il passa une main sur son ventre.

— J'espérais secrètement que vous me disiez cela. Est-ce que 11 heures est trop tôt pour déjeuner ?

Elle ne put s'empêcher de sourire.

— Telle est aussi le propre d'une vie de croisière, il n'est jamais trop tôt ou trop tard pour quoi que ce soit. Le jour nous appartient, dans l'ordre que nous dictent nos désirs. Est-ce qu'un hôtel permet ce genre de fantaisies ?

— Je ne crois pas, alors autant en profiter.

Il lui prit alors la main pour la conduire sur la plage. Ses doigts étaient chauds et fermes. On aurait dit qu'une cascade de bulles de champagne éclatait à la surface de sa peau.

Désireuse de calmer son émoi, elle plongea dans l'eau fraîche et rejoignit le bord à grandes brassées. Il fallait qu'elle garde soigneusement ses distances avec Luke. Son numéro de séduction était très probablement dû à sa volonté de lui faire vendre ses parts du paquebot. L'homme était aussi rusé qu'un renard ; conserver un soupçon de méfiance à son égard était plus que nécessaire.

Arrivée sur la plage, elle attrapa une grande serviette et s'enveloppa dedans, afin de pouvoir ôter son haut de plongée et le remplacer par un T-shirt sec. Lorsqu'elle leva les yeux, elle vit le regard de Luke posé sur sa clavicule.

Elle retint sa respiration. La bretelle de son maillot de bain avait glissé et l'une de ses cicatrices était bien visible.

Prise de panique, elle ajusta le haut de son maillot et cacha au plus vite le reste de sa poitrine sous son T-shirt.

Luke ne put lâcher Della du regard. La façon dont elle avait détourné les yeux et s'était littéralement enfermée dans son T-shirt ne lui disait rien qui vaille. Et il n'était pas prêt à passer à autre chose.

Il s'avança vers elle et désigna sa clavicule.

— Della, que s'est-il passé ? murmura-t-il.

Elle eut un mouvement de recul et croisa les bras.

— Rien, rien, bredouilla-t-elle.

— Pourtant, ce genre de cicatrices ne vient pas tout seul.

Elle se figea et baissa les yeux.

— Je voulais dire, rien d'important.

— J'ai pourtant l'impression que si. Vous ne voulez pas m'en parler ?

Elle eut un sourire crispé.

— Si vous voulez vraiment savoir, il suffit de faire une recherche internet, les journaux en ont beaucoup parlé.

Subitement, l'atmosphère, pourtant tiède et agréable, sembla devenir glaciale. Un méchant frisson lui parcourut l'échine, comme s'il comprenait, sans comprendre, ce qu'elle venait de lui dire.

— Non, Della, je ne veux pas lire ça dans un article, je veux que vous m'en parliez, vous-même.

Ses yeux se perdirent un long moment sur la mer, puis revinrent vers lui.

Elle avait le visage blême et le regard empreint de gravité.

— C'était il y a deux ans, dit-elle après une longue inspiration. Un soir, à Melbourne. Il y avait une femme…

Elle s'arrêta un instant, comme pour réprimer un sanglot.

— Avec Shane, mon mari, nous sortions du restaurant et nous l'avons entendue crier. Nous avons couru pour lui venir en aide.

Sa voix était hésitante, troublée par le rythme haletant de sa respiration.

Il posa la main sur son poignet.

— Prenez votre temps, Della.

— Nous sommes arrivés à l'entrée d'une ruelle sombre. La femme était là.

Une larme coula sur sa joue.

— Quatre hommes l'encerclaient. On ne pouvait pas la laisser.

— Bien sûr, fit-il, la gorge nouée. Moi non plus, je n'aurais pas été capable de la laisser.

Elle hocha légèrement la tête.

— Shane s'est précipité dans la ruelle, en hurlant. J'ai tout de suite sorti mon téléphone pour appeler la police, mais, quand j'étais en train de composer le numéro, j'ai senti qu'on me l'arrachait. C'était l'un des hommes.

— Della…

L'angoisse le raidit. Il avait l'impression que la scène se déroulait sous ses yeux. Il serra les poings. Le sentiment d'impuissance tendait douloureusement ses muscles.

— Là, j'ai regardé le reste du groupe et j'ai vu que la femme avait réussi à s'échapper. Ce qui était une bonne nouvelle.

Sa voix se brisa.

Il lui caressa doucement l'épaule.

— La mauvaise, c'était que les quatre hommes se trouvaient maintenant face à vous, n'est-ce pas ?

Elle répondit par un geste silencieux de la tête. Ses yeux se mouillèrent de larmes.

— Ensuite, ajouta-t-elle dans un souffle, c'est le trou noir. Je me suis réveillée à l'hôpital après plusieurs jours de coma. Là, j'ai appris que la femme avait réussi à appeler les secours, mais il était trop tard pour Shane. Il avait été poignardé à plusieurs reprises et son cœur avait été touché. On m'a dit qu'il était mort dans l'ambulance.

— Je suis tellement désolé, dit-il en lui prenant les mains.

Elles étaient froides et tremblantes.

— D'où vos cicatrices…

— Oui, elles viennent de ce soir-là. Mes agresseurs m'ont laissée pour morte, mais les chirurgiens de l'hôpital de Melbourne ont réussi à me sauver. Je leur dois la vie.

Il ne sut quoi dire. Il se sentait tellement stupide et inutile. Que pouvait-il faire ? La prendre dans ses bras ?

L'embrasser ? Comme si un baiser allait suffire pour apaiser ces souvenirs atroces…

Subitement, il comprit. La pudeur extrême que manifestait Della, son malaise face aux hommes — face à lui ou au steward qui était venu leur apporter à dîner — venaient de cette tragédie. A l'évidence, elle se protégeait du désir des hommes, car elle avait honte de son corps meurtri. Sans doute redoutait-elle aussi sa propre féminité, ses propres désirs.

Voilà donc ce qu'il était en mesure de faire : l'aider à reconquérir ce que cette terrible agression avait tué en elle, l'aider à se reconquérir elle-même.

- 5 -

Le matin suivant, Della s'apprêtait à retrouver Luke pour lui proposer un tour du bateau — un autre de ses arguments pour le persuader de garder le *Cora Mae* comme navire de croisière. Dans sa mémoire, elle chercha quelques petites bribes d'information, une anecdote que Patrick lui avait racontée et qui allait pouvoir lui être utile. Elle en trouva un certain nombre, mais aucune ne lui semblait véritablement opportune.

Un détail lui revint alors à l'esprit : l'une des cuisinières qui travaillait sur le paquebot était déjà l'employée de Patrick sur un autre de ses bateaux lorsque Luke était enfant. Vérification prise auprès de la cuisinière, la femme se rappelait parfaitement le petit Luke. Il s'agissait donc d'un formidable point de départ : attiser un sentiment de nostalgie chez Luke, lui faire comprendre que l'âme du *Cora Mae* était celle d'un bateau naviguant sur les mers et espérer que son cœur le pousse à changer d'avis.

Car, laissé à lui-même, Della le savait, Luke était focalisé sur les chiffres et les tableurs. Pour qu'elle puisse le convaincre de ne pas ancrer définitivement le *Cora Mae*, il fallait qu'ils parlent le même langage et se retrouvent à mi-chemin entre la raison et les sentiments. Pour ce faire, elle devait inviter les émotions de Luke dans le débat. Telle était sa seule chance de lui faire prendre la bonne décision.

La poitrine gonflée d'un agréable pressentiment, elle sortit de sa cabine et alla rejoindre le foyer principal, où elle devait retrouver Luke.

Il l'attendait déjà. Les mains nonchalamment posées

sur les hanches, il était plus beau que jamais. Tellement séduisant que cela en devenait presque insupportable.

— Bonjour, Della, fit-il lorsqu'elle arriva à sa hauteur. Quelle est la première étape de votre mystérieuse excursion ?

Elle ne put s'empêcher de sourire.

— Le point de départ, à savoir les ponts inférieurs, les salles des machines et les cuisines.

Il leva les yeux au ciel.

— Et moi qui pensais passer une nouvelle matinée à barboter dans des eaux turquoise.

L'image de Luke, la veille, torse nu dans l'eau de la baie des Îles, accéléra les battements de son cœur. Ses pectoraux puissants, quelques fines gouttelettes étincelant sur sa peau mordorée… Il ne s'agissait même pas d'un souvenir, elle avait l'impression de le voir devant elle. Pire, le frisson qu'elle avait ressenti quand il avait pris sa main revint l'obséder. Elle retint sa respiration, puis s'éclaircit nerveusement la gorge.

— Ce sera pour une prochaine fois, répondit-elle en détournant le regard.

Une prochaine fois, oui, mais pas avant qu'elle ne se soit débarrassée du trouble que Luke suscitait en elle.

— J'espère que vous ne m'emmenez pas trop à l'aventure, plaisanta-t-il, car je ne sais pas si j'ai pris les bons vêtements.

Elle examina son pantalon en lin et son polo bleu clair, ajustés au plus près de son corps d'athlète.

— Votre tenue ne posera pas de problème, décréta-t-elle.

Il éclata de rire et lui lança un clin d'œil.

— Dites-moi, ma chère Della, demanda-t-il avec une pointe d'ironie dans la voix, vous êtes toujours aussi enjôleuse avec les hommes ou vous me réservez un traitement de faveur ?

— Pourquoi, monsieur Marlow, vous êtes en mal de compliments ?

— A vrai dire, je crois que j'adore ne pas en recevoir, l'effet de nouveauté est tout à fait roboratif.

Elle pouffa et poursuivit sur le même registre railleur tandis qu'ils descendaient jusqu'aux cuisines.

— Sincèrement, je vous plains. Quelle vie vous devez avoir à toujours crouler sous les louanges !

Son visage se fit subitement sérieux.

— Quand ils sont sincères, ça va. Mais, lorsqu'on tombe dans la flagornerie, ou quand les gens vous passent de la pommade avec une petite idée derrière la tête, cela peut devenir vraiment très pénible, croyez-moi.

Compte tenu de sa fortune, de son pouvoir et de son charme ravageur, elle n'avait aucun mal à le croire. Luke devait sans doute supporter son lot de jaloux et d'hypocrites.

— Très bien, admit-elle, je ferai donc tout mon possible pour limiter mes flagorneries aujourd'hui.

— Docteur, votre générosité vous perdra.

Elle répondit par un petit soupir et poussa un battant de la double porte menant aux cuisines, dont elle scruta aussitôt les lieux à la recherche de sa proie. Elle la trouva près des fourneaux.

— Salut, Roxie !

Une cinquantenaire aux beaux cheveux roux portés en chignon tourna la tête et lui adressa un grand sourire.

— Docteur Walsh, s'exclama-t-elle, quel plaisir de vous voir ici !

Prenant ses mains dans les siennes, Roxie jeta un regard vers Luke en inclinant légèrement la tête.

— Et vous devez être M. Marlow. J'ai entendu que vous étiez à bord, mais je n'ai pas eu une minute à moi pour venir vous saluer. Cela me fait aussi très plaisir de vous revoir.

Une expression de perplexité se dessina sur le visage de Luke.

— Nous nous connaissons ? fit-il en tendant une main vers Roxie.

La cuisinière sourit.

— Oh ! je me doutais bien que vous ne vous souviendriez pas de moi, vous étiez haut comme trois pommes quand vous veniez jouer à cache-cache dans les cuisines du *Princesse Cora*.

Della croisa les mains derrière son dos. Elle n'avait plus qu'à attendre que la magie opère.

Luke écarquilla les yeux.

— Non ! fit-il en levant une main à son front. Madame Appleby ?

— En personne, répondit Roxie.

— Mais bien sûr que je me souviens de vous ! Je venais chiper vos succulents cookies !

Roxie secoua joyeusement la tête.

— Vos préférés, oui, mais je peux maintenant vous l'avouer, j'étais au courant de votre manège et j'en faisais toujours un peu plus que prévu pour vous.

Mais, d'un coup, son visage se ferma.

— Je suis tellement désolée pour votre oncle, ajouta-t-elle d'une voix blanche. C'était un homme formidable.

Luke la prit par l'épaule.

— Merci de votre sollicitude, mais assez de tristesse. Vous n'auriez pas quelques-uns de ces cookies, par hasard ?

Roxie fit une moue espiègle.

— Ils ne sont plus au menu depuis bien longtemps, mais rassurez-vous, comme je savais que vous étiez dans les parages, j'en ai préparé une fournée pas plus tard qu'hier.

Luke se frotta le ventre.

— J'en ai l'eau à la bouche. Je crois bien ne pas avoir croqué dans un cookie aux raisins depuis mes douze ans.

— Attendez une minute, fit Roxie d'une voix chantante, je vais vous en chercher.

En la regardant s'éloigner, Della sentit une légère pointe de satisfaction monter dans sa poitrine. Bien sûr, elle était loin d'avoir encore gagné la partie, mais elle venait de remporter une étape cruciale en faisant comprendre à Luke que le *Cora Mae* ne se résumait pas à une liste de pertes et de profits. Le navire était aussi une aventure humaine, riche de petites joies comme de très grands bonheurs.

Quand Roxie revint, elle tendit à Luke un petit sachet en papier marron.

— Merci beaucoup, madame Appleby, dit Luke, les yeux brillants de gourmandise.

— Si vous en voulez encore, faites-le-moi savoir, répondit Roxie avant de retourner à sa tâche. Je vous en concocte une nouvelle fournée dès que vous le souhaitez !

Après avoir pris congé de la cuisinière, Della se dirigea vers la sortie. Luke lui emboîta le pas.

— Si vous voulez, je veux bien vous en donner un, lança-t-il en lui tendant le sachet de gâteaux. Il doit bien y en avoir une bonne dizaine là-dedans.

— Uniquement si je peux vous offrir le café qui va avec.

Maintenant, il fallait que Della passe à l'étape suivante de son plan et qu'elle ne perde pas l'avance que Roxie lui avait offerte.

— Très bien, je vous suis.

Sans plus attendre, elle le conduisit à son café préféré du paquebot, le Petit Paris, situé sur le pont des boutiques, où un pâtissier français vous préparait des douceurs à tomber à la renverse et un café au goût de paradis.

Elle choisit une table idéalement située sur la terrasse pavée du café, à quelques mètres de sa vitrine. Là, elle allait avoir tout le loisir de vanter les mérites de la zone commerciale du *Cora Mae*, où les passagers pouvaient faire leurs emplettes dans les plus grandes marques de luxe, tout en profitant d'une généreuse détaxe.

— Qu'est-ce que je peux vous offrir ? demanda-t-elle.

— Un double expresso noir et sans sucre, s'il vous plaît.

Une poignée de minutes plus tard, quand elle revint avec son plateau, elle trouva Luke confortablement installé, ses longues jambes dépliées devant lui et l'air songeur.

Il plongea ses yeux dans les siens.

— Vous saviez pour Roxie Appleby et ses cookies, n'est-ce pas ?

Elle lui sourit.

— Oui, confirma-t-elle, Patrick adorait me raconter

vos aventures lorsque vous veniez lui rendre visite pour les vacances.

Luke éclata de rire. Un rire chaud et sensuel qui la fit frémir.

— Quand je pense que tout le monde était au courant de mes entourloupes, alors que je me prenais pour un James Bond en culottes courtes !

Elle resta silencieuse un instant. La vérité, qu'elle n'était pas encore prête à lui révéler, c'était que Patrick adorait offrir à son neveu trop sérieux la possibilité de s'encanailler quelques semaines dans l'année.

Avant de mordre dans un cookie, il lui demanda :

— En fait, vous avez manigancé toute cette histoire afin de titiller une corde sensible chez moi. Je me trompe ?

— Non, Luke, vous ne vous trompez pas. Reste que le lien affectif entre le bateau et son personnel est bien réel, je vous assure.

— Vous êtes machiavélique, dit-il avec un sourire en coin.

— Je voulais aussi que vous mettiez un visage sur les individus qui dépendent de nous, tous ceux que notre décision affectera directement.

Les mêmes visages qui la hantaient quand elle réfléchissait aux choix qu'elle allait devoir faire, maintenant qu'elle était propriétaire de la moitié du paquebot.

Il avala une gorgée de café.

— Mais Roxie gardera son travail si le *Cora Mae* devient un hôtel flottant. Pour elle, rien ne changera.

— Oui, soupira Della, mais il est aussi possible que Roxie ne veuille pas garder son travail dans un hôtel flottant. Les croisières du *Cora Mae* lui permettent de voir ses enfants et ses petits-enfants très souvent, car sa famille est éclatée entre l'Australie et la Nouvelle Zélande. Si vous ancrez définitivement ce paquebot, je suppose qu'elle en cherchera un autre aux parcours similaires.

Luke fronça les sourcils et épousseta les quelques miettes qui étaient tombées sur ses cuisses.

— Vous n'êtes quand même pas en train de me dire que

je devrais faire reposer l'avenir de mon entreprise sur les préférences de Roxie Appleby en matière de lieu de travail ?

Le ton était subitement devenu plus sec.

— Non, bien sûr, concéda Della, je cherche juste à vous faire comprendre que le bateau est aussi un ensemble d'individus où les problèmes de chacun sont différents.

Le but était de faire jaillir dans l'esprit de Luke des doutes quant à la perfection de son projet. Il fallait donc qu'elle avance prudemment, pas qu'elle le braque. Le moment était venu de passer à l'étape suivante.

— Je dois prendre ma garde après le déjeuner, ajouta-t-elle. Nous avons donc encore un peu de temps devant nous. Je peux vous proposer un tour à la patinoire, une partie de golf ou de tennis. Quelle serait votre préférence ? Nous pouvons aussi tester le mur d'escalade.

Il haussa les épaules.

— Va pour le golf.

— Minigolf, practice ou green d'entraînement ?

A chaque option possible, elle levait un doigt, afin de signifier la diversité des activités offertes par le *Cora Mae*.

Luke se frotta un instant la mâchoire.

— J'hésite, répondit-il d'un ton malicieux.

Elle fit semblant de le défier en levant le menton.

— Si vous espériez que je sois votre caddie, je vous arrête tout de suite, je m'y refuse.

Il s'esclaffa et ses lèvres sensuelles s'étirèrent en un délicieux sourire.

— Agréable de voir que vous êtes prête à vous démener pour votre cause, ironisa-t-il, mais le *Cora Mae* a beau être énorme, je pense qu'un caddie n'est pas nécessaire, quel que soit le parcours.

— Dans ce cas, qu'est-ce qui vous fait hésiter ?

Certes, elle ne connaissait pas Luke Marlow depuis longtemps, mais elle avait déjà appris que l'inattendu n'était jamais bien loin avec lui.

Il plongea les yeux dans les siens.

— Je ne sais pas, fit-il d'un ton mystérieux, est-ce que vous jouez, docteur Walsh ?

— J'ai déjà joué au minigolf, et vous ?

Il eut un petit rire ironique.

— Moi, jamais. Par contre, du vrai golf, oui, je me suis souvent fait ce plaisir.

Dans ses yeux, elle vit passer une lueur de joie. Une bonne nouvelle. Elle le voulait le plus relaxé et le plus heureux possible. Qu'il soit de bonne humeur était un avantage indéniable pour le *Cora Mae* et son avenir.

— Dans ce cas, que diriez-vous de taper quelques balles au practice ? proposa-t-elle.

— Je dis que c'est une excellente idée.

A ces mots, il se leva.

Della l'observa un instant. Il était si grand, ses épaules étaient si puissantes qu'elle sentit les battements de son cœur s'accélérer. Allait-elle pouvoir rester concentrée tout en le regardant user de cette impressionnante musculature pour contrôler son swing ?

Elle se mordit la lèvre, prit une profonde inspiration, et se leva à son tour de sa chaise. Elle allait devoir redoubler de prudence et de vigilance, voilà tout. En outre, elle n'allait pas forcément devoir le regarder. Il suffisait qu'elle reste focalisée sur son propre club, et le tour serait joué.

Luke regarda Della se mettre en place devant la balle. Les instructeurs du practice leur avaient proposé de mesurer leur lancer grâce à un logiciel, qui offrait par ailleurs diverses statistiques sur la vitesse de la balle, sa trajectoire, et quelques techniques pour s'améliorer au coup suivant.

Il devait l'admettre, excepté sa taille, ce practice n'avait rien à envier aux terrains de golf les plus réputés qu'il avait pu fréquenter. Reste qu'il n'était pas au mieux de sa forme aujourd'hui. Sa main n'était pas encore parfaitement cicatrisée et, surtout, la présence de Della le rendait étrangement nerveux.

Elle rapprocha ses pieds du tee, puis les écarta pour qu'ils forment une ligne avec ses épaules, comme il le lui avait appris quelques minutes plus tôt. Son dos était droit, ses genoux souples, et le rebondi de ses fesses, une caresse pour les yeux. Elle leva son club et, avec un coup sec, lança la balle au loin. Quel effort surhumain il dut faire pour suivre la balle des yeux et ne pas les laisser là où ils voulaient être… A savoir sur les courbes magnifiques de Della.

— Encore trop court, commenta-t-il en jetant un regard à l'écran de contrôle. Mais pas aussi mauvais que la dernière fois.

Elle se retourna et le gratifia d'un petit sourire en coin.

— Vous parlez toujours de manière aussi enjôleuse aux femmes ou vous me réservez votre talent ?

Il éclata de rire.

— Ce n'est pas ma faute, Della, vous m'inspirez.

— Vous n'êtes qu'un beau parleur, protesta-t-elle en agitant la main, avant d'installer une nouvelle balle sur le tee. C'est vraiment bien plus difficile que le minigolf.

— Si peu, s'amusa-t-il. Vous savez, Della, si je ne vous faisais pas confiance, j'aurais du mal à croire que c'est votre première fois au practice, vous semblez si à l'aise.

A peine avait-il prononcé ces mots qu'il se raidit. « Confiance » ? Pourquoi avait-il usé d'un terme pareil ? Il serra les poings. Quelque chose avait définitivement changé depuis la veille, depuis que Della lui avait raconté la tragédie qu'elle avait vécue avec la mort de son mari et son agression à l'arme blanche.

Et il ne fallait pas qu'il se laisse embarquer là-dedans. La confiance était un bien mauvais présage. Pour ses affaires, pour son avenir, pour lui-même… La confiance, il le savait mieux que personne, finissait par laisser un goût bien amer en bouche : le goût de la trahison et du ressentiment.

S'il faisait confiance à Della, il n'allait plus pouvoir croire qu'elle avait forcé Patrick à lui léguer la moitié du *Cora Mae*. Et, en dehors de l'abus de faiblesse, la décision de son oncle était parfaitement absurde.

— Quelque chose ne va pas ? demanda Della en s'approchant de lui.

Il leva les yeux vers elle.

— Non, tout va bien, mentit-il, un petit coup de fatigue, rien de plus. Mais dites-moi, à quelle heure prenez-vous votre garde ?

— A midi, répondit-elle.

Il jeta un rapide coup d'œil à sa montre.

— Trop tard pour tester le minigolf.

— Je le crains, oui, admit-elle. Mais nous pouvons toujours nous retrouver après mon service, si vous le voulez. Je termine à 15 heures.

Il se frotta les mains.

— Excellente idée, mais j'aimerais ajouter un petit enjeu à cette future partie.

Elle pouffa.

— La compétition vous démange, n'est-ce pas ?

— La compétition est inscrite dans mes gènes. Et puis, cela pourrait nous aider à accélérer nos affaires.

— Que voulez-vous dire ?

— Par exemple que, si je gagne, vous acceptez mon projet pour le *Cora Mae*. Si vous gagnez, j'accepte qu'il continue ses croisières.

Della leva un sourcil circonspect.

— Le défi est tentant, mais un peu trop dangereux à mon goût. Que diriez-vous de celui-ci : si je gagne, vous devez tester le mur d'escalade.

Il éclata de rire.

— Ce n'est pas un défi pour moi, voyons, j'adore les sports extrêmes. Mais soit, si vous gagnez, je passe une journée entière à l'institut de beauté.

— Faites attention, je vais vous prendre au mot. Et vous allez vous retrouver en peignoir avec un masque vert sur le visage.

— Je n'ai pas peur, répliqua-t-il en gonflant le torse. A ce qu'il paraît, ce bateau offre des services exceptionnels.

Elle lui donna une légère tape sur la main.

— Arrêtez de vous moquer de moi, Luke…

— J'ai trouvé ! coupa-t-il. Si vous gagnez, je promets de tester l'institut de beauté, mais, si je gagne, c'est vous qui devrez y passer la journée.

Elle écarquilla les yeux. A l'évidence, il venait de la surprendre. Un bon point, un très bon point.

— Très bien, pari tenu, concéda Della après quelques secondes de silence.

Mais savait-elle qu'elle n'était pas au bout de ses surprises ?

A 15 h 30, Della prit l'ascenseur menant au pont supérieur et se dirigea vers le terrain de minigolf. Elle s'était changée pour un short et un débardeur blancs, des tennis et une casquette de base-ball. Elle était là pour gagner. Que Luke passe la journée au spa était dans son programme, mais elle savait que, sans le pari, il aurait rechigné. Luke Marlow n'était pas un homme à passer une journée entière à prendre du temps pour lui-même et à se relaxer. Et c'était précisément ce que Della voulait : qu'il oublie ses responsabilités, qu'il se crée des souvenirs agréables et, en un mot, qu'il tombe fou amoureux du *Cora Mae*. Telle était la seule solution pour qu'il prenne la bonne décision concernant son avenir.

Luke était déjà arrivé. Elle le vit, accoudé au comptoir de la réception. De l'autre côté, la jeune femme de l'accueil semblait se pâmer pour lui. Et comment en aurait-il pu être autrement ? Avec ses lunettes de soleil remontées dans ses beaux cheveux, son regard de braise et sa carrure d'athlète, Luke était simplement irrésistible.

Elle prit une profonde inspiration. Il fallait qu'elle garde la tête froide et ignore l'aura magnétique de Luke. D'un pas décidé, elle s'avança vers le comptoir.

— Della, fit celui-ci tandis qu'elle s'approchait de lui, j'étais justement en train de parler de notre pari à Christina ici présente.

Christina rougit et hocha la tête, ce qui fit remuer sa queue-de-cheval blonde.

— Et je lui disais que c'était une très bonne idée, pouffa-t-elle sans jamais quitter Luke des yeux. Bonne chance !

Elle leur tendit alors leurs clubs et la carte de score, puis désigna la ligne de départ avec de nouvelles paroles d'encouragement.

— Vous vous êtes trouvé une pom-pom girl à ce que je vois, constata Della avant d'inscrire son nom sur le carton de score.

— Ne soyez pas jalouse, voyons.

De fait, le désagréable pincement qu'elle ressentait ressemblait fort à une pointe de jalousie. Elle aurait voulu se mettre des gifles.

Elle secoua la tête et changea bien vite de sujet.

— Voulez-vous que l'on tire à pile ou face pour savoir qui commence ?

— Ce serait le plus juste, mais vous m'en voudriez si je vous demandais de commencer, par galanterie ?

— Si vous voulez vraiment vous en remettre aux bonnes manières, rétorqua-t-elle, vous êtes mon invité sur ce bateau. C'est donc à vous de commencer.

Il haussa les sourcils.

— Bon, je crois que la pièce s'impose, pile ou face ?

— Face.

De sa poche, il sortit alors une petite pièce brillante, qu'il lança en l'air. Il la rattrapa, la claqua sur sa main et… ce fut face.

— Vous voyez, s'amusa-t-il, le destin aussi aime la galanterie, à vous maintenant de m'éblouir.

Son ventre se noua.

— Pas de pression, s'il vous plaît, ne cherchez pas à me déconcentrer pour remporter le pari.

— Vous me donnez pourtant l'impression d'adorer la pression, je me trompe ?

Elle haussa les épaules.

— Dans mon travail, la pression m'aide, c'est indéniable. Mais en dehors, non, ce n'est pas quelque chose que je recherche.

— Vous m'étonnez, docteur Walsh, plaisanta-t-il avec un regard des plus charmeurs.

Une étrange sensation s'éveilla en elle. Imaginer qu'elle puisse être étonnante pour Luke n'était pas pour lui déplaire, bien au contraire. En vérité, elle voulait même être époustouflante à ses yeux. Elle laissa échapper un soupir… D'où lui venaient de telles idées ? Elle devait se ressaisir.

— En parlant de surprise, poursuivit-elle, ne pensez-vous pas que ce parcours de minigolf sera bien moins surprenant pour les passagers d'un hôtel flottant ? Avouez que jouer pendant que le navire avance a quelque chose de vraiment exceptionnel, non ?

Une ombre passa dans son regard.

— Je vous le concède, mais je pense qu'avec la Grande Barrière de corail, mes clients ne m'en tiendront pas grief.

Mes clients. Son inconscient avait parlé et, manifestement, il ne la considérait pas comme propriétaire à part entière du *Cora Mae*. Raison de plus pour qu'elle gagne la partie.

Au bout de six trous, Luke n'avait qu'une toute petite avance de deux points. Etant donné son expérience des greens, il aurait cru faire une bouchée de Della, mais non, il devait bien l'admettre, elle se défendait comme une tigresse.

— Concernant votre journée au spa, dit-il d'un ton qu'il voulut faussement innocent, vous envisagez aussi une pédicure ? Une manucure ? Pour tout vous dire, j'adorerais voir vos orteils parés d'un beau vernis vermillon.

Elle lui lança un regard noir.

— Monsieur est fétichiste des pieds ?

Il ne put s'empêcher d'éclater de rire, ce qui, malheureusement, lui fit taper la balle un peu trop fort. Della marqua donc le point suivant.

— Restez concentré, monsieur Marlow, ironisa-t-elle.

Nous ne sommes plus qu'à un point d'écart, à vous de réfléchir à votre manucure.

Il lui sourit. Il aimait la résistance de Della, toute l'énergie qu'elle mettait à vouloir gagner.

— Alors souhaitez-moi bonne chance, fit-il avant de frapper une nouvelle fois dans la balle, qui manqua encore le trou.

Della leva son club en l'air.

— Egalité ! s'écria-t-elle. Ce que je vous souhaite, c'est de passer un excellent moment de détente au spa !

Il inclina la tête. Qu'il passe une journée à l'institut de beauté semblait lui tenir énormément à cœur et, si par malheur, il finissait par perdre la partie, il serait beau joueur et respecterait les termes du pari. Après tout, il n'avait pas menti en disant ne vouloir fermer aucune porte concernant l'avenir du *Cora Mae* et, jusqu'au bout, il allait laisser Della essayer de le convaincre. Mais, de son côté, était-elle aussi disposée à le laisser transformer le paquebot en hôtel flottant ? Il ne pouvait que l'espérer.

— J'y pense, dit-il en regardant Della préparer son coup, si nous finissons à égalité, vous viendrez avec moi au spa ?

Elle lui sembla déroutée par une telle éventualité, à laquelle elle n'avait manifestement pas réfléchi. Etait-ce la possibilité de dévoiler ses cicatrices qui l'effrayait ?

— Mon petit doigt me dit que vous avez prévu votre coup depuis le début. Je me trompe ?

Il leva les bras.

— Je plaide non coupable, Votre Honneur, je viens tout juste d'avoir cette idée !

Elle plissa les yeux.

— J'en doute, mais je vais faire comme si.

— Peut-être que votre scepticisme naturel vous joue des tours ?

— Ce que mon scepticisme me suggère, c'est surtout que vous jouez trop bien pour quelqu'un qui prétend ne jamais avoir expérimenté le minigolf, et c'est louche.

Il s'esclaffa.

— Je n'ai jamais joué au minigolf, je vous jure, mais j'ai souvent joué au vrai golf et au billard. Après tout, ce jeu est une sorte de mélange des deux.

Elle resta pensive quelques instants, avant de concéder :

— Vous avez sans doute raison, disons que je vous fais à mon tour confiance.

A ces mots, elle éclata de rire. Un rire cristallin et enchanteur. Il eut l'impression que son cœur venait de manquer un battement, comme si le monde autour de lui s'était arrêté. Comme s'il n'y avait plus que Della dans ce monde, Della et ses beaux cheveux cuivrés dansant dans la brise marine, Della et ses yeux malicieux. Della, qu'il ne put qu'imiter en riant à son tour de bon cœur… avant de réaliser ce qui venait de se passer.

Il était en train de se relaxer. Pour la première fois depuis longtemps, il se sentait léger, libre, en vacances. Malgré le deuil de Patrick, malgré les montagnes de travail qui l'attendaient, le rire de Della lui faisait baisser sa garde.

Mais la tension reprit bien vite sa place familière dans sa poitrine. Non, non et non, il ne devait pas baisser la garde. Pour reprendre ses esprits, il hocha alors la tête et se racla la gorge.

— Et ce soir, quel est le programme ? demanda-t-il.

Elle sembla étonnée par sa question. Agréablement étonnée.

— Je ne sais pas, répondit-elle avec une moue délicieuse, je pensais vous laisser tranquille, il paraît que vous êtes un homme d'affaires très pris et que vous avez énormément de travail.

— Je travaille avec vous, rétorqua-t-il d'un ton qu'il voulut le plus neutre possible.

Della resta silencieuse quelques secondes.

— Laissez-moi réfléchir, j'ai les dossiers de mes patients à mettre à jour mais, vers 19 heures, on peut se retrouver au foyer principal, en bas de l'escalier central. Cela vous dit ?

— Parfait, acquiesça-t-il.

Il avait donc de longues heures devant lui, soit suffisamment de temps pour se rafraîchir les idées, et revenir à l'essentiel : les affaires. Les affaires et rien que les affaires.

A partir de ce soir, les cartes allaient être rebattues. Il allait convaincre Della de le laisser transformer le *Cora Mae* en hôtel flottant. Et il allait gommer les sentiments bien trop dangereux que Della faisait naître en lui.

- 6 -

Della attendait Luke au pied de l'escalier. Pour une fois, c'était elle qui était en avance. Pensive, elle passa les doigts sur le boléro en dentelle de sa robe. Cette tenue avait quelque chose de nouveau pour elle, de presque extravagant. Mais, lorsqu'elle avait vu ce fourreau vert d'eau rehaussé de sequins, avec son bustier noir aux manches trois quarts finement ajourées dans l'une des boutiques du paquebot, elle n'avait pu résister. Etait-ce là le signe d'un changement, elle qui avait mis un point d'honneur à ne porter que des habits simples depuis la mort de son mari ? Peut-être…

Elle prit une profonde inspiration et vérifia une énième fois que ses cicatrices étaient hors de vue. Elles l'étaient, ce qui lui donnait une raison supplémentaire d'adorer cette robe réussissant l'exploit d'être à la fois suggestive et adroitement pudique.

Levant la tête, elle vit Luke qui s'approchait. Son cœur se mit à cogner dans sa poitrine et mille pensées tourbillonnèrent dans sa tête, à la mener au bord du vertige.

Comme à son habitude, il était beau comme un dieu. A la fois solide et nonchalant, présent et ténébreux… si magnétique. Ses cheveux humides ramenés en arrière soulignaient les traits racés de son visage. Sa chemise bleu ciel accentuait la puissance de ses épaules et de son torse. Une déconcertante envie de faire courir ses doigts sur cette musculature lui coupa un court instant le souffle. Que lui arrivait-il ?

— Bonsoir, Della, lança-t-il avec un irrésistible sourire. Vous êtes stupéfiante ce soir.

Elle s'éclaircit la voix, dans l'espoir de camoufler les palpitations de son cœur.

— Bonsoir, Luke, merci pour le compliment. Qu'est-ce qui vous ferait envie ce soir ? Un concert, le bar à vins ?

Il fourra les mains dans ses poches et haussa les épaules.

— Je suppose que l'on peut danser sur ce bateau ?

— Bien sûr, confirma-t-elle, heureuse de pouvoir reprendre son rôle de guide touristique et d'oublier le trouble qui l'enflammait. Si vous êtes d'humeur contemporaine, je vous conseille la discothèque du pont 9. Sinon, il y a un dancing rétro au pont 5 et, si vous préférez la valse, le Blue Moon du pont 4 est fait pour vous.

Il plongea les yeux dans les siens. Elle se sentit rougir.

— Quelle serait votre préférence ?

Son ventre se serra. Elle commençait à comprendre où Luke voulait en venir, et ce n'était pas du tout la direction que devait prendre cette soirée.

— Je ne…, bredouilla-t-elle, la gorge nouée. En réalité, je n'en ai aucune, je n'aime pas vraiment danser.

Mensonge. Elle aimait danser, elle avait juste déserté les pistes de danse depuis la mort de Shane et, plus que tout, elle redoutait de se retrouver dans les bras de Luke.

Il resta silencieux quelques secondes, l'air circonspect.

— Je ne vous crois pas.

— C'est pourtant la vérité, confirma-t-elle.

A s'entendre, elle se rendit compte qu'elle avait prononcé cette phrase bien plus sèchement qu'elle ne l'aurait voulu. Elle tenta de se radoucir.

— Mais, si vous voulez, je peux vous conduire à l'endroit qui vous chante et je suis persuadée que vous n'aurez aucun mal à vous trouver une partenaire.

Il se racla la gorge.

— Non, Della, c'est avec vous que je veux danser.

Sa voix était aussi chaude et fondante qu'un carré de chocolat noir.

Comme s'il voulait l'empêcher de trouver une nouvelle excuse, il lui prit la main. Elle frissonna.

— Della, s'il vous plaît, détendez-vous. Venez danser avec moi.

Danser ? Avec Luke ? La dernière fois qu'elle s'était retrouvée dans les bras d'un homme, à se fondre dans ses gestes pour suivre le rythme de la musique sur une piste de danse, il s'agissait de Shane, son mari. La proposition de Luke n'avait donc rien d'anodin. Pire, elle était dangereuse. Une pointe d'angoisse l'étreignit et son corps se raidit.

Depuis deux ans, elle avait vécu une vie solitaire. Sans homme, sans plaisir charnel, et cela lui convenait parfaitement. Elle n'avait pas d'autre choix. Même dans l'éventualité, hautement improbable, qu'un homme puisse la désirer malgré ses cicatrices, jamais elle ne pourrait de nouveau prendre le risque d'aimer et de perdre cet amour. Alors pourquoi accepter de danser avec Luke ? Du reste, pourquoi avait-elle accepté de dîner avec lui ?

Parce qu'il le lui avait demandé et qu'elle s'était enfermée dans un jeu de persuasion dont le but était de lui faire garder le *Cora Mae* comme bateau de croisière. Un jeu qu'elle n'avait pas la moindre intention de perdre. Il fallait qu'elle dépasse son émoi et se recentre sur l'essentiel : l'avenir du paquebot, dont elle était désormais responsable.

En outre, elle devait bien l'admettre, elle mourait d'envie de danser avec Luke. N'avait-elle pas restreint ses plaisirs trop longtemps ? N'avait-elle pas le droit, comme le suggérait Luke, de se détendre, elle aussi ?

Oui, elle avait le droit et, bien décidée à ignorer les signaux d'alerte que lui envoyaient son corps et son esprit, elle invita Luke à la suivre jusqu'au Blue Moon.

Dix minutes plus tard quand, tenant sa main, Luke la dirigea sur la piste de danse, elle sentit sa respiration s'accélérer. Pourquoi avait-elle accepté ? Etait-elle en plein accès de folie ?

Normalement, elle adorait le subtil vertige que procurait l'éclairage du Blue Moon — ses petites ampoules scintillantes projetant sur les murs bleu nuit comme une volée d'étoiles qui rendait l'atmosphère féerique et irréelle.

Mais, à ce moment précis, l'angoisse était à deux doigts de transformer ce doux étourdissement en malaise.

Calme, tout doux, Della, il t'emmène sur une piste de danse, pas dans un terrain vague.

Mais son corps restait sourd au réconfort de ses pensées. Luke était sur le point de la prendre dans ses bras — un geste bien plus intime que tout ce qu'elle avait pu partager avec un homme depuis deux ans. Son estomac se noua.

Sur la scène, le crooner entonna un vieux classique et, très vite, ils furent entourés par d'autres couples. Luke lui serra alors un peu plus la main, comme s'il voulait lui signifier de suivre le mouvement. Elle essaya d'obtempérer, mais ses pieds restèrent collés au parquet ciré de la piste, comme s'ils étaient englués dans un invisible piège de béton.

Della, tu as accepté. Tu as voulu danser avec lui, tu ne peux pas faire machine arrière. Ce n'est rien, Della, ce n'est qu'une danse, tu adores danser, rappelle-toi.

Son esprit mettait les bouchées doubles pour essayer de la calmer, faire en sorte qu'elle ne reste pas là, figée et raide comme un piquet.

Luke se pencha alors vers elle.

— Je ne vais pas vous mordre, lui murmura-t-il à l'oreille.

La caresse de son souffle la fit frémir.

Oui, il n'allait pas la mordre. Ils n'allaient faire que danser, comme tous les couples qui les entouraient, comme ce qu'elle avait fait des centaines de fois. Avant. Il y avait si longtemps.

Au prix d'un effort surhumain, ses muscles commencèrent à se décontracter peu à peu et elle se rapprocha de Luke. Sans doute conscient de son trouble, il garda une certaine distance, prudente et rassurante, qui ne fit que l'émouvoir encore un peu plus.

— Je suis désolée, murmura-t-elle.

— Et pourquoi donc ? Nous avons passé une journée très agréable que nous terminons en dansant. Il n'y a pas à être désolée. En réalité, c'est même à moi de vous remercier.

De la tendresse et de la sollicitude, aucun propos déplacé

ni de question embarrassante. Luke Marlow était un gentleman comme elle n'en avait guère rencontré dans sa vie. Quelle sensibilité, quelle prévenance… Aurait-elle pu rêver meilleur partenaire pour se réconcilier avec la vie sociale, la vie… amoureuse ?

Cette dernière pensée la fit tressaillir. Il n'y avait bien sûr pas d'amour entre elle et Luke, mais ils venaient de passer une journée semblable à celles que connaissaient beaucoup de couples normaux.

Elle sentit sa poitrine se gonfler d'un étrange sentiment. Oui, elle était en train de changer. Peut-être qu'après le départ de Luke, elle cesserait de s'exclure elle-même de la vie. Peut-être qu'elle recommencerait à sortir, à danser, à rire. Peut-être qu'elle pourrait même envisager de se remettre en couple. L'heure était sans doute venue de mettre un terme à sa retraite volontaire. Sans doute…

Elle lui sourit.

Autour d'eux, la plupart des hommes étaient bien plus apprêtés que Luke. Certains portaient même des smokings et des nœuds papillons. Qu'importe. Avec sa chemise et sa veste sport, Luke irradiait dans toute l'assistance. Son élégance et son pouvoir de séduction étaient absolus, personne ne lui arrivait à la cheville.

Elle sentit alors l'une de ses mains lui caresser doucement le dos. Elle eut un léger sursaut et son ventre fut bientôt pris d'une délicieuse langueur.

Qu'était-il en train de lui arriver ? Subitement, voilà qu'elle ne voulait plus que Luke se montre tendre, prévenant ou patient avec elle. Elle voulait qu'il la plaque contre le mur le plus proche et lui donne un baiser frénétique. Elle voulait sentir son corps pressé contre le sien. Cela faisait si longtemps, si longtemps qu'elle n'avait pas ressenti une telle urgence charnelle.

Elle se raidit. Bon sang, comment pouvait-elle penser de telles choses ? Vouloir qu'un homme l'embrasse… et même pire ? Un homme qui n'était pas son mari ? Vouloir s'embarquer dans une aventure qui ne mènerait irrémédiablement à rien ? Dans une histoire condamnée d'avance ?

Les pensées s'entrechoquèrent dans son esprit comme des insectes fous contre la vitre d'un réverbère. Des pensées entêtantes, contradictoires, impossibles. Elle qui était pourtant pleinement consciente des différents stades d'un deuil, elle qui avait aidé tant de patients à les franchir, les uns après les autres, elle se retrouvait comme handicapée par la culpabilité. Cette absurde culpabilité de voir son corps et son cœur de nouveau capables de désirer le plus normalement du monde.

Elle leva les yeux vers Luke et se défit de son étreinte.

— Je crois qu'il faudrait…, hésita-t-elle.

— Que nous allions prendre un verre ?

Elle fut à la fois surprise et soulagée par sa réponse. Il avait visiblement compris.

— Oui, j'aimerais bien, répondit-elle avant de s'éloigner de la piste.

Il la suivit vers le bar, où elle commanda une eau gazeuse au citron. Il demanda un whisky, puis ils s'installèrent l'un à côté de l'autre sur les hautes chaises du zinc.

Luke fit face à la salle. Son regard semblait pensif.

— Vous cherchez quelqu'un ? demanda-t-elle.

— Pas vraiment, répondit-il d'une voix blanche tout en se retournant vers elle. J'ai croisé quelques connaissances dans les couloirs du bateau, mais vous êtes la seule que je connaisse vraiment.

Des mots qui la laissèrent perplexe.

— Luke, vous ne me connaissez pas vraiment, protesta-t-elle.

— Je le crois, pourtant.

Son regard sembla se perdre un instant sur ses lèvres.

— Ou, du moins, précisa-t-il, je crois commencer à vous connaître et c'est très agréable.

La lueur qu'elle crut lire dans ses yeux la pétrifia et, en même temps, lui donna envie de se pendre à son cou.

Elle s'éclaircit la voix.

— Et le *Cora Mae*, vous commencez à le connaître, aussi ?

Il tourna la tête vers la scène, où un pianiste égrainait les notes d'une ballade jazzy, tandis que le chanteur prenait sa pause au bout du bar.

— Je le crois aussi.

— Puis-je alors vous demander si cela vous est aussi agréable ?

— Oui, très, murmura-t-il, les yeux perdus dans le lointain.

Parfait, les choses progressaient. Elle fit tourner les glaçons de son verre, puis revint à la charge.

— Alors vous comprenez pourquoi il faut le laisser naviguer dans le Pacifique ?

Il s'esclaffa.

— Je vois où vous voulez en venir, Della, vous êtes impayable. Mais je vous répète que ma décision sera uniquement professionnelle, pas sentimentale.

Elle se pencha un peu vers lui.

— Je vous assure que le *Cora Mae* est très rentable. Patrick n'était tout de même pas à la tête d'une œuvre de bienfaisance.

Luke posa une main sur son avant-bras. Un délicieux frisson lui parcourut l'épiderme.

— Je le sais bien, répliqua-t-il, un sourire aux lèvres. Mais je ne sais rien des bateaux de croisière et me former demandera forcément que je délaisse le reste de mon entreprise pendant quelque temps. Ce qui pourrait avoir des conséquences désastreuses.

Sa gorge se noua et elle retira son bras. Le convaincre de garder le *Cora Mae* comme paquebot de croisière lui semblait subitement impossible. Elle pensait avoir simplement à lui vanter les mérites du bateau, mais elle ne s'était pas rendu compte de la montagne d'obstacles qu'il lui restait encore à gravir. Un sentiment de découragement commença à l'assaillir.

Il porta son verre à ses lèvres, avant d'ajouter :

— Della, s'il vous plaît, parlez-moi de vous.

Elle haussa les épaules et résista à l'envie de se tortiller sur sa chaise.

— Je crois qu'il y a des sujets de conversation bien plus intéressants.

— Vous avez dit que je ne vous connaissais pas bien, j'aimerais donc vous connaître mieux.

— Cela ne me semble pas nécessaire, soupira-t-elle. Votre temps est précieux et je dois surtout vous parler du paquebot, de ses équipements et de son équipage. Saviez-vous que nous avons un auditorium de sept cents places pour les concerts, par exemple ?

Il eut un petit rire sarcastique, avant de lever son verre.

— Bon, très bien, je vois que vous ne renoncerez jamais. Parlez-moi donc du *Cora Mae* et de son équipage.

Soulagée, elle prit une profonde inspiration.

— Pour commencer, il y a l'équipe médicale, bien sûr. Puis l'équipe chargée des activités à bord, comme les jeux collectifs ou le yoga en matinée.

— Il vous arrive d'y participer ?

Quelques fois par semaine, elle faisait effectivement du yoga, mais seule dans sa cabine. L'idée que sa tenue de sport puisse laisser entrevoir ses cicatrices à la faveur d'un mouvement la glaçait, elle préférait donc éviter les cours collectifs de la salle de fitness.

Elle baissa un instant les yeux.

— Pas vraiment, non, je suis plutôt quelqu'un de solitaire.

Il s'esclaffa.

— Eh bien, dites-moi, la ville ne vous manque pas, vous ne sortez jamais et vous préférez la solitude. Passionnante, votre vie !

Son ironie la glaça sur place.

— Luke, répliqua-t-elle sèchement, cessez de vouloir me décoder, je vous prie, cela devient pénible.

Luke se redressa. Il sentait bien qu'il était une nouvelle fois en train de perdre Della. Sur la piste de danse, elle avait semblé se relaxer un court instant. Son corps s'était fait plus souple, moins fuyant, et la sensation avait été merveilleuse. A vrai dire, il ne s'était pas senti aussi bien depuis longtemps, mais il s'était fait une promesse à lui-même : ne pas baisser la garde. Le moment était donc venu de quitter le Blue Moon.

— Pardon, Della, je ne voulais pas vous blesser. Que diriez-vous d'une petite promenade sur le pont supérieur ? Je n'en ai eu qu'un très court aperçu pour l'instant. Qui plus est, l'air marin nous fera du bien.

Della parut soulagée par sa proposition. Tout son visage se radoucit.

— Avec plaisir.

A ces mots, elle se leva et il l'accompagna vers la sortie avec une main posée sur le bas de son dos. Sous ses doigts, le tissu de sa robe avait quelque chose de terriblement électrisant. L'impression d'être tout près de la peau nue de Della était grisante, entêtante.

Mais, comme s'il avait touché une surface brûlante, il retira subitement la main et ne put s'empêcher de serrer les poings. Comment allait-il pouvoir garder la tête froide pendant trois longues semaines supplémentaires ?

Ils entrèrent dans la cabine de l'ascenseur menant au pont supérieur.

— C'est l'avant-dernier bouton, précisa Della. Le pont le plus haut est le pont 13, mais on ne peut pas accéder aux coursives, tout l'espace est réquisitionné par un bar et un spa.

— Très bien, fit-il avant d'appuyer sur le bouton.

En sortant de l'ascenseur, Luke leva la tête vers le dernier pont. Des grappes de gens entraient et sortaient du bar, et libéraient périodiquement la clameur d'une musique rock.

— C'est bien plus calme ici, commenta-t-il en observant un couple marchant un peu plus loin dans les coursives.

— Oui, c'est très agréable de venir ici à cette heure. En général, les gens sont au restaurant, au théâtre ou à boire un verre…

— Ou bien ils dansent, coupa-t-il.

La sensation du corps de Della entre ses bras ne le quittait pas.

— Ou bien ils dansent, répéta-t-elle d'une voix blanche.

Que signifiait cette attitude ? Qu'il avait rêvé leur court mais intense moment de connexion sur la piste du Blue Moon ? Ou qu'elle avait été troublée, mais fait tout son possible pour le cacher ?

— La journée, par contre, l'endroit est souvent bondé. La piscine est très populaire et les passagers installent leurs chaises longues dans les coursives. Certains passent même des après-midi entiers à lire ou à se relaxer.

Il soupira en rependant à la baie des Îles. Depuis combien de temps s'était-il, lui aussi, simplement relaxé ? Depuis quand avait-il succombé au plaisir de la natation ou même du sport, juste pour le plaisir ? Bien sûr, il fréquentait régulièrement des salles de musculation, mais c'était pour se maintenir en forme. La détente avait été rayée de la liste de ses priorités depuis si longtemps.

— Vous avez de la chance de pouvoir nager tous les jours.

Une ombre passa dans les yeux de Della.

— Non, répliqua-t-elle froidement, je ne me baigne pas sur le bateau. Je préfère les escales, lorsque je suis seule.

Les cicatrices, bien sûr. Della était affreusement complexée par les marques que son agresseur avait laissées sur son corps. Il soupira. Que n'aurait-il pas donné pour, sans plus attendre, la prendre dans ses bras et lui dire que quelques cicatrices faisaient bien pâle figure face à sa beauté ?

Il leva les yeux vers le ciel. Une étoile filante zébra la nuit. Sans même en avoir conscience, il se rapprocha de Della et la prit par la taille.

A sa grande surprise, elle n'eut aucun mouvement de recul.

Il plongea les yeux dans les siens.

— Vous avez vu l'étoile filante ?

A ses mots, un nouvel astre furtif illumina la voûte céleste.

— Oh ! s'exclama-t-elle, tandis que le météore disparaissait.

— Faites un vœu, lui murmura-t-il à l'oreille.

Un baiser. Voilà quel était son vœu à lui. En cet instant, il n'avait qu'un seul désir, qu'une seule envie : étreindre Della et, doucement, lui prendre les lèvres. Des lèvres qui devaient être si douces, si gourmandes, malgré tous les efforts que déployait Della pour se rendre austère. Qu'elle se croie incapable de susciter le désir d'un homme à cause de la tragédie qui avait marqué son corps accentuait l'envie qu'il avait de ses lèvres et de leur sensualité.

Plus que tout, oui, il voulait l'embrasser. Sentir ses lèvres chaudes et humides sous les siennes. L'embrasser jusqu'à perdre haleine, jusqu'à ce qu'elle le désire avec la même ardeur que lui.

Soudain, il perçut avec une acuité nouvelle le corps et les courbes si féminines de Della, à quelques centimètres de lui. Il inspira, pour tenter de réprimer cette envie de réaliser lui-même son vœu, mais il huma par la même occasion son subtil parfum. Une fragrance aux notes de cannelle et de vanille qui le rendit fou.

Il fut incapable de se retenir plus longtemps. Prenant son visage en coupe, il l'embrassa. Enfin.

Sa bouche était humide et chaude et, après un instant de surprise, elle se fit à la fois docile et réactive. Si elle avait montré la moindre résistance, il aurait tout arrêté, mais, comme elle fondait contre lui, il la serra plus fort, la sentant frissonner entre ses bras.

Elle enroula les mains autour de son cou et les plongea dans ses cheveux, en ouvrant la bouche sous la sienne, avant de passer avec audace la langue contre ses dents.

Passionnément, leurs langues se rencontrèrent, se mêlèrent, se rendirent caresse pour caresse. L'étreinte de Della était si intense, si ardente, qu'elle en était presque maladroite. Et cela l'excitait bien plus sûrement que si elle avait fait montre de séduction experte. Oh ! quel captivant mélange d'innocence et de frénésie ! Il se retrouvait ivre à en perdre toute notion de temps et d'espace.

Malheureusement, il la sentit se raidir de nouveau et elle appuya les doigts sur ses lèvres pour l'interrompre. Il s'exécuta à regret, mais sans la moindre hésitation.

— Luke, dit-elle le souffle court.

— Oui, Della ?

— Luke, il faut que je vous… que je te dise…

— Dis-moi tout, Della.

Son cœur battait à tout rompre et un désir vigoureux pulsait sous sa ceinture.

— Je suis désolée, c'était une erreur.

— Pas de mon point de vue, protesta-t-il.

— Non, s'il te plaît, écoute-moi, c'est important.

Il recula encore un peu et la scruta. Son visage était de nouveau fermé, ses yeux comme fuyants.

Il lui prit la main.

— Tu n'as pas à avoir peur, Della, tu peux tout me dire.

Elle prit une profonde inspiration.

— Voilà, je ne peux pas, je ne peux pas…

Elle semblait chercher ses mots.

— Je ne peux pas être avec un homme, ajouta-t-elle. Je ne peux plus depuis la mort de mon mari, cela m'est impossible.

Il lui caressa doucement la joue.

— A cause de tes cicatrices ? Tu as peur que je ne te désire pas ? Eh bien, je peux te jurer, Della, que tout chez moi te désire à la folie.

Un léger sourire étira ses lèvres.

— C'est plus compliqué.

— Alors explique-moi.

— Non, je ne peux pas, mais, s'il te plaît, ne m'en demande pas davantage. Nous ne pouvons pas continuer, c'est tout.

Sa voix se brisa, comme si elle réprimait un sanglot.

Il n'y avait en effet plus rien à dire, et surtout pas à insister. Il en était persuadé, Della venait de s'ouvrir à lui comme elle ne l'avait fait avec personne depuis de longues années. Mais pourquoi s'était-elle ainsi refermée sur elle-même ? Pourquoi s'était-elle ainsi coupée de la vie, des hommes, du désir, elle qui était pourtant si sensuelle et passionnée, comme le prouvait l'époustouflant baiser qu'elle venait de lui offrir ? Il devait le découvrir et il allait faire tout son possible pour que le papillon Della sorte de sa chrysalide.

Car la frénésie qu'elle venait de déployer sous ses yeux, dans ses bras, sur sa bouche était bien trop ensorcelante pour qu'il accepte d'y renoncer à jamais.

- 7 -

Della se figea derrière son bureau. Elle venait d'entendre Luke entrer dans l'infirmerie.

Cela faisait maintenant deux jours entiers qu'elle ne l'avait pas revu. Deux jours depuis leur incroyable baiser dans les coursives du pont supérieur. Quarante-huit heures pendant lesquelles elle n'avait pratiquement pas dormi, tiraillée par un désir aussi âpre qu'impossible à étancher.

Elle soupira. Son attitude était stupide et puérile, elle ne pouvait plus se terrer davantage, d'autant que l'avenir du *Cora Mae* restait en suspens. La gorge nouée par l'angoisse, elle se leva et se dirigea vers la porte de son bureau, qui donnait sur l'accueil de l'infirmerie, puis se tint un moment cachée dans l'encoignure.

— Bonjour, monsieur Marlow, lança Jody. Que puis-je faire pour vous ?

— J'aimerais voir le Dr Walsh, précisa-t-il, pour qu'elle vérifie si la blessure de mon pouce cicatrise bien.

Entendre le timbre de voix chaud et rocailleux de Luke, légèrement étouffé par les quelques mètres qui les séparaient, la fit vibrer de tout son être. Elle ferma les yeux, et les souvenirs jaillirent immédiatement dans son esprit. La sensation de ses mains sur son visage, sur sa nuque, le bruissement du tissu de sa robe, la chaleur de son souffle, l'avidité de ses lèvres… L'impérieux désir qui s'était éveillé en elle à ce moment-là et qui n'avait cessé de l'obséder depuis.

— Je vais voir si elle est disponible, répondit Jody.

Della se précipita vers la chaise de son bureau et fit celle qui n'avait pas quitté son ordinateur depuis le matin. Mais, sur le clavier, ses mains tremblaient.

Deux ans auparavant, elle était dans un lit d'hôpital, dans le coma, et son mari venait de mourir. Shane avait été son univers et, en le perdant, elle s'était fait la promesse de ne plus jamais aimer quelqu'un ni de risquer de revivre l'innommable douleur de la perte.

Intellectuellement, elle savait qu'elle ne pouvait pas, et même qu'elle ne devait pas respecter cette promesse. Mais, dans son cœur, elle savait combien cet engagement la tiraillait, combien il la rongeait de culpabilité et d'angoisse. Car s'exposer devant un homme, devant Luke, dépassait, et de loin, la simple question de la nudité physique. Jamais elle ne le laisserait voir ses cicatrices, ce qu'elles révélaient était bien trop lourd, bien trop laid à supporter pour quiconque. Il fallait donc, et au plus vite, qu'elle tue dans l'œuf les liens charnels qu'ils avaient commencé à tisser. Il n'y avait pas d'autre choix. Ni pour elle, ni pour Luke et encore moins pour le *Cora Mae*.

Jody passa la tête dans l'encadrement de la porte.

— M. Marlow demande à vous voir, annonça-t-elle à voix basse. Vous voulez que je l'oriente vers Cal ?

La tentation était grande d'accepter cette ultime échappatoire, mais elle dut se raviser. Depuis deux jours, elle avait demandé aux médecins et au personnel de l'infirmerie de la prétendre absente ou occupée si jamais Luke téléphonait ou demandait à la voir. Elle n'avait pas donné d'explication, mais personne n'en avait demandé. Elle voulait avoir le temps de débarrasser sa mémoire de l'empreinte qu'y avait laissée leur baiser et de se préparer à revoir Luke pour cette seule raison : garantir le meilleur avenir possible au *Cora Mae*.

Elle allait donc le recevoir pour ce qu'il était, un partenaire d'affaires, le copropriétaire du paquebot de Patrick, rien d'autre et rien de plus. Avec calme, professionnalisme et sérénité. Si seulement son cœur pouvait le comprendre.

Elle leva les yeux vers Jody.

— C'est bon, faites-le entrer, je vais m'en occuper.

Avant qu'elle ait pu reprendre sa respiration, Luke lui faisait face. Ses cheveux étaient légèrement ébouriffés, comme s'il venait de passer la matinée sur un pont extérieur, à profiter de la brise marine. Elle ne bougea pas de sa chaise et remercia intérieurement son bureau de lui offrir une barrière de protection entre son corps et celui de Luke. Barrière illusoire, certes, mais tout était bon à prendre.

— Jody me dit que vous vous faites du souci pour votre main ?

Voilà, engager la conversation sur son seul mode possible : neutre, poli, et accentuer le tout avec un retour au vouvoiement.

Luke haussa un sourcil prouvant qu'il avait bien saisi le message, puis baissa les yeux vers sa main bandée.

— Je crois que vous devriez y jeter un coup d'œil, oui.

— Mais tout à fait, dit-elle en souriant légèrement. Jody, vous pouvez venir s'il vous plaît ?

L'assistante apparut dans l'encoignure de la porte.

— Oui, docteur Walsh, vous avez besoin d'aide ?

— Monsieur Marlow craint pour la cicatrisation de sa blessure. Pouvez-vous lui ôter son bandage et voir si elle n'est pas infectée pendant que je remonte son dossier ?

Jody acquiesça, puis sembla réprimer un sourire en allant se laver les mains.

Dans les yeux de Luke, Della crut voir une lueur d'étonnement amusé. Manifestement, il n'avait pas imaginé qu'elle puisse ainsi ruser pour ne pas se retrouver seule avec lui. Elle sentit alors comme une pointe de satisfaction monter en elle, ce qui lui donna suffisamment de courage pour se lever et s'approcher de lui.

Jody poussa la petite table à roulettes servant pour les examens.

— Monsieur Marlow, dit l'assistante, si vous voulez bien prendre place et mettre votre main à plat.

Luke s'exécuta et Jody ôta prudemment le bandage.

Comme Della s'y attendait, la plaie suivait un processus

de cicatrisation parfaitement normal, sans aucun signe d'infection.

Jody s'empara d'une compresse et commença à désinfecter la paume de Luke.

— Je ne vois pas de gonflement ou de rougeur. Vous avez mal quelque part ? dcmanda-t-elle.

— Je n'ai pas mal, non, mais je ne me sens pas bien pour autant.

Elle sentit sa gorge se nouer. A l'évidence, Luke ne parlait pas uniquement de sa plaie. Dieu merci, l'assistante ne sembla pas comprendre le sous-entendu.

— Je ne vois rien d'inquiétant, confirma Della, les yeux plongés dans ceux de Luke. La cicatrisation se passe tout à fait normalement, je vous assure.

Puis elle se tourna vers son assistante.

— Jody, vous pouvez disposer, je m'occupe du reste.

Celle-ci s'exécuta en refermant doucement la porte derrière elle.

Luke ne lui donna pas la moindre seconde de répit.

— Je t'ai téléphoné plusieurs fois, je t'ai laissé des messages, tu n'as jamais répondu.

Calme, Della, reste calme. Un mot après l'autre. Voilà, tout ira bien.

— J'ai été très occupée.

— Non, tu m'ignores, cingla-t-il.

Il fit un pas vers elle.

— Je ne comprends pas, Della. Tu m'as dit que nous ne pouvions pas être ensemble. Très bien. Je respecte tout à fait ta volonté, mais cela nous empêche-t-il de nous voir ?

Elle se mordit la lèvre, sachant que l'instant était décisif. Et il fallait qu'elle soit honnête avec Luke.

— Parce que tu n'attends pas autre chose de moi ?

— Non, Della, je n'attends rien. Ce qui ne veut pas dire que je n'en ai pas envie. Ça aussi, tu le sais.

Elle baissa les yeux.

— C'est impossible, Luke, nous n'avons aucun avenir.

— Encore une chose que je peux parfaitement comprendre

et accepter. Mais pourquoi nous priver de ce que nous pourrions avoir, ici et maintenant ?

Qu'était-il en train de lui proposer ? Une courte aventure ? Ajouter à la féerie d'une croisière l'ivresse des sens ? Se créer des souvenirs inoubliables au gré d'une passion dont la date de péremption était connue d'avance ? Tentant, terriblement tentant, mais tout aussi impossible.

— Qui plus est, ajouta-t-il en se rapprochant encore un peu plus, je te rappelle notre accord : tu dois me convaincre des avantages du *Cora Mae* en tant que navire de croisière. Comment comptes-tu t'y prendre si tu m'évites comme la peste ?

— Non, répliqua-t-elle dans un soupir, ce n'est pas…

— Ce n'est pas quoi, Della ?

Elle resta un instant silencieuse. Que pouvait-elle bien répondre ?

— J'ai pensé que nous avions besoin d'un peu de tranquillité, voilà tout.

Il eut un petit rire.

— Niveau tranquillité, j'ai eu tout ce dont j'avais besoin, merci. Maintenant, pouvons-nous passer à autre chose ?

Avec un sourire ravageur, il avança la main vers son visage et lui caressa tendrement la joue.

Elle frémit.

— Oui, peut-être.

Il remit les mains dans ses poches.

— Della, j'ai repensé à ce que tu m'as dit, l'autre nuit.

Son cœur fit un bond dans sa poitrine.

— Luke, cela ne sert à rien…

— Laisse-moi finir, coupa-t-il, s'il te plaît. J'aimerais comprendre pourquoi tu penses ne pas pouvoir être avec un homme. C'est à cause de tes cicatrices, c'est ça ?

Elle sentit sa gorge se serrer. Que Luke soit aussi compréhensif rendait les choses encore plus difficiles.

— En partie, murmura-t-elle.

Impossible de lui parler d'amour, de la douleur de la perte, de la peur de le perdre, lui.

— Et tu crains de faire confiance aussi, n'est-ce pas ?

Il prit son visage dans ses mains. Une part d'elle-même, la plus rationnelle, voulut reculer, mais l'autre part, celle qui battait à tout rompre dans sa poitrine, lui exhorta de rester immobile. Elle ne put résister.

— Tu peux me faire confiance, Della.

Le mélange de sincérité et de sensualité dans sa voix la désarma encore un peu plus.

— Je… je ne sais pas, bredouilla-t-elle.

Il la prit par le menton et plongea les yeux dans les siens.

— Et si je te promets de laisser toutes les lumières éteintes, qu'en penses-tu ?

Son sang ne fit qu'un tour.

— Si je m'engage à t'offrir un tel rempart à ton intimité, tu pourrais faire un pas vers moi et envisager de mettre un terme à ton vœu de chasteté ?

Un sentiment étrange monta en elle. Etait-ce de l'angoisse ? Etait-ce de l'envie ? Ce que Luke lui proposait la déstabilisait totalement. Jusqu'à présent, elle n'avait eu qu'un seul amant : Shane. Et elle avait juré devant Dieu qu'il en serait toujours ainsi. Oui, mais Shane était mort, il était parti, pour toujours. En fin de compte, s'était-elle servie de ses cicatrices comme d'une excuse pour ne pas avoir à affronter cette réalité ? Pouvait-elle accepter ce que Luke lui offrait ?

Elle déglutit avec difficulté.

— Je ne sais pas, marmonna-t-elle. Je ne sais vraiment pas.

— Ecoute, Della, enchaîna-t-il, je t'invite à dîner ce soir dans ma cabine, qu'en penses-tu ?

Elle fronça les sourcils.

— Tu ne sais toujours pas ce que je pense de ton idée de laisser les lumières éteintes, pourtant.

Il eut un petit rire.

— J'aimerais que tu en penses du bien, naturellement, mais je suis prêt à accepter un refus, je n'insisterai pas. Du reste, en ce qui concerne la seule question du dîner, je te rappelle que nous avons encore à parler du *Cora Mae*. Rien n'a été décidé.

Oh ! elle ne se le rappelait que trop bien. L'idée que le destin de son paquebot puisse être ainsi suspendu à ses tiraillements personnels n'était pas loin de la rendre malade.

Et puis, après tout, un dîner, que risquait-elle ? Elle avait déjà dîné avec Luke, en plus, elle n'avait rien à craindre. Tout semblait si simple avec lui…

Et si, finalement, c'était ainsi que les choses devaient être ? Ils s'étaient embrassés, elle lui avait objecté qu'ils n'avaient aucun avenir ensemble, il avait accepté, voilà… Le temps était sans doute venu, comme le suggérait Luke, de passer à autre chose, et surtout de revenir au sauvetage du *Cora Mae*.

Le soir venu, Della toqua à la porte de la cabine de Luke. Elle avait réfléchi tout l'après-midi à sa proposition de faire l'amour dans le noir. Il s'agissait à l'évidence du meilleur compromis.

Oui, elle avait envie de Luke, il était désormais impossible de le nier, et lui avait envie d'elle. Mais se mettre nue devant lui et risquer de le dégoûter, de lui faire peur ou, pire, risquer qu'il la prenne en pitié n'était pas envisageable. Comment allait-elle pouvoir négocier l'avenir du *Cora Mae* dans une atmosphère malsaine d'embarras et d'amertume ?

Avant même qu'elle ait pu frapper une seconde fois, Luke ouvrit la porte. Il était là, devant elle, affolant avec son polo noir et son pantalon brun. Ses yeux brillaient d'une lueur coquine. Rasé de près, il exhalait une subtile fragrance mentholée et boisée. Elle fut immédiatement envahie d'un trouble aussi délicieux que dangereux.

L'air semblait chargé de promesses, elle frissonna.

Luke se pencha vers elle.

Mais, à son grand désarroi, il ne lui donna qu'un furtif et chaste baiser sur la joue.

— Je suis content de te voir, déclara-t-il en l'invitant à entrer.

— Pourquoi, tu pensais que je n'allais pas venir ?

Elle aurait voulu que sa voix soit moins tremblante, mais le simple contact de ses lèvres sur la peau de son visage l'avait électrisée.

— J'espérais que tu allais venir, oui, mais je m'étais préparé au pire.

Elle s'avança et découvrit le décor féerique que Luke avait préparé. La table était couverte d'une nappe immaculée, sur laquelle on avait jeté une brassée de pétales de roses. La lumière était tamisée, quelques bougies parfumées embaumaient la pièce d'une délicate senteur vanillée qui lui mit immédiatement l'eau à la bouche.

Luke lui désigna la bouteille de vin blanc dans le seau à champagne rempli de glaçons avant de se diriger vers la kitchenette.

— Tu veux bien nous servir pendant que je termine de préparer à manger ? Roxie Appleby m'a fait monter un panier avec toutes ses instructions. A priori, il n'y aura pas trop de dégâts.

— Bien sûr, dit-elle, heureuse de pouvoir faire quelque chose de ses mains qui n'impliquait pas le corps de Luke.

Leur proximité, son parfum enivrant et l'ambiance romantique commençaient à faire monter une douce sensation de chaleur entre ses cuisses, la marque d'un désir sauvage qu'elle commençait à peine à apprivoiser. Un désir auquel ce soir, peut-être, elle allait enfin pouvoir donner libre cours.

— Tu veux que je t'apporte ton verre ? fit-elle, la gorge asséchée par l'envie et l'appréhension.

Luke posa immédiatement ses ustensiles et se rapprocha d'elle.

— Non, non, j'arrive.

Il lui prit alors le verre des mains, et effleura délicatement ses doigts au passage. Elle frissonna.

— Aux possibles, déclara-t-il en portant un toast.

Elle l'imita, bien incapable de plonger trop longtemps les yeux dans les siens. Cet homme la fascinait. Avec ses yeux gris-vert, ses pommettes saillantes, sa mâchoire carrée et ses lèvres sensuelles, il était irrésistible. Et le souvenir de sa bouche s'emparant de la sienne suffisait à la faire vibrer d'excitation.

— Aux possibles, répéta-t-elle.

Leurs verres s'entrechoquèrent, elle porta le sien à ses lèvres. Le liquide frais et fruité ne fut que d'un trop bref secours pour étancher la soif qui l'étreignait.

Sans un mot, Luke reposa son verre et posa une main sur son bras, puis il l'attira vers lui. Elle crut défaillir. Dès que sa bouche s'empara de la sienne, son esprit se vida. Une force irrésistible la poussa à répondre à son baiser avec ardeur.

Sa langue avait le goût du vin et il goûtait ses lèvres avec une telle douceur, une telle patience qu'elle sentit toutes ses défenses s'évanouir. Refusant que la moindre pensée la perturbe, elle se laissa docilement soulever de terre et porter jusqu'au lit.

— Della, murmura-t-il à son oreille, j'ai tellement envie de toi que je n'en peux plus d'attendre.

Il plongea le visage dans son cou. Le souffle tiède sur sa nuque la transperça de mille flèches délicieuses.

De nouveau, il captura sa bouche et une nouvelle vague de désir la submergea.

— Della, je t'en prie, supplia-t-il, haletant. Laisse-moi éteindre les lumières, laisse-moi te faire l'amour.

Une boule de panique se forma à la base de sa gorge, qu'elle décida d'ignorer. Il n'y avait pas à avoir peur. Oui, elle avait envie de Luke, Luke avait envie d'elle et, pour la première fois depuis longtemps, cette envie prit le pas sur l'angoisse.

— D'accord, murmura-t-elle. Oui, je le veux, je veux faire l'amour avec toi.

Le regard étincelant de Luke ne fit qu'attiser le feu qui couvait entre ses cuisses.

— Tu ne le regretteras pas, je te le promets. Même si le dîner risque d'être retardé.

A ces mots, il s'empara d'une télécommande sur la table de nuit et éteignit toutes les lumières de la cabine. Toute, sauf une, dans le salon, et l'atmosphère devient des plus fériques. Dans cette pénombre, Luke ressemblait à un ange descendu du ciel — ses cheveux blond cendré encadrant son visage, ses yeux brûlants de désir, sa bouche…

Elle retint sa respiration. Oui, elle connaissait déjà parfaitement la magie que cette bouche pouvait créer, mais allait-elle un jour pouvoir s'en passer ?

— Si tu le veux, dès que tu le veux, précisa Luke en lui prenant le visage entre les mains. Tu me dis d'arrêter et j'arrêterai, d'accord ?

Ivre de désir, elle se mordit la lèvre et ne put que répondre par un rapide hochement de tête.

Luke appuya sur un autre bouton de la télécommande et l'obscurité devint complète.

Elle se concentra sur le rythme haletant de sa respiration, sur les battements de son cœur calés sur la cadence des siens, sur la sensation divine de ses mains courant dans son dos, remontant lentement sous sa robe, dégrafant son soutien-gorge… Bientôt, tous ses vêtements tombèrent sur le sol dans un bruissement fébrile. Jamais elle n'avait été si patiemment déshabillée. Jamais elle n'avait connu une telle tension érotique.

Des sensations dévastatrices se déclenchaient en elle, des sensations qu'elle n'avait encore jamais connues, jamais avec une telle intensité, un tel vertige.

Luke approcha la bouche de son oreille.

— Tu me rends fou, murmura-t-il de sa voix rauque.

Et, elle aussi, il la rendait folle. Folle d'un appétit sensuel dont elle ne se savait pas capable. Plus rien n'existait que leurs deux corps glissant l'un sur l'autre, se cherchant, se trouvant, bouillonnants et indociles.

Luke remonta les mains sur sa poitrine. Elle se raidit lorsqu'elle le sentit s'arrêter sur l'ourlet d'une cicatrice.

— Mais je…

Il mit un doigt sur sa bouche, elle ne put que le suivre de sa langue.

— Tu es magnifique, Della, tu es sublime. Tes cicatrices ne sont que la preuve de la force qui t'a permis de survivre au pire. Et, je te le jure, cette force te rend encore plus désirable.

Un long frisson la parcourut, puis elle l'embrassa avidement, enfin capable de libérer la passion qu'elle enfermait en elle depuis trop longtemps. Elle descendit la main sur la peau veloutée de son ventre.

Il arrêta son geste.

— Non, Della, souffla-t-il, pas tout de suite. Laisse-moi encore quelques minutes pour apprendre ton corps. Je ne le vois pas, alors j'ai besoin de le découvrir à mon rythme.

A ces mots, il plongea la tête vers son cou, puis descendit sur ses clavicules, ses seins. Ses mains et sa bouche lui couraient sur la peau, dans un ballet de caresses affolantes.

Dès qu'il trouvait une cicatrice, il l'honorait d'un tendre baiser. Son cœur allait-il exploser sous le poids de tant de bonheur ?

Il s'attarda un long moment sur ses seins, sur les deux pointes durcies de désir. Il les effleura du bout des doigts, puis y posa les lèvres. Il les mordilla, les aspira. Elle ne put que gémir de plaisir tant était vertigineux ce qu'elle ressentait.

Bientôt, des doigts experts se glissèrent entre ses cuisses et explorèrent le cœur humide et palpitant de son sexe. Son bourgeon gorgé de désir reçut des caresses qui la privèrent de ses dernières bribes de conscience.

— Luke, je…

Les joues en feu, elle creusa les reins, en proie à une envie insoutenable. Il reprit ses caresses.

Haletante, suppliante, elle s'abandonna au feu qu'il faisait courir en elle. Plus rien ne comptait que cette fièvre dévastatrice qui la dévorait. Comment avait-elle pu attendre si longtemps avant d'y succomber ?

Enfin, il se glissa entre ses cuisses, juste là où elle l'attendait. Mais, malgré son envie de s'unir à lui, le contact de son sexe dressé l'effaroucha, et elle se raidit instinctivement.

— Tout va bien ? demanda-t-il.

— Oui, je…

Mais elle était incapable de parler. L'appréhension et le désir livraient en elle un combat sans merci dont aucun ne semblait devoir sortir vainqueur.

— Tu veux que je m'arrête ?

— Oh non, soupira-t-elle, je t'en prie, ne t'arrête pas.

Alors il la pénétra. Maintenant, elle le savait, elle n'avait jamais été aussi excitée de toute sa vie. Parcourue d'un long frisson, elle se cambra, pour lui permettre d'aller au plus profond d'elle-même. Luke commença un lent va-et-vient, qui se fit peu à peu plus rapide, de plus en plus rapide et…

Comme emportée par une tornade, elle s'abandonna au rythme enivrant de ses reins. Et, soudain, son monde chavira. Dans un cri rauque, elle sombra dans un gouffre infini, tout entière secouée par un plaisir si intense qu'elle perdit la notion du temps et de l'espace. Tremblante, elle en oublia même que le cadeau que Luke venait de lui faire n'avait aucun lendemain.

- 8 -

Après avoir commandé deux cafés au serveur, Luke se retourna vers Della. Un léger sourire illuminait son visage tandis qu'elle regardait les vagues caresser le sable de la plage. La vue qu'offrait Le Sélect, l'un des restaurants les plus réputés de Nouméa, était en effet magnifique, mais Luke était bien plus fasciné par la femme qui partageait sa table.

Elle était littéralement rayonnante et semblait très sereine, heureuse, même, et il adorait penser qu'il en était un peu la cause. Ces dernières nuits, Della les avait toutes passées dans son lit. Et, même si elle avait toujours besoin d'obscurité pour s'abandonner complètement, l'amour qu'ils faisaient ensemble était extraordinaire.

Della tourna les yeux vers lui et son sourire s'accentua.

— Tu m'as l'air bien pensif, commenta-t-elle.

Apeuré par ce que son cœur lui dictait de répondre, il bredouilla :

— Oui, non, enfin…

Elle lui prit la main.

— Je pensais à ton enfance, mentit-il. Tu peux m'en dire davantage ?

— Oh ! elle était vraiment merveilleuse. Grandir sur un bateau a ses inconvénients, bien sûr, mais dans l'ensemble j'en garde un merveilleux souvenir.

— Quel genre d'inconvénients ?

Elle haussa les épaules et son regard se perdit une nouvelle fois dans le lointain, comme si elle cherchait dans sa mémoire quelles anecdotes lui raconter.

— Je devais toujours être irréprochable quand je quittais

ma cabine, toujours polie, toujours sage. Et ne pas pouvoir jouer avec d'autres enfants m'a quand même manqué.

— Tu ne pouvais pas jouer avec les enfants des passagers ?

— Parfois, oui, mais je n'ai jamais eu d'amitié véritablement durable. Qui plus est, mes parents ont surtout travaillé sur des paquebots de luxe, ce qui fait que la clientèle était majoritairement composée de retraités et de couples, bien plus que de familles.

Il mêla ses doigts aux siens. Un flot de désir monta en lui. Ces quelques nuits passées avec Della n'avaient pas suffi à étancher la soif qu'il avait d'elle. Mais le pourrait-il seulement un jour ?

Bientôt, il réussirait à la convaincre de laisser les lumières allumées. Elle était magnifique, et voir les cicatrices qu'il avait tant de fois explorées de ses mains ne changerait rien à l'opinion qu'il avait de sa beauté. Et il voulait observer comment ses yeux caramel se gorgeaient d'extase lorsqu'il se mouvait en elle.

Bientôt, bientôt. Un frisson d'impatience lui parcourut l'échine.

Il se racla la gorge.

— Parle-moi des avantages maintenant.

Leur conversation fut brièvement interrompue par l'arrivée du serveur avec les cafés. A peine les eut-il posés sur la table que Della porta la tasse à ses lèvres. Puis elle reprit avec nostalgie :

— Voir le monde, passer beaucoup de temps avec mes parents, rencontrer un tas de gens passionnants.

Son cœur se serra. Elle venait de décrire la vie dont il avait maintes et maintes fois rêvé lorsqu'il était enfant et adolescent.

— Et tu descendais souvent sur le continent ?

Elle hocha la tête et sourit.

— Avec ma mère, nous avons vécu en ville de ma naissance à mes trois ans, jusqu'à ce que mon père devienne capitaine et que nous puissions nous installer à bord. Après, pendant les vacances, je rendais souvent visite à mes grands-parents ou à mes cousins. De temps en temps, c'étaient eux qui nous rendaient visite à bord.

Il soupira.

— Tu sais, j'envie vraiment ton enfance.

Elle haussa un sourcil.

— C'est vrai ?

Il resta silencieux un moment. Mais les souvenirs qu'elle avait fait remonter étaient trop lourds à porter, il fallait qu'il s'ouvre à elle.

— J'avais une sœur, elle s'appelait Sarah.

Prononcer son nom était comme recevoir un coup de poing dans le ventre.

Le visage de Della se ferma immédiatement.

— Elle est morte ? demanda-t-elle en plaçant une main sur la sienne et en la caressant tendrement.

— Oui, quand j'avais treize ans. Elle s'est noyée.

Della resserra l'étreinte de sa main.

— Luke, je suis tellement désolée.

Il eut un petit rire nerveux.

— Ironique, n'est-ce pas ? Ma famille qui a fait fortune dans la marine a aussi perdu une fille à cause de l'océan.

Le silence s'installa entre eux. Della fut la première à le rompre.

— Et c'est pour cela que ton père a quitté la marine ?

— Non, précisa-t-il. Il avait peur de l'eau depuis tout petit, ce qui fait que, dès qu'il a hérité, il a réinvesti son argent dans les hôtels. Le pire, c'est qu'il ne voulait jamais qu'on aille à la plage. Le jour où Sarah est morte, c'est ma mère qui nous avait emmenés, et cela n'a fait que renforcer sa phobie.

Elle le prit par l'épaule.

— Tu étais proche de ta sœur ?

Sentant les larmes lui monter aux yeux, il secoua la tête et prit une profonde inspiration.

— Oui, très. Elle n'avait qu'un an de moins que moi, nous passions beaucoup de temps ensemble.

Il ne put réprimer un bref sanglot.

— Luke, sa mort a dû être un choc terrible pour toi.

Il se redressa sur sa chaise.

— Encore pire que ça, répondit-il avant de s'éclaircir la voix. Un mois après sa mort, mes parents m'ont envoyé au pensionnat.

Della laissa échapper un soupir de stupéfaction.

— La chose était prévue depuis longtemps, précisa-t-il. Mais je ne sais pas, avec la mort de ma sœur, je m'étais dit qu'ils changeraient d'avis.

— Oui, fit Della, les yeux grands ouverts. On pourrait penser qu'en ayant perdu un enfant tes parents aient préféré te garder avec eux…

Combien de fois s'était-il répété cela ? Della semblait tout simplement lire dans ses pensées.

— C'était aussi mon opinion, approuva-t-il avant de lui déposer un rapide baiser sur la main. Ou alors je n'étais pas le genre d'enfant qu'on a envie de garder.

Elle fronça les sourcils.

— Que veux-tu dire ?

Il se mordit l'intérieur des joues.

— Sarah était vraiment une enfant parfaite, elle remplissait mes parents de joie. Moi, par contre, j'étais plus difficile.

Elle le fixa du regard. Son cœur se mit à cogner.

— Laisse-moi deviner, poursuivit-elle avec un sourire plein de compassion. Tu l'es devenu encore davantage après la mort de ta sœur, n'est-ce pas ?

Il ne put réprimer une moue.

— Oui, je crois qu'on peut le dire.

— Mais si je comprends bien, alors que tes parents auraient pu te calmer en annulant la pension, ils ont aggravé la situation en t'éloignant, c'est ça ?

Parfaitement, elle comprenait parfaitement.

— C'est le nœud du problème, en effet.

Elle leva les mains en l'air.

— Cela me paraît absurde, tu étais un enfant, un adolescent ! Evidemment que tu n'as pas bien pris les choses !

Le rouge lui était monté aux joues, elle n'en était que plus sublime.

— De toute façon, mes parents n'ont jamais été capables de voir le monde du point de vue d'un enfant.

Il s'agissait peut-être de l'euphémisme de l'année : en réalité, ses parents étaient tellement ensevelis sous leur travail et dans leur petite personne que rien d'autre n'existait autour d'eux.

Elle plissa les yeux.

— Ce qui veut dire que tu as perdu toute ta famille en moins d'un mois.

— Sauf Patrick, corrigea-t-il. Avec Sarah, il a toujours été le membre de ma famille préféré.

Elle reprit une gorgée de café, sans jamais le quitter des yeux.

— Et tu le voyais souvent ?

— Chaque fois qu'il faisait escale à Sydney, il venait me chercher à l'école et nous passions la journée ensemble. J'adorais ces moments.

Ces journées constituaient même les souvenirs les plus heureux de son enfance. Ils ne faisaient jamais rien d'extraordinaire, mais Patrick n'avait pas son pareil pour rendre la vie passionnante et amusante. Tout avec lui était matière à plaisanter, à rire. Il savait rendre la vie légère.

Comme ces moments semblaient loin maintenant qu'une boule lourde et douloureuse se formait dans sa poitrine ! Mais, dès que son attention se reporta sur Della, le souffle de la passion balaya presque toutes ses idées noires.

— Je comprends mieux pourquoi tu envies mon enfance, murmura-t-elle avec un soupir pensif.

— Patrick m'a toujours dit qu'il était impossible pour un enfant de vivre sur un bateau. Désormais, je pense qu'il me mentait, parce qu'il savait que mon père ne l'aurait de toute façon jamais accepté.

Le regard de Della se fit plus intense.

— J'ai eu l'enfance que tu désirais — grandir en mer et

auprès de mes parents — et j'ai été aux côtés de Patrick les derniers mois de sa vie. C'est pour cela que tu m'en as voulu ?

Il esquissa un léger sourire.

— Sans doute. Mais les choses ont bien changé depuis.

Il sentit sa gorge se nouer. Avaient-elles tant changé ? Faisait-il réellement confiance à Della ? Quelque chose en elle lui donnait envie de baisser quelque peu sa garde. Ce qui était déjà bien trop, il fallait qu'il se ressaisisse.

— Mais je ne regrette rien, ajouta-t-il. Qui plus est, Patrick m'a permis d'apprendre une leçon que j'ai toujours appliquée dans ma vie : ne se fier à personne. Donc oui, j'ai pu douter de toi au moment de la lecture du testament, mais c'est un excès de prudence que je trouve sain.

— Même dans un couple ? demanda-t-elle d'une voix subitement plus froide. Un couple a besoin de confiance, il faut que des partenaires puissent se fier l'un à l'autre. Tu le saurais, si tu avais rencontré ton âme sœur.

Son « âme sœur » ? Il se raidit. Voilà bien la dernière chose dont il rêvait. Le concept même de fusion amoureuse faisait monter en lui une sourde angoisse.

Il se racla la gorge.

— Alors c'est que je ne suis pas fait pour le couple. Cela ne m'intéresse pas de me livrer à une personne.

Même s'il devait bien l'admettre, il ne s'était encore jamais livré à quiconque comme il venait de le faire avec Della. Même Jillian n'avait jamais entendu parler de Sarah ou du fait qu'il aurait voulu vivre avec Patrick. Cela en disait sans doute long sur la qualité de son mariage et prouvait combien il n'était pas fait pour cela.

Della baissa les yeux et se mordit la lèvre. Les traits de son visage se durcirent, comme si elle résistait à quelque chose, mais quoi ?

Il la prit par le menton.

— Della, il faut que tu sois bien consciente que tout ce que tu peux avoir avec moi est temporaire.

Mais ne le savait-elle pas déjà ? A voir l'ombre qui passa dans ses yeux, rien n'était moins sûr.

— Tu as l'intention de passer toute ta vie seul ?

— Sans doute. Cela a très bien marché pour Patrick, alors pourquoi pas pour moi ?

En outre, seul ne voulait pas dire solitaire. Il avait des amis et, de temps en temps, il pouvait compter sur une compagnie féminine, comme en ce moment. Il ne voulait pas d'un couple, en revanche, ou de quoi que ce soit susceptible de lui faire perdre le contrôle de son existence.

Della se redressa sur sa chaise et le dévisagea.

— Luke, il faut que je te demande quelque chose.

— Quoi, Della ?

Un nœud se forma au fond de sa gorge. Etait-ce de la peur face à ce que Della s'apprêtait à lui dire ? Ou de l'impatience ?

— Et si tu en voulais au *Cora Mae* ?

La question le prit totalement au dépourvu. Que le paquebot revienne dans la conversation n'était pas du tout ce qu'il prévoyait.

— Que veux-tu dire ?

Elle se passa une main dans les cheveux avant de s'éclaircir la voix.

— Ce que je veux dire, c'est que tu aurais voulu vivre avec Patrick et que Patrick t'a préféré le *Cora Mae*, en quelque sorte. Peut-être que ta volonté de l'ancrer comme hôtel flottant est un moyen pour toi de te venger.

Il ne put réprimer un petit rire sarcastique et tenta d'ignorer le pincement au cœur qu'il venait de ressentir. N'y avait-il pas un soupçon de vérité dans l'interprétation de Della ? Voulait-il réaliser un rêve de gosse en enchaînant le bateau de Patrick, parce qu'il n'avait pas été capable de l'enchaîner à lui ?

D'un geste de la main, il tenta de balayer cette hypothèse saugrenue.

— Qui sait comment fonctionne l'inconscient ? Dans tous les cas, c'est aussi une très bonne idée sur un plan financier.

Il se frotta les mains.

— Bon, puisque tu mets le sujet sur le tapis, poursuivit-il, de ton côté, as-tu avancé sur la question des hôtels flottants ?

Elle haussa les épaules.

— Oui, répondit-elle d'une voix blanche. Je me suis documentée.

Entre la documentation et la réalité, il y avait une marge.

— Mon équipe a terminé les plans préliminaires de la reconversion du *Cora Mae* et j'ai besoin de retourner à Melbourne pour les consulter. Que dirais-tu de venir avec moi ?

Au départ, il ne voulait pas lui montrer les projets que son vice-président et son équipe avaient montés. Il n'avait pas grand-chose à gagner, vu qu'il était persuadé que Della allait finir par lui vendre ses parts. Mais quelque chose avait changé. Il ne voulait plus uniquement cela, il voulait que Della comprenne que cette reconversion en hôtel flottant était vraiment la meilleure chose à faire pour le paquebot. Il voulait qu'elle accepte la transformation de sa maison.

Parce qu'il tenait à Della, oui, il ne pouvait que l'admettre. Et quand leur histoire serait terminée, comme elle le serait forcément un jour, il ne voulait pas qu'elle soit entachée par de la rancœur ou que Della ait l'impression d'avoir perdu au change. Il voulait rester dans sa mémoire comme un souvenir heureux, sans aucun arrière-goût amer et, pour cela, il fallait que l'avenir du *Cora Mae* repose véritablement sur un commun accord. Il fallait que Della soit convaincue de la supériorité de son projet.

Elle leva un sourcil.

— Quand ?

Dans sa tête, il calcula le temps minimum pour trouver un avion, s'enquérir auprès des ports concernés…

— Tu as besoin de combien de temps pour embaucher quelqu'un qui te remplace à l'infirmerie ?

— Cela dépend.

Une ligne soucieuse apparut entre ses yeux.

— Mais je ne vois pas trop l'intérêt, poursuivit-elle. Je comprends déjà très bien le concept d'un hôtel flottant, je ne sais pas si des plans et des maquettes y changeront grand-chose.

Il plaça une main sur la sienne.

— Della, j'ai accepté de te donner trois semaines pour me convaincre. Ne crois-tu pas que tu pourrais en faire de même ? Qui plus est, je n'aurai pas besoin de trois semaines, juste de quelques jours, je te le promets.

Elle soupira, comme si elle abdiquait à contrecœur, et hocha la tête.

— Bon, je crois que je vais devoir appeler le médecin qui nous remplace, Cal ou moi, lorsque nous sommes en vacances…

Il lui serra la main un peu plus fort.

— Je t'en suis très reconnaissant, Della.

Il sentit comme un poids s'envoler de ses épaules. Cette alternative était la meilleure pour tout le monde, il en était maintenant persuadé. En outre, il fallait qu'il persuade Della au plus vite que son projet était ce qu'il y avait de plus souhaitable pour le *Cora Mae*. Car, s'il laissait encore passer du temps, Della allait à l'évidence s'attacher à lui. Ou pire : lui à elle.

- 9 -

Trois jours plus tard, Luke ouvrit la porte d'entrée de son appartement de Melbourne et invita Della à l'intérieur. Après avoir accepté cette escale imprévue, elle s'était ravisée, mais, heureusement, l'un des médecins de garde qui la remplaçait d'ordinaire pendant ses congés était disponible au pied levé et Luke avait pu organiser au plus vite ce petit voyage dans sa ville natale. Savoir que l'infirmerie serait entre de bonnes mains en son absence avait fini par la convaincre. Surtout que Della devait voir ce qu'il comptait faire du *Cora Mae* avant de pouvoir prendre sa décision.

Au matin, un jet privé les avait ramenés des Samoa où mouillait le paquebot et, sans plus attendre, Luke s'était rendu à son bureau. Il s'y était enfermé tout l'après-midi afin de gérer les papiers et les contrats qui s'étaient amoncelés durant sa croisière dans le Pacifique Sud. Un bon coup de cravache et, demain, il pourrait se dévouer entièrement à Della et au *Cora Mae*.

Pour sa part, elle avait profité de ce séjour inopiné dans la métropole pour rendre visite à ses parents. Des gens charmants. Même si Luke ne leur avait parlé que quelques minutes, savoir qu'ils avaient été des amis de Patrick lui avait mis du baume au cœur et donné envie de les connaître davantage.

Mais chaque chose en son temps. Pour le moment, il fallait qu'il installe ses valises et celles de Della dans la chambre principale, et boucle un dernier dossier.

Il soupira. En à peine une demi-journée, tout le bien-être que lui avait procuré le séjour à bord du *Cora Mae* semblait s'être envolé. Il le sentait dans son cou, ses épaules. Les responsabilités des Marlow Hotels étaient bien vite revenues, et elles pesaient lourd.

Il desserra sa cravate et rejoignit Della qui l'attendait dans le salon. Il la trouva debout, près d'un des deux canapés qui meublaient la pièce, le corps tourné vers la baie vitrée qui offrait un magnifique panorama sur toute la baie de Port Phillip. Une vue qui était d'ailleurs l'une des principales raisons de son achat.

— C'est très beau, mais c'est assez… froid, commenta Della en désignant les lieux d'un geste de la main. Comme si personne n'habitait vraiment là.

Il sourit.

— Ce n'est pas faux. En réalité, je ne passe que très peu de temps chez moi. Le gros de ma journée est dédié au bureau et ensuite, en général, je sors avec des amis. Sans compter que mon métier me fait voyager énormément.

Della lui sourit à son tour.

Son premier réflexe fut de se précipiter vers elle et de la déshabiller pour lui faire l'amour au plus vite, mais il se ravisa. Il fallait vraiment qu'il mette un frein à ses désirs et se recentre sur ses devoirs professionnels. Sur le *Cora Mae*, il était loin d'avoir travaillé au rythme habituel et le retard s'était accumulé. A l'évidence, il avait trop pris goût à la détente propre aux croisières et cette parenthèse dorée allait devoir se refermer au plus vite. Les vacances n'avaient que trop duré.

Mais, avant de replonger dans ses dossiers, il prit un moment pour apprécier ce qu'il avait sous les yeux. Derrière les grandes fenêtres du penthouse, le coucher de soleil ornait la baie de couleurs irréelles. Bientôt, la ville serait nimbée du halo de lumière qu'il aimait tant. Cette aura si particulière, ce spectacle vespéral dont il se régalait dès qu'il en avait la possibilité.

Mais ce soir était différent, car ce n'était pas la beauté du panorama qui lui gonflait la poitrine, mais la femme qui était là pour le contempler avec lui.

Il décida alors de s'approcher de Della et enroula les bras autour de sa taille.

— C'est magnifique, murmura-t-elle en appuyant tendrement la tête contre son épaule.

La sensation du corps de Della pressé contre le sien l'électrisa.

Il se pencha vers son oreille.

— Tu l'es encore davantage.

Puis, d'un geste lent, il la retourna et prit possession de ses lèvres.

L'espace d'un instant, il n'eut plus conscience que du sang qui courait dans ses veines et de son cœur qui tambourinait.

— Si tu savais comme j'ai envie de te faire l'amour, chuchota-t-il.

Au plus profond de lui, c'était même un besoin primal qui lui ordonnait de la posséder ici, chez lui, dans son lit. Mais il fallait qu'il résiste.

Il la sentit frissonner et retenir son souffle.

— C'est une bonne idée, fit-elle en baissant les yeux.

— Plus tard, soupira-t-il. J'ai encore quelques dossiers à examiner avant de pouvoir considérer ma journée comme terminée. Et je dois aussi te nourrir.

A regret, il s'éloigna de Della et de son corps.

— Le problème, ajouta-t-il en rejoignant le centre du salon, c'est que mes talents de cuisinier se limitent au petit déjeuner, il va falloir que nous nous fassions livrer de quoi manger.

Il sortit son ordinateur portable de sa mallette et l'installa sur une table basse.

— Parce que tu sais préparer le petit déjeuner ? répliqua Della dans un éclat de rire.

— Tout à fait, répondit-il en feignant l'indignation, comme si c'était son honneur qui venait d'être attaqué. Les omelettes, les œufs brouillés, les crêpes, rien ne me fait peur. En réalité, je suis même un expert du petit déjeuner, mais ce n'est malheureusement plus l'heure. A côté du téléphone, tu trouveras plusieurs prospectus, choisis ce qui te fait plaisir. En attendant, je termine mon travail.

Le temps que son ordinateur se mette en marche, il leva les yeux vers Della. Accoudée au comptoir de sa cuisine, elle était déjà en ligne avec son restaurant indien préféré. La cuisine épicée était donc un autre de leurs points communs.

Il sentit sa poitrine se serrer. Della avait l'air… parfaitement chez elle, parfaitement à sa place.

Jusqu'ici, il n'avait jamais invité de femme dans son appartement. Il redoutait les complications. Les attentes qu'il risquait de faire naître. Mais, avec Della, les choses étaient totalement différentes. Il n'avait pas peur du tout, sans doute parce qu'il savait qu'elle ne voulait pas abandonner sa vie en mer et qu'elle n'allait pas lui demander de s'engager dans une relation à long terme.

Sa mâchoire se crispa. Les désirs d'autonomie de Della n'expliquaient pas tout. Non seulement il n'avait pas peur, mais, mieux, il avait confiance. Della avait vraiment quelque chose de spécial. Quelque chose, dans sa présence, semblait bouleverser ses certitudes les plus ancrées. Comme si, avec elle, il pouvait être lui-même. Comme si…

Son cœur bondit dans sa poitrine et il secoua la tête, avec le vain espoir de se débarrasser de ses pensées. Qu'était-il en train de lui arriver ? Lui qui s'était toujours dit qu'il n'avait besoin de personne, et surtout pas d'une femme capable de le bouleverser autant. Il en connaissait pourtant les dangers.

A voix basse, il se répéta la règle d'or qu'il s'était forgée depuis plusieurs années : « Ne te laisse pas distraire pas une femme ; ne fais jamais confiance à personne. »

Oui, il fallait qu'il reprenne ses esprits. Della et lui n'étaient qu'amants, rien de plus.

La présence de Della Walsh dans sa vie ne pouvait qu'être temporaire.

Della raccrocha le téléphone et tourna la tête vers Luke. Il ne la regardait pas. Ses doigts couraient sur le clavier de son ordinateur à un rythme effréné.

Une boule se forma dans sa poitrine. Quelque chose avait subitement changé en lui. Ses gestes, ses mots étaient peut-être aussi tendres et sensuels que sur le *Cora Mae*, mais il n'était plus le même homme.

Physiquement, il avait même un peu changé. Comme si ses épaules étaient plus tendues, son dos plus crispé. Elle avait remarqué le phénomène dès l'atterrissage du jet à Melbourne et, depuis, il n'avait cessé de s'accentuer. Quand il était venu la chercher, après le déjeuner improvisé avec ses parents, il avait même l'air légèrement agacé, malgré ses sourires et ses paroles chaleureuses. Se faisait-elle des idées ?

Non, sans doute pas, car elle savait très bien que Luke était un redoutable homme d'affaires et que sa compagnie hôtelière était sa priorité. C'était ce visage qu'il lui avait montré au moment de la lecture du testament de Patrick. Le visage d'un homme qui voulait obtenir son dû. Un visage plein d'arrogance qu'elle n'avait pu s'empêcher de gifler.

Ce souvenir avait un goût amer, surtout comparé aux jours qui avaient suivi, où Luke avait cessé de la voir comme une ennemie, où il avait fait preuve d'une tendresse et d'une patience infinies. Où ils avaient si souvent ri aux éclats.

Elle soupira. Qui était le véritable Luke ? Le patron implacable et obsédé de travail, ou l'amant qui la bouleversait tant ?

Il leva les yeux et leurs regards se croisèrent. Il la gratifia d'un petit sourire, puis replongea le nez vers son écran. Gênée, elle entreprit de chercher des assiettes et des couverts pour leur repas. Mais le flot de ses pensées ne fut pas calmé pour autant.

Peu à peu, elle reprit confiance. Après tout, ce n'était pas inhabituel que les gens changent de personnalité en vacances. C'était même tout ce qui faisait l'attrait du *Cora*

Mae et des longues croisières. Hors du temps, hors du monde, hors du quotidien.

Une pensée fit alors irruption dans son esprit. Une pensée qu'elle avait pourtant tout fait pour reléguer dans les recoins les plus éloignés de sa conscience : et si Luke était en train de se jouer d'elle ? Après tout, cela faisait plus de deux semaines qu'il avait accepté de prendre le temps de réfléchir à l'éventualité de garder le *Cora Mae* comme paquebot de croisière, mais il n'avait pas pour autant pris de décision ferme. Et si les jours qu'ils venaient de passer n'étaient qu'une diversion ? Un moyen de lui faire croire qu'il prenait son avis en considération, alors qu'en réalité il avait d'ores et déjà pris sa décision ?

Son ventre se noua. La vérité était là : il n'y avait pas deux Luke, il n'y en avait qu'un, le requin des affaires. Et l'homme qu'elle croyait connaître, en qui elle pensait avoir confiance, n'était qu'un rôle, une illusion, un mirage.

Un mensonge, oui, voilà, elle était tombée amoureuse d'un mensonge.

Amoureuse… Un flot de rage mêlée de tristesse l'envahit. Elle s'était pourtant promis de ne plus jamais tomber amoureuse. Les mains tremblantes, elle disposa les assiettes et les couverts sur la table de la cuisine.

D'un geste maladroit, elle fit tinter une fourchette contre un verre. Luke leva alors la tête de son ordinateur.

— Tu mets la table ? demanda-t-il d'une voix qui lui sembla lasse. Combien de temps avant l'arrivée du dîner ?

— Une trentaine de minutes, répondit-elle, la gorge serrée.

— C'est parfait.

A ces mots, il ferma son ordinateur portable dans un claquement sec, leva les bras en l'air pour s'étirer longuement, puis s'approcha d'elle avec un large sourire.

Elle resta immobile. Son cœur tambourinait dans sa poitrine, tandis que son esprit était noyé sous une avalanche de pensées contradictoires. Se pouvait-il que Luke soit sincère et juste stressé par son travail ? Ou, en soufflant délibérément le chaud et le froid, jouait-il un jeu aussi terrible que dangereux ?

— Qu'est-ce qui… qu'est-ce qui est parfait ? hésita-t-elle.

Luke fit un pas de plus et la prit dans ses bras.

— Le timing, lui murmura-t-il à l'oreille.

La sensation de son souffle sur sa nuque la fit tressaillir.

— J'ai suffisamment de temps pour te montrer ma chambre et mon lit, ajouta-t-il en lui prenant la main. Viens, Della, viens, je n'en peux plus d'attendre.

Une douce sensation de chaleur prit alors possession du bas de son ventre. Une sensation qu'elle connaissait bien désormais, la preuve d'un désir torride et impérieux. Et c'était sur ce désir, uniquement cela, qu'elle devait se focaliser. De la sorte, son cœur serait à l'abri. Il n'y avait pas d'autre moyen.

Et il fallait qu'elle s'en persuade : avec Luke, elle était en train de vivre une passion de vacances. Un intermède fébrile, mais rien d'autre et rien de plus. Et, surtout, absolument rien de durable.

En fin de compte, qu'importe la véritable personnalité de Luke, vu qu'il allait bientôt disparaître de sa vie.

Le lendemain matin, Della se rendit à la salle de conférences qui jouxtait le grand bureau de Luke. L'immeuble des Marlow Hotels était situé à quelques pâtés de maisons de l'appartement de Luke, et le panorama était donc identique que celui du salon du penthouse. A vrai dire, les deux lieux avaient en commun une même neutralité froide, mais beaucoup plus adaptée ici, dans un contexte professionnel.

Elle prit une profonde inspiration. De toutes les manières, l'existence de Luke était dominée par sa carrière, il n'y avait rien d'étonnant à ce que son appartement et ses bureaux soient si semblables.

— Tu veux un café ?

La voix de Luke la tira de ses pensées et elle tourna la tête vers le buffet de petit déjeuner qui trônait dans un coin de la pièce. En plus des grandes carafes isothermes contenant les habituelles boissons chaudes, une longue table était recouverte de biscuits, pâtisseries et autres viennoiseries.

Elle en eut l'eau à la bouche, mais ne put s'empêcher de demander :

— Nous avons rendez-vous avec un régiment ?

Luke lui sourit.

— Non, nous serons seuls. Mais, si tu le désires, nous pourrons toujours appeler les collaborateurs qui ont travaillé sur le projet. Mon assistante met toujours un point d'honneur à ce que le buffet de la salle de réunion soit pantagruélique et je peux t'assurer qu'à la fin de la journée il ne reste rien. Beaucoup de gens passent la journée et travaillent ici, parfois jusque tard.

Elle lui rendit son sourire.

— Va pour le café, alors.

Au centre de la salle, un grand panneau accueillait des diagrammes et des schémas. Une maquette attira son attention : celle du *Cora Mae*, définitivement arrimé dans un vaste et luxuriant environnement. L'architecte responsable de cette œuvre était à l'évidence des plus doués. Qu'importe la petite échelle, la Grande Barrière de corail, en particulier, semblait plus vraie que nature.

Son cœur se serra.

— Comme tu le vois, commença Luke en s'approchant, une tasse de café fumant à la main, le premier pont des cabines sera transformé en laboratoire permanent de recherche pour les biologistes marins. Et notre expert scientifique à demeure s'est assuré que l'impact environnemental soit nul pour le récif.

— Intéressant, commenta-t-elle à voix basse.

Après quelques dizaines de minutes, pendant lesquelles elle examina attentivement l'ensemble de la présentation, Luke reprit la parole.

— Alors, quel est ton avis ?

— C'est beaucoup moins mauvais que ce que je pensais.

Il eut un petit rire nerveux.

— Et à quoi t'attendais-tu ?

— Je ne sais pas, hésita-t-elle, à une sorte d'oiseau de paradis dans sa cage dorée.

— Et ce n'est pas ce que tu vois ?

— Non, là j'ai le sentiment que le paquebot est chez lui, qu'il fait partie du paysage. Il n'est pas posé dans son environnement, il en constitue une partie inhérente.

Luke hocha la tête.

— Et cette permanence, ajouta-t-il, signifie que le personnel de bord aura le choix de vivre sur le bateau ou d'avoir une maison en ville. Personne ne sera tiraillé entre la mer et la terre ferme, comme l'ont été tes parents quand tu es née.

Elle soupira, envahie par un flot de nostalgie.

— Oui, mais je n'aurais pas été la même sans tous ces voyages, sans toutes ces expériences si particulières auxquelles n'ont pas accès la plupart des enfants.

Elle alla s'asseoir sur l'une des chaises disposées autour de la grande table de conférences. Luke la suivit et s'installa à ses côtés, le regard empreint de curiosité.

— Quelles expériences, par exemple ?

Les souvenirs se bousculèrent dans son esprit.

— Quand j'avais douze ans, commença-t-elle, nous étions sur le *Mediterranean Queen* et ma mère m'enseignait l'histoire de la Grèce et de la Rome antiques. Pouvoir apprendre dans les livres et, le jour même, déambuler dans les ruines de ces civilisations a été quelque chose d'inoubliable.

Luke la regarda sans dire un mot.

— Tu sais, reprit-il finalement, quand nous étions à Nouméa, tu m'as dit avoir eu l'enfance dont j'avais rêvé, et tu avais raison. Nous avons vécu des expériences radicalement opposées. Toi, tu as eu la liberté, les voyages, quand moi, dans mon pensionnat, j'étais…

— Comme un oiseau en cage, acheva-t-elle dans un murmure.

Il tourna la tête vers la fenêtre et demeura de nouveau silencieux.

— Oui, là encore tu as raison, c'est tout à fait comme ça que je me sentais. Comme un oiseau en cage.

Elle lui prit la main.

— Et à Nouméa, ajouta-t-elle, je t'ai aussi demandé si tes projets pour le *Cora Mae* n'étaient pas une façon de te venger de ton enfance. Tu m'as répondu par une pirouette, mais je me permets d'insister. Tu ne crois pas que ton enfance, sans vraies vacances, sans vraies libertés, pourrait te pousser à vouloir prendre un bateau, qui a été si libre et qui a voyagé partout, et le fixer à une seule place ?

Luke se retourna. Il sembla perplexe, puis son regard se fit plus décidé, sans se départir d'une profonde tendresse.

— Et toi alors ? marmonna-t-il d'une voix blanche. Que dire d'une personne qui a eu cette enfance-là, avec tant de liberté et de mouvement, et qui voit un navire être arrimé pour toujours ? Surtout si la seule expérience de stabilité vécue par cette personne s'est terminée en une effroyable tragédie ? Ne crois-tu pas qu'elle transférerait ses peurs sur le bateau ?

Là, il avait touché en plein dans le mille.

— Oui, tu as raison, toi aussi.

— Nous étions donc faits pour nous entendre, ironisa-t-il.

Un sentiment exquis s'empara alors de Della. Comme si, en cet instant précieux, tous ses doutes s'étaient envolés, comme s'était envolé le voile de sévérité et de professionnalisme cachant le vrai visage de Luke. Le Luke qui avait su la séduire à bord du *Cora Mae*. Il lui restait donc une dernière question à poser.

— Luke ?

Il leva un sourcil.

— Oui ?

— J'ai une question personnelle à te poser.

Il eut un petit rire.

— Tout ce que tu voudras, tant que ça ne concerne pas mon enfance et ses conséquences sur mes projets immobiliers actuels.

Elle sourit.

— Non, cela concerne quelque chose que Patrick m'avait dit sur toi et dont nous n'avons jamais parlé toi et moi.

Elle sentit qu'il se raidissait.

— Je t'écoute, demande-moi ce que tu veux.

Elle n'hésita pas une seconde de plus.

— Ton ex-femme, Luke, pourquoi ne m'as-tu jamais dit ce qui s'était passé ?

Il baissa les yeux un court instant.

— Parce que le sujet ne s'est jamais présenté.

Il s'empara alors d'un dossier posé près de lui. Elle reconnut dans ce geste un signe de nervosité.

— C'est vrai, concéda-t-elle. Mais le sujet de ta sœur, morte quand tu avais treize ans, ou celui de mon mariage et de sa fin tragique, non plus. Ils ne se sont jamais présentés à proprement parler dans la conversation. Pourtant, nous les avons abordés.

Luke se crispa sur sa chaise.

— Ce que tu es en train de me dire, c'est que j'ai délibérément évité de te parler de mon ex-femme ? Tu m'accuses d'avoir menti ?

— Par omission, à tout le moins.

Il leva les yeux au ciel.

— Non, je ne t'ai pas menti, rétorqua-t-il. J'essaie seulement de penser à elle le moins possible.

— Et pourquoi ? enchaîna Della.

— Parce que je vais passer pour un parfait idiot, voilà pourquoi.

— Je ne comprends toujours pas. Quand Patrick m'en parlait, il avait toujours l'air excessivement énervé, mais il n'a jamais voulu m'en révéler davantage.

Luke éclata de rire. Un rire à mi-chemin entre la gêne et le soulagement.

— Ce bon vieux Patrick… Il avait tout compris depuis le début !

— Que s'est-il passé ?

Il poussa un long et profond soupir.

— En résumé, elle était employée de la Marlow

Corporation, puis elle s'est dit que sa vie serait plus facile si elle épousait le patron au lieu de travailler pour lui.

— Tu veux dire qu'elle s'est servie de toi ?

— Tout à fait. Depuis la première minute de la première heure du premier jour.

Elle commençait à comprendre… Ce qu'il avait dit des compliments hypocrites, le jour où ils avaient parlé avec Roxie Appleby dans la cantine. Ses sous-entendus sur les raisons qui avaient poussé Patrick à lui léguer la moitié du paquebot…

Comme s'il avait lu dans ses pensées, Luke ajouta :

— Je suis tellement désolé d'avoir pensé cela de toi, j'ai été bien trop méfiant. Qui plus est, Patrick avait tout de suite vu clair dans le jeu de mon ex-femme, ce n'était pas un homme qu'on pouvait berner, contrairement à moi. S'il t'a fait confiance à ce point, c'est que tu le méritais.

Elle se pencha vers lui.

— Il faut encore que je te dise quelque chose…

En silence, il leva les yeux vers elle.

— Patrick t'adorait Luke, déclara-t-elle. Je crois même que tu étais la personne qu'il aimait le plus au monde.

Elle vit une larme couler sur sa joue. Elle en fut bouleversée et libérée du poids qui l'étouffait.

Oui, tous ses doutes s'étaient envolés. Le risque qu'elle avait refusé de prendre depuis si longtemps, elle était désormais prête à l'accepter. Le risque de l'amour.

- 10 -

Della rejoignit l'infirmerie pour sa garde matinale, une demi-heure seulement après avoir quitté la cabine de Luke. Ils étaient remontés à bord depuis deux jours maintenant et avaient passé à peu près tous leurs moments de liberté ensemble — la plupart du temps au lit. Luke semblait beaucoup plus apaisé depuis que le *Cora Mae* avait pris la direction des Fidji. Commençait-il à comprendre le bonheur d'une vie en mer ? Le bonheur de la vie à deux ?

— Bonjour, docteur Walsh, bien dormi ?

La question de Jody la sortit de ses pensées et, à voir la lueur malicieuse au fond de ses yeux, la machine à rumeurs avait fonctionné à plein régime. A maintes reprises, Della s'était demandé si son aventure avec Luke allait pouvoir rester secrète. A l'évidence, la réponse était négative.

Elle ne put néanmoins s'empêcher de sourire.

— Très bien, merci, fit-elle en attrapant le registre des consultations de la veille, à la fois pour vérifier que l'équipe médicale avait bien fait son travail en son absence, mais aussi pour camoufler le rouge qui lui montait aux joues.

— Et vous-même ? ajouta-t-elle.

Jody haussa les épaules et leva les yeux au ciel.

— Vous savez ce que c'est ! L'un de mes compagnons de chambrée est rentré tard et l'autre est un ronfleur, donc passer une bonne nuit s'avère assez difficile.

Elle s'arrêta un instant et fixa Della.

— Mais non, suis-je bête, vous ne pouvez pas savoir, poursuivit-elle. Vous, vous avez votre propre cabine et il n'y a personne pour vous réveiller. Vous passez toutes vos nuits toute seule, tranquille.

Della fronça les sourcils et croisa les bras.

— Jody, vous essayez de me dire quelque chose ?

La secrétaire pouffa.

— Non, non, rien, pourquoi ? Vous avez quelque chose à me révéler ?

Della tapota nerveusement son stylo sur le registre des consultations et se mordit la lèvre. Parler avec quelqu'un du chaos émotionnel qui était en train de l'envahir était peut-être une bonne idée… Et elle connaissait Jody depuis plusieurs années maintenant, lui faisait même une confiance quasi aveugle.

Mais, avant qu'elle ait pu prendre sa décision, le poste d'urgences sonna. Elle décrocha immédiatement.

— Infirmerie, j'écoute ?

— Ici le pont supérieur, lui répondit une voix d'homme. On a besoin d'une équipe médicale d'urgence, un incendie s'est déclaré dans le réfectoire numéro deux ! Les pompiers sont en route, on va procéder à l'évacuation des passagers d'une minute à l'autre.

La réaction de Della fut instantanée. D'un geste vif, elle attrapa une mallette de premiers secours et passa un gilet fluorescent.

— Nous sommes en route, fit-elle avant de raccrocher.

La porte de l'infirmerie s'ouvrit et Maree, l'une des infirmières, entra précipitamment.

— J'ai entendu la ligne d'urgences sonner, que se passe-t-il ? demanda-t-elle.

Della sentit une décharge d'adrénaline affluer dans ses veines.

— Incendie au réfectoire numéro deux ! lança-t-elle, le souffle court. Bipez Cal et dites-lui de me rejoindre là-bas.

Sa gorge se noua. Le feu était l'un des pires ennemis sur un bateau et elle n'avait pas la moindre idée de l'étendue du sinistre. Avec un peu de chance, il était mineur et d'ores et déjà contenu.

Elle se précipita dans le couloir et prit la direction des escaliers de secours. Une annonce du haut-parleur la rassura : le message, calme, informait les passagers d'un incendie minime dans les cuisines et demandait, par mesure de précaution, à ceux de la section 4 de se préparer à une éventuelle évacuation.

Par bonheur, il s'agissait d'un jour d'escale et la matinée était déjà bien avancée. La plupart des passagers avaient sans doute déjà débarqué pour visiter Wellington, la capitale de Nouvelle-Zélande. Les opérations allaient en être grandement simplifiées.

Devant la double porte qui marquait l'entrée de la section 4, elle retrouva Max, le steward des premières classes, qui montait la garde. En cas de sinistre, chaque membre de l'équipage avait un poste attitré pour que les interventions d'urgence se déroulent avec la plus grande fluidité possible.

— Max, quelles sont les dernières nouvelles ?

— Une première équipe vient tout juste d'arriver, répondit-il en laissant passer trois pompiers. Mais le feu semble circonscrit au réfectoire. Sur la gauche, il y a une cabine libre qui pourra te servir de poste de secours.

— Merci, fit-elle, avant de rejoindre rapidement la cabine en question.

Une petite dizaine de passagers et de membres d'équipage l'attendaient déjà. Tous avaient l'air hagard, mais aucun ne semblait céder à la panique, ce qui était une très bonne chose. Certains toussaient, d'autres se tenaient le bras, la tête. Sans plus attendre, elle commença les examens d'usage.

A peine une minute plus tard, Cal entrait dans la cabine.

— De quoi je m'occupe ? demanda-t-il avant de se diriger vers une boîte de gants en latex.

Della soignait l'un des cuisiniers qui souffrait d'une brûlure bénigne à l'avant-bras. Elle lui désigna le couloir d'un signe de la tête.

— Regarde si la cabine d'à côté est libre et monte un second poste de secours. Prends Maree avec toi, si tu en as besoin.

— Reçu cinq sur cinq, fit Cal avant de ressortir.

Della prit une profonde inspiration et sentit une goutte de sueur perler sur sa tempe. Elle s'essuya du revers du coude. Il commençait à faire si chaud… A l'évidence, la climatisation avait été coupée pour des raisons de sécurité, ce qui rendait la situation d'autant plus pénible. L'odeur âcre de la fumée se faisait de plus en plus insistante, tandis qu'un flot continu de blessés passait la porte de la cabine.

Elle avait confiance en l'équipage du *Cora Mae* pour gérer au mieux le sinistre et ses conséquences. Mais elle savait aussi combien les conséquences et les dégâts d'un incendie pouvaient être imprévisibles. Tant de monde semblait avoir été touché… Pour la plupart, il s'agissait de membres de l'équipage, des gens qui vivaient et travaillaient sur le paquebot. Qu'allait-il advenir d'eux ? De sa seconde famille ?

Elle sentit une main sur son épaule.

— Je suis là. Que puis-je faire ?

La voix grave de Luke, d'un calme admirable, lui fit rapidement oublier ses angoisses. Elle se retourna vers lui, le cœur plus léger, et lui sourit.

— Tu as déjà suivi une formation en premiers secours ? demanda-t-elle.

Elle vit Jody se mordre les lèvres, comme si elle réprimait un fou rire. Manifestement, le tutoiement dont elle venait de gratifier Luke n'était pas passé inaperçu. Qu'importe, il y avait d'autres questions plus urgentes à régler que le problème de sa réputation.

— Je suis même diplômé de la Croix-Rouge, précisa Luke. Et, chaque année, j'effectue un stage de mise à niveau en sécurité hôtelière.

— Alors c'est parfait. Demande une paire de gants à Jody et prends sa place. Jody, je peux vous charger du triage ?

— C'est comme si c'était fait, répondit son assistante.

Luke prit alors place à ses côtés. Très vite, une sorte de synergie des plus agréables s'installa entre eux. Elle prenait en charge les patients, puis les laissait entre ses mains s'ils n'étaient que légèrement blessés. Il suivait ses instructions à la lettre, sans avoir besoin de poser la moindre question.

Quand elle leva la tête pour accueillir le patient suivant, elle découvrit Roxie Appleby.

— Roxie, que t'est-il arrivé ?

— Je crois que je me suis brûlée au poignet, répondit celle-ci avant de s'asseoir sur le tabouret.

— Laisse-moi voir.

Il s'agissait d'une brûlure assez étendue, mais heureusement bénigne.

— Tu sais comment le feu s'est déclaré ? demanda-t-elle en commençant ses soins.

Roxie soupira.

— Je n'ai pas bien vu, mais l'incendie s'est déclaré à peine à un mètre de moi. Ensuite, les choses sont allées très vite, tous les cuisiniers se sont précipités avec des couvertures antifeu et des extincteurs, puis on a compris qu'il fallait qu'on quitte les cuisines. J'ai entendu qu'il restait encore quelques foyers à éteindre.

— Tu as eu beaucoup de chance, commenta Della. Quand j'aurai terminé ton pansement, je veux que tu ailles sur le pont supérieur et que tu prennes l'air, d'accord ?

Elle se tourna vers Luke.

— Tu peux aller me chercher une bouteille d'oxygène pour Roxie, en attendant ?

Il s'exécuta. Quand il lui tendit le masque pour qu'elle l'applique sur le visage de Roxie, il la frôla. La sensation l'électrisa, mais elle n'eut pas le temps de s'y attarder, car Max fit irruption dans la cabine en criant :

— Della, viens vite ! Un chef a perdu connaissance pendant son évacuation et les pompiers voudraient que tu l'examines pour pouvoir le débarquer et l'emmener à l'hôpital. Il souffre aussi de plusieurs brûlures.

Son sang ne fit qu'un tour. De quel chef s'agissait-il ? Tous étaient ses amis ! Elle fit mentalement l'inventaire de ceux qu'elle venait d'examiner. Plusieurs manquaient à l'appel… Une angoisse sourde lui serra la poitrine.

— Je te suis, fit-elle en secouant la tête. Tu as une combinaison ignifugée pour moi ?

Max lui tendit le vêtement et un casque qu'elle passa en quatrième vitesse, puis elle se dirigea vers la porte de la cabine. Luke lui emboîta le pas.

— Je viens avec toi !

Sa présence rassurante et une paire de mains supplémentaire n'allaient pas être de trop, mais elle ne pouvait accepter cette proposition.

— Je suis désolée, mais j'ai des consignes très strictes. Toutes les personnes extérieures au personnel sont interdites sur le lieu du sinistre.

— Docteur Walsh, répliqua-t-il d'un ton autoritaire. Je suis le copropriétaire de ce paquebot et je suis formé aux premiers secours. En outre, il vaut mieux que votre assistante et les infirmières restent au poste pour s'occuper des blessés.

Elle prit une seconde pour réfléchir. Luke avait sans doute raison. En tant que propriétaire du *Cora Mae*, les consignes ne s'appliquaient probablement pas à lui et, oui, il fallait que des professionnels restent au poste de secours.

— Tu es sûr de toi ?

— Absolument, répondit-il sans ciller.

Elle hocha alors la tête et s'adressa à Jody.

— Jody, vous serez en charge du poste en mon absence. N'hésitez pas à faire appel à des membres de l'équipage si vous avez besoin d'aide. M. Marlow et moi, nous allons en cuisines.

A ces mots, elle rabattit la visière de son casque. Luke, qui avait lui aussi revêtu une combinaison, l'imita.

Dans les cuisines, l'atmosphère était dense et étouffante. Dans le noir — l'électricité avait été coupée —, ils trouvèrent leur chemin grâce à leur lampe frontale. Plus ils avançaient, plus les murs et le sol étaient recouverts de suie. Le feu, désormais éteint, avait apparemment surpris les cuisiniers pendant la préparation du déjeuner. Sur les plans de travail gisaient des ustensiles noircis et des aliments carbonisés.

A quelques mètres, deux pompiers en combinaison orange encadraient un homme à terre, dont le visage était protégé par un masque à oxygène.

Della s'accroupit près de lui afin de lire le nom inscrit sur son badge. Il s'agissait de son ami Ted.

— Ted, fit-elle en posant une main sur son épaule, c'est Della. Il y a eu un incendie et tu as eu un malaise, mais tout va bien maintenant, on va s'occuper de toi et t'emmener à l'hôpital.

Elle s'empara de son talkie-walkie.

— Jody, lança-t-elle dans l'appareil. J'ai besoin d'une ambulance au débarcadère. Tout de suite.

Tout en attendant la réponse de son assistante, elle effectua les premiers examens d'usage. Le pouls de Ted était très rapide, mais c'était surtout l'état de ses poumons qui l'inquiétait. Avant l'arrivée des pompiers et la pose du masque à oxygène, Ted avait inhalé des fumées, irritantes et même toxiques pour certaines. Elle posa son stéthoscope sur sa poitrine mais, Dieu merci, n'entendit rien de très alarmant. Elle vit aussi qu'il souffrait de quelques brûlures, relativement minimes à première vue.

Autre bonne nouvelle, il ne s'était pas fait mal à la tête ou à la colonne vertébrale lors de sa chute. Les pompiers allaient donc pouvoir l'installer sur un brancard et le débarquer au plus vite.

Le talkie-walkie se mit à grésiller.

— Della, annonça Jody, c'est bon, l'hôpital est prévenu, ils envoient une ambulance, tu peux revenir au poste de secours.

Soulagée, elle suivit les pompiers qui, aidés de Luke, poussaient le brancard sur lequel ils avaient harnaché Ted.

Une fois dans le couloir, elle ôta son casque et prit une profonde inspiration. Max lui tendit une petite bouteille d'eau qu'elle avala d'un trait. La journée s'annonçait longue.

Les heures suivantes passèrent sans qu'elle en ait même conscience. Les nouvelles de Wellington furent bonnes :

Ted n'avait été que légèrement blessé et serait très bientôt sur pied. A la bonne heure.

Jusqu'aux premières lueurs du soir, le poste de secours n'avait pas désempli. Au moment de l'incendie, les cuisines et ses environs étaient remplis de cuisiniers et de serveurs, qui s'affairaient pour les petits déjeuners tardifs et la préparation du déjeuner. Les patients avaient donc été nombreux, mais, heureusement, à part le chef envoyé à l'hôpital, il n'y avait eu que des blessures bénignes, et toutes traitables à bord.

Quand le dernier patient quitta le poste de secours, Della ne put réprimer un bâillement. Elle était épuisée et tout son corps n'était plus que courbatures. Une bonne et longue douche chaude allait lui faire le plus grand bien, mais il fallait avant qu'elle s'occupe du nettoyage de la cabine.

Luke s'avança et posa une main sur son épaule.

— Les autres ne peuvent pas s'en occuper ? demanda-t-il, un sourcil levé.

Elle soupira. Jody n'était pas là, elle avait accompagné Ted à l'hôpital. Quant au reste de l'équipe, il était sur les rotules. Pourquoi méritait-elle un traitement de faveur ?

— C'est possible, répondit-elle, mais je préfère donner un coup de main. Primo, ça ira plus vite et, secundo, je me vois mal partir et laisser tout le boulot aux autres. Eux aussi ont eu une dure journée, tu sais.

— C'est vrai, concéda Luke, mais le capitaine Tynan voudrait nous voir au plus vite.

Cal, qui était en train de trier une boîte de bandages, leva les mains en l'air.

— Ne t'en fais pas, Della, avec Maree, on s'occupe du reste. Et puis, je préfère encore faire le ménage que de supporter un débriefing de crise avec le capitaine, bonjour la tannée !

Elle sourit.

— Bon, d'accord, si c'est comme ça, je m'en vais, répondit-elle avant de suivre Luke dans le couloir.

Dès qu'ils furent seuls, il la prit dans ses bras. Par réflexe, elle eut un léger mouvement de recul, mais il la serra contre lui et lui prit le visage dans ses mains, pour l'embrasser tendrement.

— Tu ne crois pas que tout le monde a compris que notre relation avait, comment dire… évolué ? demanda-t-il avec un petit sourire en coin.

Elle repensa à la mine de Jody et à ses sous-entendus du matin.

— Oui, tu as raison, s'esclaffa-t-elle. Je crois que tout le monde est au courant, cela ne sert plus à rien de nous cacher.

Elle posa alors la tête sur son torse puissant et ferma les yeux. Après la journée qu'elle venait de vivre, les bras de Luke étaient un refuge dont elle avait terriblement besoin.

Malheureusement, un désagréable frisson vint troubler ce moment. Avec Luke, ils n'en avaient pas encore parlé, mais les faits étaient là : leur aventure touchait à sa fin. Et, même si elle avait toujours insisté pour rester dans le noir quand ils avaient fait l'amour, jamais elle n'avait ressenti un tel sentiment d'intimité avec un homme, un sentiment mêlé en outre d'une urgence sensuelle torride et vorace, comme s'ils savaient que leurs jours ensemble étaient comptés. Or ils l'étaient bel et bien, maintenant.

Un flot d'angoisse lui serra la gorge. Allait-elle pouvoir le supporter ? Etait-elle prête à voir Luke disparaître de sa vie ? Avait-elle seulement le choix ?

Avant d'entrer dans la salle de réunion, Della passa rapidement une main dans ses cheveux pour se recoiffer, et épousseta son pantalon. Un fastidieux débriefing était tout ce dont elle avait besoin pour se sortir ses idées noires de la tête ! Sans plus attendre, elle suivit Luke à l'intérieur de la pièce.

Elle y trouva le capitaine et quelques membres de l'équipage affairés autour de la grande table, les plans du bateau déroulés devant eux.

Le capitaine Tynan leva les yeux.

— Ah, monsieur Marlow, docteur Walsh, parfait, nous

vous attendions ! C'est une très bonne chose de vous avoir tous les deux à bord, nous allons pouvoir commencer les travaux au plus vite. C'était d'ailleurs l'un des avantages avec Patrick, il n'était jamais loin quand on avait besoin de lui.

Della sentit un poids grossir dans sa poitrine. Ce genre de réunions était inédit pour elle. Avec Patrick, elle avait l'habitude de parler des itinéraires ou des spectacles, pas de matériel ou de logistique. Mais il fallait qu'elle se familiarise avec ces dossiers. Après tout, telles étaient les tâches et les responsabilités d'un propriétaire de paquebot.

Luke, par contre, semblait ici comme un poisson dans l'eau. D'un pas décidé, il s'avança vers les plans.

— Avons-nous déjà une idée de l'étendue des dégâts ? demanda-t-il.

Le capitaine tapota rapidement son stylo sur la table.

— C'est encore trop tôt pour le dire, mais, d'après les premiers témoignages des pompiers, on peut inférer que la situation est assez grave.

— Grave ? répéta Luke.

— Aucune des structures essentielles du navire ne semble avoir été lésée, précisa le capitaine, mais nous aurons sans doute un réfectoire à reconstruire de fond en comble. Tout a été détruit, le matériel de cuisine, l'électricité, l'éclairage…

Luke croisa les bras.

— Et cela ne posera pas problème pour le reste de la croisière ? Les autres réfectoires pourront-ils prendre le relais ?

— Avec beaucoup d'organisation, oui, ajouta le capitaine. A priori, il faudra a minima réduire le menu des premières classes.

— Alors je ne me fais pas trop de souci, enchaîna Luke, une main sous le menton. Et puis, comme nous sommes en escale, les ouvriers et les artisans ne sont pas loin, nous aurons des devis très rapidement…

— Avant cela, coupa le capitaine, il faut que vous me donniez tous les deux votre accord, car les réparations dépasseront très probablement mon budget de fonctionnement.

« Dépasser le budget ? » Cela voulait dire que le *Cora*

Mae avait encore de l'argent en réserve ? Elle n'en avait pas la moindre idée. Quelle idiote ! Pourquoi n'avait-elle pas pensé à le demander au moment de la lecture du testament ?

Luke fit le tour de la table.

— Et sait-on quand les pompiers pourront rendre leur rapport définitif ? Pour qu'on puisse avoir une estimation précise des dépenses à prévoir ?

Elle écoutait attentivement, mais sentait un nœud d'angoisse se former dans sa poitrine. Estimation des dégâts, devis, rapports… Tout cela était du chinois pour elle. Elle savait comment soigner des brûlures, des poumons irrités, des corps déshydratés, mais cette conversation lui semblait surréaliste.

Heureusement, elle pouvait compter sur Luke, qui gérait les choses comme un professionnel.

Cette pensée la fit sourire : Luke ne gérait pas la situation « comme » un pro, il était un pro ! En tant que propriétaire de vingt-trois complexes hôteliers, il en avait certainement vu d'autres, et ce n'était pas un petit feu dans le réfectoire d'un paquebot qui risquait de l'effrayer.

Tant mieux que Patrick n'ait pas eu la mauvaise idée de lui léguer l'intégralité du bateau. De telles discussions aussi urgentes que cruciales auraient été retardées par son manque d'expertise, ses hésitations, ses doutes, et les conséquences auraient été catastrophiques pour le paquebot et son équipage. L'angoisse se faisait de plus en plus sourde, elle sentait le sang pulser dans ses tempes.

Et l'argent alors ? Son estomac se noua, au bord de la nausée.

Le cœur battant à tout rompre, elle s'approcha de Luke et lui dit à voix basse.

— Luke, je peux te dire deux mots en tête à tête ?

Elle se retourna ensuite vers le capitaine et ses collaborateurs.

— Vous pouvez nous excuser une minute ?

Le capitaine hocha la tête et, sans le moindre mouvement d'hésitation ou de réprobation, les hommes quittèrent la salle.

— Que se passe-t-il ? demanda Luke.

— L'argent, répondit-elle. Si les réparations dépassent au final le budget du capitaine, il faudra en trouver autre part, n'est-ce pas ?

Luke haussa les épaules.

— Il faudra aussi compter avec le remboursement des assurances.

— Mais cela ne couvrira pas tout, si ?

Il resta silencieux quelques instants, puis se frotta la base du cou.

— D'après moi, il risque d'y avoir des dépenses hors budget, oui, mais Marlow Hotels s'en chargera.

Elle fronça les sourcils.

— Tu ne possèdes que la moitié de ce bateau. Ton entreprise ne pourra donc payer que la moitié des réparations, vu que tu n'es responsable que de la moitié de ses pertes.

Avant que Luke ait pu lui répondre, on frappa à la porte.

— Pouvons-nous revenir ? demanda le capitaine en passant la tête dans l'encadrement. Je viens tout juste de recevoir un coup de fil de notre chef comptable, qui a un premier rapport à nous proposer.

Luke tourna alors la tête vers elle.

— Ça ne te dérange pas si nous terminons notre conversation tout à l'heure ? J'ai encore plusieurs détails à régler avec l'équipe.

J'ai… Luke avait fait usage du singulier, comme s'il était seul aux manettes et qu'elle n'avait pas vraiment son mot à dire. Mais l'avait-elle ? Orgueil mis à part, il fallait qu'elle se rende à l'évidence : elle n'était pas à sa place dans cette salle de réunion.

Elle se dirigea vers la porte.

— Bien sûr, tu m'excuseras auprès des autres, s'il te plaît ? répondit-elle le cœur serré. J'ai moi aussi d'autres choses à faire. Et ne t'inquiète pas pour moi avant de prendre tes décisions. Fais ce que tu as à faire, on verra plus tard pour les histoires de cosignataire.

Luke retrouva Della sur le pont supérieur. Elle était accoudée à la rambarde, les yeux perdus dans le lointain. Deux heures s'étaient écoulées depuis leur discussion avortée sur le coût des réparations, mais la panique qu'il avait lue dans son regard l'avait obsédé durant toute la poursuite de la réunion.

A l'évidence, elle craignait de ne pas avoir les moyens de régler sa part des travaux, mais la franche terreur qu'elle avait manifestée lui semblait hors de proportion. Cachait-elle autre chose ? Un autre motif d'inquiétude dépassant les questions strictement matérielles ? Il fallait qu'il en ait le cœur net.

— Tiens, je te cherchais, lança-t-il en s'approchant d'elle et en prenant place à ses côtés.

— J'étais là, je réfléchissais, déclara-t-elle d'une voix qui lui sembla venir de très loin.

Puis elle se tourna vers lui. Son visage avait une expression étrange, un mélange de douceur et de mélancolie.

— Tu as vraiment été génial aujourd'hui.

Il haussa les épaules.

— Tu plaisantes ! C'est toi qui as été formidable.

— Je voulais dire après l'incendie, rectifia-t-elle.

Sa voix semblait de plus en plus spectrale. Il sentit son cœur se serrer. Pourquoi était-elle aussi sombre ?

— Ça aussi, ce n'était pas grand-chose, juste des questions d'organisation.

— Peut-être pour toi, mais, pour moi, cela signifiait autre chose.

Autre chose ? Etait-ce la réponse à l'énigme qu'était devenue Della depuis deux longues heures ? Il y avait « autre chose » à savoir, mais quoi ?

Il passa un bras autour de sa taille et la pressa contre lui.

— Della, parle-moi, que se passe-t-il ?

Elle se dégagea légèrement de son étreinte et poussa un long soupir avant de répondre :

— Pendant l'incendie, mon rôle était évident. J'étais en

charge du poste de secours. Mon expertise est là, c'est dans ce domaine que je sais prendre des décisions pertinentes.

Elle s'arrêta un instant et se mordit la lèvre.

— Mais pour ce qui est des réparations, des budgets, des devis, poursuivit-elle, je ne sers à rien, c'est toi qui as toutes les cartes en main. Il faut que je me rende à l'évidence, je n'ai absolument aucune compétence pour m'occuper d'un bateau.

— Della…

Elle posa un doigt sur sa bouche.

— Il n'y a rien d'autre à dire, Luke, le *Cora Mae* a besoin de stabilité et de fiabilité, et tu es le seul à pouvoir les lui offrir.

Il saisit sa main.

— Tu veux dire que tu as pris ta décision ?

Elle hocha la tête, une larme roula sur sa joue.

— Il n'y avait pas de décision possible, répondit-elle en réprimant un sanglot. Je n'ai pas d'autre choix. Je vais te vendre mes parts du paquebot, l'intégralité ou une partie, et tu pourras en faire ce que tu veux. Tu es l'homme de la situation, Luke. Toi et personne d'autre.

Non, ce n'était pas la victoire qu'il espérait. Il ne voulait pas que Della renonce à ses rêves.

Il lui caressa la joue.

— On en parlera demain, tu veux ?

— Il n'y a rien à discuter, répliqua-t-elle, les yeux baissés.

— Si, insista-t-il, tu es épuisée. Je refuse de négocier avec quelqu'un qui tient à peine debout.

— La négociation est terminée, Luke, je ne changerai pas d'avis.

— Peut-être, mais, en attendant, tu as besoin d'une bonne douche, d'un bon repas et d'une bonne nuit de sommeil.

Et après quoi ? La question résonna dans son esprit, comme si un petit diable venait de se poser sur son épaule. *Et demain ? Quand vos affaires seront terminées, seras-tu prêt à la laisser partir ?*

- 11 -

Della laissa Luke la raccompagner à sa cabine. Il avait raison sur un point : elle était épuisée, littéralement épuisée à la fois sur le plan physique et émotionnel. Ce soir, elle n'arriverait pas à le faire changer d'avis, n'étant pas non plus disposée à discuter en détail de la vente de ses parts du bateau.

Dès qu'ils passèrent la porte, Luke se précipita sur le téléphone et commanda à manger.

— Ils ne nous livreront pas avant trois quarts d'heure, commenta-t-il au moment de raccrocher.

Comme s'il protestait en entendant la nouvelle, l'estomac de Della émit un petit grognement.

— Il leur faut autant de temps pour le préparer ? demanda-t-elle, affamée.

Luke sourit et lui prit la main.

— Les cuisines sont débordées avec la fermeture d'une partie de leurs infrastructures, mais cela tombe plutôt bien : comme ça, tu auras le temps de faire un brin de toilette. Tu as des traces de suie sur les joues et tes cheveux sentent la fumée. Tu verras, tout ira mieux après une douche, et le dîner sera là en moins de temps qu'il n'en faut pour le dire.

— Tu n'as peut-être pas tort. Avec la panne de la climatisation à l'infirmerie, j'ai dégouliné de sueur et je me sens tendue. Je ne sais pas pourquoi je n'y ai pas pensé toute seule. Encore un effet de la fatigue, sans doute.

Sans lâcher sa main, Luke la conduisit vers la salle de bains. Puis il se mit face à elle et prit son visage dans ses mains.

— Della, murmura-t-il, je sais que tu n'aimes pas que je vois tes cicatrices, mais, je t'en prie, laisse-moi m'occuper de toi, ce soir.

Elle soupira. Comme elle était fatiguée… Et forcée de l'admettre : la voix et l'attitude de Luke étaient tout à fait rassurantes. Et puis, qu'avait-elle à perdre ? Leur histoire était bel et bien terminée : demain matin, elle lui vendrait ses parts et il disparaîtrait de sa vie pour toujours, peut-être même avant l'heure du déjeuner.

— Je t'en prie, insista Luke, fais-moi confiance, tu es en sécurité avec moi.

Elle se mordit la lèvre, avec le vain espoir de calmer les papillons qui avaient pris possession de son ventre. D'un geste brusque, elle ôta son T-shirt et le laissa tomber au sol. Sans attendre une seconde de plus, elle dégrafa son soutien-gorge.

La fraîcheur de l'air ambiant enveloppant sa peau nue la fit frissonner.

Voilà, elle était devant lui, torse nu, exposée, fragile, vulnérable. Et c'était la première fois que quelqu'un d'autre qu'un médecin posait ainsi les yeux sur sa poitrine lacérée de cicatrices.

Elle baissa les yeux. Le rythme de son cœur s'accéléra. Sa respiration se fit haletante, difficile. Qu'allait-elle voir en relevant la tête ? De la pitié ? De l'embarras ? Elle pria pour ne pas lire du dégoût.

Mais sa réaction fut des plus déroutantes. Sans un mot, il s'approcha d'elle et porta la main à son pantalon, avant de le dégrafer et de le faire lentement glisser sur ses jambes.

Elle fronça les sourcils. Que faisait-il ? N'avait-il pas vu ses cicatrices ? Ça n'avait absolument pas l'air de le gêner. En réalité, pour la première fois depuis longtemps, elle eut le sentiment d'avoir un corps parfaitement normal, sans stigmates, comme si les violences qu'elle avait subies pouvaient disparaître.

Tout en gardant le silence, Luke tendit le bras vers la douche et ouvrit le robinet, puis il attendit quelques secondes afin de régler la température. Une brume épaisse emplit la petite pièce carrelée, puis il se déshabilla à son tour.

Elle osa alors lever les yeux vers lui. Dans son regard, elle ne lut ni gêne, ni pitié, ni dégoût, seulement la marque d'une profonde tendresse et d'un assentiment total. Derrière ses paupières, les larmes n'étaient pas loin.

En une fraction de seconde, elle eut l'impression de pouvoir tout oublier. Non seulement ses cicatrices, marques indélébiles d'une tragédie ancienne, mais aussi les douze heures qui venaient de s'écouler. Oublier le feu, oublier la décision que Luke avait prise concernant le *Cora Mae*, oublier sa décision à elle de ne plus vouloir lutter et d'accepter la fin de leur aventure.

Des larmes roulèrent sur ses joues. Doucement, Luke la poussa vers la cabine de douche et l'encercla de ses bras. Dans le bruit hypnotique de l'eau chaude qui ruisselait sur leurs corps enlacés, elle posa doucement la tête sur l'épaule de Luke, puis laissa aller ses pleurs. Des pleurs de fatigue, de soulagement. Des pleurs de joie d'avoir trouvé un homme en qui elle pouvait avoir entièrement confiance. Des pleurs de tristesse parce qu'elle allait devoir le laisser disparaître de sa vie.

Patrick avait raison — Luke était un prince parmi les hommes.

Elle resta ainsi quelques longues minutes. A pleurer dans les bras réconfortants de Luke. A profiter d'une douche chaude et bienfaisante, lavant son corps et son esprit.

Puis les larmes s'arrêtèrent. Toute l'émotion qu'elle avait emmagasinée depuis si longtemps avait enfin été libérée. Et elle se sentait légère, incroyablement légère. Elle se sentait une nouvelle personne. Une personne entière, calme, sereine.

Luke attrapa une éponge et y déposa une noisette de gel douche au parfum enchanteur. Un mélange de bois de santal et d'épices douces, légèrement mentholé, cette fragrance qu'elle avait tant de fois humée sur sa peau à lui.

D'un geste langoureux, Luke fit glisser l'éponge sur ses jambes, puis le long de ses bras. Avec l'eau chaude, sa peau était devenue très sensible. Elle retint son souffle, son cœur s'affola. Luke recommença son geste sur ses épaules, sur sa poitrine et sur son ventre. Lentement, respectueusement, comme s'il voulait célébrer son corps tout en le lavant.

Sans mot dire, il se baissa vers ses pieds sur lesquels il fit passer l'éponge pleine de mousse. Son visage d'ange déchu ruisselait. Elle sentait une tension sensuelle monter inexorablement en elle.

Il se releva et déposa l'éponge sur le porte-savon, accroché sous le pommeau de douche. Il prit alors le flacon de shampoing, puis il commença lentement à lui masser la nuque de ses doigts fermes et décidés. Elle ferma les yeux et se laissa envelopper par la bulle que les mains de Luke semblaient créer autour d'elle. Pouvait-elle aimer davantage cet homme ?

Après lui avoir tendrement lavé les cheveux, Luke lui attrapa la nuque pour lui faire basculer la tête en arrière afin de la rincer. Quand il eut terminé, il déposa un baiser sur ses lèvres.

Son cœur bondit quand elle sentit la suavité de sa peau contre la sienne, la dureté de ses dents contre ses lèvres. Et, quand elle l'entendit gémir, elle se crut sur le point de fondre.

Elle ouvrit les yeux. Il fallait qu'elle se ressaisisse et, surtout, qu'elle lui rende à son tour un peu de ce qu'il venait de lui offrir.

Tendant le bras, elle attrapa l'éponge, puis commença à le laver. Elle fit courir sa main sur la peau mordorée de son dos, puis sur celle de ses épaules. Chaque fois, elle terminait son geste par un baiser. Elle poursuivit sur ses bras, son torse, sur sa taille et sur son ventre, jusqu'au haut de ses cuisses.

D'un coup d'œil fugace, elle surprit son excitation, ce qui l'incita à poursuivre. Ses gestes se firent plus précis. La caresse de l'éponge anticipait la mousse du savon, la mousse du savon appelait une libation d'eau claire, elle-même conclue par une rafale de baisers enfiévrés. Sur toutes les parties de son corps.

Dans les bras l'un de l'autre, ils restèrent silencieux, aucun mot ne sortant de leurs bouches, parfois proches, parfois lointaines. Le ruissellement de l'eau n'était troublé que par leurs gémissements, par le bruit, rauque et profond, de leurs souffles haletants qui semblaient vouloir ne faire qu'un.

Et, quand elle se baissa pour prendre le sexe de Luke dans sa main, elle sut que les baisers n'allaient plus suffire. D'ailleurs, avait-ce jamais été le cas ?

Comme s'il lisait dans ses pensées, Luke ferma le robinet de la douche et passa un bras sous ses cuisses pour la soulever et la porter jusqu'au lit. Dans ses yeux, la tendresse et l'adoration avaient été remplacées par un désir fort et sauvage, qu'elle ne pouvait que partager.

Mais, avant qu'ils y cèdent, il fallait qu'elle lui avoue quelque chose, qu'elle lui fasse comprendre ce que cette simplicité signifiait pour elle, ce que ses gestes et son attention avaient fait renaître en elle. En l'espace de quelques minutes, Luke lui avait redonné confiance. Il lui avait redonné complétude et sérénité. Il avait balayé à tout jamais ses peurs et ses doutes. Et le désir qu'elle lisait dans son regard, ce regard qui semblait ne jamais vouloir la quitter, malgré les imperfections si évidentes de son corps, était un poème qu'elle ne pensait jamais pouvoir lire chez quiconque. Elle en tremblait.

Lentement, elle se releva et murmura à son oreille :

— Quoi qu'il se passe demain, je me souviendrai toujours de cette soirée, et je te serai éternellement redevable. Merci, Luke.

A travers le brouillard de désir et d'impatience qui lui embrumait l'esprit, Luke essaya de comprendre les mots que Della venaient de prononcer.

Elle le remerciait ? Mais pourquoi ? Depuis les premiers instants de leur rencontre, il n'avait eu que du désir pour cette femme et elle se sentait… redevable ? Comme si les moments qu'ils avaient partagés relevaient davantage de la pitié que du sexe et de la passion charnelle ?

Oui, elle pouvait le remercier de ce qu'il avait fait pour elle après l'incendie, mais avec une telle gravité ? Pourquoi ? Sa gorge se noua. Etait-il possible qu'elle ait évacué ses angoisses et ses complexes tandis qu'il voulait lui faire comprendre une seule chose : qu'il avait éperdument envie d'elle ?

— Que les choses soient claires, répliqua-t-il d'un ton ferme. Tout ce que je viens de faire, ce n'était que la traduction du désir irrépressible que tu fais naître en moi.

Un désir auquel il n'était d'ailleurs plus capable de résister.

Il se baissa vers elle et l'embrassa avec férocité. Puis il passa un bras sous ses cuisses et lui releva les jambes, afin de pouvoir la pénétrer d'une poussée lente mais ferme. Il ne pouvait plus camoufler l'ardeur de sa passion. Della devait comprendre que le désir qui l'animait et ce qu'il ressentait pour elle était bel et bien réel.

Elle se cambra, bascula la tête en arrière et gémit en nouant ses jambes autour de sa taille.

— Je te veux depuis le début, Della, depuis le premier jour, fit-il, la mâchoire serrée. Et aujourd'hui, je te veux plus que jamais.

Les mouvements de son bassin s'accélèrent sans qu'il en eût même conscience. Comment pouvait-il mieux traduire l'effet qu'elle lui faisait ? Il sentit les doigts de Della s'agripper à ses bras, à ses épaules. Et la pointe de douleur que ses ongles produisirent dans sa chair lui prouva que le plaisir de Della était aussi indomptable que le sien.

Bientôt, elle hurla sa jouissance et, quand il s'y abandonna à son tour, il fut enveloppé d'une impression étrange.

Non, pas d'une impression, d'une certitude : à partir de cet instant, tout allait changer. A commencer par lui-même.

Della ouvrit les yeux et regarda autour d'elle. Luke était assis sur le bord du lit, d'ores et déjà vêtu d'un polo clair et d'un pantalon en toile. Près de lui, un plateau accueillait une cafetière fumante, deux verres de jus d'orange et un assortiment de viennoiseries. Elle en eut l'eau à la bouche.

— Bonjour, ma belle endormie, lui lança Luke en se baissant vers elle pour lui déposer un baiser sur le front.

— Bonjour, bredouilla-t-elle, encore chiffonnée de sommeil. Ce café sent divinement bon.

A ces mots, il lui tendit une tasse.

— C'est toi qui es divine.

Une agréable douceur l'envahit, mais qui fut rapidement balayée par les souvenirs de la veille. Elle allait lui céder le *Cora Mae*. Sans doute dès aujourd'hui. Sa poitrine se noua.

— Quelle heure est-il ?

Elle ne put réprimer un bâillement, puis elle se frotta les yeux. Elle avait passé une bonne partie de la nuit à scruter le plafond dans l'obscurité et à réfléchir à son avenir. Pour se retrouver finalement vaincue par le sommeil pendant quelques heures à peine.

— Il est 6 heures, répondit-il. Je n'ai pas voulu te réveiller, car je ne savais pas si tu travaillais, aujourd'hui.

— Non, tout va bien, commenta-t-elle en portant la tasse brûlante à ses lèvres. Cal est de garde pour la matinée.

Elle laissa le breuvage la réconforter quelques instants.

— J'ai réfléchi, déclara-t-il alors.

Son sang ne fit qu'un tour. Il semblait décontracté, mais il y avait comme une lueur indéfinissable dans ses yeux. Reste que toute son attitude lui faisait comprendre qu'ils allaient de nouveau parler affaires. L'intermède hors du temps et des réalités aurait vraiment été de courte durée. Elle soupira.

— Si tu veux me vendre ta part, je te préviens, je n'ai pas changé d'avis, répliqua-t-elle en le fixant des yeux.

Il la gratifia d'un petit sourire en coin.

— Il y a encore une autre possibilité.

Circonspecte, elle leva un sourcil. Monsieur Luke le businessman ne manquait décidément pas de ressources.

Elle attrapa un petit pain aux raisins dans la corbeille de viennoiseries, puis en avala un morceau avant d'ajouter :

— Dis-moi donc.

— Ce matin, pendant que tu dormais, j'ai appelé mon bureau et j'ai demandé qu'on mette en vente plusieurs de mes hôtels. Je vais réinvestir cet argent pour monter une compagnie maritime.

Elle crut qu'elle allait s'étouffer. Luke lui tendit un verre de jus d'orange, dont elle s'empressa d'avaler une rasade.

— Une compagnie de croisières, tu veux dire ? Ta propre compagnie ?

Il hocha la tête, comme si ce qu'il était en train de lui annoncer était tout à fait anodin.

— Parfaitement, confirma-t-il. J'aimerais commencer par trois paquebots.

— Trois… paquebots…, répéta-t-elle dans un murmure.

Elle avait bataillé pour lui faire garder le *Cora Mae* et, maintenant, il envisageait d'en acheter deux autres !

Dans le gris de ses yeux, elle lut un mélange de sérieux et de franche excitation. Comme s'il faisait d'autres calculs en même temps.

— Je ne vivrai sans doute pas à plein temps sur un bateau, comme a pu le faire Patrick, mais je veux passer la majorité de mes journées à bord. Je pourrais travailler comme je le ferais dans un bureau en ville, mais en disposant, le soir, des ressources et des plaisirs d'un paquebot de croisière. Sans parler des congés dans tous les ports du monde.

Della resta silencieuse un long moment. Son cœur semblait vouloir jaillir de sa poitrine.

— C'est un changement certain, finit-elle par articuler.

— La faute à l'incendie, rétorqua Luke, comme s'il était monté sur ressorts. Cela m'a fait beaucoup réfléchir et comprendre beaucoup de choses. La solidarité de l'équipage pendant et après l'incident m'a vraiment impressionné, et j'ai aussi compris combien la vie à bord d'un bateau de croisière pouvait être agréable.

Il s'arrêta quelques secondes et lui prit la main.

— Et il y a toi, aussi. Grâce à toi, j'ai compris beaucoup de choses.

Elle sentit ses joues s'enflammer.

— Je ne me savais pas capable d'une telle influence, bredouilla-t-elle d'une voix blanche.

Il s'approcha d'elle et lui saisit le menton.

— Etre sur le *Cora Mae* m'a permis de me relaxer comme je ne l'avais pas fait depuis longtemps. Quand je serai sur mon lit de mort, je ne veux pas me dire que j'ai sacrifié ma vie à ma carrière. Je veux que ma carrière ait été aussi remplie que ma vie, je ne veux pas avoir à choisir entre les deux. Et, surtout, je ne veux pas avoir de regrets.

A cet instant précis, jamais Luke n'avait autant ressemblé à son oncle. Elle ne put s'empêcher de sourire.

— Les chiens ne font pas des chats, constata-t-elle.

Elle vit une lueur d'émotion passer dans son regard. Il était à l'évidence flatté et heureux de la comparaison.

— Oui, soupira-t-il, mon oncle a vécu sa vie comme bon lui semblait, et je suis certain qu'il n'a eu que de rares regrets.

— Je pense que tu as raison.

Elle se mordit la lèvre. Que pouvait-elle réellement savoir des pensées de Patrick ? De ses pensées les plus secrètes, notamment au moment de sa dernière heure ?

— Je sais qu'il en avait quand même quelques-uns, ajouta-t-elle. Tous tournaient autour de toi, d'ailleurs. Il aurait aimé passer plus de temps en ta compagnie.

Luke cligna des yeux, puis détourna la tête. Elle crut l'entendre réprimer un sanglot.

— Patrick m'a souvent invité à venir sur le *Cora Mae*, reprit-il après de longues secondes de silence. Et même sur d'autres bateaux qu'il a pu posséder avant celui-ci, mais j'avais toujours quelque chose de plus urgent à faire. Et, quand je suis devenu président de Marlow Corporation, c'est devenu tout bonnement impossible. Je le voyais en coup de vent, les rares fois où il faisait escale en ville.

Elle tendit la main pour lui caresser la joue.

— Patrick savait que tu l'aimais, j'en suis persuadée. A la façon qu'il avait de parler de toi, c'était évident qu'il le savait.

Luke se racla la gorge.

— Merci, cela compte énormément pour moi.

Elle déposa un rapide baiser sur sa bouche.

— Et je suis aussi persuadée qu'il serait fier de tes nouveaux projets. Je suis tellement heureuse pour toi.

Lors de leur séjour à Melbourne, elle avait pu s'imaginer que Luke avait deux personnalités différentes : l'homme d'affaires pressé et stressé, et l'homme décontracté et chaleureux qui l'avait tant fait rire lors de leur partie de minigolf. Mais, à ce moment précis, elle comprenait que Luke était capable d'être les deux personnes à la fois et, peut-être, de devenir l'homme qu'il avait toujours eu envie d'être.

Son cœur se mit à battre la chamade, comme noyé sous un flot de bonheur, qui fut rapidement obscurci par une pointe de regret. Cet homme que Luke était en train de devenir sous ses yeux était justement l'homme avec qui elle ne pouvait vivre. Il lui avait répété qu'il ne se remarierait plus jamais, la chose était entendue, et elle était incapable de poursuivre une histoire condamnée d'avance. Etre amoureuse et attendre la fin de leur histoire lui briserait le cœur en mille éclats tranchants. Mortels.

Elle prit une profonde inspiration.

— Dans ce cas, le moment est parfait pour que je te vende mes parts.

Il lui jeta un regard plein de perplexité.

— J'ai une nouvelle offre pour toi, répondit-il. Je peux convertir la moitié des parts que tu possèdes sur le *Cora Mae* en 20% de la nouvelle compagnie qui sera à la fois le propriétaire et l'armateur des nouveaux bateaux. Tu pourras être une actionnaire silencieuse ou prendre une part plus active à la vie de la flotte. C'est toi qui décideras.

Elle allait réellement s'étouffer. L'offre que lui faisait Luke ne tenait pas debout.

— Je… je ne comprends pas, hésita-t-elle. Ces 20%

que tu me proposes valent bien plus que la moitié des parts du *Cora Mae*.

Il serra sa main.

— Sans toi, cette compagnie n'aurait jamais existé. C'est toi et personne d'autre qui a su me convaincre du bonheur que représente la vie sur un bateau de croisière. Tu le mérites amplement.

En quelques secondes, elle eut la vision de l'existence que Luke était en train de lui proposer. Elle serait l'actionnaire d'une compagnie de croisières, active si elle en avait envie, et elle sauverait le *Cora Mae*. Une vie de rêve, sauf que… Qu'adviendrait-il une fois leur aventure amoureuse terminée ? Continuer à travailler avec Luke au quotidien, sans pouvoir vivre avec lui ? Voir passer de nouvelles femmes à son bras ?

Elle en eut la chair de poule. Non, jamais elle ne se soumettrait à une telle torture. Le moment était venu pour elle reprendre le contrôle de sa propre vie. Seule. Sans personne.

— Luke, moi aussi, j'ai réfléchi, répondit-elle sans plus attendre. Je me suis rendu compte que je me cachais sur ce bateau. Patrick vivait la vie qu'il voulait avoir, mais, moi, je me suis réfugiée sur le *Cora Mae* pour échapper à mes peurs après la mort de mon mari.

Elle le laissa lui caresser la joue.

— Mais pourtant, tu as grandi sur des bateaux. Tu m'as toujours dit que tu voulais vivre comme tes parents…

— C'est ce que je pensais, coupa-t-elle. Mais, si mes parents et Patrick ont fait sciemment ce choix, moi, je l'ai opéré par défaut, parce que j'avais trop peur de vivre en ville. C'est totalement différent. Il faut que cela change, que je change.

Elle l'avait compris la veille, en lisant dans les yeux de Luke qu'il l'acceptait telle qu'elle était. Elle devait vivre pleinement et surmonter ses peurs.

Luke se raidit, ses yeux prirent une teinte étrange, comme s'il commençait lui aussi à redouter quelque chose.

— Et comment comptes-tu t'y prendre pour changer ? demanda-t-il d'une voix blanche.

En silence, elle se leva, puis s'enveloppa dans le drap. Un geste qui lui donnait l'impression de contrôler physiquement la tension qu'elle sentait monter. Mais elle ne pouvait plus faire demi-tour, elle était désormais au pied du mur et devait lui avouer ce qu'elle avait sur le cœur.

Elle fit quelques pas vers le hublot, se retourna et plongea ses yeux dans ceux de Luke. Il ne fallait pas qu'elle se décompose. Non, pas maintenant, ce qu'elle avait à dire était trop important. Pour elle, pour lui, pour eux.

— Je vais partir, lança-t-elle dans un souffle. Je vais m'installer en ville pour trouver un nouveau logement et un nouveau travail, sans doute à l'hôpital. Et, si tu es toujours d'accord, je te vends mes parts du *Cora Mae*. Tu pourras faire tout ce que tu veux avec. Je sais que je le laisse entre de très bonnes mains.

Luke se crispa.

— Comment ça ? Tu pars ? Mais quand ?

Ses pensées bouillonnaient. Il avait décidé de vivre en mer et… Della voulait désormais mener son existence sur la terre ferme ?

D'un bond, il se leva.

— Quand ? insista-t-il, tandis qu'un flot de rage sourde montait en lui.

— Bientôt, répondit-elle sans le quitter du regard. Mais ma décision est irrévocable. J'en ai parlé au capitaine Tynan et le Dr Oliver est d'accord pour me remplacer définitivement. Ça sera une affaire de quelques jours.

De quelques jours ? Il en eut le souffle coupé. Comment pouvait-elle le quitter ? Après ce qu'il venait de lui dire et, surtout, après la nuit qu'ils venaient de passer ? Il n'arrivait pas à y croire.

— Et si je te demande de rester ?

Une lueur de mélancolie passa dans ses yeux.

— Notre histoire ne va nulle part, répliqua-t-elle. Dès que tu en as eu l'occasion, tu m'as toujours répété que tu ne voulais pas d'une relation durable et encore moins te remarier. C'est donc peut-être pour le mieux que je parte maintenant. On se quitte sur le feu d'artifice d'hier soir, sans laisser l'aigreur ronger notre aventure.

Elle parlait avec calme et aplomb... Comment pouvait-elle en être capable alors qu'il avait l'impression qu'un flot de lave tumultueuse avait pris possession de ses veines ? Les moments qu'ils avaient passés ensemble ne signifiaient-ils donc rien pour elle ?

Il allait hurler quand il vit un léger tremblement agiter la main de Della quand elle replaça une mèche de cheveux derrière son oreille. Non, elle n'était pas plus calme que lui, et encore moins indifférente, elle réussissait simplement mieux à cacher sa tristesse.

Alors, il comprit : Della avait tout à fait raison. Jamais il ne se remarierait. Jamais il ne laisserait une intimité se créer entre une femme et lui. Pas même avec Della, le risque était bien trop grand.

Mais, si elle avait raison, pourquoi une boule aussi douloureuse lui nouait-elle le ventre ? Pourquoi était-il incapable de voir Della partir ?

— Je ne sais pas, bafouilla-t-il. Tout cela me semble si...

— Bizarre ? coupa Della, avant de se rapprocher de lui.

— Oui, bizarre. D'un côté, je pense que tu as raison et, d'un autre, je n'arrive pas à le concevoir.

Elle eut un petit rire plein de tristesse. Puis ses lèvres s'étirèrent en un beau sourire qui ne laissait plus aucune place au doute.

— Ça passera, déclara-t-elle. Ce sera dur au début, mais ça passera. Je suis sûre qu'au fond de toi tu sais que c'est la meilleure solution.

— Oui, soupira-t-il. Mais il faut quand même que tu saches une chose avant de partir.

— Quoi ? demanda Della, avant d'aller récupérer ses vêtements pour s'habiller.

Il voulait lui dire que, s'il y avait une femme susceptible de lui donner envie de changer d'avis, de se remarier et de croire de nouveau à l'amour et à l'engagement, c'était elle et personne d'autre. Mais les mots restèrent bloqués dans sa gorge.

— Rien, fit-il en baissant les yeux. Rien d'important.

Comme paralysé, il ne put que regarder Della quitter sa cabine et disparaître de sa vie.

- 12 -

Dans la salle de repos, Della s'affala sur la première chaise qu'elle trouva et se frotta les yeux. S'habituer aux longues gardes de l'hôpital allait prendre du temps, surtout quand elle passait les heures pendant lesquelles elle était censée dormir à penser à Luke, sans pouvoir trouver le sommeil. Penser à son sourire, à la façon qu'il avait de prononcer son nom et, surtout, à la manière qu'il avait de lui faire l'amour.

Elle soupira et, après avoir avalé une gorgée d'eau de sa bouteille, fit cliquer un stylo et s'affaira à remplir le dossier du patient qu'elle venait de soigner. Tout compte fait, revenir à une vie normale avait été bien plus simple que prévu. Elle ne pouvait croire que seules cinq journées la séparaient du matin où elle avait annoncé à Luke sa décision de le quitter. Le jour où elle avait présenté sa démission au capitaine Tynan et demandé au Dr Oliver de la remplacer définitivement. Le jour où elle avait appelé sans trop y croire l'hôpital de Melbourne qui, heureux hasard, était en sous-effectif et acceptait de l'embaucher sur-le-champ. Elle avait aussi appelé ses parents qui se réjouissaient de la voir plus souvent et, voilà, quatorze heures à peine après son dernier petit déjeuner en compagnie de Luke, elle avait quitté pour toujours le *Cora Mae* — sa maison — et embarqué dans un avion pour Melbourne.

Au départ, elle avait pensé que tout ce processus prendrait des semaines, mais tout s'était mis en place avec une facilité déconcertante. Elle vivait et travaillait désormais sur la terre ferme.

Elle était en train de relire ses notes quand son téléphone portable sonna. Elle sursauta. Peu de gens avaient son nouveau numéro — l'administration de l'hôpital, ses parents, quelques membres de l'équipage du *Cora Mae* avec lesquels elle ne voulait pas couper trop vite les ponts. Et puis... Luke, bien qu'ils se soient tous les deux mis d'accord pour s'appeler le moins possible. Il y avait encore des détails à régler concernant la vente de ses parts, elle ne pouvait donc pas partir sans qu'il puisse la joindre. Elle lui avait donc donné son numéro à regret, sachant que tout contact avec lui ne pouvait que lui briser le cœur.

Elle n'avait acheté ce nouveau téléphone que depuis quelques jours, mais, chaque fois qu'il sonnait, son premier réflexe était d'imaginer que Luke l'appelait, après quoi elle se détestait pour avoir eu de telles pensées. Quelle idiote ! Il fallait qu'elle s'habitue à vivre sa vie sans que Luke Marlow en fasse partie.

Elle secoua la tête et regarda le numéro qui s'affichait sur son écran — c'était un des postes du *Cora Mae*. Son cœur bondit dans sa poitrine quand elle entendit la voix à l'autre bout du fil.

— Bonjour, Della.

Elle retint son souffle un quart de seconde, puis réussit à articuler :

— Bonjour, Luke.

Ces mots, pourtant si simples, lui parurent artificiels et maladroits. Comme si, après tout ce qu'ils avaient vécu et partagé ensemble, il allait leur être tout simplement impossible d'avoir une conversation des plus normales. Nerveusement, elle fit tourner son stylo dans sa main.

— Comment vas-tu ? demanda-t-il de sa voix chaude et rendue un peu rocailleuse par la liaison téléphonique.

— Je suis débordée, répondit-elle. Je savais que l'hôpital était en sous-effectif, mais je crois qu'ils m'ont carrément donné le boulot de deux ou trois médecins. Ou alors c'est que j'ai perdu l'habitude de la médecine d'urgences.

— Mais tu vas bien ?

Son ton de voix était doux, prévenant. Elle savait, bien

sûr, ce qu'il voulait lui demander : si elle allait bien sans lui. Si elle ne regrettait pas sa décision de le quitter pour venir surmonter ses peurs sur la terre ferme.

Son cœur se serra. Elle ne pouvait que l'aimer encore davantage pour l'attention qu'il manifestait à son égard.

Elle attendit quelques secondes avant de répondre.

— Oui, je crois bien que oui.

Elle sentit comme un élan de fierté l'envahir. Durant le vol entre Wellington et Melbourne, oui, elle avait été malade d'angoisse. Comment allait-elle surmonter cette épreuve ? Revenir dans la ville où Shane avait été tué, où elle avait elle-même frôlé la mort ? Mais, finalement, tout s'était bien passé. Elle avait eu raison de prendre cette décision : les pires peurs sont toujours celles qu'on se forge dans sa tête.

Après sa première garde, elle avait même réussi à remonter dans le service où elle avait passé sa convalescence. Elle n'y avait pas retrouvé ses démons.

Pour autant, les choses n'avaient pas été toutes roses. Le plus dur avait été de croiser d'anciens collègues qui avaient connu Shane et de leur annoncer sa mort, d'entendre leurs condoléances. Mais, là encore, elle s'était rendu compte qu'elle avait progressé. Quelques mois auparavant, elle aurait été incapable d'entendre ces phrases et d'évoquer Shane sans s'effondrer. Elle avait avancé dans son processus de deuil bien plus qu'elle ne le pensait. Et, pour cela aussi, c'était Luke qu'elle devait remercier.

— Je suis heureux de l'entendre, commenta Luke.

— Et toi alors ? Le *Cora Mae* ? Les réparations ?

— Comme sur des roulettes.

Elle sut qu'il souriait à l'autre bout du fil et ne put s'empêcher de sourire à son tour.

— Nous avons passé quelques jours supplémentaires à Wellington afin d'embaucher des artisans locaux pour les travaux, puis le capitaine a réussi à rattraper le temps perdu dans la mer de Tasman. Et là, nous avons jeté l'ancre à Melbourne depuis quelques heures.

Sa gorge se serra. La sensation était étrange de ne pas

connaître l'itinéraire du *Cora Mae*, qu'elle avait pourtant connu par cœur pendant si longtemps. Mais la sensation était encore plus étrange de savoir Luke si proche d'elle.

Il se racla la gorge.

— Est-ce que par hasard tu aurais un peu de temps libre aujourd'hui ? J'aimerais te parler de deux ou trois choses.

Ses mains tremblaient. Elle fit tomber son stylo.

— Bien sur, répondit-elle en essayant de ne pas trahir sa nervosité.

Faire comme si ses jambes n'avaient pas été transformées en deux tiges de coton.

— Ma garde se termine dans quelques heures, ajouta-t-elle. Donne-moi juste le temps de prendre une douche et je te rejoins au port.

— Parfait, à tout à l'heure, conclut Luke avant de raccrocher.

Della resta un long moment à fixer le téléphone. Qu'est-ce qui venait de se passer, au juste ? Pourquoi avait-elle accepté si vite de revoir Luke, sachant que cela allait être un désastre pour son cœur ?

Le désastre annoncé était en train de se produire. Dès que Della avait mis le pied sur le *Cora Mae*, son cœur n'avait cessé de bondir.

Son malaise s'accentua quand elle franchit les portes du foyer central et remarqua quelque chose de bizarre, sans être pour autant capable de préciser de quoi il s'agissait. Comme si l'atmosphère était électrique et, surtout, comme si beaucoup trop de monde la regardait.

Elle secoua la tête quand le frisson qui lui parcourut subitement l'échine lui indiqua la présence de Luke. Il s'avançait vers elle, plus beau que jamais, accompagné de son aura si particulière où se mêlaient la puissance et la décontraction.

Du coin de l'œil, elle vit un membre de l'équipage sur l'escalier central chuchoter à l'oreille de la personne qui se trouvait à côté de lui. Et elle comprit : la scène était exactement identique à celle de sa première rencontre avec Luke sauf que, cette fois-ci, elle tenait le rôle du passager mystère vers lequel tous les yeux se tournaient. Elle retint sa respiration.

Quand Luke arriva à sa hauteur, elle n'eut qu'une envie : se jeter dans ses bras et dévorer sa bouche d'un baiser gourmand. Mais elle devait se retenir.

— Della ! s'exclama-t-il. Comme je suis content de te voir !

A ces mots, il se baissa et l'embrassa sur la joue. Un geste chaste et fugace, mais ô combien divin. Elle ne put que se perdre un instant dans les effluves hypnotiques de son parfum.

— Bonjour, Luke, le plaisir est partagé, bredouilla-t-elle.

Elle crut lire comme une tension dans son regard, qui disparut bien vite avec l'apparition d'un grand sourire sur son visage.

— Et si nous allions dans un endroit un peu plus intime, pour discuter ? suggéra-t-il en fourrant les mains dans ses poches.

Elle examina un instant les alentours avec l'impression que mille paires d'yeux la dévisageaient.

— Oui, très bonne idée, acquiesça-t-elle.

Il la conduisit alors vers l'escalier central.

A son grand regret, à mesure qu'ils gravissaient lentement les marches, jamais il ne la toucha. A vrai dire, elle avait même l'impression qu'il évitait délibérément tout contact. Sa gorge se noua. Comme il lui semblait loin, le temps où il la prenait par la taille et faisait courir ses doigts dans ses cheveux, pendant leurs conversations ou leurs promenades dans les coursives…

Pire encore, l'atmosphère semblait devenir encore plus étrange et plus pesante.

Quand ils arrivèrent au deuxième pont, Della ne put s'empêcher de demander :

— Luke, que se passe-t-il ?

Il haussa les épaules.

— Que veux-tu dire ?

— Je ne sais pas, hésita-t-elle, j'ai l'impression que tout le monde nous regarde.

Il eut un petit rire.

— Ne t'inquiète pas, plaisanta-t-il. Tu n'es pas une passagère lambda, voilà tout.

Il se moquait d'elle. Parfait, elle n'allait pas se laisser faire.

— Tu veux dire qu'on nous regarde à cause des rumeurs ? demanda-t-elle en souriant.

— Oh, tu sais, les rumeurs vont vite à bord d'un bateau, c'est une ambiance très particulière. Mais, trêve de plaisanterie, nous voilà arrivés.

Della leva alors la tête et reconnut les portes d'entrée du Blue Moon.

Elle hésita avant de les franchir.

— Je ne comprends pas, tu ne m'avais pas parlé d'un endroit intime ?

De surcroît, le Blue Moon n'était pas vraiment l'endroit idéal pour parler affaires. C'était un lieu de fête et de danse. Le lieu où, pour la première fois, elle s'était lovée dans les bras de Luke.

Il lui tint la porte et l'invita à entrer. La salle était vide, fermée jusqu'au premier service du soir.

— Je pensais que nous allions dans un bureau ou une salle de conférences, ajouta-t-elle. Pour parler business.

Luke laissa la porte se refermer doucement derrière eux. Sur les murs du Blue Moon, le chatoiement des ampoules stroboscopiques donnait au silence des airs de fête.

— Je ne veux pas te parler business.

Elle se raidit.

— Au téléphone, tu m'as pourtant dit avoir quelques détails à régler.

— C'est en effet le cas, fit Luke, d'un ton de voix subitement solennel. Mais je voulais parler de détails qui nous concernent, toi et moi.

A ces mots, il lui tendit la main et l'invita sur la piste de danse.

Son sang ne fit qu'un tour.

— Luke ? De quoi veux-tu parler ?

— De nous, répéta-t-il en plongeant ses yeux dans les siens. De ce que nous partageons.

Elle cilla. Le revoir et lui parler ne faisait qu'accentuer la douleur qu'elle avait dans le cœur.

— Non, Luke, protesta-t-elle, si tu veux parler de notre aventure, je refuse. Il n'y a plus rien à en dire.

— Je sais, murmura-t-il, en lui serrant doucement le bras. Je ne veux pas parler de notre aventure, je sais bien qu'elle est terminée.

— Alors de quoi veux-tu parler ? demanda-t-elle, aussi troublée que perplexe.

— J'ai une ou deux questions à te poser, fit-il en s'approchant un peu plus. Tu veux vraiment que nous vivions éloignés l'un de l'autre ? C'est vraiment ce que tu veux ?

La sensation des doigts de Luke qui enserraient son bras était comme une brûlure, mais une brûlure aussi exquise que douloureuse. Elle se dégagea de son étreinte.

— Luke, protesta-t-elle avec un mouvement de recul, il faut que je sois totalement sincère avec toi. Les sentiments que je ressens pour toi sont bien plus forts que je ne l'aurais imaginé, et continuer à te voir est une torture. Alors, s'il te plaît, ne me demande pas de…

Elle réprima un sanglot.

— Ne me demande pas de revenir auprès de toi, car je ne le supporterai pas. Je sais que ce serait un suicide émotionnel pour moi.

Luke resta silencieux quelques secondes, puis il reprit :

— Mais, Della, pourquoi refuser ces sentiments ?

L'entendre prononcer une nouvelle fois son prénom manqua de la faire défaillir et oublier tout ce qu'elle s'était promis, mais elle tint bon et se dirigea d'un pas décidé vers la sortie.

— Non, je t'en prie, ne rends pas les choses plus difficiles qu'elles ne le sont déjà. Si tu m'as fait venir pour parler d'autre chose que du *Cora Mae* ou de la vente de mes parts, je préfère partir.

D'un geste, il s'interposa entre elle et la porte. Son visage était blême.

— Della, répéta-t-il, si je t'ai demandé de venir aujourd'hui, c'est pour pouvoir te dire combien je te suis redevable de tout ce que tu as fait pour moi. De m'avoir fait passer du temps à bord de ce paquebot, de m'avoir fait comprendre ce qu'il était, ce qu'il représentait. Et de me faire aussi comprendre qui j'étais et ce que je voulais dans la vie. Sans toi, je n'y serais jamais arrivé.

Sa poitrine se serra, dans un mélange de fierté et de trac.

— Et je suis très heureuse pour toi, mais…

— S'il te plaît, écoute-moi, coupa Luke. Ce que j'ai aussi compris, c'est que l'homme que je veux être, je ne peux pas l'être sans toi.

— Luke, arrête…

— Non, je ne m'arrêterai pas. Quand tu es partie, je l'ai compris. Le bateau n'était plus le même, comme si tu avais emporté quelque chose avec toi. Della, ce n'est pas un caprice. Je ne veux pas avoir à choisir. Je te veux, toi, le *Cora Mae*, et tous les futurs bateaux de ma compagnie. Je veux tout, en fait.

Elle crut qu'elle allait s'évanouir, mais elle tint bon, ne serait-ce que pour savoir ce que Luke entendait par ce tout.

— Tout ? répéta-t-elle.

— Oui, tout, confirma-t-il. Je veux tout. Le bateau et toi. Et même, si j'avais à choisir, je n'hésiterais pas une seconde.

— Tu veux dire que…

— Oui, Della, c'est toi que je choisirais.

Sa respiration se fit haletante.

— Tu serais prêt à abandonner tes bateaux, même après avoir changé d'existence pour les avoir ?

— Sans aucune hésitation. Je t'aime, Della, je t'aimais avant que tu partes, mais je ne comprenais pas ce que cela signifiait.

Il s'arrêta un moment et passa la main dans ses cheveux.

— Ou alors c'est que je ne voulais pas comprendre.

— Mais qu'est-ce que cela implique pour toi ? Pour nous ? demanda-t-elle, le souffle coupé.

— Cela signifie que j'en ai fini avec mes idées stupides de ne plus vouloir me remarier ou faire confiance à une femme. Parce que je te fais confiance, Della ; en vérité, je mets même ma vie à tes pieds.

A ces mots, il mit un genou à terre.

Della crut que son cœur allait exploser.

— Il faut que tu comprennes, Della, j'avais peur : peur qu'on m'abandonne, peur qu'on me délaisse dans les mauvais moments, mais je sais que tu n'es pas ainsi. J'ai appris de ta force et de ton courage, de ta capacité à aller de l'avant malgré l'effroyable tragédie que tu as subie. Et tu m'as fait comprendre l'homme que j'étais devenu malgré moi : un trouillard des sentiments. Grâce à toi, je sais que je veux et que je peux vivre ma vie pleinement. Mais cette vie ne vaut pas la peine si tu n'en fais pas partie.

Cette fois-ci, elle ne put retenir ses larmes ni ses gestes, et elle se jeta dans ses bras.

— Oh ! Luke, si tu savais comme je t'aime aussi !

Elle avait l'impression de vivre un rêve éveillé. Et même encore mieux : un miracle. Luke l'aimait !

— Oui, je t'aime, répéta-t-il, comme s'il avait lu dans ses pensées. Je t'aime au plus profond de mon être et de mon âme. Alors, je t'en prie, accepte de m'épouser. Je sais que tu as envie de vivre à Melbourne et je te promets que je ne veux pas remettre ce désir en question, au contraire, je veux l'accompagner. Nous pourrons vivre sur le continent, ou en mer, ou un mélange des deux, comme tu voudras. Tu es la reine de ma vie, c'est à toi et à toi seule de décider.

Ivre de bonheur, elle s'écria :

— Oui, oui à tout !

Le cœur battant, elle couvrit son visage de baisers aussi tendres que passionnés. Comme elle aurait voulu que cet instant soit éternel ! Rester à tout jamais dans ce silence chargé d'une profonde émotion, s'oublier entre les bras de

Luke… Hors du temps, hors du monde, bercée par le doux roulis du *Cora Mae*.

Mais le temps reprit son cours, et de la plus prodigieuse des façons : Luke sortit de sa poche une petite boîte tapissée de velours pourpre.

Sans une seconde d'hésitation, elle l'ouvrit et découvrit un solitaire monté sur un anneau d'or blanc.

— C'est magnifique, fit-elle dans un souffle. C'est parfait.

— A ton image, répliqua-t-il avec un large sourire, avant de prendre la bague et de la passer à son doigt.

Une clameur incroyable s'empara alors du Blue Moon. Une foule chamarrée en avait poussé les portes, les bras remplis de cotillons et de ballons.

Avant qu'elle ait pu réaliser ce qui était en train de se passer, Jody se précipitait sur elle pour l'embrasser.

— Je le savais ! s'écria-t-elle. Je savais que vous alliez dire « oui » ! Vous êtes faits l'un pour l'autre, avec Luke.

En moins de temps qu'il n'en fallut pour le dire, Jody fut rejointe par Max, Cal, et même Roxie Appleby.

— Je suis si heureuse pour vous ! s'exclama celle-ci, la voix cassée par l'émotion.

Della se tourna alors vers Luke et lui donna un petit coup de coude.

— Quel cachottier tu fais ! C'était donc pour ça que tout le monde me regardait bizarrement tout à l'heure. Tu avais bien manigancé ton coup !

Il éclata de rire et la serra contre lui. Elle sentit son cœur tambouriner, à l'exacte cadence du sien.

— Non, ce sont eux qui ont tout manigancé. Quand tu es partie, tous les membres de l'équipage m'ont fait la leçon, les uns après les autres. Pendant deux jours entiers, ils m'ont chauffé les oreilles et m'ont fait comprendre quelle erreur je risquais de commettre en te laissant disparaître de ma vie.

Elle se lova dans ses bras.

— Ne t'inquiète pas, mon amour, répliqua-t-elle, ivre de bonheur. Je ne disparaîtrai pas. Je suis dans ta vie et j'y reste. Pour toujours.

KATHIE DENOSKY

Quitte… ou double ?

Traduction française de
ROSELINE AULIAC

PASSIONS

HARLEQUIN

Titre original :
YOUR RANCH… OR MINE ?

Ce roman a déjà été publié en 2015.

- 1 -

Lane Donaldson ne put s'empêcher de rire en voyant les cinq hommes qu'il considérait comme ses frères se comporter comme une bande d'idiots.

C'était amusant de constater qu'un bébé pouvait rendre gâteux des adultes par ailleurs intelligents. Et, qu'il le veuille ou non, il n'était pas différent d'eux. Lui aussi avait fait son comptant de grimaces et de bruits bizarres pour tirer un sourire du bébé.

Il avait invité sa famille et ses amis à un barbecue pour fêter sa victoire lors d'un tournoi de poker qui s'était déroulé à l'automne dernier et qui lui avait permis de devenir propriétaire de la moitié du Lucky Ace Ranch. Mais, en raison de la naissance de son neveu quelques mois auparavant, la fête était devenue autant une réception pour accueillir le nouveau bébé au sein de la famille que la célébration de son gain fabuleux.

— Vous allez tous faire une peur bleue au petit Hank, protesta Nate Rafferty en faisant une autre grimace au bébé perché dans les bras de son frère Sam.

Nate et Sam étaient aussi dissemblables que le jour et la nuit, bien qu'ils soient les deux seuls frères biologiques parmi les six frères d'accueil qui avaient passé leur adolescence ensemble au Last Chance Ranch. Alors que Sam était un mari comblé et l'heureux père d'un petit garçon de trois mois, Nate était trop occupé à courtiser toute la population féminine du sud-ouest du Texas pour fonder une famille. En fait, sur les quatre célibataires endurcis restant, Lane inclus, Nate était de loin le plus fêtard d'entre eux.

— Et tu te figures que tu n'effraies pas le bébé en affichant un sourire aussi niais, Nate ? répliqua Ryder McClain en riant. Tes mimiques me font encore plus peur que les taureaux furieux que je monte chaque week-end lors des compétitions de rodéo !

Ryder, *bull fighter* émérite, était sans conteste l'homme le plus courageux que Lane connaissait — et aussi le plus décontracté et le plus jovial de ses frères d'accueil.

— Ce sera très bientôt ton tour d'être papa, remarqua T.J. Malloy en buvant une gorgée de bière.

Après avoir brillamment participé à d'innombrables épreuves de monte de chevaux sauvages, T.J. s'était retiré de la compétition à l'âge « avancé » de vingt-huit ans. Désormais, il élevait et dressait des chevaux pour en faire des champions de *reining*, une discipline d'équitation western.

— Oui. D'après le médecin, la naissance du bébé est imminente, répondit Ryder en jetant un regard soucieux à sa femme, Summer, assise non loin de là en compagnie de Bria, l'épouse de Sam, et de Mariah, la sœur de Bria. Et, à mesure que l'échéance approche, je me fais l'effet d'un chat à longue queue déambulant dans une pièce remplie de rocking-chairs !

— C'est bien la première fois que je te vois aussi nerveux, plaisanta Lane.

— C'est aussi une première expérience pour moi, admit Ryder en jetant un autre coup d'œil à sa femme, comme pour s'assurer qu'elle allait bien.

— Je sais exactement ce que tu ressens, Ryder, approuva Sam. Environ un mois avant la date théorique prévue pour l'accouchement de Bria, j'ai établi le trajet le plus rapide menant à l'hôpital et je l'ai reconnu plusieurs fois pour être sûr d'arriver à temps le moment venu.

— Tous les deux, vous avez déjà aidé des vaches à vêler, remarqua Nate avec son pragmatisme habituel. Si tu y avais été obligé, Sam, tu aurais pu mettre au monde ton petit Hank. Et toi, Ryder, tu pourrais aussi aider Summer à accoucher de votre bébé.

Les deux interpellés secouèrent la tête et jetèrent un regard condescendant à Nate avant de reprendre leur conversation.

— Eh bien, qu'y a-t-il ? demanda Nate, vexé.

— Le moment venu, je veux ce qu'il y a de mieux pour ma femme, et je reconnais humblement que, dans ce cas précis, je ne serai pas à la hauteur, répondit Ryder, son expression dégoûtée disant plus clairement que des mots ce qu'il pensait du raisonnement de Nate.

— N'avez-vous toujours pas envie de savoir si le bébé sera un garçon ou une fille ? demanda Jaron Lambert en contemplant le groupe de femmes de l'autre côté de la cour.

Ryder haussa les épaules.

— Peu importe le sexe, du moment que le bébé se porte bien. Et puis, Summer veut avoir la surprise, or tout ce que ma femme désire, je le désire aussi.

— Eh bien, j'espère que ce sera une fille, déclara fermement Jaron.

Lane ne put s'empêcher de rire.

— Mariah continue de te bouder ?

— Oui. Elle m'en veut encore à propos de ce que j'ai dit quand Sam et Bria nous ont annoncé qu'ils allaient avoir un garçon.

Jaron et Mariah se chamaillaient depuis le jour où ils avaient appris la grossesse de Bria. Jaron affirmait que le bébé serait un garçon, tandis que Maria prétendait que ce serait une fille. Par la suite, Mariah n'avait pas apprécié la façon dont Jaron s'était vanté d'avoir vu juste.

— Eh oui, les femmes n'aiment pas qu'un homme leur déclare : « Je te l'avais bien dit », remarqua Lane avec un sourire amusé.

— Vraiment, docteur Freud ? Figure-toi que je m'en suis rendu compte par moi-même quand elle a cessé de me parler.

Son expression dépitée et son allusion au diplôme de psychologie de Lane firent rire ce dernier.

— Quand te décideras-tu à inviter Mariah à passer une soirée romantique en ville ?

— Comme je vous l'ai déjà dit à tous, je suis trop vieux pour elle, marmonna Jaron.

— Ce sont des bêtises, et nous le savons tous, intervint T.J. Elle n'a que huit ans de moins que toi. Ç'aurait pu être un problème quand tu avais vingt-six ans et qu'elle en avait dix-huit, mais maintenant elle est au milieu de la vingtaine. Votre différence d'âge n'a plus guère d'importance.

— Oui, et ce n'est pas comme si tu lui étais indifférent, ajouta Ryder. Elle a le béguin pour toi depuis le jour où vous avez fait connaissance. D'ailleurs, je me demande bien ce qu'elle te trouve !

Le regard fixé sur ses bottes, Jaron haussa les épaules.

— De toute façon, j'ai un championnat du monde à gagner, et je dois rester concentré.

Excellant dans les compétitions de *bull riding* et autres épreuves de monté à cru, Jaron avait toutes les chances de remporter le *All-Around Rodeo Cowboy Championship* pour la troisième année consécutive.

— Pendant que vous autres essayez de raisonner Jaron, j'aperçois une dame qui aimerait bien faire un tour sur la piste de danse, remarqua Nate en souriant. Et je ne vois aucun homme ici qui soit mieux placé que moi pour exécuter un *Texas two-steps* avec elle.

Quand il se tourna avec les autres pour voir de qui Nate parlait, Lane eut l'impression de recevoir un coup de poing dans le plexus. De taille un peu au-dessus de la moyenne, la jeune femme rousse aux interminables jambes fuselées n'était pas seulement belle, elle était absolument superbe. Sa longue chevelure cuivrée mettait en valeur sa carnation laiteuse, et Lane ne put s'empêcher de se demander quel effet cela lui ferait de glisser ses doigts dans les mèches souples et soyeuses.

— Qui est-ce ? demanda T.J., aussi fasciné que Lane.

— Je ne l'ai jamais vue auparavant, répondit-il en regardant alentour.

Visiblement, elle n'accompagnait aucun des autres invités.

— Je pense qu'elle vient d'arriver, sinon je l'aurais remarquée avant, précisa Nate en traversant résolument la cour.

Lane ne pouvait pas en vouloir à la belle inconnue de se présenter sans invitation au barbecue qu'il organisait pour fêter son statut d'heureux copropriétaire du Lucky Ace Ranch. Il l'aurait volontiers organisé tout de suite après avoir remporté le tournoi de poker, mais à l'époque l'automne était déjà bien avancé, et il avait décidé d'attendre jusqu'au printemps, quand la température serait plus clémente et qu'on pourrait manger et danser dehors. Et maintenant il était heureux d'avoir attendu, car l'inconnue était sans conteste l'une des femmes les plus magnifiques qu'il ait rencontrées, et elle était du plus bel effet dans sa cour de ranch.

Lane fronça les sourcils, troublé par la pointe d'envie inhabituelle qui le traversa en voyant Nate se présenter à l'inconnue, puis la prendre dans ses bras pour la faire tournoyer sur la piste de danse improvisée. Il n'avait jamais envié aucun de ses frères auparavant, et pourtant c'était ce qui lui arrivait à cet instant précis.

L'orchestre de musique country fit une pause, et Lane observa Nate pendant qu'il discutait avec l'inconnue avant de hausser les épaules et de rebrousser chemin, la mine déconfite. De l'autre côté de la piste de danse, la jeune femme jeta un coup d'œil en direction du groupe d'hommes formé par Lane et ses frères, puis elle se dirigea vers la table des rafraîchissements.

— On dirait que ça n'a pas marché comme tu voulais, constata T.J., la mine goguenarde.

Nate secoua la tête avec incrédulité.

— Je vais finir par penser que je ne sais plus m'y prendre avec les femmes !

— Peut-être a-t-elle entendu parler de ta réputation de coureur de jupons, plaisanta Sam.

— Cesse de dire des bêtises ! s'exclama Nate en lui jetant un regard furibond avant de se tourner vers Lane. Elle n'a pas cessé de me poser des questions sur toi.

— Moi ?

C'était bien la dernière chose à laquelle s'attendait Lane ! Pourquoi s'intéresserait-elle à lui ?

— Que voulait-elle savoir ? demanda-t-il.

— Depuis combien de temps tu vivais au Lucky Ace Ranch et si tu avais l'intention d'y rester ou de le vendre, expliqua Nate, les sourcils froncés, en jetant un coup d'œil à l'inconnue par-dessus son épaule. Le comble, c'est qu'elle ne savait même pas lequel d'entre nous tu étais ! J'ai dû te désigner à elle.

De plus en plus déconcerté, Lane contemplait la jeune femme en train d'examiner les plats que le traiteur avait préparés pour les invités. Peut-être avait-elle assisté à l'un des tournois de poker à enchères illimitées auxquels il avait participé dernièrement. Mais il rejeta aussitôt cette idée. Si tel avait été le cas, elle n'aurait pas eu besoin de l'aide de Nate pour l'identifier.

— On dirait que tu as une admiratrice, Lane, remarqua Ryder avec un sourire espiègle.

— J'en doute, répondit Lane. Si c'était vrai, elle n'aurait pas eu à questionner Nate à mon sujet.

Ses frères approuvèrent, leur attention concentrée sur la jeune femme.

Décidant qu'il pourrait échafauder des hypothèses toute la soirée sans parvenir à déchiffrer l'énigme que constituait cette jeune femme, Lane prit une ample respiration.

— Il ne sert à rien de rester plantés là et de se perdre en conjectures. Je vais lui demander ce qu'elle veut.

— Bonne chance ! plaisanta Jaron.

— Si tu n'as pas plus de succès que Nate, je tenterai ma chance, ajouta T.J. en riant.

Ignorant les sarcasmes de ses frères, Lane traversa la piste de danse pour gagner l'autre côté de la cour, où l'inconnue s'était installée à une table libre.

— Permettez que je me joigne à vous ? demanda-t-il en tirant une chaise. Je suis…

— Je sais qui vous êtes, Donaldson.

Elle demeura silencieuse un moment, puis sans lever les yeux vers lui, elle ajouta :

— Vous pouvez vous joindre à moi. Cela ne me soulagerait pas pour autant si je vous disais que j'y vois un inconvénient.

La froideur de son ton, son hostilité évidente et son refus de croiser le regard avec lui déconcertèrent Lane. Il était presque certain qu'ils ne s'étaient jamais rencontrés. Qu'avait-il bien pu faire pour l'offenser ? Et pourquoi s'était-elle invitée à la réception si c'était pour se montrer désagréable avec lui ?

— Excusez-moi, mais nous sommes-nous déjà rencontrés ? s'enquit-il, déterminé à élucider ce mystère.

— Non.

— Alors, pourquoi cet accueil glacial ? s'insurgea-t-il en repoussant la chaise sous la table.

Il n'allait pas s'asseoir avec elle puisqu'elle ne manifestait aucune envie de se retrouver en sa compagnie. Mais il avait beau se creuser la cervelle, il ne comprenait pas la raison de son attitude envers lui.

— Je suis ici pour discuter d'un sujet important avec vous, et je préférerais ne pas l'aborder devant vos invités, dit-elle en triturant sa nourriture avec la pointe de sa fourchette.

Quand elle leva enfin les yeux vers lui, ses prunelles vert émeraude luisaient de colère.

— Nous parlerons quand la réception sera finie.

Il examina ses traits délicats pour essayer de deviner ce qu'elle avait en tête. Elle ne l'avait jamais rencontré auparavant. Elle était venue à la réception sans y être invitée. Elle était furieuse après lui. Et maintenant elle refusait de lui dire pourquoi ?

Pourtant, elle devait avoir un excellent motif pour agir ainsi, et il était fermement décidé à le découvrir. Mais elle avait raison sur un point : mieux valait attendre la fin de la réception avant de tirer les choses au clair. Il ne tenait pas à plomber l'ambiance en se disputant avec elle devant ses invités. Car il ne doutait pas un instant qu'une altercation était précisément ce qui les attendait.

Il arbora un sourire forcé et désigna du menton l'assiette de l'inconnue en disant :

— Je vous laisse à votre repas. A tout à l'heure.

Tout en s'éloignant, il vérifia l'heure à sa montre. Joueur professionnel depuis dix ans, il avait appris l'art de la patience. Mais, à cet instant, cette qualité lui faisait défaut. Il n'avait qu'une hâte, que la partie se termine pour découvrir qui était cette femme et ce qu'elle voulait. Puis, il la renverrait d'où elle venait.

Tout en attendant le départ des derniers invités, Taylor Scott rassemblait sa colère autour d'elle, telle une cape protectrice, et se répétait qu'elle était en mission. Donaldson était un être malfaisant, intrigant et tricheur. Dans les vieux westerns que son grand-père ne se lassait pas de regarder, les méchants portaient toujours des chapeaux noirs. Or, le chapeau à bord blanc de Donaldson était opportunément aussi noir que son âme. Mais la seule chose à laquelle elle ne s'était pas attendue, c'était la surprenante beauté physique de cet homme.

En le voyant dire adieu à une femme au ventre proéminent et à son mari, Taylor ne put s'empêcher de remarquer à quel point il était grand et costaud. Avec ses larges épaules, sa taille mince, ses longues jambes musclées et ses grands pieds bottés, il avait le physique d'un homme travaillant en plein air et non pas celui de quelqu'un assis pendant des heures à une table de poker, comme elle l'avait imaginé. Mais ce qui l'avait le plus déconcertée, c'était la chaleur et la sincérité qu'elle avait décelées dans ses prunelles chocolat foncé frangées de cils aussi noirs que ses cheveux — le genre de prunelles dans lesquelles une femme se perdrait en toute sécurité.

Allons, elle avait intérêt à se ressaisir ! Donaldson avait beau être monsieur Grand-Brun-Superbe, elle ne pouvait pas se fier à lui. C'était un escroc, un manipulateur et un voleur. Il ne pouvait pas avoir gagné la moitié du Lucky

Ace Ranch contre son grand-père sans avoir triché. Pendant plus de soixante ans, son grand-père avait été considéré comme l'un des meilleurs joueurs de poker professionnels à enchères illimitées au monde, et il n'aurait jamais risqué une partie de son domaine s'il n'avait pas été certain de gagner.

— Allons à l'intérieur, dit Donaldson quand il l'eut rejointe à la table où elle s'était installée.

— Pourquoi ?

Cela faisait plusieurs années qu'elle n'était pas entrée dans la maison de son grand-père, et elle craignait de se laisser envahir par les émotions quand elle y pénétrerait sans lui. Or, il n'était pas question de montrer la moindre trace de faiblesse à Donaldson.

Il désigna l'équipe du traiteur qui desservait les tables.

— Je pensais que mon bureau serait un endroit plus privé pour notre entretien, remarqua-t-il en haussant les épaules. Mais, si vous préférez discuter ici, je n'y vois pas d'inconvénient.

Grinçant des dents de l'entendre dire « *mon* bureau » en parlant de celui de son grand-père, elle recula sa chaise. Elle s'arrangerait avec ses sentiments plus tard — quand elle aurait chassé l'intrus.

— Entendu pour le bureau, acquiesça-t-elle en se levant. Vous n'aurez sans doute pas envie que quiconque entende ce que j'ai à vous dire.

Il la dévisagea pendant plusieurs secondes avant de hocher la tête, puis il s'effaça pour la laisser passer devant lui.

Taylor sentait son regard sur elle pendant qu'elle montait les marches du porche, mais elle ignora le petit frisson qui lui parcourut le dos. Elle était venue au Texas pour une seule raison : confondre l'homme qui avait volé la moitié du ranch de son grand-père, la lui racheter, puis le jeter dehors comme un malpropre.

Mais, quand elle pénétra dans la cuisine, elle en oublia Donaldson et son regard troublant tandis que l'émotion menaçait de la submerger. Se retrouver dans le ranch de son grand-père, sachant qu'il n'y viendrait plus jamais, était plus qu'elle ne pouvait supporter…

— Le bureau se trouve au bout du couloir, à votre…

— Je connais le chemin, riposta-t-elle, révoltée d'entendre un parfait inconnu l'orienter dans une maison qui abritait ses plus heureux souvenirs d'enfance.

Le cœur meurtri, elle pénétra dans le bureau de son grand-père. Comment pouvait-il lui sembler identique, et en même temps différent de la dernière fois où elle l'avait vu ?

Donaldson lui indiqua les deux imposants fauteuils en cuir.

— Prenez un siège, madame… ?

— Je m'appelle Taylor Scott, répondit-elle machinalement.

— Voulez-vous boire quelque chose, Taylor ?

Sa voix profonde de baryton prononçant son prénom déclencha une étrange sensation au creux de son ventre. Elle prit une profonde respiration pour masquer son trouble et s'assit dans un fauteuil.

— N… on, merci.

Il déposa son chapeau sur la crédence et prit place en face d'elle.

— De quoi voulez-vous discuter avec moi ?

Peut-être que si elle attendait un peu avant de dévoiler sa parenté avec Ben Cunningham, il se trahirait et reconnaîtrait avoir escroqué son grand-père.

— J'aimerais savoir ce que vous comptez faire de votre participation dans le Lucky Ace, déclara-t-elle en le regardant droit dans les yeux.

Son expression demeura indéchiffrable, ce qui ne la surprit pas outre mesure. Il était un joueur de poker professionnel et donc bien entraîné à dissimuler ses émotions.

— Il n'est pas dans mes habitudes de discuter de sujets aussi personnels avec une inconnue, rétorqua-t-il comme s'il choisissait soigneusement ses mots.

— Je crois savoir que vous êtes devenu propriétaire de la moitié du ranch en gagnant contre Ben Cunningham lors d'un tournoi de poker.

Voyant qu'il acquiesçait d'un signe de tête, elle poursuivit :

— Si je suis ici, c'est pour vous proposer de racheter votre participation.

— Elle n'est pas à vendre.

— En êtes-vous sûr, Donaldson ? L'offre que j'ai l'intention de vous faire est très généreuse.

— Je vous en prie, appelez-moi Lane, répliqua-t-il en lui adressant un sourire qui accéléra les battements de son cœur.

Plusieurs hommes influents de Hollywood faisaient partie de sa clientèle. Ils avaient dépensé une fortune en chirurgie dentaire et esthétique, et pourtant ils étaient loin d'avoir un sourire aussi parfait que le sien.

Décidément, elle ferait mieux d'ignorer sa bonne mine et sa demande, trop personnelle à son goût, de l'appeler par son prénom. Après tout, elle avait affaire à un escroc très habile.

— Je suis prête à racheter votre participation bien au-dessus de la valeur du marché si vous quittez les lieux dans une semaine, insista-t-elle.

— Je suis très heureux ici et, même si je ne l'étais pas, je n'envisagerais pas de vendre ma part sans consulter mon associé au préalable. Or, il se trouve actuellement en Californie.

Il la dévisagea un moment en silence avant d'ajouter :

— Pourquoi êtes-vous si désireuse de racheter ma quote-part ?

En le voyant se pencher en avant sur son fauteuil, elle devina que cette situation commençait à l'irriter.

Certaine de prendre l'avantage, elle ne put s'empêcher de sourire.

— Avant que je vous réponde, me permettez-vous de vous poser quelques questions, Donaldson ?

Il la dévisagea de nouveau avant de déclarer :

— Allez-y, mais je ne promets pas de vous donner les réponses que vous souhaitez entendre.

— Comment vous êtes-vous arrangé pour que Ben Cunningham parie la moitié de son ranch lors de cette partie de poker, à l'automne dernier ?

— Qu'est-ce qui vous fait penser que c'est moi qui lui ai suggéré cette idée ? demanda-t-il en se renversant lentement contre le dossier de son fauteuil.

— Etes-vous en train de dire qu'il l'a proposé de lui-même ?

— Pourquoi en serait-il autrement, d'après vous ? rétorqua-t-il avec un calme déconcertant.

Elle avait entendu dire qu'il était un psychologue diplômé, et apparemment la rumeur était fondée. Il éludait ses questions et les faisait suivre par ses propres questions, comme tout bon thérapeute le ferait. C'était agaçant au possible ! Si elle ne se retenait pas, elle lui donnerait un bon coup sur la tête.

— Je sais qu'il n'aurait jamais parié la moitié de son ranch à moins d'être certain d'avoir la main gagnante, déclara-t-elle sèchement.

— Ainsi, vous connaissez M. Cunningham ? s'enquit-il, sans se départir de son expression impassible.

— Oui, je le connais très bien. Mais nous y reviendrons plus tard.

Elle n'arrivait à rien et elle était furieuse de voir que Donaldson demeurait calme et maître de lui-même alors qu'elle débordait de frustration et de colère. Elle était prête à en découdre avec lui, mais il ne mordait pas à l'hameçon.

— J'aimerais savoir pourquoi vous vivez dans cette maison.

— Cela ne vous regarde pas, madame Scott.

Le fait qu'il s'adresse à elle de façon plus cérémonieuse prouvait clairement qu'il perdait patience.

— Vous avez remporté plusieurs tournois de poker importants, et je pensais qu'avec votre fortune vous préféreriez vivre en milieu urbain plutôt que de vous enterrer dans un ranch perdu au milieu de nulle part, développa-t-elle, espérant qu'il lui fournirait un indice expliquant son choix de résider au Lucky Ace.

A sa grande surprise, un lent sourire incurva les lèvres de Donaldson.

— Bien essayé, Taylor. Et maintenant si vous cessiez

de tourner autour du pot et que vous me disiez ce qui vous amène ici ?

Comprenant qu'elle ne tirerait rien de lui tant qu'elle ne lui dévoilerait pas son identité, elle prit une profonde respiration.

— Je suis la petite-fille de Ben Cunningham et je veux savoir comment vous l'avez persuadé de miser la moitié de son ranch lors de cette partie de poker, pourquoi vous vous êtes installé ici et quel est votre prix pour me vendre votre participation dans le Lucky Ace et quitter les lieux une fois pour toutes.

— Puisque vous êtes venue jusqu'ici pour me cuisiner, j'en déduis que Ben ne vous a pas fourni les réponses à vos questions, n'est-ce pas ? demanda-t-il en haussant un sourcil.

— Non.

— Il a sans doute ses raisons pour ne pas vous avoir donné d'explication, et je n'ai pas l'intention de trahir sa confiance. En revanche, je peux vous dire qu'il m'a demandé de m'installer dans la maison pour superviser la gestion du domaine pendant qu'il allait rendre visite à sa famille en Californie.

— Comment vous y êtes-vous pris pour l'inciter à miser la moitié de son ranch ? insista-t-elle, furieuse qu'il élude ses questions.

— Je ne suis pour rien dans sa décision de miser une partie de son ranch. C'était son idée et non la mienne.

— J'ai du mal à vous croire, Donaldson.

Incapable de rester assise plus longtemps, elle se leva et se mit à arpenter la pièce.

— Il a acheté cette terre il y a soixante ans, avec ses premiers gains au poker. Elle était sa fierté et sa joie. Quand ma grand-mère et lui se sont mariés, ils ont fait construire cette maison et ils ont élevé ma mère ici. Durant tout ce temps, il n'a jamais envisagé d'en risquer la moindre parcelle. Alors, pourquoi aurait-il soudain changé d'avis à l'automne dernier ?

— Vous devrez le demander à Ben, répondit-il en

souriant. Cela fait deux ou trois mois que je n'ai pas eu de ses nouvelles. Comment va-t-il ? Passe-t-il du bon temps sous le soleil de la Californie ? Vous a-t-il dit quand il comptait revenir ici ?

Elle s'arrêta brusquement de faire les cent pas et se tourna vers lui. Refoulant ses larmes à grand-peine, elle prit une ample respiration.

— Grand-père est mort il y a environ trois semaines.

Le sourire de Donaldson s'effaça aussitôt.

— Je suis vraiment désolé de l'apprendre. Ben était quelqu'un de bien et le meilleur joueur de poker qu'il m'ait été donné de connaître. Je vous présente mes sincères condoléances.

— Merci, dit-elle en se rasseyant.

Parler de son grand-père, savoir qu'il était parti pour toujours et qu'elle avait été impuissante à stopper l'inévitable la bouleversait.

— Tenez, buvez cela, dit-il en lui tendant un verre.

Noyée dans son chagrin, elle ne s'était pas rendu compte qu'il s'était levé de son fauteuil.

— Qu'est-ce que c'est ? demanda-t-elle en contemplant le liquide limpide.

Il eut un sourire compatissant.

— Rien que de l'eau.

— Oh…

— Comment Ben est-il mort ? s'enquit-il doucement.

— Il a eu une crise cardiaque foudroyante, expliqua-t-elle d'une voix monocorde. Il était au courant de sa maladie de cœur depuis quelque temps, mais il n'en avait parlé à personne. Quand je l'ai appris, j'ai insisté pour qu'il voie un cardiologue renommé à Los Angeles. Mais il était trop tard. Il a fait un arrêt cardiaque la veille du jour où il devait subir une opération à cœur ouvert.

Ils demeurèrent silencieux pendant quelques minutes, puis Donaldson fit remarquer, l'air songeur :

— Je me demande pourquoi la fédération de poker n'a

pas annoncé la mort de Ben la semaine dernière, au tournoi de Las Vegas.

Taylor finit son verre et le déposa sur le bureau.

— Parce qu'elle ne connaissait pas la nouvelle. Il a demandé que l'annonce de sa mort soit différée jusqu'à ce que ses cendres soient dispersées ici, sur le ranch.

— C'est donc pour cette raison que vous êtes ici ? Pour me prévenir que vous allez disperser les cendres de Ben ?

— Non, dit-elle en le fixant droit dans les yeux. Je l'ai fait hier soir, au coucher du soleil.

Il la contempla, l'air sceptique.

— Si vous étiez ici hier, comment se fait-il que je ne vous aie pas vue ?

— Parce que je connais cet endroit comme ma poche. Il y a une route à trois kilomètres à l'ouest d'ici, qui mène à la crique située dans la partie sud du ranch. Grand-père m'a dit que, si quelque chose lui arrivait, il voulait que ses cendres soient dispersées au coucher du soleil, là où il avait demandé ma grand-mère en mariage, expliqua-t-elle en contemplant ses mains crispées sur ses genoux. Vous comprendrez, j'en suis sûre, que c'était un moment privé pour moi.

— Bien sûr.

Soudain, se sentant vidée de toute énergie, elle dissimula un bâillement derrière sa main.

— Maintenant que vous connaissez les circonstances de la mort de mon grand-père, vous n'avez plus de raison d'éluder mes questions, déclara-t-elle en lui lançant un regard acéré. Par ailleurs, j'ai hérité de l'autre moitié du Lucky Ace et, en ma qualité de copropriétaire, j'ai le droit de tout savoir. Pour commencer, si vous me disiez comment vous vous y êtes pris pour gruger mon grand-père ?

- 2 -

Lane contempla Taylor pendant de longues secondes en s'efforçant de maîtriser sa colère. La mort de son ami et associé dans le ranch lui avait causé un choc, et il essayait d'assimiler cette triste nouvelle. La dernière chose qu'il voulait, c'était défendre son intégrité. Or, c'était apparemment ce qu'il allait devoir faire.

— Avant que la discussion n'aille plus loin, laissez-moi mettre les choses au clair, madame Scott, dit-il, se demandant comment il pouvait encore la trouver séduisante alors qu'il bouillait de rage. Je n'ai jamais été un tricheur professionnel, et je ne le serai jamais. Je prends les parties de poker très au sérieux et je peux vous garantir que je n'ai pas besoin de tricher pour gagner. Je confronte mon habileté à celles des autres joueurs, et c'est grâce à mon talent si je remporte des tournois — comme c'était le cas pour votre grand-père.

— Mais il avait une expérience bien plus grande que la vôtre, insista-t-elle. Comment avez-vous pu le battre sans que le jeu soit truqué ?

— Croyez-le ou non, mais votre grand-père et moi avions beaucoup de points communs. Nous partagions le même respect pour le jeu et pour les adversaires dignes de ce nom. Je regrette que vous ayez du mal à accepter que je sois suffisamment habile aux cartes pour battre votre grand-père, mais je ne suis pas un tricheur pour autant.

Ressentant un besoin urgent de boire un verre, il se leva et alla se verser un trait de bourbon. Avalant le liquide ambré d'une seule gorgée, il laissa la chaleur de l'alcool se diffuser dans sa poitrine avant de se tourner vers Taylor.

— Le jour où j'ai gagné la moitié ce ranch, j'avais la meilleure main. Si nous avions joué un autre jour, Ben aurait pu gagner. C'est le jeu. Vous prenez un risque chaque fois que vous vous asseyez à une table de poker.

— Je comprends que le risque de perdre existe toujours, répliqua-t-elle d'une voix un peu moins assurée. Mais mon grand-père était l'un des meilleurs joueurs au monde. Il pouvait dire d'un seul coup d'œil quelles étaient ses chances de gagner et combien il pouvait parier en toute sécurité. Il n'aurait jamais misé la moitié de son ranch s'il n'avait pas été certain de gagner.

— Et parce qu'il a commis une erreur d'appréciation, cela fait de moi un tricheur ?

Elle étouffa de nouveau un bâillement.

— Il n'aurait pas risqué…

— Je pense que nous avons assez fait le tour de la question, l'interrompit-il sèchement.

Il prit une profonde inspiration pour calmer la colère qui bouillonnait en lui. Elle était sourde à ses arguments, et malgré tout ce qu'il pourrait dire il ne réussirait pas à la convaincre de son innocence.

— Ecoutez, ajouta-t-il, il est minuit passé, et nous tournons en rond. Remettons cette discussion à demain matin.

Elle le dévisagea un moment avant d'acquiescer d'un signe de tête et de se lever.

— En effet, c'est préférable.

— Dans quel hôtel êtes-vous descendue ? Je vais vous raccompagner.

— Pourquoi ? demanda-t-elle, d'un ton soupçonneux.

— Vous êtes trop fatiguée pour prendre le volant.

— Je compte rester ici, répliqua-t-elle d'un air buté.

Réprimant un soupir de résignation, il la suivit dans le couloir.

— Je suppose que vous deviez avoir votre chambre quand vous rendiez visite à votre grand-père ?

— Oui, celle avec les rideaux à volants et le couvre-lit lavande, à l'extrémité du couloir, en face de la suite parentale, acquiesça-t-elle en se dirigeant vers la cuisine. Je vais récupérer mon sac de voyage dans ma voiture.

— Donnez-moi vos clés, je vais aller le chercher, suggéra-t-il en tendant la main.

Bien qu'il soit ulcéré par ses accusations, il ne put se résoudre à ignorer le code de bonne conduite que son père d'accueil lui avait inculqué ainsi qu'à ses frères. Par exemple, quand une femme avait un objet à porter, un homme devait se proposer de le faire à sa place, que l'objet en question soit lourd ou léger.

— Je peux m'en occuper, insista-t-elle en retirant un jeu de clés de la poche de son jean.

Il le lui prit des mains et tâcha d'ignorer la sensation de picotement qui courut le long de son bras quand leurs doigts se frôlèrent.

— Vous êtes épuisée, et il est sans doute lourd, répliqua-t-il entre ses dents serrées. Montez dans votre chambre. Je le déposerai devant votre porte.

— C'est le sac à dos bleu sur le siège du passager, lança-t-elle tandis qu'il franchissait le seuil.

Elle ajouta quelque chose d'autre, mais il fit la sourde oreille et se dirigea résolument vers la petite voiture de sport rouge garée à côté de son pick-up.

A cet instant, il était préférable qu'il mette un peu de distance entre eux. Sinon, il craignait de son perdre son sang-froid et de lui dire ce qu'il pensait d'elle et de ses accusations ridicules — ou de l'attirer contre lui et de l'embrasser jusqu'à ce qu'ils oublient tous deux qu'elle était une dame et qu'il s'efforçait d'être un gentleman.

Il s'arrêta net, interdit. D'où lui venait cette idée ? Il préférerait apprivoiser une chatte sauvage plutôt que d'entretenir des rapports personnels avec Taylor Scott ! Elle avait beau être l'une des femmes les plus sexy qu'il ait croisées au cours de ses trente-quatre années d'existence, elle était une source de problèmes — le genre de problèmes dont il n'avait vraiment pas besoin.

Secouant la tête devant sa propre folie, il déverrouilla

les portières de la Lexus et se pencha à l'intérieur pour récupérer le sac à dos de Taylor. La senteur légère de son parfum assaillit ses sens et lui rappela que cela faisait une éternité qu'il n'avait pas succombé aux charmes d'une femme accueillante. Aussitôt, sa frustration grimpa d'un cran, et il proféra un juron en sentant son bas-ventre se contracter. Pour comble de malchance, Taylor allait dormir dans la chambre juste en face de celle qu'il avait choisie quand il s'était installé au ranch, six mois auparavant.

Il serra les dents tandis qu'un autre flot de chaleur envahissait son corps. Comment pouvait-il ressentir un désir aussi brûlant pour cette femme qui le mettait hors de lui et qui avait même réussi à lui faire oublier tout ce qu'il avait appris durant ses sept années d'études de psychologie ?

Il avait aussitôt compris qu'elle cherchait des informations et il avait éludé ses questions et renversé les rôles en l'interrogeant à son tour. Il avait même trouvé sa curiosité plutôt amusante. Mais ce qu'il n'arrivait pas à admettre, c'était comment il s'était laissé déstabiliser au point de sortir de ses gonds quand elle avait commencé à proférer des accusations contre lui.

Il avait joué au poker avec des partenaires qui se faisaient une règle de le narguer pour le déconcentrer, et pas une seule fois il n'était tombé dans ce piège grossier. D'abord, parce qu'il considérait ces insultes comme une ruse psychologique, et il se contentait de les ignorer. Et ensuite, parce que ces mêmes partenaires avaient assez de bon sens pour ne pas dépasser les bornes en l'accusant de tricherie. Mais, quand Taylor lui avait clairement reproché d'avoir grugé son grand-père, elle avait sans le savoir mis le doigt sur un point très sensible, et il avait failli exploser, telle une chandelle romaine lors d'un feu d'artifice du 4 juillet.

En tant que psychologue comportementaliste, il avait appris non seulement à être un auditeur patient et attentif, mais aussi à contrôler ses émotions. La dernière chose que les patients souhaitaient, c'était de voir leur thérapeute arborer une expression critique ou choquée quand ils lui dévoilaient leurs plus noirs secrets. Ces outils psychologiques lui avaient été très utiles au fil des ans, et il les avait utilisés avec succès au poker pour éviter que ses adversaires ne devinent les cartes qu'on lui avait distribuées.

Pourtant, avec Taylor, c'était comme si ses talents n'existaient plus. Il suffisait qu'elle le regarde avec ses grands yeux verts pour que tout son savoir et son expérience partent en fumée.

La première fois qu'il avait remarqué cette réaction inhabituelle, c'était quand elle lui avait dit qu'elle voulait acquérir l'autre moitié du ranch. Elle l'avait regardé droit dans les yeux, avec une passion et une détermination qui avaient déclenché un flot de chaleur dans son bas-ventre. Il s'était même demandé si elle serait aussi ardente quand il lui ferait l'amour.

Son corps se contracta douloureusement, et il proféra de nouveau un chapelet de jurons. Il fit claquer la portière avec force, puis la verrouilla à l'aide de la télécommande. Tout en se dirigeant vers la maison, il jeta un coup d'œil au petit sac qu'il tenait à la main. Il ne devait contenir que quelques vêtements de rechange, signe qu'elle ne resterait pas plus d'une nuit ou deux. Et c'était tant mieux.

Plus vite elle retournerait en Californie, mieux se serait. Ensuite, peut-être pourrait-il comprendre ce qui lui était arrivé et faire en sorte que cela ne se reproduise plus.

Bien avant l'aube, allongée dans son lit, Taylor roula sur elle-même pour regarder l'heure au réveil posé sur la table de chevet. Elle n'avait pas réussi à dormir plus de deux ou trois heures, et durant ce court laps de temps elle n'avait fait que rêver à l'homme grand et brun dormant dans la chambre en face de la sienne.

Ne supportant plus de se tourner et de se retourner, elle poussa un profond soupir, écarta les couvertures et s'assit au bord du lit. Comment allait-elle s'y prendre pour que

Donaldson lui vende sa participation dans le Lucky Ace ? Et pourquoi fallait-il qu'elle le trouve aussi séduisant ?

Elle n'était pas entièrement persuadée de son innocence, mais il avait avancé un argument convaincant pour sa défense. Et, tout en sachant que son grand-père était un excellent joueur, elle commençait à avoir des doutes sur sa théorie. Après tout, il était humain et, bien qu'elle déteste l'admettre, il avait pu commettre une erreur de jugement au moment d'estimer ses chances de gagner lors de cette partie fatale.

Mais ce qui la déroutait le plus, c'était sa propre réaction vis-à-vis de Donaldson. Dès qu'elle l'avait vu s'avancer vers elle pour se présenter au cours de la réception, elle avait retenu son souffle, et elle n'était pas certaine de respirer normalement depuis lors. Elle n'avait jamais eu ce genre de réaction avec les hommes qu'elle avait fréquentés par le passé, encore moins avec un homme qu'elle venait tout juste de rencontrer et dont elle se méfiait.

Epuisée par l'avalanche d'émotions qui la submergeait depuis les trois dernières semaines et troublée par la réaction que suscitait l'homme dormant de l'autre côté du couloir, elle décida de faire la seule chose qui l'aidait à se détendre et à prendre le recul nécessaire face à un problème. Après une douche rapide, elle se mettrait à cuisiner.

Vingt minutes plus tard, tout en finissant de nouer ses cheveux humides en queue-de-cheval, elle pénétra dans la cuisine spacieuse. Après s'être lavé les mains et avoir mis la cafetière en route, elle s'attela au petit déjeuner. Elle vérifia les ingrédients disponibles dans le garde-manger et le réfrigérateur, puis elle récupéra deux saladiers dans l'un des placards.

— Vous permettez que je prenne une tasse de café ? demanda une voix masculine derrière elle.

Sursautant sous l'effet de la surprise, elle faillit lâcher les saladiers. Elle fit volte-face et se retrouva nez à nez avec Donaldson. Le cœur battant, elle prit une ample respiration.

— Vous m'avez fait une peur bleue !

— Désolé, dit-il en suspendant son chapeau à une patère près de la porte avant de se verser une tasse de café. Je n'avais pas l'intention de vous effrayer. Je croyais que vous m'aviez entendu, ajouta-t-il en riant, ce qui fit courir des frissons sur sa peau. C'est plutôt difficile de ne pas faire de bruit en marchant sur un plancher de bois massif avec une paire de bottes.

Son cœur manqua un battement tandis qu'elle le parcourait du regard. Aucun homme n'avait le droit d'être aussi beau de si bon matin.

Hier soir, lors de la réception, elle l'avait trouvé superbe dans son jean noir, sa chemise Oxford blanche et ses bottes en cuir de caïman. Mais ce n'était rien comparé à son apparence actuelle. Vêtu d'un jean usé, d'une chemise de travail en batiste, et chaussé de bottes de cow-boy éraflées, il était éblouissant. Avec ses yeux sombres, ses cheveux noirs et son ombre de barbe, il avait un petit côté voyou ô combien séduisant et excitant.

Furieuse d'avoir laissé vagabonder son esprit dans la mauvaise direction, elle posa les saladiers en métal sur le comptoir et s'empara d'une boîte d'œufs.

— Où est la gouvernante de mon grand-père ?

— Marie a pris sa retraite au début de l'année, et je n'ai pas encore trouvé le temps de lui chercher une remplaçante.

Cette nouvelle ne la surprit pas. La gouvernante que son grand-père avait embauchée après la mort de son épouse devait friser les soixante-dix ans. Mais, dans le même temps, elle n'aurait pas été étonnée d'apprendre que Donaldson l'avait renvoyée.

— Le petit déjeuner sera prêt dans quelques minutes. Asseyez-vous donc, dit-elle en cassant les œufs dans le saladier tout en attrapant le fouet de sa main libre.

— Que préparez-vous ? demanda-t-il en s'installant en tête de la table en chêne qui était dans la famille de sa grand-mère depuis plus de trois générations.

— Du pain perdu fourré à la ricotta et aux myrtilles avec du sirop de myrtille, des saucisses, des myrtilles et du melon nappé de sauce vanille, expliqua-t-elle en plongeant de larges tranches de pain dans les œufs battus aromatisés à la cannelle avant de les déposer sur la plaque chauffante de la cuisinière.

— Cela me paraît délicieux, mais n'est-ce pas un peu sophistiqué pour un petit déjeuner campagnard ? Vous devez aimer cuisiner.

Elle haussa les épaules.

— Si on considère que je suis diplômée de la California School of Culinary Arts et que j'ai passé une année à Paris pour apprendre la pâtisserie, on peut effectivement dire que j'aime cuisiner.

— Possédez-vous votre propre restaurant ?

Tout en déposant la nourriture dans deux assiettes, elle secoua la tête.

— Non, je suis un chef indépendant. On fait généralement appel à moi pour des dîners de réceptions et d'autres occasions spéciales chez les particuliers, notamment les célébrations de diplômes ou les fêtes d'anniversaire.

— Ce travail semble très intéressant. Avez-vous beaucoup de clients ?

— Oui, acquiesça-t-elle en versant la sauce vanille sur les fruits. Quand j'ai décidé de me lancer dans cette activité, je me suis inscrite à l'association des chefs indépendants, et ils m'ont envoyé des clients. Maintenant, la majorité des appels que je reçois proviennent de clients ou de personnes qui ont assisté aux dîners de réceptions que j'ai préparés.

— Vous devez être très douée, remarqua-t-il, songeur.

Elle déposa les assiettes sur la table et s'assit à son tour.

— Je vous laisse juge.

Elle l'observa pendant qu'il examinait la nourriture devant lui d'un air soupçonneux. Se retenant à grand-peine de rire, elle demanda :

— Quelque chose ne va pas ?

— Vous m'avez dit très clairement ce que vous pensiez de moi, hier soir. Alors, vous comprendrez mon hésitation, marmonna-t-il en lui adressant un sourire circonspect.

— C'est vrai, je ne vous fais pas entièrement confiance, mais cela ne veut pas dire que vous devez vous défier de moi, répliqua-t-elle en échangeant leurs assiettes. Donc, maintenant, vous n'avez plus de raison de ne pas goûter à mon plat.

Prenant son couteau et sa fourchette, il coupa un morceau de pain perdu.

— Et si nous repartions de zéro, suggéra-t-il. Le moins que nous puissions faire, c'est de nous montrer courtois l'un envers l'autre jusqu'à ce que vous retourniez à Los Angeles.

— Je conviens que la politesse faciliterait beaucoup nos négociations concernant le rachat de votre participation, répondit-elle en piquant un morceau de fruit avec sa fourchette.

— Je vous ai dit hier soir que je n'étais pas vendeur. En revanche, vous pourriez toujours me vendre votre quote-part, contra-t-il en portant à sa bouche un morceau de pain perdu.

— Sûrement pas ! J'aime le Lucky Ace. Il symbolise la meilleure part de mon enfance, riposta-t-elle, ulcérée par sa proposition. Mon grand-père savait à quel point cet endroit comptait pour moi, et il avait l'intention de me le léguer. Je ne le vendrai ni à vous ni à personne d'autre.

Donaldson sirota calmement une gorgée de café.

— Dans ce cas, avant que vous ne repartiez à Los Angeles, nous devrons nous mettre d'accord sur les tâches qui m'incomberont au niveau de la gestion du ranch et sur les modalités de versement des dividendes qui vous reviendront.

— Je ne repars pas à Los Angeles, riposta-t-elle, satisfaite de voir la contrariété assombrir son beau visage.

Il reposa lentement sa fourchette sur son assiette.

— Que voulez-vous dire par « je ne repars pas » ?

L'appétit coupé, elle se leva de table pour vider le contenu de son assiette dans la poubelle.

— J'ai la ferme intention de faire du Lucky Ace mon domicile permanent.

— Que vont devenir vos clients à Los Angeles ? demanda-t-il, de plus en plus irrité. Et puis, votre sac à dos ne doit contenir que quelques vêtements.

— J'ai informé mes clients de mon déménagement, il y a une semaine, et je me suis arrangée avec un autre chef pour qu'il assure à ma place les dîners de réceptions que j'avais programmés, expliqua-t-elle en observant avec un plaisir perfide le front de Donaldson se plisser de mécontentement. J'ai sous-loué mon appartement, entreposé mes meubles dans un garde-meubles et fait expédier ici les vêtements que je ne pouvais pas caser dans ma voiture. Ces cartons arriveront dans le courant de la semaine prochaine. Je vous l'ai dit hier soir, quand vous êtes allé récupérer mon sac à dos : je suis ici pour gérer le ranch et je prendrai le reste de mes affaires dans le coffre de ma voiture aujourd'hui.

Sans mot dire, il se leva brusquement de table, alla vider lui aussi le contenu de son assiette et prit son chapeau.

— Vous serez là pour le déjeuner ? demanda-t-elle.

— Non.

— J'aurai donc tout le temps de nettoyer ma chambre ce matin, avant de sortir mes affaires de la voiture et de les ranger cet après-midi, remarqua-t-elle pour elle-même.

— Je vais aller au dortoir pour voir si l'un des hommes peut vous donner un coup de main, répondit-il sans se retourner.

Avant qu'elle ait le temps de le remercier pour sa prévenance, il sortit sous le porche et fit claquer la porte derrière lui.

— Il l'a mieux pris que je ne croyais, murmura-t-elle en rinçant les plats avant de les mettre dans le lave-vaisselle.

Elle s'était attendue à tout, sauf à voir Donaldson accepter passivement son installation au ranch.

Bien sûr, elle n'était pas naïve au point de croire qu'il avait renoncé à la persuader de lui vendre sa quote-part. Mais peut-être envisagerait-il de lui céder la sienne maintenant qu'il la savait déterminée à s'installer ici.

Juché sur Blue, son hongre rouan bleu, Lane traversait le pâturage au pas, en direction de l'écurie. Il devait à tout prix convaincre Taylor de lui vendre sa participation dans le ranch ou, à défaut, la persuader de retourner à Los Angeles et de le laisser tranquille une bonne fois pour toutes.

Il comprenait son attachement sentimental à cette propriété familiale, mais lui aussi avait appris à l'aimer. Pour la première fois depuis plus de vingt ans, il avait un endroit qu'il pouvait vraiment considérer comme sien. Il se sentait si bien dans ce ranch qu'il n'y renoncerait pour rien au monde.

Le regard perdu au loin, il songea aux projets qu'il avait échafaudés pour l'avenir. Il avait amassé une fortune en jouant au poker et il l'avait investie judicieusement, de sorte qu'il n'avait plus besoin de travailler s'il le souhaitait. Mais il ne considérait pas le poker ou la gestion d'un ranch comme un véritable job. Le poker était un passe-temps. Il aimait se mesurer à des joueurs aussi expérimentés que lui et, si un jour il n'éprouvait plus de plaisir à jouer, il arrêterait le poker sans éprouver le moindre regret. Quant à la gestion d'un ranch, c'était pour lui un style de vie, et jusqu'à il y a six mois il ne s'était pas rendu compte à quel point cela lui manquait. C'est pourquoi il projetait de développer le Lucky Ace en introduisant un troupeau de vaches qui paîtraient en pleins champs, et en élevant et en entraînant des chevaux destinés aux diverses disciplines de rodéo, notamment la prise au lasso.

Mais tous ces projets risquaient de tomber à l'eau si Taylor décidait de s'installer au ranch et de participer activement à sa gestion. C'était la raison pour laquelle il avait passé la journée entière à vérifier l'état des clôtures et à réparer les éoliennes. Etre occupé l'aidait à réfléchir. Hélas, il était arrivé à la triste conclusion que Taylor était aussi têtue que lui, et qu'ils risquaient de camper longtemps sur leurs positions respectives.

Quand il avait gagné la moitié du Lucky Ace à l'automne dernier, il avait proposé à Ben de la lui revendre. Mais le vieil homme lui avait demandé de s'installer au ranch et d'en superviser la gestion pendant qu'il passerait l'hiver dans sa famille en Californie. Ben lui avait dit qu'ils reparleraient de tout cela au printemps et qu'à ce moment-là Lane lui ferait savoir s'il était toujours désireux de lui céder sa participation. Cette requête lui avait paru raisonnable, et il avait donné son accord. Mais les six mois qu'il avait passés au ranch lui avaient rappelé l'époque heureuse où il vivait au Last Chance Ranch, et il avait presque regretté d'avoir fait cette proposition à Cunningham.

Il se replongea dans ses souvenirs d'adolescent. Contre toute attente, son placement chez son père d'accueil, Hank Calvert, avait été la meilleure chose qui lui soit arrivée, et il ne gardait que des bons souvenirs de cette époque.

Hank avait été l'homme le plus avisé que Lane ait connu. Il avait non seulement appris aux garçons placés sous sa tutelle à canaliser leur colère et à maîtriser leur comportement autodestructeur en les faisant participer aux travaux du ranch et à des compétitions de rodéo, mais il leur avait aussi enseigné un code de bonne conduite auquel ils adhéraient encore, alors même qu'ils étaient adultes et indépendants. Grâce à Hank, Lane et ses frères d'accueil étaient devenus des hommes honnêtes, travailleurs et parfaitement insérés dans la société. Ils formaient une famille aussi soudée, voire plus, qu'une famille classique unie par les liens du sang.

Il poussa un profond soupir. Même s'il avait surmonté les difficultés de son passé, trouvé une nouvelle famille qu'il affectionnait et, avec l'aide de Hank, économisé suffisamment d'argent sur ses gains lors des compétitions junior de rodéo pour rembourser les victimes de ses escroqueries, il n'aimait pas se souvenir de ses problèmes de jeunesse.

Bien sûr, il n'avait pas vraiment eu le choix d'agir comme il l'avait fait. Mais, qu'il ait eu ou non de bonnes raisons, un vol restait un vol, et donc un acte répréhensible.

D'où sa vive réaction quand Taylor l'avait accusé d'avoir grugé son grand-père. Elle lui avait involontairement rappelé ce qu'il avait été et ce qu'il serait peut-être encore aujourd'hui si Hank Calvert ne l'avait pas remis dans le droit chemin.

Parvenu dans la cour du ranch, il descendit de sa monture et conduisit le hongre à l'écurie. Tout en le dessellant et en brossant sa robe bleu-gris, il passa en revue ses options.

Il pourrait vendre à Taylor sa moitié du ranch et chercher une autre propriété. Mais il rejeta aussitôt cette idée. Le Texas avait beau être un Etat immense, il y avait peu de ranches de la taille du Lucky Ace à vendre. Et ceux qui étaient disponibles étaient trop éloignés pour lui permettre de voir ses frères régulièrement ou être là pour eux quand ils auraient besoin de lui. Par ailleurs, il avait gagné sa moitié du ranch à la régulière, et personne ne le culpabiliserait pour l'obliger à vendre — pas même une rousse hypersexy aux superbes yeux émeraude et au corps de rêve qu'il explorerait volontiers pendant des heures…

Son propre corps réagit aussitôt à cette évocation érotique. Maudissant sa libido trop longtemps négligée, il s'arrêta de panser le hongre et le conduisit à son box. Décidément, il était temps qu'il se décide à faire quelque chose ! Dès qu'il se serait douché et changé, il irait faire un tour dans le petit bastringue de Beaver Dam, pour tâcher de rencontrer une femme compréhensive qui l'aiderait à assouvir ses envies de luxure. Ensuite, peut-être réussirait-il à oublier que Taylor Scott était une femme désirable et ne verrait-il en elle qu'une simple partenaire en affaires.

Satisfait de son plan, il retraversa la cour du ranch et grimpa résolument les marches du porche.

— Taylor, je ne resterai pas pour dîner, annonça-t-il en pénétrant dans la cuisine. J'ai l'intention de me rendre à…

Il s'arrêta net en la voyant secouer vigoureusement la tête.

— Quelque chose ne va pas ? s'inquiéta-t-il en s'avançant vers le comptoir où elle mélangeait divers ingrédients dans un saladier.

Elle désigna le couloir du menton.

— Je n'arrive pas à me débarrasser du cow-boy que

vous avez désigné pour m'aider à sortir mes paquets de la voiture, murmura-t-elle.

— Je ne l'ai pas « désigné », répondit-il à voix basse. Quand j'ai indiqué aux hommes que vous aviez besoin d'aide, il s'est porté volontaire.

— Quoi qu'il en soit, je n'arrive pas à le faire partir, insista-t-elle. Cela fait plus d'une heure que nous avons fini de décharger la voiture, mais il trouve toujours un prétexte pour rester. J'ai même dû renoncer à ranger mes affaires, car sa présence sur le seuil de ma chambre me mettait mal à l'aise.

Il se tenait si près d'elle, respirant la légère fragrance de son shampoing aux herbes et admirant la perfection de ses lèvres corail, que chacune de ses terminaisons nerveuses se mit en mode alerte. Il fit un pas en arrière, puis un autre.

Pour éviter de succomber à la tentation qu'elle offrait sans le vouloir, il demanda :

— Où est-il maintenant ? Et que fait-il ?

— Il est dans le salon pour allumer du feu dans la cheminée.

— Mais nous sommes au mois de mai, et l'air conditionné fonctionne ! Nous n'avons vraiment pas besoin d'un feu de cheminée, s'exclama-t-il, les sourcils froncés. Qui a eu cette idée saugrenue ?

— Moi, reconnut-elle, mettant le saladier de côté et s'emparant de petits ramequins en céramique blanche. Il a bien fallu que je lui trouve une occupation jusqu'à ce que vous vous décidiez à revenir de Dieu sait où.

— J'ai vérifié les clôtures et réparé quelques éoliennes, se défendit-il.

Il n'avait pas à lui rendre de compte sur ses allées et venues. Alors, pourquoi se sentait-il obligé de lui fournir une explication ?

— C'est dimanche, et une fois qu'ils ont fini de soigner le bétail, même les ouvriers agricoles ont leur journée de libre, remarqua-t-elle d'un ton désapprobateur. Ces corvées n'auraient-elles pas pu attendre demain ?

Il comprit soudain que l'agacement de Taylor n'était pas dû à sa longue absence de la maison, mais à la gêne qu'elle ressentait en présence de l'autre homme dans le salon.

— Je vais me débarrasser de lui, assura-t-il en tournant les talons.

Quand il pénétra dans le salon, il découvrit Roy Lee Wilks agenouillé près de l'âtre, échouant lamentablement à allumer un feu.

— Laisse tomber, Roy Lee. Nous n'aurons pas besoin d'une flambée, ce soir. Il fait plus de vingt-huit degrés dehors.

— C'est sûr, patron, déclara le jeune homme, assis sur ses talons. Je n'ai pas compris pourquoi Mme Scott a insisté pour que j'allume un feu.

Il ôta sa casquette de base-ball tachée de sueur et fourragea dans ses cheveux blonds.

— De toute façon, depuis tout à l'heure, je fais chou blanc.

Lane vérifia l'heure à sa montre.

— Marty a sûrement fini de préparer le dîner au dortoir. Tu devrais te dépêcher d'y aller avant que Cletus mange sa part et la tienne.

Remettant sa casquette en place, Roy Lee se leva.

— Entendu, patron. Mais auparavant je dois demander à Mme Scott si elle a encore besoin de moi.

— Non, c'est gentil de ta part, mais tu as passé presque toute la journée à l'aider, et je suis sûr que tu aimerais te reposer avant d'emmener le troupeau de génisses dans le pâturage nord demain matin. Si Mme Scott a besoin de quelque chose d'autre, je m'en chargerai.

Roy Lee faillit protester, mais il y renonça, décidant sans doute qu'il était plus sage de ne pas contrarier le patron.

— Bon, je vous verrai demain matin, finit-il par marmonner en pénétrant dans le couloir.

S'adossant à la porte de la cuisine, Lane attendit que Roy Lee prenne congé de Taylor et sorte de la maison. Puis il s'avança vers le comptoir où elle mettait la dernière touche à son dessert.

— Maintenant que votre problème avec Roy Lee est

résolu, je vais prendre une douche et me rendre à Beaver Dam pour y passer la soirée.

— Vous ne serez pas là pour dîner ? demanda-t-elle, visiblement dépitée. Je prépare des côtes premières, des pommes de terre cuites au four avec des herbes et du fromage, des pointes d'asperges nappées de sauce hollandaise et une crème brûlée pour dessert.

N'avait-elle donc pas entendu ce qu'il lui avait dit en arrivant — à savoir qu'il ne resterait pas pour dîner — ? Se balançant d'un pied sur l'autre, il plongea le regard dans ses prunelles émeraude. Elle s'était donné beaucoup de mal pour préparer le repas et, à en juger par son expression, elle risquait d'être très déçue s'il ne restait pas pour dîner. A la réflexion, il décida que s'il voulait la convaincre de lui vendre sa quote-part du ranch ou, tout au moins, la persuader de retourner à Los Angeles, il avait tout intérêt à l'amadouer. Sinon, il n'aurait aucune chance d'obtenir ce qu'il souhaitait.

— Je pensais que vous n'auriez pas envie de cuisiner après avoir passé la journée à ranger vos affaires.

Elle lui adressa un sourire qui lui coupa la respiration.

— Cuisiner est pour moi une façon de me détendre.

— Ai-je le temps de prendre une douche rapide avant le dîner ? s'enquit-il en déboutonnant les manchettes de sa chemise.

— Bien sûr, acquiesça-t-elle en déposant les ramequins dans une poêle au bain-marie, puis en les garnissant de crème. Tout sera prêt quand vous descendrez.

Hochant la tête, il serra les dents et se dirigea vers l'escalier. Ce changement de programme le contrariait. Mais qu'y pouvait-il ? C'était le genre de situation dont il sortirait perdant, quelle que soit l'option choisie.

D'un côté, s'il ne dînait pas avec Taylor, elle prendrait son refus pour une insulte délibérée, et cela rendrait impossible toute discussion sur l'avenir du ranch. Et, de l'autre côté, il y avait ce désir lancinant qu'il devait assouvir. Quand il se trouvait dans la même pièce qu'elle, l'atmosphère se chargeait de tension et ses hormones s'emballaient, lui rappelant qu'il était un homme avec des appétits et des besoins d'homme.

Quand son bas-ventre se contracta en réaction à cette pensée, il marmonna un juron et se dirigea tout droit dans la salle de bains pour tourner le robinet d'eau froide. Après avoir ôté ses vêtements sales, il pénétra dans la cabine de douche en espérant que le jet glacé lui éclaircirait les idées et maîtriserait les élans de son corps.

Tandis qu'il claquait des dents sous le jet, un plan commença à prendre forme dans son esprit. S'il parvenait à le mener à bien, les choses seraient réglées une fois pour toutes. Et plus vite il obtiendrait l'accord de Taylor, mieux ce serait.

Mais, s'il échouait, de deux choses l'une : soit elle le rendrait complètement fou, soit il aurait des engelures sur une certaine partie de son corps qu'aucun homme ne souhaiterait voir gelée.

- 3 -

— Je vous suis reconnaissante de m'avoir débarrassée de Roy Lee, déclara Taylor en prenant place sur la chaise que Donaldson écartait pour elle. J'étais si soulagée que j'ai oublié de vous remercier tout à l'heure.

Il haussa les épaules et s'assit à la tête de table.

— Je ne pense pas qu'il soit dangereux.

— Peut-être pas, admit-elle. Mais j'ai toujours ressenti une sensation de malaise en sa présence, même quand il était adolescent.

— Vous le connaissez donc depuis longtemps ?

— Oui. Il a commencé à travailler ici pendant les grandes vacances, du temps où il était encore au lycée. Cela doit remonter à une douzaine d'années.

— Hormis le fait de s'être incrusté cet après-midi, Roy Lee a-t-il dit ou fait quelque chose d'autre qui vous ait mise mal à l'aise ? demanda Donaldson, sirotant une gorgée de cabernet qu'elle lui avait demandé d'ouvrir et de verser pour eux.

— Non, pas vraiment.

Repoussant les pointes d'asperges autour de son assiette avec sa fourchette, elle s'efforça de mettre des mots sur ce qu'elle ressentait chaque fois qu'elle se trouvait en présence de Roy Lee.

— C'est peut-être un tour de mon imagination, mais j'ai l'impression qu'il surveille le moindre de mes faits et gestes. Un peu comme ces tableaux avec des yeux qui vous suivent autour de la pièce.

Elle ne put s'empêcher de frissonner et ajouta :

— C'est pour cette raison que je le trouve plutôt inquiétant.

— Je m'arrangerai pour qu'il reste loin de la maison.

Il prit une bouchée de côtes premières et, quand il eut avalé le tendre morceau de bœuf, il sourit.

— C'est délicieux.

— Merci, répondit-elle, espérant que sa cuisine opérerait sa magie et mettrait son interlocuteur de bonne humeur. Je suis contente que vous aimiez.

Ils tombèrent dans un silence embarrassé durant tout le reste du repas, et quand ils eurent fini le dessert les nerfs de Taylor étaient tendus à craquer. Hier, elle avait tenté de le convaincre de lui vendre sa participation dans le ranch, et elle avait échoué. Avec un peu de chance, elle verrait se réaliser le vieil adage selon lequel le chemin pour toucher le cœur d'un homme passait par son estomac. Sauf que, dans ce cas précis, elle espérait en appeler à son sens de la justice. Le Lucky Ace était dans sa famille depuis des années, et son grand-père savait combien elle était attachée à cet endroit. Il lui avait toujours dit qu'un jour le ranch serait à elle, et pas une seule fois il ne lui avait précisé qu'elle devrait le partager avec quelqu'un d'autre.

— Quand nous aurons fini de débarrasser, j'aimerais discuter de quelque chose avec vous, déclara Donaldson, interrompant le cours de ses pensées.

— A propos du ranch ?

Se pourrait-il qu'il ait changé d'avis et qu'il se montre raisonnable ?

Il se leva et prit son ramequin vide au passage.

— Oui. La soirée est agréable. Nous pourrions nous installer sous le porche et discuter en regardant le coucher du soleil.

Se levant à son tour, elle entreprit de rincer les plats destinés au lave-vaisselle pendant qu'il enfermait le reste de côte première dans une boîte alimentaire avant de la déposer dans le réfrigérateur. Tandis qu'ils travaillaient côte à côte pour faire place nette dans la cuisine, la nervosité de Taylor s'accrut, et cette fois elle n'avait rien à voir avec leur prochaine discussion à propos du ranch.

Pourquoi fallait-il qu'elle le trouve aussi beau avec sa chemise et son jean noirs ? Et pourquoi sentait-il aussi bon ? L'odeur du cuir luxueux et sa fragrance de mâle fraîchement douché formaient une combinaison très sexy.

Leurs doigts se frôlèrent quand il lui tendit les verres à vin, et elle ressentit une onde de désir parcourir tout son corps. Ce fut si soudain qu'elle faillit laisser tomber le verre en cristal délicat.

— Il ne me faudra que quelques minutes pour terminer de ranger, dit-elle, espérant qu'il ne remarquerait pas l'intonation un peu trop rauque de sa voix. Pourquoi n'iriez-vous pas sous le porche en attendant ?

— Vous êtes sûre ?

Etait-ce du soulagement qu'elle décelait dans sa voix profonde de baryton ? Avait-il lui aussi perçu la tension environnante ?

Elle se força à sourire.

— Oui. Je ne serai pas longue.

Quand il eut quitté la cuisine, elle s'accouda sur le bord de l'évier. Comment un homme pouvait-il exsuder autant de sex-appeal ? Et pourquoi, au nom du ciel, n'y était-elle pas insensible ?

Lane Donaldson était un intrus — l'ennemi — et le dernier homme qu'elle devrait trouver attirant. Mais, tandis qu'elle passait un dernier coup d'éponge sur les comptoirs, elle était forcée d'admettre qu'au-delà de sa beauté physique il avait un charme fait de courtoisie et de bonnes manières, auquel il était difficile de résister. Combien d'hommes se donnaient encore la peine d'écarter une chaise quand une femme s'asseyait à table ? Combien d'hommes auraient insisté pour aller récupérer son sac dans sa voiture et le lui monter à l'étage après s'être fait traiter de voleurs ?

Elle se sentait un peu honteuse d'avoir porté une telle accusation contre lui. Elle avait été tellement persuadée qu'il avait escroqué son grand-père ! Mais maintenant ?

Elle avait encore des doutes à son sujet. Néanmoins, elle était sûre d'une chose : elle ne se laisserait pas duper par lui.

— La cuisine est en ordre ? demanda Donaldson par-dessus son épaule quand elle ouvrit la porte moustiquaire et qu'elle déboucha sur le perron quelques minutes plus tard.

Il était assis sur l'une des marches, les avant-bras posés sur ses genoux, contemplant le soleil qui déclinait à l'horizon.

— Il ne restait plus grand-chose à faire, répondit-elle en s'asseyant sur la balançoire du porche.

Ils demeurèrent silencieux pendant de longues minutes avant qu'il ne se décide à parler.

— J'ai réfléchi à notre situation, et je pense avoir trouvé une solution.

— Vous allez me vendre votre quote-part du ranch ?

Pour elle, c'était la seule solution acceptable.

Le rire profond de Donaldson fit courir un délicieux frisson le long de son dos.

— Non. Et je parie que vous n'êtes pas disposée à me céder la vôtre.

— En effet, c'est hors de question.

— Je m'en doutais, remarqua-t-il, se levant et s'adossant contre le pilier du porche en face d'elle. Mais je pense que vous serez d'accord avec moi pour dire que cette situation est inacceptable.

— En effet, acquiesça-t-elle avec conviction.

— Je vais vous exposer mon idée, mais au préalable j'aimerais que vous m'écoutiez jusqu'au bout avant de me donner votre réponse, dit-il, croisant les bras. Qu'en dites-vous, Taylor ?

Sa voix profonde de baryton prononçant son prénom lui coupa le souffle.

— En… Entendu. Quelle est votre idée ?

— Je vous propose de faire une partie de poker, déclara-t-il en rivant son regard au sien. Si vous gagnez, je vous vendrai ma participation dans le Lucky Ace, et vous serez débarrassée de moi une fois pour toutes.

Elle sentit son cœur se décrocher. Son grand-père avait

beau être un excellent joueur de poker, elle n'avait jamais trouvé le moindre intérêt à ce jeu et, pire encore, elle n'y connaissait rien. Quelle chance aurait-elle contre quelqu'un comme Donaldson ?

Par ailleurs, elle n'était pas absolument certaine qu'il jouerait à la régulière. Et, même s'il se montrait honnête, il était un joueur professionnel du même niveau que son grand-père. Elle n'aurait pas la moindre chance de gagner contre lui.

— Et si c'est vous qui gagnez ? demanda-t-elle, sachant d'avance qu'elle n'aimerait pas sa réponse.

Il sourit.

— Vous retournerez en Californie, et je resterai ici.

— Pas question ! s'exclama-t-elle, outrée. Je ne vais pas prendre le risque de perdre ma quote-part…

Il leva la main pour l'arrêter.

— Vous avez promis de m'écouter jusqu'au bout.

Le foudroyant du regard, elle croisa les bras à son tour.

— Très bien, concéda-t-elle. Continuez.

— Je n'ai pas dit que vous perdriez votre quote-part du ranch, reprit-il calmement. Si je gagne, vous garderez vos cinquante pourcent, vous retournerez en Californie et vous vous contenterez de visites occasionnelles. Je suis sûr que nous pouvons nous mettre d'accord sur la fréquence des rapports financiers et des dividendes que vous souhaiterez recevoir, ainsi que sur la signature d'un document stipulant que, si l'un de nous deux décide de vendre sa participation, il donnera la priorité à l'autre.

Soupçonneuse, elle demanda :

— Pourquoi vous montrez-vous aussi généreux ? Vous m'avez dit que si je gagnais, vous me vendriez votre quote-part. La réciproque n'est-elle pas vraie ? Si je perds, vous ne me réclamerez pas la mienne ?

— J'aimerais posséder l'intégralité de la propriété, admit-il. Mais je sais qu'elle appartenait à votre grand-père et que vous y êtes très attachée sentimentalement parlant. Je le respecte et je ne vous demanderais donc pas de renoncer à ce ranch si c'est trop exiger de vous.

— Pourquoi tenez-vous tant à cette propriété ?

Il devait avoir une bonne raison pour s'obstiner à ne pas lui céder sa participation, et elle était déterminée à la découvrir.

— Vous n'avez pas les mêmes liens que moi, insista-t-elle.

Il contempla ses bottes pendant un long moment. Quand il leva les yeux, il haussa ses larges épaules.

— J'ai fini de grandir dans un endroit très semblable à celui-ci et, jusqu'à ce que je m'installe au Lucky Ace à l'automne dernier, je ne m'étais pas rendu compte à quel point la vie de rancher me manquait.

— Il existe sûrement d'autres propriétés que vous pourriez acheter, argua-t-elle. Le Texas n'est pas le seul Etat où l'on pratique l'élevage. Je suis certaine que vous pourriez trouver un ranch qui vous convienne ailleurs. Et vous n'auriez pas de comptes à rendre à une associée ni de profits à partager. Vous seriez le seul maître des lieux.

— Tous mes frères possèdent des ranches près d'ici ou à quelques heures de route. Or, les rares propriétés en vente, de la taille du Lucky Ace, sont au moins à une journée de route.

Il sourit en ajoutant :

— Je suis certain que vous comprendrez mon désir d'être proche de ma famille et de ne pas me contenter de quelque chose qui ne me convienne qu'à moitié.

Elle ne put s'empêcher de se demander ce que c'était de vouloir être proche de sa famille. Enfant unique d'un couple qui se déchirait en permanence, elle ne s'était sentie proche que de son grand-père. Elle avait passé tous les étés avec lui au Lucky Ace jusqu'à ce qu'elle s'inscrive dans une école de cuisine après le lycée. Ces mois de vacances avaient constitué son unique échappatoire aux disputes continuelles de ses parents. Aussi ce ranch représentait-il énormément de choses pour elle, à commencer par la sérénité qu'elle n'avait jamais trouvée chez ses parents. Mais ce n'était pas une confidence qu'elle avait envie de livrer à un inconnu, et surtout pas à Donaldson.

— Alors, qu'en pensez-vous ? demanda-t-il, voyant qu'elle demeurait silencieuse. Une partie de poker vous paraît-elle une solution viable à notre problème ?

— Je dois y réfléchir avant de me décider, éluda-t-elle.

Existait-il un gène du poker qu'elle aurait pu hériter de son grand-père ? Elle en doutait, mais vu les circonstances cela l'aurait bien arrangée.

Il sourit.

— Comme ni l'un ni l'autre n'avons l'intention de partir, vous avez tout le temps de prendre une décision.

— Je vous donnerai sans doute ma réponse demain ou après-demain.

Elle se leva de la balançoire et fit un pas en direction de la porte d'entrée. Puis se ravisant, elle se retourna avec l'intention de préciser qu'elle souhaitait voir le problème réglé le plus vite possible, mais elle oublia ce qu'elle s'apprêtait à dire quand elle buta contre le large torse de Donaldson.

Aussitôt, il enroula ses bras autour d'elle pour l'empêcher de tomber.

— Désolé. Je ne… m'attendais pas que vous changiez de direction.

Tandis qu'elle plongeait son regard dans ses prunelles sombres, son souffle se bloqua dans sa gorge et son cœur manqua plusieurs battements. Elle se sentait enveloppée par lui, et cette sensation n'était pas du tout désagréable.

— Je… vais… aller me coucher, balbutia-t-elle, incapable de formuler une pensée cohérente.

Mais qu'est-ce qui clochait chez elle ?

Il leva une main pour écarter une mèche de cheveux qui s'était échappée de sa queue-de-cheval. Le bout de ses doigts s'attarda sur sa joue un peu plus que nécessaire, et son contact déclencha une exquise sensation de picotement.

Quand il pencha la tête, elle retint son souffle dans l'attente d'un baiser. Mais, au lieu de couvrir sa bouche, les lèvres de Lane effleurèrent son oreille tandis qu'il murmurait :

— Dormez bien, Taylor.

Il la relâcha lentement et fit un pas en arrière. Elle mit un moment à réaliser qu'il la contemplait avidement.

— Y a-t-il autre chose ? demanda-t-il.

— Bonne nuit… Lane, parvint-elle à articuler.

Se forçant à bouger, elle ouvrit la porte moustiquaire et se dirigea tout droit dans sa chambre dont elle ferma la porte à double tour. Adossée au battant, elle dut s'ordonner de respirer. Lane avait plus de sensualité au bout de ses doigts que la plupart des hommes dans leurs corps tout entiers.

Soudain, son cœur se mit à cogner très fort contre ses côtes. Quand avait-elle commencé à penser à lui en l'évoquant par son prénom ? Et pourquoi ?

Il avait été tellement plus facile et moins personnel de s'en tenir à Donaldson, l'ennemi — l'homme qu'elle soupçonnait d'avoir grugé son grand-père. Celui-là même qui l'empêchait d'atteindre son objectif de posséder l'intégralité du Lucky Ace.

Elle ferma les yeux avec force pour tenter d'effacer l'image dérangeante, celle où il inclinait la tête vers elle, le regard rivé au sien. Elle avait cru qu'il allait l'embrasser. Et, le ciel lui vienne en aide, elle n'avait pas esquissé le moindre geste pour l'arrêter !

« Allons, ressaisis-toi ! », marmonna-t-elle en s'écartant de la porte. Elle n'était pas intéressée par une aventure d'une nuit, encore moins par une liaison ou une relation intime compliquée. Au cours de ses vingt-huit années d'existence, elle avait vu comment le mariage avait transformé la vie de ses parents en une sorte d'enfer. Et, la leçon qu'elle en avait tirée, c'était qu'elle ne voulait pas connaître le même genre de mésaventure sentimentale.

Attrapant sa nuisette, elle se dirigea vers la salle de bains attenante. Tout en se changeant et en se brossant les dents, elle s'efforçait de se convaincre qu'elle avait été troublée par sa proposition et qu'elle n'avait pas eu les idées claires. Mais, en contemplant son reflet dans le miroir, elle secoua la tête. Elle avait beau se leurrer et se justifier autant qu'elle le voulait, elle était attirée par lui. Et cette constatation n'avait rien de réjouissant.

Lane sortit de la cabine de douche en frissonnant et se hâta d'éponger les filets d'eau glacée qui ruisselaient le long de son corps. Deux douches froides en moins de douze heures,c'était plus qu'un homme normal pouvait endurer, et il n'avait aucune intention de s'en infliger une troisième !

Hier soir, quand Taylor avait trébuché contre lui sur le porche et qu'il avait noué ses bras autour d'elle, il avait perçu de l'anticipation dans ses prunelles émeraude. Du coup, il avait passé la nuit entière éveillé et dans tous ses états. Pour le moment, dûment séché et réchauffé, il pénétra dans sa chambre, s'habilla rapidement et enfila ses bottes de travail. Il allait descendre pour le petit déjeuner et il annoncerait à Taylor qu'il ne dînerait pas ici ce soir. S'il n'assouvissait pas ce désir qui le consumait, il deviendrait fou à lier d'ici la fin de la semaine !

Son seul espoir de répit était le départ de l'un d'eux du Lucky Ace. C'est pourquoi il avait proposé une partie de poker à Taylor pour décider qui aurait le contrôle du ranch. Il avait eu beau tourner et retourner la question dans sa tête, il n'avait pas trouvé d'autre solution susceptible de lui convenir.

Si son intuition était juste, Taylor devrait être séduite par l'idée de récupérer l'intégralité du Lucky Ace en jouant justement au jeu qui avait fait perdre à Ben la moitié de son ranch. Il était sûr que dans son esprit, sa victoire vengerait l'échec de son grand-père tout en lui donnant la satisfaction de battre Lane sur son propre terrain.

Certes, sa conscience lui rappelait qu'il était un professionnel et qu'il risquait d'avoir un avantage déloyal sur elle. Mais Ben lui avait sûrement enseigné sa stratégie et son style de jeu lors de ses nombreux séjours au ranch. La partie n'en serait donc que plus intéressante. Restait à espérer que Taylor accepterait de s'en remettre au hasard pour décider du sort du ranch.

Quand il pénétra dans la cuisine quelques minutes plus tard, au lieu de trouver Taylor occupée à préparer le petit déjeuner, il l'aperçut qui parlait au téléphone. Avec qui pouvait-elle discuter à 5 heures du matin ?

— Il descend à l'instant, dit-elle en souriant. Voulez-vous le lui annoncer vous-même ?

Lane fronça les sourcils.

— Qui est-ce ?

— Un de vos frères, expliqua-t-elle en lui tendant le téléphone sans fil.

Tandis qu'elle retournait au comptoir pour préparer leur repas, il serra les dents en portant le combiné à son oreille. La dernière fois que l'un de ses frères l'avait appelé à une heure aussi matinale, c'était pour lui annoncer que leur père d'accueil était mort d'une maladie cardiaque non diagnostiquée.

— Que se passe-t-il ? fit-il en se dirigeant vers le bureau.

Il ignorait lequel de ses frères était au bout du fil, mais peu importait. Il était toujours disponible quand l'un d'eux avait besoin d'un coup de main, et vice versa.

— Tu parles au fier papa d'une ravissante petite fille, déclara Ryder, visiblement au comble du bonheur.

Soulagé qu'il s'agisse d'une bonne nouvelle, il sourit en s'asseyant dans un fauteuil.

— Félicitations ! Comment vont Summer et le bébé ?

— Summer est fatiguée, bien sûr, mais tout s'est bien passé pour l'une comme pour l'autre.

— Tant mieux. Et toi, comment te sens-tu ? demanda Lane en riant.

— Je suis capable d'affronter un taureau furieux avec témérité et sang-froid, mais rester des heures auprès de Summer pour assister à la naissance de mon enfant a été l'expérience la plus intense que j'ai jamais vécue, déclara Ryder. Disons simplement que je me remets de mes émotions.

— Heureux de l'entendre. Quel est le prénom de ma

nouvelle nièce ? s'enquit-il en se calant contre le dossier de son fauteuil.

— Je laisse à Summer le soin de le choisir.

Ryder marqua une pause comme si une vague d'émotions menaçait de le submerger. Quand il reprit la parole, sa voix était enrouée.

— Le choix du prénom m'importe peu. Vois-tu, jamais je n'aurais cru possible de tomber fou amoureux d'un être aussi minuscule en l'espace de quelques secondes.

— Tu vas être un papa formidable.

La poitrine de Lane se serra, et il dut s'éclaircir la gorge avant de taquiner Ryder :

— Je t'imagine très bien jouant à la dînette avec ta fille, assis sur une petite chaise, les genoux remontés jusqu'au menton, et sirotant un thé imaginaire dans une minuscule tasse rose.

Ryder éclata de rire.

— J'en serai ravi. Tout ce que ma petite fille voudra, elle l'aura.

— Quand nous réunirons-nous tous pour faire la connaissance de cette petite merveille ? demanda Lane, espérant que ce serait sans tarder.

Depuis que Sam et sa femme avaient eu leur petit Hank, il assumait avec fierté son nouveau rôle d'oncle.

— Je viens de parler à Sam, et il m'a dit que Bria et Mariah avaient déjà projeté d'organiser un repas de famille d'ici deux semaines, pour fêter l'arrivée de notre bébé, répondit Ryder.

— Ça ne me surprend pas, remarqua Lane. Bria a l'esprit de famille. Préviens-moi quand la date sera fixée. Je serai ravi de venir.

— Entendu, frérot. Et maintenant, avant que je raccroche pour annoncer la naissance du bébé aux autres, j'aimerais que tu me dises qui est Taylor Scott et comment il se fait qu'elle réponde à ton téléphone à une heure aussi matinale.

— C'est une longue histoire, éluda-t-il, peu désireux d'entrer dans les détails.

— Pourquoi ne me ferais-tu pas un résumé ?

Lane poussa un gros soupir. Il aurait dû se douter que Ryder insisterait pour connaître le fin mot de l'histoire. Lui-même aurait fait la même chose avec l'un ou l'autre de ses frères si les rôles étaient inversés.

— Elle est la petite-fille de Ben Cunningham, expliqua-t-il, espérant que cette information satisferait la curiosité de Ryder.

— Est-elle arrivée de Californie avec Ben ?

— Non. Ben est décédé il y a trois semaines, précisa Lane en se massant la nuque pour tenter de calmer sa tension grandissante. Et, avant que tu me demandes depuis quand Taylor est ici, sache que c'est la jeune femme rousse qui s'est invitée à la réception, l'autre soir. Ben lui a légué sa quote-part du ranch.

— Je suis désolé d'apprendre la mort de Ben. Je sais que vous étiez devenus amis après cette partie de poker mémorable où tu as gagné la moitié du Lucky Ace. En revanche, tu ne sembles pas ravi de devenir l'associé de sa petite-fille.

— Je préférerais qu'elle retourne en Californie, là où est sa place, admit-il. Mais elle a décidé de s'installer ici et de participer activement à la gestion du ranch.

— Oh ! j'ai hâte de connaître tous les détails de l'affaire, déclara Ryder qui semblait se réjouir un peu trop de ses déboires.

— Tu n'as pas l'intention de me laisser tranquille avec cette histoire, n'est-ce pas ? demanda-t-il, connaissant déjà la réponse.

— Eh, Freud, tu ne m'as pas laissé tranquille quand j'étais trop stupide et têtu pour demander Summer en mariage, riposta Ryder.

Lane aurait dû se douter que son intervention auprès de son frère, à l'époque où celui-ci se jugeait indigne de Summer, lui serait renvoyée à la figure, tel un boomerang, à la première occasion.

— Il n'y a aucune similitude entre les deux situations,

protesta-t-il. Tu étais amoureux fou de Summer. En revanche, je ne suis même pas sûr d'apprécier Taylor. Elle a des opinions bien arrêtées, et elle est aussi épineuse qu'un cactus.

— En d'autres termes, elle représente un vrai défi, et cela la rend encore plus attirante à tes yeux, pas vrai ? plaisanta Ryder.

Lane serra les dents.

— T'ai-je dit récemment à quel point tu étais agaçant ?

— Non. Mais tu as répondu à ma question sans le vouloir, répliqua Ryder d'un ton suffisant.

S'il avait pu attraper son frère par le col à travers le téléphone, Lane l'aurait volontiers secoué comme un prunier.

— Au revoir, Ryder.

— A plus tard, frérot.

Le rire moqueur de Ryder résonna dans son oreille longtemps après qu'il eut raccroché. Il éprouvait une profonde affection pour ses frères, mais ils avaient aussi le don de l'exaspérer. Ryder tirait des conclusions hâtives et erronées à propos de son partenariat avec Taylor. Et, avant le lever du soleil, ses autres frères seraient tous au courant qu'il vivait sous le même toit que la jeune femme.

Il ne put retenir un grognement de dépit. Il en était certain, lors de la prochaine réunion de famille, ses frères lui rendraient la vie impossible avec leurs taquineries.

Mais ils auraient tout faux. L'attirance qu'il ressentait pour Taylor s'expliquait avant tout par la longue période d'abstinence sexuelle qu'il traversait. Taylor était belle et hypersexy. Lui était un adulte en bonne santé qui avait négligé certains besoins élémentaires. Et tous deux étaient contraints de vivre sous le même toit parce qu'ils s'entêtaient à camper sur leurs positions. Aussi, tant qu'il n'aurait pas libéré toute cette énergie refoulée en lui, il continuerait de trouver Taylor désirable.

Conforté dans sa démarche, il se leva et se dirigea tout droit vers la cuisine.

— Taylor, je ne dînerai pas ici ce soir. Je dois me rendre à Beaver Dam.

Après avoir garé son pick-up à côté de la Lexus de Taylor, Lane éteignit ses phares et marmonna un juron qu'il réservait aux pires situations. Sa visite au Broken Spoke à Beaver Dam avait été une énorme perte de temps. Et ce n'était pas dû à l'absence de femmes intéressées. Une jolie brunette en particulier lui avait clairement laissé entendre qu'elle était disponible pour passer la nuit avec lui. Mais il n'avait même pas réussi à rassembler suffisamment d'enthousiasme pour l'inviter à danser.

Bon sang, qu'est-ce qui clochait chez lui ? La brunette lui avait fait des avances et lui, effectué une heure de route exprès pour ce genre de rencontre !

Mais, tout en grimpant pesamment les marches du porche, il décida de ne pas se livrer à une introspection trop approfondie pour tâcher de comprendre sa réaction. Il risquait de ne pas apprécier du tout ce qu'il allait découvrir sur lui-même.

— Je ne vous attendais pas si tôt, déclara Taylor quand il pénétra dans la cuisine.

Assise à table, elle était installée devant un ordinateur portable. Elle le referma très vite, comme si elle ne tenait pas à ce qu'il voie le contenu de son écran.

— Voulez-vous une tasse de café ? demanda-t-elle.

— Pourquoi pas, lâcha-t-il.

Ce n'était pas comme si la caféine allait l'empêcher de dormir. La jeune femme ici présente s'en chargeait depuis son arrivée au ranch. Voyant qu'elle s'apprêtait à se lever, il secoua la tête.

— Je me servirai.

— J'ai pensé à quelque chose, reprit-elle tandis qu'il remplissait sa tasse, puis prenait place à la tête de la table.

Il n'avait pas vraiment envie de savoir de quoi il s'agissait, mais tout en sirotant une gorgée il demanda :

— A quel propos ?

— Votre suggestion de jouer le sort du Lucky Ace aux cartes.

Elle se mordilla la lèvre inférieure, comme si elle n'était

pas très sûre d'elle. Il faillit laisser échapper un grognement de dépit. Que ne donnerait-il pas pour s'emparer de ces lèvres corail parfaites et les mordiller à sa façon !

Cette pensée lui causa un choc. Pourquoi n'avait-il pas éprouvé ce même désir lancinant quand la brunette avait flirté avec lui au Broken Spoke ? La lumière se fit dans son esprit, et il comprit quel était son problème. Cette femme au bar n'était pas une superbe rousse avec des prunelles émeraude comme il n'en avait jamais vu.

Il ravala de justesse ce même juron bien senti qu'il avait proféré en sortant de son pick-up.

— Si j'accepte vos conditions, il faudra qu'un observateur impartial supervise le jeu et vérifie le résultat, continua-t-elle, inconsciente de son trouble.

— Absolument, acquiesça-t-il, soulagé de cette diversion. Avec un enjeu aussi élevé, il ne peut en aller autrement.

— Où aurait lieu la partie ? Ici ou dans un endroit neutre ?

— Puisque les jeux d'argent sont illégaux au Texas, il faudrait que nous allions en Louisiane.

Quand il gagnerait, il voulait être certain qu'il n'y aurait aucune contestation possible sur la légalité et la validité de la partie.

— Pourquoi n'irions-nous pas plutôt à Las Vegas ? lâcha-t-elle, soupçonneuse.

Il haussa les épaules.

— Je n'y vois pas d'inconvénient. Je pensais que ce serait plus simple de nous rendre à Shreveport puisque ce n'est qu'à quelques heures d'ici.

— Evidemment, vu sous cet angle, Shreveport semble être le meilleur choix.

— J'ai un ami qui possède l'un des plus importants casinos de la ville.

Ne doutant plus qu'elle allait accepter son plan, il sourit.

— Je pourrais lui demander de nous réserver une salle privée, avec notre propre croupier, bien entendu.

— C'est là que mon grand-père et vous avez joué la fois

où vous avez gagné la moitié du ranch ? demanda-t-elle soudain.

Il n'apprécia pas la suspicion qui perçait dans son ton et dans son regard.

— Oui.

— Dans ce cas, je préférerais jouer ailleurs.

— Comme vous voulez, grommela-t-il en s'efforçant de maîtriser sa colère grandissante.

— Je n'ai rien contre votre ami, mais vous comprendrez, j'en suis sûre, que je me sentirais plus à l'aise si une personne étrangère à vos relations organisait la partie, déclara-t-elle d'un ton décidé en se levant pour se servir une tasse de café.

Reposant la sienne d'un geste brusque, il se redressa pour lui faire face.

— Mettons les choses au clair. Cole Sullivan est l'un des hommes les plus honnêtes que je connaisse. Non seulement il est mon ami, mais il était aussi un ami dévoué de votre grand-père.

Voyant qu'elle reculait un peu, il s'avança d'un pas.

— En fait, Ben connaissait Cole bien avant que je le rencontre.

— Oh ! je n'avais pas pris conscience… Je… veux simplement m'assurer que la partie sera régulière.

Elle s'interrompit pour mordiller de nouveau sa lèvre inférieure.

— Autrement dit, vous voulez vous assurer que je ne tricherai pas, traduisit-il en s'avançant vers elle.

— Je n'ai… pas dit ça, balbutia-t-elle, reculant jusqu'à ce que sa retraite soit stoppée par le comptoir.

Posant les deux mains de part et d'autre de Taylor sur le rebord du plan de travail, pour la retenir prisonnière, il se pencha en avant.

— Je sais que vous avez du mal à le croire, siffla-t-il, mais je n'ai pas escroqué votre grand-père et je n'ai pas davantage l'intention de vous escroquer.

Tandis qu'il plongeait son regard dans le sien, sa colère se mua en une chaleur d'une autre sorte. Baissant la voix sur un mode plus intime, il traça le contour de sa mâchoire du bout de l'index.

— Croyez-moi, Taylor, si je ne suis pas sûr et certain que la partie se déroulera de façon honnête, je ne jouerai pas.

Il remarqua la même anticipation que la veille dans les prunelles de Taylor. Cette fois, il ne pourrait pas en rester là, même si sa vie en dépendait.

— Je vais faire ce que j'aurais dû faire hier soir.

Son regard rivé au sien, il inclina lentement la tête vers elle.

— Quoi… donc ? bredouilla-t-elle.

Il constata pour son plus grand plaisir qu'elle avait le souffle court.

— Je vais vous embrasser, répondit-il en posant sa bouche sur la sienne.

- 4 -

Les lèvres de Lane plaquées contre les siennes, Taylor était incapable d'émettre la moindre protestation. A vrai dire, hier soir, elle avait eu envie qu'il l'embrasse et elle avait été déçue qu'il s'en abstienne — une réaction absurde, puisqu'elle doutait encore de pouvoir lui faire confiance, et aussi tout à fait inhabituelle. Quoi qu'il en soit, elle ressentait pour lui une attirance qu'elle n'avait jamais ressentie pour un autre homme. Et, malgré ses efforts, elle était incapable de lui opposer la moindre résistance.

Toutefois quand Lane referma ses bras autour d'elle et l'attira contre lui, elle renonça à toute velléité d'analyser son comportement atypique. Taquinant sa bouche de la sienne, il s'ouvrit un passage entre ses lèvres pour approfondir son baiser. La délicatesse de son exploration et la douceur de sa langue firent naître un délicieux frémissement au creux de son ventre. Quand elle plaqua les mains sur son large torse, la vigueur qu'elle décela dans les contours de ses muscles à travers le tissu de sa chemise lui remémora les contrastes existant entre un homme et une femme, et elle sentit son pouls s'affoler. Quel effet cela lui ferait-il de sentir ces mêmes muscles puissants pressés contre son corps quand il lui ferait l'amour ?

Cette pensée la stupéfia. Qu'est-ce qui lui prenait de fantasmer sur Lane Donaldson ? C'était l'intrus qui possédait la moitié du ranch familial. Aussitôt, elle le repoussa.

— Je… il ne faut pas.

Seigneur, pourquoi n'arrivait-elle pas à faire fonctionner son esprit et ses cordes vocales à l'unisson ?

Au lieu de la relâcher, Lane continuait de la tenir contre lui.

— Je n'ai pas l'intention de m'excuser pour quelque chose que nous désirions tous les deux, déclara-t-il fermement.

— Je ne voulais pas... je veux dire... j'étais curieuse, mais...

Elle serra ses lèvres l'une contre l'autre et posa la tête sur le torse de Lane, dépitée de constater son incapacité à aligner une phrase cohérente.

Le petit rire de Lane vibra contre son oreille, faisant naître une douce chaleur dans tout son corps.

— Qui est malhonnête, maintenant ?

Craignant de se rendre un peu plus ridicule encore, elle se contenta de hausser les épaules.

— Alors, es-tu d'accord pour que j'appelle Cole Sullivan demain et que je lui demande d'organiser la partie pour notre compte ? demanda-t-il en adoptant le tutoiement.

— Je ne suis plus sûre de rien.

Comment allait-elle affronter cette partie cruciale alors qu'elle ne connaissait rien au poker ?

Plaçant un doigt sous son menton, il l'obligea à relever la tête jusqu'à ce que leurs regards se croisent.

— De quoi n'es-tu pas sûre, Taylor ? De moi ? De l'intégrité de la partie ?

Plongeant son regard dans ses prunelles sombres, elle poussa un profond soupir.

— Je ne suis pas sûre d'être capable de jouer contre toi ou contre tout autre adversaire, finit-elle par admettre.

— Pourquoi ? s'étonna-t-il, les sourcils froncés.

Sa voix chaleureuse bouleversait ses sens et, incapable de se retenir, elle lâcha :

— Je n'ai pas la moindre notion du poker.

— Tu n'y as jamais joué ? s'exclama-t-il, incrédule. Ben ne t'a pas appris ne serait-ce que les règles de base ?

— Non. Je sais que cela peut paraître bizarre puisqu'il était un joueur légendaire et que j'ai passé beaucoup de temps ici, mais je préférais pratiquer d'autres activités avec lui, comme des promenades à cheval ou des parties de pêche au bord de la crique.

— Dans ces conditions, il est hors de question de décider du sort du Lucky Ace au poker, constata-t-il lentement.

— Si. Nous jouerons quand même. Pendant que vous… tu étais sorti, j'ai procédé à des recherches sur internet, et le jeu ne m'a pas paru très difficile à apprendre. En revanche, je ne sais pas combien de temps il me faudra pour le maîtriser, expliqua-t-elle en s'écartant de lui pour ouvrir son ordinateur portable. Je ne veux surtout pas manquer ma seule chance de récupérer l'autre moitié du ranch.

Lane rejeta la tête en arrière et éclata de rire.

— Tu plaisantes !

Elle se tourna vers lui et le fusilla du regard.

— Détrompe-toi. Je suis très sérieuse.

— Le poker ne s'apprend pas en une nuit, riposta-t-il en souriant. Outre le fait qu'il existe plusieurs variantes de ce jeu, tu dois aussi connaître la hiérarchie des différentes mains, savoir quand suivre, relancer, passer, comment miser et comment essayer de deviner le jeu de l'adversaire en l'observant. Et encore, ce n'est que la partie immergée de l'iceberg.

— Aurais-tu l'arrogance de penser que c'est un jeu trop compliqué pour une femme ? demanda-t-elle, vexée.

— Pas du tout.

Il se rembrunit, signe qu'il prenait son accusation pour une insulte.

— Je ne sous-estime pas l'intelligence des femmes, précisa-t-il sèchement. J'en connais certaines qui figurent même parmi les meilleurs joueurs de poker.

— Dans ce cas, qu'essaies-tu de me dire ?

— Je cherche à t'expliquer que ce n'est pas aussi simple qu'il y paraît d'apprendre les fondamentaux du jeu. Un site sur internet ou un livre ne t'apprendront pas à déceler un indice chez ton adversaire ni à éviter d'en laisser transparaître un. Tout cela demande de la pratique, de la patience et une excellente capacité d'observation.

Elle se mordilla la lèvre inférieure. Qu'était un indice ? Elle l'ignorait. Mais elle ne se laisserait pas décourager pas son manque de connaissances. Même si aucun site Web ne lui fournissait la réponse, elle était certaine qu'avec un peu de temps elle comprendrait de quoi il s'agissait.

— Nous ne sommes pas obligés d'organiser la partie demain, argua-t-elle, se demandant combien de temps il lui faudrait pour trouver toutes les informations nécessaires et devenir suffisamment aguerrie pour le battre.

Il sourit.

— Si tu souhaites retourner en Californie et prendre le temps d'acquérir une bonne connaissance du jeu, nous organiserons la partie plus tard, quand tu te sentiras prête.

— Aurais-tu un problème d'audition ? demanda-t-elle, se campant devant lui, les poings sur les hanches.

Il fronça les sourcils, déconcerté.

— Que veux-tu dire ?

— Je te répète pour la énième fois que je ne retournerai pas en Californie, sauf si tu remportes la partie de poker. Auquel cas, je respecterai ma part du marché et je m'en irai.

Ayant recouvré toute sa superbe, elle sourit.

— Tu ferais mieux d'en prendre ton parti. Je ne bougerai pas du ranch d'ici là.

Un muscle tressauta dans la mâchoire de Lane, signe qu'il était mécontent de la tournure prise par les événements. Tant pis pour lui. Elle avait le droit de demeurer au ranch, et rien de ce qu'il pourrait dire ne la ferait changer d'avis.

Décidant qu'il était temps de se lancer dans ses recherches, elle récupéra son ordinateur portable et gagna l'entrée. Mais une idée lui traversa soudain l'esprit.

— Tu m'as dit qu'il existait plusieurs variantes de poker. Quelle est celle qui nous concerne ?

— *Texas Hold'em*, répondit-il sèchement.

— Bien. C'est sur celle-là que je vais concentrer mes efforts. Et, tant que j'y pense, avant la partie, j'établirai un contrat avec les détails de notre accord. Nous le signerons et nous demanderons à une tierce personne de le contresigner en qualité de témoin.

Il pinça les lèvres, visiblement furieux.

— Tu te défies toujours de moi, n'est-ce pas ?

— Je ne me suis pas encore fait une opinion définitive à ton sujet. Mais j'ai toujours entendu dire qu'il valait mieux matérialiser ce genre d'accord par un document écrit. Disons que c'est une sorte d'assurance au cas où l'un de nous changerait d'avis sur le choix du jeu ou refuserait de remplir ses obligations après le dénouement de la partie.

Sur quoi, elle sortit de la cuisine. Tout en montant dans sa chambre, elle souhaita avoir hérité de son grand-père une sorte de don pour jouer au poker. Cela lui faciliterait beaucoup les choses ! Elle assimilerait plus vite les règles du jeu et, avec un peu de chance, elle battrait Lane à plate couture.

Cette pensée la fit sourire. Rien ne lui ferait plus plaisir que de battre Lane sur son propre terrain. Non seulement, elle récupérerait l'intégralité du Lucky Ace, mais elle vengerait la mémoire de son grand-père en effaçant sa regrettable erreur de jugement.

Elle s'installa sur son lit, son ordinateur sur les genoux, et se mordilla la lèvre inférieure, de nouveau gagnée par la nervosité. Peut-être aurait-elle mieux fait de décliner la proposition de Lane et de lui suggérer de rechercher une solution alternative pour déterminer le propriétaire du ranch. Mais elle avait craint qu'il ne retire purement et simplement son offre. Or, la dernière chose qu'elle voulait, c'était qu'il demeure en possession d'une partie du ranch pour une période indéterminée.

Allons, il était temps qu'elle se ressaisisse. Après tout, elle était intelligente et apprenait vite. Elle avait donc tout lieu de croire qu'elle avait une chance de gagner.

Quand Lane se dirigea vers sa chambre pour passer ce qui promettait d'être une nouvelle nuit blanche, il jeta un coup d'œil à la porte de la chambre en face de la sienne. A la vue du mince rai de lumière filtrant sur le parquet de bois massif, il était prêt à parier tout ce qu'il avait que Taylor consultait les sites internet pour apprendre les règles du *Texas Hold'em.*

S'il avait su qu'elle ne connaissait rien aux jeux de cartes, il ne lui aurait jamais suggéré une partie de poker pour décider du sort du ranch. Mais curieusement, quand il lui avait offert de renoncer à cette idée, elle avait refusé.

Il poussa un soupir frustré. Pourquoi s'entêtait-elle ainsi ? Ce ne serait pas une partie loyale. Les chances s'avéraient trop inégales avec, d'un côté, un joueur professionnel et de l'autre une novice ! Dans ces conditions, comment était-il censé se comporter ?

Puisque sa conscience lui interdisait de tirer profit de la situation et que Taylor était décidée à camper sur ses positions, il n'entrevoyait qu'une seule solution au problème.

Secouant la tête devant le ridicule de la situation, il frappa à la porte de Taylor. Ce qu'il allait faire était tellement insensé ! Mais il n'avait pas d'autre choix.

— Quelque chose ne va pas ? demanda-t-elle en ouvrant sa porte.

Elle était absolument adorable en short de gym vert citron et en T-shirt rose vif avec des motifs de papillons. Sur une autre femme, il n'aurait pas trouvé l'ensemble très seyant, mais Taylor avait le chic pour le rendre sexy. Très sexy…

Sa bouche devint sèche comme du buvard quand il se rendit compte qu'elle ne portait pas de soutien-gorge.

— Non, tout va bien, réussit-il à articuler, faisant porter son poids d'un pied sur l'autre pour soulager la pression grandissante derrière sa braguette.

— J'ai pensé que si tu insistais pour décider du sort du ranch aux cartes, tu allais avoir besoin de quelqu'un pour te donner un cours de poker intensif, ajouta-t-il.

— A ma connaissance, mon grand-père était la seule personne qui jouait suffisamment bien pour m'apprendre comment te battre, remarqua-t-elle en haussant une épaule.

— Soit, mais puisqu'il n'est plus de ce monde, je ne vois pas d'autre solution que de t'apprendre moi-même à jouer au *Texas Hold'em*.

Sous le coup de la surprise, elle écarquilla les yeux.

— Pardon ?

— C'est la seule option logique, insista-t-il, se demandant si elle ne lui avait pas fait perdre la raison, car lui-même trouvait l'idée absurde. Nous savons tous les deux qu'un site internet peut t'indiquer les règles du jeu et la hiérarchie des principales mains gagnantes. Mais il ne peut pas t'enseigner ce qui se passera quand nous nous retrouverons face à face pour de bon.

— Me prendrais-tu pour une idiote ? demanda-t-elle en riant. Pourquoi voudrais-tu m'aider à apprendre un jeu que j'ai la ferme intention de gagner ? Et quelle garantie aurais-je que tu m'enseigneras ce jeu en toute honnêteté ? Tu pourrais aussi bien omettre de me révéler certaines choses pour te permettre de remporter la partie haut la main.

— D'abord, ton grand-père était un ami. Donc, si je te propose de t'aider, c'est à cause de l'admiration et du respect que j'avais pour lui. Ensuite, contrairement à ce que tu crois, j'ai une conscience et j'observe le même code éthique et moral dans la vie courante que dans le jeu.

Pour une raison qu'il avait du mal à comprendre, il était déterminé à la convaincre de sa droiture une fois pour toutes.

— Quand nous jouerons pour de vrai, je veux que ce soit une partie loyale et équitable. Sinon, tu peux aussi bien faire tes bagages et retourner à Los Angeles dès demain.

Elle haussa un sourcil narquois.

— Oh ! tu penses donc être si bon que ça ?

Il sourit.

— Oui. Et c'est d'ailleurs pourquoi je suis disposé à t'aider.

Quand elle commença à se mordiller la lèvre inférieure, il posa son doigt sur sa bouche pour l'empêcher de continuer.

— Leçon numéro un. Cesse de maltraiter ta lèvre inférieure quand tu essaies de prendre une décision. C'est un des indices dont je t'ai parlé et qui trahit ton incertitude.

— J'en ai d'autres ?

Contemplant ses yeux verts si expressifs, il hocha la tête.

— Quand tu crois avoir l'avantage, tu souris.

Il prit son visage entre ses paumes.

— Et, quand tu penses que je vais t'embrasser, tes yeux s'agrandissent sous le coup de l'anticipation, précisa-t-il en inclinant la tête vers elle. Exactement comme en ce moment.

Tout en capturant sa bouche, il savait qu'il courait à la catastrophe. Ils s'affrontaient pour la possession du Lucky Ace, et elle pouvait aisément l'accuser de se servir de leur attirance réciproque pour la convaincre de lui vendre sa quote-part du ranch. Ou, pire encore, elle pouvait croire qu'il cherchait à gagner sa confiance pour la trahir plus tard, quand il lui apprendrait à jouer au poker.

Les deux hypothèses lui déplaisaient, mais il était incapable de s'arrêter. Chaque fois qu'il se trouvait près d'elle, il ne pensait qu'à l'embrasser — et à d'autres choses encore.

Traçant le contour de ses lèvres avec la langue, il la cajola pour qu'elle s'ouvre à lui. Et, quand elle poussa un petit soupir et qu'elle l'autorisa à entrer, il en profita aussitôt pour approfondir son baiser et explorer les profondeurs veloutées de sa bouche. Jamais au cours de ses trente-quatre années d'existence, il n'avait goûté quelque chose d'aussi délectable. Elle noua soudain les bras autour de son cou, il la plaqua alors contre lui, et le contact de son corps souple pressé contre le sien le fit aussitôt durcir, tel un bloc de granit.

Son cœur s'emballa, accéléré par une flambée de désir qui le consuma tout entier quand Taylor laissa échapper un faible gémissement et se lova contre lui. Il s'était attendu à ce qu'elle le repousse et l'accable de reproches, mais, à sa grande satisfaction, elle semblait aussi excitée que lui. Soudain, il comprit que la tension existant entre eux s'expliquait autant par leur attirance réciproque que par leur rivalité à propos du Lucky Ace.

Cette découverte le mit mal à l'aise. Ayant besoin de temps et de distance pour réfléchir, il mit un terme à leur baiser et recula d'un pas.

— Je ferais mieux de te laisser dormir, marmonna-t-il, sachant qu'il en serait quitte pour une autre douche glacée et une autre nuit blanche.

La contemplant, il ne put s'empêcher de remarquer la rougeur du désir sur ses joues laiteuses et la légère griserie de son regard émeraude. Il devinait qu'elle mettrait autant de passion à faire l'amour qu'elle mettait d'obstination pour récupérer l'intégralité du ranch.

Cette pensée déclencha une nouvelle bouffée de désir, et il se hâta de faire demi-tour en direction de sa chambre.

— Nous commencerons à étudier les fondamentaux du jeu demain matin après le petit déjeuner.

— Je n'ai pas donné mon accord, lui rappela-t-elle.

Une main sur la poignée de sa porte, il tourna la tête.

— Si tu as une meilleure idée, je suis prêt à l'entendre.

— Je… En fait, je n'en ai pas, admit-elle.

— Crois-tu que tu puisses gagner sans mon aide ? demanda-t-il, sachant que c'était impossible.

Elle commença à se mordiller la lèvre, puis elle s'arrêta et secoua la tête.

— Je suppose que tu pourrais me donner quelques conseils.

Elle marqua une pause avant d'ajouter d'un ton détaché :

— Si c'est ce que tu veux.

Il faillit éclater de rire devant sa rouerie toute féminine. Pour bien marquer son indépendance, elle laissait croire qu'elle lui accordait une faveur en acceptant qu'il lui apprenne à jouer pour pouvoir le battre. En temps normal, ce genre d'attitude l'aurait prodigieusement agacé. Mais, venant de Taylor, il trouvait cela amusant et… excitant ?

Résistant à la tentation de revenir sur ses pas et de prendre Taylor dans ses bras, il s'empressa d'ouvrir sa porte.

— Fais de beaux rêves.

Le lendemain matin, tout en finissant de remplir le lave-vaisselle avant de le mettre en route, Taylor n'arrêtait pas de bâiller. Elle avait passé une grande partie de la nuit à consulter des sites internet à la recherche d'informations sur le *Texas Hold'em*. Du moins, c'était l'excuse qu'elle donnerait à Lane s'il lui demandait pourquoi elle avait l'air aussi somnolente. Elle n'allait quand même pas lui avouer que son baiser torride d'hier soir l'avait empêchée de trouver le sommeil !

Les deux fois où il l'avait embrassée, elle avait eu l'étrange et merveilleuse impression de se dissoudre sous sa caresse. Et, à aucun moment, elle n'avait été capable de lui opposer la moindre résistance. Il suffisait que Lane incline la tête vers elle pour que chaque once de bon sens qu'elle possédait déserte son cerveau. Jamais, durant toute son existence, un homme ne lui avait fait un pareil effet !

Elle ferma les yeux et se remémora, frémissante, les sensations qu'elle avait éprouvées quand ses lèvres avaient exploré les siennes. Il ne s'était pas montré trop entreprenant comme certains hommes. Sa bouche ferme avait apprivoisé ses lèvres avec douceur, comme s'il la vénérait. Rien que d'y penser, sa peau la picotait de plaisir.

Elle rouvrit les yeux et secoua la tête. Elle devait écarter Lane et ses baisers grisants de son esprit, et concentrer toute son attention sur ce qu'elle avait appris à propos du *Texas Hold'em*. Les lèvres de Lane avaient beau être les plus érotiques qui soient, il demeurait son rival, et elle avait la ferme intention de le battre à son propre jeu pour récupérer l'intégralité du ranch.

Repassant à la mémoire les informations qu'elle avait glanées sur internet, elle avait encore des doutes sur la hiérarchie de quelques mains, mais dans l'ensemble le jeu lui semblait relativement simple. Le croupier leur distribuerait à chacun deux cartes, face cachée, appelées cartes privatives. Trois cartes communes, le flop, seraient ensuite placées, face visible, au centre de la table. Ils auraient alors l'opportunité de miser. Puis la quatrième carte commune, dénommée le tournant, serait placée face visible au centre de la table, et ils pourraient miser de nouveau. Quand la cinquième carte commune, appelée la rivière, serait à son tour déposée au centre de la table, ils auraient une fois de plus l'occasion de miser, l'objectif étant de réaliser la meilleure main de cinq cartes avec leurs deux cartes privatives et les cinq cartes communes.

Désormais, tout ce qu'elle avait à faire, c'était compter sur Lane pour qu'il lui apprenne quand et combien miser sur les différentes mains, et comment s'y prendre pour repérer un indice chez son adversaire.

Bâillant de nouveau, elle se versa une tasse de café et s'assit à la table de la cuisine en attendant que Lane lui donne sa première leçon de poker. Après l'avoir aidée à desservir la table, il était allé à l'écurie pour demander à Judd, le contremaître, de faire venir le forgeron afin qu'il pose des nouveaux fers aux chevaux utilisés pour le travail sur le ranch. Il n'allait pas tarder à revenir, et elle voulait être prête.

Il semblait mieux s'y connaître en matière d'élevage qu'elle n'avait cru en arrivant ici. Il avait mentionné que ses frères possédaient des ranches dans la région et qu'il avait fini de grandir sur l'un d'eux. Cela signifiait-il qu'ils avaient d'abord vécu en ville avant de s'installer à la campagne ?

— Quelles pensées agitent ce cerveau hyperactif ? demanda Lane en pénétrant dans la cuisine.

Elle était tellement plongée dans ses réflexions qu'elle ne l'avait pas entendu arriver.

— Tu m'as dit que tu avais fini de grandir sur un ranch, répondit-elle en choisissant ses mots avec soin. Etait-ce près d'ici ?

Il secoua la tête et s'assit près d'elle.

— Non. Près de Dallas — à une quinzaine de kilomètres au sud-est de Mesquite.

— J'ai assisté à des compétitions de rodéo dans cette ville, dit-elle, se remémorant les fois où, avec son grand-père, ils avaient fait deux heures de voiture à l'occasion des festivités qui avaient lieu toutes les semaines en été.

Lane sourit.

— Je participais à ces rodéos chaque week-end quand j'étais à la maison pour les grandes vacances.

— Vraiment ?

Plus elle en apprenait sur lui, plus il la surprenait. Elle n'aurait jamais imaginé qu'il avait fait du rodéo.

Hochant la tête, il s'empara du paquet de cartes posé sur la table en face d'eux.

— T.J., mon frère d'accueil, et moi participions ensemble à l'épreuve de *team roping* jusqu'à ce qu'il décide de se consacrer à la monte de chevaux sauvages.

Elle comprit soudain pourquoi il avait dit avoir « fini de grandir » sur un ranch. Il avait été un enfant placé dans une famille d'accueil.

— Et avant que tu ne me le demandes, oui, j'ai été un gamin placé, ajouta-t-il, comme s'il lisait dans ses pensées.

Il ôta la Cellophane qui enveloppait le paquet de cartes et les sortit de la boîte.

— J'ai été envoyé au Last Chance Ranch à l'âge de quinze ans, juste après la mort de ma mère, des suites d'un cancer du sein.

— Je suis désolée, Lane, murmura-t-elle en posant une main sur son avant-bras. C'est un si jeune âge pour perdre sa mère. Et ton père ? Tu n'aurais pas pu aller vivre avec lui ?

Le seul signe indiquant qu'elle avait touché un point sensible chez Lane fut un muscle tressautant sur sa mâchoire.

— Il est mort deux ans avant ma mère.

— Tu n'avais pas d'autre famille qui aurait pu te recueillir ? demanda-t-elle.

Bien que les disputes continuelles de ses propres parents aient en partie gâché son enfance et son adolescence, elle n'imaginait pas se retrouver sans aucune famille.

— Non. Mes grands-parents paternels et maternels étaient décédés. Mon père avait un frère dans l'armée, mais il a été tué au Moyen-Orient. Et ma mère était enfant unique, expliqua-t-il en commençant à battre les cartes. Cela dit, le hasard a bien fait les choses. Quand je suis allé vivre au Last Chance Ranch, j'ai gagné cinq frères et un père qui sont devenus une vraie famille pour moi, et je me considère comme le plus chanceux des hommes de les avoir.

— Alors, tu es toujours en contact avec ton père et tes frères d'accueil ?

Il secoua la tête.

— Hank Calvert est décédé il y a plusieurs années. Comme ton grand-père, il avait un problème cardiaque qu'il a choisi d'ignorer au lieu de suivre un traitement médical approprié.

Ils demeurèrent silencieux un moment avant qu'elle demande, intriguée :

— Comment as-tu su que ton placement en famille d'accueil excitait ma curiosité ?

Lane était-il médium ?

Il tendit le bras et traça le contour de sa lèvre inférieure du bout de son index.

— Souviens-toi de ce que je t'ai dit hier soir. Tu martyrises ta lèvre chaque fois que tu hésites ou que tu t'efforces de prendre une décision.

— L'indice qui me trahit, murmura-t-elle.

Il soutint son regard tout en acquiesçant d'un signe de tête.

— J'ai compris que tu désirais en savoir plus à propos de mes frères, mais que tu ne savais pas si tu pouvais me poser une question aussi personnelle. Et toi ? demanda-t-il en souriant. Ben m'a dit qu'il avait de la famille en Californie, mais il ne m'a pas précisé si tu avais des frères et sœurs.

— Il fut un temps où j'aurais aimé en avoir. Mais, en grandissant, j'ai compris qu'il valait mieux que je sois fille unique. Je ne souhaite pas mon enfance à qui que ce soit.

Il posa les cartes sur la table.

— Pourquoi dis-tu cela ?

Ses yeux se rétrécirent et sa voix se fit plus dure quand il demanda :

— Tes parents te maltraitaient-ils ?

— Oh ! non ! Pas du tout.

Elle sirota une gorgée de café. Elle n'aimait pas parler de ses parents, mais, puisque Lane lui avait fait des confidences sur son enfance, il lui semblait juste de lui révéler quelques détails sur la sienne.

— Mes parents forment le couple le plus mal assorti au monde. Ils n'auraient jamais dû se marier. Ils n'ont rien en commun, mènent des vies séparées et se disputent chaque fois qu'ils se retrouvent ensemble, soupira-t-elle. Les seuls moments de paix que j'ai connus pendant mon enfance, c'était pendant les étés que je passais ici avec mon grand-père.

— N'ont-ils jamais envisagé le divorce ? demanda-t-il d'un ton compatissant.

— Si. Du plus loin que je me souvienne, ils se jetaient ce mot à la figure à tout bout de champ. Mais ni l'un ni l'autre n'a jamais mis cette menace à exécution.

Lane haussa un sourcil interrogateur.

— Etait-ce pour te protéger ? Pour que tu ne deviennes pas une enfant du divorce ?

— Non. Je doute que cette idée leur ait traversé l'esprit. En fait, l'explication est beaucoup plus triviale.

— Comment cela ?

— Ils étaient trop occupés à essayer de contourner les lois sur le divorce en vigueur en Californie, précisa-t-elle, souriant devant sa mine sceptique. Dans cet Etat, la communauté de biens entre époux est de règle, et ils auraient été obligés de tout diviser en deux parts égales. Or, aucun d'eux ne voulait céder quoi que ce soit à l'autre.

— Je suis sûr que tous deux auraient voulu te garder, affirma-t-il, plus sûr de ce fait qu'elle ne l'était.

— Peut-être en auraient-ils discuté s'ils étaient parvenus à un accord sur la répartition de leurs comptes bancaires et de leurs autres biens.

Elle se leva pour se resservir une tasse de café. Puis elle remplit une autre tasse du breuvage fumant qu'elle posa devant Lane.

— Mais je me suis souvent demandé s'ils se seraient disputé ma garde avec le même acharnement que pour se répartir leur patrimoine — en admettant qu'ils parviennent aussi loin dans la discussion.

Quand elle se rassit, il posa une main sur la sienne.

— Je suis sûr que tu étais leur bien le plus précieux, Taylor. Cela ne te semblait peut-être pas évident à l'époque, mais je parie que tu n'as jamais douté de leur amour pour toi.

— Non, en effet. J'ai toujours su qu'ils m'aimaient beaucoup.

— Sont-ils toujours ensemble maintenant que tu es devenue une adulte autonome ?

— Oui, répondit-elle en haussant les épaules. Sans doute pensent-ils que celui qui survivra à l'autre gagnera et empochera la totalité de la mise.

— C'est possible, admit-il, en lui caressant la joue. A moins que ce ne soit le genre de relation qui leur convienne. Ils se disputent sans cesse, mais au fond ils s'aiment.

— Tu as peut-être raison, convint-elle, se retenant de justesse de se mordiller la lèvre.

Le sourire de Lane fit battre son cœur un peu plus vite.

— Et maintenant je vais m'installer en face de toi, précisa-t-il.

— Pourquoi ? demanda-t-elle, perplexe. N'es-tu pas censé me montrer comment jouer ?

— Oui. Et c'est précisément pour cette raison que je change de place.

Son rire profond diffusa une douce chaleur dans tout son corps.

— Si je ne mets pas un peu de distance entre nous, je vais être tenté de te prendre dans mes bras et de t'embrasser jusqu'à ce que la leçon de poker soit la dernière de nos préoccupations.

- 5 -

Deux heures plus tard, Lane se cala contre le dossier de sa chaise et sourit à Taylor.

— Je ne sais pas pour toi, mais je ferais volontiers une pause, déclara-t-il en roulant des épaules pour détendre ses muscles. C'est une belle journée. Que dirais-tu de faire une promenade à cheval ?

— Bonne idée, approuva-t-elle en lui rendant son sourire. Il est presque l'heure de déjeuner. Je vais préparer des sandwichs. Nous pourrions pique-niquer à la crique, dans un coin ombragé.

— Parfait. Entre-temps, je vais seller les chevaux, dit-il en se levant. Montais-tu un cheval en particulier quand tu venais voir Ben ?

— Oui. La jument à la robe isabelle. Grand-père me l'a offerte pour mon seizième anniversaire. Quelqu'un l'a-t-il montée durant mon absence ? demanda-t-elle, l'air indécis.

— Judd m'a dit qu'un des hommes la montait au moins une fois par semaine. Pourquoi ?

— Les chevaux qui ne sont pas montés régulièrement deviennent vite ombrageux, précisa-t-elle en souriant. Je préfère savoir à quoi m'en tenir.

Prenant son chapeau sur la patère, il demanda pour la taquiner :

— Tu n'as pas envie de faire un peu de rodéo ?

Le rire de Taylor fit vibrer chaque fibre de son être.

— Cela fait plusieurs années que je ne suis pas montée à cheval, et je vais être courbaturée. Je préférerais éviter de me rompre les os par-dessus le marché !

— Il y a deux sacoches de selle isothermes dans le garde-manger et des glaçons au congélateur, précisa-t-il, la main sur la poignée de la porte. Quand tu seras prête, appelle l'écurie, et j'amènerai les chevaux.

— Pourquoi ? demanda-t-elle en ouvrant le réfrigérateur.

— Les sacoches seront lourdes, et je ne veux pas que tu les portes, expliqua-t-il, se hâtant de sortir avant de la prendre dans ses bras et de l'embrasser jusqu'à ce que le manque d'oxygène les étourdisse.

Marmonnant un juron, il traversa la cour en direction de l'écurie. Pendant qu'il lui apprenait quelles mains de poker elle devait garder et quelles autres elle devait abandonner, il n'avait pensé qu'à une seule chose : ce qu'il aimerait faire avec elle, mis à part l'embrasser.

Il secoua la tête en songeant à sa propre folie. Qu'est-ce qui clochait chez lui ? Il s'était rendu à Beaver Dam pour trouver l'attention féminine dont il avait tant besoin. En vain. Il n'avait été attiré par aucune des jeunes femmes présentes. C'était Taylor — et les exquises attentions qu'ils pourraient se prodiguer mutuellement — qui l'obnubilait.

— Bonjour, patron, le salua Roy Lee quand il pénétra dans l'écurie. Judd m'a chargé de vous dire que le maréchal-ferrant viendrait demain pour changer les fers des chevaux.

— Merci du renseignement. Où se trouve Judd en ce moment ?

Roy Lee ôta sa casquette pour essuyer la sueur qui perlait sur son front.

— Il est allé vérifier avec Cletus s'il y avait assez d'herbe pour faire paître le bétail dans le pâturage nord.

— Qu'as-tu fait pour que Judd te consigne ici ? demanda-t-il en apercevant la brouette et la fourche que Roy Lee utilisait pour nettoyer les box.

— Oh ! je ne suis pas puni. Je me suis porté volontaire pour ce travail.

— Pourquoi ? s'étonna Lane.

S'il y avait une corvée qu'un cow-boy détestait plus que toute autre, c'était bien le nettoyage des box.

— Il faut bien que quelqu'un le fasse, remarqua Roy Lee en haussant les épaules. Et puis, Cletus s'est plaint qu'il avait curé les box durant trois jours d'affilée. Alors, je me suis dévoué.

Lane se doutait de la raison qui incitait le cow-boy à se montrer aussi serviable, et elle n'avait rien à voir avec Cletus.

— Je vais sortir Blue pendant un moment. Tu auras donc tout le temps de t'occuper de son box, dit-il, ouvrant la demi-porte, puis attachant la longe au licol du hongre avant de l'entraîner hors du box.

— Vous partez en randonnée sur le domaine ? demanda Roy Lee.

Sa curiosité était pour le moins excessive.

— Nous serons absents une partie de l'après-midi, acquiesça Lane.

— Je resterai dans les parages, l'assura Roy Lee, tout sourire. Au cas où Mme Scott aurait besoin d'aide.

Le jeune cow-boy venait de confirmer les soupçons de Lane. S'il s'était proposé pour le nettoyage des box, c'était dans l'espoir de parler à Taylor.

— Ce ne sera pas nécessaire, déclara Lane en attachant Blue au poteau d'attache.

Il se dirigeait vers le box de la jument isabelle quand Roy Lee insista.

— Ça ne me dérange pas, patron. Vous connaissez les femmes, plaisanta-t-il. Elles veulent toujours tout chambouler dans la maison. Mme Scott pourrait avoir envie de réaménager une pièce et de faire appel à moi pour déplacer des objets lourds.

— Pas aujourd'hui, répliqua Lane en conduisant la jument jusqu'au poteau d'attache pour la seller, à l'instar du hongre. Elle part en randonnée avec moi.

L'expression joyeuse de Roy Lee se mua en désappointement.

— Bon. Dans ce cas, je retourne travailler.

Lane se sentit presque désolé en voyant le cow-boy se diriger tête basse vers le box qu'il nettoyait. A l'évidence,

Roy Lee avait le béguin pour Taylor et il avait espéré passer un peu de temps avec elle. Mais il ignorait qu'il la mettait terriblement mal à l'aise en observant tous ses faits et gestes.

Bien sûr, Lane était forcé de l'admettre, Roy Lee n'était pas le seul qui ne parvenait pas à détacher son regard de Taylor. A plusieurs reprises pendant qu'ils jouaient aux cartes, il s'était surpris à la contempler, et pas seulement pour observer ses fameux indices. Il avait remarqué combien sa chevelure cuivrée encadrant son visage à l'ovale parfait mettait en valeur sa carnation crémeuse. Et il n'avait jamais vu des yeux aussi verts ni aussi expressifs. Il devinait ce qu'elle pensait rien qu'en plongeant son regard dans ses profondeurs émeraude. Et il ne pouvait pas s'empêcher de se demander quel éclat la passion mettrait dans ses prunelles quand il lui ferait l'amour. Rien que d'y songer, son corps se contracta et son jean devint trop serré pour contenir son érection douloureuse.

Mécontent du tour que prenaient ses pensées, il sangla Blue un peu trop vigoureusement, et le hongre lança un hennissement de protestation.

— Désolé, mon vieux, marmonna-t-il en flattant l'encolure bleu-gris de sa monture.

Après avoir sellé la jument, il détacha les rênes des deux chevaux et les conduisit hors de l'écurie. Il ferait mieux de cesser de fantasmer sur sa partenaire en affaires et de se contenter de lui apprendre à jouer au poker. Plus vite il organiserait la partie qui déciderait du sort du ranch, mieux cela vaudrait pour lui. Sinon, il risquait très vite de se retrouver dans un perpétuel état d'excitation et de devenir complètement fou.

Il ralentit le pas, songeant soudain à ce que Taylor lui avait dit à propos de ses parents et de leur refus égoïste de partager leur patrimoine. Lui et Taylor ne faisaient-ils pas la même chose avec le Lucky Ace, chacun refusant obstinément de vendre sa quote-part du ranch et de chercher une autre propriété ?

Mais il rejeta aussitôt cette idée. Lui et Taylor n'étaient

pas unis par les liens du mariage ou par tout autre lien, hormis la détention du Lucky Ace en copropriété. Ils avaient tous deux leurs raisons de vouloir garder le ranch, mais ces raisons n'avaient rien à voir avec un jeu égoïste de surenchères.

Quand il arriva à la maison, il décida de ne plus penser à tout cela. Il avait besoin de faire le vide dans sa tête et il était décidé à profiter pleinement de ce moment de détente en compagnie de Taylor.

Après avoir attaché les chevaux au poteau à côté du porche, il pénétra dans la maison.

— Es-tu prête ?

Taylor n'était visible nulle part, mais il entendit sa voix tandis qu'elle se dirigeait vers l'entrée.

— Quelle bonne idée ! s'exclama-t-elle en pénétrant dans la cuisine, le téléphone à l'oreille.

Quand elle aperçut Lane, elle articula silencieusement :

— C'est l'un de tes frères.

Il secoua aussitôt la tête. Il n'avait aucune envie d'entendre l'un d'eux le mettre en boîte parce qu'il vivait sous le même toit qu'une rousse hypersexy.

— Entendu, je le lui dirai, déclara Taylor, mettant fin à l'appel.

Souriante, elle reposa le téléphone sans fil sur son chargeur.

— C'était ton frère Sam. Il m'a chargée de te dire que la réception organisée pour la naissance du nouveau bébé aurait lieu dimanche prochain chez Ryder et Summer.

— Parfait, déclara Lane en souriant. Nous irons ensemble.

Il n'avait pas besoin de demander à Sam si Taylor pouvait l'accompagner. Connaissant son frère, il se doutait qu'il l'avait inclue dans l'invitation.

— Je ne sais pas, répondit-elle, hésitante. Sam m'a demandé de me joindre à vous, mais je crains de faire figure d'intruse dans votre réunion de famille.

Il secoua la tête.

— Détrompe-toi. Tu ne seras pas une intruse.

Il s'avança vers elle et, sans même y penser, il la prit dans ses bras.

— Je te garantis que tu passeras un excellent moment et que tu seras ravie de faire la connaissance des trois femmes du clan.

Il faillit laisser échapper un grognement quand il la vit se mordiller la lèvre inférieure avant de déclarer :

— Bon. Je vais y réfléchir.

Il recula prudemment d'un pas. Ils feraient mieux de partir tout de suite en randonnée, sinon il ne répondait plus de rien.

— Es-tu prête ?

— Oui, assura-t-elle en lui adressant un sourire qui fit grimper en flèche sa tension artérielle.

Il récupéra les sacoches sur l'îlot de la cuisine et la suivit dehors. Quand elle glissa son pied dans l'étrier et qu'elle se jucha souplement sur sa monture, le cœur de Lane manqua un battement, et la pression de son jean s'accrut. A la vue de Taylor chevauchant sa jument, il imagina ses jambes fuselées enroulées autour de ses hanches pendant qu'il s'enfoncerait dans ses profondeurs intimes…

Proférant mentalement un chapelet de jurons, il attacha les sacoches à l'arrière de sa selle et se hissa sur son hongre. Il dut aussitôt adopter une position plus confortable pour éviter l'émasculation.

Qu'est-ce que Taylor avait, que les autres femmes n'avaient pas ? Pourquoi était-elle plus attirante à ses yeux que toutes celles qu'il avait connues ? Et, par tous les saints, que pouvait-il faire pour mettre un terme à son tourment ?

En tant que psychologue confirmé, il possédait les outils pour lutter contre ce qu'il soupçonnait être une addiction grandissante à Taylor. Mais, en tant qu'homme face à une femme désirable, toute cette connaissance s'avérait vaine.

— Cela fait une éternité que je ne suis pas montée à cheval, remarqua Taylor quand ils arrivèrent à la crique où ils descendirent de leurs montures.

Les muscles de ses cuisses et de ses fesses étaient douloureux, mais le plaisir de chevaucher de nouveau sa jument compensait ce léger inconfort.

— Par chance, Cinnamon a une allure paisible et régulière, ajouta-t-elle.

— Sinon, tu serais obligée de t'asseoir sur un coussin pendant deux ou trois jours ? plaisanta-t-il.

Elle éclata de rire.

— Un bon bain chaud ce soir me fera le plus grand bien.

— Applique aussi un peu de liniment, suggéra-t-il en transportant les sacoches à l'ombre d'un bosquet de peupliers de Virginie, près de la berge.

Elle récupéra la couverture qu'elle avait pris soin d'emporter et l'étendit sur l'herbe.

— Ne sachant pas quels sandwichs tu préférais, j'ai préparé un assortiment.

— Je ne suis pas difficile, répondit-il en souriant. Je suis sûr qu'ils seront très bons. D'ailleurs, tous les plats que tu as préparés jusque-là étaient absolument délicieux.

Le compliment lui alla droit au cœur.

— Je suis heureuse que tu aies surmonté tes réticences à propos de ma cuisine, plaisanta-t-elle.

— Oui, et je te dois des excuses, avoua-t-il en souriant et en s'agenouillant près d'elle pour l'aider à déballer les provisions. Mais tu m'avais dit très clairement que tu voulais me voir partir du ranch d'une façon ou d'une autre. Tu étais tellement en colère le premier soir que je me suis demandé si tu n'avais pas trafiqué ma nourriture.

— C'est moi qui te dois des excuses. J'étais fatiguée et furieuse, et j'ai réagi de façon un peu excessive.

— Plus qu'un peu, dit-il en choisissant un sandwich au jambon et au fromage.

— J'ai proféré de graves accusations, je le reconnais.

Elle n'en était pas fière, mais ce soir-là sa colère et son chagrin avaient annihilé tout son bon sens.

— Je suis désolée d'avoir douté de ton intégrité, Lane, mais je ne comprenais pas comment mon grand-père avait pu mettre en jeu une partie de son ranch. Et je ne le comprends toujours pas d'ailleurs.

Posant son sandwich, il noua les bras autour d'elle et l'attira contre son torse.

— Cesse de te culpabiliser, Taylor. Je m'en suis remis. Et, après réflexion, j'ai compris que tu avais vécu des semaines éprouvantes. Tu venais de perdre Ben et d'apprendre qu'il avait perdu au jeu la moitié du Lucky Ace dont tu espérais hériter. Et puis, ce jour-là, tu venais de respecter ses dernières volontés en dispersant ses cendres ici même, poursuivit-il en lui caressant le dos dans un geste d'apaisement. Cette succession d'émotions avait de quoi mettre tes nerfs à rude épreuve.

Si Lane ne s'était pas montré aussi compréhensif, elle aurait pu maîtriser son désarroi. Mais sa clairvoyance à propos des épreuves qu'elle avait traversées dernièrement eut raison d'elle. Pour la première fois depuis la mort de son grand-père, elle laissa couler ses larmes sans retenue.

Elle détestait pleurer et, jusqu'à présent, elle avait réussi à contenir son chagrin. Mais, maintenant qu'il s'imposait à elle, il n'y avait plus moyen de le contrôler. Lane la tint serrée contre lui pendant qu'elle sanglotait éperdument, et, quand elle se fut calmée, il essuya les dernières traces de larmes avec une serviette de table.

Gênée par cet étalage d'émotions inhabituel, elle contempla ses poings serrés.

— Je suis… désolée. Je n'avais pas l'intention de… me laisser aller ainsi.

Posant un index sous son menton, il l'obligea à relever la tête et à le regarder dans les yeux.

— Tu n'as pas à t'excuser de pleurer la perte d'un être cher, Taylor. Cela fait partie du processus de guérison. Est-ce la première fois que tu pleures depuis la mort de Ben ?

— Oui. Je n'aime pas… faire preuve de faiblesse.

— Verser des larmes parce que la mort de ton grand-père te cause du chagrin n'est pas un signe de faiblesse, affirma-t-il doucement. Au contraire, cela montre la force de ton amour pour lui. Et tu ne devrais jamais t'excuser d'aimer quelqu'un à ce point-là.

La tendresse de son intonation et la compréhension qu'elle décelait dans ses prunelles sombres firent naître une délicieuse chaleur dans tout son corps. Sans plus réfléchir, elle pressa ses lèvres contre celles de Lane.

Elle n'avait jamais pris l'initiative d'un baiser, mais Lane ne sembla pas s'offusquer de sa hardiesse. Au contraire, il l'attira contre lui et, prenant le contrôle de la situation, il égrena de petits baisers qui lui parurent à la fois excitants et frustrants. Elle mourait d'envie qu'il approfondisse ses caresses et qu'il l'embrasse comme il l'avait fait auparavant.

Devinant ce qu'elle voulait, il cajola ses lèvres pour qu'elles s'ouvrent à lui. C'était si bon que son cœur tressauta dans sa poitrine. Au premier frôlement de sa langue contre la sienne, des étoiles éclatèrent derrière ses paupières closes et une lame de feu se propagea en elle.

Tandis que leurs langues se mêlaient en une danse voluptueuse, il glissa la main sous l'ourlet de son T-shirt. Le contact de cette paume calleuse sur sa peau l'électrisa, et des rubans de désir s'entrelacèrent dans la partie la plus féminine de son être. Mais, quand la main de Lane se referma sur son sein et que, du pouce, il titilla son mamelon à travers la dentelle de son soutien-gorge, un frisson d'anticipation la parcourut tout entière, la laissant pantelante de désir. La sensation était si intense qu'elle en fut effrayée.

— Ne crains riens, dit-il, devinant sa panique.

Il retira sa main et remit le T-shirt en place.

— Il ne se passera rien si c'est ce que tu veux, ajouta-t-il.

C'était précisément ce qui l'embêtait. Elle voulait qu'il se passe quelque chose. Mais cette idée la mettait mal à l'aise, et elle refusait de lui en dévoiler la raison.

— Ce serait préférable… que nous cessions de nous

embrasser, remarqua-t-elle mollement, tandis qu'elle mettait un peu d'espace entre eux. Après tout, nous sommes des adversaires.

— Ce serait sans doute une sage précaution, admit-il, avec un manque d'enthousiasme égal au sien.

Le lent sourire sexy qui incurva ses lèvres la fit chavirer.

— Mais rien n'empêche qu'il y ait une petite dose d'amitié dans notre rivalité.

— Tes baisers sont beaucoup trop sensuels pour être qualifiés d'amicaux.

A peine avait-elle prononcé ces mots qu'elle les regrettait. Elle ne voulait pas qu'il sache à quel point ses baisers la troublaient.

— Et si nous arrêtions de nous voiler la face et que nous nous montrions honnêtes envers nous-mêmes ? demanda-t-il, la prenant de court. Depuis le début, nous luttons contre une attirance réciproque qui nous met mal à l'aise et que nous sommes impuissants à faire cesser.

Elle s'apprêtait à nier l'existence de cette alchimie qui couvait entre eux, mais elle ne put s'y résoudre. A quoi bon mentir à propos de ce qu'ils savaient tous deux être la vérité ?

— C'est ton point de vue de professionnel ? s'enquit-elle en prenant une boisson non alcoolisée.

— C'est juste une observation, répondit-il en haussant les épaules.

Ils finirent de manger leurs sandwichs en silence, puis la curiosité eut raison d'elle.

— Selon toi, que devrions-nous faire à propos de cette prétendue attirance ?

Elle avait perdu l'esprit ! La seule chose intelligente à faire, c'était d'ignorer sa remarque et de changer de sujet.

— J'ai un peu réfléchi à la question, et j'entrevois deux possibilités, remarqua-t-il en capturant son regard. Soit nous laissons perdurer cette situation et nous risquons de devenir fous à force de frustration, soit nous explorons cette fameuse alchimie et nous voyons où elle nous mène.

Le sourire éblouissant qu'il lui adressa lui coupa le souffle.

— Tu plaisantes ! s'exclama-t-elle en riant.

— Non. Penses-y, Taylor, ajouta-t-il en rassemblant leurs détritus et en les mettant dans l'une des sacoches. Nous avons essayé d'ignorer cette attirance réciproque, et cela n'a pas fonctionné.

Elle ne pouvait pas le contredire sur ce point. Elle avait perçu cette alchimie pratiquement dès l'instant où ils s'étaient rencontrés. Mais cela faisait si longtemps qu'elle évitait toute attache sentimentale avec un homme qu'elle avait du mal à envisager un changement aussi radical de ses habitudes.

— Suggères-tu que nous devrions sortir ensemble ? demanda-t-elle, curieuse de savoir s'il avait autre chose en tête.

Il la considéra pendant un long moment, comme s'il s'efforçait de deviner ses pensées.

— Es-tu intéressée par une relation plus… intime ? finit-il par demander.

— Non ! s'exclama-t-elle un peu trop vivement. Je veux dire, je ne suis pas favorable à une liaison entre nous.

— Moi non plus.

Il haussa un sourcil interrogateur avant d'ajouter :

— J'ai mes raisons, mais pourrais-tu me donner les tiennes ?

— Puisque je t'ai parlé des disputes continuelles de mes parents, l'explication me semble évidente. Si c'est ça la vie de couple, je préfère rester célibataire. Et maintenant c'est à ton tour de m'expliquer pourquoi tu es hostile à cette idée.

Il demeura silencieux jusqu'à ce qu'ils aient tout rangé dans les sacoches.

— Jouer au poker, c'est prendre des risques financiers et les accepter. Parfois, on rafle la mise, et d'autres fois on n'a plus un sou en poche. Cette dernière hypothèse ne m'arrivera pas grâce aux placements judicieux que j'ai réalisés. Je suis libre de faire ce que je veux, quand je veux, sans avoir à m'inquiéter du lendemain. Mais la plupart des femmes rêvent de stabilité. Elles ne veulent pas d'un homme qui joue pour le plaisir de jouer, déclara-t-il en se levant et en lui tendant la main pour l'aider à se mettre debout. Je n'ai encore jamais rencontré une femme qui m'ait donné envie de renoncer à ma passion pour le poker.

— As-tu toujours voulu être un joueur professionnel ? demanda-t-elle en repliant la couverture.

— Non. J'ai décroché un master de psychologie avec la ferme intention de faire carrière dans cette discipline. Mais, quand j'étais étudiant, il y avait toujours une partie de poker en cours quelque part dans la résidence universitaire, et une fois les cours terminés j'allais rejoindre les joueurs.

Il poursuivit en souriant :

— Après avoir délesté tous les étudiants de leur argent, je me suis dit que j'étais plutôt bon comme joueur. Alors, mon camarade de chambre a suggéré que je m'inscrive à un tournoi à Shreveport. J'ai suivi son conseil, et tu connais la suite, conclut-il en attachant les sacoches à l'arrière de sa selle.

Tout en se juchant sur sa jument, elle songea aux propos de Lane. Pourquoi avait-elle été déçue quand il avait spécifié n'avoir jamais rencontré une femme qui lui donne envie de renoncer au poker ? Elle ne souhaitait pas être cette femme-là, n'est-ce pas ?

— Alors, que décides-tu ? s'enquit-il tandis qu'ils quittaient la crique.

Perdue dans ses pensées, sa question la prit de court.

— A quel propos ?

— Allons-nous laisser perdurer cette situation entre nous ? insista-t-il en souriant. Je t'ai donné mon point de vue, et j'aimerais connaître le tien.

— Je vais y réfléchir et je te tiendrai au courant, éluda-t-elle.

Elle n'avait jamais pris de décision à la hâte, et ce n'était pas aujourd'hui qu'elle allait commencer.

- 6 -

Pressant le pas en direction de la porte d'entrée, Taylor espérait que la personne qui venait de sonner était le livreur chargé de lui remettre les affaires qu'elle avait fait acheminer depuis la Californie. Mais son sourire s'effaça quand elle découvrit Roy Lee sur le perron.

— Désolé de vous déranger, madame Scott, lança-t-il en souriant, mais je reviens du magasin d'aliments pour le bétail et je me demandais si vous auriez besoin que je vous donne un coup de main aujourd'hui.

— Non, merci, Roy Lee, répliqua-t-elle, se demandant pourquoi il n'accomplissait pas les tâches que le contremaître avait dû lui confier pour la journée.

— Bon, lâcha-t-il, déçu.

Il continua de la dévisager comme s'il s'attendait à ce qu'elle l'invite à entrer.

— Y a-t-il autre chose, Roy Lee ? demanda-t-elle, espérant qu'il allait enfin se décider à partir.

Elle ne voulait pas se montrer impolie, mais il la mettait sur des charbons ardents.

— Non. Je voulais simplement vous dire que je suis disponible si vous avez besoin de moi.

Il continua de la dévisager pendant un long moment avant d'ajouter à contrecœur :

— Bon. Je vais vous laisser à vos occupations.

Il commençait à descendre les marches du porche quand il se retourna brusquement.

— Si vous décidez au bout du compte que je peux vous

être d'une quelconque utilité, appelez l'écurie. Je serai ravi de vous rendre service.

— Je m'en souviendrai, dit-elle, le suivant des yeux tandis qu'il se dirigeait vers son pick-up garé près de la maison.

Refermant la porte, elle sentit un frisson glacé lui parcourir le dos. Prise d'une impulsion soudaine, elle tira le verrou de sûreté. Elle n'aurait pas su dire pourquoi, mais cet homme ne lui inspirait pas confiance.

— Qui était-ce ? demanda Lane depuis le seuil du bureau.

— Roy Lee. Il voulait savoir si j'avais besoin de lui aujourd'hui.

S'avançant vers elle, il l'enlaça.

— Tu connais son problème, n'est-ce pas ?

Elle secoua la tête tout en s'efforçant d'ignorer la douce chaleur qui se propageait dans tout son corps.

— Non, mais si tu sais ce qu'il manigance, explique-le-moi.

— Roy Lee a un gros béguin pour toi. Et, sauf erreur de ma part, cela remonte à l'époque de votre adolescence, déclara-t-il en souriant.

— C'est ridicule ! Je ne suis pas venue au ranch depuis plusieurs années. Qui plus est, je ne lui ai jamais donné le moindre signe d'encouragement.

Le sourire de Lane s'élargit.

— Laisse-moi t'expliquer comment fonctionne la gent masculine, mon ange. Quand un homme est attiré par une femme, il se comporte comme un coq qui se pavane fièrement autour du poulailler. Autrement dit, cet homme fait tout ce qu'il peut pour attirer l'attention de sa belle. Pour Roy Lee, il s'agit de t'offrir son aide. C'est sa façon à lui de te prouver qu'il est serviable et indispensable.

— Tout ce qu'il réussit à faire, c'est à me donner la chair de poule, répliqua-t-elle en frissonnant. Je suis incapable d'expliquer pourquoi, mais cet homme me met terriblement mal à l'aise.

Lane la serra contre lui.

— Tu as sans doute raison de te fier à ton instinct, mais je n'ai rien contre Roy Lee pour justifier son éventuel renvoi.

— Je ne souhaite pas son renvoi, se défendit-elle en posant la tête sur l'épaule solide de Lane. Je veux simplement éviter de me trouver en tête à tête avec lui.

Il lui embrassa le sommet du crâne.

— Entendu. C'est moi qui ouvrirai si on sonne à la porte pendant que je t'aide à perfectionner tes talents au poker. Et, pour plus de sûreté, je demanderai à Judd de lui confier des tâches dans une autre partie du ranch.

Se sentant un peu rassurée, elle inclina la tête en arrière pour déposer un baiser sur sa joue.

— C'est tout à fait inacceptable, protesta-t-il en souriant. Si tu as l'intention de m'embrasser, j'exige un baiser digne de ce nom.

Quand la bouche de Lane se posa sur la sienne, elle se sentit fondre contre lui. Au cours des deux derniers jours, elle avait beaucoup réfléchi à sa suggestion d'explorer cette alchimie qui les poussait l'un vers l'autre, mais elle hésitait. Comme elle, Lane ne voulait pas d'une liaison, et une idylle passagère n'était pas davantage dans son style.

Hélas, elle ne semblait pas avoir beaucoup de choix en la matière. Chaque fois qu'elle était près de Lane, elle oubliait toutes les raisons pour lesquelles elle ne voulait pas s'engager avec lui ou avec un autre homme. La seule chose qui comptait pour elle dans ces moments-là, c'était les sensations merveilleuses qu'il faisait naître en elle.

Quand il suivit le contour de ses lèvres avec sa langue et qu'il la cajola pour qu'elle s'ouvre à lui, elle ne chercha pas à résister et elle s'abandonna à la myriade de sensations qui déferlait en elle. Son sang s'enflamma dans ses veines, et un vide douloureux se forma au creux de son ventre quand la main de Lane cueillit son sein. Même à travers ses vêtements, cette caresse avait un effet magique, et elle se sentit vénérée par lui. Mais, quand elle devina son érection pressée contre son ventre, elle en fut si troublée qu'elle dut se raccrocher à lui.

— As-tu pris une décision à propos de notre attirance réciproque ? demanda-t-il en s'écartant.

Levant les yeux vers son beau visage, elle fit un signe de dénégation. Elle aimerait tant jeter toute prudence au vent et vivre pleinement l'instant présent. Mais cela ne lui ressemblait pas, et elle n'allait pas prétendre le contraire.

— Ne crois surtout pas que je te bouscule, Taylor, murmura-t-il en ramenant une mèche échappée de sa queue-de-cheval derrière son oreille. Il ne se passera rien si c'est ce que tu veux. Mais je ne te cacherai pas que je te désire follement.

Ils se contemplaient en silence quand la sonnerie du téléphone retentit, brisant le charme.

— Je vais prendre la communication dans le bureau, dit-il en déposant un baiser sur son front avant de s'éloigner.

Tandis qu'elle retournait dans la cuisine, Taylor se mordilla la lèvre inférieure. Elle n'en doutait pas, ce n'était qu'une question de temps avant qu'ils atteignent tous deux les limites de la frustration et qu'ils s'abandonnent à l'attrait magnétique qui les poussait l'un vers l'autre. Rien que d'y penser, un frisson d'excitation la parcourut tout entière.

Elle sortit un rôti du réfrigérateur et commença à le couper en cubes pour le bœuf bourguignon qu'elle comptait servir au dîner. Restait à espérer que, le moment venu, elle serait capable de prendre du recul et de ne pas se laisser submerger par ses émotions. Sinon, elle risquait d'avoir le cœur brisé.

Après le succulent dîner préparé par Taylor, Lane, calé sur sa chaise, observait la jeune femme pendant qu'elle contemplait alternativement les cinq cartes face visible sur la table et les deux cartes qu'elle tenait dans sa main. Pour la première fois depuis qu'il avait commencé à lui donner des leçons de poker, elle ne laissait transparaître aucun indice susceptible de dévoiler son jeu. Elle faisait des progrès rapides et serait bientôt prête pour jouer la partie qui déciderait du sort du ranch. Alors, pourquoi cette pensée l'inquiétait-elle autant ? C'était ce qu'il voulait, non ?

S'il avait décidé de lui donner ces cours, c'était uniquement pour qu'ils soient à égalité de chances lors de cette fameuse partie. Une partie qu'il avait la ferme intention de gagner, cela dit. Mais la perspective de voir Taylor partir du Lucky Ace et rentrer en Californie l'enchantait beaucoup moins maintenant qu'une semaine et demie auparavant.

— Tapis ! lança-t-elle en repoussant tous ses jetons à une extrémité des cartes communes.

Elle misait tout ce qu'elle avait sur sa seule main, or il y avait de grandes chances pour qu'il la batte. Il possédait un full, alors que ce qu'elle pouvait espérer de mieux était une quinte. L'espace d'un instant, il songea à passer et à la laisser gagner, mais il n'avait jamais perdu volontairement une partie, et ce n'était pas ce qu'elle attendait de lui. Elle était déterminée à gagner par ses propres moyens, et il l'admirait pour cela. Par ailleurs, elle avait besoin d'apprendre à envisager toutes les mains qu'il était susceptible d'avoir et de miser en conséquence.

Comptant le nombre équivalent de jetons, il les rajouta au pot.

— Je suis.

Il l'observa tandis qu'elle prenait une ample respiration avant de retourner ses deux cartes privatives.

— J'ai une quinte au valet, annonça-t-elle fièrement.

— Une très belle main, approuva-t-il en souriant.

Mais, quand elle commença à ramener la pile de jetons vers elle, il secoua la tête.

— Hélas, elle n'est pas suffisante. J'ai un full de valets par les neufs.

— Quelle poisse ! s'exclama-t-elle, dépitée. J'étais persuadée de t'avoir enfin battu !

— Tu avais une main solide et une bonne chance de gagner. Mais tu devais aussi penser qu'avec deux valets sur la table je pouvais en détenir un troisième et que les autres cartes communes me donneraient un full.

— Et c'est précisément ce qui s'est produit, soupira-t-elle.

— Allons, ne sois pas déçue.

Contournant la table, il l'aida à se lever et la prit dans ses bras.

— Si j'avais eu la quinte, j'aurais moi aussi envisagé de faire tapis.

— Mais tu ne l'aurais pas fait, n'est-ce pas ?

— Cela dépend, dit-il en déposant un baiser sur le bout de son nez. Dans un tournoi où plusieurs joueurs professionnels s'affrontent, il y a davantage de cartes en jeu et plus de chances que l'un d'eux ait un full. Mais, avec juste nous deux, tu avais la possibilité de gagner avec la quinte.

— Alors, je n'ai pas fait une mauvaise partie ? demanda-t-elle en se lovant contre lui.

Avec son corps moelleux blotti contre le sien, il avait du mal à respirer normalement et plus encore, à penser au poker.

— Non, réussit-il à dire.

— Selon toi, quand serai-je prête à jouer pour le ranch ? s'enquit-elle en s'écartant un peu afin de le regarder.

— Peut-être la semaine prochaine ou celle d'après, répondit-il évasivement.

Il avait le sentiment que, quelle que soit l'issue de la partie, il en sortirait perdant. Mais il chassa cette pensée déprimante de son esprit. Avec Taylor dans ses bras, il avait des choses beaucoup plus agréables à envisager.

— Que dirais-tu de faire une pause ? Nous pourrions sortir sous le porche pour admirer le coucher du soleil.

— Oui, c'est une excellente idée, répondit-elle avec un sourire qui fit battre son pouls à un rythme frénétique.

Peu après, tandis qu'ils s'installaient sur la balançoire du porche pour contempler les dernières lueurs du jour se fondre dans les ombres gris perle du crépuscule, il noua son bras autour de la taille de Taylor. Ils demeurèrent silencieux pendant plusieurs minutes, et il s'émerveilla de voir à quel point il lui semblait naturel d'apprécier quelque chose d'aussi simple qu'un coucher de soleil en sa compagnie.

— Puis-je te poser une question, Lane ?

Le son de sa voix douce prononçant son prénom provoqua un brusque afflux de chaleur au creux de ses reins.

— Bien sûr.

Se tournant légèrement vers elle, il lui sourit.

— Que veux-tu savoir ?

— Pourquoi as-tu poursuivi tes études de psychologie et décroché ton diplôme alors que tu étais déjà passé joueur professionnel ?

Il la contempla un long moment avant de répondre. Elle s'était montrée honnête envers lui en évoquant son enfance et son adolescence au sein d'une famille désunie — une confidence difficile à faire pour elle. Il était donc juste qu'il lui explique pourquoi il avait choisi d'étudier la psychologie.

— J'aimerais te dire que mes raisons étaient nobles et que je voulais aider mon prochain, mais ce n'était pas le cas. Si j'ai étudié cette matière, c'était pour un motif purement égoïste. Je cherchais des réponses.

— A quelles questions, si ce n'est pas trop indiscret ? demanda-t-elle prudemment.

Il lui arrivait de moins en moins souvent de penser à son père biologique. Après que les services sociaux l'eurent confié à Hank Calvert, celui-ci était devenu un vrai père pour lui, davantage même que son père naturel. Ken Donaldson avait été trop occupé à gravir les échelons de l'entreprise qui l'employait pour être un bon mari et un bon père.

— Je t'ai déjà dit que mon père était mort deux ans avant ma mère, commença-t-il en choisissant ses mots avec soin.

Elle hocha la tête, et il poursuivit :

— Ce que je ne t'ai pas précisé, c'est qu'il s'est suicidé.

— Oh ! murmura-t-elle en l'étreignant. Cela a dû être terrible pour ta mère et toi.

Il ravala de son mieux la colère qui montait toujours en lui quand il évoquait la mort de son père.

— J'ai étudié la psychologie pour essayer de comprendre ce qui lui était passé par la tête ce jour-là, et comment il avait pu porter un coup aussi terrible à sa famille.

Elle posa sa main douce sur la sienne.

— As-tu trouvé les réponses à tes questions ?

— Pas vraiment, constata-t-il en entrelaçant ses doigts aux siens. J'aurais accepté plus facilement son geste s'il avait été provoqué par quelque chose d'imprévisible, par exemple, un déséquilibre chimique du cerveau non diagnostiqué ou une autre sorte de psychose qui aurait altéré ses facultés mentales. Mais ce n'était pas le cas.

— A-t-il laissé un mot expliquant pourquoi le suicide était, selon lui, son dernier recours ?

Il serra les mâchoires à s'en faire mal aux dents.

— Oui. Mon père s'est supprimé parce qu'il était égoïste et lâche.

Incapable de rester assis, il se libéra doucement de son étreinte pour aller s'accouder à la balustrade du porche. Lui tournant le dos, il poursuivit :

— Le mot était à côté de lui quand je l'ai trouvé pendu à un chevron du garage en rentrant de l'école.

— Oh ! mon Dieu, Lane ! Cela a dû être effroyable pour toi, s'exclama-t-elle d'une voix tremblante.

— C'est une image que je n'oublierai jamais, admit-il.

Il prit une profonde inspiration avant d'ajouter :

— Dans ce mot, il expliquait qu'il risquait des poursuites pénales à cause des mauvaises décisions financières qu'il avait prises dans le cadre de son travail, et qu'il ne supportait pas l'idée d'être acculé à la ruine et de voir sa réputation ternie.

Il dut marquer une pause pour forcer les mots à sortir de sa bouche, tant le ressentiment et l'amertume l'étouffaient.

— Il n'était question que de lui et de son orgueil. Il ne prenait pas en considération les conséquences émotionnelles et matérielles que son geste aurait sur ma mère et moi. Peut-être s'en fichait-il complètement.

— Lane, je suis vraiment désolée d'avoir réveillé des souvenirs aussi douloureux, dit-elle en posant une main sur son dos.

Il était tellement aveuglé par la colère qu'il ne l'avait pas entendue se lever de la balançoire.

Se retournant, il la prit dans ses bras et s'agrippa à elle comme à une bouée de sauvetage.

— Ne t'excuse pas. Tu ne pouvais pas le savoir, murmura-t-il, fermant les yeux pour essayer d'effacer les dernières traces de sa mémoire. Cette histoire remonte à plus de vingt ans, et j'évite d'y penser. Elle appartient au passé, et elle doit y rester.

Quand elle posa les paumes de chaque côté de son visage et qu'elle se dressa sur la pointe des pieds pour l'embrasser, il sentit son cœur cogner très fort contre ses côtes. Ce baiser était léger et destiné à le réconforter, mais il fit naître en lui une bouffée de désir d'une intensité inouïe.

Incapable de résister à la tentation, il l'attira contre lui pour approfondir leur baiser. Un flot de chaleur se diffusa dans son bas-ventre tandis qu'il explorait sa bouche et goûtait de nouveau sa douceur. Bien qu'il ne la connaisse pas depuis longtemps, il devinait que Taylor pourrait aisément devenir son point d'ancrage — la seule personne capable de lui insuffler un regain de vigueur et de l'aider à se fixer pour de bon.

A tout autre moment, cette idée l'aurait terrifié, et il se serait enfui en courant dans la direction opposée. Mais en cet instant précis, tout ce qu'il voulait, c'était oublier la laideur de son passé et se perdre dans la beauté qu'il trouverait, à n'en pas douter, entre les bras de Taylor.

Son faible gémissement quand il cueillit son sein dans sa paume et la façon dont elle se lova contre lui pour mieux savourer sa caresse accélérèrent les battements de son cœur et le firent durcir si vite qu'il se sentit comme étourdi. Son excitation était à son comble, et il allait devenir fou s'ils ne faisaient pas l'amour au plus vite.

Détachant ses lèvres des siennes, il inspira et expira profondément pour soulager la tension qui l'oppressait.

— Je crois que je vais… faire un tour, réussit-il à dire.

— Pou… pourquoi ?

La passion qui dilatait les pupilles de Taylor et colorait ses joues crémeuses faillit avoir raison de lui. Comme il aimerait la voir ainsi quand il s'enfoncerait dans ses profondeurs intimes !

— Je te désire de tout mon être, Taylor, dit-il d'une voix rauque. Et, si je ne m'éloigne pas de toi maintenant, je ne réponds plus de rien.

Au lieu de lui dire d'aller au diable, comme il s'y attendait, elle le contempla pendant quelques secondes avant de murmurer :

— Moi aussi, je te désire, Lane. Je sais que ce n'est pas raisonnable, mais c'est plus fort que moi.

Quand Lane l'attira contre lui, des frissons d'anticipation parcoururent Taylor. Elle refusait de songer aux conséquences d'une aventure avec Lane. Il la désirait, et en cet instant précis elle avait terriblement envie de lui.

— Tu es sûre, Taylor ? demanda-t-il, égrenant des baisers sur son cou. Tu sais, je ne veux pas te mettre la pression. Je préfère aller me balader ou prendre une douche froide plutôt que de t'amener à regretter d'avoir fait l'amour avec moi.

— Au contraire, mon seul regret serait de n'avoir pas fait l'amour avec toi, riposta-t-elle, sincère.

Prenant une ample respiration, il lui attrapa la main et l'entraîna dans la maison. Ils grimpèrent les marches et longèrent le couloir en silence. Elle ne fut pas surprise quand il ouvrit la porte de sa chambre et qu'il s'effaça pour la laisser passer. D'après les confidences de ses amies, les hommes adoraient emmener les femmes dans leurs lits.

Regardant autour d'elle, elle se rendit compte que sa première impression à propos de Lane avait été correcte. Il personnifiait à la perfection le cow-boy texan, depuis son chapeau, en passant par sa chemise western et son jean, et jusqu'à ses bottes en cuir. Les murs de sa chambre étaient peints en vert cendré, une couleur qui s'harmonisait avec les objets d'art amérindiens disposés çà et là et avec les rideaux imprimés.

Puis son regard s'arrêta sur l'immense lit rustique, et son

cœur manqua un battement. Le bâti en cèdre, dans ses teintes naturelles de rouge, formait un contraste frappant avec les coussins et l'édredon en satin noir. Son choix en matière de literie la déconcertait, mais elle était forcée d'admettre que le côté hypersexy du satin noir allait de pair avec le sex-appeal de l'homme qui s'apprêtait à lui faire l'amour.

Quand il l'enlaça, elle s'adossa contre lui.

— Si tu as des doutes, n'hésite pas à me le dire, remarqua-t-il, enfouissant le visage dans son cou. Je ne veux pas t'obliger à faire quelque chose qui te mettrait mal à l'aise.

Pivotant dans ses bras, elle secoua la tête.

— Je n'ai pas de doutes, assura-t-elle. Mais je n'utilise aucune méthode contraceptive.

— Ne t'inquiète pas, mon ange. J'ai des préservatifs, précisa-t-il en l'embrassant dans le cou.

Frissonnant au contact délicieux de sa bouche contre sa peau sensible, elle se mordilla la lèvre inférieure.

— Il y a autre chose.

— Quoi donc ? fit-il tandis qu'il se penchait pour l'aider à se déchausser.

— Je… n'ai jamais fait ça auparavant.

Il se figea avant de se redresser pour lui faire face.

— Tu es vierge ! s'exclama-t-il, éberlué.

Visiblement, il tombait des nues.

— Oui. C'est ce qu'on dit d'une femme quand elle n'a jamais eu de rapports sexuels, riposta-t-elle, sur la défensive.

Il la considéra, l'air incrédule.

— Mais tu as vingt-huit ans !

— Oui, et tu en as trente-quatre. Où veux-tu en venir ? répliqua-t-elle, les sourcils froncés.

— Je pensais que tu aurais déjà pu rencontrer un homme avec qui tu aurais eu envie d'avoir une relation, répondit-il d'un ton apaisant en lui caressant la joue.

— J'ai parfois été tentée, admit-elle. Mais chaque fois quelque chose me retenait, comme si je craignais que l'homme en question ne soit pas le bon.

— Et tu penses que je suis la bonne personne ? demanda-t-il d'une voix rauque en effleurant sa mâchoire.

Elle hocha la tête. Elle était incapable d'expliquer pourquoi, mais faire l'amour avec Lane lui semblait juste.

— Si je prends ta virginité, je ne pourrai pas te la rendre, mon ange, la prévint-il.

— Je… Je sais.

Son regard ardent, sa voix rauque de désir et le décor intime de la pièce mettaient tous ses sens en émoi.

Elle le vit qui fermait les yeux un moment avant de les rouvrir et de prendre une profonde respiration.

— Je devrais te renvoyer dans ta chambre, déclara-t-il d'un air sombre.

— Mais tu ne le feras pas, n'est-ce pas ? demanda-t-elle, le cœur battant à tout rompre.

Il secoua la tête.

— J'aimerais me comporter en gentleman, cependant je te désire tellement que j'en suis incapable.

Il inclina la tête pour lui donner un baiser si tendre qu'elle en fut émue aux larmes.

— Es-tu vraiment certaine que c'est ce que tu veux, Taylor ? Sinon, il faut me le dire maintenant.

Portant les mains à ses cheveux, elle dénoua sa queue-de-cheval.

— Il y a beaucoup de choses dont je ne suis pas sûre, mais je sais avec certitude que je veux faire l'amour avec toi.

Quand elle commença à ôter son top, il sourit et lui prit les mains dans les siennes.

— A partir de maintenant, je prends le relais.

En temps normal, elle était très indépendante et aimait faire les choses à sa façon. Mais, que ce soit en raison de la nouveauté de la situation ou de la forte personnalité de Lane, elle trouva tout à fait naturel de le laisser prendre la direction des opérations.

— Surtout, n'hésite pas à me prévenir si nous faisons quelque chose qui te met mal à l'aise ou si tu changes d'avis, murmura-t-il en soulevant lentement son top et en le faisant passer par-dessus sa tête.

Au lieu de lui dégrafer son soutien-gorge, comme elle s'y attendait, il déboutonna sa chemise en batiste et la jeta sur son top turquoise. La vue de ses pectoraux et de ses abdominaux ciselés à la perfection fit courir de petits frissons sur sa peau. Lane avait un corps absolument superbe !

Incapable de résister à la tentation, elle promena ses doigts sur les monts et les vallées de sa peau lisse.

— Tu fais de la musculation ?

Il secoua la tête et la laissa explorer ses muscles bien dessinés.

— Mon seul exercice consiste à m'occuper du ranch et à battre les cartes, plaisanta-t-il.

Son petit rire résonna en elle jusqu'aux tréfonds de son âme.

Elle était tellement perdue dans la contemplation de son torse athlétique qu'elle mit un moment avant de se rendre compte qu'il avait dégrafé son soutien-gorge. Ecartant les bonnets, il fit glisser les bretelles le long de ses épaules et de ses bras.

— Comme tu es belle, Taylor !

Il cueillit ses seins au creux de ses paumes, et sous sa caresse légère un flot de chaleur se diffusa en elle.

— Je… Ce que tu fais… est… divin, balbutia-t-elle, le souffle court.

— La suite sera encore mieux, mon ange, murmura-t-il, inclinant sa tête pour prendre un mamelon dans sa bouche.

Le contact de sa langue encerclant et titillant un téton pendant que son pouce taquinait l'autre fit vibrer son corps d'un désir d'une intensité inouïe. Quand il releva la tête pour rendre hommage à son autre sein, elle sentit son cœur s'affoler et ses genoux flageoler.

Ne sachant pas si ses jambes la soutiendraient encore longtemps, elle posa les mains sur le torse de Lane pour prendre appui sur lui. La chaleur de sa peau masculine et les battements de son cœur à l'unisson du sien embrasèrent ses sens.

— Tu vas bien ? demanda-t-il en défaisant le bouton de son jean.

— Je… crois que oui, balbutia-t-elle, se demandant si elle pourrait de nouveau respirer normalement.

Le sourire approbateur de Lane tandis qu'il abaissait la braguette de son jean lui procura l'exquise sensation d'être la femme la plus désirable et la plus désirée au monde.

— Dis-moi ce que tu ressens.

— De la chaleur et…

Elle marqua une pause pour essayer de définir le mieux possible ses sensations.

— De la nervosité. Et mes genoux sont aussi mous que du caoutchouc.

Au lieu de lui ôter son jean et sa culotte, il la surprit en reculant d'un pas et en détachant sa ceinture. Tandis qu'il faisait glisser son jean et son boxer le long de ses jambes robustes, elle comprit qu'il ôtait le reste de ses vêtements pour qu'elle se sente plus à l'aise. Et une telle prévenance la toucha énormément.

Quand il écarta du pied ses vêtements vers la pile, elle eut le souffle coupé par la beauté du corps de Lane. Non, il n'était pas simplement beau, il était splendide !

Son regard s'attarda sur ses larges épaules, puis sur son ventre plat, et plus bas… Son cœur manqua un battement, et ses yeux s'agrandirent à la vue de son pénis en érection et de ses testicules gonflés. Faute d'expérience personnelle, elle ne pouvait pas faire de comparaison précise, mais elle devinait que Lane était doté d'attributs virils particulièrement impressionnants.

Il dut percevoir son inquiétude, car il s'avança pour la prendre dans ses bras, et il l'embrassa tendrement.

— Nous irons très bien ensemble, mon ange.

La plupart du temps, elle détestait que les hommes ne l'appellent pas par son prénom. Elle considérait ces petits noms comme une marque de condescendance alliée à un manque de sincérité. En revanche, dans la bouche de Lane, ce terme affectueux lui paraissait authentique, et il lui donnait l'impression d'être spéciale à ses yeux.

Mais elle cessa toute spéculation quand Lane promena les mains le long de ses flancs et qu'il les glissa sous la ceinture de son jean et celle de sa culotte. Rivant son regard au sien, il effleura lentement ses hanches et ses cuisses tout en faisant descendre le denim et la dentelle le long de ses jambes. Quand elle enjamba ses vêtements, il se redressa et recula d'un pas, la caressant de son regard brûlant.

— Tu es… parfaite, assura-t-il en la prenant dans ses bras.

L'absence de barrière entre eux et l'excitation de sentir sa peau contre la sienne firent renaître à la vie chacune de ses terminaisons nerveuses. Surprise par l'intensité de son désir, elle noua ses bras autour de la taille de Lane pour éviter de se dissoudre à ses pieds.

— Allongeons-nous, proposa-t-il en embrassant sa clavicule.

Quand il eut écarté les couvertures, elle s'étendit sur le lit et s'émerveilla du contact sensuel des draps en satin noir sur sa peau nue. C'était comme s'ils avaient le pouvoir de décupler son anticipation de la découverte qu'elle s'apprêtait à faire. En voyant Lane retirer un sachet de sa table de nuit et le glisser sous son oreiller, une nouvelle vague de désir la submergea.

— Nous allons procéder lentement, promit-il en s'allongeant sur le lit à côté d'elle.

L'attirant contre lui, il scella leurs lèvres en un baiser si poignant qu'elle en eut les larmes aux yeux.

— Je vais tâcher de rendre ce premier rapport aussi facile que possible. Mais je crains qu'il soit un peu moins agréable pour toi que les suivants.

— C'est inévitable, admit-elle. Mais je sais que tu feras ton possible pour en minimiser l'inconfort.

Malgré les doutes qu'elle avait eus à son sujet les premiers jours, elle lui faisait confiance. Cette pensée aurait pu la troubler si elle avait eu le temps de s'y attarder, mais Lane était trop occupé à faire naître en elle un besoin lancinant à nul autre pareil.

— Si tu savais à quel point j'apprécie ta confiance ! s'exclama-t-il, ses yeux assombris par la passion.

Inclinant la tête vers elle, il traça un chemin de baisers depuis la base de sa gorge jusqu'à la vallée entre ses seins, la rendant incapable de penser à autre chose qu'au plaisir qui montait en elle.

Tandis que ses lèvres descendaient plus bas, le long de son ventre jusqu'à son nombril, l'exquise pulsation au cœur de son sexe se mua en un vide douloureux que seul Lane était en mesure de combler. Mais quand il promena la paume sur sa hanche, puis sur sa cuisse avant de remonter vers son sexe pour une caresse plus intime, elle eut l'impression qu'elle allait se réduire en cendres tant elle était consumée de désir.

— S'il te plaît, Lane…

— Est-ce que c'est bon, Taylor ? demanda-t-il, se redressant sur un coude pour mieux la contempler.

— Oui, mais ça me rend… folle, balbutia-t-elle, s'agrippant au drap.

— Veux-tu que j'arrête ? insista-t-il, resserrant son étreinte et poursuivant ses exquises caresses.

— Non…, je veux…

Elle s'interrompit en sentant les premières vagues du plaisir déferler en elle. Gémissant, elle frémit contre lui tandis que des sensations délicieuses se propageaient dans chaque partie de son corps avant de refluer lentement, la ramenant à la réalité.

— Tu es en sécurité dans mes bras, Taylor, murmura-t-il en l'embrassant au creux de la gorge.

— C'était… fantastique, haleta-t-elle.

— Pour cette première expérience, je voulais que tu éprouves un peu de plaisir, expliqua-t-il en souriant. C'est un bref aperçu de ce que tu ressentiras quand nous referons l'amour.

Sa poitrine se gonfla d'émotion. Quel être généreux il était ! Comment ne s'en était-elle pas rendu compte plus tôt ?

Prenant son beau visage entre ses paumes, elle l'embrassa.

— Merci, Lane.

Il pressa son érection contre sa jambe, et elle comprit qu'il était consumé de désir lui aussi.

— Je vais te faire l'amour, maintenant, dit-il en s'emparant du sachet sous son oreiller.

Il retira prestement le préservatif de son étui et l'enfila sur son pénis. Puis il lui écarta les cuisses et se positionna au-dessus d'elle.

— Je te promets d'être aussi doux que possible, mon ange.

— Je sais, acquiesça-t-elle, fermant les yeux et rassemblant tout son courage pour affronter l'inconnu.

— Ouvre les yeux, Taylor.

Elle obtempéra, et en voyant la passion qui obscurcissait le regard de Lane, elle sentit sa peau picoter de plaisir, au point d'en oublier son appréhension de la pénétration.

Tandis que la pointe de son pénis glissait lentement en elle, Lane ne la quittait pas des yeux. Quand il déchira sa barrière, elle le remarqua à peine. Elle était tellement concentrée sur le moment présent qu'elle n'éprouva qu'une légère gêne quand il s'enfonça complètement en elle.

L'embrassant, il demanda :

— Tu te sens bien ?

Elle hocha la tête, incapable de parler. L'intimité de leur étreinte faisait resurgir son désir de plus belle.

— J'aimerais t'accorder davantage de temps pour t'adapter, murmura-t-il, la tension de sa voix exprimant tout l'effort qu'il faisait pour se retenir. Mais j'ai envie de te faire l'amour depuis le premier soir, mon ange.

— Moi aussi, et je veux que tu continues.

— Je vais tâcher de ne pas brusquer les choses, reprit-il en commençant à aller et venir doucement au-dessus d'elle.

Elle l'accompagna aussitôt de mouvements du bassin, ondulant contre lui au rythme de ses va-et-vient sensuels, et en un rien de temps elle sentit monter en elle les prémices du plaisir. Mais cette fois la sensation était différente. Les tendres assauts de Lane et les exquises attentions qu'il lui prodiguait pour qu'elle le rejoigne dans le plaisir eurent raison d'elle. S'agrippant à lui pour éviter de se perdre dans cet univers inconnu et ô combien tentant, elle s'abandonna à l'avalanche de sensations exquises qu'il faisait naître, jusqu'à ce que le spasme de l'orgasme la frappe de nouveau de plein fouet.

Peu après, elle sentit que Lane se figeait avant de lancer en elle un ultime assaut. Tandis qu'il criait son prénom, son corps viril se convulsa, et elle comprit qu'il atteignait à son tour le paroxysme du plaisir.

Quand il s'effondra sur son corps, elle noua les bras autour de ses épaules et le retint contre elle. Elle n'avait jamais rencontré quelqu'un d'aussi généreux et patient que Lane. Il avait fait tout son possible pour lui rendre cette première expérience agréable. Et l'effort lui avait coûté. Elle avait vu la tension se peindre sur son beau visage, et elle savait qu'il avait différé sa propre satisfaction jusqu'à ce qu'elle trouve la sienne.

— Tu vas bien ? demanda-t-il en relevant la tête. J'ai essayé de ne pas…

— Je vais très bien, l'interrompit-elle en souriant et en déposant un baiser sur son épaule. L'expérience a été merveilleuse. *Tu* as été merveilleux.

Il bascula sur le côté et l'attira contre lui.

— Merci.

— Pourquoi ?

— Pour ta confiance. Pour m'avoir accordé le privilège d'être le premier homme à te faire l'amour.

La tête nichée au creux de son épaule, elle embrassa sa mâchoire.

— Je suis contente d'avoir attendu.

Elle s'apprêtait à ajouter qu'elle était contente de l'avoir attendu, *lui*, mais cette pensée l'effraya.

Pourquoi s'était-elle donnée à lui ? Pourquoi lui avait-elle fait confiance sur le plan intime, alors qu'elle n'était pas absolument certaine qu'il n'avait pas manipulé son grand-père d'une façon ou d'une autre ?

Dans son cœur, elle savait pourquoi elle s'était donnée à Lane après avoir résisté à la tentation pendant des années. Faire l'amour avec lui s'était imposé à elle comme une évidence, quelque chose de naturel et juste. Toutefois, elle ne voulait pas réfléchir plus avant, car elle ne se sentait pas vraiment prête à affronter la vérité et ses implications éventuelles.

Mais, tout en glissant dans le sommeil, elle savait au fond de son cœur qu'elle était en train de tomber amoureuse de Lane et qu'elle ne pouvait rien faire pour arrêter le processus. Plus grave encore, elle ne le voulait pas vraiment.

- 7 -

Le lendemain matin, quand Lane descendit pour le petit déjeuner, il s'avança sans hésiter derrière Taylor, noua les bras autour de sa taille et l'embrassa derrière l'oreille.

— Comment te sens-tu ce matin ? demanda-t-il, se délectant de la façon dont son corps souple épousait le sien.

Elle posa le saladier qu'elle tenait à la main et pivota pour lui faire face, arborant un sourire si radieux qu'il en eut le souffle coupé.

— Merveilleusement bien, répondit-elle, en se haussant sur la pointe des pieds pour lui donner un baiser léger. Mais je crains d'être un peu en retard pour la préparation du petit déjeuner. Il semblerait que quelqu'un m'ait tenue éveillée hier soir, et ce matin j'ai dormi plus tard que prévu.

— Moi aussi, j'ai très bien dormi, admit-il.

Après l'amour, il l'avait tenue dans ses bras pour passer sa première vraie nuit de sommeil depuis presque deux semaines.

— Pourquoi ne renouvellerions-nous pas l'expérience ce soir puisqu'elle nous a si bien réussie ? plaisanta-t-il.

Il la sentit frissonner dans ses bras.

— L'amour est-il toujours aussi époustouflant ? s'enquit-elle en se lovant contre lui.

Son corps répondit au sien avec une telle rapidité qu'il lui fallut un moment pour recouvrer sa voix. Comment lui dire qu'il n'avait jamais rien connu d'aussi excitant ni d'aussi satisfaisant que ce qu'ils avaient partagé hier soir ? Ou qu'il pressentait ne plus jamais être capable de connaître ce même sentiment de plénitude avec une autre femme ?

C'étaient des questions qu'il n'avait pas osé se poser, car il n'était pas certain d'être prêt à en connaître les réponses.

— Ce sera de mieux en mieux, mon ange, répondit-il évasivement.

— Vraiment ? s'étonna-t-elle.

Avant qu'il puisse répondre, la sonnerie du téléphone retentit.

— A une heure aussi matinale, il doit s'agir d'un de mes frères, supposa-t-il en embrassant le bout de son nez. Je vais prendre la communication dans le bureau.

Cette interruption était la bienvenue, songea-t-il en longeant le couloir. Il avait besoin de réfléchir un peu afin d'apporter une réponse à la question qui le taraudait : pourquoi avait-il le sentiment que Taylor était la seule femme capable d'embraser ses sens au point de le rendre fou de désir ?

— Je t'écoute, T.J., dit-il après avoir vérifié l'identité de son interlocuteur.

— Au son de ta voix, on dirait que tu viens d'abattre une quinte flush royale, constata T.J. en riant. Je suppose que tu as réglé tous les problèmes que tu avais avec ta nouvelle associée.

— Pas exactement.

Il hésita avant d'admettre :

— Nous ferons d'ici peu une partie de poker pour décider qui de nous deux assurera la gestion du ranch.

— En tout cas, quelque chose a dû te mettre d'excellente humeur. On dirait que tu viens juste de…

T.J. s'interrompit, et Lane comprit que son frère avait deviné la raison de sa bonne humeur.

— Tu sais que tu joues avec le feu, n'est-ce pas ?

— Ne t'inquiète pas pour moi, riposta Lane, maudissant la perspicacité de son frère. Si tu me disais plutôt pourquoi tu m'appelles ?

— Oh ! oh… !

— Quoi ?

— Vu ton empressement à changer de sujet, j'en déduis

qu'il y a plus qu'un simple interlude amoureux entre toi et ton associée, constata T.J. Alors, quand vas-tu nous présenter la future Mme Donaldson ?

— Arrête tes bêtises ! Dis-moi pourquoi tu m'appelles sinon je raccroche, aboya Lane.

Il aimait beaucoup son frère, mais ses observations étaient un peu trop pertinentes à son goût.

— Allons, calme-toi, Freud ! J'ai un gros problème sur les bras. L'étalon de ma voisine continue de sauter par-dessus la clôture pour courtiser mes juments, et j'ai besoin que tu viennes me donner un coup de main, expliqua T.J. d'une voix soudain remplie de colère.

— Combien de poulinières a-t-il montées, cette fois ? demanda Lane, comprenant la frustration de son frère.

T.J. élevait des chevaux de *reining* pour en faire des champions, et la fécondation de ses juments par un étalon solitaire risquait de lui faire perdre des centaines de milliers de dollars et de décaler son programme d'élevage sur plusieurs années.

— Il en a couvert quatre autres hier avant que je le découvre dans le pâturage. Soit dix au cours des quatre derniers mois, fulmina T.J.

— Que puis-je faire pour t'aider ?

Il savait que ses frères et lui seraient prêts à laisser tomber tout ce qu'ils étaient en train de faire pour voler au secours de T.J.

Depuis un an environ, ce dernier essayait de convaincre sa voisine d'entretenir l'état de ses clôtures. Faute de résultat, il lui avait demandé de parquer son étalon dans une autre partie de son ranch. Devant ce nouvel échec, il semblait que T.J ait envisagé une solution plus radicale.

— J'ai l'intention d'installer une clôture en fil de fer tressé de deux mètres de haut entre mon ranch et celui de ma voisine. A nous six, plus mes deux ouvriers agricoles, nous devrions avoir fini d'ici ce soir.

— En effet, cela devrait résoudre ton problème. Je me rendrai chez toi juste après le petit déjeuner.

— Merci, Lane, déclara T.J., l'air soulagé. Je te revaudrai ça.

— A tout à l'heure, conclut Lane avant de raccrocher.

Il pénétra dans la cuisine au moment où Taylor déposait sur la table deux assiettes contenant des œufs Bénédicte avec du saumon fumé, des pommes de terre sautées et un jus d'oranges fraîchement pressées.

— Mmm ! Cela semble délicieux ! s'exclama-t-il en lui écartant sa chaise. Je n'ai pas aussi bien mangé depuis une éternité.

— Attends de voir ce que je te prépare pour le dîner, déclara-t-elle en souriant.

— Je crains de rentrer tard, ce soir. Mes frères et moi devons aider T.J. à mettre en place une clôture entre son ranch et la propriété attenante.

— A-t-il des problèmes de voisinage ? demanda-t-elle, montrant un véritable intérêt.

Il lui parla de l'étalon fugueur et de la perte financière que ses incartades représentaient pour T.J. Puis il ajouta avec un sourire d'excuse :

— Je suis désolé, mais je ne pourrai pas t'aider à perfectionner ton poker aujourd'hui.

— Ne t'excuse pas, dit-elle, posant une main douce sur son avant-bras. Je comprends à quel point c'est important de mettre un terme aux incursions de cet étalon. Je m'arrangerai pour que le dîner soit prêt plus tard que d'habitude.

Il recula sa chaise et la fit asseoir sur ses genoux.

— Je te promets d'être de retour dès que possible.

Elle l'embrassa, et cette simple caresse enflamma ses sens.

— Pendant que tu aideras ton frère, je contacterai la société de livraison pour savoir où se trouvent mes affaires. J'aurais dû les recevoir à la fin de la semaine dernière. Si j'arrive à les localiser, je passerai la journée à faire du rangement.

— Tu es donc tellement sûre de me battre lors de notre fameuse partie ? la taquina-t-il.

Elle hocha la tête avec un grand sourire.

— Je vais te battre à plate couture. Tu n'en reviendras pas.

— Tu m'as déjà épaté la nuit dernière, mon ange.

Il l'embrassa, puis il l'aida à se lever et se mit debout à son tour.

— Je ferais mieux de partir.

— Mais tu n'as pas fini ton petit déjeuner ! protesta-t-elle en contemplant son assiette presque intacte.

— Je ne doute pas que ces œufs soient un vrai délice, mais ce que j'aimerais vraiment n'est pas inscrit au menu, plaisanta-t-il en récupérant sa tasse de voyage pour la remplir de café.

— Je pourrais te préparer un plat différent, proposa-t-elle, incertaine.

Revenant vers elle, il la prit dans ses bras.

— Mon menu préféré, ce serait toi et moi, allongés nus dans le lit, précisa-t-il en l'embrassant avec fougue.

Quand il releva la tête, il vit la passion briller dans les prunelles émeraude de Taylor.

— Mais le travail m'attend, et je ne peux pas me permettre de me laisser distraire, même par une adorable sirène, lança-t-il. A ce soir, mon ange.

Se forçant à mettre un pied devant l'autre, il attrapa son chapeau sur la patère et sortit de la maison sans se retourner. Sinon, il risquait d'emmener Taylor dans sa chambre et de passer la journée entière à faire l'amour à cette femme qui devenait aussi importante pour lui que l'air qu'il respirait.

Son cœur cognait contre sa cage thoracique tandis qu'il s'installait au volant de son pick-up et mettait le moteur en marche. Maintenant, il savait avec certitude qu'il devait mettre à profit ce laps de temps loin de Taylor pour réfléchir à l'évolution de ses sentiments pour elle et en tirer les conclusions qui s'imposaient.

Tandis qu'elle attendait avec impatience le retour de Lane, Taylor alternait entre la rage et la peur. A force de faire les cent pas, elle s'étonnait de ne pas avoir creusé une tranchée dans le parquet. Dès qu'elle aperçut la lumière puissante des phares de son pick-up trouer l'obscurité et se rapprocher de la maison, elle déverrouilla la porte de derrière, dévala les marches du porche et se précipita à sa rencontre.

— Nous avons un problème, annonça-t-elle de but en blanc quand il ouvrit sa portière.

Malgré sa colère, elle se sentit immensément soulagée de le voir, et plus rassurée qu'elle ne l'avait été durant toute la journée.

— Quel problème ? fit-il en mettant pied à terre.

— C'est Roy Lee Wilks.

Rien que de prononcer son nom, elle en eut des frissons.

— Tu vas bien ? demanda-t-il en posant ses mains sur ses épaules.

L'inquiétude qui se lisait sur son visage la toucha, mais elle était pressée de lui raconter ce qui s'était passé.

— Nous devons renvoyer cet homme.

— Pourquoi ?

Les yeux de Lane se rétrécirent, lui donnant un air dangereux.

— Qu'a-t-il fait cette fois-ci ?

— Il a volé toutes les affaires que j'avais expédiées de Californie, expliqua-t-elle, sentant une nouvelle vague de colère monter en elle. Quand j'ai appelé la société de livraison, on m'a dit que les containers avaient été livrés la semaine dernière et que c'était Roy Lee qui avait signé la décharge.

— Qu'en a-t-il fait ? s'enquit Lane, en se tournant vers le dortoir, les poings sur les hanches et les sourcils froncés.

— Je l'ignore. Je ne lui ai pas encore parlé.

— Tu as bien fait, approuva-t-il en l'enlaçant et en l'attirant contre lui.

— Je voulais d'abord voir avec toi comment je devais gérer ce problème, admit-elle.

— Ce n'est pas à toi de le gérer, déclara-t-il fermement. Je m'en occuperai.

— Mais ce sont mes affaires qu'il a prises ! protesta-t-elle. C'est à moi d'en discuter avec lui.

— Je comprends que tu tiennes à régler tes problèmes toi-même, et c'est tout à ton honneur, assura-t-il. Mais dans le cas présent je te le déconseille.

Quand elle commença à protester, il leva une main pour l'arrêter.

— Envisageons les choses sous un autre angle, veux-tu ? Le comportement de Roy Lee ne peut en aucun cas être considéré comme stable. Je ne crois pas qu'il soit dangereux, mais dans le doute il vaut mieux être prudent.

— Que comptes-tu faire ? demanda-t-elle, soudain inquiète à l'idée qu'ils se trouvent confrontés à un problème plus grave qu'elle ne pensait.

— Je vais me rendre au dortoir pour demander à Roy Lee ce qu'il a fait de tes affaires, puis je lui dirai de plier bagage et de quitter le ranch, répondit Lane.

Il fit un geste en direction de la maison.

— Je veux que tu rentres à l'intérieur et que tu verrouilles la porte.

— Je suis restée enfermée toute la journée, même si je savais qu'il travaillait loin de la maison avec d'autres hommes, admit-elle.

— Excellente précaution. Et maintenant rentre pendant que je vais signifier son congé à Roy Lee.

— Fais attention, recommanda-t-elle d'une voix mal assurée.

— Ne t'inquiète pas pour moi, mon ange. Tout se passera bien, promit-il en lui donnant un baiser rapide. Je m'assurerai que Roy Lee charge toutes ses affaires dans son pick-up et quitte le ranch ce soir même.

Une heure plus tard, Taylor poussa un soupir de soulagement en entendant Lane ouvrir la porte d'entrée avec son propre jeu de clés.

— Roy Lee est-il parti sans faire de difficultés ? demanda-t-elle en nouant les bras autour de la taille de Lane.

Il l'enlaça aussitôt et l'attira tout contre lui.

— Oui. Au début, il a tenté de nier les faits mais, quand je lui ai dit que nous savions qu'il avait signé la décharge pour les colis, il a expliqué qu'il les avait entreposés dans le fenil. Il attendait que je m'absente pour te les apporter, précisa-t-il en secouant la tête.

— Je n'aime pas ça du tout, dit-elle en se lovant contre son torse solide.

— Il voulait que tu ailles danser avec lui, et il se figurait que tu accepterais plus facilement son invitation s'il te faisait croire qu'il avait retrouvé tes affaires, expliqua Lane, visiblement fatigué. Roy Lee est socialement maladroit et il a des problèmes de raisonnement, mais je demeure persuadé qu'il n'est pas dangereux. Il essayait juste de t'impressionner parce qu'il est amoureux de toi jusqu'à l'obsession.

— C'est le psychologue qui parle ? demanda-t-elle, inclinant la tête en arrière pour le regarder.

Il eut un grand sourire.

— Que veux-tu, c'est de la déformation professionnelle, plaisanta-t-il.

Pour la première fois depuis qu'il était revenu de chez son frère, elle remarqua à quel point il était épuisé.

— Je suis vraiment désolée que tu aies eu à t'occuper de ce problème, Lane, surtout après une aussi longue journée de travail. Tu dois être exténué.

Elle ajouta, confuse :

— Je t'avais promis un bon dîner pour ce soir, mais je me suis tellement inquiétée en ton absence que je n'ai rien préparé. Veux-tu que je fasse des sandwichs pendant que tu te doucheras ?

— Bonne idée, marmonna-t-il en bâillant.

Il l'embrassa sur le front, puis il commença à déboutonner ses manches et le devant de sa chemise.

— Je ne serai pas long.

Pendant que Lane était à l'étage, elle prépara plusieurs sandwichs. Au bout d'un moment, elle consulta l'horloge murale et fronça les sourcils. Il aurait dû avoir fini de se doucher et être redescendu.

Curieuse de savoir ce qui le retenait à l'étage, elle se dirigea vers sa chambre. Elle s'apprêtait à frapper à sa porte quand elle remarqua que celle-ci était entrebâillée.

— Lane ?

Son cœur s'affola : il était allongé sur son lit, profondément endormi, ses vêtements propres posés à côté de lui. Son corps au repos était aussi magnifique et aussi impressionnant que dans son souvenir.

La poitrine de Taylor se gonfla d'une émotion qu'elle s'efforça d'ignorer tandis qu'elle posait les vêtements de Lane sur une chaise et rabattait l'édredon sur lui. Il était revenu épuisé de chez son frère, et pourtant il avait insisté pour venir à sa rescousse et régler son problème avec Roy Lee.

Sortant de la pièce sur la pointe des pieds, elle retourna dans la cuisine. Elle emballa les sandwichs qu'elle avait préparés et les plaça au réfrigérateur, puis elle mit de l'ordre dans la pièce. Après s'être assurée que la porte d'entrée était bien verrouillée, elle éteignit la lumière et monta à l'étage. Parvenue à la hauteur de leurs chambres, elle contempla tour à tour les deux portes. Elle savait où elle devrait dormir, mais ce n'était pas là qu'elle avait envie de passer la nuit.

Pénétrant dans sa chambre, elle enfila une nuisette, puis elle traversa le couloir, se faufila dans la chambre de Lane et se glissa dans le lit à côté de lui. Bien qu'endormi, il se tourna de son côté et posa un bras autour d'elle.

Elle refusait de se demander pourquoi cela lui paraissait tellement juste et naturel de dormir dans ce lit. C'était là qu'elle voulait être, point à la ligne. Par ailleurs, elle en avait assez de se voiler la face. Qu'elle le veuille ou non, elle était éperdument amoureuse de Lane Donaldson, et il était temps qu'elle assume ses sentiments.

Trois jours après l'incident avec Roy Lee, Lane rassembla son courage à deux mains en garant son pick-up à côté de ceux de ses frères et en contournant le véhicule pour ouvrir la portière de Taylor. La perspective de passer la journée entière à écouter les quolibets de ses frères à propos de ses relations avec sa nouvelle associée l'enchantait autant que de devoir franchir une clôture de barbelés entièrement nu ! Mais il aurait été impensable de ne pas assister au repas de famille donné en l'honneur de sa nouvelle nièce ni de ne pas emmener Taylor avec lui.

— J'espère que le cadeau que j'ai acheté pour le bébé leur sera utile, déclara-t-elle en mettant pied à terre.

— Ils l'adoreront, assura-t-il, sachant que Summer et Ryder apprécieraient le geste de Taylor.

Ses frères et lui avaient bien réussi dans leur vie professionnelle après de brillantes études universitaires et ils étaient devenus très riches. Mais, grâce à leur père d'accueil, ils connaissaient les vraies valeurs et ils en faisaient leurs priorités.

Tandis qu'ils traversaient la cour, il percevait l'appréhension de Taylor. Elle redoutait de rencontrer les membres de sa famille, et il la comprenait. Mais il savait qu'elle n'avait rien à craindre. Ils allaient l'aimer, tout comme… lui ?

Son cœur manqua un ou deux battements, et son souffle se bloqua dans sa poitrine.

D'où lui venait cette idée ? Et pourquoi fallait-il qu'elle s'impose à lui à cet instant précis ?

— Lane, tu vas bien ? s'inquiéta-t-elle.

— Oui, marmonna-t-il, peinant à assimiler sa découverte stupéfiante.

— Salut, frérot ! lança Nate, debout aux côtés de ses frères dans le patio couvert. Nous avons mis de côté une bière avec ton nom écrit dessus.

— Je suis content que tu sois venu, Lane, déclara Ryder en s'avançant vers eux.

— Je n'aurais manqué cette réunion pour rien au monde, assura Lane.

Tout en l'ignorant, son frère se tourna vers Taylor.

— Nous nous sommes parlé au téléphone le matin où ma petite Katie est née, et je suis ravi de faire enfin votre connaissance. Je m'appelle Ryder McClain, le frère de ce grand dadais au physique beaucoup moins avantageux que le mien !

— Tu prends tes désirs pour des réalités, riposta Lane avec un sourire forcé.

Il en serait quitte pour gérer la découverte de ses nouveaux sentiments plus tard. Pour l'instant, il devait s'appliquer à les dissimuler avant qu'un de ses frères ne comprenne ce qui lui arrivait. Et ce scénario catastrophe risquait de se produire s'il ne se tenait pas sur ses gardes. C'était l'inconvénient de se connaître aussi bien pour avoir grandi ensemble.

— Je suis enchanté de vous revoir, Taylor, assura Nate avec un grand sourire, tout en tendant une bouteille de bière à Lane. Et n'écoutez pas ces deux matamores. Ils savent que je suis plus beau qu'eux deux réunis.

— C'est ce que nous te laissons croire, Nate, intervint T.J. Bonjour, Taylor. Je m'appelle T.J.

Tout en calant contre son épaule le bébé qu'il tenait précautionneusement, Sam s'avança vers Taylor, un sourire aux lèvres.

— Je m'appelle Sam, et voici mon fils Hank. Nous sommes tous ravis que vous ayez accepté de vous joindre à nous pour fêter l'arrivée de la petite Katie.

— Je vous remercie surtout de m'avoir invitée, déclara Taylor en souriant. Je suis ravie de faire votre connaissance.

— Sam, veux-tu que je récupère Hank pour qu'il fasse la sieste ? Le dîner sera prêt dans une dizaine de minutes, annonça Bria depuis le seuil de la maison.

Puis, apercevant Taylor au milieu du groupe d'hommes, elle sourit.

— Lane, pourquoi ne fais-tu pas entrer Taylor ? Je suis sûre qu'elle préférerait discuter avec moi, Summer et Mariah plutôt que de vous écouter parler bétail et compétitions de rodéo.

Posant une main au creux des reins de Taylor, Lane l'entraîna vers la maison.

— Taylor, je te présente Bria, l'épouse de Sam. Elle est

le ciment qui soude notre famille, dit-il en embrassant sa belle-sœur sur la joue. Nous l'aimons tous pour cela.

— Entrez, Taylor, proposa Bria en lui donnant l'accolade.

Puis elle prit le bébé des bras de son mari et s'effaça pour laisser passer Taylor.

— Je vais vous présenter à ma sœur, Mariah, et à l'épouse de Ryder, Summer.

Quand Taylor eut disparu à l'intérieur, Lane alla rejoindre ses frères. Regardant alentour, il demanda :

— Où est Jaron ?

Ryder désigna la route du menton.

— Il arrive.

Quand Jaron se gara et descendit de son pick-up, ses frères l'accueillirent avec des plaisanteries, comme ils l'avaient fait pour Lane.

— Mariah se trouve dans la maison avec les autres femmes, au cas où tu souhaiterais la prévenir de ton arrivée, déclara Sam, un sourire jusqu'aux oreilles.

— Va au diable, Rafferty ! riposta Jaron en acceptant la bière que lui tendait T.J. Tu sais très bien qu'elle est toujours furieuse après moi.

— Si tu tardes trop à l'inviter à sortir avec toi, tu risques de perdre toutes tes chances auprès d'elle, remarqua Nate.

— C'est ce qui t'est arrivé quand tu as cessé de voir cette petite blonde à Waco ? répliqua perfidement Jaron.

— C'était différent, et tu le sais, protesta Nate en jetant un regard noir à Jaron. Je ne m'attendais pas à un pareil coup bas de la part de mon meilleur ami.

Lane et les trois autres hommes regardèrent tour à tour les deux frères. Jaron et Nate étaient les meilleurs amis du monde depuis leur arrivée au Last Chance Ranch et ils faisaient les circuits de rodéo ensemble. Ils avaient des personnalités complètement différentes, mais ils avaient toujours réussi à maintenir un équilibre entre eux. Alors que Jaron était introverti et peu loquace, Nate était communicatif et ne se prenait jamais au sérieux. Il parvenait toujours à faire sortir Jaron de sa coquille, et celui-ci l'aidait à garder les pieds sur terre. Mais c'était la première fois qu'une pareille tension surgissait entre eux.

— Ecoute, je suis désolé, Nate, s'excusa Jaron, l'air penaud. Mais je n'ai aucune envie de parler de Mariah. Je suis trop vieux pour elle, un point c'est tout.

Nate hocha la tête.

— J'accepte tes excuses, frérot.

— Voilà qu'il se prend de nouveau pour Mathusalem ! s'exclama T.J., goguenard.

Juste au moment où Lane pensait avec soulagement qu'il échapperait aux questions indiscrètes de ses frères et à leurs spéculations oiseuses à propos de ses relations avec Taylor, Ryder lui demanda :

— Alors, qu'y a-t-il entre toi et Taylor ?

— Oui, quand allez-vous jouer cette fameuse partie de poker pour déterminer qui de vous deux aura le contrôle du Lucky Ace ? renchérit Sam.

— La semaine prochaine, répondit Lane en jetant un coup d'œil vers la maison.

Pourquoi les femmes tardaient-elles autant à leur annoncer que le déjeuner était prêt ?

— Tu sais qu'il existe une solution pour que vous conserviez le ranch tous les deux, intervint T.J., en se balançant sur ses talons.

Lane savait où son frère voulait en venir et il avait la ferme intention de couper court à ses supputations.

— Je n'épouserai pas Taylor juste pour conserver le ranch.

— Alors, tu vas l'épouser pour une autre raison ? demanda Ryder, en éclatant de rire.

Il faillit s'étouffer avec sa bière.

— Il est hors de question que je me marie, riposta-t-il.

— Il ne faut jamais dire jamais, remarqua Ryder avec un sourire malicieux qui exaspéra Lane au point de lui donner envie de l'effacer par un crochet du droit. Souviens-toi, j'ai dit ça juste avant de comprendre, un beau matin, que Summer était la meilleure chose qui me soit arrivée. Après quoi, je n'avais plus qu'une hâte, c'était de lui passer la bague au doigt.

— Dans mon cas, c'est différent, s'entêta Lane.

— Je parie cent dollars que Lane et Taylor se marieront le 4 juillet, proposa Ryder, dans un grand rire.

— Et moi, je parie que ce sera le mois prochain, annonça Nate, fouillant dans sa poche en quête d'argent pour sa mise.

— Je parie pour la fête du Travail, renchérit Jaron.

— Qui va s'occuper de la cagnotte ? demanda Sam.

— Moi, proposa Ryder.

Tandis que ses frères misaient sur la date supposée de son mariage avec Taylor, Lane consulta sa montre. Il secoua la tête, furieux. Cela faisait à peine trente minutes que Taylor et lui étaient arrivés, et déjà ses frères les imaginaient au pied de l'autel, s'échangeant des anneaux. Il n'en doutait pas un instant, cette journée allait être la plus longue de sa vie !

Après le repas, Taylor ne put s'empêcher de rire en observant les cinq oncles, fiers comme Artaban, se disputer le droit de tenir leur nouvelle nièce.

— Je suis le plus expérimenté de vous tous en matière de bébés, argua Sam, pragmatique. Je suis donc le mieux placé pour la porter en premier.

— Peut-être, mais je sais m'y prendre avec les femmes, décréta Nate. Si Katie se met à pleurer, mon charme opérera des miracles, et elle se calmera aussitôt.

T.J. leva les yeux au ciel.

— Ton sourire niais lui fera une peur bleue. C'est moi qui dois tenir Katie en premier.

Tandis que les hommes avançaient leurs arguments, Taylor vit Lane se lever de sa chaise et se pencher vers Ryder pour lui prendre le bébé des bras.

— Continuez de vous chamailler, ironisa-t-il, tenant précautionneusement le nourrisson contre son torse sculptural. Entre-temps, je vais faire connaissance avec ma nouvelle nièce.

— Vois ce que tu as fait ! reprocha Nate à T.J. C'est Lane qui m'a devancé !

— Comme si c'était ma faute ! protesta T.J. C'est toi qui…

Laissant les deux frères à leur dispute, Taylor reporta son attention sur Lane, et son cœur tressauta dans sa poitrine devant le spectacle attendrissant qui s'offrait à elle. Contrairement à beaucoup d'hommes, Lane paraissait à l'aise avec la minuscule fillette vêtue de rose nichée au creux de ses bras. Certes, cette image touchante avait de quoi faire fondre le cœur de n'importe quelle femme. Mais pourquoi était-elle soudain submergée par un flot d'émotions ?

La question d'avoir un jour des enfants l'effleurait parfois, sans qu'elle s'y attarde. Mais, en voyant Lane bercer tendrement le nourrisson, elle imagina l'espace d'un instant que c'était leur bébé.

Cette pensée était tellement inattendue qu'elle se sentit toute chamboulée, et elle dut reposer précipitamment son verre de thé glacé sur la table pour éviter de le laisser tomber. D'où lui venait cette idée ? Elle n'avait tout de même pas l'intention de s'impliquer à ce point avec Lane…

Quand il s'aperçut qu'elle l'observait, il lui adressa un grand sourire qui la fit chavirer.

— Taylor, as-tu déjà eu l'occasion de tenir la petite Katie ?

— N… Non, balbutia-t-elle. C'est au tour de tes frères de toute façon.

— Cela n'a pas d'importance, assura Nate en souriant. Honneur aux dames.

— Il a raison, renchérit T.J. Nous aurons l'occasion de la tenir à tour de rôle, et elle aura vite fait de nous entortiller autour de son petit doigt, comme Hank l'a déjà fait.

Frappée de stupeur, elle vit Lane s'avancer vers elle et déposer le nourrisson dans ses bras avant de s'asseoir à son côté.

— Je sens que je vais être son oncle favori, plaisanta-t-il, un bras posé sur le dossier de sa chaise.

— C'est la première fois que je tiens un bébé dans mes

bras, avoua-t-elle, émerveillée par la taille minuscule et la douceur du nourrisson.

— Vraiment ? s'exclama Bria, incrédule.

— Oui. Je n'ai pas de frère et sœur, et aucune de mes amies n'a d'enfant, expliqua Taylor en contemplant la fillette endormie. Elle est adorable.

Elle leva les yeux vers Lane et, à la vue de son sourire chaleureux, elle éprouva un étrange sentiment de bonheur.

— Tu sais t'y prendre avec les bébés, murmura-t-il en effleurant tendrement la menotte du nourrisson.

— Maintenant, Bria, nous saurons qui appeler quand Hank sera agité et que je serai occupé avec le bétail et toi avec la préparation du repas, déclara Sam en riant.

— Je rentrerai le numéro du Lucky Ace dans la mémoire de mon téléphone avec celui de Mariah, s'esclaffa Bria en se levant pour récupérer son assiette vide et celle de son mari.

— Taylor, on dirait que toi et moi n'allons pas tarder à être embauchées comme baby-sitters, plaisanta Mariah.

— Cela ne me dérangerait pas, assura Taylor. Sauf que j'ignore tout des soins à apporter aux bébés.

— Je n'en savais pas plus que toi avant la naissance de Katie, confia Summer en souriant. Dieu merci, l'instinct maternel n'est pas un vain mot. Et puis, les sites parentaux sur internet constituent une aide précieuse.

Quand le petit Hank, allongé dans son couffin, commença à s'agiter, Bria tendit un biberon à Sam.

— Je suggère que vous, les hommes, emmeniez les bébés dans le salon. Ainsi, vous pourrez continuer à vous chamailler pour savoir qui est le plus à même de les tenir pendant que nous, les femmes, nous ferons la vaisselle.

Taylor tendit le nourrisson à Lane et se leva pour aider ses nouvelles amies à desservir. Tout en regardant les hommes quitter la salle à manger, elle ne put s'empêcher d'envier leur complicité. Ils avaient beau avoir connu des débuts difficiles dans la vie, ils formaient une famille plus soudée et aimante que bien des familles de sa connaissance.

— J'ai remarqué que Jaron et toi ne vous adressiez

toujours pas la parole, déclara Summer à Mariah tandis que Taylor les suivaient dans la cuisine.

— Il s'est trop vanté d'avoir vu juste à propos du sexe du bébé quand Hank est né.

— Ne penses-tu pas que tu l'as suffisamment puni comme cela ? demanda Bria.

— J'attends de lui des excuses, insista Mariah. Tant qu'il ne me les aura pas présentées, je n'aurai rien à lui dire.

— Elle est amoureuse de Jaron depuis qu'elle est adolescente, et je le soupçonne d'être amoureux d'elle, murmura Summer à l'intention de Taylor. Mais il s'imagine qu'il est trop âgé pour elle.

— J'ai remarqué qu'il ne parvenait pas à détacher son regard d'elle, admit Taylor.

— Oui. C'est la même chose chaque fois que nous nous retrouvons tous ensemble.

— Peut-être qu'un jour il se rendra compte qu'ils sont faits l'un pour l'autre.

— Puisses-tu dire vrai ! s'exclama Summer en riant.

Tandis que la conversation s'orientait vers les bébés, l'allaitement et le manque de sommeil des deux jeunes mamans, Taylor sourit. Même les deux épouses étaient proches l'une de l'autre. Et cela rendait cette famille recomposée encore plus sympathique.

Plusieurs heures plus tard, tandis qu'ils empruntaient la route du retour, Taylor tourna la tête vers Lane.

— J'aime beaucoup ta famille, avoua-t-elle, sincère. Ils se sont tous montrés si gentils envers moi. Je suis ravie d'avoir fait leur connaissance.

— J'ai de la chance de les avoir, reconnut Lane. Même si parfois leurs plaisanteries sont un peu lourdes, je sais qu'aucun d'eux ne manquerait à l'appel si j'avais besoin d'un coup de main. De la même façon, je serai toujours là pour eux en cas de problème.

— Je trouve merveilleux que vous soyez restés aussi soudés au fil des ans.

Elle avait des amies, mais le lien qui unissait les hommes

qu'elle avait rencontrés aujourd'hui allait au-delà de la simple amitié. Ils avaient choisi de devenir une vraie famille et ils étaient plus proches les uns des autres que certaines personnes unies par les liens du sang.

— J'aurais adoré avoir une famille qui s'entende aussi bien.

Lâchant le volant d'une main, il la posa sur la sienne.

— Nous sommes comme n'importe quelle autre famille. La plupart du temps, nous nous entendons bien. Mais d'autres fois c'est le souk, dit-il en souriant. Ce n'est pas parce que tu nous as vus vivre en bonne harmonie ce soir que tu dois penser qu'il en est toujours ainsi. Il nous arrive aussi de nous disputer.

— Mais vous surmontez toujours vos différends, et la bonne entente règne de nouveau parmi vous après, je suppose ?

— Oui, c'est vrai.

— Ce n'est pas du tout le cas de mes parents, soupira-t-elle. Leur vie est une éternelle dispute.

— Mais ils t'aiment, n'est-ce pas ? demanda Lane gentiment.

— Oui. Je suppose que chaque famille a sa propre dynamique, admit-elle. Certaines sont harmonieuses, et d'autres plus chaotiques.

Tout en contemplant le ciel nocturne ponctué d'étoiles, Taylor ressentit de nouveau une pointe de jalousie en songeant à la famille de Lane. Outre le fait qu'ils s'entendaient tous bien, la façon dont Bria et Summer parlaient de leurs maris lui donnait presque envie de vivre une relation amoureuse aussi intense et satisfaisante.

Elle n'avait jamais envisagé de se marier et de fonder une famille à cause de ses parents et de l'hostilité permanente qu'ils manifestaient l'un envers l'autre. Mais la bonne entente et la cordialité qui régnaient entre les frères de Lane, et l'harmonie des deux couples étaient une révélation pour elle qui venait de voir ce qu'était une relation basée sur l'amour et le respect de l'autre.

— J'organiserai la partie de poker à Shreveport pour la fin de la semaine prochaine, déclara-t-il, interrompant le cours de ses pensées.

— Tu crois que je suis prête à me mesurer à toi ?

Curieusement, cette nouvelle la plongea dans le désarroi. D'une part, elle n'était pas certaine d'être une adversaire digne de Lane. Et, d'autre part, celui qui perdrait la partie devrait quitter le ranch.

Deux semaines auparavant, tout ce qu'elle voulait, c'était récupérer l'intégralité du domaine et ordonner à Lane de vider les lieux avec armes et bagages. Mais maintenant leur relation avait évolué, et elle n'était plus aussi sûre de son fait.

— Tu dois encore surveiller tes indices, répondit-il. Mais à part cette petite faiblesse, oui, tu es prête à m'affronter pour de bon.

Ils demeurèrent silencieux pendant le reste du trajet, et, quand Lane gara son pick-up à côté de la maison, elle décida de ne pas penser à ce qui arriverait le jour de la fameuse partie, mais d'apprécier pleinement le laps de temps qu'il leur restait à passer ensemble.

— Je ne sais pas pour toi, mais je suis ravi d'être de retour à la maison, Nous avons bien fait de rentrer de bonne heure, déclara Lane avec un sourire coquin qui la fit chavirer.

— N'as-tu pas dit à tes frères que tu voulais regarder le match de base-ball ? demanda-t-elle, feignant l'innocence.

Elle savait très bien ce qu'il avait en tête, et son cœur s'affola à l'idée de faire de nouveau l'amour avec lui.

— Ce que je dis à mes frères et ce que je fais sont deux choses différentes, répondit-il, sortant de la cabine pour l'aider à mettre pied à terre.

Nouant un bras autour de ses épaules, il se pencha pour murmurer à son oreille :

— Je préfère monter à l'étage avec toi et réussir un coup de maître plutôt que de regarder des athlètes surpayés atteindre péniblement la deuxième ou la troisième base.

— Tu ne crois pas que les Rangers réussiront à marquer au moins un ou deux buts, ce soir ? le taquina-t-elle.

Riant, il secoua la tête.

— Ce n'est pas ce genre de but que j'ai l'intention de marquer quand nous serons dans ma chambre, mon ange.

— Oh ! tu as l'intention de courir autour des bases ? s'enquit-elle tandis qu'ils pénétraient dans la maison.

Il verrouilla la porte derrière eux et la prit aussitôt dans ses bras.

— Sûrement pas ! J'ai l'intention de procéder lentement et de savourer chacune des bases que je toucherai.

Il l'embrassa jusqu'à ce qu'elle ait l'impression de se dissoudre contre son torse puissant.

— Et j'espère que tu y prendras autant de plaisir que moi.

- 8 -

Prenant Taylor par la main, Lane l'entraîna à l'étage. Il avait passé un après-midi et une soirée misérables, vérifiant souvent sa montre et attendant avec impatience le moment de prendre congé de sa famille pour ramener Taylor à la maison et lui faire l'amour.

Dans sa chambre, il alluma les bougies qu'il avait disposées sur la table de chevet avant qu'ils se rendent chez Ryder.

— Je vais faire en sorte que cette nuit soit inoubliable, assura-t-il en l'enlaçant.

— Oh ! je suis curieuse de savoir comment tu comptes t'y prendre, murmura-t-elle, se dressant sur la pointe des pieds pour l'embrasser.

— Tu verras, répondit-il, ôtant ses bottes et déboutonnant sa chemise.

Voyant qu'elle commençait à retirer son chemisier bleu, il secoua la tête.

— Laisse-moi le plaisir de te déshabiller, marmonna-t-il avec un sourire coquin.

Après avoir ôté le reste de ses vêtements en un tournemain, il s'agenouilla devant elle pour lui retirer ses chaussures. Il caressa ses chevilles fines et massa la cambrure de ses pieds nus. Il avait la ferme intention de prendre son temps pour toucher chaque partie de son corps superbe et faire naître le désir en elle.

Il se releva en souriant.

— Je veux que tu fermes les yeux et que tu te concentres sur ce que tu ressens pendant que je te déshabille.

— Entendu, fit-elle en s'exécutant.

Libérant le premier bouton de son chemisier, il embrassa sa peau satinée, ses lèvres descendant au fur et à mesure qu'il détachait les autres boutons. Quand il atteignit la ceinture de son pantalon de lin bleu, elle avait des frissons sous la peau, et il était certain que ce phénomène n'était pas dû au froid.

— Tu… me rends… folle, balbutia-t-elle, le souffle court.

Il posa un index sur ses lèvres.

— Chut ! souffla-t-il à son oreille. Promets-moi que tu garderas les yeux clos et que tu ne parleras pas. Je veux que tu te perdes dans les sensations que je vais susciter en toi. D'accord ?

Elle hocha la tête, et il fit glisser le vêtement le long de ses bras, égrenant des baisers légers comme une caresse depuis ses épaules jusqu'aux extrémités de ses doigts. Puis, dégrafant son soutien-gorge en satin et le jetant de côté, il se servit de ses paumes pour soutenir ses seins opulents pendant qu'il embrassait un téton durci et qu'il titillait l'autre avec son pouce. Quand il eut fini d'accorder toute son attention à ses deux boutons roses, un faible gémissement s'échappa de la bouche parfaite de Taylor.

— Oh ! oui, c'est bon ! susurra-t-il, effleurant sa peau veloutée.

Puis il fit lentement descendre la fermeture Eclair de son pantalon, traçant un chemin de baisers le long de son ventre, comme il l'avait fait quand il lui avait ôté son chemisier. Lorsqu'il atteignit l'élastique de sa culotte, il s'interrompit, le temps de lui retirer son pantalon, puis il reprit ses baisers le long de ses cuisses et de ses jambes avant de faire le chemin en sens inverse. Puis il marqua une nouvelle pause pour ôter le morceau de dentelle qui le séparait de son objectif.

— Lane ?

— Tu as promis, lui rappela-t-il, l'embrassant intimement.

Quand elle se mit à gémir et à se balancer, il lui prit les mains et les posa sur ses épaules. Tandis qu'il poursuivait ses assauts sensuels, il sentait ses ongles s'enfoncer dans sa chair, et il sut qu'elle avait presque atteint sa limite.

Se relevant, il la souleva dans ses bras et l'installa délicatement sur le lit. Il était consumé de désir et brûlait d'envie de la faire sienne une fois encore, mais il voulait lui dédier cette nuit et lui donner tout le plaisir qu'un homme pouvait donner à une femme possédant son cœur.

S'il avait pris le temps de réfléchir à la signification de cette pensée, il se serait sans doute enfui à toutes jambes. Mais il concentrait toute son attention sur la femme assise à son côté, aussi pantelante de désir que lui.

Il prit un préservatif dans le tiroir de sa table de nuit et, une fois la protection en place, il installa Taylor à califourchon sur ses genoux. Il serra les dents tandis qu'il la guidait lentement sur lui et qu'elle se coulait sur son pénis érigé, l'absorbant complètement.

— Ouvre les yeux, Taylor, ordonna-t-il.

Quand elle obtempéra, la passion qu'il lut dans ses profondeurs émeraude lui coupa le souffle.

Lui prenant une main, il la posa sur son cœur. Dans le même temps, il plaça sa paume sur le cœur de Taylor.

— Je veux que tu sentes nos cœurs battre pendant que je te fais l'amour.

Le regard rivé au sien, il la pressa d'enrouler ses jambes autour de sa taille et de chalouper lentement contre lui. Sans la moindre hésitation, elle ondula du bassin en suivant le rythme de ses poussées, et en un rien de temps leurs cœurs se mirent à tambouriner à l'unisson. A mesure que la cadence de leurs va-et-vient érotiques s'accélérait, il en allait de même de leurs rythmes cardiaques. Soudain, la tension en eux s'intensifia, et il sut qu'ils allaient bientôt atteindre la jouissance qu'ils recherchaient.

Leurs cœurs toujours à l'unisson, il sentit les muscles internes de Taylor se resserrer autour de son pénis, prémices de son orgasme, et du sien. Après un dernier coup de reins, ils s'abandonnèrent ensemble à l'extase. Transporté dans un univers de sensations exquises, il étreignit Taylor et se laissa emporter par les vagues du plaisir qui déferlaient sur eux.

Tandis que les dernières ondes de volupté traversaient leurs corps, il sut avec certitude que la femme qu'il tenait dans ses bras avait changé sa vie pour toujours. Elle ne l'avait pas seulement vidé de toute son énergie, elle lui avait ôté toute velléité de combattre ses sentiments envers elle. Il était éperdument amoureux de Taylor et, dès qu'ils auraient réglé la question du contrôle du ranch, il avait la ferme intention de lui avouer son doux secret.

Le lendemain matin, au petit déjeuner, Taylor sourit quand Lane entrelaça leurs doigts par-dessus la table. Elle se rendait compte qu'il saisissait toutes les occasions pour la toucher et l'embrasser. Et elle en était ravie.

— Quel est ton programme pour aujourd'hui ? demanda-t-elle en avalant une gorgée de café.

— Dès que j'aurai réservé la salle pour notre partie de poker, j'irai aider Judd dans le pâturage nord, répondit-il, lui adressant un sourire qui la fit chavirer. Il a besoin de quelqu'un pour séparer plusieurs vaches du troupeau et les parquer dans l'enclos du ranch.

— Pourquoi ? Elles ont un problème ?

— Oui. Hier, il a remarqué que certaines vaches semblaient atteintes de conjonctivite.

— C'est très contagieux, remarqua-t-elle, se souvenant d'avoir entendu son grand-père dire que ce type d'infection risquait de s'étendre à tout le troupeau si l'on tardait à isoler le bétail malade et à le traiter rapidement.

— Tu as raison. Mais nous allons prendre les précautions nécessaires, la rassura-t-il.

— Pourquoi Judd ne fait-il pas appel à l'un des ouvriers agricoles pour l'aider ? s'étonna-t-elle.

— Après le renvoi de Roy Lee, nous sommes à court de personnel, expliqua-t-il.

Il se leva pour aller rincer son assiette avant de la mettre dans le lave-vaisselle.

— Par ailleurs, Judd sait que je manie bien le lasso et il pense que je pourrais être utile si certaines bêtes se montrent récalcitrantes.

Elle le rejoignit auprès de l'évier et noua tendrement ses bras autour de sa taille.

— Puis-je compter sur toi pour le déjeuner ?

— Je crains que non, répondit-il en l'embrassant jusqu'à ce qu'ils soient à bout de souffle. Mais je serai là pour le dîner.

Il l'embrassa de nouveau, puis il récupéra son chapeau et sortit de la maison. Tout en le regardant s'éloigner, elle se demanda ce qui arriverait quand ils feraient cette fameuse partie de poker.

S'il gagnait, refuserait-il qu'elle demeure au ranch plus longtemps que prévu ? Et, si c'était elle qui gagnait, l'orgueil de Lane l'empêcherait-il d'accepter son invitation à rester au ranch, le temps que leur attirance réciproque s'éteigne ?

Après avoir lancé le lave-vaisselle, elle finit de nettoyer la cuisine et regagna sa chambre où était stockée une partie des cartons que Lane avait récupérés dans le fenil. Se voulant résolument optimiste sur l'issue de la partie de poker, elle commença à ranger ses affaires personnelles.

Trois heures plus tard, elle retourna dans la cuisine pour faire une pause. Elle venait juste de se préparer une tasse de café au lait quand on frappa à la porte d'entrée. Elle n'avait aucune idée de l'identité de son visiteur. Peut-être s'agissait-il d'un des frères de Lane ou de leurs épouses. Dans tous les cas, elle serait ravie de les recevoir, car elle gardait un excellent souvenir de la journée d'hier.

Mais, quand elle ouvrit la porte, ce fut Roy Lee qu'elle aperçut sur le seuil.

— Bonjour, madame Scott, dit-il, ôtant poliment sa casquette tachée de sueur.

— Que faites-vous ici, Roy Lee ? Je croyais que Lane vous avait demandé de quitter la propriété et de ne pas revenir.

— En effet. Je suis vraiment désolé d'avoir pris vos

affaires, mais j'avais l'intention de vous les rapporter moi-même.

Son visage s'assombrit, et un rictus de contrariété déforma ses lèvres.

— Manque de chance, il a ruiné mes plans.

— Bon. J'accepte vos excuses.

Jugeant préférable de ne pas lui dire que c'était elle qui avait découvert le pot aux roses, elle désigna son pick-up.

— Et maintenant partez et ne revenez plus.

Elle commençait à refermer la porte quand il glissa son pied dans l'embrasure pour la bloquer.

— Je ne suis pas venu ici uniquement pour vous présenter mes excuses, déclara-t-il, l'air mauvais, en retirant une liasse de papiers de la poche de son jean. J'ai pensé que vous aimeriez en savoir un peu plus sur le salaud qui vit sous le même toit que vous. Je vous ai vus tous les deux en amoureux, ici, sous le porche. Mais vous ne savez pas à qui vous avez affaire.

— Vous nous avez espionnés ! s'exclama-t-elle, scandalisée. Quittez immédiatement ce ranch et n'y remettez plus jamais les pieds. Sinon, je vous ferai arrêter pour violation de propriété privée, harcèlement et diffamation.

— Je ne partirai pas d'ici avant de vous avoir remis ceci, répliqua-t-il en lui fourrant les papiers dans la main. Si vous avez un peu de bon sens, vous lirez les articles concernant Donaldson. Il n'est pas celui que vous croyez. Vous êtes persuadée que je suis le méchant dans cette histoire, mais à côté de ce qu'il a fait je suis un saint.

Avant qu'elle ait pu lui renvoyer les papiers à la figure, il retira son pied et dévala les marches du porche. Puis il grimpa dans son pick-up et démarra en trombe.

Elle avait les mains qui tremblaient en verrouillant la porte. Son instinct ne l'avait pas trompée. Roy Lee était l'homme le plus glaçant qu'elle ait jamais rencontré.

Regagnant la cuisine, elle s'apprêtait à jeter à la poubelle les papiers qu'il lui avait donnés quand quelque chose attira son attention.

Les documents étaient des photocopies d'articles extraits de plusieurs journaux de Houston. L'un de ces articles relatait le suicide du père de Lane et le détournement de fonds dont il s'était rendu coupable auprès de l'institution financière qui l'employait. Comme il risquait d'être condamné à une lourde peine de prison pour avoir volé l'argent de ses clients, il avait préféré mettre fin à sa vie.

S'asseyant à table, elle poursuivit sa lecture et apprit que le fils unique de Ken Donaldson, âgé de treize ans, avait découvert son père pendu à l'un des chevrons du garage. Cela corroborait les dires de Lane, songea-t-elle. Mais l'information contenue dans l'article suivant lui causa un choc si violent que son estomac se révulsa. Le fils du conseiller financier qui s'était suicidé après avoir commis des malversations avait été arrêté deux ans plus tard pour escroquerie et vente d'objets volés à divers receleurs de la région de Houston. Comme il était mineur à l'époque, le journal avait interdiction de publier son nom, mais il s'agissait de Lane, à n'en pas douter. L'article expliquait ensuite que l'adolescent avait plaidé coupable et que, ayant bénéficié de circonstances atténuantes, il avait été confié à un organisme de placement familial au lieu d'être enfermé dans un centre de détention pour mineurs. Cette fois, elle en était sûre, le journal parlait de Lane.

Il lui avait dit qu'il avait été placé dans un foyer d'accueil appelé le Last Chance Ranch, mais elle avait supposé que le nom du ranch avait été choisi au hasard et qu'il ne fallait pas le prendre au sens littéral du terme. Apparemment, elle s'était trompée.

Ce que son instinct lui avait d'emblée suggéré à propos de Lane ne l'avait pas trompée. Il avait dû manipuler son grand-père pour qu'il parie la moitié de son ranch, puis il avait triché aux cartes.

Pourquoi avait-elle abaissé sa garde ? Et comment avait-elle pu être aussi crédule ?

En temps normal, elle était d'un naturel méfiant et ne prenait pas ce qu'on lui disait pour argent comptant. Mais

Lane s'était montré tellement convaincant quand il lui avait juré qu'il n'était pas coupable des turpitudes dont elle l'accusait qu'elle s'était laissé prendre au piège de ses belles paroles. Elle savait désormais qu'il n'était pas seulement un escroc mais aussi un fieffé menteur.

Le cœur en mille morceaux, elle monta dans sa chambre pour récupérer son ordinateur portable, puis elle passa le reste de la journée à consulter les archives de tous les journaux de la région pour essayer de découvrir des informations supplémentaires sur le passé de Lane. Elle ne trouva pas grand-chose de plus, si ce n'est l'avis de décès de sa mère et les détails de la vente aux enchères des biens mobiliers et immobiliers de ses parents, dont le produit était destiné à indemniser les clients que Ken Donaldson avait volés.

Quand Lane rentra à la maison après avoir aidé le contremaître à isoler les bêtes malades, elle l'attendait de pied ferme, munie de toutes les informations dont elle avait besoin. Elle se sentait au bord de la nausée. Durant ces dernières semaines, elle avait réussi à se convaincre que sa première impression à propos de Lane était erronée et qu'en fin de compte il était un homme digne de confiance. Elle s'était même donnée à lui. Comme il avait dû rire en voyant quelle proie facile elle faisait !

— As-tu contacté Cole Sullivan pour fixer le lieu et la date de notre partie de poker ? demanda-t-elle dès qu'il ouvrit la porte de derrière et qu'il suspendit son chapeau à la patère.

Il hocha la tête tout en retirant une bière du réfrigérateur.

— Oui. Il accepte de nous prêter la salle de poker VIP au End of the Rainbow Casino pour jeudi, expliqua-t-il en allant s'asseoir à côté d'elle. Il m'a dit qu'il venait d'apprendre la mort de ton grand-père et que celui-ci lui avait remis quelque chose qu'il était chargé de nous donner après sa mort. As-tu une idée de ce que cela peut être ? demanda-t-il, perplexe.

— Comment saurais-je ce que mon grand-père a remis

à un homme que je n'ai jamais rencontré ? répliqua-t-elle sèchement.

Il posa une main sur la sienne, l'air perplexe.

— Quelque chose ne va pas ?

— En effet, on peut dire ça comme ça, rétorqua-t-elle en retirant sa main.

— Dis-moi ce qui t'ennuie, mon ange.

Il semblait sincèrement préoccupé, mais elle savait à quoi s'en tenir sur son compte, désormais.

— D'abord, cesse de m'appeler « mon ange », déclara-t-elle, croisant les bras. Je ne suis ni ton ange, ni ta chérie, ni ta douce, ni quoi que ce soit d'autre.

Il s'apprêtait à porter la bouteille de bière à sa bouche quand il s'arrêta à mi-course avant de la reposer lentement sur la table.

— Voudrais-tu m'expliquer ce qui se passe et pourquoi tu t'offusques soudain de m'entendre t'appeler ainsi alors que tu n'y voyais pas d'inconvénient jusqu'à ce matin ?

— Aujourd'hui, j'ai appris quelque chose à ton sujet qui m'a beaucoup perturbée, répondit-elle, se forçant néanmoins à rester calme.

Si elle ne gardait pas ses émotions sous clé, elles la trahiraient à coup sûr. Or elle préférait mourir plutôt que laisser voir à Lane à quel point il l'avait blessée.

— Qu'as-tu appris ? demanda-t-il lentement.

A en juger par son expression fermée, il savait ce qu'elle s'apprêtait à dire. Il avait déjà dû échafauder un plan pour limiter les dégâts au cas où elle découvrirait la vérité sur son compte. Mais rien de ce qu'il pourrait dire ne l'inciterait à l'indulgence. Désormais, elle n'avait plus confiance en lui.

— Tu as oublié de me dire que tu avais été placé en famille d'accueil parce que tu étais un voleur et un escroc, expliqua-t-elle, secouant la tête devant sa propre folie. J'aurais dû me fier à mon instinct. Tu as grugé mon grand-père, n'est-ce pas ?

— Non !

Il se leva brusquement de sa chaise et alla vider le contenu de sa bouteille de bière dans l'évier. Quand il se tourna vers elle, son expression était impassible.

— Je te répète que je n'ai jamais triché aux cartes.

— Puisque tu le dis… Il n'empêche que tu étais tellement doué dans l'art d'escroquer et de voler les gens que les autorités ont mis un an pour t'arrêter, riposta-t-elle, se levant pour lui faire face. Il fallait que tu sois un menteur très convaincant pour berner autant de personnes. Cela a dû être un jeu d'enfant que de me prendre à ton piège.

— Je ne t'ai jamais menti, assura-t-il, faisant un pas vers elle.

Refusant de se laisser intimider, elle demeura fermement campée sur ses pieds.

— Je me suis montrée naïve au point d'en être ridicule. Comme tu as dû t'amuser de la facilité avec laquelle je me suis laissé séduire !

— Cela ne s'est pas passé ainsi, Taylor, protesta-t-il. Au fond de toi, tu dois le savoir.

— A vrai dire, à cet instant précis, je ne suis plus sûre de savoir quoi que ce soit, admit-elle. Je suppose que je dois te remercier de m'avoir appris que mon jugement était faillible et que je n'avais aucun discernement.

— De fait, Taylor, tu as un défaut, c'est de tirer des conclusions sans même attendre d'avoir tous les éléments en main avant de juger, rétorqua-t-il d'une voix tranchante.

Il était furieux, cela ne faisait aucun doute. Et pourtant, à sa grande surprise, il ne criait pas. Mais il n'en avait pas besoin. Son ton calme et froid était encore plus impressionnant.

— Oui, j'ai gardé par-devers moi ces informations sur mon passé, et cela pour deux bonnes raisons. D'abord, parce que je ne suis pas du tout fier de ce que j'ai fait. Et, ensuite, parce que je savais comment tu réagirais.

— M'en aurais-tu parlé un jour ?

— Oui, déclara-t-il, prenant une profonde respiration. J'avais l'intention de te dévoiler mon passé de jeune délinquant et les raisons qui m'ont poussé à commettre ces actes répréhensibles. Mais je voulais attendre le bon moment.

— Vas-tu tout m'expliquer maintenant ?

Pourquoi se donnait-elle la peine de lui poser cette question ? Il pensait sans doute qu'elle était naïve au point de gober tout ce qu'il lui dirait.

— Non, déclara-t-il, contre toute attente. Pour l'instant, tu t'es forgé une opinion sur moi, et tout ce que je pourrais dire sera incapable de te faire changer d'avis à mon sujet. Je t'en parlerai demain quand tu te seras calmée.

— Tu n'en auras pas l'occasion, riposta-t-elle. Je veux que tu quittes cette maison et cette propriété tant que le sort du ranch n'est pas tranché.

— Cet endroit est autant à moi qu'à toi, remarqua-t-il d'un ton toujours aussi posé et glacial.

— Cette situation est intolérable, et l'un de nous doit partir.

Elle espérait qu'il ne la prendrait pas au mot en répliquant que, si elle n'était pas contente, elle n'avait qu'à vider les lieux. Juridiquement, il était en droit de rester, et tous deux le savaient.

— C'est à toi de partir puisque tu as la possibilité d'être hébergé par tes frères, argua-t-elle. Moi, je n'ai personne vers qui me tourner.

Il la contempla pendant une éternité, lui sembla-t-il, puis il hocha la tête et se dirigea vers le couloir.

— Je vais préparer un sac et je quitterai cette maison dans une quinzaine de minutes.

Se tournant vers elle, il ajouta :

— Mais ne va pas t'imaginer que je renonce à ce ranch. C'est mon foyer, maintenant, et j'ai la ferme intention d'y vivre *très* longtemps.

Elle attendit qu'il ait rejoint sa chambre pour sortir sous le porche de devant et s'asseoir sur la balançoire. Elle ne voulait pas le voir franchir le seuil et courir le risque de flancher au dernier moment. Ce serait tellement tentant de lui demander de rester et de lui expliquer pourquoi il avait basculé dans la délinquance après la mort de son père et, aussi, pourquoi il lui avait menti — même si c'était un mensonge par omission.

Rien ne lui ferait plus plaisir que d'entendre Lane lui dire qu'il s'était comporté comme tout adolescent normal ayant vu sa vie bouleversée par une tragédie. Elle n'imaginait pas à quel point il avait dû être traumatisé par la découverte du cadavre de son père. Il n'avait que treize ans à l'époque, et à l'évidence cet incident le hantait encore. Mais même s'il lui fournissait cette explication, tout à fait plausible au demeurant, comment pourrait-elle être certaine qu'il disait la vérité ?

Le soudain claquement d'une porte et le ronflement d'un moteur lui firent monter les larmes aux yeux. Lane partait, comme elle le lui avait demandé. Alors, pourquoi se sentait-elle aussi malheureuse ?

Quand elle vit les feux arrière de son pick-up disparaître peu à peu en direction de la grande route, elle ne put refouler ses larmes plus longtemps. Elle venait de perdre l'homme de sa vie.

— Je vais m'installer chez toi pendant quelques jours, annonça Lane deux heures plus tard, quand T.J. lui ouvrit la porte de son ranch.

— Ah, quelque chose me dit qu'il y a de l'orage dans l'air du côté du Lucky Ace, plaisanta T.J., s'effaçant pour le laisser passer. Qu'as-tu fait ?

— Qu'est-ce qui te permet de penser que j'y suis pour quelque chose ? demanda sèchement Lane.

— Nous, les hommes, nous avons le chic pour tout gâcher, et les femmes adorent nous le faire remarquer. Alors, qu'as-tu fait ?

— Je ne veux pas en parler, marmonna-t-il.

La dernière chose dont il avait envie, c'était d'évoquer ce qui venait de se passer avec Taylor. Cette femme était aussi têtue qu'une mule, et il bouillait encore de colère en se remémorant les terribles accusations qu'elle avait proférées contre lui.

— Allons dans ma salle de jeux, l'invita T.J. On dirait que tu as besoin d'un verre.

— Et comment ! s'exclama-t-il en suivant son frère à l'arrière de la maison.

Ils poussèrent deux portes battantes et pénétrèrent dans une pièce décorée comme un saloon au temps du Far West. Il s'installa sur un tabouret pendant que son frère passait derrière le bar pour prendre deux bières. Lane contempla son reflet dans l'immense miroir accroché au mur. Il avait l'air sonné. De fait, il avait l'impression que le ciel lui était tombé sur la tête.

— Alors, tu vas t'expliquer, ou il faut que je t'arrache les mots de la bouche ? demanda T.J. en rompant le silence.

Lane vida sa bouteille de bière, et, comme il l'avait prévu, son frère lui en tendit une autre.

— Il n'y a rien à expliquer. Elle est furieuse après moi, et je vais rester chez toi quelques jours. Fin de l'histoire.

— Tu me connais, Lane. Je ne suis pas du genre à m'immiscer dans tes histoires personnelles, remarqua prudemment T.J.

— Ah, oui ? Depuis quand ? Tu as toujours été le plus curieux et le plus fouineur de nous six !

T.J. arbora un grand sourire.

— Je reconnais que je suis très bon dans cette discipline. Et j'ai toujours pensé que, si quelqu'un était doué pour quelque chose, il devait exercer son talent le plus souvent possible.

— Peut-être, mais cette fois je te conseille de t'abstenir, le prévint-il. Je ne suis pas d'humeur à supporter tes questions, et je détesterais devoir te botter les fesses.

— Vous avez dû vous quereller, et pas pour des motifs futiles, remarqua T.J. en secouant la tête d'un air entendu. D'habitude, tu es celui de nous six qui a le plus d'empire sur lui-même.

— Peut-être, mais pas ce soir, convint Lane en finissant sa bière. J'en prendrais volontiers une autre.

T.J. la posa devant lui.

— Tu dois être très amoureux de Taylor pour qu'elle t'ait mis dans un tel état de nerfs. Je ne t'ai jamais vu boire autant de bières d'affilée, constata T.J., l'air préoccupé.

— Tu risques de me voir en ingurgiter quatre ou cinq autres avant la fin de la soirée.

Peut-être que, s'il buvait jusqu'à l'oubli, la douleur qui torturait son âme lui laisserait un peu de répit.

— Elle a eu connaissance de ton passé, c'est ça ?

Foudroyant son frère du regard, Lane but une autre lampée de bière.

— La ferme, T.J. !

— Comment l'a-t-elle découvert ? insista son frère.

— Je l'ignore, avoua Lane en secouant la tête. Elle ne me l'a pas dit, et je ne le lui ai pas demandé. Après tout, qu'importe. Elle l'a découvert avant que je le lui dise moi-même et elle en a conclu que j'avais escroqué son grand-père en lui soutirant la moitié du Lucky Ace.

T.J. siffla doucement.

— Même moi, je ne me risquerais pas à plaisanter sur ton honnêteté au poker, alors t'accuser d'une chose aussi grave…

Hochant la tête, Lane finit sa bière et se leva.

— Quelle chambre m'attribues-tu ?

— J'ai six chambres d'amis. Choisis toi-même.

Tandis qu'il montait l'escalier, il savait aussi sûrement que le soleil se couchait à l'ouest que T.J. était déjà en train de téléphoner à ses frères pour les informer de ce qui lui arrivait. Mais c'était la première fois que la ligne compassionnelle était activée à cause de lui. Et il n'aimait pas du tout cette expérience. Il savait que tous s'inquiéteraient à son sujet et qu'ils s'empresseraient de lui apporter leur soutien moral et leurs conseils. Mais il ne voulait pas les écouter. Ni ce soir, ni demain, ni jamais.

Car rien de ce qu'ils pourraient dire ou faire n'arrangerait ses affaires. Taylor avait une opinion bien arrêtée sur lui, et ce n'était pas demain la veille qu'il réussirait à lui faire entendre raison.

Elle s'était obstinée de la même façon concernant la fameuse partie de poker. Quand elle avait fini par admettre qu'elle ne connaissait rien à ce jeu, il était revenu sur sa proposition. Mais elle n'avait rien voulu entendre. Elle s'était mis en tête qu'elle était capable de le battre, et elle avait décidé qu'elle jouerait cette partie envers et contre tout. Bon sang ! Cette femme était trop têtue pour son propre bien.

Pénétrant dans la première chambre, il laissa tomber son sac de marin sur le parquet, se déshabilla et se dirigea vers la salle de bains attenante. Debout sous le jet d'eau fumant, il ferma les yeux et s'efforça de considérer les choses objectivement. S'il n'était pas aussi amoureux de Taylor, il serait tenté d'abandonner le combat. Elle réagissait de façon excessive sur tous les sujets et, quand elle croyait avoir raison, elle n'en démordait pas.

Mais c'était précisément cette fougue et cette passion qu'il aimait le plus chez elle. Quand elle s'impliquait dans quelque chose, elle se donnait à fond, qu'il s'agisse de cuisiner un bon repas ou de faire l'amour avec lui.

Fermant le robinet, il attrapa une serviette et se sécha. Elle avait peut-être gagné une manche ce soir, mais elle ignorait que lui aussi pouvait se montrer têtu à l'occasion et qu'il n'avait pas l'intention de renoncer à elle aussi facilement.

Il retourna dans la chambre et s'allongea sur le lit, les yeux fixés au plafond. Bien qu'il se sente encore blessé par son manque de confiance, il était incapable de lui en vouloir plus longtemps. Il comprenait qu'elle ait pu mal réagir en découvrant qu'il avait commis des actes répréhensibles durant son adolescence. Comme il s'était gardé de lui en parler, il était forcé d'admettre que les apparences étaient contre lui et que tout portait à croire qu'il avait grugé son grand-père. Si l'on ajoutait à cela la tendance qu'avait Taylor de tirer des conclusions hâtives, il aurait fallu un miracle pour qu'elle ne le juge pas coupable de tout ce dont elle l'avait soupçonné lors de leur première rencontre.

Tandis qu'il songeait à quel point il l'aimait et qu'il s'efforçait désespérément de trouver un moyen de se réconcilier avec elle, un plan commença à se former dans son esprit. Il sut exactement ce qu'il allait faire pour la convaincre de sa sincérité et sortir de cette situation insensée. Et il ne doutait pas un instant qu'il allait réussir ce pari osé.

Croisant les bras derrière la nuque, il sourit. Il ne s'était pas attendu à tomber amoureux de Taylor, il avait même essayé de nier l'évidence. En vain. Il s'arrangerait donc pour lui faire comprendre qu'ils étaient faits l'un pour l'autre et qu'elle devait s'habituer à cette idée.

- 9 -

Vendredi, quand Lane arriva au End of the Rainbow Casino, il se rendit directement dans le bureau privé de Cole Sullivan.

— Tout est prêt pour la partie ? demanda-t-il après les salutations d'usage.

— Oui. La salle VIP est prête, et un croupier se tient à votre disposition, assura le directeur du casino. Nous n'attendons plus que Mme Scott.

— Bien.

Il avait hâte que la partie commence. Plus vite ils régleraient le sort du ranch, plus vite il pourrait reconquérir Taylor.

— Comment vas-tu depuis la dernière fois qu'on s'est vus ? demanda Cole en sortant une enveloppe du tiroir de son bureau.

— Très bien, répondit-il en consultant sa montre.

Il n'avait pas eu l'occasion de voir ou de parler à Taylor durant ces derniers jours, et il avait l'impression qu'ils s'étaient séparés depuis une éternité. Elle lui manquait terriblement. Il mourait d'envie de la tenir dans ses bras et de lui faire l'amour.

Après son départ du Lucky Ace, le soir où Taylor l'avait confronté à son passé, il avait employé les trois jours suivants à peaufiner son plan d'action. Il avait été tenté de l'appeler pour entendre sa voix. Il avait même commencé à composer son numéro à plusieurs reprises, mais il y avait renoncé pour une bonne raison : un homme ne pouvait pas faire une déclaration d'amour par téléphone à la femme de sa vie.

— Ben m'a laissé cette lettre juste avant de partir pour la

Californie, à l'automne dernier, déclara Cole, interrompant le cours de ses pensées. Il m'a expressément demandé de vous la remettre à tous les deux en même temps. Veux-tu en prendre connaissance avant ou après la partie ?

— Après, décida Lane. Sa lecture pourrait bouleverser Mme Scott et nous déconcentrer l'un et l'autre.

— Tu as raison.

Cole fourra l'enveloppe dans la poche intérieure de sa veste et marqua un temps avant de poursuivre :

— J'ai eu l'impression que Ben savait qu'il ne reviendrait pas de son voyage en Californie et qu'il voulait éviter toute équivoque quant à ses dernières volontés.

Lane ne comprenait pas pourquoi Ben l'avait inclus dans ce qui aurait dû être une lettre personnelle adressée à sa petite-fille. Mais il y avait beaucoup de choses qui lui échappaient à propos de Ben. Ainsi, à l'automne dernier, le vieil homme aurait eu suffisamment d'argent disponible pour couvrir sa mise. Pourtant, il avait préféré miser la moitié du Lucky Ace. A l'époque, Lane avait jugé cette décision dépourvue de sens, et aujourd'hui encore les motivations de Ben restaient un mystère pour lui.

— Mme Scott est arrivée, annonça la secrétaire de Cole dans l'Interphone.

— M. Donaldson et moi arrivons tout de suite.

Cole se tourna vers lui.

— Es-tu prêt à disputer la partie ?

Se levant, il hocha la tête.

— Le plus tôt sera le mieux.

Tandis qu'ils se dirigeaient vers la réception, il aperçut aussitôt Taylor, assise sur le bord de sa chaise, comme si elle était prête à bondir vers la porte. Elle semblait nerveuse et, à en juger par les cernes sous ses yeux, elle n'avait pas dû dormir beaucoup mieux que lui. Mais qu'importait. Il la trouvait plus belle que jamais ! Il dut se retenir pour ne pas se précipiter vers elle et la prendre dans ses bras.

— Bonjour, Taylor, la salua-t-il, touchant le bord blanc de son chapeau.

— Bonjour, Lane, répondit-elle froidement.

Un silence embarrassé s'ensuivit jusqu'à ce que Cole s'éclaircisse la gorge.

— Si vous êtes prêts tous les deux, je vais vous accompagner à la salle VIP, et vous pourrez commencer la partie, déclara-t-il.

Tandis qu'ils traversaient le premier étage à la suite du directeur du casino, Lane jeta un regard oblique à Taylor.

— Tu vas bien ?

Regardant droit devant elle, la jeune femme hocha la tête.

— Aussi bien que possible.

Sa bravade était feinte, et il eut envie de lui donner une accolade d'encouragement. Mais il parvint à se retenir. Elle n'apprécierait pas son geste, et il doutait d'être capable de rester dans les limites de l'amitié. Ce qu'il voulait vraiment, c'était l'entraîner dans un endroit privé où elle serait forcée d'écouter ses explications — avant qu'il l'embrasse jusqu'à ce qu'ils s'effondrent par manque d'oxygène.

Quand ils pénétrèrent dans la salle, il écarta une chaise pour qu'elle s'assoie, puis il s'installa en face d'elle.

— Bonne chance, Taylor, dit-il en souriant.

— Comme tu me l'as enseigné, la chance n'a rien à voir au poker, répliqua-t-elle, lui renvoyant ses propres mots à la figure. C'est le meilleur joueur qui gagne.

— Mais même les meilleurs joueurs commettent des erreurs, remarqua-t-il. C'est pourquoi il faut toujours accorder le bénéfice du doute à l'adversaire.

Il ne parlait pas de poker et, en la voyant écarquiller les yeux, il sut qu'elle avait compris son message.

Comme ils continuaient à se dévisager l'un l'autre, Cole prit la parole :

— Edward sera votre croupier. Il y aura une pause de cinq minutes toutes les heures jusqu'à ce que la partie soit finie. Je tiendrai le rôle d'observateur et je vérifierai les résultats de la partie.

Prenant un siège à la table de jeu, il ajouta :

— Bonne chance à tous les deux.

Lane savait que la partie n'atteindrait pas la première pause. Il avait un plan et, dès qu'il aurait la main gagnante, il le mettrait à exécution.

Un quart d'heure plus tard, il jeta un coup d'œil aux cartes privatives qui venaient de lui être distribuées, puis aux trois premières cartes communes — le flop — déposées par le croupier, face visible au centre de la table. Le moment qu'il attendait était arrivé.

— A toi de miser, Taylor, déclara-t-il calmement.

Guettant le moindre indice susceptible de la trahir, il comprit aussitôt qu'elle hésitait et calculait ses chances d'avoir la main gagnante. Il dut faire un gros effort pour s'empêcher de sourire.

Elle posta une petite mise et esquissa un sourire.

— A ton tour.

— Tapis, annonça-t-il, mettant tout son tas de jetons au pot.

Il avait gagné plus de jetons qu'elle, mais cela faisait partie de son plan. Si elle misait le nombre équivalent de jetons, elle serait en bonne position, et la partie pourrait se terminer lors de la prochaine main.

L'observant à la dérobée, il était fier qu'elle ne se mordille pas la lèvre inférieure pendant qu'elle essayait de décider si elle devait égaler sa mise. Mais, étant donné les cartes qu'il avait en main et les cartes sur la table, il savait qu'elle n'avait rien à craindre.

— Tapis, annonça-t-elle finalement, mettant tous ses jetons au pot.

A en juger par le léger tremblement de sa voix, il devinait qu'elle était nerveuse. Comme il aurait aimé la prendre dans ses bras et l'embrasser pour la rassurer !

Tous deux déposèrent leurs cartes privatives face contre la table en attendant que le croupier révèle les deux dernières cartes communes. Il avait une paire de neuf, alors que Taylor avait probablement une quinte.

Son cœur cogna très fort contre sa cage thoracique pendant qu'Edward distribuait le tournant, puis la rivière, face visible sur la table. Par chance, ces deux cartes communes ne lui furent d'aucune aide. En revanche, Taylor obtint la quinte qu'elle espérait.

— Et moi qui pensais te battre avec ma paire de neuf ! s'exclama-t-il, espérant qu'il se montrait convaincant.

Pour la première fois depuis qu'elle s'était assise à la table, elle sourit.

— Il semble que ce ne soit pas le cas, constata-t-elle, tandis que le croupier poussait ses jetons et la plupart de ceux de Lane du côté de Taylor.

Il lui en restait juste assez pour que son jeu soit convaincant. Il attendit que le croupier finisse de distribuer le flop avant de regarder ses cartes privatives. Il faillit pousser un grognement de dépit en constatant qu'il avait une paire de rois. Sans doute Taylor avait-elle une main inférieure à la sienne. Son seul espoir était qu'elle le batte grâce aux cartes communes.

Postant sa mise, il rajouta tous ses jetons, sauf un, au pot.

— Tant que j'aurai un jeton et une chaise, il me restera une chance, plaisanta-t-il.

Voyant qu'elle hésitait, il retint son souffle. Il lui aurait été tellement plus facile de passer s'il avait reçu des cartes susceptibles de le faire perdre ! Cependant, tout en observant Taylor, il savait que ce choix était le plus facile qu'il ait jamais eu à faire. Taylor pensait qu'ils jouaient pour décider du sort du ranch. Mais il savait qu'il y avait en jeu beaucoup plus que quelques quatre cents hectares de poussière du Texas. Et, pour la première fois de sa vie, il allait perdre volontairement une partie en espérant que ce serait suffisant pour obtenir ce qu'il voulait.

— Je suis, dit-elle d'un ton décidé.

Le croupier distribua le flop — deux dix et un roi. Lane eut l'impression que son cœur allait éclater. Il avait un full aux rois ! Pourquoi diable n'avait-elle pas décroché cette main ?

L'adversaire qui était en lui mourait d'envie de jouer ses cartes et de remporter le pot. Mais, tandis qu'il observait

Taylor, son cœur lui dicta qu'il n'avait qu'un seul choix possible s'il voulait la reconquérir.

Prenant une ample respiration, il secoua la tête.

— Je passe, annonça-t-il.

Il déposa ses cartes privatives face contre la table, s'avouant vaincu, et récupéra son jeton restant.

— Tu as gagné, Taylor.

Ignorant le regard médusé de Cole Sullivan, il se leva et tendit la main à Taylor.

— Félicitations. Le Lucky Ace est à toi, et à toi seule.

Quand elle posa sa main fine dans la sienne, il eut l'impression qu'un courant électrique circulait entre eux. Il avait fait le bon choix — le seul possible. Restait à espérer que son plan fonctionnerait et que ce n'était pas la dernière fois qu'il lui serait permis de toucher Taylor.

— La partie a été belle, et tu as très bien joué. Je suis fier de toi, Taylor.

— J'ai eu un excellent professeur, remarqua-t-elle doucement.

La tristesse qu'il lut dans ses prunelles émeraude faillit avoir raison de lui.

— Profite bien du ranch, murmura-t-il, glissant le jeton de poker dans la poche de son jean et pivotant vers la porte.

Se forçant à avancer avant de changer d'avis, il s'éloigna sans un regard en arrière et se dirigea vers la sortie du casino, laissant la femme de sa vie derrière lui.

Une fois Cinnamon sellée, Taylor se jucha sur sa jument isabelle et prit la direction de la crique, au sud du ranch. Emportée par un maelström d'émotions, elle avait l'impression que sa situation ne pouvait être pire qu'elle ne l'était. Peut-être serait-elle en mesure de voir plus clair en elle et de puiser de la force dans cette crique où elle et son grand-père avaient l'habitude de pêcher. L'endroit où il avait demandé sa grand-mère en mariage. L'endroit où Lane et elle avaient pique-niqué lors de leur promenade à cheval.

La confusion de ses sentiments avait commencé le soir même où elle lui avait jeté son passé de délinquant à la tête, et elle avait empiré cet après-midi quand Lane était sorti de la salle de jeu. Elle le savait, une fois qu'un joueur abandonnait la partie, ses cartes étaient mortes et les autres joueurs n'étaient pas censés les regarder. Mais elle n'en avait pas tenu compte. Son instinct lui dictait que battre Lane n'aurait pas dû être aussi facile. Et elle avait eu raison. Il avait abandonné alors qu'il avait un full aux rois, ce qui lui aurait permis de la battre car elle n'avait qu'un brelan.

Pourquoi avait-il agi ainsi ? Pourquoi avait-il volontairement perdu la partie et lui avait-il fait cadeau de sa quote-part du Lucky Ace ? Et pourquoi, maintenant qu'elle détenait la totalité du ranch, avait-elle l'horrible sentiment d'être plus perdante que gagnante ?

Parvenue à la crique, elle descendit de sa monture et l'attacha à un arbre. Puis elle s'avança vers la berge, s'assit dans l'herbe et sortit la lettre de la poche de son jean. Cole Sullivan la lui avait remise, juste avant qu'elle quitte le casino, mais elle ne l'avait pas encore ouverte. Sur l'enveloppe, son grand-père avait écrit son nom et celui de Lane. Mais elle ignorait si elle le reverrait un jour.

Elle ferma les yeux et prit plusieurs respirations. A la seule pensée qu'elle ne le reverrait plus, qu'il ne l'enlacerait plus et qu'il ne lui ferait plus jamais l'amour avec tendresse et volupté, elle sentit les larmes déborder de ses paupières et rouler sur ses joues. Elle l'aimait plus qu'elle n'aurait jamais imaginé aimer un jour, et elle l'avait chassé de sa vie !

Le soir où elle lui avait ordonné de quitter le ranch, Lane avait eu raison — elle avait une fâcheuse tendance à réagir de façon excessive et à refuser d'écouter les arguments de son interlocuteur.

Elle rouvrit les yeux et contempla l'eau limpide de la crique. Le lendemain de son départ du ranch, elle avait pris conscience qu'elle aurait dû lui donner une chance de s'expliquer. Mais elle s'était figuré qu'elle aurait tout le temps de s'excuser et de lui dire qu'elle était disposée à écouter ses explications après la fameuse partie de poker. Hélas, il était parti du casino avant qu'elle ait eu la possibilité de lui parler.

Et maintenant elle n'avait pas la moindre idée de l'endroit où il se trouvait. Certes, elle avait la possibilité de demander à l'un de ses frères s'il savait où il était allé et comment le contacter. Mais cette solution ne l'enchantait pas. D'abord, elle n'était pas sûre que ses frères acceptent de lui donner l'information. Ensuite, elle n'était pas comme ses parents. Elle n'avait pas envie de mêler qui que ce soit à ses querelles avec Lane. Soudain, une pensée lui traversa l'esprit, la mettant dans tous ses états. Etait-elle en train de commettre les mêmes erreurs que ses parents ? Se sentant de plus en plus malheureuse, elle comprit que c'était précisément le cas. Ses parents réagissaient toujours de façon excessive au moindre problème et ils étaient trop têtus pour entendre raison. C'est pourquoi leurs dissensions se manifestaient toujours par des disputes et par des cris.

Mais Lane avait refusé de s'abaisser à ce niveau. Il avait gardé son calme et tenté de discuter avec elle de façon raisonnable malgré sa fureur évidente et face aux terribles accusations qu'elle avait formulées contre lui.

Eprouvant le besoin de chasser de son esprit cette découverte déprimante, elle s'essuya les yeux du revers de la main, puis elle décacheta l'enveloppe. Elle reconnut aussitôt l'écriture de son grand-père, et les larmes ruisselèrent de nouveau sur ses joues.

Quand elle se fut ressaisie, elle commença à lire, mais dès les premières lignes elle se sentit plus accablée que jamais. Depuis le début, Lane avait dit la vérité. Il n'avait pas triché pour gagner contre son grand-père. C'était Ben Cunningham qui avait perdu volontairement la partie pour permettre à Lane et à Taylor de se rencontrer.

Tandis qu'elle poursuivait sa lecture, elle s'étonnait des trésors d'ingéniosité qu'il avait déployés pour jouer les entremetteurs. Il avait tout orchestré de main de maître, d'abord en exigeant que Lane s'installe dans la maison du ranch, puis en demandant à Taylor de quitter la Californie pour aller vivre au Lucky Ace. Il avait ourdi cette machination parce qu'il devinait qu'ils formeraient un couple assorti — tout comme sa grand-mère et lui l'avaient été.

Elle ne savait pas depuis combien de temps elle était assise sur la berge à contempler le léger mouvement de l'eau quand un léger bruissement la fit se retourner. Lane avait attaché son hongre à côté de sa jument et il s'avançait dans sa direction. Elle était tellement perdue dans ses pensées déprimantes qu'elle ne l'avait pas entendu arriver.

Son cœur faillit s'arrêter de battre quand elle l'aperçut. Il lui avait paru très élégant dans son jean noir, sa chemise blanche et sa veste de sport noire qu'il portait lors de la partie de poker. Mais maintenant, vêtu d'un jean usé, d'une chemise en baptiste et d'une veste en cuir noir, il était encore plus beau. Il ressemblait au cow-boy qu'elle avait appris à connaître durant les semaines passées — l'homme qu'elle aimait plus que la vie elle-même.

— Comme je ne t'ai pas trouvée à la maison, je me suis douté que tu serais là, dit-il en s'asseyant sur l'herbe à côté d'elle.

— Que fais-tu ici, Lane ?

Elle n'avait pas eu l'intention de se montrer aussi brusque, mais après la façon dont elle s'était comportée avec lui, le soir où elle lui avait ordonné de quitter le ranch, elle avait du mal à croire qu'il ait envie de la revoir, et plus encore, qu'il se soit donné la peine de la chercher.

— Je suis passé pour t'apporter les documents que Ben et moi avions signés quand j'ai gagné la moitié du ranch, répondit-il, sortant une liasse de papiers de la poche intérieure de sa veste.

Il était si beau ! Comme elle aimerait qu'il la prenne dans ses bras et qu'il lui dise que tout allait s'arranger entre eux. Hélas, cela ne risquait pas d'arriver — pas après les terribles accusations qu'elle avait proférées contre lui.

— Je… j'avais oublié qu'il y aurait des documents

juridiques à signer, avoua-t-elle, résistant difficilement à l'envie de caresser sa joue rasée de près.

Elle le contempla pendant qu'il tournait et retournait les documents entre ses mains, les yeux baissés.

— Avant de te les remettre, je voudrais que tu écoutes ce que j'ai à te dire, déclara-t-il lentement. Et je souhaiterais que tu m'écoutes jusqu'au bout sans faire des commentaires.

— Entendu. Moi aussi, j'aurai quelque chose à te dire ensuite.

Admettre qu'elle s'était trompée n'était pas chose facile, mais elle lui devait des excuses pour l'avoir accusé de tricherie et d'escroquerie, et aussi pour avoir réagi de façon excessive quand elle avait découvert la vérité sur son passé.

Prenant une ample respiration, il leva les yeux vers elle et secoua la tête.

— Je n'ai pas essayé de te dissimuler ce que j'ai fait, pendant mon adolescence. Je n'en suis pas fier et j'évite d'y penser, mais j'avais l'intention de t'en parler au moment opportun.

— Compte tenu des accusations que j'ai portées contre toi lors de mon arrivée au ranch, je peux comprendre ta réticence à me parler de ton passé.

Ce soir-là, elle avait sans le savoir réveillé chez lui des souvenirs pénibles, et elle ne pouvait pas lui reprocher son hésitation à lui faire part de ses erreurs de jeunesse.

Il eut un haussement d'épaules fataliste.

— J'ignore ce que tu sais exactement à mon sujet. Toujours est-il que mon père a détourné une fortune en grugeant des personnes qui lui confiaient leurs économies pour qu'il les fasse fructifier. C'est pour cette raison qu'il s'est suicidé. Il savait qu'il risquait de passer le reste de sa vie en prison et il manquait de courage pour affronter les conséquences de ses actes.

— J'ai pris connaissance des délits commis par ton père dans un article publié par un journal de Houston, admit-elle.

— Ma mère ignorait tout des agissements de mon père, mais, quand il est mort, il avait dilapidé les économies de leur ménage et celles de ses clients, expliqua-t-il, fixant un point au loin. Je ne sais pas pourquoi il a agi ainsi, mais je suppose qu'il essayait de projeter l'image d'un homme très prospère.

— Peut-être pensait-il que c'était important dans le cadre de son métier, suggéra-t-elle gentiment.

— Sans doute. Quoi qu'il en soit, après sa mort, ma mère a trouvé un emploi de réceptionniste dans une grande société, et nous avons dû quitter notre maison dans la banlieue résidentielle de Houston pour emménager dans un appartement en ville, puisqu'elle n'avait pas de voiture. Nos deux véhicules avaient été vendus avec tous nos autres biens lors d'une vente aux enchères ordonnée par le tribunal.

— Quel changement cela a dû être pour ta mère et toi…

Elle peinait à imaginer comment ils avaient réussi à surmonter cette terrible épreuve.

— Oui. Malgré tout, nous arrivions à joindre les deux bouts jusqu'au jour où ma mère a découvert qu'elle avait une grosseur au sein, précisa-t-il, les traits durcis. Elle ne pouvait plus travailler à cause des traitements médicaux qu'elle devait suivre et, en perdant son emploi, elle a perdu son assurance maladie.

— Cela arrive à beaucoup de personnes, hélas, remarqua-t-elle, songeant combien la vie était parfois injuste. Quel âge avais-tu ?

— Quatorze ans, et j'ai été soudain investi du rôle de soutien financier du ménage, poursuivit-il, prenant une ample respiration.

— Pourquoi ta mère n'a-t-elle pas demandé une aide à l'une des agences de l'Etat ?

— Elle l'a fait, admit-il. Mais elles avaient du retard dans le traitement des dossiers, et nous avions besoin d'argent tout de suite.

Il lui jeta un regard appuyé.

— Certains propriétaires se fichent complètement des problèmes que leurs locataires rencontrent. Ils veulent être payés en temps et en heure, sinon ils vous jettent à la rue.

C'est la même chose avec les épiciers. Si on n'a pas d'argent pour payer la nourriture, on ne mange pas.

— Je suis vraiment désolée pour toutes les épreuves que tu as traversées, assura-t-elle, terriblement confuse.

Quand elle avait découvert son passé de délinquant, elle avait cru qu'il avait volé des objets pour s'amuser ou pour se rebeller contre la société, à l'instar de nombreux adolescents. Mais ça n'avait pas été le cas. Le vol avait été un moyen de survie pour lui.

— J'étais trop jeune pour décrocher un vrai travail et j'ai vite compris que les petits boulots, comme la tonte des pelouses, ne seraient pas suffisants, enchaîna-t-il. Il fallait que je trouve un moyen de me procurer une somme d'argent importante.

— Et c'est à ce moment-là que tu as commencé à…

— Oui. Je suis devenu un voleur, l'interrompit-il. Je dérobais tout ce que je pensais pouvoir revendre, je faisais du porte-à-porte pour vendre des abonnements à des magazines que les personnes ne recevraient jamais et je sollicitais des dons pour des organisations caritatives fictives. Bref, j'usais de tous les moyens afin de trouver l'argent nécessaire pour couvrir nos dépenses.

— Ta mère était-elle au courant ? demanda Taylor, le cœur serré.

— Si elle l'était, elle était trop malade pour s'en soucier.

Il baissa les yeux et contempla ses mains.

— Elle est morte six mois après qu'on lui a diagnostiqué un cancer du sein. J'ai été arrêté peu après, alors que je tentais de vendre un plateau en argent massif à un receleur.

— Et tu es devenu pupille de l'Etat ?

— Oui. Quand mon affaire est passée devant le tribunal, le juge a examiné les preuves accumulées contre moi et il m'a demandé pourquoi j'avais fait tout cela. Après avoir entendu mes explications, il a eu pitié de moi. Il m'a dit que, si je plaidais coupable, j'éviterais le centre de détention pour mineurs et je serais placé dans un foyer d'accueil, le Last Chance Ranch.

Il releva les yeux et la regarda en souriant.

— C'est la meilleure chose qui me soit jamais arrivée.

— C'est là que tu as rencontré tes frères, murmura-t-elle, sachant combien ils étaient devenus importants à ses yeux.

Le Last Chance Ranch l'avait sauvé et avait enrichi sa vie de si nombreuses façons… Elle commençait à comprendre pourquoi il tenait tant à posséder une partie du Lucky Ace.

— Oui, acquiesça-t-il en lui prenant la main. J'ai gagné des frères et surtout un père qui s'est donné la peine de m'aider à surmonter mon passé.

Son ton se chargea de tendresse.

— Hank Calvert avait de quoi faire avec six adolescents à sa charge. Mais il s'est servi des travaux du ranch et des compétitions de rodéo pour nous maintenir toujours occupés et pour nous aider à évacuer la colère qui nous rongeait.

Riant tout bas, il ajouta :

— Et ses conseils de vieux sage nous ont été très précieux.

— Que vous disait-il ? demanda-t-elle, heureuse de sentir la chaleur de sa paume se diffuser en elle.

— Oh ! des choses, comme nous montrer polis et s'essuyer la main sur son jean avant de serrer celle de quelqu'un, expliqua-t-il avec un large sourire. Puis, chaque fois que l'un de nous avait un rendez-vous galant, il nous faisait un cours sur la façon de se conduire avec les dames. Combien de fois nous a-t-il rabâché : « N'oubliez pas de leur tenir la porte ! » Ou encore : « Sauf si vous avez les deux bras dans le plâtre, vous devez les aider à porter leurs paquets. »

— C'est pour cette raison que tu écartes toujours ma chaise quand je m'assois ? s'enquit-elle en lui rendant son sourire.

— Oui. Hank avait établi une liste de comportements qui faisaient d'un homme un gentleman. Il appelait cela le Code du cow-boy, et je peux t'assurer qu'il donnait lui-même l'exemple en le respectant au pied de la lettre.

— D'après le portrait que tu en dresses, c'était un homme merveilleux, remarqua-t-elle, regrettant de ne pas avoir rencontré celui qui avait pris la peine de remettre ces adolescents rebelles dans le droit chemin.

— Oui, il était sensationnel, approuva-t-il avec tendresse.

— Lane, je suis désolée pour toutes ces horribles choses que je t'ai dites l'autre soir, enchaîna-t-elle, honteuse de s'être laissé aller à de telles accusations. J'aurais dû te permettre de t'expliquer au lieu de te demander de partir. Il faut vraiment que je m'efforce de contrôler ma tendance à tirer des conclusions hâtives et à réagir de façon excessive.

Il hocha la tête.

— Tu es une femme très passionnée.

— Cela n'excuse pas ma conduite, insista-t-elle. Je te prie d'accepter mes excuses.

— Ne t'inquiète pas, Taylor, répondit-il, son sourire faisant courir un délicieux frisson le long de son dos. Je te pardonne volontiers.

Ils restèrent assis en silence pendant de longues minutes, puis elle demanda :

— Lane, pourquoi as-tu abandonné la partie, aujourd'hui ? Tu allais me battre, nous le savons tous les deux.

Quand il croisa son regard, son cœur se figea.

— Je savais que tu voulais récupérer la totalité du Lucky Ace, expliqua-t-il en lui pressant la main. Et j'ai compris que ton bonheur était plus important que quelque quatre cents hectares de poussière.

— Lane, je…

Posant son index sur ses lèvres, il secoua la tête.

— Tu as promis de m'écouter.

Remplaçant son doigt par ses lèvres, il lui donna un baiser qui lui coupa le souffle.

— J'ai une autre proposition d'affaires à te soumettre.

— Entendu.

Cela faisait quatre jours qu'elle était privée de ses baisers, et elle mourait d'envie qu'il poursuive ses exquises attentions.

— De quoi s'agit-il ?

— Je me disais que, si ça ne te dérangeait pas, je pourrais

rester ici quelque temps pour t'aider à gérer le ranch. Que penses-tu de ma proposition ?

La flamme de l'espoir se ralluma en elle.

— Elle me paraît intéressante.

— Et serais-tu d'accord pour que je continue à habiter dans la maison avec toi ?

— Oui, je n'y vois aucun inconvénient, assura-t-elle, le cœur battant la chamade.

— Ne penses-tu pas que la chambre principale aurait besoin d'être redécorée ? lâcha-t-il, l'air sérieux.

— En effet, ce serait une bonne idée.

Il considéra sa réponse pendant un moment avant de poursuivre :

— Une fois qu'elle serait redécorée, aimerais-tu qu'elle devienne ta chambre ?

— Je suppose que oui, répondit-elle, se demandant où il voulait en venir.

— Et, si je promets de ne pas ronfler trop fort, accepterais-tu que je dorme là-bas avec toi ? demanda-t-il, levant leurs doigts entrelacés jusqu'à ses lèvres pour embrasser le dos de sa main.

— Oui, j'aimerais beaucoup.

Elle commença à se rapprocher de lui, mais il leva une main pour l'arrêter.

— Attends. Tu n'as pas encore entendu le reste de ma proposition.

— Très bien. Je t'écoute, dit-elle en souriant.

Il allait rester au Lucky Ace, et c'était tout ce qui comptait pour elle.

— Serais-tu disposée à signer un document stipulant que j'ai le droit de vivre ici avec toi, sur ton ranch ?

Elle fronça les sourcils, perplexe.

— Oui, je n'y vois pas d'inconvénient.

— J'exigerai des témoins, prévint-il.

— La plupart des accords juridiques nécessitent la présence de témoins pour attester de leur validité, admit-elle.

Quand il l'attira dans ses bras, le sentiment d'être tenue par l'homme qu'elle aimait lui fit monter les larmes aux yeux.

— Que dirais-tu de changer ton nom ? proposa-t-il, son beau visage arborant un large sourire qui la fit chavirer. Ou d'y accoler un autre nom ?

— Qu'es-tu en train de suggérer ? s'enquit-elle, haletante.

— Je t'aime, Taylor, et je te demande de m'épouser, répondit-il.

Son regard lumineux reflétait un amour qu'elle n'aurait jamais cru possible, même dans ses rêves les plus fous.

Il lui tendit le jeton de poker qu'il avait récupéré avant de quitter le casino de Shreveport.

— Je veux que tu le conserves. Et, chaque fois que tu le regarderas, tu sauras que tu es la femme qui m'a donné envie de renoncer à mon statut de joueur professionnel.

— Vraiment ? C'est moi qui t'ai inspiré cette décision ? Et tu es prêt à me supporter avec tous mes défauts ?

— Ta passion est l'une des choses que j'aime chez toi, mon ange, répliqua-t-il, l'embrassant jusqu'à ce qu'ils en aient le souffle coupé.

— Et tu m'aimes vraiment ? demanda-t-elle, peinant à croire que c'était la vérité.

— Plus que la vie elle-même, assura-t-il sans la moindre hésitation. Et, maintenant, vas-tu me faire languir ou vas-tu me dire que tu m'aimes aussi et que tu acceptes de devenir ma femme ?

— Oh ! oui, je t'aime ! s'exclama-t-elle, au comble du bonheur. Oui, j'accepte de t'épouser. Et, oui, je veux dormir avec toi dans la suite parentale toutes les nuits que le ciel nous accordera.

— Merci, Seigneur !

Ses bras se refermèrent autour d'elle, comme s'il ne voulait plus jamais la laisser partir.

— Quand désires-tu que nous nous mariions, Taylor ?

— Je te laisse décider, répondit-elle, plus heureuse qu'elle ne l'avait jamais été.

— Si cela ne tenait qu'à moi, je te ferais mienne dès que

nous obtiendrions une licence de mariage, murmura-t-il en l'embrassant de nouveau. Mais je suis sûr que tu aimerais avoir une cérémonie de mariage. Or, il faut du temps pour tout organiser.

— J'aimerais que mes parents soient présents en effet, acquiesça-t-elle.

Même s'ils se disputaient constamment, elle les aimait, et ils l'aimaient. Ils seraient sûrement capables de mettre leurs dissensions de côté pour un jour comme celui-là.

— Et si nous retournions à la maison ? suggéra-t-il, se levant, puis l'aidant à se mettre sur pied. Plus vite nous nous lancerons dans les préparatifs, plus vite nous serons mariés et nous pourrons envisager d'agrandir notre famille.

Elle éclata de rire.

— Combien d'enfants souhaites-tu ?

— J'aimerais attendre un peu avant d'en avoir, répliqua-t-il, un bras noué autour de sa taille, tandis qu'ils se dirigeaient vers les chevaux. Je voudrais que nous passions un peu de temps ensemble, rien que toi et moi. Mais, quand nous déciderons d'avoir des enfants, je serai ravi de t'en donner autant que tu en veux.

— Oh ! j'ai failli oublier de te montrer la lettre de mon grand-père ! s'exclama-t-elle soudain.

— Je la lirai plus tard, promit-il, lui adressant un sourire qui illumina les recoins les plus sombres de son âme. Pour l'instant, je veux juste rentrer à la maison et faire l'amour à la femme la plus sexy que j'aie jamais rencontrée.

— Je t'aime, Lane Donaldson.

— Moi aussi, je t'aime, mon ange. Plus que tu ne peux imaginer.

— Je pense que cette fois nous avons réglé la question de savoir si le Lucky Ace est à toi ou à moi, plaisanta-t-elle.

— Nous l'avons réglée quand nous avons fait cette partie de poker, ce matin, déclara-t-il en souriant. Il t'appartient.

Secouant la tête, elle lui rendit son sourire.

— Non, Lane, le Lucky Ace appartient à nous deux. C'est notre ranch.

Epilogue

— Qui a remporté le pari à propos de la date de mon mariage avec Taylor ? demanda Lane à ses frères tandis qu'il contemplait sa merveilleuse épouse rejoindre Bria, Summer et Mariah pour une danse country.

Elle était la femme la plus superbe qu'il ait jamais vue, et il n'arrivait pas à croire qu'elle avait accepté de l'épouser.

— Moi ! s'écria T.J., souriant d'une oreille à l'autre. J'ai parié que ton mariage aurait lieu le 4 juillet.

— Il reste combien de temps avant que le feu d'artifice commence ? s'enquit Nate en consultant sa montre. J'ai un coup de fil à passer.

— Environ une heure, indiqua Lane en observant son frère avec attention. Tu as une nouvelle femme dans ta vie ?

— Peut-être bien, éluda Nate en sortant son portable de sa poche. Je vais téléphoner maintenant. Je serai de retour largement à temps pour le feu d'artifice.

— Qui est l'heureuse élue ? demanda Ryder quand Nate se fut éloigné, son portable collé à l'oreille.

— Lui et la petite blonde de Waco se parlent de nouveau, répondit Jaron, l'air distrait.

Lane avait remarqué que Jaron n'avait pas quitté Mariah des yeux durant presque toute la journée.

— Tu t'estimes toujours trop vieux pour sortir avec Mariah ? lança Lane en buvant une gorgée de bière.

Jaron haussa les épaules.

— Oui.

— Tu es désespérant, soupira Ryder en calant la petite Katie contre son épaule.

— Tu pourrais au moins l'inviter à danser, suggéra Sam.

— Non. Je ne vois pas l'intérêt de commencer quelque chose que je n'ai pas l'intention de finir.

— Tu es aussi têtu qu'un troupeau de mules ! s'exclama T.J. en riant.

— Occupe-toi de tes chevaux, ça vaudra mieux ! répliqua Jaron, la mine sombre.

— Alors, lequel, parmi nos trois célibataires restants, fera prochainement le grand saut ? demanda Lane, souriant en voyant sa jeune épouse soulever sa robe de mariée pour exécuter une série de pas de danse, dévoilant ainsi une paire de bottes de cow-girl blanches.

Il avait hâte que la réception touche à sa fin pour qu'ils puissent s'échapper et passer leur première nuit en tant que mari et femme.

— Pas moi, assura T.J. Je suis un célibataire endurci, et je le resterai sans doute toute ma vie.

— Quoi ? Tu n'as pas encore fait les yeux doux à ta voisine ? le taquina Sam. Maintenant que son étalon ne rend plus visite à tes juments, je pensais que vous vous étiez rapprochés.

— Sûrement pas ! s'insurgea T.J. Je la tolère tant qu'elle reste de son côté de la clôture et moi du mien. Mais je ne veux rien avoir affaire avec elle. Cette femme est source d'ennuis, et j'en ai eu ma dose.

— Il proteste un peu trop vivement, vous ne trouvez pas ? plaisanta Lane.

— Oui, c'est aussi mon avis, approuva Sam.

— Allez au diable, tous les deux ! riposta T.J. Je parie que c'est Nate qui sera le prochain à convoler.

— Il avait l'air pressé de téléphoner en effet, admit Ryder. Va-t-il se faire passer la corde au cou par la petite blonde de Waco ?

Pendant que ses frères continuaient d'échafauder des hypothèses pour savoir qui serait le prochain marié, Lane posa sa bouteille de bière sur la table et se dirigea vers l'orchestre pour demander une faveur aux musiciens.

Quand ils entamèrent les premières mesures de la chanson qu'il avait souhaité entendre, il fit signe à Taylor de venir. Ressemblant à un ange dans sa robe longue de mariée, elle accourut vers lui de sa démarche gracieuse, un sourire radieux aux lèvres.

— J'aimerais beaucoup danser avec vous, madame Donaldson, murmura-t-il, ébloui, en la prenant dans ses bras.

— Mon nouveau nom sonne vraiment bien, déclara-t-elle, avant de nouer les bras autour de son cou.

— Donaldson ? s'étonna-t-il.

Elle éclata de rire.

— Non. J'adore m'entendre appeler « madame ».

— A ton avis, quand pourrons-nous nous éclipser ? demanda-t-il, espérant qu'elle était aussi pressée que lui de quitter leurs invités pour se retrouver en tête à tête avec lui.

— Maintenant que le dîner est terminé, que nous avons coupé la pièce montée et dansé, rien ne nous oblige à rester plus longtemps, assura-t-elle.

— Dans ce cas, une fois cette danse terminée, nous partirons d'ici.

— Oh ! monsieur Donaldson, vous laissez voir votre jeu ! le taquina-t-elle. D'après la petite lueur qui brille dans votre regard, je sais exactement ce que vous avez en tête.

— Vous êtes très forte, répondit-il en riant. Il va falloir que j'apprenne à mieux dissimuler mes indices.

— Surtout pas, chuchota-t-elle à son oreille — le contact de ses lèvres veloutées déclencha un flot de chaleur dans tout son être. J'aime savoir que tu me désires autant que je te désire.

Son corps se contracta douloureusement, et, pour détourner son attention de ce qu'il comptait faire un peu plus tard avec elle, il lui désigna ses parents qui dansaient non loin d'eux.

— Tes parents semblent bien s'entendre en fait.

— Oui, admit-elle en souriant. Je ne les ai jamais vus aussi détendus. Ils semblent même très heureux, ce soir.

Quand la chanson se termina, il prit Taylor par la main

et l'entraîna tout droit vers la maison, saluant ses frères au passage. Il garda sa main dans la sienne pendant qu'ils montaient l'escalier, puis il s'arrêta devant la porte où il avait fixé le jeton de poker qu'il lui avait donné — la porte de la suite parentale.

— J'ai envie de te faire l'amour dans cette chambre depuis qu'elle a été réaménagée, avoua-t-il, la soulevant dans ses bras pour lui faire franchir le seuil de leur nid d'amour.

Ils avaient décidé d'attendre d'être mariés pour inaugurer leur nouveau lit.

— Oh ! j'ai complètement oublié le feu d'artifice ! s'exclama Taylor quand il commença à défaire les minuscules boutons au dos de sa robe de mariée.

— Ne t'inquiète pas pour ça, mon ange, répliqua-t-il en lui donnant un baiser rempli de tout l'amour qu'il portait dans son cœur. Nous allons faire un feu d'artifice à notre façon.

Et ce fut exactement ce qu'ils firent pendant que des fusées montaient dans le ciel nocturne et explosaient en gerbes multicolores.

Retrouvez prochainement,
dans votre collection

PASSIONS

Un séduisant chantage, de Naima Simone - N°874

SÉRIE : SECRETS MILLIARDAIRES TOME 2

Un impitoyable requin. Gideon Knight, que Shay sait désormais être le pire ennemi de Trévor – son très cher frère –, lui fait du chantage, alors qu'ils viennent de passer une nuit torride ensemble. Soit elle accepte de jouer sa compagne pour des raisons qu'il refuse de lui dévoiler, soit il fait tomber son frère pour malversations financières et politiques, ruinant sa carrière à tout jamais.

Dans les bras d'un héritier, de Maureen Child

Irina doit remplir sa mission : convaincre le très séduisant Kellan Blackwood de la bienveillance de son défunt père. Ce vieux monsieur a été si secourable pour elle de son vivant, qu'elle ne comprend pas comment Kellan peut le haïr à un tel point. Et elle éprouve la curieuse sensation que Kellan joue de sa séduction – hélas, à raison – pour lui extirper des informations au sujet de l'héritage familial...

Un fiancé sur-mesure, de Zuri Day - N°875

SÉRIE : AU CŒUR DE VEGAS TOME 1

Que vient-elle de faire ? Lauren, prise de panique en voyant l'homme qu'elle a abandonné au pied de l'autel s'approcher d'elle à grands pas, s'est collée à Christian Breedlove pour feindre une idylle. Christian, le fils de son patron, aussi irrésistible que charmeur. Christian qu'elle s'évertue à ignorer malgré l'alchimie qui opère entre eux depuis des mois...

Séduction interdite, de Zuri Day

SÉRIE : AU CŒUR DE VEGAS TOME 2

La seule qu'il désire est aussi la seule qu'il lui est interdite. Forte, passionnée, d'une beauté incendiaire, Ryan Washington, est le type même de femme d'affaires qui l'insupporte ! Sans compter qu'elle est la sœur de son partenaire commercial... Pourquoi alors ne peut-il s'empêcher de vouloir s'emparer de ses lèvres et d'embrasser sa silhouette voluptueuse à se damner ?

Un amour au présent, de Katherine Garbera - N°876

SÉRIE : INCONTRÔLABLES PASSIONS TOME 1

Hadley vient de commettre l'irréparable. En s'éveillant ce matin entre les bras de Mauricio, son ex-mari, elle réalise soudain son erreur. Bien sûr elle épprouve toujours de vifs sentiments à son égard, mais elle ne peut oublier son inconstance. Et encore moins lui pardonner ses erreurs passées au risque qu'il lui brise de nouveau le cœur…

Scandaleux échange, de Fiona Brand

Nick Messena vient de l'abandonner pour la seconde fois ! Sophie ne peut apaiser sa colère. Elle aurait dû s'écouter et ne pas céder à ses sentiments pour cet homme, qui semble prendre plaisir à souffler le chaud et le froid avec elle, depuis un an… Et comme si cela ne suffisait pas, elle ne peut même pas l'éviter, puisque, désormais milliardaire, il est le partenaire financier principal du *business* de sa famille.

Une réputation sulfureuse, de Janice Maynard - N°877

Quitter Wolff Mountain – son domaine où il vit en reclus – pour accompagner Ariel Dane lors d'un tournage sur l'île Antigua ? Pour le Dr Jacob Wolff, cela ressemble à une très mauvaise idée. D'autant plus que la belle actrice veut certes l'embaucher comme médecin personnel, mais surtout comme faux petit ami. Mais alors qu'il est sur le point de refuser, il perçoit une détresse insoutenable dans le regard d'Ariel…

Au creux de ses bras, de Catherine Mann

Depuis toujours, le destin de Lucy Ann est lié à celui d'Elliot Starc. N'a-t-elle pas suivi son ami d'enfance sur les circuits de courses lorsqu'il est devenu un pilote de renommée mondiale, en tant qu'assistante ? Ensemble, ils ont tout partagé – leurs souffrances et leurs bonheurs, les difficultés et la gloire. Jusqu'à ce que Lucy Ann prenne la fuite après s'être abandonnée, au cours d'une nuit de délices – entre les bras d'Elliot…

Une si belle mariée, de Jules Bennett - N°878

Pour rien au monde Victoria ne reconnaîtrait qu'elle est jalouse de la fiancée du prince Stefan. D'ailleurs, des années plus tôt, ne se sont-ils pas juré une amitié éternelle lorsqu'ils se sont rencontrés, lui, le futur roi d'une île grecque, et elle, la jeune Américaine en vacances ? Un serment précieux qui, elle le souhaite sincèrement, survivra au mariage de Stefan. Aujourd'hui cependant, c'est le cœur serré qu'elle accepte de concevoir la robe de la future princesse, comme il le lui a demandé. Car cette robe, elle l'a déjà imaginée cent fois et, dans ses rêves, c'est toujours elle qui la porte…

Une passion texane, de Sara Orwig

Trois meurtres commis il y a plus de cent ans, un trésor caché : c'est en quête d'un scoop que Destiny Jones se rend à Verity. C'est dans cette petite bourgade du Texas qu'est née la célèbre querelle entre les Milan et les Calhoun, et elle brûle d'en savoir plus. Mais, sur place, Destiny comprend qu'elle va devoir redoubler d'efforts – et de séduction – pour venir à bout de son reportage. Car le shérif Wyatt Milan ne lui cache pas son hostilité, ni son désir de la voir partir au plus vite…

Composé et édité par HarperCollins France.

Achevé d'imprimer en mai 2020.

CPi
BLACK PRINT

Barcelone

Dépôt légal : juin 2020.

MIXTE
Papier issu de sources responsables
FSC® C108412
FSC
www.fsc.org

Pour limiter l'empreinte environnementale de ses livres, HarperCollins France s'engage à n'utiliser que du papier fabriqué à partir de bois provenant de forêts gérées durablement et de manière responsable.

Imprimé en Espagne.